有生

胡学文 著

百年中国的生命秘史

江苏凤凰文艺出版社

图书在版编目（CIP）数据

有生：全2册/胡学文著.—南京：江苏凤凰文艺出版社，2021.1(2025.4重印)

ISBN 978-7-5594-5331-0

Ⅰ.①有… Ⅱ.①胡… Ⅲ.①长篇小说-中国-当代 Ⅳ.①I247.5

中国版本图书馆CIP数据核字(2020)第213771号

有生：全2册

胡学文 著

出 版 人　张在健
策　　划　贾梦玮
责任编辑　黄孝阳　唐　婧
责任印制　刘　巍
出版发行　江苏凤凰文艺出版社
　　　　　南京市中央路165号，邮编：210009
网　　址　http://www.jswenyi.com
印　　刷　苏州市越洋印刷有限公司
开　　本　880毫米×1230毫米　1/32
印　　张　29.5
字　　数　561千字
版　　次　2021年1月第1版
印　　次　2025年4月第12次印刷
书　　号　ISBN 978-7-5594-5331-0
定　　价　128.00元（全2册）

江苏凤凰文艺版图书凡印刷、装订错误，可向出版社调换，联系电话 025-83280257

目 录

上 部

第一章　祖奶 / 3

第二章　如花 / 45

第三章　祖奶 / 87

第四章　毛根 / 135

第五章　祖奶 / 183

第六章　罗包 / 227

第七章　祖奶 / 273

第八章　北风 / 312

第九章　祖奶 / 352

第十章　喜鹊 / 390

下部

第十一章　如花 / 431

第十二章　祖奶 / 480

第十三章　毛根 / 528

第十四章　祖奶 / 582

第十五章　罗包 / 637

第十六章　祖奶 / 693

第十七章　北风 / 750

第十八章　祖奶 / 794

第十九章　喜鹊 / 841

第二十章　祖奶 / 886

上部

第一章 祖奶

1

我已是半死之人，但我的耳朵依然好使。我能听见夏虫勾引配偶的啁啾，能听见冬日飞过天空的沙鸡扇动翅膀的鸣响，能听见村庄的呓语，亦能听见暗夜的叹息。是的，如今我这残老的身躯不能说不会动，双目无神，如风撕扯过的枯木，但我仍有感觉，我的耳朵和鼻子没有遗弃我。

在那个早上，第一缕晨光爬进屋，我的颈侧突然一阵酥痒。那不是蜘蛛，也不会是蚰蜒，那该是……蚂蚁！我叫起来，当然是在心里叫，只有自己听得见。北方的四月，天气尚寒，堖包山顶的积雪刚刚消融，怎么会有蚂蚁？昆虫都是随时令生死，即便在温暖的屋里，也该僵壳裹身才对。也许我猜错了，那不过是麦香掉落的发丝，这个烦恼缠身的女人总是掉头发；抑或是麦香衣袖携带的柴火，还有可能是麦香忽略的污垢，虽然她从不马虎，但她常常走神，让我的皱褶里藏污。这么一想，我暗暗松口气，酥痒却移动了。蚂蚁无疑！蚂蚁从颈侧窜到耳根，又从耳根窜到眉梢，在那里歇息数秒，像研究稀疏的白眉，犹豫着要不要以身试险，然后从鼻翼窜到嘴角。往事袭来，我甚是惊惧，难道又有什么大事要发生了吗？也许上苍要收我呢。我活腻了，已经半死，风过叶落，自然而然。我早已做好准备。可为什么我心跳得这么急？

麦香！蚂蚁！我一声声地喊叫，期许有一点点儿声响传给外屋忙碌的麦香。当然，我的愿望落空了。即使声嘶力竭，也只在皮囊里弹撞，麦香听不到。鲜奶和小米粥的香气淌进来，若是往常，我会贪婪地张大鼻孔。在服侍我的起居方面，麦香尽职尽责，费尽心思。每晚她都用温水为我擦拭全身，为我换上洁净的衣服，每晨都替我梳洗花白的头发，逐日更换枕侧的香囊，那是她自制的。小麦、玉米、莜麦、荞麦、大豆，还有艾香、榆香、桂香……我躺着，却呼吸着四季的气息。我水米不进，她便用香气喂养我，一日三餐，餐餐如此。早餐是牛奶、米粥、鸡蛋，午餐是炖菜，我从香味里闻出过牛肉、羊肉、猪肉、鸡肉、白萝卜、胡萝卜、冬瓜、南瓜、土豆、茄子、豆角、白菜、芹菜。只有一次，我识辨不出，麦香告诉我，那是竹笋。她和罗包干架，竟不忘从罗包的餐馆顺手牵羊，我相信是为我牵的。晚餐她只炖豆腐，偶尔会夹几丝海带。豆腐和海带补钙，有一次她和我絮叨，让我多吸，似乎吸了足够的钙我就能从炕上蹦跶起来，重新当接生婆。

蚂蚁在窜。我放弃了喊叫，等待麦香走近。

大门吱呀一声,这脚步是宋品的。宋品当支书快二十年了,一只腿长一只腿短,不过并不严重,没有几个人注意到,但我是清楚的,因为他、麦香和宋庄周遭许许多多的人都是我接生的,他出生我便发现了。这不是什么缺陷,走路基本看不出,但两个脚落地的声音不一样。一个脚重一个脚轻,奔跑时愈加明显。第一个上门的总是宋品,当然这么早肯定是冲麦香来的。这一对男女……唉,让我说什么好呢?

果然,宋品进屋便动起手脚。麦香惊乍乍的,放开,我还没给祖奶洗脸呢。洗脸有什么急的,来了人你也能洗。宋品的嗓音沙哑、低沉,喉咙总是不利索。以前他可不是这般,声若洪钟。那次喝了半斤酒——事后他是这样讲的,但据别人说他至少喝了一斤,开四轮车从县城返回,车上坐着他的妻子王大翠、小姨子王小翠,离村还有两三里左右,车翻进沟里。他和王大翠是陪王小翠相亲去的,男方是酒厂工人,长相周正,就是腿有些残疾。若不是有这点毛病,也不会到乡下找媳妇。中间人和宋品算半个酒友,在镇上开杂货店,腿有残疾的青年是其姨弟。他托宋品物色,宋品马上想到自己的小姨子王小翠。虽是亲姐妹,性情却相差很多。王大翠吃苦能干,王小翠好吃懒做,一年有大半年赖在宋品家,因为宋品家的伙食比其丈母娘家好得多。宋品觉得是天赐良机,既可为小姨子找到婆家,又能甩掉这个累赘。相亲过程平平顺顺,男方一见王小翠眼就直了。王小翠比王大翠漂亮,因为从不下地干活,肤色也比王大翠白净。王小翠稍有犹豫,宋品一通劝说,她终于动心了。男方当场给王小翠一个红包,算是见面礼。宋品心情好,男人私藏的酒也好,就多喝了几杯。宋品酒量大,最多一次喝过二斤,喝个半斤八两什么事都不耽误。四轮车他开了十多年,对车比对王大翠还熟悉,所以他不担心,王大翠也不担心。那对宋品当然是灾难。王小翠当场身亡,宋品的脖子被枯硬的灌木刺中,术后说话声音就变了。王大翠的脸被划开两个大口子,肉都翻出来了,缝了十六针,从此无论冬夏都用厚厚的头巾包着头,除了宋品,怕是没人见过她现在的样子。

粥还欠火,麦香叫,你个发情的货!凳子倒了。宋品说少废话。麦香似乎捶了他一下,我把火拧小点儿!宋品不说话了,呼哧呼哧喘。蚂蚁在窜。你慢点,我刚把扣子缝好!麦香骂,你真是个疯子。啊呀,门没关呢,麦香急切地说,让我关……宋品堵了她的嘴,麦香嗯啊叫着,捶打声更响了。麦香像宋品一样大喘,关……关……别让祖奶听见。宋品说,听见又能怎样?她还能蹦起来?蚂蚁在窜。麦香突然变成哀求,把门关上,我不想让祖奶听见。门砰地合上了,几乎震到我。一扇门对耳朵灵敏的我并没有实质意义。

蚂蚁在窜。

2

八月的某个黄昏,母亲坐在门口那块半圆形的石头上。石头是褐红色的,中间有一条白色带状纹,紧紧地勒着石头。石头是父亲乔全喜捡回来的。他让母亲端详,神神秘秘的。母亲瞅了半天,说不就是块石头吗?父亲承认是块石头,可不是一般的石头呢。母亲说石头就是石头,还能变成黄金不成。父亲启发母亲,石头的形状像什么?母亲的目光再次落在石头上,看着看着,脸就红了。她扫过父亲暗黑的脸,父亲正笑眯眯地望着她。母亲的脸更红了,说我还以为你是正经人呢,甩下父亲进屋了。父亲追上母亲,从身后抱住她。母亲说你见了别的女人也这样?父亲嘿嘿笑着,我若这样,还能把钱交到你手上?母亲想想是这个理,便歪向父亲。

　　成婚两年有余,母亲的肚子一直瘪着。吃过药,母亲还常常去庙里焚香祈祷,可仍然怀不上。父亲捡回圆形褐石一个多月后,她怀上了我。她告诉父亲时,眼里的泪花都要飞到父亲脸上了。父亲生怕听错,让她说了两次。父亲突然想起被丢在院角,覆盖着灰尘的褐石。父亲认为那是块神石,是神石带来了好运。父亲扫掉灰尘,洗掉上面的污渍,抱在怀里反复端详。父亲认定什么,母亲极少质疑。母亲起先不敢坐,认为不敬,父亲说神石不是神,还是石头,是有灵异的石头,吸吸石头的灵气,肚里的孩子会长得更结实。说到孩子,母亲的胆子便壮了。从此那块石头成了她的坐凳。抱出来是坐凳,抱进屋则摆在方柜正中间,母亲时不时点一炷香。

　　母亲坐在石头上,并不闲着。缝衣,纳鞋,把鲜嫩的豆角剪成条状,抑或把烟片串起来吊到院墙的钉子上。那天,她缝的是一条婴儿裤,粉底白花,是用她的旧衣服改的。她已经做了三条,这是第四条。那是一九〇〇年八月,再有一个月,她的孩子就要出生了。她盘算着,彼时瓜果已经成熟,若奶水不足,就熬瓜糊糊,这是她母亲告诉她的。

母亲不时抬头远望。门前是水塘,不大也不深,却住着数不清的蛤蟆。蛤蟆白天藏在塘侧,黄昏便浮到水面,比赛似的聒噪,一直叫到午夜之后。水塘往南是草滩,黄蒿灰蒿,还有开着蓝花的沙参和粉花的老牛疙瘩及状如叉子的老鹳草。再往南是灌木丛,一群鸟惊起落下,落下惊起。出村的路就在灌木丛中间,弯弯曲曲,像一条蛇。母亲在等父亲。父亲是锔炉匠,清早踩着"蛇"离开,黄昏踏着"蛇"归来。盆、碗、碟、盘、罐、缸、篓子,长缝短缝,经父亲修补后,滴水不漏,即便再裂,也不会从锔钉的地方开裂。父亲每天有进项,只是辛苦,每天要走老远的路。但不管过了几村几镇,不管走多远,父亲当日即返。母亲怀孕后,就算活没干完,父亲也会返回,次日再跑老远的路,把给人家锔了一半的盆或缸锔完。

那个黄昏,母亲抬头的次数渐多。父亲个子高腿也长,灌木丛当然挡不住他,他的身影一闪,母亲的眼睛便能捕捉到。可那个黄昏,母亲的眼睛似乎出了问题。明明看见了父亲,可只要她站起来,父亲还有他的担挑便消失了。如是三次,母亲慌了。她把褐石抱回屋,把缝了一半的婴儿裤、放针线顶针的小笸箩放回去,站在门口远眺。水塘、灌木丛在晚霞的映照下,浮腾起一团团淡粉的雾霭。路已经模糊不清,但只要父亲回来,母亲相信她看得见。她的眼睛瞪得大大的,却连错觉也没有了。霞光被暮色吞噬,水塘、灌木丛隐消了形状,难以辨清。蛙声大起,没有歇停,犹如鼓点。傍晚是蛤蟆最兴奋的时刻,那个晚上尤其特别。母亲下意识地捂了肚子,似乎这急躁喧闹的鸣叫会吓着肚里的孩子。朦胧中,她看到地面在动。蛤蟆杀到了地面。边闹边蹦,边蹦边闹。母亲并不惧怕蛤蟆,可蛤蟆如此放肆凶猛,让心慌的母亲恼怒。如果蛤蟆叫得不这么凶,也许母亲不会踢那一脚。她不是真的要踢,只想吓唬吓唬。母亲是小脚,即便踢也伤不到它们。没踢中,她却闪倒了。她的身体压住七八只也可能八九只。蛤蟆挣扎着急欲从她身底逃离。母亲翻了个身,这边的逃了,却又压住另外的蛤蟆。母亲没有再动,倒不是狠下心惩罚尚在身底抽动的蛤蟆,而是她感觉到肚里的胎儿在动。倒地的瞬间,母亲是护着肚的,翻身时也不忘垫着胳膊,但她仍然紧张。喘息片刻,母亲爬起来。她已经顾不上牵挂,或者说她已经分不清心的突然狂跳是对父亲的担忧还是对动了胎气的不安。

母亲拍打掉衣服上的灰尘,掸去衣袖上网状的绿色青苔,那该是蛤蟆蹭上去的。深呼了几口气,母亲小心翼翼地解开裤子,用毫无经验的目光察看有无征兆。没看到异样,母亲却不敢掉以轻心。喝下去几口水,她轻轻靠坐下去。想了想,又把褐色的石头抱下来,放到墙角,她稳坐上去。石头的气息让腹中的胎儿结实,父亲的话如信念深植在母亲的意识中。她微闭着眼睛,双手环腹,谛听着胎儿的动静,亦捕捉着父亲的脚步声。

父亲是半夜时分回来的。母亲靠在墙角,已经睡着,双手依然环着腹部。油灯已经熄灭,屋里黑咕隆咚。父亲没有进屋,站在门口唤了几声。母亲突然惊醒,不知自己身在何处,不知父亲的呼叫是真是假。父亲又叫了几声,母亲才明白,父亲回来了,她并不是在做梦。母亲回应之后,父亲说你别动,我来点灯。母亲是想动的,可双腿酸麻,她摸着从石头上挪到地上。

看到母亲在地上,父亲半张着嘴说不出话,而母亲的惊愕胜过父亲。父亲穿着一件比身板小许多的无袖长衫,上下满是血污,脸上一团青一团紫,像涂抹了颜料。幸亏母亲没有站立,不然定会惊倒。两个人相距不过三步,却你瞪我我瞪你,都傻了。还是父亲反应快些,蹲下去问母亲怎么在地上。母亲说不出话,举起手要摸父亲,又突然定住,伸出食指晃动着,不知该指向父亲的脸还是血污的无袖长衫。袖子显然是撕掉的,线头尚在。父亲这才看看自己,说我不要紧。声音并没有异样。母亲不傻,当然不信。母亲被父亲抱上炕,她紧抓住父亲的手,不肯松开。她的眼睛长出稻草样的东西,先是掠过父亲的脸,然后绕过父亲的颈项,一圈又一圈,将父亲牢牢缚住。父亲被她缚得喘不上气,就说了。

那天父亲运气好,一到张集镇,就被镇上第一富户侯家叫走了。侯家的祖上在朝廷做过大官,现在没落了,仍有数百顷良田,在虞城还有绸缎铺。三进院落,上百间房屋,佣人兵丁就二三十人。父亲当然听过侯家的传说,如侯老太爷有三房妻室,日暮必饮半斤鲜人奶。父亲没想到自己能走进侯家的深宅大院,跟在那个瘦脸男人身后,父亲既欣喜又忐忑。也许能看到侯老太爷,父亲很想知道,一个日日喝人奶的男人,会是何般模样。到了门口,瘦脸男人嘱咐父亲低头看路。父亲明白这是不让他乱瞅。父亲是规矩人,虽然满腹好奇,还是忍住,只追着瘦脸男人的脚后跟。数分钟后,父亲跟瘦脸男人走进一个小屋。小屋的桌上立着一个大肚细颈的瓷瓶,瓶嘴缺了一个角,瓶身有一拃长的裂缝。缺角的那一块在桌上的盘子里。瘦脸男人问父亲可能锔好,父亲说没问题。父亲报了价钱,比寻常多了几文,瘦脸男人没有还价,叮嘱父亲务必尽心,且不能乱走。父亲有些后悔,再多报几文,瘦脸男人或许也不会还价。那念头也仅仅是闪了闪。瘦脸男人离去了,父亲安心干活。隔了一会儿,有个年长的女人给父亲送来一壶水,再无人光顾。院子里安安静静,父亲听见一两声鸟鸣。父亲挺纳闷,几十号人怎么连一点声响也没有?他没有多想,钻孔、锔钉不能分心,在侯家干活,出了差错怕就不是挣不上钱的问题了。

声音突起,如洪水席卷。喊叫、咒骂,还有击打声。父亲正锔最后一个钉,他抖了一下,很快镇静。一气呵成,技艺才无可挑剔。可声音越来越近,父亲意识到声音来自侯家大院。父亲终于把最后一个锔钉铆上。他站起来,犹豫着要不要听瘦脸男

11

人的话,十几个持着棍棒红缨枪的男女已涌进小屋前的空地,有两个竟抓着白色的袋子。父亲探出头,猛又缩回。这儿还有一个!有人喊。父亲还没弄明白怎么回事,脑袋便挨了一棒。

父亲苏醒后,发现自己躺在院子里,衣服被扒掉了。距他两步远躺着一具死尸,尸下的血迹已经干透。父亲爬进小屋,他花费两个时辰锔好的瓷瓶已变成碎片。挑箱被踢翻,万幸金刚钻还完好。父亲不敢久留,挑箱逃离。院里有好几具尸体,其中一具像是瘦脸男人。那一天数百饥饿的农民扑进侯家,将侯家抢掠一空。父亲被那些农民当成侯家人,不但没挣上钱,还差点搭上性命。去年,滑县有数家富户被抢,父亲听说过,半信半疑,没想不到一年,事情真真切切地发生在侯家,而他居然亲历。

当然,父亲没和母亲讲这么详细,略去许多。头上挨那一棒更是没提。末了,父亲说,这世道要变了。还宽慰母亲,只要挑箱在,咱不用偷也不用抢。母亲的手慢慢松开,稻草样的东西慢慢缩回,可母亲的脸仍旧没有血色。父亲还以为是灯光的缘故,让母亲安心睡觉。大难不死,必有后福,父亲努力地笑了笑。他忘记他的脸涂抹了颜料,昏暗的灯光下甚是恐怖。母亲叫了一声,父亲立即抓住她,连声问怎么了。母亲没敢说被父亲吓着了,只说害怕。父亲俯下身,我在这儿,别怕。母亲让父亲洗把脸,又问父亲吃没吃饭,父亲说你躺着别动,我自己来。

父亲洗了脸,泡了碗剩饭,吃了不到一半,便听到母亲的呻吟。父亲扑过去,双手抓住母亲,急切地问,怎么了?母亲只吐出一个音:疼。母亲没说哪儿疼,但她双手护腹的架势让父亲的脑袋轰然作响。怎么……父亲慌了。母亲努力地挤出两个字:去叫……

约莫一顿饭工夫,父亲把接生婆背进门。接生婆五十几岁,腿脚尚健朗,可父亲嫌她走得慢,强行背起她。父亲后来说,幸亏母亲让他洗了脸,不然接生婆非吓个半死。那时母亲已经大呼小叫,额头满是汗珠。母亲每叫一声,父亲的心就被凿一下。他问接生婆的话语无伦次,接生婆倒是不慌,让父亲帮着解开母亲的裤子,吩咐父亲去烧水。父亲稍显结巴,还不……够月份。接生婆大声说,干你该干的,多烧点儿!父亲退出去。接生婆的呵斥终于让他镇定下来。

接生婆干这行已有十多年,场面见多了,呼叫嘶喊于她不过是蚊鸣。她燃起一锅烟,慢悠悠地吸着。吸完后她将烟灰磕在空碗里,剪断脐带后烟灰要派上用场的。每个接生婆都有秘密法宝。父亲隔一会儿探进头,被接生婆呵斥后,立刻缩回。我成为接生婆后,终于明白,那样的时刻必须冷硬。若是自己乱了方寸,小险会酿成大祸。

日上三竿,父亲的血由沸至凉,又由凉至沸,母亲的羊水才破。在接生婆的喝令下,母亲艰难地吃掉两颗鸡蛋,另外三颗进了接生婆肚里。接生婆重新洗过手,正式上场。共有四只鸡,三只母鸡一只公鸡。父亲已缚了公鸡的腿,这是接生婆要求的。接生婆离开时父亲就不用忙着逮鸡了。

接生婆将两支竹筷横放在母亲嘴上,让她紧紧咬住。她说你别用劲,我让你用你再用。她说你不用紧张,你虽是第一次生孩子,可你总摘过豆角摘过瓜,没什么难的,就跟摘个豆角摘个瓜一样。她说听我指挥,一会儿你就能把瓜抱在怀里喂了。接生婆的抚慰还是有效果的,虽然后来接生婆说了什么,母亲没完全听进去。

接生婆的目光再一次投向母亲屈起的双腿,脸色突然变了。虚弱的母亲没有察觉。出来的不是头,而是脚。如果是两只腿还好,现在是一只腿。这叫踩地生,接生婆只遇到过一次,结果母子双亡。接生婆不但没抱走鸡,还倒赔两只。接生婆忙向父亲讲了,让他再请一个。父亲没完全明白,可接生婆要临阵脱逃父亲是明白的。在这样的时刻,父亲哪有心思和工夫请别的接生婆。接生婆说了张集镇,父亲一把揪住她,大嚷,你接也得接不接也得接!父亲用力猛,接生婆的脸如麻花扭曲着。那时父亲杀她的心可能都有。接生婆小声说,接可以,就怕……父亲松了手,几乎哭出来,求你了!接生婆拭拭并没有汗的脸,说,你得帮我。父亲频频点头。接生婆又说,我可说过了,我不能保证。母亲嚎叫一声。父亲急了,推搡接生婆,少废话!

接生婆和父亲走进里屋,母亲嘴里的筷子咔嚓断成两截。

3

麦香哎呀一声。粥煳锅了,我早就闻到了,虽然隔着门。我没法提醒她,由着煳味渐浓。都怪你,大清早就没皮没脸的,麦香抱怨。她活在抱怨中,就算没煳锅,她也能拿别的来抱怨宋品。她心里屈,这我清楚,可怨来怨去于她没有任何好处,只让她的头发掉得更多。麦香在洗锅。蚂蚁在窜。宋品没接话,我听到打火机的声音。麦香叫了一声,大概是把宋品的打火机夺过去了。还给我!宋品声音嘶哑却不失威严。这不用练,就像熬粥一样,到了火候,味道自然就出来了。你还嫌祖奶呛得不够?麦香气急败坏,她着急,嘴唇就会变成青色。宋品低喝,拿来!麦香的声音变软,你出去抽好不好?宋品也缓和许多,这还差不多,你不许冲我大喊大叫,除了镇长,除了乔石头,我不看任何人的脸色。麦香说,你刚睡了我,裤子还没提,就翻脸不认人。宋品嘿嘿几声,别忘了,这差事是我给你揽的,我一句话,乔石头就可以把你换了。蚂蚁在窜。麦香说,你就不怕我告诉乔石头,你对祖奶不敬。宋品冷笑,你倒是敬,又祈祷又敬香的,可背着祖奶你又干了什么?别以为我不知道,我猜你现在有这个数了吧。麦香叫,胡说!宋品问,要我一笔一笔给你算吗?蚂蚁在窜。麦香停顿数秒,说,我是收了,可以后会敬到祖奶身上。宋品说,怎么敬?她会吃还是会喝?麦香说,她是不会吃也不会喝,可一日三餐,餐餐吸香,这不要钱吗?宋品说,乔石头留的钱一天吃六顿也够。

蚂蚁在窜。我不知道石头留了多少钱,但清楚宋品说的是实话。果然,麦香被噎住,半天没动静。好一会儿,她抽泣起来。

你一早就来欺负我,我还以为你是想我来着,呜呜……也罢,我生来就是给人欺负的,男人欺负我,老天欺负我,以为你不是这样的,可一样欺负我。你给乔石头打电话好了,就说我虐待祖奶,乔石头要杀要剐我都认,这下你痛快了吧。蚂蚁在窜。宋品说,看看,女人就是泪多,别哭了,不过是逗你玩,我绝不会告诉乔石头。麦香哼一声,好像我把祖奶咋样了。宋品说,你没咋样,你敬得很。蚂蚁在窜。麦香说,周边的人都敬,就你……!宋品说,我也敬,我是支书,我有我的方式,你以为磕几个头就算敬?心里敬才算敬。是祖奶把我接到世上的,这我不会忘记。麦香说,那你还在祖奶的屋里抽烟?宋品说,我不过玩玩打火机,哪里抽烟了?看你急的。麦香骂,你就是个坏东西。

新鲜的粥味再次飘散。麦香打开门,香味一层层地重了。落在脸上,如叠压的海绵,钻进鼻孔,则如水波荡漾。蚂蚁不再窜,不知是被香气熏晕了,还是钻进了我花白的发间。

麦香靠近我,用温湿的毛巾为我拭脸。她习惯从额际擦起,然后是鬓角和眉梢、脸颊、鼻翼、鼻孔、嘴角、下巴、耳朵、颈侧。第二遍翻开渔网状的皱褶,隐藏的每一粒灰尘都逃不过她的眼睛。第三遍完全用冷水,这是我躺倒前的习惯,石头嘱咐她的。整个抹擦一遍,拧干,拭净,过程就结束了。我自己洗脸没这么复杂,冷水捋几把,搽点雪花膏。麦香给我抹的油膏早晚不同,早上我能闻出玫瑰、薄荷、杏仁的味道,晚上则是甘草、菊花的味道,另外还有一种药材,我闻不出是什么。麦香说她用什么我用什么,这我相信。鼻子是不会欺骗我的。把枕侧的香囊换过,晨洗就结束了。麦香却没有离开。她是在发呆,还是要从我脸上发现什么?那只该死的蚂蚁躲到哪里去了?若是窜出来,麦香无论如何会发现的。

我得走了,宋品走进屋,今儿得去镇里开会。麦香问,你不吃饭吗?宋品哑哑的,大翠贴了锅饼,烧了蘑菇肉汤,我回去吃。他没必要说得这么清楚,麦香受了刺激,讥讽:我忘了你还有个女人呢,那你还一大早跑过来?她是不是只会做饭了?麦香这么快就忘了宋品的警告。宋品可不会由人奚落,特别是涉及大翠。果然,那喑哑的声音透出恼怒,麦香,你别扯大翠,她可没惹你。麦香自是不甘,哈了一声,她又不是女皇,连她的名字也不能提了?宋品说,不能!你不能羞辱她!麦香说,你这么护着她,干什么……怎么,你要当着祖奶揍我啊?你就不怕报应?你试试看!宋品说,你是要和我对着干了?我能想像宋品眼底的寒光,并不锋利,却足以让麦香发冷。刚才没欺负过瘾,临走还要欺负我一把,麦香带出哭腔。和宋品好了七八年,她却摸不透他的心思。麦香说,反正我也是个受气包,你欺负好了。宋品问,有没有捎的?麦香说,我那儿敢呀。宋品说,那我走了。

宋品的脚步声远去,麦香抓住我的手,祖奶,你听见了吧?一个占了我便宜的男人,说翻脸就翻脸,好像我是蚂蚁,谁都想踩一脚。似乎麦香的话有魔力,我的耳侧一阵酥痒。那只躲逃的蚂蚁杀回来了。麦香能看见的。祖奶,你帮帮我吧,我知道你能。麦香抓得紧了些。蚂蚁在窜。我几乎要叫了,麦香,睁大你的眼。是我不够虔诚吗?麦香把我枯干的手放在她的脸上。三十七八的女人,眼角已有了长长的纹路。她不开心,这我清楚,她自认命苦,我也清楚,但她绝不是宋庄最不幸的人。她的遭遇算什么呢?如果我能开导她,如果我还有说话的可能,我会把我的经历讲给她听。那很可能吓着她,我自己也被吓着过,但我绝不认为自己是不幸的。一个又一个坎,一场又一场难,那是活着的代价。我接生过上万个孩子,没有一个是笑着出来的,恰恰是哭声证明了生命的诞生。麦香没生过孩子,体会不到哭声的动听,对父母,对接生婆,那是最美妙的音乐。是的,不孕是她的心病,是众多心病中的一个。她想让我帮她,我也想帮她,可我真做不了什么。我不是麦香心里的神,不是向我顶礼膜拜的男男女女心中的神,他们这样认为,可我清楚自个儿不是。我不过是个垂死的接生婆,距鬼门关一步之遥。

祖奶,我上辈子造什么孽了,让我遭这样的罪?男人明目张胆养小,听说那个贱女人又怀上了,傍了宋品,以为能有个靠,可他心里只有那个蒙着头脸不见阳光的女人,我不过是剩茶,想起来喝一口,喝过就把我踢开。麦香开始倾倒苦水,她肚里的苦水比黄河水还多。蚂蚁在窜。麦香被苦水彻底蒙住了双眼。

脚步响起,宋品返回来了。直到他进屋,麦香才发现。怎么了?麦香半惊半喜。宋品突然说,蚂蚁!麦香叫,什么蚂蚁?宋品俯下身,我好像看见祖奶脸上有只蚂蚁。麦香笃定的,不可能！准是你眼睛花了。宋品说,你检查一下,万一……麦香说,这是几月？怎么会有蚂蚁？宋品说,这是屋里,又不是野外。麦香说,我才给祖奶洗过身子,衣服是新换的,你闻闻,洗衣粉的味道还在,怎么会有蚂蚁？肯定是你看错了。你又来干什么？只为吓唬我？宋品说,乔石头要回来了,我刚刚接到他的电话。麦香有些吃惊,年不年节不节的,他回来干什么？宋品说,这是他的家,祖奶是他亲奶奶,他回来还要给个理由？麦香说,我不是这个意思,是觉得奇怪。宋品说,乔石头是谁,他干什么都不奇怪,我告诉你是让你有个准备。麦香小心翼翼地说,你不会把我……把你和我……咱们可是一起的。宋品的声调变了,麦香,干好你该干的！麦香说,我对祖奶可是一心一意的。宋品说,若是乔石头看到祖奶脸上有蚂蚁,那后果你掂量吧,愣着干什么？还不赶快检查？

麦香解我衣扣时手微微抖着,盘式布扣,是她一个个编的。终于解开一粒,她问宋品,你还有事？宋品说,我帮你检查呀。麦香说,那怎么行？我要把祖奶的衣服脱下来！宋品说,你脱就是,还怕我看啊。麦香说,当然,你怎么可以……出去！她终于有机会向宋品发号施令了。宋品往后退,嘀,厉害了啊。麦香大声说,宋书记,我要给祖奶更衣,请你出去！宋品妥协,好吧,我走了,你看仔细了,可别——

麦香脱掉我的灰色对襟外褂,绣着牡丹图案的棉背心,仍然是对襟的,穿脱方便。黑布棉裤,绣着寿字的红色棉袄。每次换

19

衣服,麦香都会把样式、颜色、图案告诉我。虽然发慌,但她仍然是怀疑的,因为她不停地念叨,怎么可能呢?怎么可能呢?

4

成为祖奶前,我叫乔大梅。也有人叫我祖婆、接生奶、接生婆、乔师傅,更早些,还有人叫我乔大脚。虽有嘲弄,却是事实。当然,还有别的称谓,人妻人母,还有拐弯抹角的亲戚,称呼定然有别。但一个个称呼渐渐离我而去。1976年,我的第五个女儿,也是我第九个孩子离开了我,没有人再喊我娘。至于妹子姐姐,也如垴包山的黄羊一样绝迹了,谁让我活成老不死呢?

在成为乔大梅之前,初到世上时,我只是一只粉嫩的脚丫。我就是那个踩地生,差点要了母亲性命的婴儿。母亲昏过去两次,接生婆差点儿又要逃离,当然她没有机会。黄昏时分,蛤蟆的叫声撞得窗户纸哗啦作响,我终于出来了。我的天爷,接生婆上气不接下气,是个闺女。父亲抱着母亲的头和双肩,呼叫着母亲的名字,让她睁眼瞧瞧"咱们的孩子"。母亲睁睁又合住。她说不出话,仅用一丝若有若无的笑回应父亲。

接生婆和父亲几乎同时发现我的不对,嘴巴紧闭,双眼也合着。接生婆倒拎住我,在我半青半粉的屁股上狠狠拍了三掌。但我没有反应。接生婆的脸忽青忽白,她偷瞄父亲,触及父亲红烫的目光,立即缩回,又拍三掌。我哼都没哼。不会吧……父亲声音虚弱,求你……这样的场景,或比这惨的场景,接生婆见多了,所以她很快恢复镇定。她换换手,这样更方便拍打。死马当活马医,接生婆一旦狠下心,力气似乎也恢复了。啪啪啪,啪啪啪。蛤蟆叫得更凶了,似乎被激怒了,黄昏是属于蛤蟆的,蛤蟆的叫声才是这个时刻的主旋律。而接生婆拍打的手没有停歇。我想那个时候她一定想起什么不痛快的事情,而忘了她的目的。屋里爆响不断,院外蛙声齐鸣,犹如大合奏,淹没了母亲微弱的呻吟。她又昏过去了。

父亲猛喝一声,接生婆定住。我的屁股已经遍布青痕紫印。两滴泪弹出父亲的眼眶,他垂下头,别让孩子遭罪了。接生婆小心翼翼地将我放下,说好在大人平安,年轻,不愁生的。父亲说,公鸡在门口。接生婆叹口气,留着补身子吧。

接生婆收拾剪刀、烟锅,准备走人。我突然咳嗽一声。是的,我没有哭,咳嗽是我来到世上的讯号。父亲惊得舌头大了一圈,把"活"说成"花"。她花着她花着!接生婆从未遇见这样的情景,呆愣半晌,喊出来,我的天爷呀!

那只公鸡到底还是被接生婆抱走了,准确地说,是父亲硬塞给她的。临出门,接生婆说,这孩子命……大。她肯定想说另一字,似乎觉得不妥,改了口。父亲沉浸在喜悦中,大与硬,于他没什么区别。我活着,这就够了。只是后来提起,父亲感叹中似乎夹杂着些别的他自己也未能说清的东西,你差点要了你娘的命。

我四岁时,父亲吃了场官司。按父亲的说法,他中了别人的圈套。房屋没了,地契没了,那是父亲一个锔钉一个锔钉换来的，不到一年，所有的财物只剩一个货挑子。当然，重了许多，除了工具，还有行李，锅碗瓢盆，另有两张矮凳，一把雨伞，一把铁锹，以及那块褐色的圆形石头。

父亲挑着担子，母亲背着我。有时父亲挑担子的同时还要抱着我。那多半是母亲虚弱没力气的时候，基本在虞城地界。故土寻食毕竟方便些，还有母亲小脚，走不快也走不远。即便父亲抱着我，挑着担子，也需要停下来等母亲。我这对脚丫子就是后来跟在父母身后踩大的。母亲挑着自己小脚上的水泡，却替我的大脚发愁。怎么嫁人呀，我几次听她跟父亲嘀咕。然而，她仍由着我的脚自由生长。活着比嫁人重要，她当然明白。父亲后来说，不离开虞城地界，他是打算把水塘边的土房买回来的，但那最终成为遥不可及的梦。

白天走村串户，每到一村，父亲便扯着嗓子吆喝，锔盆锔碗锔大缸——声音穿透力极好，很快便有脑袋探出院墙，或从某条巷子蹿出一条黑狗，狂吠着跟在我们后边。那时，我和母亲都会紧贴在父亲身侧。其实，父亲的吆喝带了技巧性，没有用多少力气，不然每天都会是哑嗓子。如打孔锔钉一样，熟能生巧。所以，那吆喝不是硬的，是柔的，有节奏和韵律，接近唱腔。父亲闭了嘴，声音仍在空气中飘荡。似乎整个村庄都有回音。几声足够了。父亲在街中心放下担挑，摆开架势，便有妇女或花白发的婆子抱着盆罐过来，话多的，还要和母亲闲聊。若是缸，搬动不便，父亲会上门。这样的活计多放在最后。也有被牵着手的小孩,偶尔会成为我的玩伴,虽然短暂,但很开心。母亲一边闲聊,一边用目光罩着我。若我和玩伴发生争吵,母亲不问青红皂白,先在我屁股上拍一掌,尔后训斥我不懂事。某次,母亲刚惩罚了我,那个比我高的男孩说是他把女孩推倒的,母亲怔了怔,猛又拍我一掌,呵斥:你怎么不懂得扶起来?出门三分敬,这是父亲的生意经,也是生存至理。他输灌给母亲,母亲用她的方式输灌给我。

夜晚则宿在墙角、碾房、场院或久无人住的闲屋,或某棵粗壮的梧桐树下。那块打着补丁,黑得看不出颜色的褥子和灰蓝两种布面拼接的被子是我和母亲的专属,父亲常常是以草垫为席,和衣而卧。庙宇是上好的栖身之地,当然大的寺庙是进不去的,我们过夜都是在乡间小庙,如关公庙、灶王庙、药王庙。住过最窄小的龙王庙,里面仅容两个人,父亲的腿脚都伸到了外面。天还没黑,我目睹了龙王的尊容。红脸黑眉,双目鼓突,鼻子高耸,青黑的胡须几乎垂到地面。母亲揽着我,我仍害怕,如果还能钻到她肚子里,我肯定会。也借宿过人家。秋冬之季,天气寒冷,仅靠一堵墙不能过夜。从不白住,若主家有要锔的盆碗,便以锔费相抵。若没有,离开时父亲会留下几文钱。遇上好说话的,母亲就不用另外生火做饭了。印象最深的一次是在赵王庄,那家男人是打铁的,阔脸细眼,感觉总是闭着。猪头肉、花生米,还有一条腌制的鱼,外加一壶白酒,面条是母亲擀的。那是我能记起的最丰盛的一顿饭,油汪汪的猪头肉入口即化,面条则太筋了,需要反复咀嚼。母亲好久没做过面条了,擀面于她肯定是极大的享受,所以白面擀成了牛筋。这是铁匠夸母亲的。我睡着不久,即被父亲拽起,连夜离开铁匠家。父亲走得急,母亲跟在后面,几次跌倒。直到母亲摔破膝盖,父亲才止住脚步。

父亲话不多,作为匠人,必须专注。说话分心,那就不是影响技艺的问题了。不干活,父亲也没那么多废话,像抱回褐色石头那样的调情话,一年也说不上几次。在我和母亲随他游走四方后,父亲的话突然多了,以至于母亲都烦了,说他哪来那么多废话。在铁匠家借住半宿后,父亲又跟过去一样,几乎整天哑着。

那年有些特别,我满十岁了。那一年,朝廷又换了皇帝,据说才三岁。走乡串户的好处是能闻知和你相关或不相关的传说,当然,真假难辨。父亲的眼睛又有火星溅出,因为母亲又怀孕了。他把母亲怀孕和换新皇帝联系起来,认为是天大的吉兆。看吧,这孩子肯定有出息,父亲每天都要摸母亲的肚子,每次都这样说。母亲没嫌他废话,还要附和,那是。那时我已经成为父亲的学徒。母亲起先反对,哪有女孩当锔炉匠的?后来被父亲说服,马戏团女娃多的是,又要猴又骑马,上刀山钻火圈,我和母亲都见过的,而锔炉匠没有风险。可惜我不是当锔炉匠的料,要么钻孔钻偏了,要么锔钉用力过猛,原本是两片,被我弄成四片八片。好在都是练手的废旧瓷片,无须赔。我的后脑常被父亲敲,自从听说新皇帝的事,他就拿我和皇帝比,人家三岁就当皇帝,你十岁了怎么连个孔也钻不正。我没机会和那位皇帝见面。因为他,我至少多吃一倍苦头。

但真正特别的是后来的事,如刀刮骨。

从三月起,龙王爷就睡着了,没下过一滴雨。火球东升西落,日复一日。大地龟裂,如一张张饥饿的嘴巴。树叶还没伸展就枯干了,树干则白花花的,大路小路到处是逃荒的人群。有往西逃的,过商丘、开封,到更远的地方。有往南逃的,往亳州、阜阳方向。父亲起先还想熬,想着把水塘边的土房买回来,熬到八月,希望彻底熄灭,最终加入逃荒大军。他选择往北,山东方向,单县有他个表亲,在我出生不久,房子尚在时,表亲来家住过一晚。不比那些漫无目的的逃荒者,父亲有自己的打算。

八月的一天,三口之家上路了。我后来想,也许应该在七月或九月,八月对母亲实在不是好的月份。父亲仍旧挑担,我背着被褥,同时搀扶行走更加困难的母亲。烈日炎炎,尘土飞扬,看到的每张脸不是黑的就是灰的花的。呻吟不绝于耳,号哭猝不及防,在身后或前面不远的地方,那一定是有人倒下了。那些死去的独行者没人掩埋,任由日光暴晒,发臭变干。走了不到一个时辰,母亲呕吐了三次。母亲头发凌乱,脸色青灰,实在不能支撑,坐下来休息的时候,父亲不忘取出那块褐色圆石垫在母亲身底。相比滚烫的沙土,那块圆石更舒服些。但母亲绝不是为了自己舒服,她要让肚里的孩子吸纳褐石的灵气。

就是那时,我看见那只鸟。当然看见它的不只我一人。比麻雀大,比喜鹊小。飞得不高,速度也慢,腹羽白色,双翅黑色,头则是鲜艳的红。飞得那么吃力,不会掉下来吧,我这么想。鸟像被诅咒了,立时栽落在地。我突然就傻了。父亲一跃而起,快步逼近。另一个人影比父亲更快,是个衣衫破烂的女人。虽然她距离更远些,但因为速度快,超过父亲并且撞开父亲。父亲个子高,他躬着腰,那女人则如鹰隼,扑俯在地上,将鸟牢牢抓在手里。这完全出乎父亲的意料,但他反应尚快,如女人那样扑倒,和她争抢起来。父亲不再是出门三分敬。而那个女人比父亲瘦小许多,却比父亲凶悍。父亲就要掰开她的手掌了,她突然咬住父亲的耳朵。父亲一声惨叫,松开手。那女人连打几个滚,弹起来。远处立着一个男孩,和我年龄差不多。女人揪住男孩的胳膊,往尘埃中奔去。

父亲的耳垂没了,不知是被那个女人吞进了肚里,还是落进了滚烫的沙地中。父亲的脸被血染过,和龙王有几分像,只是眼球没那么凸。母亲看着父亲,没说话。她神情寡淡,看不出是欣赏还是责备。父亲缓缓伸出手,手心是那枚血一样红的鸟头。他或许是想向母亲证明,他尽了力的。但是忘了母亲刚刚呕吐过。母亲转过头,屈翻在地,差点把肠子吐出来。

午后,西北的天空腾起数团黑云。父亲嘀咕,看样子要下了。母亲没抬头,呕吐让她虚弱不堪。约莫一顿饭的工夫,黑云压顶,狂风大作。父亲把担挑拢在一起,我抓着母亲,父亲环抱着我。沙粒、枯叶、鸟粪被风带起,横冲直撞。待风小下去,黑云已经飘到很远的地方。天地又明晃晃的。父亲瞅瞅仍旧干裂的土地,问母亲下没。仿佛只有母亲可以证实。母亲舔舔嘴唇。父亲在母亲眼角处看到一点泥斑。他想摸的,可似乎怕碰掉,隔空指指,自言自语,没落几滴,好歹落了。

母亲站不起来了,被我和父亲搀起,走了七八步便又立住,腰渐渐弓了。父亲问,怎么了?母亲说,疼!父亲脸色立刻变了,忙扶母亲坐下。疼得厉害不?父亲问。母亲摇摇头,可她抽搐的五官说明了一切。几分钟后,母亲就哎哟起来。母亲脸上的泥斑渐多,那是汗滴混合成的。不……行……了……母亲说得断断续续。父亲的眼睛便红了。不是星火,通体燃烧起来。

父亲还算沉稳,加之有上次的经验,迅速展开褥子,把母亲抱上去,解开母亲的裤子,褪下。作为帮手,我是称职的,父亲一个眼神,我立即把该递的递给他。母亲的叫声渐渐变得凄厉,如锥子刺向天空。父亲让我抱着母亲,他充当接生婆。母亲疼得打滚,我便抱不住了。父亲呵斥着我,帮我摁住母亲。在母亲持续的呼喊中,父亲变得手足无措,竟如母亲那样喊叫起来,是冲漫天的尘埃喊的,我老婆要生了,帮帮我!然后他丢下母亲,奔到路中,向逃荒的人群呼救。那个女人,就是那个和父亲抢夺鸟尸的女人出来了。不知她怎么落在后边。父亲一把扯住她,我老婆要生了,帮帮我!女人甩开父亲,快步走向母亲。母亲已经昏过去了。

女人接生,父亲便可抱着母亲。他掐着母亲的人中,让她醒醒。女人跪在地上，努力把母亲的腿分开。我在女人旁边，帮着压母亲的腿。女人让母亲用劲，还数落母亲，你又不是没生过。待血从母亲的阴道泅出，女人不说话了。血由一丝变成一股，不一会儿便成了血的河流，流过泅透的褥子，流进沙地中。怕是不行了，女人说。父亲跳起来撞开女人。没露头也没露脚，只有血在流。父亲是想把那个地方堵住吧，惶急地脱下自己的褂子。没有用。父亲嚎着扑到母亲身上。我没有哭，那个时候满脑都是红头黑翅的鸟。不是一只，而是一群。那些鸟撞来撞去，不时有羽毛鸟头坠落下来。

不知女人什么时候离去的。那些鸟飞离脑子后，我看见父亲在为母亲拭脸。他的手指从嘴里抹抹，再伸到母亲脸上。泥圬被父亲拭掉，母亲的脸变得舒展光洁，比洗了还干净。父亲不说话，我也不敢出声。我和父亲默默守着母亲。过了好大一会儿，父亲的嘴巴终于动了。你留在这儿。他拎着铁锨向远处走去。然后停下，开始挖掘。

我呆呆地坐着，一动不动。似乎我足够安分，足够安静，母亲就会醒过来。一只蚂蚁不知从何方窜过来。走走嗅嗅，在被母亲的血染过的沙土前停住。又有一只，两只……很快变成一群。灼烫的沙土竟没把蚂蚁烫死。先是黑蚂蚁，接着是白蚂蚁、红蚂蚁，密密麻麻，浩浩荡荡。蚁群在母亲细瘦的胳膊、隆着的小腹及翻卷着血污的双腿间爬窜寻嗅。我傻怔着，半晌才挥起衣衫拍打。蚂蚁散开，很快又聚拢在一起。我叫喊，疯了一样挥打。

父亲不知发生了什么事,马猴般蹿过来。父亲显然也骇着了,想问我什么,却说不出来。他脱下汗渍的背心,和我一起疯狂扑打。两个疯子仍然未能驱散蚁群。父亲丢掉背心,背起母亲就跑。跑出几步父亲便摔倒了。母亲可不像先前那样配合他。父亲再次背起母亲,我追过去,抓住母亲的小腿,防止她绊父亲的脚。坑挖好,但不深,刚好放进母亲。父亲铲起沙土,往母亲身上丢。我则双手掬土,覆到母亲身上。蚂蚁四下逃窜,没来得及逃走的便和母亲一样被沙土掩埋。终于堆起土包,父亲直起腰,大喘着。那时,我似乎才意识到再也见不到母亲了,终于哭出声。

夜,突然合拢住。

5

仍是温湿的毛巾,麦香从颈部开始,依次擦过瘦骨如刀的曾经挑过担挑的双肩;四子五女、三个丈夫都吮吸过的乳房;小腹、肚脐、阴部、胯骨、膝盖、小腿。洗脚时,她把脚趾一个个掰开。然后,把我侧翻。她用腿抵住我,从脊背到臀部,那里有颗痣。麦香怕擦掉似的,动作极轻柔。她抱走脱下的衣服,替我换上全新的。完全是和我商量的口吻,于是我知道今日的背心绣的是出水的荷花,紫绒对襟褂是双排盘扣,红色棉袜上是印章样的圆形福字,金光灿灿。

宋品一定是眼花了,哪里会有蚂蚁?麦香说,祖奶的身子不能让男人看,不然我真想让那个家伙瞅瞅。他惹不了自己老婆,就会欺负我。祖奶,我可不是因为他是支书才傍的他,我需要男人疼,他这人心眼还好。脾气是差了点儿,可一村的事等着他,搁谁脾气也会变差。如果能怀上他的孩子……祖奶,你帮帮我吧,我咋就怀不上呢?求你了祖奶!麦香再次抓住我的手。她自己的男人碰都不碰她了。麦香既想怀宋品的孩子,又为自己和宋品的私事不安,似乎这会触怒我,每次宋品离开,她都会求我饶恕。就如她先脚收敬拜那些人的钱,后脚必定忏悔一番。

电话响起,麦香起身出去。

我又洗了一遍,衣服也换了新的,你放心吧。又一阵酥痒。蚂蚁开始在脸上窜了。麦香没洗头,她总是把头脸和身子分开洗。那只蚂蚁一定藏匿于某根发丝根部,躲过一劫。

蚂蚁在窜。

麦香大声说,我保证!

宋品担心呢,他从未这么婆婆妈妈的。麦香抓住我的手,就算乔石头不回来,我也尽心竭力,你说是吧,祖奶?蚂蚁在窜。麦香距我的脸不过一尺,难道看不见那只游窜的蚂蚁?我没法提醒她,我什么都做不了。

祖奶,我昨夜做了一个怪梦。麦香对我没有秘密。她的每一个梦,她和罗包的每一场战争,在嫁给罗包之前夭折的私奔,都会告诉我。有时,她也给我讲她听来的半真半假的传言。阴雨绵绵或刮着风雪的日子,麦香百无聊赖,会说上一整天。麦香有这个便利,不像那些跑几十里上百里的膜拜者,运气好的——这得看麦香的心情,能倾诉一两个钟点,若运气差,麦香连窗前都不让他们靠近,他们最多在大门口或大门外伸长脖子朝他们想象中的我张望。我就是个老朽的接生婆,可经过一张又一张嘴,经过渲染、传说及秘不可言的眼神,最终成了神婆。麦香说,罗包和那个贱货被我关在玻璃罐子里,两人哭诉求饶,让我放他们出来。我没应,还踢了罐子一脚。没想我和罐子都在房顶,罐子坠落,我也跟着跳下去。蚂蚁在窜。祖奶,这是怎么回事?我仍割舍不下罗包吗?

6

单县留在我记忆里的只有两样:羊肉汤和牌坊。羊肉汤是父亲奖赏给我的,因为我终于长进,既可单独打孔,又可单独锔钉。只是我喊不出悠扬回荡的"锔盆锔碗锔大缸"。父亲说喊不重要,重要的是技术好。后来我才明白父亲话里的深意。某天傍晚,我和父亲归来,刚至城边,便闻到直逼肺腑的香味。那是从老孟羊汤馆飘出来的。我吸吸鼻子便低下头。这样,我贪婪地闻嗅,父亲便看不到我"没出息"的样子。父亲却叫住我,说就在这儿吃吧。我还以为听错了,父亲已经朝老孟羊汤馆走去。一间房,四张桌子,桌面坑坑洼洼的像被牙齿啃过。桌上的碗却很精美,白瓷蓝纹,辣子是刚炸出来的,鲜艳得像揭了盖头的新娘。父亲给我要了一碗羊杂汤,他要了碗白水。另有一碟咸菜,四个烧饼。

今儿长脸了,父亲面带笑容。在龙王庙外埠,我和父亲碰到一位五十几岁的锢炉匠,尖嘴猴腮。按理,我们先到街口的,他该换个地方才是,可他没有。父亲冲他抱抱拳,那人只冷冷地点点头。父亲小声告诉我,那人用的是皮钻,本地人。山东锢炉匠习惯用皮钻,我和父亲用的是弓钻,父亲说直隶那边多用砣钻。但不管用什么钻,没锔钉不行。而锔艺的关键也在于锔了钉子后盆罐盘碗的光滑程度,与用什么钻无关。父亲提醒,不过是让我敬着那人。可那人仗着是本地人,霸道了些。物主明明走到我和父亲跟前了,他突然说,瓷细,适合皮钻,还举举自己的钻。物主犹豫一下,折返。父亲向我示意,不要理他。我没忍住,提高声音,弓钻才好。物主看看那人,又看看我。女人与父亲的年龄差不多,她的孩子也该有我这般大小。我有预感,她会改变主意。果然,停了一分钟,她问我,你会锔吗?我说,当然,干这行不是一年两年了。那人嗤地一声,很不屑。这不屑让女人反感了,这是她的表情告诉我的。我开钻,围拢来几个人。他们很少见过女锢炉匠吧,而且年龄这么小。锔完,女人反复端详,尔后说家里还有一件。我和父亲便随她去了家里。赚了钱,当然还有父亲所言的长脸,我喝上了羊汤。

单县的牌坊有一百多座,最大的百狮坊,刻了一百只石狮子,据说是乾隆赐予的。我和父亲曾在牌坊下歇息。父亲在其中一只石狮的鬃毛上摸摸,叹息一声,人和人,不能比呀。他大约是想到了表亲。表亲三年前陷进沼泽里,尸体都没找见。表亲的老婆丧期刚满便带着孩子改嫁给一个做馒头的。对我后来嫁一个又一个男人,若父亲地下有知,会发出怎样的感慨?

我和父亲在单县暂时落脚。父亲说单县人好相处,这是实话,但其中更重要的原因是有了住处。表亲死了,房子还在。虽然透风漏雨,总比没有强。夜晚总算可以安安稳稳睡觉。某天清早我和父亲离开,一个老汉满脸惊愕地说,这房子闹鬼,你们不害怕吗?父亲说我镇得住。老汉又讲之前如何如何,父亲走得很快,老汉的故事只讲了一半。稍后,父亲说,别听他胡扯。我并不害怕,这个庙那个庙地住,胆子比我个头长得快。

两年后,我和父亲离开单县北上。虽然每天有进项,但挣那点钱就是回到虞城也不可能把水塘边的房子买回。我日渐精湛的技艺让父亲生出另一个念想,应该是让我学徒时便有那样的念头,当宫廷锢匠。走村串镇的锢炉匠干的都是粗活,宫廷里的锢炉匠干的是细活。干粗活只可糊口,那些干细活的,五六年七八年,一辈子的费用就挣下了。在锢炉匠的故事中,不乏这样的传奇。父亲锢艺虽好,但干细活还差些。那些干细活的都是童子功,从小练的。父亲眼底又有火苗在蹿。我想起那位三岁登基的皇帝,也许我能见到他。我眼里虽没火苗,但心底的奢念怕是要超过父亲。

次年春日的下午,我和父亲住进高碑店的悦来客栈,据说离京城不足百里了。刚淋了雨,衣服都湿透了,我一个劲地打喷嚏。但父亲绝不是因为这个住店,至少不全是。以前淋了雨,夜晚笼火烘烤。我结实得很,不会因为一场雨病倒。第一次住店,我很好奇,这摸摸那瞅瞅。房间不大,两张床,一张方桌,十分简陋。半空横悬一条绳子,应该是晾衣服用的。箱底有备用衣服,我和父亲各自换了。父亲上下打量我一番,说该买套新衣服了,穿成这样……他停住。那样子,好像是送我选妃,而不是干活的铜匠。我不管他怎么打算,难得他这么大方,立即问,今儿就买吗?父亲责怪地瞪我,说老大不小了,一点儿沉不住气。父亲有空就教导我,对宫廷的铜匠既要敬着又要防着,多长心眼之类,我耳朵里的茧子怕要超过脚底厚了。我以为父亲又要说这些,但他没有,说你先歇歇,我去打听打听。

我只想躺躺,不知怎么就睡着了。若不是屋外的鸟鸣,怕是要睡到天黑。父亲还没有回来,房间突然空阔了许多。鸟仍在叫,很好听,像短促的哨音。我推开窗户四下里瞅,什么也没有。似乎是从另一座院子传过来的。垂柳距窗户三四步,快有水桶粗了,树身裂开巴掌大的缝,嫩黄的柳叶还未展开,如悬挂的针。一朵柳絮飘过来,我伸开手,柳絮没落到手心,悬粘到肩上。我轻轻撕起,猛吹一下,柳絮飘远了。

我正要接第二朵,屋门有了动静。我回过头,父亲立在门边,脸如死灰,目透哀光。当然,让我惊骇的还不是这个,而是他的辫子没了,炸裂的头发使脑袋突然大了许多。我差点没认出来。父亲好像魔怔了,我叫了两声,他才惊醒,合上门,然后靠着门板缩坐到地上,哀声道,皇帝没了。我蹲下去,抓住父亲的胳膊,试图拽起他。父亲又补充,宫廷散伙了。我让他起来,他不理我,半晌又说,去不成了。我拽不动父亲,便坐在他身边。我虽有奢望,但去不成也没什么大不了,若我成了宫廷锔匠,就得和父亲分开。我缓缓伸出手,想替他理理乱糟糟的头发,还未触及便被他推开。没天理了!他冲我喊,然后双手捂住脸。我不知该做什么,就那么傻傻地看着他。

过了好一会儿,父亲才将双手移开。眼窝有些红,但脸上没有泪痕。目光总算有了些生气,没吓着你吧。父亲小心地看着我。我摇摇头。爹可是吓了一跳,父亲叹口气,迟不迟早不早,眼瞅着到京城了,唉,走了这么多年背运,咋就走不完呢?我问还去不去京城,父亲苦笑一声,锔活得有东家呀,没了东家,咱给谁干?我问,明儿要往回走吗?父亲怔怔的,好像没明白我在说什么。我望望绳上的衣服,说,我晾到外边吧,一早就干了。父亲仍怔怔的,大梅,你说呢?我从那个瘦猴锔匠手里抢回生意之后,父亲每遇重大问题,就会说,大梅,你说呢?仿佛我成了他的主心骨。当然最后做决定的还是父亲。所以,我可以回答也可以不答。在这个问题上,我是有积极性的。我问,京城的冰糖葫芦真的咬一口香三天吗?父亲没好气,我又没吃过,骗你的!

一早醒来,父亲已经收拾妥当。走了这么远的路,不能白走,反正往哪走也是走,咱就往北吧,世道再变,缸裂了也得锔,

35

好运坏运咱总得碰碰,你说呢,大梅？我跳下地,听爹的。

二十天后,我和父亲到了京郊。如父亲所言,什么世道碗碎了盆摔了也得锔。北上的那些日子,活儿还挺多的,只在一个镇就逗留了两天。正是逗留的日子,父亲听到那句话:塞外的地一个烧饼就可以换一亩。本是他人闲聊,父亲也并不在意,未曾想一粒种子已悄然埋下。

京郊的村庄不比沿途走过的好,甚至还不如沿途的。仅有的几处盖着灰瓦,其余多是土墙泥顶,在村子边上,搭建着一间间低矮的窝棚。一个女人坐在窝棚门口奶孩子。胸怀大敞,走近才看清楚孩子是布做的,两个奶子黑乎乎的。另一个窝棚门口横着一个人,四仰八叉,想是死去了。父亲喂了几声都没应,父亲伸手试鼻息,那个人突然就骂出来。父亲连连致歉,迅速离开。村庄离永定门约一个时辰的距离,那些大大小小高高矮矮的狗窝似的棚子,是在京城的乞丐、杂耍艺人以及像我和父亲这样的锔炉匠、鞋匠、锡匠、毡匠搭建的,白天在京城讨活,晚上回窝棚过夜。还有千里进京喊冤告状的,没钱住店,也在此安营扎寨。一个热心的耍猴艺人说有些窝棚是空的,那些离去的人并不会拆掉,他让父亲找找。耍猴艺人还教父亲如何判断窝棚有无主人。蹲在他肩上的猴子来回抓挠,挺好玩的。

终于找见一间没有主的,差不多要塌了,但好歹可以容身。地上还铺着一块垫子,坐上去暖融融的。父亲垒灶生火,我顺着他人的指引去端水。我和父亲是坐在门口吃的。我明白了那些人为什么喜欢在门口坐卧,不是棚里太狭窄,而是拥有窝棚的宣示。有人经过,从眼神不难看出,是初来的。那一刻,实在是值得庆幸。

夜里,我和父亲背向躺下去。我脚冲窝棚口,父亲则是脚里头外,挑箱放不进窝棚,他得半睡半醒。那一夜是该做好梦的,明儿早上我和父亲到城里,若是碰见卖冰糖葫芦的,父亲肯定会给我买,既然买衣服的钱省下了,父亲总会给我点补偿吧。有了这个家,我和父亲不用为过夜发愁了,这京城果然好。

吆喝声将我和父亲惊醒,一个黑影立在门口,叫嚷这是他的窝棚。父亲被他喊糊涂了,半晌才说,我睡觉的地方,怎么成了你的?黑影说,我睡半个月了,你说是不是我的?父亲问他有什么凭证,黑影说草垫下压着东西呢。父亲不信,摸索着翻了翻,果然有东西。黑影说那是他的鞭子。父亲不是蛮不讲理的人,他和黑影商量,快半夜了,先凑合一宿。父亲说我还领着闺女,实在是没地方去了,你行行好。父亲的诚恳打动了黑影,他叹息一声,出门在外,都不容易,将就一下吧。黑影钻进来,挤在父亲一侧。多了一个人,窝棚越发窄了。

没有鼾声。过了一阵,两个睡不着、互相看不清脸面的男人有一搭没一搭地聊起来。男人问虞城是个什么地方,父亲也问男人塞外的光景。慢慢地,两人的话就稠了。男人问父亲你一个锢炉匠,为什么跑到京城,父亲没有隐瞒,或许是因为黑暗,不用遮掩,这是父亲首次向陌生人道出他的梦想。抑或,闷得久了,父亲想说说。父亲问你一个赶羊的,和京城更扯不上关系呀,怎么就?男人突然哽咽了,老哥,我比你倒霉多了。京城的涮肉馆出名是因为肉质好,肉好还是因为羊好,大的涮肉馆都是张家口的羊,而且现杀现宰。这样就有了赶羊的行当。羊不是他的,他只是东家的雇工,每年要跑十多趟京城。这趟他和同伴赶了二十四只羊,没到地点就被当兵的抢了,他和同伴差点丢了命。那些官兵和土匪没什么两样,他愤愤的。同伴跑了,他没跑,想去军营讨公道,可根本进不去。夜里回窝棚睡一觉,白天就守在门口。父亲问,进不去,你还一趟趟跑什么?男人说,没别的办法呀,我寻思着万一长官出来,我和他说。父亲问,那要见不到长官呢?你就不回家了?男人说,老哥,我哪敢回呀,东家还不把我的皮扒了?二十四只羊,扒了皮我也赔不起。父亲说,这不怪你。男人说,东家可不这么想,你是东家,你会饶我吗?父亲跟着叹息,这世道!男人说,你还进城?好多店铺都关了。父亲说,我一个锢炉匠,也没人抢我的金刚钻吧。男人说,闺女也不小了吧。父亲说,十三虚了。父亲似乎哆嗦了一下,我能感觉出来。男人说,我这是没办法了,老哥何必呢?沉默一会儿,父亲问,听说塞外一个烧饼就能换一亩地?男人说,也对也不对,那得看什么地。父亲说,再差的地也是地,我在虞城买的地并不好,硬是给我养熟了。男人说,如果你要去塞外,给我哥捎个口信,营盘镇宋庄,距张北县不足百里,我这辈子不知能不能回去了。我姓李,大名李贵,我哥叫李富。好像父亲已经答应替他捎话,这个叫李贵的男人越说越详细,我哥比我本分,也比我会盘算,要听他的,我这会儿该成家了。父亲说,要是我路过那里……李贵说,虽是一句话,我也要谢谢老哥,若你在这地界转,这窝棚咱就挤着住吧。

我不知什么时候睡着的,醒来父亲已经把饭做好。没看到那个叫李贵的男人,昨夜的对话更像梦境。我问,走了?父亲说,摸黑就起来了,还真有比咱倒霉的。我拿起鞭子甩了甩,又放下。父亲说,压到草垫下吧,这是他的记号呢。

吃过饭,我问父亲还进城不。父亲惴惴的,大梅,你说呢?

7

过了八十,我的腿脚依旧硬朗,赶几十里路不带歇息的,只是不像年轻时那么敏捷了。夏日我去挖猪菜,那一筐有二三十斤吧,左右轮换两次就进院了。冬日我去营盘镇赶集,买些拨浪鼓小镜子什么的,那是送给接生的娃儿的。老习惯了,早几年我会送枚铜钱或者一支漂亮的羽毛一块光滑圆润的石子。祝福无法衡量,认为重就重,不当回事的,一座山也轻。

眼睛不马虎,从街上路过,常帮人穿针引线,那可是些五六十岁的女人。那次在邻村,产妇喘息期间,我对端了糖水给我的男人说,墙角有个蚰蜒,你这屋太潮了。我在炕上,男人在地上,脑袋晃了一个大圈,怎么会呢?我说我看见了。男人瞅过去,缩着脖子,怕被咬着的样子,然后哎呀,还真是呢。自然,这事被传开,越传越玄,把我描绘得不像人了。其实,我就是一接生婆,没那么神。有些事看似简单,却无能为力,比如阻止别人添油加醋。能管住自己的嘴,却管不住别人的舌头。只好随他去。

当然,毕竟年岁大了,变化还是有的,眉稀发花,脸上的褶皱一日日变长变深,犁翻过似的。我还爱晒太阳,没事就搬个马扎,比起凳子椅子沙发,我还是觉得马扎舒服,倚靠在门框上,仰脸闭目,由着阳光在脸上拍打。闭着眼,树叶飘落的声音就很响,每有人经过,我便从脚步的缓急中辨识是张三还是李四。那八只鸡,初听都是咕咕咯咯,细品,差别还是有的,有的叫得急促有的叫得平缓,有的叫两声便忙着觅食去了,有的生怕你不知道,一个劲儿地邀功,所以声音其实是脾性。某日的午后,正沐着日光,我忽然听到几声哭喊,是从村外传来的。辨识到方向,我便急急往外走。站猛了些,眼前稍有些黑,但我没有停下。街心的石头上坐着几个闲聊的人,我说有人掉进淖里了,快点儿!没人怀疑我,包括刚从城里回来的二宝。二宝到底是后生,反应比别人快,我话音刚落,他便跨上墙角的摩托。待我赶到淖边,二宝已经把男孩拽出来了。那是马达的孙子,六岁半了。马达家离淖最近,孙子落水那阵儿他正在院里编筐。娃呛了几口水,没有大碍。这些年,淖儿瘦了许多,要是以往或许就酿祸了。马达老婆当街骂马达像个聋子,耳朵白长了。她根本不知道,耳朵灵敏不灵敏关键在心。心明眼亮,心静耳聪,这不是秘密,可是能品出这个味儿的人太少。

这座房子是乔石头特意为我建造的,落地大窗,这样我不出屋也可以晒太阳。我并不同意,我可不单单是晒太阳,但我拦不住他,就像他不能阻止我挖猪菜一样。这个孙子的拗性倒是跟我很像。我去了趟营盘镇,回来时老房子已经成了废墟。我还能怎样呢?认了吧。在我的朽木身躯再不能动后,耳朵常常听到"强拆",那些人絮叨着,每每说到这两个字,语气突然就重了,牙齿咬合猛了许多。听闻虽然多,却不是什么都能参悟的。

起初我不习惯,这明晃晃的哪叫窗户呢?我还是喜欢倚靠在门口。慢慢地觉出大窗户的好,风沙天或滴水成冰的日子,在屋里一样可以抱着日头,特别是不会动后,因为这个大窗户,我仍能感觉到日光厚重的抚摸。还有那些膜拜者,站在院子里,隔着几米距离,仍能清晰地看到我。一张苍老的脸,实在没什么看的。可他们要看,我又能如何呢?

麦香在院里讲注意事项,这个上午已是第三拨了。把烟掐了!这是什么地方,你竟然抽烟?!麦香突然提高声音。蚂蚁在窜。麦香倾诉了很久,竟然没发现我脸上的蚂蚁。能不能再近点儿?一个胆怯的声音,我想看清楚点。麦香说,不行,这已经够近了,还要扒到玻璃上吗?就在院外,你们说的每一句话,祖奶都能听到,明白吗?顿时鸦雀无声。蚂蚁在窜。有什么话,许什么愿,就在这里讲好了。要一个一个讲吗?还是那个胆怯的声音。麦香耐性道,那倒不用,各许各的。

脚步声远去。片刻,又有人返回,小声和麦香说着。随你,

41

多少是个心意,这钱都会用到祖奶身上,祖奶不吃不喝,可日日闻香,那香气都是用食材熬制的。如果能坐起来,我要狠狠训斥麦香。她不该的。当然,她会自责,还会向我忏悔,求我原谅她。也因此,她每次收多少钱我都清清楚楚。她都会告诉我,或者说,她认为我都知道,干脆坦白。

女人随麦香进屋。她自是揣了一肚子烦恼。声音陌生,听上去四五十岁。

要跪下吗?女人到床边了,她该看见那只蚂蚁的。

跪也行坐也行,只要心诚,麦香说,祖奶不会因为这个怪你的。

女人问,听说祖奶一百多岁了?看上去没那么老。

麦香嗤一声,一百多岁?少说也有二百岁了!

蚂蚁在窜。我叹息一声,麦香什么时候染上胡说八道的毛病了?

女人轻轻呀一声,我还以为……

麦香说,你甭以为,不然还是祖奶吗?

女人问,我能摸摸祖奶的手吗?

麦香说,得寸进尺,祖奶的手是你摸的?

女人恳求,我三点就起来了,是走来的,就让我摸一下吧?

麦香或是被女人的神情触动了,就摸一下啊。

女人感激涕零,谢谢你。

麦香急叫,你手干净不?

女人说,我出门前洗过的。

蚂蚁在窜。

麦香说，那不行！等一下，我弄点水。

女人洗过手，轻轻握住我。满手厚茧，是干粗活的。

可以了，麦香说。

那只手缩回去。

你有什么话可以说了，麦香说。

女人不安地，我能和祖奶一个人说吗？

麦香说，当然，我不会听的，记住，不准碰祖奶。

麦香退出，女人朝我这边靠靠。汗味很重。

祖奶，我叫迟小凤，从大同嫁到这边的，我公婆还有我丈夫都是你接生的。我丈夫小名叫欢生，大名李爱国，不知你有印象没？

我接了上万的娃，周边的村庄都走遍了，这么多娃我怎能都记得住？有顺产的有难产的，哭声响亮的哭声嘶哑的，刚出来都差不多，皱皱巴巴。差别是从生长开始的，越长差别越大，有的当了县长，有的当了教授，有的一辈子在村里刨食，有的四海为家。有顺的有不顺的，成大器的有，蹲监狱的也有。都是后来的造化。我在这些婴儿的屁股上拍打时，看不出有什么差别。

我的两个孩子不是你接生的，怀孕六个月的时候我和李爱国搬到了大同。我父亲的杂货铺失了火，他烧残了，我回去照顾他。去年我和李爱国又搬回西三坡，发生了些事，在大同待不下去了，以为搬回老家可以躲得开，可是……女人抽泣起来，祖奶，你得帮帮我呀!

　　蚂蚁在窜。我不住地叹息,这个女人准又听信那些传言了。确实,有些人向我祈祷后,转运了,那是因为他们把不幸的遭遇、被抛弃的痛苦、陷入困境的绝望、寻死的念头像垃圾一样倾倒出来,心变得平静了。心安静下来,感觉就会发生变化,整个人也会变得通透。其实什么都没变,但也可以说,什么都变了。苗旱了,大雨对种地的人自然是甘露,而对一个走在路上的病人,或许是灾难。就是这个理。当然,也有某些巧合,一对不育的夫妻在祈祷后怀了孕,但并不是我的功劳,而是该在那时节怀孕。我若有灵异,麦香的肚子怎么至今还扁着?我为麦香祈祷上百次了。神谕是有,但那是上苍,与我无关。

　　是这样的……女人正要细讲,急慌的脚步由远而近,并伴着哭声,像是如花。

　　如花,你这是怎么了?和人打架了?麦香惊叫。

　　如花说,我要见祖奶!如花腼腆,平时说话没这么响,一定是出了什么大事。

　　麦香说,现在不行,屋里有人呢。

　　如花问,要……多久?

　　麦香说,我催催她,到底怎么了?你的领子都破了。

　　如花压抑着呜咽,像被踩住脖子的小猫。

　　麦香端了架子,你不说,我可不准你见祖奶。

　　如花又呜一声,这才哽咽着,钱玉被毛根射死了!

第二章 如花

1

如花拎趟水的工夫,那盆四季海棠便折断了脖子。准确地说,是拦腰断的,大半个花枝倒悬在盆外。还没站稳,泪珠便扑簌扑簌坠下来。如花从来不号哭,从不呼天抢地骂咧,也没什么辅助性动作,她哭得很纯粹也很纯净。虽然她的胸脯起伏不停,分明有狂风在卷。那是如花在压制。如花总是怕惊着谁,细微的哭声几近于无。她爱哭,她的眼泪似乎比别人多一倍不止。娘说她前世就是个泪泡。

花遭罪,如花当然要哭。她心疼啊,那比拧断她自己的脖子还难受。如花喜欢花,看见花腿就迈不动了。自己也经常养花,可她的花没一个好下场。罪魁祸首不是别人,而是爹和娘。爹是雷命,嗓门大脾气也大。爹从镇上买了台收音机,左扭一下在说,右拧一下在唱,可走到村口却失灵了,左拧是沙沙声,右拧也是沙沙声。爹便火了,他没返回镇上退换,狠狠地把新买的收音机摔在地上,又跺了几脚,尚嫌不够,抓起石块拍个稀烂。如果喝醉了,脾气更大,见了牛马车不躲,遇见轿车也不躲。若司机不停地摁喇叭,将他惹恼,他就直直地躺在轱辘底下,满嘴酒气地叫,有种的你压过去。司机都没种,倒一倒,从他身边绕开。娘则是火命,又急又躁。娘走路快,像被追赶着。干活也快,别人一亩地割一天,她半晌也不用。炖老母鸡,半锅水耗尽了,鸡肉仍然硬着,娘既不续水也不添柴,就那么端到桌上,害得爹拽坏一颗牙齿。

雷遇火,当然不消停。爹和娘三日一小吵五日一大吵,谁也不让谁。动手更是常事。娘爱抓爹的嘴,抓破,爹喝酒就不停地吸溜。爹则专揪娘的头发。娘原本有对大辫子,后来剪短了,像男人那样,但爹仍能揪住。爹和娘还摔东西,娘摔个盘子,爹就会扔个碗。娘把玻璃击碎,爹抱块石头把锅砸了。如花的花就是这么遭殃的。那盆养了三年的仙客来被娘作为进攻爹的武器,自然盆碎花残,而花开正艳的倒挂金钟被爹连根揪起,当鞭子抽打娘的头脸。蝴蝶兰、百合、水仙,谁的命运也不比谁强。只有朱顶红例外,爹和娘吵起来,如花便赶快起身护卫。朱顶红没变成武器,可爹一次醉酒后,把半肚子秽物倾泻在花盆里。如花捂嘴清理掉,花不但没死,反开得更艳了。艳是艳,却散发着污浊的气味,难以靠近。

如花哭得伤心,娘不高兴了,不就是一盆花吗?你还没完没了?如花不理,继续哭。娘说,过这个年就二十五了,还是动不动就哭,就你这样,没一个男人稀罕。如花伏在柜上,肩一耸一耸的。娘说,要哭你就痛快点儿,别一噎一噎的,我都快出不上气了,老天呀,我杨美容风风火火的,咋就生了你这么个蔫秧子?娘拎出菜板,切了块肉,准备包饺子。娘满身火气,切剁又快又猛,嗒嗒嗒,嗒嗒嗒。

馅剁好,娘沉着脸让如花洗手。如花停止了,应该说在娘放下菜刀之前就不哭了。娘说,小五又不是故意的,你还用得着这样?如花本来已经挽起袖子准备洗手,娘这么说,她的眼泪又来了。爹和娘拿花撒气她不意外,可小五不该呀。在这个家里,她和小五关系最好。小五知道她爱花,一向帮她护花,可结果是他折断了海棠。难怪她刚进屋,他就神色慌张地出去了,原来当了凶手呀!不是故意也是凶手!

如花边干活边流泪,不时用袖子拭拭。娘没好气,没哭过瘾,来个二翻江!你不该生在这个家,该给龙王爷当闺女。如花不顶嘴不辩解,一向如此,娘有时是无奈的,有时会被她的软性激起更大的火。那天还好,娘没骂出难听的话。

如花没吃饺子。她不是故意闹别扭使性子,而是吃不下去。他们吃饭,如花在为拯救四季海棠做着努力。茬口不能原样对住。这使她十分懊悔,那会儿该先抢救才对。如花用布围裹数圈,再拿细绳系住。小五凑过来帮她。他已经解释过了,此时带着讨好。如花不再生他的气,但也不想和他说话。小五求她吃饭,她摇头回应。

捆接好,如花又生出一点点希望,夜里睡得断断续续,每个梦都与海棠有关。睁开眼便蹲到海棠前。似乎没有变化,花瓣仍然鲜艳,花根处颜色淡了些,开时就那样的,黄色的花蕊像束了腰的女子,羞答答的,叶片翠绿依旧,深红色的茎叶粗粗细细,也是原样子。她的捆接是成功的。傍晚她便发现,花瓣虽红却没那么艳了。隔了一天,明显萎了。又一天,花蕊的腰塌陷下去。数日后,花瓣干枯,叶片黄卷,这是要彻底和如花告别了。

花遭难,折磨的是如花。如花瘦气,多半原因是为花伤心耗损了身体。要过好一阵子,她才能慢慢忘记,然后开始移栽新花。

这次如花没那么容易忘却,因为这盆花是押着赌的,赌注不大,但有些特别。

晚秋时节,如花去营盘镇理发店烫头发,娘催促了好几次,甚至威胁如花再不收拾打扮,她就押着如花来。如花喜欢自自然然的,况且她的头发乌黑闪亮。可村里的年轻女子都烫了头发,时髦些的还要点染。如花明白娘的意图,更知道娘不是说着玩的。似乎烫了头发,如花立马就能嫁出去。如花不想被娘押着,还是自己烫自在些。烫完,如花照照镜子,愣住了。进来那会儿,理发师问烫发?她没言,只是点点头。没料……不是带卷的波浪头,比波浪蓬松许多,像炸开了。半响她才指着墙上的图片,说要的是这种样式。理发师是男的,却戴了一副夸张的耳环。他说波浪头早就过时了,他给如花烫的是最时髦的钢丝头。

明明是本地人,却撇着侉子话,如花能听出来。在上海做一个钢丝头至少三百块,我只收你五十。这时有女孩进来,被如花的钢丝头吸引,没等理发师问,便说也烫这样的。如花没再说别的,老老实实交了钱。

走出没几步,如花便低下头,钢丝头太招人了,那一抹又一抹的目光让她不舒服。过了十字路,快到飞天照相馆时,如花突然停住。虽然目不斜视,她仍逮住一丝绿色。也可能根本没看见,只是出于本能和感觉。她偏偏头,果然,是一盆海棠。在簸箕、绳套、扫帚、筛子、箩子中间夹着,叶片上落了厚厚的尘土,灰头土脸的。如花再迈不动了。

如花蹲下去,轻轻弹着叶片的灰尘。一看你就是爱花的人!这句话平平常常,可对刚被爹和娘毁掉米兰的如花,就像一粒子弹,一下被击穿。她控制住颤抖,你怎么知道?不是诘问,而是吃惊。青年没有正面回答,笑嘻嘻地说,我会相面!牙齿很白,眉毛蛮厚的,天生带着笑意。如花不是特别会接话的,那天不知自己怎么了,几乎是挑衅,那你相相,我打算买还是不买?青年眨眨眼,说,这花一直在等有缘人!不是子弹,却如利箭,如花觉得自己不会动了,半晌才问,多少钱?青年说我不是卖花的。如花觉得自己被愚弄了,但她什么也没说,只是涨红了脸。青年指着筐箩和扫帚,我是干这个的,不带一把扫帚吗?我自己绑的。如花不解,那这盆花算怎么回事?青年笑嘻嘻的,这花跟了我四年,没工夫养,正准备找个新主呢。如花糊涂了,那你究竟是卖还是不卖？青年说，不卖！但可以送。如花的心扑通扑通跳起来，那个人……你等到了吧？青年摇摇头，神色凝重，如花大失所望。青年沉吟片刻，说我没等到，倒是她自个儿蹲到花前了。惊喜袭来，如花呼吸不畅，她没有冒失，不安地求证，那个人……是？青年眨眨眼，端走吧，妹子，你一伸手，我就知道这花有主了。如花迟疑着，送我……这妥吗？青年笑嘻嘻的，你过意不去，给钱也行。如花立刻问，多少？青年说，九万九！如花说，你不是诚心的。青年哭丧着脸，当然是装出来的，送你你偏要给钱，要钱你又说我不诚心，你这不是为难我吗？这时有人买绳子，青年起身照应。

忙完，青年对举棋不定的如花说，只要好好待它就行了。如花小声说，那就谢你了。青年笑嘻嘻的，一句话就谢了？如花紧张地看着他，不知他有什么条件。青年说，你咋这么胆小呢，鼻尖都冒汗了。我说了不要钱的，我是说，能不能把你的名字告诉我，你是海棠的新主人了。如花稍稍犹豫了一下。青年呀一声，如花？这名字好！然后伸出手，我叫钱玉，宋庄的。如花也啊一声，娘带她去宋庄看过祖奶。她和爹娘都是祖奶接生的，娘说如花出生时，祖奶送了她一枝路边采的马莲花，如花的名字也是祖奶起的。

如花把四季海棠抱在怀里，如果就这么离开，可能就不会有后边的波折。白捡一盆花，如花总觉得亏了钱玉，没话找话地说，海棠还会开花吗？如花养过许多花，但没养过海棠。如花觉得和喜眉笑眼的钱玉没有陌生感,说话随意了些。又觉得不妥,忙着解释,我没别的意思啊。钱玉笑笑,你这么小心,咱打个赌吧。如花说,对不起,我随便问问。钱玉却不理她的致歉,最迟到年根,就会开的,如果不开……他看看几米外的商店,我赔你一辆自行车。如花说,你别生气,我不会说话。她的脸又涨又热。钱玉说,我没生气,打个赌,不至于吓着你吧,真没见过你这么胆小的。或是钱玉这句话刺着了如花,如花问,仍是忐忑的,那要是开了呢,我给你送回来?钱玉捋捋下巴,好像长了多少胡子,送回来就不必了,你帮我盯一天摊。这不是多难的事,论赌注,如花占着便宜呢。只是她从来没干过这样不靠谱的事,在她的生活里,除了花,就是爹和娘的争吵。这赌虽令她不安,但也有些新鲜,有挑战也有刺激。那好吧,如花同意。钱玉冲她背影喊,可不许赖哦。

  如花成了四季海棠的新主人。与以往不同的是,她的心一半在花上,另一半则像气球一样忽忽悠悠的,怎么拽也没用。她自然是盼花开的,但不知为什么,每天总有那么一会儿,甚至有那么几会儿,她竟然想,不开也没什么。她没惦记自行车,家里有,虽然是小五专用,但她想骑,小五立刻让出。她没惦记什么,可似乎又惦记着什么。她说不清楚,心里乱糟糟的。

  花蕾撅出小嘴巴,等于预示了结果。尘埃落定,如花的心没那么乱了。看一天摊没什么大不了,爹和娘不常去镇上,她看一天摊又能怎样?如花可不会赖账呢,何况花是人家送给她的。

51

可现在,海棠给毁了。以往只有伤悲,现在又心疼又犯难。她不知怎么向钱玉交代,虽然钱玉未必让她交代,她也可以不向钱玉交代。她抱花回来就该想到花的命运。可他若是问起来,她怎么回答?就说开是开了,但死掉了,我认罚?他那么信任她,她怎么说得出口。

想来想去,只有躲着不见。他不会那么认真。或许,他就那么说说,早就忘了。可如花难以平静,整日揣着兔子。兔子又抓又咬,怎么安抚都没用。腊月二十六,如花终于按捺不住,决定见见他。

2

镇上的年味儿比村里浓多了,商家把成箱的酒、饮料堆在门口,跟小山似的,卖衣服的也在门口多立出几个架子。原本就摆摊的,趁势扩展,都摆到马路上了。有的卖主摊位不大,嗓门却不低。那是一只只喇叭,反复播放"羊蹄羊头羊杂碎"或"黑枣红枣冻柿子"。有的吆喝是鼓动性的,"快来买呀,走过路过别错过呀"。人们拎着大包小包,比平时多一倍不止,挤过来挤过去。不要说轿车,自行车都走不动。

如花在距钱玉摊位八九米远的地方立住。没看到扫帚簸箕什么的,他脚下挤满了春联。春联上压着石头。钱玉忽而蹲下忽而立起。天气寒冷,他却光着头。仍是笑嘻嘻的。偶尔,他会冲摊位边上的青年喊一声,那是他忙不过来的时候。青年戴着棉帽子,抱了本厚厚的书。听到钱玉吆喝,便把书夹在腋下,顺着买主的手指取斗方或对联。然后又坐下去,直到钱玉再次喊他。

摊前再无买主,如花挪过去。要哪副?钱玉把咬了几口的面饼塞进棉大衣兜。如花心往下坠,那面饼怕是冻透了。如花撩起羽绒服的帽子,钱玉的白牙露出来,是你呀,看中哪副了?如花问,你怎么卖春联了?钱玉说,年根了,换换片儿,这是我弟弟钱宝写的,怎么样,不错吧,他得过全县书法比赛奖呢,你挑吧,给你优惠点儿。他没提花,可能是忘了。娘早就把春联买回去了,用不着如花买。见如花犹豫,钱玉说,肯定比别家的便宜。如花只好硬着头皮道,我不是来买春联的。钱玉噢一声,突然反应过来,是那盆花?怎么,没开吗?

如花再也忍不住,突然间泪落如雨。钱玉显然没料到,咋会……你别哭呀,有话你说!如花抹了几下,本想抹回去,谁想越抹越多。虽然没出声,可她在哭,经过的人都看到了。钱宝本来埋头看书,此时也抬起头。钱玉说,不就是一辆自行车吗?我赔你就是。你别在这儿哭,我这儿做生意呢,你都把人哭跑了!如花起身就走,钱玉喊她,她也没停。确实,她影响了他的生意。她自己也挺恼的,本想说花开了,帮他看一天摊,话没说出来,眼泪倒没完没了的。或许就不该来。

初二上午,小五被他的狐朋狗友唤了去,娘不知找谁闲扯去了。没有固定场所,没有固定对象,亦无固定时间和话题,在街角或碾台边,一个女人和另一个女人相遇,一句无意的话,诸如你的翻领毛衣谁教你织的,或走得这么快,捡钱去呀。两个人便被钩住了,待第三第四个加入进来,那就成了小小的舞台。娘和爹某次打架的缘起就是娘闲扯忘了时间,误了给爹做饭。

如花和爹待在家中。爹喝醉了,呼呼大睡。如花没地方去。和她同龄的女子早就嫁人了,孩子都好几岁了,那些年龄小的,和如花又说不到一处。如花虽顶着时髦的钢丝头,依然是老古板儿。她们眼里都带着刺,如花不经意就扎一身,刺痒,难受,拔半天也弄不干净。娘对如花窝缩在家里很恼火,"你是要沤肥啊"。如花不理,再骂她就哭。其实,如花也出去,只是不喜欢闲扯。她低着头,径直走出村庄。她喜欢田野树林草滩,出了村,整个人就放松了,神清气爽。即便是冬日,白雪皑皑,如花也欣喜万分。她在雪里走,有时还闭住眼睛,咯咯吱吱,那声音真是美妙。她不说话,可那一行歪歪斜斜的脚印胜过千言万语。那是她和大地的交流方式。脸被寒风削得青紫青紫的,双眸则清澈得如洗过一样,倒映着蓝天和白云。有一次,她在树林里走,一只麻雀被撞晕,正好掉她身旁。她在怀里捂了半小时,直到麻雀苏醒。还有一次,一只乌鸦跟着她,从这个树杈飞到那个树杈。乌鸦显然和如花说着什么,如花听不懂。待乌鸦飞离,她突然悟出来,乌鸦是饿坏了。再去树林,她就揣一小包玉米。遗憾的是,再没有乌鸦跟着她。

如花的行踪被娘发现,准是闲扯的女人们添油加醋透露给娘的,娘大发雷霆。邻村某女人就是在野外游荡,被狐仙附了体。娘拿这个警告她,并严禁她独自到野外。

所以如花只能待在家里。她盼着冰雪消融,有活儿干,锄割,哪怕拔野菜,娘都不会禁止她的。

听到有人喊她,如花愣了一下,再听,确实是叫她。玻璃上的冰刚刚化,冰渍麻花的,她看不清。如花有些慌,抓了外套却穿不上,伸了两次胳膊才找到袖子。

院墙半人高,如花出屋,就看见钱玉立在大门外。仍没戴帽子,只戴了两个耳罩。他细长的脖子也无围巾或其他遮挡,红溜溜的。

我还以为你不在家。钱玉骑着辆自行车,他没有下来,双脚支着地面。仍是喜眉笑眼,牙齿白得像剔过。

你怎么找见的?如花紧张得腿不听使唤,本想再往前一步,可突然迈不动了。

钱玉嬉笑着,我长着嘴呀,这南小庙只有一个如花。

你找我?如花意识到这话有些笨,脸隐隐烫起来。

钱玉把耳罩摘下来,挂在脖子上,故意绷了脸,眼睛却亮亮的,我不找你,我找如花。

如花心跳加速,干……干什么?

钱玉舔舔嘴唇,这大过年的,连个让字也没有,赏口水喝呗。

如花回回头,好像背后有人偷窥。她有些为难。爹鼾声如雷,她不想让钱玉看见。要不……她想和他去村外走走,在屋里,特别是在这个屋里,她是僵的,是硬的,到野外就不一样了。她很想和他走走。她听见了心里的声音。

钱玉说,逗你的,不进去了。本该年前来的,实在抽不开身。

有……事? 如花小心翼翼的,她已经预感到了。

钱玉说,那花没开是吧,你哭我都感觉自己犯了罪。这车八成新,我骑来了。

如花紧张得出不上气,还当真?

钱玉笑了,当然,愿赌服输,我不赖账。

如花不知自己的脸变成什么了,声音如蚊鸣,那花……开了。

钱玉的目光扒拉着如花,硬是把如花的头扒拉起来。我就说嘛,遇见爱花的人,开得更盛才是。这车我得骑回去了。

如花嗯一声。

钱玉说,那你欠我一天哦。

如花又嗯一声。

钱玉说,算了,逗你的,你若抹泪,别人还以为我欺负你呢。你不打算让我进屋,走啦,妹子!

如花说,我送送你。钱玉说不用了,如花还是跟在后面。她要把他送出村,她心里有许多话的。她头绪有些乱,得理一理。

偏偏娘迎头走过来,如花想躲,已经来不及。来客了,如花? 娘上上下下打量着钱玉。钱玉反应快,是婶吧? 过年好,我来找如花。娘问,这就要走? 如花听出娘的不甘,脸如鸡冠。钱玉似乎明白如花担心什么,说也不早了。

娘突然返回搅乱了如花的计划,送到村口她便返回来。那一天的后半天,娘把如花审了个底朝天。后来,娘把爹也叫醒了。如花全交代了。娘问,就是你烫头发那天?你没记错?如花点头。娘说,没白烫,一烫就有男人搭理你了。如花听出娘的惊喜,也听出了娘的厌嫌。

如花相了不下二十次亲,相一次黄一次。首先娘得看中,可娘看中的人没一个看中如花。要么嫌如花跟豆芽菜似的,干不了活。虽然娘炫耀如花割两垄麦都不歇的,可没人相信。要么嫌如花屁股小,担心生不了孩子。当然,如花动不动掉泪更是一大毛病,谁想娶个泪娘娘?背地里娘咒骂那些男人有眼无珠,捎带着训斥如花。而娘看不中的,如花更看不中,往往介绍人没说完就被娘顶回去。娘一点不客气,我家如花是黄花大闺女,凭什么给人当后娘?近一年,连介绍离婚的也没有了。别的女娃自己搞对象,根本不用父母操心。如花不争气,长这么大,连男人的手都没拉过。现在终于有男人来找如花,爹和娘的心情可想而知。当然,他们不能糊里糊涂的,必须弄清楚怎么回事。

雷与火配合得空前默契,且效率惊人。不到三天工夫,便把钱玉的情况打听清楚了。父亲早逝,老大钱庄在村里开小卖部,钱玉与弟弟钱宝一起生活,准确地说,是钱玉养活钱宝。钱宝四年高考,四年落榜,魔怔了,住过半年精神病院,时好时坏,好在不是武疯,是文疯。钱玉二十七了,尚未成家,钱宝的拖累是关键。终于有未婚青年和如花交往,却如此家境,还有一个累赘。娘愁爹叹,反复比较权衡。最后,他们接受了钱玉,无论如何,比如花成为锈铁强。如花已经成为娘的心病。当然,不能白白嫁出去,是有条件的,要三万彩礼。想娶如花,必须答应这个条件。

娘把决定和如花说,如花感觉自己要涨破了。这是她的性子,生气也只在肚里翻卷,不往娘身上撒。她一再说只和钱玉见过三次面,什么交流都没有,谁知道钱玉什么心思。娘说如花是榆木疙瘩,如果钱玉对如花没意思,绝不会冷冻寒天来找她。娘盯住如花,我只问你,你看上他没有。如花不知怎么回答。钱玉喜眉笑眼的样子招人喜欢,看到他,她就有说话的愿望。或许,这就是看上他了?娘换个问法,你讨厌他不?如花说,不讨厌。娘一锤定音,这就行了。如花提出先交往试试,娘冷笑,就你这个大泪泡,一交往还不把人淹死?

雷与火紧锣密鼓。媒人上门,钱玉愣住了,像他这样的哪值得女方主动提亲?他不相信,媒人要走了,钱玉又一把拽住。钱玉听到三万彩礼,沉默了一会儿,说要和如花见个面。媒人说,这彩礼不多,知道你家境一般,现在娶个媳妇怎么也得十万八万。要得不多,是因为如花看上你了,死活要嫁。钱玉说,确实不多,不是钱的事,我必须和如花见个面。

在南小庙村边,如花见到钱玉。钱玉的嘴咧着,如花走近,他反而绷起来。如花紧张到极点,不知钱玉为什么喊她出来。她不踏实。

如花，你真的愿意嫁给我？钱玉话说出来，嘴却没合拢，半张着。

如花明白他和她一样不踏实，突然放松下来。她没有正面回答他，而是反问，你说呢？她敢这样说，自己都吃惊了。

钱玉眉眼炸开，老天，第一次见你我的魂就丢了。

3

并没有如花担心的闹洞房，仅有两个半大的娃，刚倚在门口，钱玉便将早已准备好的糖包塞给他俩。两人走后，再没人上门。钱玉拴了院门，再插了屋门。如花如释重负，她的手心不知出几次汗了。

如花，得干点儿啥了。钱玉一本正经。

如花问，啥？……你没吃饭？想他这一天的忙活，没吃饭也正常。

钱玉便笑了，一下就给你猜中了。

我给你做。如花跳下地。

钱玉拽住她，咱吃现成的。

如花仍没反应过来，现成的？

钱玉眉眼的喜气一股一股地往外冒。如花的脸被刺得红一绺紫一绺。没羞，她低低地说。

钱玉凑近她，上上下下左左右右地扫。他的目光像一把把刷子。我在梦里见过你，绝对的！

如花瞪大眼睛,你说的是真的吗?

钱玉说,那当然喽,要不咱打个赌!

如花说,你尽绕弯子,我才不上当。

钱玉微垂下头,眼睛眨得越发欢了,你困了吧。

如花声音小得自己都听不见了,还早。

钱玉说,那就再让我瞅瞅,我还没瞅够呢。

如花浑身发热,出气不匀,你样子吓人呢。

钱玉说,那就闭上眼睛。

如花闭上了。

钱玉捧住她的脸,吻住她的额头。他的嘴巴竟然凉凉的。然后往下移动,舔她的眉毛、眼睛、鼻子。如花痒痒的酥酥的软软的,感觉自己正变成流动的液体。眼泪偏偏这时候流出来。钱玉停住。如花想叫他别停,但说不出口。

我不会让你受委屈的。钱玉咬着她的耳朵说。

如花的眼泪更疯狂了。

闺女出嫁都要哭的,没有泪也要装,南小庙的某个姑娘曾哭昏过去。这是如花的专长,南小庙人说如花这个泪泡别哭得上不了车吧。但如花的反应超出所有人,包括她自己。她一滴泪也没有。她也是想哭的,就是哭不出来。娘觉得没面子,狠狠拧如花一把。如花疼得叫出声,仍然没掉半个泪花。倒是娘揉揉眼窝,别管有没有泪,哭样是有的。该哭不哭,不该哭的时候……如花心里那个急呀,她担心钱玉为此嫌厌她。

你哭的时候更好看！钱玉说,就像……花带露珠。

如花微微笑了。钱玉抱住她。

如花成为钱玉的女人,彻底变成另一个人,她自己都吃惊。以往她被关在笼子里,还绑了手缚了脚,现在笼子没有了,绑手缚脚的线被撕剥得干干净净。她仍是腼腆的,和人说话仍会没来由地脸红,但她心里没东西堵着,通畅透亮。有什么念头或想法,她不用捂了又捂藏了又藏,可以大大方方地晾晒出来。总之,她终于可以由着性子"胡来"了。钱玉不但不阻拦,反成为她的同谋和帮手。以至于钱玉的大哥钱庄很正式地找钱玉谈了一次。

如花的胡来主要表现在对花的痴迷上。她嫁过来时是五月份,正是下种的季节。她在地头地垄撒遍了扫帚梅,在土豆地、莜麦地、小麦地零零散散点了向日葵。院里有个园子,以往如别人家那样垄几行葱,种点芹菜韭菜水萝卜什么的,现在被如花改造了,半园种菜,另半园则移种了西番莲和菊花。这还不算,屋前屋后、墙畔墙侧凡是有土的地方,都被她种上了花。屋里也是花的天下,钱玉给她买了二十多个花盆,市场上有的品种如花家差不多都有,如仙客来、夏秋菊、月季、百合、水仙、米兰、朱顶红、蝴蝶兰,简直是百花盛会。

七八月份,扫帚梅、百日菊、万寿菊、夏秋菊、向日葵、日日红渐次开放,蜂飞蝶舞。钱玉和如花在地里干活,被浓艳的花衬得喜气洋洋。踏上村街,闭上眼睛也能走回家,顺着花香总错不了。若有外来人打听钱玉家,村民大致指下方位,长满花的院子就是。

如花并不只是会种花,田里也是好手。那棵豆芽菜蕴藏的力气完全释放出来,五六十斤的土豆袋,能轻轻松松背到肩上。女红也做得好,快追上麦香了。当然,更多的好,只有钱玉晓得。如花瘦弱,却长了对丰乳,如花害羞,整日用小号乳罩勒着。当束缚挣脱,直愣愣地撞出来,钱玉眼睛都是直的。而她瘦弱的身体也一日日变得结实。如花早就停止了长个儿,比爹矮比娘矮,更比小五矮,嫁给钱玉三个月后,如花竟然长了两厘米。被钱玉的嘴巴赞着,如花的自信一点点鼓胀起来。钱玉说她就是个宝,她不再怀疑。

但以宋庄人的标准,如花不是过日子的女人。起先还以为如花种那么多花要卖钱,待知道二斤肉也换不回,直言她脑子有些那个。当然,也捎带议论钱玉。钱玉二十七八才娶老婆,当宝贝一样端着也在情理,可日日端着就有问题了。然后钱玉许多不靠谱的事被挖出来。如钱玉曾造了个风力发电机,电是有,但灯泡还没油灯亮。钱玉还造过飞翔机,尚是半成品就被钱庄当废品卖了。越挖越深,连祖上出过两个疯子的事也被撬出来。至于钱宝,那就更不用说,没考上大学的多的是,偏偏他得了失心病。再往下就不能说了,那实在太吊诡了。

促使钱庄登门,是如花和钱玉另外的疯狂。如花种花看花可以视作是不务正业,疯狂就让人忍无可忍了。在一个风雨交加的日子,钱玉和如花在田野里欣赏闪电。

如花喜欢闪电,她认为那是上天的花朵。虽然一闪即逝,犹如昙花,但却能照亮整个大地。她先前不敢把想法和心愿说出来,嫁给钱玉后,什么都向他敞开,唯有这一癖好,她没透露。乌云卷过,她的心就被召唤,蠢蠢欲动,早早就趴在窗玻璃上。如果闪电在天际,她就站在院里,甚至趴在屋顶。她的秘密终是被钱玉发现,让她惊喜的是,钱玉居然也喜欢闪电。钱玉说你喜欢上天的花,我就陪你看个够。于是跑到野外。两人蹬着雨鞋,穿着雨衣。疯是疯了点儿,却没失去脑子。放牛的吴泰目睹了钱玉和如花的疯癫,这样整个村庄都晓得了。

钱庄和钱玉在外间说话,如花在里间静静地坐着。对这位大伯子,如花不知为什么,有说不出来的怕。钱庄脸上总是挂着笑,并不威严刻板,可他眼底似乎有什么东西,那东西让如花发毛。钱玉和钱宝是钱庄带大的,成年后两人才另过。如花婚后才知道,钱玉的三万彩礼一大半是跟钱庄借的。也是这些原因,钱庄的话极有分量。钱庄卖掉钱玉的飞翔机,钱玉也只是悄悄抱怨,不敢说别的。钱庄说别瞎折腾,钱玉就不折腾了。但那天,钱庄的话没起作用。可能是钱庄的用词刺激到了钱玉,她疯你也疯了?钱玉说,她没疯我也没疯。钱玉还没这么顶撞过钱庄,钱庄愣怔片刻,才说,这么说是我疯了?放着自己的生意不做,跑过来让你蹽我的脸?!钱玉说,各人有各人的念想,各人有各人的活法,人活成一样的,就成机器了。钱庄气呼呼的,觉得翅膀硬了,就可以胡折腾了?这世上是有规矩的,没规矩人还是人吗?钱玉说,哥别埋汰我,我不偷不抢,甭说看一遭,就是住在野地里,碍着谁了?钱庄说,你碍着我了。钱玉问,怎么碍着哥了?钱庄说,你姓钱,和我是一个钱。钱玉说,哥要觉得我不配姓钱,我可以改。钱庄被激怒,几乎跳起来,你要反天了?钱玉劝,哥血压高,莫生气。钱庄铮铮道,你还知道我是你哥?钱玉软下来,我就是说说,人活着都奔着钱,能姓钱是多大的福分,我哪舍得改。钱庄说,你甭给我嬉皮笑脸的,你就是改了,骨子里流的也是姓钱的血,你胡闹,别人照样戳我脊梁骨。钱玉说,这事有点难办,哥,你吃的咸盐比我多,你说说这关别人什么事?钱庄哼一声,你甭想把我绕进去,人活着可不能为了自个儿,不能完全由着性子,你别忘了,钱宝还指靠你呢,我把你俩带大,现在轮到你了,你得有当哥的样儿。钱玉说,没让钱宝饿着,他天天有书看。钱庄问,让他打一辈子光棍?钱玉说,这缘分嘛……都是天定的。钱庄冷笑,少扯这没用的,天定的缘分?没钱你试试?钱庄话有所指,钱玉不会不明白。钱玉却乐了,那不一定。钱庄说,如果还认我这哥,你就正经过日子,你也担起哥的责任。钱玉越发没了正相,放心大哥,我就是死也给钱宝弄个媳妇回来,实在不行从四川买一个。钱庄恨恨的,你记着就好。

两人的话如花听得清清楚楚,她明白大哥不只是说钱玉,也是让她听的。钱玉赌誓,虽然听出他嘻嘻哈哈的,如花仍然心惊。

这下闯祸了吧？如花柔柔的,钱玉是代她受过,她心里不忍。

钱玉挠挠她的鼻尖,他们懂什么,一群只知吃喝……给我说说,花开是什么样的声音？

如花眼睛没湿,心却浸没到清水里,她听见水泡化开的声响。她的丈夫仍然是她的同谋。

秋末,钱玉到镇上摆摊。他的货品种不多,又是季节性的,进项稀松,也就赚个零花钱。但不管怎么说,这"正经营生"没被他舍弃。如花在家里侍弄她那些花,冬日浇水少,病虫基本没有,她的主要任务是松土,陪花说话,或者放一段舒缓的曲子。花在野外,有风陪着,还有蝴蝶、蜜蜂、蚂蚁、飞蛾作伴儿。野外的花性情开朗,摇曳多姿。而屋里的花没有伴儿,容易木容易僵,虽然活着,却显得呆头呆脑。所以和花说话,让花与音乐相伴就格外重要。在爹娘前面,如花说句话像做贼一样,在自己家里,如花放松,话就格外多。收录机是钱玉买的,磁带是如花一盘一盘挑选的。偶尔如花也陪钱玉摆摊,趁着把钢丝拉展了。她不喜欢那样的时髦,顶着一堆沙蓬她感觉怪怪的,虽然娘说烫了头才撞见钱玉的,如花还是狠下心。去的还是上海发廊,吊着耳环的理发师连连叹息,说如花毁了他的杰作。如花忍着没吭声,出发廊门就笑着蹲下去。肚子都疼了。

进入腊月的第二天,落了场大雪,足有半尺厚。阴云低沉,仍有下的意思。果然,如花还没把饭端上桌,鹅毛般的大雪从天而降。瑞雪兆丰年，雪让乡村的世界喜气洋洋，没有鞭炮没有喧嚣甚至听不到鸟语，天默地静，但就是能感觉到喜气。这气氛在屋顶流淌，在街道飘荡，在雪花的缝隙里挤来挤去。如花本想吃完饭再提议，可是没忍住，说一会儿出去走走。钱玉惊喜道，你咋像我肚里的虫呢？

两人朝北出村。路已经被雪覆盖，但他们不是奔路去的，目光所及都是路。过了树林、田野，再往北就是草地。天地茫茫，偶尔能闻一两声鸟语。这样的天要寻鸟的踪迹是不可能的。正是受了鸟语的启发，如花说咱俩拉开距离，各走各的。钱玉打趣，你要变成白狐，我就找不见你了。如花哼哼道，你这么想，是你要变吧。钱玉说，我不变白狐，要变就变乌鸦，你好找。如花说，没正经，我先走了啊。如花走了几丈，又走了几丈……直到钱玉在视线中变得模糊。她喊，还照一个方向走啊。看不清彼此，却知道彼此的存在。钱玉，听见我说话吧？如花大声问。如花喜欢野外，因为可以喊出来，没遮没拦。钱玉故意说，听不见啊，你说什么？如花说，钱玉是个坏东西！钱玉叫，怎么？想我了？想我过来呀。如花大笑，美得你！钱玉说，我昨夜做了个好梦，你想不想听？如花说，你别哄骗我，你又想编了吧？钱玉说，货真价实，如假包换。

如花哎哟一声，左脚陷落，身子偏歪。草野上有鼹鼠洞穴，或是被她踩陷了。如果轻轻拽，或许没什么大碍，但她没当回事，猛力拔拽。脚没出来，人却倒了。钱玉大笑，你又要变什么戏法？说你老实的都让你骗了。没听到回应，钱玉立住。那个模糊的人影不见了。钱玉撒腿飞跑，大叫，如花，如花！

钱玉背起如花往村里疾走。如花觉得腿部湿湿的，有什么东西在淌。她自是没看到，在钱玉和她身后，猩红的梅花瓣一路相随。

4

钱玉解开布包，布是灰蓝色的，显然是从旧裤子或旧褂子上剪下来的，洗过多次，颜色不怎么均匀了。蓝包里是浅绿的绒布袋，袋口用红绸条系着。绿绒也是旧的，可能是因为那鲜艳的红绸条，也因为层层包裹，显得神秘而隆重。如花问，这是什么？钱玉不言，解开绸条，倒在铺好的白纸上。是花籽！如菜籽般大小，浑身乌紫，香气扑鼻。有一粒滚到纸边，钱玉伸手拨回。如花知道是花籽，却没见过，但她清楚绝不是普通花籽。什么花？如花的眼隐隐地亮了。钱玉笑而不答，开的时候你自然就知道了。如花又问，买的吗？钱玉说，肯定不是偷的。

自小产后，如花就蔫蔫的，霜杀了一般。钱玉不敢大意，把丈母娘接过来。丈母娘把钱玉数落个够呛，她疯也就罢了，你一个男人咋和她一样疯？她已听说很多如花和钱玉的传闻，现在两人又折腾出祸事，当然要训斥。所以，进门瞄瞄歪在炕上的如花，什么话也没说，让钱玉拿出擀杖。钱玉以为丈母娘要擀面条，哪想丈母娘接过去，突然一挥。钱玉反应快，躲开了。他没料一路戳着他后背的丈母娘进屋后火气更大了,他瞅瞅菜板,只能拿这个抵挡了。但丈母娘没有再挥向他,她狠狠击着锅盖,如花要落下毛病,我砸烂你的头!钱玉忙不迭地保证,不用你,我自个就撞碎了。丈母娘气鼓鼓地走进里屋,钱玉下意识地摸摸脑袋。

她自然不放过如花,疯疯,再让你疯!大雪天往野地里跑,你长的是人脑还是狗脑?有本事疯,就没本事夹?你倒是夹住啊!钱玉在外边听不下去了,倒杯水企图分散她的注意力和怨怒,被她一个滚喝退。突然停住,她发现如花没有流泪。若是以往,那泪泡早一个个炸开了。她还发现,如花脸上没有缩惧。如花不顶嘴也不辩解,可也没有悔意。起先以为如花不说话是怵她,可如花的表情告诉她,如花没把她的训斥也没把她当回事。她愣了一下,问,我说的话你听到了吗?如花没理她。如花听到了,但不想理她。胆怯畏惧,这些长在如花肉里的东西,不知什么时候离开她的身体。如花只有难过,这难过与娘没有一点点关系。娘突然就爆发了,我好心好意地伺候你,你连个好脸也没有?嫁了人你也是我杨美容的闺女。如花仍然不言。如花的生分如花的变化让娘震惊,亦让她恼怒。她丢出五十块钱,气撅撅地走了。钱玉向如花检讨,接丈母娘没和如花商量,没想到她这么……豪气?像梁山来的。如花抿抿嘴,哪用得着伺候,我没事的。

如花的身体没受大损,她伤在心里。钱玉变着法子讨她欢心。他知道最好的法子是什么。而如花也知道钱玉为她费尽了脑子。一个多月,她第一次流泪。对不起,都怪我。她小声道。钱玉抱住她,你不用责怪自己,是孩子不想来这个世上。如花问,你真不怪我?钱玉说,你没变成白狐逃走,我感激你呢。

春天来临,阴影彻底消散。小麦要种,莜麦要种,胡麻要种,还有土豆豆角芹菜白菜都等着他们。当然还有那些花籽,一个冬天,钱玉备了好几个品种。除了地头地垄,屋前屋后,在经过的荒坡,某个土包,如花也会丢几粒花籽。万物有灵,自会生长,毋须如花照应。那些乌紫色的米粒般的花籽,专门在莜麦地里辟了一畦,有一间房那么大。这是钱玉提议的。说这花娇贵,别人不配看。如花也没多想,觉得钱玉不过是对她遍地种花想象的发挥,她还想在房顶种呢。

花苗刚生出来没什么特别,如白菜苗一样灰绿。长得也慢,比扫帚梅差远了,还不如菊花。但一拃高时,与众不同就显现出来了。昨天还两个枝,今儿早上就三个枝丫。待花蕾从枝丫间冒出,如花醒过神儿了。她在别人的园子里见过,不过三五株。她问钱玉,钱玉说没错,是大烟花。大烟花又叫罂粟花,政府不允许种。钱玉晓得她担心,说,第一,在莜麦里藏着,没人发现;第二,花一落,咱留几株打籽,其余连根拔掉。如花问,行吗?钱玉说,闪电开花比这难多了。如花踏实了许多。为了看花,什么风险都值得。

第一朵大烟花开了,格外红艳。枝叶仍是灰绿的,像没有水分,而花朵却格外招摇。或是花朵把枝叶的水分全部抢走了。但花朵的特别不在令人瞠目的红,而在于姿势,有说不出的……妖艳。是的,妖艳,看一眼就会被迷住。那一畦地似乎都被染红,如花简直要醉了。花开有期,终要凋零,如花真想搭个帐篷住在地头。钱玉说那样会引起别人的注意,如花便打消了想法。

原以为神不知鬼不觉,没想还是被人发现了。打算次日就连根拔掉的,花瓣渐枯,如干瘪老太婆了,可就在那天中午,警车停在地头。如花回家给钱玉做饭,等她拎着饭盒到了地里,大烟花已经被连根拔起,钱玉也被戴上手铐。两个警察中的年长者,如花是认识的,长脸隆鼻,目如铙钩,姓阎,外号阎王。嫁到宋庄前,阎公安到南小庙破过案。关于他的传言很多,如阎王挠一挠,犹如阴曹地府走一遭,胆小的作案者往往被他一挠,吓得就尿裤子了。还有他被歹徒刺中了腿,不能行走,脱下鞋砸到歹徒的后脑勺,把歹徒砸昏了等等。

如花吓坏了,双腿瘫软,但坚持说花是她种的。阎公安上下钩她几眼,说,先带钱玉问话。如花问,我呢?她是想把钱玉换回。她不知自己哪来的勇气。阎公安没好气,车里没地方,你先在家候着!如花是事后才回过味,阎公安的粗暴是善意的。但彼时,如花脑子木着。警车拉着钱玉还有大烟花远去,她跌跌撞撞地追了一大程,才想起向人求救。

钱庄在如花上门前已经知晓,所以没等如花开口,便冷声问,谁的主意?如花说,我的,哥救救他!钱庄黑着脸,待把啤酒码好,才说,你以为我有多大本事?如花几乎要哭了,哥想想办法。钱庄问,钱宝呢?他没掺和吧?如花摇头。钱庄说,一对半……猛地刹住,叹口气,我试试吧。

钱玉是第二天早上回来的。如花担惊受怕,胡思乱想,一夜没睡。她嘴唇焦裂,目光乱如杂草。钱玉不由惊叫起来,我不过被带去问个话,你怎么吓成这样?如花抹抹泪,这才细察钱玉。她以为钱玉会被打得遍体鳞伤,没想浑身上下连个紫痕也没找见。她仍不相信,追问,真没打你?钱玉嬉皮笑脸的,不像是受审,倒像赴了一场宴席。坏人才挨打,咱就种几棵花,没事的。然后告诉如花,因为拔掉了大烟花,也就教育教育。虽然钱玉没被拘留更久,但如花认为不仅仅是被教育教育那么简单,钱玉或是怕吓着她。不管怎样,人回来了就是万幸。如花说,可不敢种了,哥气得脸都变了。钱玉说,过够瘾了吧?这风险值得冒。

半个月后,没有任何征兆,如花再次流产。她舀水洗脸,忽觉腹部抽痛。钱玉正在院里磨镰,再有十天八天麦子就该收割了。如花没吱声,慢慢挪至炕上。似乎好了一点儿,如花想躺躺就起来做饭。待两腿间有异样,她才意识到大事不妙,急喊钱玉。钱玉要背她去医院,但已经晚了,未成形的胎儿迫不及待地从她身体里逃离。休息了几天,钱玉带如花去镇医院抓了几副药,又去祖奶床前许了个愿。祖奶不光会接生还会治习惯性流产及其他妇科病,虽然未亲见,但如花和钱玉都听说了,现成的例子也很多。比如吴大巧老婆,怀一个落了怀一个落了……第四个终于保住,吃的就是祖奶的保胎药。老婆子说起这件事便双目放光,就三副药!你们说奇不奇?那时候我灰心透了,怀不住孩子还叫女人吗?甭说别人,自个儿男人都不正眼瞧你。说到这儿,吴大巧老婆踢踢蹲在门口抽烟的吴大巧,你问问这老东西,我靠他,他还躲!好像我是刺猬。吴大巧咧咧嘴,默认了老婆对他的讨伐。两人很想知道祖奶的方子里都有什么,但吴大巧老婆说不清楚,只讲是药粉,极苦。可惜几年前,祖奶躺倒了,也只有求她保佑了。从祖奶家出来,如花不无遗憾,要是早出生几年就好了。钱玉笑嘻嘻的,那你这朵花就被别人摘走了。

秋天第一镰是有讲究的,要双割,即两个人同时割第一镰。其实,当年收成已定,但来年还是未知数,只为讨个吉利。两人可以是兄弟,可以是父子,而夫妻最佳。双人同心,阴阳均衡。钱玉要带钱宝,如花想起去年钱宝一垄没割到头,倒把手割破五六处,说还是我去吧。钱玉迟迟疑疑的,行吗?如花说,我又不是泥捏的。又说,我只割第一镰,余下的你包揽。钱玉就没再说什么。

割了第一镰,如花并没有停下来,比钱玉还欢实。钱玉劝不住,就由着如花。如花不是任性的人,确实觉得自己没有大碍,身体行不行,自己最清楚。还有,憋在屋里即便躺着也是沙滩上的鱼,喘气不匀,而在野外,她就是水里的游鱼,里外舒畅。

歇息时,如花躺在钱玉腿上,仰望着天空。大雁啼鸣,白云流走,空阔的天宇令人浮想联翩。如花极为向往地说,要是能在天上种花就好了。她完全是无意的,不假思索的,脱口而出。闪电是花,白云也是花,若如花再种点什么,瓦蓝的天空就异彩纷呈了。也就是说说,怎么可能到天上种花。就如一个人说自己当了皇帝如何如何,那没有任何意义。不过是随便胡扯。

那有何不可?钱玉接过话,要种自然能种。

如花习惯了钱玉的没正相,说,除非变成白云,把自己种上去。

钱玉说,不用变成白云,我能做的。咱打个赌?

如花轻轻掐掐他,你就是个大赌徒。钱玉没有耍牌的习惯,但常常打赌,动不动就说,咱赌一个试试?

如花问,赌什么?

钱玉说,我说了你可不准恼。

论玩性,如花远不是钱玉的对手。虽然是玩,如花还是有些紧张,你又要白皮。

钱玉正色道,说了不准恼的。

如花说,……你说。

钱玉说,若我输了,任你处罚,抽我二十鞭子,怎么样?

如花说,你赢了呢,抽我二十鞭子?

钱玉说,我怎么舍得?现在嘛,我不能说,若我把花种到天上,你兑现就可。

如花以为钱玉像她一样也就是说说。收秋完毕的晚上,把胡麻袋放进小推车,钱玉让如花闭上眼。他神神秘秘的。如花四下瞅瞅,你可别在这儿胡来啊。钱玉嘿嘿笑着,让她听话。如花就闭上眼。她猜不透钱玉要干什么,心如撞鹿。待钱玉说可以了,看天空,她仍愣怔着。钱玉奔跑过来,半揽了她,一颗火球从场院弹射到空中,嘭——流光溢彩,如流星般妖艳璀璨。不知钱玉什么时候准备了烟花。九朵球状花朵一一炸开,有的如菊花,有的如牡丹,有的如芍药,有的如粉莲。虽然短暂,但足矣。没有什么常开不败。如花眼睛潮湿,竟一个音也吐不出来。

临睡,钱玉让如花兑现。如花双颊飞红,戳戳他的胸,如在场院那样闭上眼睛。

次日,钱玉道出他的打算,不想再去摆摊,准备随郝柱出去打工。五六年前,村里便有人外出了,钱玉没上心,一来要照顾钱宝,二来觉得外边的钱没那么好挣,再者挣钱图个什么,不就图个痛快吗?钱玉不缺。可想法终究会被现实改变,借大哥的钱到现在也没还上,还不上难免不安,不安又怎么谈痛快?钱玉不那么看重钱,可这世上的许多事还是需要钱的,比如这烟花,他若有足够的钱,就可以多放几朵。有些快乐钱是可以买到的。那些外出的人,口气眼神都暗示着钱的好。如花虽然不情愿,却没反对,只问他什么时候回来。钱玉说,年根儿,不管挣多挣少都会回来,年三十,我让你看到天空的花朵。如花意识到钱玉外出是为了她,说,就像大烟花,咱看一次就够了。钱玉说,天上种花,公安不管,你等着我,替我照顾好钱宝。

几天后,钱玉跟着郝柱离开村庄。如花并不清楚钱玉去的不是县城,如别人那样到工厂或工地,他选择了挣大钱的地方。钱玉到地儿后,给如花打电话,说在城里种花。如花问这个季节种的哪门子花?钱玉笑说你都可以在屋里种,这儿的屋子比家里的暖和。如花便放心了,甚至对钱玉所言的花屋有些向往。

没想到这次别离竟然是永别。

5

陪如花去的是钱庄和小五。爹淹泡在酒精里,娘抽了两掸子,他纹丝没动。正好小五回来了,娘就指派了小五。小五在修理铺当工,浑身油渍。娘扒了他的工作服,让他换上干净的,但仍透散着浓重的机油味。那双磨出白茬的皮鞋,还有板结的头发,如爹一样被污渍浸透了。如花并没觉得难闻,若不是坐在前排的女人要调换座位,说自己闻不得机油味,如花几乎忘了味道来自旁边的弟弟。

夜车,火车九点半才开。钱庄领如花和小五走进兰州拉面馆,各要了一碗拉面。钱庄说还是要吃点儿东西,到那边或许顾不上。他坐在如花和小五对面,看看如花,便把目光移开。墙壁上是各种面食及凉菜炒菜的图片,钱庄被牢牢地钩住。直到这时,如花才从懵懂中醒过来一点儿,感觉脑袋还在自己脖子上,这大半天她就像木偶被牵拽着。他真的去了煤窑?她问钱庄,钱庄仍停在图片上,她的目光落在小五脸上,小五轻轻唤声姐。他怎么会去煤窑?她盯住钱庄,钱庄没理她,直到拉面上

75

桌,他才回过头。他舀了一大勺辣椒末,向小五示意。小五摇头,他倒进自己的碗。我喜欢吃辣,他向小五解释。钱庄一路沉默,此时话却格外多,问小五一月挣多少钱,老板待他如何,谈没谈对象。如花插不上话。钱庄脸上的乌云没那么重了,如花宽慰了些。煤矿塌陷虽有耳闻,未必被钱玉赶上,也许如钱庄所言,只是病了……一点点儿。

早上到站,已有人在等着,一瘦一胖。接上头,如花便急急地问,钱玉在哪儿?瘦子说,先吃饭吧,坐了一夜车。如花说,吃过了,不饿。瘦子看钱庄,说一会儿还要赶路,都准备好了。钱庄说,那就痛快点儿。小五拽拽如花,如花这才想起,大哥是主事的,她必须听大哥的。

早餐极丰盛,包子、油条、米粥、面条、鸡蛋和几样小菜,钱庄和小五饿透了,每样都要吃些。如花喝了半碗粥就放下筷子,还没昨晚吃得多。她盯着钱庄和小五,盼他们吃得快点。小五被如花看得不好意思,夹油条的筷子一松,油条掉回盘子里。钱庄夹给小五,并对如花下令,吃个包子。如花说吃不下,钱庄说吃不下也得吃……你什么时候吃了,什么时候上路!瘦子附和,对对对,大哥说得对。小五夹个包子给如花,如花低下头。

中午到达县城,如花以为就要见到钱玉了,可车却开进宾馆。钱庄、如花、小五各安排一间房。如花又问,瘦子说一会儿到,正往这儿赶呢,路上堵车。如花追问,钱玉在车上?瘦子嗯一声,说你们先洗洗,休息休息,到了我来敲门。

如花坐下不到一分钟,便听到敲门声。她没想到这么快,跳起来扑向门口,却是钱庄和小五。如花说,钱玉呢?还往外探探头。钱庄径直进屋,坐在靠窗的椅子上,紧紧握住椅柄,仿佛怕椅子碎裂,他会闪落到地上。他让如花也坐,如花没坐,她听到胸腔咕咚咕咚的撞击声。小五过来,把她半扶半抱摁在床沿,又揽住她的肩。

你得有个心理准备,钱庄说,如花呼吸急促。钱玉出了一点点事,钱庄又说。如花脑袋嗡嗡乱响,不是病了一点点吗?怎么又成出了一点点事?一点点?她哆嗦着问。钱庄说,一大点儿!如花不知一大点是多大,茶杯、脸盆还是笸箩?她觉得被绳子勒住,动弹不得,那……他……钱庄忽然说,小五,给你姐接杯水!小五接了,如花摇头。哥,她几乎是乞求了。钱庄说,你就当他出远门了。如花脑袋轰然作响,她明白了,却又不是十分明白,问,多……远?钱庄说,比天边还远。轰炸突然停止,房间静如死水。

钱玉离她去了!

钱玉弃她去了!!

钱玉去了比天边还远的地方!!!

如花几近窒息,好半天才缓上一口气,她仍不死心,他不回来了?他把我丢下了?钱庄垂下眼帘,可以这么说,人已经没了。如花却又糊涂了,"没了"像一块巨石在脑里旋转……咚地坠落了。她终于明白,她再也见不到钱玉了。她没昏倒。她并

77

不知道小五手里攥着药丸。她也没有嚎叫，眼泪在眶边转了转，很小心地，滚落下来，生怕惊着了谁。而整个人，她的骨头、她的四肢、她的五脏、她的毛发则完全瘫下去，从洁白的床上流下去，在暗紫色的遍布污渍的地毯上流走，覆盖住模糊的图案和被烟头灼烫的洞坑。她看着自己在流，在淌。是的，她没昏倒，只是流淌而已。

钱庄说现在还不是哭的时候，回去再哭，矿上的头儿一会儿过来，咱们得商量个解决办法。如花突又看到希望，还……能……她结巴了。钱庄说，人没了，就说人没了的话。钱庄不再躲避如花的目光，赔偿情况我打听了，二十万到四十万，我的意思是要高点儿，他们肯定要往下砍，你的意思呢？如花没言，小五说，大哥问你话呢。如花这才意识到钱庄在征求她的意见，但她不知说什么。钱庄说，有什么想法你可以说。如花说，钱玉，我要钱玉。钱庄和小五对视一下，说，当然，我也想，可哭塌天，就是把煤矿老板枪毙二百遍，钱玉也回不来了。现在不是闹性子的时候，只能说他回不来的话，向煤矿开条件。你的条件？如花摇头。钱庄说，那我就全权做主了。

在宾馆住了五天，如花从来没有那么闲的时候。清早小五敲开门，喊她吃饭，她一再说吃不下，小五就央求她，让她好歹吃几口。他一声声姐叫得她发慌，只好随他下楼。若她实在懒得动——那一盆盆饭菜让她恶心，钱庄便来喊她。谈判不顺，钱庄窝着火，嗓子也哑了，如花，你不要添乱，你还嫌乱得不够？对大伯哥,如花始终怀有惧意,她听得出他的责备,支撑着爬起来。吃过饭,小五把她送回房间,然后坐在椅子上看着她。如花通宵睁着眼,白日倦意如浪,躺下眼皮就粘上了。中午,小五喊醒她,她随他下楼吃午饭。然后是晚饭。晚上,钱庄会过来坐坐,通报谈判的进展。如花第一次听钱庄骂脏话。

谈妥那日,钱庄和小五分别喝了点儿酒。钱庄阴沉沉的脸终于转晴,他和小五谈论着本地的天气,饭菜的做法,红烧肉炖鸡蛋,鸡爪炖蘑菇。如花默默听着,两人的对话离她很远又离她很近。次日,矿老板没有露面,仍是那个瘦子拿了协议,让如花签了字,摁了红手印。赔偿金丧葬费加起来三十二万,签字画押后便去银行打款。

仍旧被瘦子和胖子拉着,钱庄怀里多了个空骨灰盒。结束了,终于可以见到钱玉了。不会说话的钱玉还是原来的样子吗?如花一遍一遍在脑里描摹着。本来是清晰的,可被她描着,变得模糊。钱玉像生气了,不愿被她描。如花悲伤地低下头。

车到河边停住,瘦子引领着他们,穿过弯弯曲曲的小径,在一个亭子前停住。冰冻的河面上有几个黑点,看不清是什么。瘦子指着对面乌灰的连绵不绝的天,喏,就是那里了。

直到此时,如花方知钱玉仍在矿底,在连绵不绝的大山深处的某个地方。直到此时,她才嚎叫出来。瘦子后退一步,小心却又理直气壮地说,咱们可是签了协议的。小五紧紧抱住她,姐姐姐姐地叫。如花没再流淌,她像一束枯干的柴,完全失控地抖着。

两天后,三人回到宋庄。那个骨灰盒到了她手里,一路被她紧紧搂着。那就是她的丈夫,是喜眉笑眼的钱玉。盒子里有钱玉替换下的一件衬衣,一条内裤,但那就是她的丈夫了。

埋葬了钱玉,如花跟在钱庄身后。短短几日,她已经习惯了钱庄的安排。在村口,如花看到抱着双臂的娘和眼睛肿胀的爹。在他们身边,还有一辆三码子车。娘要接如花回去住几天,如花看钱庄,娘推她一把。钱庄说,回去住几天也好,如花,这里永远是你的家。娘谢过钱庄,让钱庄有空去家里坐坐,咱们还是一家人。如花还没坐稳,娘便喝令爹开车。在嘣嘣声中,如花竟然睡着了,当然睡得没那么踏实,她听娘哼着鼻腔说,谁也甭想把如花拴在手里。

像在宾馆那样,如花除了吃就是睡,昏昏沉沉,昼夜难辨。没人逼她干什么,娘和爹竟然没争吵打闹,至少如花没听到。那个晚上,如花终于像个人一样坐起来。她问娘外面是什么声音,娘说鞭炮,如花方知已经是除夕。她洗了头,要帮娘干活,娘不让她干。如花旁观了一会儿,然后倚着玻璃,一动不动,直到娘喊她。

第二天一早,如花和娘告别。娘大吃一惊,问如花去哪儿。如花说回宋庄。娘说这里才是你的家。如花低下头,没和娘争辩。娘说那个地方和她没什么联系了,如果收拾东西,让小五去,或者让爹和小五一块去,她身子弱,需要静养。娘落下话音,如花说我走了。小五把如花拦住,让她好歹吃了饭。如花没使性子,这不是她使性子的地方。吃了一个饺子就放下筷子。

饭后,娘继续劝,讲了一遍她用吃咸盐熬出来的经验。娘担心她,如花懂,可如花有自己的理由,娘未必懂的。她不想告诉娘,钱宝需要她照顾,也不想告诉娘,那是钱玉的嘱托。如花还是如花,但如花已不是泪泡。娘使出撒手锏,往门口一坐,说如花非要走,就从她身上迈过去。如花蹦到炕上,打开窗户跳出去。如花听见娘在身后喊,但没听清是什么。落地便奔跑起来。

进院,如花便冲偏房喊。钱宝没应。如花敲敲门,推开又喊一声,确定钱宝没在。然后,她才打开正房的门。她嫁过来,正房就属于她和钱玉了。花香袭来,如花不由一怔。那一盆盆被她遗忘的君子兰、倒挂金钟、月季、对红……没有枯死也没有冻死,绿油油的,而四季海棠花开正艳,疙疙瘩瘩的。如花一阵恍惚,钱玉?你回来了?屋里屋外扑个遍。如花怔了半晌,揭开泥炉。难怪暖融融的。因为如花喜欢种花,钱玉便把铁炉换成泥炉。泥炉保温,可以彻夜不息。肯替她照顾花的只有一个人。如花知道是谁。

如花突然进屋,钱庄和老婆宋丽华都有些错愕。还是钱庄反应快,喝令老婆赶紧给如花煮饺子。被大伯子和大嫂的目光戳着,如花不由发慌,她低下头说吃过了。马上,她又抬起头,冲桌边的钱宝说,钱宝,跟我回去吧。

6

过去很久了,如花仍然不愿意相信,钱玉已经离她而去。钱玉没正相,他没准和她闹着玩呢,或这是他的又一个赌。土包下埋的只是钱玉的衬衣和内裤,而钱玉本人一定躲在某个地方。他许诺过在天上种花,种许许多多的花。他没落空过,这次又怎么会?他不过是想给她个惊喜。

果然,如花听见了钱玉唤她。就一声,她立马就醒了。她一遍遍地瞅,墙壁、屋角、花盆。钱玉和她捉迷藏,她一瞅他就躲了。如花到野外走,到树林里转,身边呼唤声不断,但她一个转身,钱玉又不见了。有时,如花会向钱宝求证,钱宝,听见你哥说话了吗?钱宝一脸茫然,他回来了?什么时候回来的?如花说,没听见就算了,吃你的饭。钱宝这个呆子,唤他他也听不见的,如花如是想。

如花非常害怕有人上门。那些人都是好意,看望,劝解,宽慰,有的委婉有的直接,诸如人死不能复活之类。他们故意提醒,竭力证实,钱玉已经去了另一个世界。一边是钱玉的呼唤,一边是善意的劝导,如花才被温水沐浴过突又被丢进冰窖。如花渴望温暖,她一趟趟往野外跑,也是为了躲避那些人。但有时是躲不掉的,比如娘来。她只能回去。

如花的妯娌宋丽华来的次数最多。宋丽华和钱庄外表不怎么搭。钱庄个子高,宋丽华还不到钱庄肩膀。两人相貌也差得多。钱庄像戏里的吕布,宋丽华外貌平常,鼻梁还有雀斑。但论精明和能干,宋丽华完全配得上钱庄,不过被钱庄的光芒挡着,宋丽华显得低调些。宋丽华从地里回来,手里从不空着,要么一捆灰灰菜,要么一袋树蘑菇。若没带家什,她就脱下褂子用皮尖草捆住袖口就地制作。灰灰菜上半段包饺子,下半段喂猪或兔,树蘑菇穿成串晒干,与口蘑搭在一起卖给蘑菇贩子。到营盘镇赶交流会,别人的自行车架上是看戏用的凳子或马扎,而宋丽华则驮着纸箱子,箱里是她起早压的荞粉托,还有一小袋一小袋的醋。醋有放了辣的,有不放辣的。她不进戏场中心,嫌挤,总是在戏场几十米远的地方,边卖粉托边瞧戏。离戏台远,个矮不是劣势。关键是吃粉托的人都在戏场外。所以,别人赶会花钱,宋丽华赶会钱往兜里流。钱庄的日子殷实富足,宋丽华有大半功劳。钱庄的小卖部不只卖货,还是娱乐室。他摆了两张桌子供人打牌或麻将。而宋丽华发挥优势和特长,煮些猪羊下水,或牛头马板肠什么的。香气从小卖部飘出,流得满街都是,娱乐室就成餐馆了。没钱的可以先赊上,或以粮食抵换,然后再把粮食卖到镇上的面粉厂。因种苗问题,宋庄数十人围堵县种苗站,这样的事钱庄都让宋丽华出面。种苗站管了一顿饭,宋丽华没吃,趁众人吃饭她跑到桥头转了转。也没有明确目的,只是个人习惯。众人空手而归,宋丽华则多了一个袋子,袋里是两头猪仔。五十元一头。没出半月,宋丽华便以每头九十元把猪仔卖掉了。别人赚了一顿饭,宋丽华赚了八十块钱,还是捎带的。宋丽华的脸据一算命先生说,就是元宝相,天生旺夫。而钱庄本就精打细算,加上宋丽华这一旺,日子不流油也难。

宋丽华总是晚上来,常常是"正好路过"。钱玉在时,宋丽华几乎没登过门。钱玉和钱庄的性情不同,如花与宋丽华也不是一路人。宋丽华上门,如花起初是紧张的。但宋丽华没像别人那样,她的每句话都与如花无关,纯粹的闲聊,如花渐渐放松。

那日,宋丽华进门便喊口渴,连喝了两大碗温水。如花不解,问她怎么渴成这样。宋丽华说刚从万柳家出来,说话说的。万柳去年端午赊过五斤肉,可能是忘记了,至今未还。万柳两口子要面子是出了名的,加上沾了些亲,宋丽华没那么直接,她试图启发万柳,让他们自己想起来。可两人全然忘掉了,无奈之下,宋丽华硬着头皮直接说出来。她还揣着账本,让万柳翻阅。说了一大箩筐,我连唾沫都耗干了,宋丽华说。如花问,结果呢?宋丽华说,当然不会赖的,他们确实忘了,只是……我挺不好意思的,不知两人背后怎么说我。如花没有劝慰人的本事,只说,该不会的。宋丽华说,那最好,怎么也是亲戚,我又没无中生有。

如花老实却不笨,忽然品出味儿了。不,她到底是笨了些,早该醒过神儿的。如花说,那钱……我明天就还上。宋丽华被打脸一样,又急又恼,说什么呢如花,你以为我是来……啊呀,以后我不敢登门了。如花的脸越发烫了,我知道你不是,可是能还上的……宋丽华说,你可别多想,你大哥知道,还不剥了我的皮。如花说,我不会跟大哥说的。宋丽华叹口气,如花呀,让我说你什么好呢?

次日,如花去镇上取了两万块钱。她几乎忘了身上还揣着一张卡,卡上有钱玉换来的三十二万块钱。她把钱还给钱庄,那是钱玉娶她欠下的。不一会儿,钱庄追上门,问宋丽华是不是找她要过。如花摇头。钱庄松口气,那就好。又说,如果如花没钱,他绝不会要这两万块钱,虽说是钱玉借的,现在他就收下了,叫如花不要多想。如花小声说,我知道。钱庄说,余下的存个定期吧,利息高些。如花嗯一声。钱庄的目光扫过挤靠的花盆,重重地叹口气。

如花又去了趟镇上,把卡换成了折子。卡里有什么如花看不见,折上的数字可是清清楚楚。那些数字提醒并刺激着如花。数字不说话,可比那些劝慰效力猛。钱玉消失了,他换成了数字。钱玉可以换成数字,数字却不能换成钱玉。钱玉是为她换成数字的。钱庄并不清楚钱玉是为了在天上种花才离开她的。他扫过花盆的目光犹如鞭子,若是知道,还不变成刀子?

地是钱庄帮如花种的,几天就种完了,如花再没有在地头田垄种花,也没在屋前屋后点籽,仅在园子里种了一小块。那一包包花籽被她装进袋子埋到园子一角,她终是舍不得丢弃,两日后又把袋子刨出来,把花籽藏在柜里。

六月中旬的某个夜晚,如花听见钱玉唤她。他没如以往那样捉迷藏,他蹲在花盆中,喜眉笑眼的,只是他的脸很黑,像煤块。如花问,你什么时候回来的?钱玉说,早就回来了。如花问,你的脸咋那么黑?钱玉挤挤眼,你猜。如花说,我猜不到。钱玉说,你猜对了,我在天上种花给你。如花急道,不种了,天上长不出花。钱玉说,当然能,要不咱赌一个?如花摇头,不赌了。钱玉站起来,如花紧张道,你要离开我?钱玉说,我从没离开你。一张胳膊,钱玉飞起来,转眼变成乌鸦,在屋里盘了一遭,从窗户飞出。

如花从梦中惊醒,一切历历在目,不可思议。她左瞅瞅右看看,忽然跳下地跑出去。门口的树杈上果然蹲了一只乌鸦。已是黎明时分,她看得清清楚楚。钱玉,是你吗?她仰头问。乌鸦呱叫一声,从枝杈惊起,向北飞去。

如花跑出院子,穿过街道,朝乌鸦飞的方向追去。越过田野树林,如花慢慢收住脚,蝴蝶河两岸的草野上,数百乌鸦或蹲或立,像在召开盛会。如花喜极而泣,她相信钱玉回来了,他变成了乌鸦。她不知哪只是钱玉,但知道他就在其中。钱玉变成乌鸦,仍喜欢和她捉迷藏。

也是那一刻,如花招回自己的魂。有钱玉相伴,一切又和从前一样了。只是她绝不会想到,四年十个月后,她的乌鸦丈夫将被毛根射杀。

第三章　祖奶

1

我的目光越过落满灰尘的蒿草、羞答答的白色和紫色的土豆花,在玉米宽大的叶片和细长的主秆间跳跃。我没看到玉米棒子,可我知道它们就在密实的叶片间藏着。尚未成形,不过是一个个奶泡,但那甜丝丝的味道仍很诱人。我守着挑箱,使劲地嗅着。

后来,我回头瞅了瞅,父亲撒尿的时间有些久。父亲背着路,面朝树站着,正在系裤子。他的动作有些奇怪,好像对那棵枯死的杨树点头哈腰。父亲常常有奇怪的举动,半夜冷不丁坐起来,问,大梅,天没亮吧?我没在意,至少不是特别在意。玉米田诱惑着我,我有些急。又过了一会儿,我再次回头。父亲仍立在枯树前,一动不动,似乎凝固了。有些不妙呢。我喊了一声,父亲没应。我顾不得挑箱,直跳起来。父亲距我并不远,不过二十米的距离。我跑得猛,未能控制好速度,差点撞到枯树上,是父亲拦住我。我差点叫出来。父亲说，别动！声音不高，但严肃、紧张，还有几分诡秘。我被父亲吓着了，头皮酥麻。父亲并没窥视树林深处——恐怖的事情总在那里发生，而是盯着树干。没有水分供养，树皮粗糙，颜色发暗。又不是摇钱树，父亲魔怔了？我有些犯嘀咕。顺着父亲的目光，我看见了那只黑蚂蚁。黑蚂蚁正奋力向上爬窜。我忽然浑身冰冷。浩浩荡荡的黑蚁、白蚁、红蚁常在梦里造访我，与我厮杀。即便我拼尽全力，仍不能阻止蚁群拖拽母亲。每次醒来，我都虚弱不堪，好像真的大战了一场。父亲该不会忘记，他怎么会对一只蚂蚁感兴趣？我已经看出来，他硕亮的目光就是答案。父亲说，我还以为浇死了，这小东西。我终于醒过神儿，父亲撒尿看到那只蚂蚁，蚂蚁唤起父亲的仇恨，他迫不及待，将蚂蚁冲得晕头转向，一命呜呼。树根部被父亲的尿液冲出的深坑还在。父亲沉浸在胜利中，心满意足地系裤子，却忽然发现，那只蚂蚁并没有死去。或者说，濒死的蚂蚁又复活了。然后，蚂蚁沿着树干往上爬。父亲本可以捻死蚂蚁，但父亲整个人呆立着。父亲不相信蚂蚁活着，还能窜。父亲盯着一个奇迹。

我与父亲的目光交汇，将散发着尿味的蚂蚁罩住。蚂蚁个头不大，且孤军奋战。但蚂蚁没有停，避开被风撕裂的缝隙和突起的疤结，一路向上。然后，我看到蚂蚁的洞穴，在第二个枝杈间。在那里，有蚂蚁出出进进。这时，父亲才踹树干一脚，说，哪里能活往哪里走。

如果没遇到赶羊人李贵,如果不是在那个季节,甚至如果没看到那只蚂蚁,我和父亲会错过宋庄,更不可能在宋庄扎根。命运是什么？时时想得到,但永远也说不清楚。

淖呈两个半圆,状如蝴蝶,溪流则像蝴蝶的触角,弯弯曲曲,在几公里外汇成一处,向北,再向北,然后掉头南下。但更奇的还不是这个,而是在河岸边飞舞的蝴蝶。土黄色的蝴蝶有半个巴掌大小,淡黄色和浅粉色的,和杨树叶差不多,深蓝色的蝴蝶则像豆瓣。盛开的金莲花一簇簇一团团,像上天丢落在大地的金锭。

我立刻就喜欢上这个地方。我没看到凶险,也没朝那个方向想。我终究年龄小,不知越是想拥有,付出的代价越大。可活在世上,谁想两手空空呢？就算放弃,也没那么容易,有时候放弃比拥有付出的还要多。

村庄在蝴蝶河西岸,再往西是垴包山。数百户人家,据说是塞外第一大庄,乾隆年间就有了。村前两株柳树,其中一株树干粗壮,如男人的腰,虬枝盘曲,树冠像巨大的蘑菇,比我在高碑店客栈看到的那株有气势。另外一株矮些也细些,是老柳树生出来的。宋庄人称为母子柳。

我和父亲借住在李富伯家。李富伯和他病恹恹的女人及三个子女住正屋,两间房,屋里比院子低了一尺有余,像个洞穴。第一次进屋,我差点闪倒。我和父亲住的是偏房,比正房低,但里外地面没差别,比阴暗的正屋舒服,唯一的不足是门轴涩重,开关像咬牙一样嘎嘎吱吱。当然不白住，父亲做了补偿，还差点引起祸事。豆腐、猪蹄，此外，给李富伯买过烟叶，给他的病妻买过花布，顺道在药铺抓过药，给他大儿子李大旺买过磨刀石，给他二女儿李二妮买过头绳，给他长了六指的三儿买过麻糖。自然李富伯家的盘、碗、菜缸经过我父亲的手，都滴水不漏了。

塞外地多，但都有主，拥有土地最多的是钱广万，有数千亩。那些地土质好，适合耕种，那是钱广万几亩几十亩买来的，价格不菲。一个烧饼能换一亩不是胡说，但那是垴包山山腰和周围的地，遍地石块和残瓦。得一个巴掌一个巴掌地啃。李富伯的六亩地就是这么啃出来的，用了五年时间。先捡拾碎石和瓦块，再深翻，然后再捡石块，再用粗筛把土筛一遍。如果土质浅，还需要从蝴蝶淖边背土上来。之后筑一道坝，防止水把细土冲掉。再后，把猪粪鸡粪羊粪晒干碾碎，与土掺和起来，这叫喂，让土吃进肚里，变成自己的一部分。最后叫养，在种过一茬植物之后，土地吸纳了植物的气息，便有了生命和精气。

父亲皱眉，这比锔碗可难多了。李富伯说有的人不愿意费这个力，宁可租种钱广万的地，但他觉得有自己的地还是好，想怎么来就怎么来。这话说到父亲心坎上，也戳到他的痛处。他念念不忘虞城那几亩田，好像那里依然姓乔。但父亲仍然犹豫。李富伯说如果父亲下了决心，他可以让大旺帮忙，大旺别的没有，就是有力气。父亲和我商议后，让大旺带着我试试，锔活他一个人干。父亲说这苦要吃不了，咱随时走人，天下这么大，活命地儿多得是。

父亲第二次爬垴包山是一个月后了。我和大旺辟出一块地,席子大小。只是第一道和第二道工序,还没筛呢。父亲抓起土块,在手里捻捻,又闻了闻,撮了一点搁到嘴里嚼了嚼,眼睛突然湿了。父亲后来说,他闻到了虞城的气息。那气息混杂着麦粒、玉米、豆子,或许他还听到了水塘的蛙鸣。父亲终于动心,他听到种子落地、发芽的声音。而他和他的大梅是最大的两粒种子,种在这里,走村串户心才踏实。父亲抬起头,习惯性地问,大梅,你说呢?我说出的话自己都吃惊:站在这里可以望见金莲花。

李富伯确实会盘算。父亲有一天突然醒悟,李富伯的算盘里还有别的,那是他和父亲矛盾的开始。李富伯说地不是一天两天能垦出来的,更别说喂养了,当务之急是盖一处房子。他特意强调不是不愿意让父亲住西房,而是入冬不好过。李富伯没说怎么不好过。自然这成为李富伯的又一罪证。和李富伯闹掰后,父亲能列出一大堆。

在李富伯的张罗帮助下,父亲开始造房工程。就在李富伯家西侧。虞城之外,将再次拥有自己的房子,父亲自是激动加兴奋,常常鸡叫头遍就起来了。垴包山西南端有石头,垒屋墙用的土块是从草野里铲的,夹带杂草的土块比不上砖头,但风雨不透。父亲的箱底压着银圆,正好派上用场,买椽檩,做门窗。像李富伯家一样,入地很深。后来我才明白,为什么要挖成洞

91

穴状。

父亲和我,李富伯和李大旺,自然是工程主力,有时李二妮也帮着抬个什么。当然,有些活需要请人干,如门和窗,只能请木匠。这杂七杂八的事我后来给乔石头讲过,他连连打哈欠。老黄历令他厌烦吧,毕竟他身份不同以往,据说后来市长见他都得预约,不感兴趣也在情理之中。但对于我这个老太婆,那可是平生第一遭参与的工程,当然不会忘记。

我和父亲沉浸在喜悦中,并不知道灾难已经在来的路上。

2

蚂蚁在窜。

3

父亲进院,我便闻到香气。那不是普通的香,空气里无数的钩子在生长,钩着鼻孔钩着舌头。我不住地瞟,猜那是什么。水开了,我把揪好的面片丢进从虞城便跟着我们的小铁锅。在李富伯家借住,但吃饭是分开的,炉灶搭在西房的角落里。我把面片舀出来,父亲拿起筷子。我又朝箱子瞟瞟,毫不掩饰。父亲埋下头,什么也没说。吃完饭,父亲才慢腾腾地打开箱子,虽然用纸包着,我还是认出那是一只卤猪蹄。闻闻味儿就行了,父亲说。无疑,这是送给李富伯的。父亲让我闻了一顿饭的时间,而没有马上送到正屋。这是父亲的慷慨,也是他的小算盘。

我进出正屋许多次了,每次都有掉进洞的感觉。李富伯一家刚刚吃过,正在舔碗。餐后仪式,同时在舔,他的病妻也不例外。李富伯舌头长,总是先舔完,然后一个个检查,没舔干净的,比如碗边有一粒米半片菜叶什么的,必须重舔。每个人要把舔过的碗侧翻过来,除了方便李富伯检查,还有互相监督的作用。

仪式正在进行中,手腕举得高高的。并不专注,我进去,他们的目光便齐刷刷望过来,包括李富伯。然后我便听到当啷一声,李三宝的碗摔了。李三宝比别人多长一个手指一个脚趾,十一个手指十一个脚趾。多长出的手指和脚趾不但没帮上忙,反让他笨手笨脚的。他不能像别的孩子那样跑,他走路左摇右摆的,像鸭子一样。李三宝摔碗不是因为我,我猜他是被猪蹄的香气惊着了。李富伯没斥骂李三宝,李三宝像他娘一样是个病秧子,李富伯不忍吧,但李二妮的嘴巴不饶人,骂,没出息的货!

我嘴馋,但并没馋到流口水的地步,那晚不知怎么了,猪蹄已成了李富伯家的,那些钩子依然挠着我。猪蹄会留到第二天还是当晚就吃掉?当晚吃掉就可惜了,留到次日可整夜闻香。只是被香气熏扰,又舒服又难受。若是吃掉,一个猪蹄该怎么分呢?大旺肯定是最少的,他有些憨,即便分得多,也会被二妮哄出去。三宝该是最多的,李婶可能会把自己那一份给他。三个子女中,李婶最疼三宝。那么二妮呢?她争不过三宝,但她有自己的招,她的肚子会忽然疼起来。生火、做饭、洗锅、刷碗二妮是主力,她罢工,李富伯家的日子就会一团糟。在李富伯的西房住了不到半月,这些我就摸清了。我替李富伯发愁,他该怎么分呢?

叫嚷和哭喊传来,准是因为那只猪蹄打起来了。我随父亲跑向正屋,还想着没准大旺或三宝的脸上被二妮挠破了。我猜错了,但比我猜测的更糟。二妮经不住诱惑,偷吃猪蹄,被监视她的三宝发现。二妮受了惊,未能及时吞进肚,那块肉卡在喉咙里。李富伯气坏了,后见二妮脸色发青才着急起来。

主意是父亲想出来的,先用削尖的筷子夹,行不通,虽然二妮的胳膊被大旺扭着,李富伯掰着她的下颌和上唇,但她的舌头在动,父亲一伸筷子,二妮便噉噉的像要吐。然后父亲用铁丝钩,看不到二妮的喉咙,只能凭感觉。二妮呜呜叫着,父亲安慰,就好了就好了。

多年后,我成为接生婆,获得另一项本事,不用任何工具,就可取出喉咙里的异物。是救治孕妇摸索出来的。没有师傅,如果有,那个师傅就是上苍。凭这一绝技,我救了许多人,包括二妮。

终于钩出来。二妮蹲在地上,边哭边吐血沫。满头大汗的父亲终于松了口气。毕竟罪魁祸首是他,他也害怕。李富伯很尴尬,说让你见笑了。

次日,李二妮悄悄凑近我,我以为她要套近乎。她对我既不像李大旺那么热情,也不像李三宝那样充满好奇。从开始,她就对我充满敌意,我不知为什么,因为我并没得罪她。李二妮长相蛮好,用宋庄人的话说,挺"栓正"的,可她看人从不用正眼,总要把眼角斜上去。那时我还不知道,这个李二妮会纠缠我那么多年。父亲救了她,她和我套近乎是应该的。但她说出的话让我愣住了。尽管声音嘶哑,可仍能听出语气里的冰冷,你不会说出去吧?我摇摇头。李二妮说,我警告三宝了,他要乱说,我就撕烂他的嘴。还没有人这么赤裸地威胁过我。我看着这个和我同岁,却比我矮许多的女孩,气不打一处来。怎么?你以为我不敢吗?李二妮问。我的目光慢慢折弯,出门礼让为先,何况还在她家借住着。我做了保证,李二妮的眼角不那么斜了,咱是朋友了是不?我说是。李二妮说,那好,咱交换一下吧。我问,交换什么?李二妮说,各自的秘密。我迟疑。李二妮撇嘴,我不信你没有。为了博取李二妮的信任,我讲了偷掰玉米的事。李二妮有些失望,就这?……顿了顿说,也算一个吧,然后她神神秘秘地告诉我,李三宝天天尿炕,胆子像耗子一样小。我问,你的呢?李二妮反问,两个秘密还不能抵一个吗?然后就一扭一扭地走了。

猪蹄事件不过是预演,更大的祸事发生在盖房中间。

盖顶那天,来了挺多人,不请自来。李富伯提前说了,宋庄习俗,盖顶要吃盖顶糕,来的人不要工钱,只需管一顿饭,这顿饭就是盖顶糕。李富伯张罗,父亲只管跑腿。黄米面、麻油提前几日就买回来了。豆腐是头天买的,准备和土豆一起炖。我和李二妮当然忙不过来,请了两个成年女人做饭。前半日还比较顺利,屋里屋外喜气洋洋。李二妮不时掰一块豆腐塞进嘴里,我盯着她呢。和我的馋不同,我馋在心里,李二妮馋在嘴巴上,不只是豆腐,葱也要偷偷咬一口。我终是没忍住,提醒她葱有味道呢。李二妮的眼角立马斜上去,少见多怪,今儿可是管饱的,乔大梅,你家盖不起房就别盖。她随手又掰一截,像在故意挑衅。她理直气壮,我反不知说什么了。鞭炮响起,我借故跑出去。那些人正往上吊贴着红对联的脊檩,脊檩一落,房就成形了。

油炸糕的香味不亚于猪蹄,平时很难吃上,有的人家过年都吃不到。逮住机会,况且这机会是挣来的,都会放开肚皮。李富伯让父亲多买些黄米面,防止吃空。李富伯没明说,但父亲听出来,吃空不吉利。父亲不吝啬,又是外来户,这可是留好名的机会,所以买了很多。那两个女人悄悄议论,这锢匠挺大气的。我听到耳里,暗暗得意。即便这样,我仍盯着李二妮。为什么这样?真是说不清楚。虽然偷偷塞进嘴巴许多,但正式开饭,李二妮依然跟饿了几年似的。难道她不怕撑着吗?那样,父亲就是有天大的本事也不可能把她肚里的糕钩出来。

哎哟……倒地了。不是李二妮,而是光棍五魁。

那一幕让人惊骇,亦带有几分节日的喧闹。四个壮年男人迅速扛起五魁,出了村庄,往河滩去。后面跟了一堆人,有大人,更多的是孩子。七八条狗狂吠着追在后面。四个人两前两后,五魁肚皮朝下,头耷拉着。五魁吃了三十七块糕,不知谁说的。那四个人边走边晃荡,嘴里分别喊着蛤蟆、臭虫、蚯蚓之类,以此恶心五魁,期望他吐出来。对吃撑的人,宋庄就是这么救治的。

从河滩折回,换了四个男人,继续救治五魁。追在后面的人比先前少了,狗却多了几条,不再叫了,一条条像在酷暑天那样伸着长长的舌头。

我始终追在身后。在逃荒路上,我见过太多人因饥饿倒在地上,被黄土覆盖。吃撑,还是第一次见。当然,我没么兴奋。或者说,起初有那么一点点,后来完全被恐惧代替。

五魁大张着嘴,除了一绺口水,没掉出任何东西。还没从塆包山下来,他就停止了呼吸。撑死也不做饿死鬼,是五魁的口头禅。他如愿以偿。

糕是五魁自己塞进肚里的,况且他还有"前科",父亲不该吃官司的。其家人倒没说什么,但他当保长的亲戚不行。李富伯领着父亲进了趟钱家大院,钱广万从中调和,父亲赔了一块大洋,才算平息。

数日后,父亲带着我登门致谢。我们在钱家大院干了整整三天,连调料罐盖子都修补了。一场劫躲过,另一劫却就此埋下。

4

如花已经离去,可她的哭诉仍在耳边回响。这孩子,让我怎么说呢?

如花登过几次门,第一次被娘带着,那年她十二岁,羞涩,腼腆,像墙缝里的花。她娘让她喊祖奶,那声音小猫子似的。并不

97

是每个接生的娃我都能记住,只有那些稍特别的,比如如花,本以为是顺产,出来却发现脐带在脖子上绕着,好几圈呢,小脸都发青了。如花的相貌,也可能是她的眼神,让人说不出来地怜惜。我招招手,让她往前站。她有点儿紧张,往前挪挪便停下。她娘脾气暴,猛推一把,她径直撞进我怀里。我搂住她,说,别怕。她娘叹气,说如花常常丢魂,她叫了差不多二三十次。我说人和苗一样,各有各的性,麦子就是麦子,你非要让她长成树,魂就容易丢。她娘并没把我的话放在心上,还没出院,就斥责她没个利索劲儿。

第二次她已经嫁到宋庄,与钱玉一起登门,祈祷我保佑。我一个半死的人,能帮她什么呢?我倒是有保胎的秘方,可已经无法告诉她了。第三次上门,她告诉我钱玉变成了乌鸦,惊喜让她的舌头都打弯了。

她这么说当然有风险。痴人疯语,自古难容。钱玉变成乌鸦,或别的花鸟草虫都不重要,重要的是如花相信。相信就是真的,不信就是假的。相信日子是一个样,不信日子是另一个样。头顶三尺有神灵,也是这样,信则有不信则无。自钱玉变成乌鸦,或者说自如花认为钱玉变成乌鸦,她的哀伤便烟一样散去。对如花,这是幸事,她的心又活过来了。当然,如花的行为对别人有些影响,但还没有谁把她当成敌人。说到底,没妨碍着谁。始终风平浪静。宋庄容纳她,或也有钱庄的关系。

毛根对我心怀怨恨,这我清楚,全宋庄,他是唯一没到过我床头的人。当然,我不会怪他,相反,我万分愧疚。那是他和我之间的事,他要报复,也该冲我才对,为什么射杀如花的乌鸦丈夫?但愿他不是故意的,不是因为仇恨。可就算如此,他能还如花一个丈夫吗?

祖奶,该吃午饭了。麦香耳语,这一上午你累着了吧?

蚂蚁又开始窜了。

5

冬天咣当一声砸下来,突然,猛烈,连个准备的工夫都没有。头天晚上李二妮还和我在月光下玩跳方。我进过钱家青砖灰瓦的大院后,李二妮对我态度大变。后来我知道那是荣耀,并不是每个人都有机会进出钱家的,特别是像我这般年龄的孩子。清早北风便如刀子割得脸生疼,说话时嘴边便旋起白雾。泼水在地上,地面顿时被油煎了般拉拉响,少顷便冻成冰溜,稍不注意就会滑倒。

那天我和父亲都是全副武装,狗皮帽子,棉衣棉裤棉鞋,我还多了件羊羔皮坎肩。幸亏李富伯提醒,提前备了入冬衣物。第一个冬天难过点,第二年习惯就好了,李富伯这样说。秋末,我和父亲便开始走村串户了。盖房加上赔偿五魁,家底彻底掏尽。这副装扮果然管用,走一程竟然出汗了。我说歇歇吧,父亲说歇什么,肚子饿了就走不动了。多数人家都允许我和父亲进屋干,但也有个别人不理睬父亲的要求,那样,我和父亲就在避风的角落支开摊子。父亲并不抱怨,他说让你进屋是人情,不让也在理。塞外村庄之间距离远,为多转个村子,父亲走得疾。还好我是大脚,跟得上。有一次转得远,父亲说如果晚了,就在县城过夜,可太阳落山,他又说还是回吧。住店要花钱,回宋庄就可以省下。父亲觉出我有情绪,说还是家里舒服自在,你想睡多久睡多久。理是这样,可在自己家里,我从未"想睡多久就睡多久",天不亮就被父亲叫醒。舒服也谈不上,或许是新房的缘故,我总觉得屋里发潮,自在倒是实话。我再不用担心半夜醒后看到龙王的阔鼻和长髯,也不用担心睡得正香突然被人喝醒。我和父亲风餐露宿多年,那两间矮房不仅是睡觉的地方,还是别的。我是有点不痛快,可残月挂在半空,不快便被渴望挤走,在这之前,从无这种感觉。

某天夜里,我和父亲躺下不久,父亲便扯起鼾声。父亲不让我担挑箱,他说我骨头没长成,容易把骨头压斜。没了行李,挑箱还是很重,路途又远,一天下来父亲浑身酸痛,话说到一半就睡着了。刮的是白毛风,声音呜咽凄惨,如同饿狼哀叫,塞外称狼嚎风。那不是一匹狼,而是几十匹上百匹,似乎就在屋顶,在烟囱上,在窗台,在墙角,哀嚎嘶喊。屋里还算暖和,虽然湿气仍然重。这是洞穴屋的好处,隔寒。那些盖不起房的直接挖个洞穴过冬,垫上树枝和柴火,竖个梯子爬上爬下。塞外称鼠房。李二妮钻过,她撇着嘴,眼角上斜,说那和耗子没什么区别。

我睡不着,并不是狼嚎风的缘故。那夜嘶嚎得急了点儿,但也不足以让我惊惧。而是在狼嚎风的呜咽中,我听到别的声音。成为接生婆之后,我的耳朵练就了超常的能力,那时,我的耳朵似乎还没什么特别。但我听到了,嗒嗒嗒,细碎,急促。我猜不到那是什么怪物,比狼更庞大,但比狼更敏捷。声音由远而近,大地似乎都在颤抖。

我终于忍不住,推推父亲,并小声唤他。我搅了父亲的好梦,梦中,父亲接了母亲,正在来宋庄的路上,再有一会儿就到了。父亲以为我要起夜,我说不是。父亲问怎么了,我说你听。父亲听听,说不就刮个风吗?少见多怪,明儿还要早起,赶紧睡!我说,不光是风。父亲说,别自个儿吓自个儿,几时变得胆小了?我没再说什么,或许真是自个儿吓自个儿,那是另一种狼嚎风。翻个身,父亲又扯起呼噜。我渐渐不抵困倦,坠入梦乡。嗒嗒嗒没有消失,好像追到梦里来了。

钱家被抢了,就在昨天夜里。我和父亲起个大早,却未能出村。那一天所有宋庄人都不能出进。那年头土匪多,塞外也不例外。什么白阎王、麻五哥、独眼狼、二坨蛋、刘旋风,还有个女匪叫赛西施,据说貌美如花,却心狠手辣,绝技之一是乔装成良家妇女去大户人家当下人,以便摸清底细,里应外合,对她动过手脚的男人全部被她剁掉手腕以示惩罚。土匪抢劫后都要留下名号,有点儿竖大旗的意思,抢过一次,第二次毋须登门,报上名号,那些大户便在指定时间把钱物送至指定地点,破财免灾。抢劫钱家的土匪有点儿怪,不但没报名号,反个个蒙面。而且熟门熟路,居然知道钱广万有个纯银夜壶。人未伤及,但掠去许多财物。

李富伯和父亲面对面蹲着,嘴巴各咬一袋烟。落户宋庄不久,父亲便学会了抽老烟。李富伯在腾腾的烟气中给父亲讲土匪的传说。李富伯是否夸大其辞,我不清楚,但看得出他讲得有些刹不住,似乎对他们极熟悉。待觉察到父亲的忧虑,李富伯转移话题,让父亲放心。土匪只抢大户人家,对咱们这样的瞧都不瞧,除非……李富伯顿住,瞟瞟我,马上移开,说,除非得罪他们。可咱不招惹谁,怎么会得罪土匪呢。父亲定然从李富伯的停顿中听出别的,因为连我都感觉到了。

李富伯离开,父亲便盯住我,你确信,昨夜听到什么了?我点点头。父亲的目光硬起来,带了些许的血腥气,语气也严厉许多,记住,不许跟任何人讲,谁问你都不要讲,你什么都没听到。我明白,但又不是特别明白。听见没有?他喝问,我从未见过父亲这样暴怒,便惶然应了一声。我害怕极了,是为父亲的害怕而害怕。可能是我脸色惨白令父亲不忍,他反过来又安慰我,撞福还是撞祸由不了自己,别吓唬自己。但有一样,什么时候都要管住嘴巴,你什么都不知道,就没人找你的麻烦。

父亲的担忧似乎是多余的,没人讯问我和父亲。隔日,我和父亲便又挑箱上路了。钱家被抢似乎已成为遥远的过去。但两天后,我和父亲行至半路,被穿制服的人追住,强行扭至马车上。马车有三套的也有单套的,拉我和父亲的是单套马车。赶车师傅也穿着制服,喝令我和父亲不要说话,显然已把我和父亲当成犯人。李二妮坐过马车,她常炫耀。李二妮有这样的本事,可以用她吃过、穿过、见过、玩过、听过的任何东西来馋我,而我总是心动,或者她斜挑的眼角让我不甘,我渴望,我向往。现在终于如愿,却是以这样的身份。父亲很紧张,但仍用目光和我交流,或者说警告我,我也以目光回答他。老实说,我和父亲一样紧张,但紧张之外还有些好奇。某一刻,我还闭上眼,验证李二妮的话。闭上眼,马车是往反方向走的,李二妮显摆。还真是这样,李二妮没有骗我。

稍后,我知道押解我和父亲的是张北县警察。第一次到张北县城,第一次到警察所。起先,我和父亲被关在一起,没床没铺,地上只有稻草,冷得像冰窖。我和父亲不停地走不停地跺脚。随后,父亲被带出去,又过了许久,我被带出去。从一个院子到另外一个院子,中间有个月亮门。

或许是阴天的缘故,屋子里有些暗,但暖烘烘的。带我的人令我坐在墙侧的凳子上。我仍在流清鼻涕,抬袖擦了几次。很不雅,但不擦就流嘴巴里了。对面是张大桌子,桌后有把椅子。隔了一会儿,一个身板敦实、脸若冬瓜的男人走进来,带我的人叫他鲁警佐。后来我才知道,审大案鲁警佐才亲自出马,小案都是手下人审。

冻坏了吧?鲁警佐在屋中央站住。我尚未从颠簸与惊恐中恢复过来,警佐的话显得突兀又意外。他没等我回答或点头,便吩咐带我的人倒碗热水。我瞅瞅门口，小声问，我父亲在哪儿？警佐说，他在别的屋，一会儿你就能见到他了。警佐在桌后坐定，脸上挂着令我捉摸不透的笑。待我捧了热水碗，他挥挥手，押我的人退出去。

你不用怕，警佐缓缓道，带你们父女过来，是想问几句话。我正要把碗放到地上，警佐说，不急的，你慢慢喝。他们没打你吧？我摇摇头。警佐说，那就好，我跟他们说了，你们是匠人，不是土匪，要客气。我小心翼翼地喝着已经凉下去的水，揣测他会问什么。

我已经问过你父亲了，警佐说，脸上仍挂着笑。他都说了，现在问你，是想验证你们父女说的是不是一致。我的脚并拢在一起，生怕他窥见我的紧张，可他还是看到了。你真的不用怕，我不喜欢用刑，特别是像你这样的女娃。警佐年龄四十上下，冬瓜脸青油油的。但前提是必须说实话，如果有一句假话……这天，几个时辰就冻硬了。有个嘴巴硬的土匪，也是冬日，吊到树上还不开口，一桶水浇下去，他就成了冰坨蛋，想说都没了机会。那碗水的功效已经消散，我瑟瑟抖着。我是讲道理的人，你不用怕我，只要说实话……听懂了吗？我点点头。

警佐的讯问让我意外，更像拉家常。诸如老家在哪儿，何时在宋庄落户，为什么会看中寒冷的塞外，我一一道来。逃荒流浪、京郊窝棚、宫廷铜匠、一个烧饼一亩地，等等。我没想到记忆如此好，甚至父亲承诺的冰糖葫芦都没落下。听到这儿，警佐的嘴角微微牵了一下。心里的鼓仍在敲,我总觉得警佐眼里藏着刺儿。

你进过钱家大院?警佐突然打断我,轰隆一声,鼓面炸开。我机械地点点头。警佐让我讲讲过程,每一天,干了什么,看见了什么,父亲是否和我在一起,有无单独离开。你呢?自己在院里转过吗?我大幅摇头。警佐似乎很满意,他揉捏着青油油的下巴。我暗想,他该不会问了。孰料,他脸色突转,晾肉房呢?你没去过?我差点从凳子上摔下来。李二妮问我是否见过钱广万的二姨太,人们传言钱广万二姨太的腰细得和茶碗一样。我摇头后,李二妮极其失望,眼角一抖一抖的,马上要斜上去了。接着问我,是否去过钱家的晾肉房。或许是显摆,或许出于对她眼角斜倾的不适,我和她撒谎,说偷偷进去过,肉条密密麻麻的。李二妮的眼角不但没耷拉下来,目光却剧烈抖晃,像挂满了肉条。我只得继续编,李二妮不停地用袖子擦口水。是李二妮的口水刺激了我,谎话也很过瘾呢。

我的失态自是没逃过警佐,他强调,不说实话必定要付出代价。他抛出晾肉房,大约是李二妮把我的话和别人说过,她不会放过任何显摆的机会。虽然那不是她的经历,但她总是有办法转变成自己炫耀的资本。我几乎能想象她说话的口气。我说没去过。警佐说有人可以作证,是我亲口讲的。我便讲了如何向李二妮撒谎,为什么撒谎。那三天,我没离开父亲半步。

警佐没有就此事追问,转而问我和父亲都到过哪些村庄,见过什么人,特别是钱家失盗前几日,还有当天夜里的情况。我想起狼嚎风中的嗒嗒声。我听见了。不要对任何人说！父亲语气严厉。我猜父亲不会说的。那么，我还是什么也没听到的好。除了那晚的声音，只要警佐问到的，皆据实回答。

你父亲真打算把你送到宫廷当锔匠？警佐冷不丁地，我怔了一下，不知他为什么转回来了。是，还是不是？警佐不像刚才那么温和了。我低声说是。警佐却又笑了，冬瓜脸越发鼓胀，还好不是送你选妃。忽又变得严肃，你比你父亲技术好？我没说话，伸出手，抬起来。我手指细长，特别细长。看我锔碗的人都会注意到我的手，在某户人家，那女人抓起我的手摸了又摸，说这是她这辈子见过的最细长最柔软的手。我都不好意思了，她才松开。

警佐说有个办法可以验证我是否说谎，但他没说什么办法。天已经晚了，他让人带我出去。换了一间屋，没那么冷了，但并不舒服。仍是稻草，不过多了床破被子。黑咕隆咚的，什么也看不见。我不知父亲怎样了，和我一样，还是比我更糟。那一夜我忐忑不安。

第二天，他们把挑箱送到关我的房间，同时送来一个开裂成两瓣的白底蓝纹瓷盘。他们要我锔好。难道这就是警佐说的验证办法？两个时辰我便锔好了。然后，我抱着盘子，再次被带到警佐面前。他举起盘子瞅了又瞅，照了又照，说，金刚钻使得不错。

接下来发生的事越发让人摸不着头脑。我和父亲见面了，但没让离开,而是被关进城东的院落。说关也不妥,因为除了不准外出,并无别的限制。屋里有铁炉子,有睡觉的床,被褥旧是旧,但还算干净。一日两餐,到点便有人送过来,从饭菜的温热程度推断,做饭的地儿就在旁侧。干的活也是我和父亲的老本行,父亲说那些盘子和瓶罐,都是有年代的老瓷器,让我小心。即便不是老瓷器,我也会小心。警佐每天来一次,对我和父亲的成果反复检查。他对父亲不像对我那么温和,脸总是板着。父亲小心翼翼地问还行吧,他只有一个字,好。

整整九天。完工那日,警佐的冬瓜脸终于挂上笑,还夸了我和父亲。警佐说会让马车送我们回宋庄,父亲哈着腰说不用了。警佐说车已经在院子外面。然后他掏出两块银圆,其中一枚从指缝间滑出,与桌面撞击出沉重的响声。另一枚,他立在桌上,猛地一扭,银圆便旋转起来。他突然伸手,将银圆扣在桌上。这才抬起头,这是工钱,没让你们父女白干。我听到父亲喉咙里的咕噜声,他的腰又躬了一些,您说笑,哪能呢,哪能呢。警佐的笑已经收敛,我说不白干就不白干。父亲抖抖的,不知是兴奋更多还是害怕更多,这……有点多。警佐眼神冰冷,你说够了吗?父亲惶然点头。警佐说,那就不要再说,但有一点儿,你们父女要记住,嘴巴要严。父亲忙说您放心。警佐的目光滑到我脸上,我忙保证。警佐指着尚未移走的瓷器,见过吗?父亲说没见过,我也说没见过。警佐满意地嗯一声,冲我招招手,我走过去,他把银圆递给我。你的手……确实特别。可以走了,车还等着呢。

107

6

丝丝缕缕的香气钻进鼻孔,游向肺腑。我成为一个纯粹的吃饱墩。只会吃的人,宋庄就这样称谓。当然,宋庄没人这么叫我,他们把我当神一样供奉着。我向老天发誓,我从无引导诱惑暗示过谁,我不知道这一切是怎么发生的。他们被我接生到这个世界,对我多多少少怀有感恩,这我清楚,但绝不会只因为这个,医院的接生大夫多得是。可不管我清不清楚愿不愿意,就这样发生了。他们祈祷、默念、诉说、敬仰,我无力阻止。就如这香……我并不能阻止香气进入并浸润我的身体。

我曾"自杀"过一次,那是我残破的身躯躺倒半年之后。我被刺激着了。杨铁匠十岁的孙子掉进吴大勇的鱼塘,淹死了。吴大勇水性好,爱养鱼。鱼塘距蝴蝶河不远,共三个鱼池,养着不同的鱼。杨铁匠让吴大勇偿命,吴大勇口气很硬,说责任不在他,是杨铁匠没看管好孙子,对杨铁匠提出的费用补偿,吴大勇也不答应,只出二百。杨铁匠气不过,和吴大勇干了一架,打掉了吴大勇两颗门牙。杨铁匠打了半辈子铁,年龄虽然大了,可仍有蛮力。吴大勇的两颗门牙并没有平息杨铁匠的怒气,他要杀死吴大勇十二岁的孙女。

这和我有关系吗?当然有。这些都是杨铁匠和我絮叨的。准备杀死吴大勇孙女前一天,他进屋就说祖奶我给你跪下了。杨铁匠年近六十,他这样说我就知道有大事发生了。祖奶,我打过铲子、锄头、镰刀、铁钩、门铧,我杀过鸡、猪、牛、羊,但我还没杀过人呢。我是让吴大勇逼的。没了孙子我活不下去,你都不知道我这几天咋过的。吴大勇不仁我就不义了。我也让他尝尝失去孙女的滋味。祖奶,我现在心如死灰,只有这一个念头了。祖奶,你保佑我,千万别失手。

能想到吗?杨铁匠居然让我保佑,保佑他顺利杀人。我心急如焚,肝胆俱裂。你个缺心眼你个糊涂蛋,我恨不得立马跳起来,骂他,阻止他,踩灭他疯狂的念头。可我完全不能动,连粗重呼吸都不可能,只能任凭杨铁匠如刀的言语划过我衰老的五脏六腑。杨铁匠虽然打过那么多铁器,虽然杀过那么多牲畜,但对于杀人心里还是怵的。他祈求我保佑,其实是想从我这里收获勇气。哈哈,我成什么了?杨铁匠成为凶手,我不就成了帮凶?或者,更严重点,我不就成了他杀人的后盾?

这个即将成为凶手的家伙不知道我心里着了火,只顾自话自说。既然开不了口,着急也没用。我渐渐镇定下来。虽然他听不到我说话,我还是要说。我唯一能做的,就是默语。我无力阻止凶案,但我全力阻止了。这不能减少我的遗憾,也不能抵消我给凶手注入勇气的罪过,但这是我唯一能做的。

你这个莽铁匠,怎么就一根筋呢?吴大勇挖鱼塘的目的不是淹死你的孙子,那是个意外。你不愿意看到,吴大勇也不愿意。就算吴大勇有罪,那也只能吴大勇承担,与他孙女没一点关系。你杀一个无辜的孩子,怎么下得去手?就算你心肠是铁做的,不在乎一个女娃的死活,可总在乎你的家人吧?你儿子失去了儿子,哭得死去活来的,你还想让他失去父亲?恐怕到时候他哭都哭不出来了。还有你的老伴,中风落下后遗症,吃饭还得你帮她。嫁给你的时候,你连被褥都置办不起,你就不想想她的好,就这么撇下她?

我默语我的,杨铁匠唠叨他的。他的每句话都砸到我身上,我的默语没一个字塞进他耳朵。我无能为力。

祖奶,我走了。杨铁匠站起来,向我告别。跪的时间久,他的腿肯定麻了,结果摔了个跟头。我不知他此时是何表情,但想他眼底必然已经杀气腾腾。

我拦不住杨铁匠,也没有办法告知吴大勇。我懊丧绝望,于是产生自杀的念头。我从这个世界上消失,那么杨铁匠就不会到我床边祈祷,没有足够的勇气,他或许就不会杀人。那可是个女娃呀。若我还这么半死不活的,不知还要做谁的帮凶。

我自杀的方法就是尽可能地屏住呼吸。虽然命若游丝,但我依然没有气绝,这得益于香气的喂养。我是这么认为的。没有缕缕香气,我这残破的身躯早已化为尘埃。

自杀以失败告终。我没有屏住呼吸的力气。我做不到。无论怎样努力,香气仍从鼻孔、嘴巴、毛发、汗孔渗入。的确,我是连自杀都做不到的废物。那滋味……老天是在惩罚我吗?我接生了上万个孩子,没有功德至少也没有罪孽,老天为什么这样待我?

第二天傍晚,杨铁匠又来了。麦香不让他进来,他说了许多好话。我以为这个凶手要把血淋淋的杀人过程告诉我,因为他说要谢我,没料到他说是我救了他。他想通了。

昨天他摔了一跤,结果让他犯了嘀咕。他反复琢磨这一跤,认为是我在阻止他。祖奶不让他杀,他杀还是不杀?他想找人商量,又不知和谁说。一夜没睡。他这样说。但他被仇恨烧着,仍在放学的时候守在学校门口,袖里揣着刀。那个时候,他听见了我说话,就在他耳边。说得他心慌意乱,放学铃响起,他仓皇逃离。就是恨死吴大勇,也不该拿他的孙女出气。他如是想。

我的心里起了一阵波澜,继而万分庆幸。是否我的默语暗示了他,是否他偶然摔那一跤有神相助均不重要,重要的是他没有行凶。仇恨一时化解不开,但总有一天会烟消云散。

我再没产生自杀的念头,顺其自然吧。我还算平静,直到这个早上,这只蚂蚁窜出来。

7

那年冬天,宋庄发生了许多事。一个叫二蛮子的在营盘镇喝醉了酒,回村走反了方向。次日在滩里被寻见,人已经冻硬。他是蹲着的,烤火的架势,面前不过是几块鸡蛋大的石头。都说他出现了幻觉,把那几块石头当成了火盆。也有人说那是鬼火石,专诱惑迷路的人。

住鼠屋的一户人家,傍晚疏忽,没及时把屋口盖住,一头觅食的黄羊掉进去。那家人穷得盖不起房,那一冬却吃足了肉,每隔三五日便有肉香飘出来。没风的日子,白气扶摇直上,常常招惹来老鹰。那些有猎枪的见白气就往外跑,不过,没一个将老鹰射下来。

最让人吃惊的是宋拐子的儿子宋矮子,竟在张家口大境门外开了一家商铺,专营皮货。宋矮子是骆驼客,来往于张家口与库伦之间。因为个子矮,常被戏谑,说他骑在驼背上与两个驼峰一样高,所以他的另一个绰号是三肉锤。拉骆驼是苦营生,何况他比别人矮许多,三十多了始终未娶妻。谁能想到宋矮子摇身一变,成了万隆永商铺的掌柜,还娶了另一位做茶叶咸盐生意的掌柜的女儿,据说那女娃美若天仙。就算钱广万,也没在张家口弄个商铺,宋矮子是宋庄第一人。一向冷清的宋拐子家忽然间门庭若市,有的想在商铺谋份差事,有的想做骆驼客,求宋拐子指点。但都被宋拐子冷脸挡回去了。宋拐子没落下好名,但再没人小瞧他。

钱家被抢自然也是宋庄的大事,传说甚多,真假难辨。另一件事的主角,该是我和父亲。被推上马车的当日便有传言,说我和父亲是土匪的眼线。谁都没料到我和父亲仍旧坐了马车回来,谣言不攻自破。李富伯也是吃了一惊,以为我和父亲回不来了。那一晚,两人握着长烟杆,吞烟吐雾到半夜。

我问过李二妮,她是否把我在钱家大院的事和别人说过,李二妮矢口否认。我知道她撒了谎,虽然她眼角上挑,好像我污辱了她,但她心里发虚,是她的神色告诉我的。李二妮并未因我的质问疏远我,相反,她变着法地接近我。她急于探听我在县城的经历。那是我和父亲的秘密,发过誓的秘密,当然不会告诉她。李二妮试图用两桩秘密与我交换,后来加到三桩,其中一个秘密是她自己的。她偷吃过冻猪油,拉了好几天肚子,这总行了吧?她期待地望着我。我说上了马车便呼呼大睡,什么都记不得。李二妮当然不信,这些天都在马车上睡着?哄鬼去吧。我说信不信由你。李二妮豁出去的架势,说某一天她梦见自己嫁给了钱广万,她吃肉条,钱广万啃她的乳头。她被啃醒,原来是李三宝咬住了她的乳头。她狠狠拧李三宝一把。李三宝嚎哭了半夜,李富伯两口子以为李三宝跟了什么东西。李二妮睨着我,这下你该说了吧。我暗暗心惊,她脸皮可够厚的。但我还是想不起来,李二妮说我坑了她,占她便宜,像我这样的人不值得她交朋友。但隔日,她又来套我,把我烦得要死。

冬日很漫长,但春天还是来了。大地一夜之间冒出绿芽,墙角或坑洼,蒲公英迫不及待地吐出花苞。垦荒工程又开始了。父亲的时间分成两半,一半走村串户,一半上垴包山。李大旺常过来帮我,父亲过意不去,劝他忙他的。李大旺说他回去李富伯就骂他,你和我爹讲,他不让来我就不来了。李大旺瓮声瓮气,多么不情愿似的。父亲无奈地摇摇头。父亲也和李富伯说过,李富伯说大旺虽是闷葫芦,干活却是好手,多余的力气也没处打发,就随他去吧。李富伯说如果你怕大旺吃亏,就管他顿饭。于是，我家的饭桌上会时常多一双筷子。

某天歇晌，刚吃完带来的干粮，一只野兔探头探脑地溜过来。在野兔前面，有一朵盛开的蒲公英。野兔被花诱惑着，但因为我和李大旺，野兔有些犹豫。李大旺摸起一块石头投出去。野兔受了惊，箭一样逃离。李大旺跳起来猛追。我差点笑出声，他怎能与野兔赛跑？

李大旺绰号李大傻，其实他并不傻，只是有些憨，有些实诚，因而常遭人捉弄。某天路上有人告诉他滩里有只冻死的黄羊，李大旺捡着就是李大旺的。李大旺问你为什么不捡，那人说我倒是想捡，可它死沉死沉的，背不动啊，你背回来送我一条腿。李大旺便去了，转到天黑也没找见那只冻死的黄羊，他感觉自己受了骗，找那个人质问，那人说一定是你脚慢，让别人抢了先。这件事在村里传了好久，人们都笑李大旺傻。谁家脱坯或铲坯，若干活的人里有李大旺，最卖力的那个肯定是他。他从不偷懒。有时，一起干活的嘲笑他，说骡子还懂得歇歇呢，大旺实实在在地回答，我不累，累了自然要歇。一个李大旺抵两头骡子，有人这样说。李大旺的事，多是李二妮跟我说的。自然，李二妮也常捉弄他。

李大旺自是没追上野兔，但手里多了一把条状物，绿芽白茎，比筷子略粗。李大旺说这叫酸柳，他从根部撕掉酸柳的皮，递给我。我咬了一截，整个腮帮子都被酸到了。我叫声老天。李大旺顿时慌了，问……不好吃吗？慌起来，他的脸就更黑了。

我没捉弄过他,那一刻突然如鬼附身,咧着嘴说,难吃死了,我还以为什么好东西呢,大旺,你是不是想害死我?我故意往前挪挪,大旺吓得往后一跌,酸柳都撒在地上。李大旺急着分辩,没想害你。我仍然绷着脸,你就是没安好心!李大旺更急了,嘴唇嚅动,就是说不出话。我忍住笑,捡了一根酸柳,剥开。又脆又嫩,酸中夹了一丝甜味,实在爽口。李大旺的目光转到我脸上,满脸迷惑。我笑笑,逗你呢,真的好吃。李大旺问,真的?没骗我吧。我大笑,你这个……呆子,开个玩笑就当真。李大旺乐滋滋的,好像我给了他赏赐。

那把酸柳,我留了一半。李大旺说酸柳搁三五天又是另一种味道。李大旺形容不出来,我很想知道另一种是什么滋味。我让李大旺留下来吃饭。因为今天的插曲,我打算烙几张油饼。刚舀了面,李二妮进来了。她从不敲门,推门就进。酸柳在门口的窗台上,李二妮一把抓起来,如收缴赃物一样夹在腋下,阴阳怪气的,我说呢,今年连酸柳味也没闻见,原来被你打劫了。我说,二妮你嘴巴干净点,谁打劫了?二妮眼角上斜,喝问大旺,以往拔的酸柳是不是都给我了?你告诉她!李大旺显然不愿意回答,但还是说是。李二妮摆出一副占了大理的架势,这本该是我的,你拿回自己家,这不是打劫是什么?你的牙没酸掉吧?我不想和她争执,可实在看不惯她颐指气使的样儿,我说,别提往年,往年我还不知道吃冻猪油会拉肚子。李二妮脸色铁青,那都是骗你的。我哼了一声,骗没骗鬼知道。李二妮眼闪泪光,似要败逃,但又很不甘,这酸柳就该是我的。我说,你放在那儿,这是我拔的,与大旺没一点儿关系。立即意识到这话不该说。果然,李二妮瘫下去的斗志又鼓起来,她盯住大旺,问他是谁拔的。知道李大旺心眼儿实,我抢先道,当然是我。可李二妮料定结果,咄咄逼人,大旺,你说!李大旺看看我又看看二妮,我……我沮丧透了,难怪叫他傻子!李二妮得意地,想哄我,没门儿!我说,就算大旺拔的,但也是给我的,是不是大旺?李大旺说是给大梅的。李二妮骂他吃里扒外。她从腋下抽出来,放下的瞬间又缩回去了,这本该是我的,凭什么给你?转身走了。

李二妮的胡搅蛮缠让我心里蹿火,而李大旺的表现更令我失望。我没了烙饼的心思,把昨晚的剩菜剩饭混合做了片汤。父亲回来,三人围坐在一起。李大旺喝一碗便放下了。父亲问他怎么只吃一碗,李大旺说你们先吃。笨人有笨人的脑子,他看出饭不够吃。父亲只舀了一勺。我才不管他呢,既然他愿意等,那就让他等,非让他落空不可。满脑子都是捉弄他的念头。父亲轻轻踢我一下。我终是不忍,放下筷子。父亲说,我和大梅都吃饱了。我把盆推过去,都是你的了,慢点,别噎着。李大旺竟然没听出我的嘲讽,说没事。李大旺离去,父亲先是责备我,尔后突然笑起来,这个大旺啊,真是!

次日,我和李大旺照旧垦荒。李大旺和我说话,我没搭理他。他觉出我的冷淡,闷头干活。歇晌,我拿出起早准备的干粮喊他吃,李大旺搓搓手,说你吃,我去找酸柳。原来他惦记这个啊。我说,那也要吃了再去。李大旺迟迟疑疑地坐下。我问酸柳只长在坡上吗,李大旺说平地更多,他知道几个地方。我问他能不能带上我,我还没见过酸柳长在地上的样子呢。李大旺有些意外,你真想去?我点点头,反正也不在乎这半天。李大旺不知是紧张还是兴奋,竟有些抖。

李大旺带我到河两岸的平地里,那里属于钱广万。酸柳的茎长,但长在地面的叶片并不大,与初春的蒿草有几分相似,所以不是那么容易找。当然,这对李大旺不是什么难事。我收获了一大抱,就地坐下,饱饱吃了一顿,牙齿都合不住了。我开心的样子感染了李大旺,他说滩地有"害害",也很好吃,问我去不去。我不知什么是害害,但馋虫被勾出来,还有冒险的渴望。我问远吗?李大旺说有些远,不过天黑前能赶回来。我跳起来,那还磨蹭什么?

李大旺有一项特殊本事,这是我后来才发现的。哪里有酸柳,哪里有害害,哪里有蘑菇,他都了如指掌。准确地说,都逃不过他的感觉,而且他在这方面的记忆力超级好。用他的话说,它们都有自己的窝,他抄的是老穴。我问他怎么记住的,他说不上来,但就是能记住。

所谓的害害与野韭菜相似,但没野韭菜辣,也没有野韭菜的腥味。长约一拃,叶和茎都长在地面上。塞外的土地虽然贫瘠,却处处有老天的赏赐。酸柳和害害,一酸一辣,都是我喜欢吃的。李大旺说隔阵子就带我出来一趟。我问李大旺带过二妮没

117

有,李大旺摇头。我问为什么不带她,李大旺定定地看着我,自然是想揣测我的心思。尔后垂下头,说二妮腿懒。其实,我并没期待他说出让我意外的话,我说不清为什么要那样问。

遭遇旋风是在返回的路上。在虞城我见过旋风,犹如一个巨大的蘑菇,母亲说旋风会把人的魂带走,破解的办法就是连唾三口。李大旺说旋风来了,让我快走。我回头望望,旋风尚在天际,高不过数丈。我并不在意,还想在旋风来临时炫耀破解办法,所以依然慢悠悠的。李大旺试图拽我,被我甩开。李大旺放慢步子,神色却有些慌。我暗骂,胆小鬼!

但再回头,仅仅是几分钟,我彻底吓着了。旋风直通云霄,与天空紧紧勾连,难以分辨究竟是大风拔地而起卷裹了云朵,还是乌云倒挂炸裂了大地。只能看到旋风在跑,似千军万马。旋风忽而如圆柱,忽而如钢锥。声音混杂,厮杀、怒吼、擂鼓、吆喝、哭啼。还没到近前,天地已经昏暗,十步外就看不清了。我本要跑的,但双腿打战,反而坐下去。

李大旺拽着我蹲在芨芨丛下,说人跑不过旋风。他让我紧紧抓住芨芨草,然后脱下褂子蒙在我头上,他靠我坐定,夹了我另一只胳膊。旋风席卷过来,满耳声响,却什么都听不到,好像整个人都变成了声音,变成了风。我感觉自己要飞起来了,几乎把所有的力量都用在手上。脑顶突然空了,冰雹样的噼啪声扫过头脸。我闭住眼睛,勾着头,拼命拽着。

风势渐弱,耳边有声音了,只听李大旺闷声闷气地,抓牢了!

半袋烟的工夫,天空敞亮了许多。我和李大旺都被吹成了灰人。李大旺盖在我头上的褂子被旋风卷跑了,被旋风掠走的还有那一抱酸柳和害害。李大旺说这么厉害的旋风很罕见,村里曾有一个人被刮到天上,尸体都没找到。我和李大旺算是幸运的,有惊无险。但想想真是后怕,母亲教给我的法宝根本没机会用。李大旺安慰我,说改天再拔酸柳和害害给我,我点点头。

我没想到走出那么远,太阳快落山了,还没看见村庄。后来就看见那只狼。那天真是特别。狼尾随着我和李大旺,好像是我们养的狗。李大旺倒是有经验,说遇狼不能快走,走得快,狼认为你害怕就会攻击,还说尽量拐着走,别走直线,狼是直脖子,拐弯走,狼不敢轻易扑上来。他遇见过,就是这么躲过去的。我颤着声音,你一个人吗?李大旺说和李富伯一起。这傻子,壮胆都不会。

终于望见村庄,但天色已经很暗,我更害怕了。李大旺让我走在前面,他跟在后面。我不解,以为又有什么说法。李大旺说,狼会先吃他,就他的个头足够狼吃饱。狼吃饱就不会攻击我了。若在平时,这话还挺好笑的,可在那样的场合,犹如惊雷划过。

8

麦香在打电话。赶紧过来!你的事能跟祖奶比?要不是你是我表姐,能轮到你?若不是有这样那样的事,我不会离开祖奶半步。

蚂蚁在窜。

不一会儿,麦香的表姐宋慧气喘吁吁地赶过来,进门就说,跑着来的,可惜没长翅膀,要不就飞来了。麦香的声音有些冷,祖奶睡觉呢,你就不能低点?宋慧生就的粗大嗓门,让她压低声音真是难为她。宋慧说瞧我这记性,忘了祖奶吃过饭要睡觉的。麦香数落她,连祖奶的生活规律你都记不住,你还能记什么?宋慧声音紧张,祖奶不会怪我吧?麦香说,祖奶是谁,能和你计较?宋慧松了口气,我想也是。麦香说,不过你最好长点记性,不然,再不让你替我了。宋慧保证就是把自己忘了也会记住祖奶的事。蚂蚁在窜。

麦香说你听好了。

宋慧说我听着呢。

麦香说,第一不准任何人进屋,天王老子来也不行。宋慧问,咱宋庄人也不行吗?麦香严厉地,任何人,你听不明白?宋慧说,明白了,我是说万一,比如宋品……麦香说,他去镇里开会,回来得天黑。宋慧说,好好,我记住了。蚂蚁在窜。麦香说,第二你不能靠近祖奶,更不能摸祖奶的手。宋慧说,我洗过手来的。麦香说,洗了也不行!宋慧说,听你的。麦香说,第三你的那些个烂事别烦扰祖奶,她今天累了,光如花就絮叨了两个小时,想说改天约时间,我让你说够,听明白没有?宋慧说,听明白了。第四苹果、梨我已经削皮切碎,三点你从冰箱取出来,温火慢炖，切记不要大火，更不能熬干，你瞪大眼睛盯着，要让祖奶吃上最新鲜的水果。宋慧问，可不可让祖奶嘴里含一片？麦香厉声道，不可！你真是个蠢货，俗人才啃着吃，你怎么能把祖奶与俗人比？啊哟，气死我了。宋慧声音带怯，我就是想想，不是为祖奶好吗？麦香呵斥，就你这脑子还替祖奶想？你是寒碜祖奶呢。宋慧连声说，好好，我听你的。麦香说，一定要按步骤来。宋慧说，若有差错，你砸烂我的头。麦香冷笑，你的头有那么值钱吗？宋慧说，那是，又说错了，我一定牢记。蚂蚁在窜。麦香说，第五你哪儿也不能去，不能离开半步。宋慧说，哪能呢，这么个机会，我哪舍得。麦香说，上次你也保证过！宋慧说，那不是因为忘了锁门——麦香打断她，不管什么理由，你擅自离开就该打。宋慧说，是是是，是该打。麦香说，你让我省点心。宋慧保证，就是自家房屋失火，她也不会离开。麦香让宋慧把这五条要求背一遍。宋慧或是紧张，说错三次，麦香一一纠正过来。

你要去找罗包？宋慧从麦香的动作瞧出端倪。我不由叹息。这个直肠子，为什么非要说出来？果然，麦香没好腔调，闭嘴吧你！我干什么用你操心？你操得过来吗？你算老几？让你照看一会儿祖奶，你倒真把自己当回事了？！也就是宋慧了，宋庄没有第二个人能让她这么狂轰滥炸。当然，对旁人麦香也不敢。我都替宋慧委屈。蚂蚁在窜。

麦香定然也意识到了，静默片刻，压低声音，有个事，别人还不知道呢，想不想听？宋慧顿时来了兴趣，什么事？麦香说，乔石头要回来了。宋慧啊一声,像被这个消息击中了什么部位。几……几……时?麦香说,你别管几时,反正他要回来了,你别声张。宋慧不无兴奋,秘密回村?麦香说,乔石头是谁?还用偷摸着回吗?我是怕你声张出去,那些八竿子打不着的人都赶过来,乔石头可没祖奶这么好脾气,咱别踩雷,不能惹他生气。宋慧问,他回来干什么?麦香说,瞧你这话说的,我又不是他肚里的虫子,我哪清楚?宋慧不无向往,能在他肚里做虫子也该是有造化的。麦香极不痛快,你这是绕着弯儿骂我呢。宋慧急忙申辩,我真没那个意思。蚂蚁在窜。我认为宋慧也没那个意思,绕弯骂人对她还真有点儿难。宋慧说,我对天发誓!麦香不耐烦地,行了行了,我可没工夫听你胡扯,我得走了。

蚂蚁在窜。

没一会儿,麦香又回来了。

怎么?不去了吗?宋慧的声音里有说不出的吃惊和失望。

麦香说,我好像忘记了一件事。

宋慧问,什么事?

麦香说,问题是我想不起来了。

宋慧说,你边走边想。

麦香呵斥,你这破嗓子就不能低点儿?

宋慧便掐住脖子似的,好吧好吧。

麦香说,不知咋的,我心慌,没着没落的。

宋慧提醒,你是怵罗包的野女人吧?

麦香恼火地,瞧你这臭嘴,我是正经老婆,我会怕那个烂货?

宋慧检讨,真是臭嘴,又说错了。

麦香说,没治了!

宋慧附和,没治了。

麦香说,我嘱咐你的五条,你不会忘了吧。

宋慧再次发誓。

麦香说,我就相信你这一次。

9

我不知他人是怎么垦荒的,或许一匹马一张犁就够了。我和父亲没那么大本事,用"垦荒"是不妥的,那是实实在在的啃。四年时间,啃出不规则的几块,三亩多点儿。当然,都不是生地,有的地块连喂了两年。饲料有草灰也有汗水。父亲依李富伯的建议,各样都种了一点儿。让地与植物的脾气互相熟悉、接纳、融合,这样养地效果更好。除了小麦、土豆、胡麻,还种了莜麦和黍子。莜麦是耐寒植物,用莜麦面做的饭特别耐饿。起先我吃不惯,渐渐竟离不开了。父亲说喝一个地方的水自然会喜欢这个地方的食物,人养地天养人。黍子又叫大黄米,撑死五魁的黄米糕就是黍子粉做的。

那年雨水充沛,几样植物收成都不错。父亲高兴得合不拢嘴,锅活暂时也不干了,早晨醒来就往垴包山上跑,天黑透才回来。父亲说李富伯帮了很多忙,主意也多是李富伯出的,得好好谢谢人家,我说还有大旺呢。父亲说,当然喽,你李富伯全家都对咱有恩。我说,才不是呢,李二妮帮什么了?父亲责备,都是大姑娘了,怎么还跟小孩子一样想事?大旺帮咱,家里的活不都甩给二妮了?我没讲二妮怎么挤对我,没讲几年前被押上马车与二妮的破嘴有关。我很少与父亲抬杠,况且父亲说得也有道理。二妮并不是一无是处。

父亲和李富伯的决裂就是从谢开始的。

那顿饭是我精心准备的,猪肉炖豆腐、炒蘑菇、炒土豆丝、油炸糕。我学会了。二妮主动过来帮忙,自然,顺手往嘴里塞了许多。酒是父亲从镇上打的莜麦酒,整整一瓶。李婶不能动弹,我各舀了些让李二妮端过去。李富伯、大旺、二妮、三宝都是在我家吃的。大旺兄妹吃罢各自离开,只有李富伯仍与父亲对饮。两人你言我语,说村里的,说张家口的。李富伯表示不能再喝了,父亲执意给他斟满,说,难得高兴,多喝几杯。

兄弟啊,咱一家人不说两家话,李富伯的舌头打卷了,本来我想找个时间正式和你商议,可今儿高兴,憋不住了,不知当讲不当讲。

父亲佯装生气,你这不是打我脸吗?有什么不当讲的?讲!

李富伯试探着,那我就说喽?

父亲嗨一声,你这人!怎么突然婆婆妈妈的?

李富伯说,大旺和大梅年龄不小了,该给他俩考虑事了,回头我给花二娘过个话。

父亲似乎没反应过来,大旺和大梅……什么事?

李富伯说,婚事呀。

父亲问,你是说大梅和大旺?

李富伯笑了,兄弟呀,你好像糊涂了。

父亲说,我是糊涂了,大梅和大旺?你不是说笑吧?

轮李富伯糊涂了,怎么是说笑呢?

父亲缓缓摇头,他俩……不合适。

李富伯叫,怎么不合适?大旺大梅,听起来就像一家人,两人的生辰八字我也找人看过了,合着呢。

父亲显然有些吃惊,你怎么知道大梅的生辰?

李富伯说,二妮问过大梅,假不了的。

父亲语气陡然变冷,你算计我?

李富伯说,你这么说就不合适了,生辰不是秘密。兄弟,你不该不高兴啊,大旺有缺点,可也有优点,娶了大梅,大旺就是你半个儿,家里家外的活儿根本不用你操心。

父亲决然道,没有任何可能,你不要再说了。

李富伯不乐意了,你怎么说翻脸就翻脸?

父亲说,你走吧,就当什么也没说,我不和你计较。

李富伯声音也变了,计较?怎么?我辱没了你?

父亲说,别让我不痛快,赶紧走!

李富伯哼了一声,过河就拆桥。

父亲突然提高声音,你走不走?父亲显然是喝多了,他平时

125

没这么暴烈的。

李富伯并不畏惧,怎么,还想打我啊?

还好父亲没有失去理智。他说,我没打过人,以前没有今儿也不会。不过,有句话你得听清了,结亲家得双方自愿,谁也不能强迫谁,天有道,人讲理。

父亲的话起了作用,李富伯没有做出过激行为。他跳下地,脚还没伸进鞋就往外走。鞋掉了,他拎起来,狠狠抽自己一下,一拐一撞地消失在门外。

父亲自言自语,这算盘打的,难怪天天打发大旺过来,从开始就拴了套呀。

父亲和李富伯争吵,我一会儿屋里一会儿屋外。我想听又怕听。两人都没在意我,就像我不存在,可他们说的每句话都与我有关。李富伯离开那会儿才注意到我,他撞到风箱上,我扶了他一下。父亲也是这时才想起我就在,补充道,大旺人倒老实,但终归有些傻,配不上我闺女。我的沉默令父亲紧张,他问,你不会喜欢上这个傻子吧?我说,他不傻!父亲火了,他不傻?那是我傻了?我低下头。父亲说,如果你乐意,我现在就跳过墙和他说。我没有回答。父亲说,认个干儿子没问题,当我的女婿不合适。大梅,爹就你这一个闺女,得给你找户殷实家庭啊。

那一夜对我是折磨,百爪挠心。我想起大旺的许多好,他确实对我好,还救过我。遇狼那日,他走在后面,让狼先吃他。若不是李富伯来寻,说不定他真就喂狼了。大旺虽憨,有时也蛮可爱的。还有他奇异的本事，似乎专门为我生的。可是，我对大旺没动过情，也许偶尔有那么一点点，但也就是一点点，很快就消逝。我想象自己的夫婿，虽然难以形容和描画，但绝不会是大旺这样的。因此，李富伯提出来那一刻，我的吃惊不亚于父亲。父亲的决绝让我既安心又失落。我说不出地矛盾，说不出地难过。

次日，李富伯看见我立马就扭转脸，仿佛我是丧门星。虽然他转得快，我还是窥见他额头及脸颊的伤，他跌了不止二十跤吧。与李大旺相遇，他也早早低下头，我唤他，他也不理。而李二妮就更绝了，见我必定连唾三口。不见我她也唾，经过我家门口，她准弄出声响。虽然不出屋，但我听得见。村里有一些传言，我和父亲的，自然那是李二妮干的，在这方面，她堪称天才。

父亲并不比我轻松，虽然他一再说瓜不能强扭，特别是李富伯加高和我家相邻的院墙之后。父亲走得越来越早，回得越来越晚。本来秋收后我该随他干铜活的，可自和李富伯闹掰，他坚决不肯让我在风里吹打了。这样，我只能待在家里。

漫长的冬日来临，仍以特有的突然和张狂。

那个冬天同样发生了许多事，我想说的只有两桩。一桩是父亲把我许给了营盘镇包子铺赵胖子的三儿子赵进元。赵进元还是幼儿时被耗子咬掉一只耳朵，是个半耳人，但据说脑瓜还行，是赵胖子的帮手，我嫁过去便天天有包子吃。按父亲的意思，年根儿就想把我嫁过去。但赵胖子找人掐算过，我和赵进元的大婚宜在秋日，只能等待来年。父亲安慰我，那就再等等，好像我迫不及待似的。

另一桩是李婶在一个早上离开了人世。她醒来就让二妮给她洗脸,二妮把洗脸水泼在街门口返回屋,李婶已经没了呼吸。就在同一天,李三宝随李婶而去。李三宝边哭边抓李婶,李富伯怎么也拽不开。半后晌李三宝就没了。据说李婶和李三宝属一命双体,只要一人离去,另一个定然跟随。这话对悲痛欲绝的李富伯是安慰还是利刃?不得而知。他倒没被击倒,只是木木的。我和父亲过去帮忙,父亲怕我不肯,先给我吃一通药,其实完全没必要。自打和赵进元订婚,我这心就被耗子咬去一半,难以平静。李富伯遭难,做些什么是应该的。李富伯没撵父亲走,还扯了孝给我和父亲。父亲戴在胳膊上,我则是帽孝。但他没和父亲说话。院里停了一大一小两口棺材,这令李二妮恐惧。虽然她双眼红肿,但我还是能看出来。果然,傍晚时分,李二妮问我能不能留下来陪她,她说不敢出去撒尿。我毫不犹豫地点头。在逃荒的路上,我见过各种各样残缺的不残缺的死尸,我不害怕。

李二妮和我说话最多的时候,就是我陪她的夜晚。她怕我睡着,听到我说话她才踏实。我偶尔打个盹,她便用胳膊碰我,大梅,再说说。我只好打起精神。

李富伯始终没和父亲说话,我和李二妮倒形影不离了。直到葬礼结束,我离开那个院子,二妮还恋恋不舍的。

春天的傍晚,李二妮在院外截住我。大梅,你站住!语气生硬,令我吃惊。三天前她还约我拔酸柳呢。李二妮挑衅地,我差点就让你蒙住了。我糊涂了,二妮,你说清楚,我怎么蒙你了?李二妮说,我没娘了,没兄弟了。我不知怎么就虚了,这和我有什么关系?李二妮说,娘和三宝是让你气死的,你要嫁给大旺,他们就不会死。我说,你说的什么话?!李二妮说,我说的人话,大旺为了救你差点送命,你不知恩图报,却要嫁给卖包子的。大旺救我,是我和她说的,在那几个夜晚。李二妮气势逼人,我寻思她不是心血来潮,一定蓄谋已久。若是被她掐住,以后就别想在她面前扬头。毕竟不是几年前了,我没有揭她的短。那几晚她也说了很多呢。我笑笑,问,谁规定的我必须嫁给大旺?李二妮噎了一下,叫,你不是人!我说,我不是人,你还让我嫁到你们家,那你……算什么呢?李二妮气得发抖,你就是凶手!我说,你还讲不讲理?李二妮骂,没见过你这么不要脸的!我说,我不要脸,脸上也长肉呢,你要脸,怎么全是骨头。李二妮颧骨高,脸窄瘦,"摸起来全是骨头",她自己说的。本来不想揭伤疤,可她骂得狠,我只好以牙还牙。李二妮几乎跳起来,乔大梅,你再胡说我就撕你的嘴!我才不惧她呢,她比我矮许多,不会是我的对手。

父亲从外边回来了,李富伯也从屋里跑出来。父亲喝一声大梅,我就停了。李富伯阻止李二妮,她反骂得更加起劲,妖精贱货破鞋,恨不得把她能想到的脏话都砸过来。李富伯抽了她一掌。李二妮似乎被抽蒙了,愣怔片刻才哭出来。

三日后,李富伯拎了一包烟叶登门。我和父亲刚刚吃过晚饭,碗筷还没收拾。李富伯突然造访令父亲意外,父亲有些迟钝,还是我搬了方凳给李富伯。李富伯把烟叶放在桌上,说白天才从镇上买的,让父亲尝尝。父亲说真是不好意思,破这费干什么。李富伯说这叫黄金叶,听别人说好,他抽过了,确实合口味。父亲说你是行家,你说好那肯定好。父亲立马喊我拿烟锅。李富伯从腰里抽出自己的,两人各自点了。李富伯期待地望着父亲,怎样?父亲吞了一口,又吞了一口,重重点头,不错!李富伯说,那就好。

突然就沉默了,两人埋头抽烟。直到烟雾模糊了脸,父亲才咳嗽一声,哥是有什么事吧。李富伯有些吞吐,没什么大事,想和你唠唠,那天……我喝多了,说了些胡话,你别往心里去,后来我挺后悔的。父亲也动情了,是我对不住李哥,你们一家是我和大梅的恩人呢。李富伯说,恩谈不上,帮人一把是积德呢,可我存了私心,那娘儿俩过世,我一冬想了好多事,别扭是一辈子,不别扭也是一辈子,自找别扭那就是犯傻。人该往明白处活,不能越活越糊涂。父亲说,老哥呀,你不计较就好。李富伯说,我计较什么?不说这些了,各有各命,各有各福,强求不得。父亲说,大梅也是苦命,尽跟我遭罪了,我没别的盼头,只盼她吃穿不愁,待见到她娘,我好歹能交差。李富伯点头,是呢。父亲说,大旺是个好后生,老哥别发愁。李富伯讪讪地,傻里傻气,不愁是假的,不过愁有什么用呢?顺其自然吧。想必父亲不知如何接茬,便转移话题,问李贵的消息。李富伯怅然摇头,这兵荒马乱的,我担心他……该捎个信儿回来啊……父亲安慰李富伯,其实都是些没用的话。

两人又说到打仗,李富伯说好多地方都在打仗。父亲很是吃惊,他走村串户都没听说,李富伯竟然知道这个。李富伯说是在铁匠铺听说的,打仗要造枪,铁价涨得厉害,轮到铁匠牛了。马掌比去年翻了一倍,去年二角一个,今年四角。李富伯说亏得他去年买的是驴,若是马,掌都钉不起。

父亲和李富伯言和,堵在我胸口的东西突然就消失了。李富伯不计较,李二妮的气焰很快就灭掉了。

六月的一天,父亲带我去张北县城置办嫁妆。赵胖子家算不上富门大户,可毕竟是买卖人家,家底还可,不免眼界高些。父亲说不能让他家小瞧了咱,嫁妆要像样。父亲和我盘算了大半夜,计划给我买的有镯子、耳环、衣服、鞋袜,计划给赵进元的有狐皮帽子、羊皮大衣,还有给赵胖子两口子的。为了我后半辈子天天能吃上包子,父亲把老本掏空了。赵胖子包子铺最叫好的是猪肉胡萝卜馅的,我已经吃过两次。我提出异议,父亲说,你就听爹一回吧,算盘该打还得打,错不了的。

那是民国六年,我记得很清楚。我和父亲出门,李富伯正在门口归拢半干的驴粪。听说父亲要去张北县城为我置办嫁妆,李富伯责备父亲不早说,这么远,步行走到什么时候?父亲说反正当天回不来,慢慢走吧。我和父亲走村串户,不愁走路。李富伯执意让我骑他的驴。大梅出嫁,我帮不上什么,别和我争了。李富伯如此热情,父亲就不好再说别的,他习惯性地征求我的意见,大梅,你说呢?我说,听李伯的。李富伯笑了,还是大梅和我亲。

驴不高,栗背灰腹,我跨得猛,驴受了惊,还好父亲拽得牢,我没摔下来。李富伯说,别怕,老实着呢。眼角的余光瞥见李二妮,她肯定不痛快,我还没见她骑过呢。我不在意她的感受,还故意挺挺腰。

就这样,我骑着驴离开宋庄,并不知道等待我的是什么。

10

宋慧打开门,站在门口,引颈张望。我知道的。她在犹豫什么,担心麦香再次返回,抑或担心冲撞了我。宋慧很虔诚,她家相框里最大的照片是我的,我躺倒之前,她便和我要了去。她就那么立着,呼吸声很重。又过了一会儿,宋慧走过来,脚步轻如稻草。那么重的身子真是难为她。喘息越来越重,我还能听到她的心跳,就像用连枷拍打豆秧。也没有靠近,在距我几尺外的地方定住。麦香的警告起了作用。宋慧的目光游弋过来,从头到脚又从脚到头。蚂蚁在窜。宋慧,不用怕,你靠近点,把那该死的蚂蚁赶跑!我在心里喊。明知她听不到,还是要喊。万一如传给杨铁匠那样也能传给她呢。宋慧没有再靠前,她没听到也没看到,足有两刻钟,她退出去。

春夏秋冬声音不同,气味当然也不同,而每季的白昼和夜晚,又有各自的声音和气味。于我,既是能力,又带来许多乐趣,比如关于具体时间的判断。阳光爬行得有些吃力,我猜快三点了。果然,没一会儿我就闻到了水果的香气。

宋慧再次进屋。她一点点挪到床前,强烈的愿望驱使着她,她终是把麦香的规矩丢到脑后。

祖奶,我不是不听麦香的话,有几天没见你面了,我想多看看你。宋慧的声音有些紧张。

蚂蚁在窜。

祖奶,你细皮嫩肉,没任何变化,你真是神仙呢。

唉,我不由得叹息。胡说八道,怎么会细皮嫩肉?我脸上的皱褶团起来可以做抹布了。

宋慧伸出手,触碰我一下,立即缩回。祖奶,宽恕我,我不该碰你的。

蚂蚁在窜。

上次跟你唠叨了一会儿,我没那么堵了,吃得香睡得好,可这几天,我胸口又塞满了。

宋慧的日子开始还好,男人杨八叉——他能像舞蹈演员那样撇八叉,先前是村里的拖拉机手,后来自己开了磨面坊。宋慧能干,一天能比壮劳力多割半亩地。自从磨坊生意萧条,杨八叉就开始酗酒,喝醉就拿宋慧出气。宋慧的嚎哭声整个村庄都听得见。宋慧没提离婚,挨过打,眼泪还没干,便接着干活了。有

133

人说杨八叉是被宋慧惯出来的,宋慧割地割到一半匆匆往家赶,别人问这么急干什么,宋慧说杨八叉该醒了,见不到我他就会摔家具。不但不躲,还找打,自然背个傻名声。我并不为宋慧故意"找打"叫好,但也不认为她傻。没人理解她,没人知道她的苦。男人在发泄,她也在"借"男人发泄。每个人都有自己的方式。宋慧的方式有些特别,或者说,有些傻,有些贱,但那适合她。

宋慧堵心不是因为杨八叉。杨八叉那么打,她也没。也可以说,杨八叉的粗暴疏通了她平日的郁闷。她真正不开心是因为儿子,那是另一种苦,别人体会不到的。狂躁的时候,她就求杨八叉揍她一顿。那天杨八叉没喝酒,不醉的时候,杨八叉很蔫。因为杨八叉不打,她啐了杨八叉。结果杨八叉被激怒,又打了她。宋慧没一次抱怨过杨八叉,每次都是为儿子的事。

祖奶,我憋得不行,快疯了。

我听出宋慧的躁。我帮不上什么忙,唯有倾听。宋慧,你别顾忌麦香,想说什么就说出来。

宋慧还在犹豫。我不知该不该说。我不知怎么办,这几天,我老是走神儿,都打两个碗了。

我暗暗心惊,难道她儿子的事又有什么变故?

我还是说了吧,也只能跟祖奶说了。遇到点儿闹心事,是我和毛根的……宋慧的声音竟然低下去,几分紧张,几分胆怯,几分诡秘。祖奶,你帮帮我吧。

我听到自己啊了一声。这是怎么了?怎么又是毛根?

第四章　毛根

1

日落不久，霓虹灯渐次亮起。每当这时，毛小根便兴奋地大叫，看，眼睛！毛根纠正过多次了，那叫灯，霓虹灯！但毛小根仍固执地称为眼睛。他把所有彩色的灯都叫眼睛。以前，毛小根只把太阳和月亮叫作眼睛。自然，他喜欢亮的眼睛，不喜欢暗的眼睛。日出，毛小根就说眼睛睁开了；日落，毛小根就说闭住了。乌云遮住太阳，毛小根总是很恼火。月亮升空，毛小根也会郁闷，因为不够亮，还动不动眯成一条缝。没有月亮的夜空，毛小根极为恐惧，认为月亮被偷走了。他不敢睡，不敢大声说话，直到另一只眼睛睁开。毛根试图讲解，眼睛都是两只，你和我是这样，猫呀狗呀鸡呀猪呀牛呀马呀羊呀，也是这样，一只左眼一只右眼。毛小根说太阳和月亮是天的眼睛，太阳是左眼，月亮是右眼。毛根说不清，什么事到了毛小根那里就说不清了。毛根纠正不过来。

如果仅仅是称呼也就罢了,问题在于毛小根的习惯与眼睛有关。他喜欢明亮的左眼,左眼睁开,便是他安然入睡的时刻。他不喜欢朦胧的右眼,还担心被偷走,右眼睁着的时候,毛小根一般是不睡的,除非在左眼睁开的时候就睡着没醒。这样的时候有过,毛小根最长睡过七天七夜,还有三天三夜不睡觉。毛小根的生活规律与毛根相反,与整个宋庄相反,这就很麻烦。连睡让毛根发愁,几日几夜不睡,更令毛根头疼。为防止毛小根偷偷溜出去,毛根加高了院墙,并在上面插满锋利的玻璃片,铁大门上竖起一排钢筋长矛。但毛小根脑瓜好使,他架梯先把玻璃片敲掉,垫上麻袋或布匹,一翻就过去了。那次亏得毛根及时追回。毛根还给毛小根拴过铁链,拴了两天,被宋品撞见,宋品说这是虐待,亲爹也要吃官司,毛根赶紧给毛小根松开,把铁链藏起。于是,想打个铁笼的念头同时被扼杀。

睡与不睡还不是最大的问题,最让毛根闹心的是毛小根的吃。毛小根睡七天七夜,连口水都不喝。毛根曾为此担心,后来发现担心是多余的。但只要醒来,毛小根就不停地吃,饿了几百年的样子。起先毛根还怕他撑着,自然,他发现担心的可笑。能撑着也就好了,毛小根根本没饱。那么能吃,毛小根却没发胖,匀称、结实。

毛根饿过毛小根,下这个狠心并不比拴铁链轻松,无论毛小根怎样哭叫,毛根坚决不让他吃,让他连食物的味儿也闻不到。可是毛根失败了,或妥协了。毛小根饿透了,可以把任何能咬动的东西变成食物。喂牛的豆饼,喂鸡的麸面、花生壳等,纽扣硬币不用牙齿咬的,他直接就塞进嘴巴。还好,这些最终都拉出来了。院里两棵榆树的枝叶被毛小根吃得光秃秃的,连树杈间的鸟羽也不放过。

毛小根上过两年学,惹出无数麻烦。毛小根吃过每一个同学的东西,饼干、糖果、橡皮……诸如此类。有的孩子想捉弄毛小根,故意把生土豆塞进他书包,结果十分泄气,那对毛小根绝对是美味。毛小根睡觉时,有的同学在他头发上插个柴火棍,有的揪他耳朵。毛小根没有任何反应。毛小根沉睡时,没有醒着吃东西有趣。校长和毛根谈过两次,毛根就把毛小根领回来了。

毛根领毛小根看过两次医生,一次住了七天,一次住了九天,但没什么效,白花了冤枉钱。毛根十分恼火,因为医生说虽然是怪病,但未必不能根治,不过需要时间。可他们有时间,毛根没时间,而且时间是要花钱的。毛根没上当。他不相信医生,实在是被毛小根耗费不行了才去医院的。结果如他担心的,什么也没有改变。

到这家医院是第三次医治,若不是宋慧提醒、催促,毛根也不会来的。宋慧家与毛根家是前后院,她心肠热,毛根常请她照看毛小根。和别人不同,宋慧不把毛小根当怪物,她总是用疼惜的口吻和毛小根说话,也舍得给毛小根吃,她从钱庄小卖部给毛小根买的东西远比毛根买得多。终究不是个法子,你还得领他看看,是不是他肚里长了什么虫子,宋慧几次劝他。关于毛小根的怪异，村里早有传说，自然也传到毛根耳里，毛根不屑，但心里不爽。与那些人比，宋慧的说法要舒服得多。她还四处打听，这家医院就是宋慧帮着打听到的。她催了几次，毛根觉得不跑一趟实在辜负了人家的好意。可以说，这一趟，毛根是冲着宋慧的恩情来的。没想这一趟还来值了。

首先，这是个女医生，而且与宋慧有几分像。毛根说不上哪里像，反正肯定像。毛小根自然也觉出来了，他没有头两次那么抗拒，不用毛根代替，肯回答医生的问题了。毛根忽然生出亲近感，顺便记住了医生的名字：赵佑安。而前两次那两个男医生姓什么他都记不住。

其次，赵医生能说清毛小根得的是什么病。饥饿综合征，在询问、诊查后，她笃定地说。赵医生十分耐心，毛根问她什么，她没有显出一丝烦躁。她不是冰脸。饥饿综合征又称睡病人综合征，主要表现为嗜睡、贪食和行为异常。赵医生竟然摸了摸毛小根的头。毛根办完住院手续，独自去医生办公室找赵医生，赵医生讲了几个病例。英国一个叫希尔顿的睡了三百六十天，医生曾给他放血治疗，用火熏烫，但都无效，最后是他自己醒来的。另一个病人是个十八岁的女孩，睡眠最久的一次是六个月。毛根担心地问，针扎都不行，住院有什么用？赵医生微微一笑，医学在不断进步，不经过治疗怎么知道行不行？

第三，赵医生说到病因。目前医学界对病因还没有一致的看法，但肯定不是胃的问题，刺激胃是没有用的，应该是神经系统的问题,可能与大脑控制睡眠和食欲的区域功能异常有关。赵医生说到大脑,毛根脑里突然闪出祖奶给毛小根接生的情景,整个人被飓风掀起来似的,差点扑到赵医生身上。赵医生吓了一跳,问毛根怎么了,毛根气都喘不匀了,脑子坏了还有救吗?赵医生说只是部分区域功能不正常,乱下指令,不是脑子坏了,除此,和别的孩子没什么区别,我看他反应挺快的。毛根觉得赵医生在安慰他,乱下指令,不就是脑子坏了吗?只是没坏死罢了。但赵医生能把病根找出来,自然有两把刷子。毛根终是看到了一点点希望。

治疗到第三天,毛根发现了毛小根的变化:不再那么惧怕夜晚了。后来,毛根意识到与城市夜空的眼睛有关。病房是阴向的,窗口正对着十字路,眼睛密集。而白日来临,因见不到太阳,房间反而暗。就在那个夜晚,毛小根与眼睛对望一会儿便睡着了,一直睡到第二天清早。到第九天,毛小根不像原来那么不停地吃了,床头的烧饼、鸭梨、馒头片被毛根悄悄塞到柜子里。

毛小根每有改变,毛根便跑到医生办公室告诉赵医生,当然也是为了能看到赵医生。毛根既兴奋又不安。某天晚上,毛根差点给宋慧打电话,都摁几个键了,后来手不停地抖,最终放弃了。夜里,想起自己的冒失,出了一身冷汗。电话会给宋慧带来难以估量的麻烦。

第十五日晚上,意外地停电了。那时,毛根和毛小根立在窗前,毛小根踩着凳子,正给毛根指哪只眼睛圆,哪只眼睛扁。突然而至的黑暗令毛小根惊恐,他尖叫一声,差点摔下来。毛根及时夹住他,把他放到地上,一只手仍揽着他的肩。别怕,有我呢,毛根的声音空空的。不知为什么,他竟然也是惊魂不定。没一会儿,病室的灯亮了,而十字路的眼睛仍然闭着。毛根问护士,护士说医院自己有发电机,路灯什么时候亮和医院无关。毛根说眼睛累了,一时半会儿睁不开,他让毛小根先躺到床上。毛小根坚决不肯,他踮起脚,下巴抵住窗台,等眼睛睁开。毛根不敢强行拽离,只能由着他。毛小根不睡,毛根就不能睡,这可是二十二层的高楼,窗户插着,他也不敢大意。

黎明时分,毛根实在支撑不住,眯了几分钟,也可能十几分钟。突然间惊醒,他弹起来,扑向毛小根。输液管被毛小根吞下大半,若不是他的喉咙被刺激着,连咳几声,怕会整个进到肚子里。毛根掐住毛小根的锁骨,把拉拉扯扯的输液管从毛小根嘴里拽出来。猛了些,毛小根的喉咙也可能是食管被划破了,输液管沾满血迹。毛根吓坏了,喊来值班护士。再三审问,毛小根交代输液器是从推车上拿的。老天保佑,他拔掉了针。若把针吞下去,后果不堪设想。护士也吓坏了,又喊醒值班大夫。

赵医生知道了事情的始末,狠狠训斥了毛根一顿,他粗心大意,没有检查毛小根的衣兜,她特意嘱咐过的。还说毛小根不睡,他就不该睡,或者,让护士看着也好。毛根垂着头,没做任何辩解。赵医生发现毛根的眼睛湿了,诧异地,我不过说说你,挺大个男人,怎么还哭了?毛根说没事的,便匆匆离开。

毛根流泪并不是因为委屈，而是灰心。他原以为毛小根的变化是赵医生的功劳，可现在他明白了，是那一盏盏霓虹灯在起作用。突然停电，把残酷的真相拎到他面前。赵医生虽然长得像宋慧，也有几把刷子，但她有心无力。既然这样，耗在这儿也就没什么意义，徒花冤枉钱。

毛根熬过艰难的一天又一夜，早上护士通知他住院押金没了，毛根松了口气。他终于有了不容置疑的出院理由。如他所料，赵医生反对毛小根出院，说刚刚治了一个疗程，至少也要三个疗程，还有她已把毛小根的情况发给了北京的专家，专家还未回复。毛根只好说没钱了，住不下去了。赵医生停顿几秒，从包里数出一千块钱，让毛根先交了。毛根没想到赵医生这样好，竟然会自己出钱。见毛根愣怔，赵医生起身往毛根手里塞。毛根醒过神儿，猛往后退，连连说，这可不行。这样的好他承受不起。赵医生沉下脸，孩子的病要紧，听我的。毛根几乎带出哭腔，赵医生，你是好人，可……这使不得啊。赵医生说，我是医生，听我的。毛根抓着那一千块钱往外走，晕晕乎乎，踉踉跄跄，仿佛年迈老者。其实他还不到四十岁。

交了押金一天后，毛根就后悔了。这钱总会花完的，难道赵医生还会掏腰包？就是她肯，毛根也不能接受啊。若毛小根能治愈，欠多少钱都值，可就目前的状况，明摆着是白费劲儿。毛根再次向赵医生提出，赵医生极为恼火，责备他不像个父亲。孩子母亲呢？让她来，我和她讲！毛根说，她来不了，生小根那天就……毛根一阵唏嘘。赵医生哦了一声,说对不起,又说那你既是父亲又是母亲,更应该明白事理。还说钱的事毛根不用担心,她想想办法,看有无募捐的可能。

毛根意识到赵医生是不放毛小根走了。她纵有天大的好意,毛根也不听她的了。募捐?那等于把毛小根的病公开,等于悬挂了一幅标语,等于示众。这羞辱是毛小根的,也是毛根的,还是死去的胖女的。在宋庄挂那是没办法,毛根不想再悬挂到别的地方。毛根还有个隐秘的担心,他没向赵医生说,死也不会说的。那个担心不时提醒他,耗下去是没有结果的。

隔日一早,毛根与毛小根从医院逃离。

2

毛根爷爷是个结巴,结巴到什么程度呢?每个字都是单的,吐一个音要半天,涨得脸红脖子粗。说一个借,对方卷了一支烟,快抽完了,他才憋出"马"。对方摇头,别的可以,马可不行,刚怀了驹。毛根爷爷又摇头又摆手,仍说"马"。对方以为他要借麻搓绳子,恰好刚剥了一捆。毛根爷爷急得直跺脚,对方让他指。毛根爷爷没看到马鞍,便去马背上拍了一掌。马受惊,猛踢了一下,毛根爷爷摔倒,那个"鞍"突然飞出来。这成为宋庄流传很广的笑话。

毛根爷爷虽然结巴,却是宋庄最顶级的猎手,百发百中。他的枪法也特别,打动不打静。比如兔子或黄羊,不动,他绝不开枪,一定要等到动物弹射的刹那扣动扳机。另一个特别是,白天打夜晚也打。漆黑的夜晚望不出几步,但毛根爷爷会听。靠听觉射击,宋庄人在外吹嘘打猎的本事,总会抬出毛根爷爷。隆冬时节,毛根爷爷屋里屋外的墙上绷贴着各类动物的毛皮,狐狸、黄羊、野兔等。某年的中秋夜晚,毛根爷爷淹死在水洼中。水洼还没一张席子大,仅有半尺深,毛根爷爷脸朝下,该是被憋死的。一物一魂,毛根爷爷杀了那么多动物,应该是被动物的冤魂引诱到水洼中的,不然兔子都淹不死的水洼怎么会要了他的命?传言没有证据,可很多人都相信。

毛根父亲也是猎手。毛根爷爷打猎时才拎枪,而毛根父亲上厕所也会背着。但毛根父亲的枪法比茅坑的石头还臭,百发却无一中。人们常常看到毛根父亲在田野草滩里游荡,从早到晚,从夜晚到黎明,去时空空两手,回来两手空空。那年大雁成灾,常糟蹋庄稼,队长说如果他打死一只大雁,就奖他一个月饼,可直到冬日来临,毛根父亲一支雁毛也没打下来。队长骂他没用,连他父亲的小拇指也赶不上。毛根父亲脾气好,挨骂也不生气,说总有一天我会打中的。有人戏谑,整天背枪乱晃,大雁没啄你?毛根父亲一本正经,大雁没这胆量,别看我没打中,吓也吓它们一跳。自然成了笑谈。谈论毛根爷爷会提及他的名字,或其绰号毛一枪,而说起毛根父亲,很少有人叫他的名字,或者说毛一枪儿子,或者说毛根父亲。活了一世,最后连名字都没了。连他的死宋庄也很难记起,究竟是得病还是意外,没人说得清,能说起的只有关于他的歇后语:毛根父亲打猎——吓你一大跳。

毛根从小就对猎枪有说不出的亲近。可不要说打猎了,摸都没有机会。父亲走路背着,吃饭挎着。因为这个,母亲常和他吵,睡觉他也要立在自己枕头边。毛根为了能摸一摸,半夜偷爬起来。本想摸一下,可那冰凉的感觉从手心传至胳膊,进而至全身,不再是凉的,整个人都烤了一般。他抱着枪在黑漆的屋里慢慢移动,瞄着想象中的猎物。结果被尿盆绊倒,惊醒了睡梦中的父母。父亲没责罚他,在毛根的记忆中,几乎没有过。但从此,父亲防得越发紧了,睡觉时会在枪上挂一铃铛。

母亲病重期间,父亲更是得空就往野外跑。他想给她猎一只兔子。那时他们已是家徒四壁,买二斤肉的钱都拿不出来。猎杀无须花钱,但需要本事。可直到母亲去世,父亲也没有拎回半只兔子。

毛根对父亲的不满就是从母亲离世后开始的。猎枪没带给父亲任何荣誉,除了羞辱还是羞辱。毛根都要羞死了,可父亲一点羞耻感都没有。毛根彻底失望了。某天父亲擦枪,毛根从他手里夺过来。父亲急得大叫,毛根没理他。父亲跳起来,毛根往后退了退,瞄准他,别动!再动我就开枪。父亲脸色惨白。那一年,毛根十七岁。说出那句话,毛根自己也很意外,如果父亲往前一步,毛根未必敢扣下扳机。可父亲吓傻了。父亲的恐惧让毛根的心陡然变冷,也令他勇气大增。父亲若动,毛根就射杀,毫不手软。父亲终是一动未动，只是两手因为紧张，不停地搓着大腿根儿。

毛根背着猎枪出了院子，回来的时候，将尚有余温的两只野兔扔到父亲脚底。父亲难以相信，毛根自己也不相信，初试锋芒，似有神助。

毛根做的第二件事是找王保复仇。那些年家家养猪，卖猪只有一个去处：镇食品公司。过秤的共有两人，其中一人便是王保。王保有一绝，眼睛在猪肚上扫过，便知主人突击喂了多少，过秤要扣掉，三斤或五斤。主人当然不干，那好几块钱呢。不让扣，王保便让主人把猪拉到一边等着。是否突击喂食，等几个小时便见分晓。没突击喂的猪拉出的就是屎，突击喂的猪拉出的除了屎还有未消化的莜麦、小麦、玉米、盐块等。猪是不争气的动物，也可能是因为嗅到了屠宰的气息，在家还好，一到食品公司不是拉就是尿，没有一头猪经得起王保晾。一掉秤，怕是三五斤都不止。所以，卖猪的一见王保当值就自叹倒霉。还编出这样的顺口溜：运气不好，碰见王保；王保一恼，猪就乱跑。后来不管养猪的不养猪的，谈及运气，都会与王保钩挂起来，打牌输了或开车撞了人，都会说，今天运气不好，碰见王保了。

毛根十岁那年跟随父母卖过一次猪。平时猪吃的是麦麸、土豆、野菜、洗锅水，那个早上母亲喂的是净粮：玉米加莜麦。母亲边喂边挠猪的右耳，这样猪可以多吃点。这样侍候，猪还是吃剩了。母亲不甘，摁着猪的头，就差往猪嘴里塞了。那边父亲已经套好车,一再催促,母亲只好放弃。数落猪,给你吃顿好的,你倒摆起谱了。

那天是王保当值。母亲进食品公司院便唉声叹气,父亲倒是胸有成竹的样子,小声说王保好歹也是咱宋庄人,该给个面子。排了一小时队,终于轮着了。王保轻轻一扫,便问父亲,先晾还是直接扣了?父亲赔着笑,递给王保一支烟。王保接过去插在耳边。左右两只耳朵夹满了,掉到地上王保也不捡,反正还会有人递上。父亲说母亲身子不好,耗不起。王保说,那就直接扣。父亲往前靠靠,大约是想和王保说悄悄话。王保的目光落到父亲背着的枪上,似乎才注意到,卖猪也背着?父亲嘿嘿着,习惯了。王保忽然笑了。那不是好笑,可父亲没看出来。王保环顾,指着一只觅食的鸡,说父亲若是能打中,他马上过秤,半两不扣。这是一个陷阱,明摆了要父亲当场出丑。父亲本不该应的,可他居然应了。王保特意强调,鸡是老魏的,你放心打。老魏是王保的助手。母亲没拦父亲,或许她认为父亲射只几米远的鸡该不成问题。结果自然以众人的哄笑收场。尤其王保,笑得下巴都要掉下来了。

父亲只好把猪拉到一边,并责备母亲把猪喂撑了。母亲搂住猪脖子,不知体弱支撑不住,还是想以自己的动作抚慰猪。毛根坐在地上,百无聊赖。太阳像糊在天空的一摊屎,没有任何光泽。那猪还是争气的,耗到下午,仅尿了一点。就在轮到过秤时,猪支撑不住了。母亲几乎捶胸。她跪在地上,把混合着莜麦和玉米的猪屎铲到一个废纸箱里,抱到车上。那是准备喂鸡的。

多年后,毛根想起母亲的那一跪,仍心如锥刺。

王保原本在镇上住的,退休后又搬回宋庄。年龄稍长些的,养过猪的不大与王保来往,而年轻的与王保没有共同话题,所以王保没几个朋友,他除了去钱庄的小卖部转转,就在家里待着。毛根上门,王保意外而又惊喜,大侄子,怎么背上枪了?毛根说,刚学。王保问,会了吗?毛根等的就是这句话,说会一点点。王保呵呵笑了,能赶住你父亲吗?毛根抽缩一下,也笑了,王叔,赶住赶不住我试试你就知道了。王保来了兴趣,怎么试?毛根指着院里的鸡,拿你的鸡试。王保嗅出味儿了,摇头道,哪能射鸡呢。毛根说,我一枪能射杀三只,不中我赔你六只,若中三只都归我。王保沉下脸,你是来挑衅了?毛根激他,不就三只鸡吗?你不敢赌?曾经的王保隔十步远就有人给他掏烟,现在没了当年的威风,可也没受过这样的羞辱,况且还是乳臭未干的毛根。他说你射呀,呀音没落,嗵的一声。毛根猎枪装的是铁砂,射的不是点而是扇面。两只鸡当即毙命,另外一只是公鸡,扑棱着,翻了五六个跟头,抽搐几下,不再动弹。毛根踢了踢,确信三只鸡都呜呼了,对发蒙的王保说,鸡我不要了,留着自己吃吧。毛根名声大震,而王保吃了自家三只鸡,落下了打嗝的毛病。

可惜野物没过去多了,黄羊已经绝迹,狐狸偶尔有,常能打到的只有野兔、大雁、长尾锦鸡、半翅。半翅又叫沙鸡。毛根有个梦想,像传说中的毛一枪那样在院里贴满各类动物毛皮,但猎物稀少,虽趟趟不空手,却没有一面墙能贴满。特别是后来派出所收缴猎枪后,再无可能了。枪在心在,没了枪,毛根的心也被掏空了。吃什么都没滋味,看什么都不顺眼,干什么都没意思。他不顾禁令,买了配件,自制了一把。在这方面,他也是有天赋的。然后又制作了一支弓箭。弓箭不在禁止范围。背着弓箭,毛根会在街上招摇一番,用猎枪只能偷偷摸摸,早出晚归。弓箭是猎枪的掩护。没人会检查兔子或半翅是枪伤还是箭伤,毛根也不会让谁检查。

与毛根年龄差不多的后生都成家了,而毛根二十五了,连个提亲的也没有。毛根脾性拧,很难与人说到一处。他什么都不相信,什么都不在乎,如果说这是长处,那么这长处到了极致也就成了短处。毛根不信神灵不信鬼怪,总之,什么都不信。若谁说鬼魂是存在的,毛根就会说,你让鬼魂站出来试试,我一枪崩了它。对祖父蹊跷的死亡,毛根更是不屑,吃饭还能噎死人,何况席子大的水?再一个,毛根家境差,别人家的彩电都看得不新鲜了,他连黑白电视也没有。对此,他也是不屑的,那是假的,有什么好看?别人说演的全是真的,毛根就说,如果是真的,你能让那些人跳出来吗?这就是抬杠了,所以很少有人和毛根说话。

深秋的一天,毛根用弓箭射杀了一只大雁。为此,他在莜麦垛里等候了多半天。因为用的是箭,他也不避讳,大白天回村了。在村口碰到祖奶。祖奶在捡拾粗心人掉在路上的大豆荚。祖奶说毛根与他父亲出生时一模一样都不睁眼,非要挨一巴掌。

这话毛根是不信的,祖奶接生了那么多孩子,能记住他和他父亲?当然,毛根没有反驳。对祖奶,他还是尊敬的。

祖奶看到毛根手里的大雁,难过地叹了口气。毛根问祖奶碰到什么不顺心的事了,祖奶说,我早就想和你说说。毛根问,说什么?祖奶说,别再射杀了,不好。别人若这样说,毛根立马呛他个半死。可毕竟是祖奶,毛根心里不悦,嘴上却不敢,含着笑问,怎么个不好?毛根以为祖奶会说神呀鬼呀的,他自有说辞,可祖奶没这么说。祖奶说,你杀的不是一只。毛根扬了扬,就是一只呢。祖奶说,大雁还有伴呢,它死了,它的伴儿会伤心,也会死。毛根怔了怔,说他没看到大雁的伴,这就是落单的雁。祖奶说,可大雁总有孩子或父母,它并不是凭空来到世上的。毛根几乎被祖奶说动,可他不愿就此低头,猎杀,才可以证明自己是真正的猎手。那……养猪不就是供宰杀的吗?毛根声音不高,但话里的刺很硬。祖奶说,杀猪是老天留下来的。毛根终于逮住祖奶的话柄,他说,今年旱得这么厉害,老天有眼,该给下点雨才是。祖奶并不生气,根,你这么拗,怎么说媳妇呀。毛根说,打光棍没什么不好。祖奶摇摇头,叹息一声。毛根走远了,她还是喊,听奶的吧。

毛根没有把祖奶的话当耳旁风,那一晚他睡得没那么安稳。仅仅如此,尔后仍我行我素。

二十八岁,毛根总算成家了。女方是三十里外的孟庄人,虽有名字,但别人都叫她胖女。毛根没花一分钱,胖女嫁过来时娘家还陪送了五只羊。胖女体重二百六七十斤,行动不便。她有两大嗜好,一是吃二是睡。除此没别的缺点。毛根没资格挑剔,有个女人总归比没有好。虽然他对祖奶那么说,但心里是渴望的。而且,他很快发现了女人的好,不,应该是胖女的好。他做什么,胖女都不反对,特别是他拎了兔子或大雁回来,胖女的脸都是亮的。胖女行动不便,手指却十分灵活,擅长钩织,毛根穿着胖女织的毛衣出去,别人都不相信。

胖女怀孕后,毛根找过一次祖奶。有人说胖女年龄大,过于肥胖,生孩子有危险,毛根不信,难道只有瘦女人才能生孩子?他想找祖奶证实。祖奶说,胖人困难些,但并不是不能生。这回,毛根相信了祖奶,千恩万谢。祖奶对胖女怀孕的事很上心,隔一段时间就过来一趟,听一听,摸一摸。离生产还有一个月,毛根问祖奶,送医院好一点还是她接生就行。祖奶腿脚虽好,但到底年龄大,有的孕妇选择了医院,但也有县城的搬了祖奶去接生。祖奶没直接回答,说这在毛根自己。去医院太麻烦了,毛根权衡一番,还是决定留在村里。就在毛根找祖奶的当日,祖奶还去邻村接生呢。因为胖女,毛根对祖奶越来越信了。

毛小根出生不顺,但命保住了。祖奶未能保住胖女的命,毛根对祖奶的信任荡然无存。世界虽大,但可让毛根相信的少之又少。当然,宋慧算一个。

3

宋慧与毛根虽是前后院,平时你借我个扫帚,我借你把铁锨,来往挺多,但毛根几乎没正眼看过她。宋慧比毛根大十多岁,毛根射杀王保的鸡那年,她已经是两个孩子的母亲。年龄是墙,两人隔着遥远的距离。再者,宋慧骨骼粗大,嗓门又高,肤色也黑,猛看和男人没多少区别。她从不化妆,什么搽脸油都不用。咱脸盖不住,用那玩意儿浪费。钱庄老婆宋丽华给她推荐小卖部刚进的可以褪雀斑的黄芪霜时,宋慧就是这么说的。她也不讲究穿戴,特别是杨八叉开面粉厂那会儿,她出出进进劳动服,灰不溜秋,像从土堆里钻出来的。她唯一在意的是头发。嫁给杨八叉时她就是大辫子,现在还是大辫子。面粉没弄脏她的头发,因为她捂得严实。杨八叉打她的时候,她总是护着头,宁可让他打脸。这就有点蠢了。毛根虽是孤户,但毛根有傲气,怎么会看得上宋慧呢?

照顾毛小根是宋慧提出来的。他还是孩子呢,你怎么能把他一个人丢在家里?没有你这么当父亲的。宋慧口无遮拦,反正我也闲着,交给我带吧。有个人照顾毛小根自然好,只是毛根不相信她会白照看。毛根说最好讲清楚费用,他得掂量能不能出得起。宋慧立刻就炸了,日你个奶奶的,你这不是寒碜人吗?我穷死也不挣这个钱!愿不愿意,你来个痛快的!毛根说我当然愿意。宋慧依然忿忿的,把你脑袋里的枪砂抠一抠,拽起毛小根走了。

自此,毛根外出就把毛小根送到前院,宋慧有空闲也会主动把毛小根接过去。毛根偶尔拎一只兔子过去,宋慧也就收下,但会说下次别这样了,给我都糟蹋了,留给小根吧。她嗓门粗硬,说到小根却异常柔软。这柔软让毛根心生感激,仅此而已。

盛夏的中午,毛根接毛小根时,宋慧正在院里洗头发。她穿着大背心,白底蓝花。背对着毛根,却听出毛根的脚步声。刚睡,你晚来一步,她一边往头上撩水一边说。毛根要背毛小根回去,宋慧说,急什么,黑了我给你送回去,没准一会儿就醒了。毛根想了想说,也好。毛根正要离开,宋慧说,哎,帮个忙,替我把水泼到街门口。毛根走过去,端了脸盆。宋慧头发香喷喷的。他把空脸盆递给她,目光掠过她高耸的胸,立即低下头。他想起胖女,胖女在时他常帮她洗头。毛根没有离开,宋慧再洗第二遍,仍需把水倒掉。三分之一的头发在脸盆里,三分之二的头发须用手掬了水淋洗。她非常专注也非常享受。毛根静静地立着,一只蜜蜂飞过来,在毛根头顶盘旋几圈,飞到宋慧上空。蜜蜂没有贸然靠近宋慧,似乎被那香气吸引,盘旋几遭却没有飞离。然后,蜜蜂斜飞下来,显然想落到宋慧的腰或背上。毛根喉咙发热,想提醒宋慧,又不知该怎么提醒。就那么傻傻地盯着居心叵测的蜜蜂,直到宋慧直腰,蜜蜂飞离。

毛根长长舒了口气。宋慧擦完,猛一扬头,那一瀑耷拉在胸前的黑发被甩到脑后。毛根就是被那一甩击中的。换句话说,那一甩有巨大的魔力,毛根突然就迷上了她。当宋慧回过头,已如仙女。圆脸黑里透红,眼睛秋波荡漾,她丰满、壮硕,浑身洋溢着丰收的气息。我还以为你走了,她说,上午给小根洗过了。她的声音实在是太好听了,他的魂瞬间被摄走。

要接你就接吧,我不拦你,宋慧笑容如牡丹盛开。

不……不……一会儿。毛根慌忙逃离,魂魄却没有随他回家。

黄昏时分,宋慧把毛小根送过来,毛小根一手抓着一个莜面饺子。毛根不敢和宋慧对视,他局促不安,生怕被她洞察,被她奚落。还好宋慧没发现他的异常,站站就走了。毛根又十分后悔,竟然连个坐字也没让。他追出去,但喉咙突然堵塞,一个字也喊不出来。她消失已久,他仍在院里站着。夜里,他梦见给宋慧洗头,他一撩又一撩,她一甩又一甩。她让他递梳子,他却怎么也找不见,急得团团转,直到醒来。

从后院到前院成为幸福的旅程,为了把短暂的里程拉长,毛根煞费苦心。先在院里转几圈,或者快到宋慧门口时再返回来,当然他是有借口的,忘了锁门或打火机掉了。他突然间丢三落四了。即便是宋慧接毛小根,毛根仍会追过去,因为毛小根不是忘穿袜子就是鞋垫潮了,他总是事后想起。宋慧自然要责备他粗心,叹息娃还是要有个娘的。毛根任其数落。最好是没完没了的数落。一天不见宋慧,一天不听到她的声音,毛根便失魂落魄,无滋无味。

因为有宋慧,毛根的世界变得五光十色。有些变化,他没有感觉到,是别人说的。毛根,眼睛怎么亮得跟镜子似的?毛根再照镜子,大吃了一惊。有那么一会儿,他迷惑了,不知眼睛像镜子还是镜子像眼睛。有些变化,他自己是有所察觉的。在扣下扳机时,忽然想起祖奶的话,手便松了。那只雁踱步离开,并不知死亡隔着一步的距离。毛根终于对"伴儿"有了概念和感觉。胖女和他生活一年多,自然是他的"伴儿",但那个伴儿是炕上的伴儿,不是身体里的,不是心窝里的。毛根原以为一样,现在才知道那是另外一码事。

当然,毛根还是知道分寸的,分寸让他知道怎么伪装自己。若杨八叉在家,他的目光只在杨八叉身上,瞟都不瞟宋慧。而他的耳朵不闲着,捕捉着宋慧的脚步、呼吸,甚至心跳。她在洗锅还是扫地。毛根兜里揣着平时舍不得抽的烟,那是给杨八叉准备的。一旦和杨八叉有了话题,他就可以多待一会儿。

但不是每个日子都那么享受,比如杨八叉喝醉的时候。以往宋慧嚎哭,那仅仅是一种声音,跟喇叭一样,单调、枯燥,令人厌烦。现在,宋慧的嚎哭不再是声音,而是刀,那刀上下飞舞,忽长忽短,在毛根心上捅出一个又一个窟窿,鲜血喷溅。毛根怎么努力都止不住。杨八叉整个是一头畜生,这么好的女人,他竟然下如此狠手。毛根几次冒出教训畜生的念头,可心里终是有一丝怯,那怯羁绊了他的腿。

某天黄昏,宋慧哭叫时,毛根实在忍不下去,旋风一般刮进宋慧家。杨八叉抡着鞋底在宋慧脸上乱抽,宋慧半蜷着,既不躲避也不反击。她比杨八叉壮实,也比杨八叉高出许多,若是对打,杨八叉肯定不是对手。杨八叉已被酒蛀空,不过是一根秧子。毛根一只手抱住杨八叉,一只手掐住杨八叉的胳膊。杨哥,有话好说么,怎么动不动就打人呢?毛根的话还是很温和的,手却没那么温和。杨八叉顿时呲了牙,放……开!毛根说,让人笑话呢,你是有身份的。杨八叉骂,他妈的。毛根半夹半抱,将杨八叉摁到炕上。几分钟后,鼾声响起。

宋慧早已从地上爬起,她坐在门口的马扎上,把笸箩里的豆角穿在线上。毛根没看到泪痕,也没看到哀伤。

睡了?宋慧这样问。

毛根说,睡了。

小根呢?

毛根说,从中午睡到现在,没醒呢。

宋慧说,还有一半豆角没择呢,一会儿天黑了。

毛根求之不得,立即蹲下去,说我正好没事干。

你不该拉的,他样子凶,下手其实没那么重,宋慧说,他心里憋着火,不泄出来就是病。

毛根愕然,继而被剐了似的疼,挨了打,还要替男人辩解,天底下怕是再没比她善良的女人。可是,他不能拿你出气呀,毛根说。

宋慧笑了。她竟然能笑出来!不拿我出气,拿谁出?拿你你干呀。

毛根说,拿自个老婆出气算什么男人?磨坊倒闭,又被南方侉子坑了一次,杨八叉便垮掉了。他的生活只剩下喝和打。

宋慧说,我心里也憋,哭哭就好多了。

毛根吃惊地,你还盼着他打你啊?

宋慧反问,我盼了吗?

毛根一阵心疼,你这话可是像盼了呢。

宋慧迟疑着,你这么一提醒,好像还真有点儿。

毛根又是心疼又是生气,心疼让他更加生气,而生气又加重了他的心疼,你怎么能这样想呢?

宋慧问,你没烦的时候吗?

毛根说,当然有。烦闷的时候死的心都有。

宋慧问,那你靠什么驱烦呢?

毛根怔住。他第一次听到驱烦这个词。

宋慧说,有烦就得驱啊。

毛根说,就算是,可你哭天喊地的……你不知道——毛根犹豫了。他没敢说出来,但希望宋慧明白。暮色一层层落下来,他觉得与宋慧距离更近了。她该明白的。

宋慧说,我不在乎别人怎么说,心里苦么,苦就嚎么。

毛根自嘲,看来我真不该拉的。

宋慧抬起头,不高兴了?

毛根说,没有。

宋慧说,你就是不高兴了。

毛根说,真的没有。

宋慧说,原来有劝架的,都被我得罪了,骂我犯贱。你嘴上不说,心里肯定不高兴,我知道的。

毛根勾下头,想你知道什么呀,你什么也不知道!

杨八叉喊喝水,宋慧立即站起,正好也择完了,毛根起身告辞。

出了宋慧家院子,毛根心就乱了,仿佛和宋慧闹了别扭。可是想想,又没有。她没有不高兴,是他不高兴了。他怎么可以不高兴呢?他怎么可以和宋慧不高兴?虽没闹别扭,可比别扭还别扭。心里苦么,苦就嚎么。她这说了,他还刺她。毛根听说了她儿子的一些事。宋慧嘴上没门,可从来不提儿子。她不讲自然有她不讲的原因,可不讲就得憋着,憋着就难受。她说了,他却没有懂。居然还不高兴! 他那么喜欢她,他怎么可以不高兴? 毛根懊悔得肠子都要断了。

次日,宋慧接毛小根,毛根向她致歉,他说了什么不得体的话,她千万别往心里去。宋慧反问,你说什么了,我怎么想不起来? 毛根不好意思,我也想不起来了。宋慧粗声大气的,那还胡说什么?

宋慧已经抛到脑后,或者,她根本就没计较。否则,她就不是……他的宋慧了。

毛根再没有拉架,任锋利的刀子一下又一下戳着心戳着肺

157

戳着肝戳着每一块肌肉。那是应该的,他必须与宋慧一起承受。

4

毛根在后墙上悬挂了一串小彩灯,毛小根嫌眼睛太小了,但仍痴迷。这些小小的眼睛一个个都是顽皮的,睁一下闭一下,闭一下又睁一下。因为这些小眼睛的存在,毛小根不再惧怕没有眼睛的黑夜,至少不那么怕了。闪烁的眼睛逗他,他也逗闪烁的眼睛,就在彼此的戏耍中,他安然入睡。

医院还是没白住,或许也有赵医生的功劳。至少她让毛根弄清了毛小根的病不在胃而在脑,但功劳最大的是宋慧。毛根没敢跟宋慧说他和毛小根是逃出来的,自然他为这样的欺骗自责并惩罚了自己,用箭头在腿肚划了一个口子。医生还是有本事的,但只能治成这样了。嫂子,多亏了你呀。久未见面,毛根边说边贪婪地嗅着宋慧身上汗与青草、豆粒混合的香气。他还想握握宋慧的手,还没握过呢。但宋慧两手腾不开,他只好在想象中握了一下。这辈子报答不了你了,下辈子做牛做马也成。他反复表述,宋慧终于火了,少来寒碜我,谁用你感谢?毛根这才闭嘴,心里暗想,她说的是一家人话呢。

老校长登门,说毛小根不能这么晃着,该重回课堂。他那会儿是校长,让毛小根退学也是出于无奈,他担不起责任。曾经的校园事故差点让他丢了工作。他当了三十多年民办教师才转成正式的,眼看就要退休了,他怕出什么差错。自毛小根退学,他心里就长了疙瘩。现在退休了,再不用担心这样那样的处罚,他打算教毛小根识文学字。就在他家里教,那课堂是毛小根一个人的。单独给毛小根上课,老校长图什么呢?心里长了疙瘩?这样的缘由,毛根是怀疑的。老校长似乎看出毛根在琢磨什么,说自己没别的爱好,只会教书,突然闲下来,寂寞得慌,血压还高了,如果说教小根有什么私心,这就是,他不会收取一分费用。这话实在,但毛根没有马上答应,他要考虑一下。其实是想和宋慧商量。宋慧一锤定音,那还等什么?老校长亲自教,你家祖坟该冒青烟了。

毛小根成了老校长的学生,毛根并不好受。他再无借口和理由一趟趟往宋慧家跑,宋慧也极少过来。虽然毛根在接送毛小根时故意从宋慧门口经过,但两人见面和说话的机会实在少得可怜。当然,还能听到宋慧的声音,在街心或小卖部,这一定程度上缓解了他的饥渴。他仍与宋慧一起承受,那刀戳得更猛烈些才好,这样他才舒服,但与他倍受煎熬的心相比,与他疯狂的思念相比,那赐予实在是杯水车薪。

夜晚毛小根多数情况下可以睡个长觉,毛根却不能了。那天,毛根定是没听到宋慧的声音。相距这么近,居然一整天没听到宋慧的声音。太荒谬太不可思议了。怎么回事呢?他细细回想,理不出头绪。但有一点是明白的也是肯定的,他确—实—没—听—到。那些眼睛眨得异常烦乱,他差点就跳起来关掉。可瞅瞅睡得正香的毛小根,手终是缩回来。若还是睡不着,他就爬起来,围着宋慧的院子一圈一圈地走。宋慧嗓门高,呼噜也大,听一会儿也可。他确信自己听得到。躁乱平复,他才返回。

毛根一度想让毛小根退学,但找不出理由。老校长对毛小根很好,核桃、红枣、蛋糕什么的常给毛小根吃,虽然他特意做了个训诫的板子,但一次也没打过毛小根。当然更重要的是老校长下了功夫,每天留作业,每一页都要批改,除了没有同学,和正经上学没什么区别。而且,宋慧能同意吗?肯定不会的。

某日,毛根去接毛小根,老校长正抱着花盆落泪呢。毛小根把老校长养了十六年的君子兰吃掉了。不只叶子,连块茎也挖出来吃了。这花就跟我的孩子一样,老校长苍白的头发凌乱不堪,突然间苍老了许多。毛小根缩在墙角,嘴角还淌着绿汁。毛根揪住他,举手就打。老校长架住他,说你打他一顿就能把花打回来吗?君子兰是我的孩子,小根可是你的孩子。毛根慢慢松开,一再给老校长道歉。老校长闹肚子,去买了点止泻药。我不该把他一个人留在屋里,该带上他的,这是该着的呀,老校长没怪毛小根,把过失全揽到自己身上。老校长越是这样说,毛根越过意不去。有一点儿他没告诉老校长,每天出门他要往毛小根兜里塞两把豆子,确保他随时有嚼的,那天早上他疏忽了。这祸至少有一半是他造成的。

毛根前脚进院,老校长后脚追来,他担心毛根责罚毛小根,又叮嘱一番。花总归是花,娃打不得。老校长让毛根明日准时把毛小根送过去,若小根有伤,他绝不答应。除了宋慧,还没人对毛小根这么好过。毛根觉得必须补偿老校长。既然毛小根吃了他的君子兰，毛根再给他弄一盆。他想到如花。和这个女人来往不多，不过她不像是难说话的人。没想到如花竟然拒绝。她说毛根可以挑别的花，那两盆君子兰一盆也不可以。她没说原因，可无论什么原因不就是一盆花吗？毛根说自己不是白要，他是来买的，随她出价。如花说她不卖花，从未卖过。她似有不安，但没有任何商量的余地。毛根不相信她没卖过花，不相信她说的那些话。毛根愤然离开，跑到镇上给老校长买了一盆。

一年后，老校长被儿女接到了城里，他给毛小根授课时昏倒了。检查了一遍，没什么大病，脑供血不足。老校长给毛根打电话，过几日就回来了。儿女为留住老校长，给他在某私立学校找了份当保管的差事，这根绳儿一下把老校长拴住了。电话里，老校长很是愧疚，给毛根解释了半天。

毛小根又回到宋慧那儿，而毛根再次掉进蜜罐，嘴是甜的舌是甜的，眉眉眼眼都是甜的，他不想被人特别是被杨八叉窥见，装出愁苦的样子。宋慧说，愁什么？不就数个数识个字吗？我来教，教不了大咱还教不了小？

宋慧不是随便说的，她用心教了。某日，毛根把豆腐炖土豆端上桌，对守候已久的毛小根说，烫，晾晾再吃。毛小根敲着碗边说，"咕得"。毛根说，没糊呀，毛小根又说，"咕得"。毛根沉下脸，舌头怎么了，不能好好说话？毛小根又击一下碗，说讲的是英文，"咕得"就是好的意思。毛根愣住了，谁教你的？毛小根说,大娘！毛根难以置信,她教你外国话了？毛小根点点头。毛根兴奋得不能自控,她怎么还有这本事呢？能告诉我她怎么教的吗？毛小根说,"挠!"毛根说,晚上给你挠,你先给我说道说道。毛小根说,"挠"就是不。毛根问,不？毛小根点头。毛根问,挠吃饭,就是不吃饭？再次证实,毛根轻飘飘的,觉得自己要飞起来了,怎么也摁不住。

索性不摁了,他跑去问宋慧,老校长都不会呢。宋慧双乳乱颤,快要笑岔气了,毛根扶了她一把。你这个……嘎嘎……我哪有那么大的本事？只会这两句！毛根说,两句也是本事呢,谁教你的？宋慧不停地捋着胸,电视里学的！毛根吃惊道,还能学这个？宋慧说,你该给小根弄一台。毛根说,那不都是假的吗？宋慧说,假的当真的看。毛根没吱声,若是别人说他早反驳了。假的就是假的,假的怎么可以当真？对宋慧,他不能。

自学会这两句外语,毛小根就挂在嘴上,能用"挠"和"咕得"代替的,绝不说中国话。毛根百听不厌,因为那绝不只是两个词。

这是宋慧的又一功劳,毛根必须要谢谢她,当然还有杨八叉。他给杨八叉买了盒玉溪,给宋慧买了瓶黄芪祛斑霜。等了几日,终于有了和宋慧单独见面的机会,从上衣内侧的兜里掏出来,毛根心跳如鼓。

啥呀？宋慧瞅瞅纸盒,打开,拿出闻了闻,又盖住。你这是干什么？她仍粗声大气的,但气里有一点点虚。

小根多亏了你,毛根说,没你,日子就塌了。

宋慧说,什么塌不塌的,我不过——

毛根说,谁把他当人看呢?只有你和老校长。

宋慧说,谁的日子也没那么顺溜,谁憋谁知道。小根就是爱睡个觉,又不是怪物。

毛根说,有几个人像你这么心善呢?这就是你的好,我就喜欢你这点。

宋慧说,毛根,你言重了,心善的人多得是。

毛根说,我没发现。

宋慧说,不和你争了,这搽脸油我不能要。

毛根像听到死刑宣判,顿时僵住。

宋慧说,你的钱不是大风刮来的,乱花!

噢,她在替他考虑呢,毛根终于活过来,也没几个钱。

宋慧说,我从不用这玩意,咱脸没那么金贵。

毛根大声说,你为什么埋汰自个儿?

宋慧愣了愣,嚷什么嚷?吓我一跳。

毛根的目光如雾一样散开,宋慧忽然就模糊了。他晃晃脑袋,宋慧又清晰了。她脸上有一条伤,该是鞋底尖硬的塑料划的。他老早就注意到了,但此时,那疤痕触目惊心。毛根说,谁说不金贵?我看比金子还贵!

这就放肆并且赤裸了。毛根原本只想送她搽脸油,还没有足够的能力和勇气向宋慧表达,可水到渠成,话就这么说出来。

宋慧再粗心也听出音儿了。还没有谁说她的脸比金子还贵，杨八叉没有，麦香没有，她的儿子都没有。不，她自己都不认为她的脸是金贵的。毛孔粗大，皮肤黝黑，若在烈日下曝烤半日，便如翻毛皮鞋一般，能挂二斤尘土。她倒没因这个自卑，各人生就，上天让她生成这个样子，没什么好抱怨的。可毛根竟然说她的脸比金子还贵。宋慧在最初的震惊过后，觉得好笑。毛根的异常，宋慧以前有那么一点点觉察，但并不当回事，因为毛根鲜与人来往，又拗又轴，本来就异常的。可现在，他说出这样的话，她不明白都不可能了。毛根实在是接触不到什么人，所以才会这样看她，好像她是朵花。他实在不会夸人。宋慧嘴角已经绽出笑，实在太可笑了，可忽然之间，她感觉胸口有什么在奔在涌在冲撞。她本想止住的，都咬牙了，非但没止住，身体反随之战栗。我的妈呀——她痛声嚎哭。

毛根见势不妙，撒腿就跑。

5

这祸闯大了，不是一般的大。宋慧可是他的天呢，他把自己的天捅塌了。毛根逃回家，心里七上八下，等待宋慧上门把那盒搽脸油砸他脑门上，顺便抽他几个嘴巴子。癞蛤蟆想吃天鹅肉，他真是痴心妄想！可等到天黑，宋慧也没来。她没有，杨八叉也没有。杨八叉多是虚张声势，习惯拎把铁锹。毛根平时不怵杨八叉，可毕竟理亏，理亏就没了底气。他已经做好挨打的准备。

看来，宋慧没告诉杨八叉，她藏起来了。她并不是藏得住的人呢，这是怎么回事？毛根围着宋慧的院子转圈，像拉磨的驴。他试图听见什么动静，宋慧的哭声或呼噜，但毫无声息。他想象宋慧大睁着眼的样子，天塌了还怎么睡得着？或许，她尚未完全反应过来，所以没有进一步行动。天蒙蒙亮，毛根疲惫不堪，拖着僵硬的双腿回家。

毛根没送毛小根。宋慧的院子遍布地雷，他不敢踏入。他在等。这是漫长的一天。毛小根在玩弹球，一个毛小根和另一个毛小根玩，左手代表一人，右手代表一人，"两人"吵架时，曾把另一人的玻璃球吃到肚里。当然，就如吞咽下去的那些硬币，最终都排泄出来。他的胃俨然铜墙铁壁。而毛根什么都干不了。原本想制几支箭，接连两次划破手后，只好放弃。毛根在捕击猎物时曾数小时一动不动，那样的等比这样的干等有趣得多。黄昏迫近，毛根什么也没等到。他大大松了口气，但又很失落。

第三日，毛根灵机一动，打发毛小根独自过去。埋多少颗地雷也炸不着毛小根，这一点毛根有数。我快离不开小根了，宋慧说过。没准毛小根还能拆除那些地雷。可不一会儿，毛小根垂头返回。毛根眼前一暗，似乎天上那只眼睛突然间被抠掉了。不让你进吗？毛根的声音都颤了。毛小根摇头。毛根抓住他，怎么回事？毛小根说，没人。毛根问，大娘不在？毛小根说，锁门。毛根急问，去哪里了？毛小根不说话，在他眼里彼时的毛根蠢得像颗猪头。毛根拍下脑袋，大娘说过的，瞧我这记性。他还从未在毛小根面前掩饰过什么。

没几日,秋收开始。两年前联合收割机在宋庄登场。喝油的铁家伙比人力快多了,突突半天,麦子、莜麦就被剃光了。籽是籽秆是秆,弄车往回拉就是。但这个大家伙只适合大片庄稼,犄角旮旯的地仍需镰刀。这样的地毛根有三块,其中一块与宋慧的地相邻,毛根种的是莜麦,宋慧种的是胡麻。毛根没再让毛小根单独过去,每天下地都带着他。莜麦熟得早,这就是说,他不会在地里撞见宋慧。可每次抬头,他都要往宋慧的地垄望望。他割得没那么快,磨磨蹭蹭的,但直到割完也没看到丰腴壮实的身影。不过毛根还是有借口往地里跑。老鼠在秋季会贮存过冬的食物,鼠仓极为隐秘。但对毛根,鼠仓无秘密可言。毛根在寻找鼠仓方面无人能及,最多的一年他从鼠仓挖获二百一十斤小麦,一百八十斤莜麦,三百二十斤胡麻。都说鼠仓难寻,毛根不信,老鼠再能也能不过人,终究是猎物而已。

终于等到宋慧,但她是和杨八叉一起来的。她割,杨八叉捆。毛根在探针、袋子之外还准备了镰刀。毛根做好了帮忙的准备。这是接近她的机会,她应该欢迎吧,至少不会给他冷脸。去年割这块地是她一个人,他以为今年还是。杨八叉这是怎么了?手痒痒了?毛根沮丧透了。不过,终是看见了宋慧,他可是多日没见她了。没白等。这么一想,他又打起精神。

一个阴雨绵绵的日子,毛根百无聊赖地躺着。毛小根依然在地上玩弹球,突然喊声大娘。毛根条件反射般,猛一个激灵。

他转过头,看到宋慧披着雨衣站在门口。毛根想坐起来,可他就像被子弹击中的雁,不停地扑腾,就是支撑不住身体。宋慧呀一声,问毛根是不是病了。毛根终于坐起,为此憋得脸都紫了。没……没有,躺酥了。宋慧撩起雨衣帽子,扬扬手里的食品袋,刚煮的,给小根送几条。小根反应机敏,从宋慧手里抓过去,抽出一根,皮尚未剥开便咬一大口。玉米的浓香立即漫开。宋慧说,慢点,小心烫!毛根说,也就你了,惯着他。宋慧说,不就几条玉米么,你怎么像个娘们儿,磨磨唧唧的。

熟悉的声音,熟悉的语调,犹如天籁,毛根顿觉神清气爽。他一直躲闪着,此时终于鼓起勇气,用焦干焦干的目光束住她。她似乎瘦了些,那定是他的过,眼睛更大了,但反而望不到底了。那也与他有关吧。阴影掠过,毛根干巴巴地笑了笑。宋慧还是宋慧,这大咧咧的样子已经深入她的骨髓,但终究是有变化的。他和她之间还是有了隔。

宋慧说,看看你,睡得眼睛都红了。

毛根竟然忘了让座,倒是毛小根,一手抓着玉米,另一手拽宋慧一把。宋慧往前一步,拍拍小根的头,不了,大娘还有事。临出门,宋慧回头,还是把小根送过来吧。

毛根好半天才哎了一声。一个濒死的人,突然被赦免,宣判无罪,他彻底喜蒙了。她没计较他的鲁莽和胡说八道。或者说,她起初是计较的,现在已经不当回事。这就是宋慧的好,换作别的女人,定然不是这样的结果。这样的女人怎不让他着迷呢?

至于那隔,他相信会融化掉的。宋慧仍是他的宋慧,但他不会放肆了,他要把她藏到心底,藏到任何人都不知道的地方。

宋慧离开已久,毛根仍能闻到她的气息。浓香的玉米并不能掩盖。这气息令毛根迷醉,再熟悉不过,但似乎夹了些别的很新鲜的味道。其实她进门那刻他就捕捉到了,起先以为是雨衣的味道,现在他感觉与雨衣无关。突然,脑袋开了天窗一般。搽脸油!没错,一定是搽脸油。毛根兴奋得要大叫了。宋慧用了他送的搽脸油,他相信!宋慧没有扔掉,就是扔掉也比砸到他脑门强。不管因为什么,都是对毛根的赏赐。

转天,杨八叉正好在家,毛根掏出早就准备好的玉溪,给杨八叉点上。杨八叉说,牛了嘛,抽玉溪了。毛根说,又不是天天抽。问他最近修机器么,他袖口有块明显的油污。毛根把话题往机器上引。果然,提到机器,杨八叉的眼睛便波光粼粼。杨八叉对机器情有独钟,见了机器比见了娘亲,而且无师自通,即便没接触过的,鼓捣鼓捣也就会了。若不是脑子让酒精泡迟钝了,杨八叉绝对是个高级修理工。就是迟钝了,修理个小毛小病不成问题。不只宋庄,外村也有请他的。杨八叉没架子,不漫天要价,两盒烟一顿酒便可以。所以,杨八叉常有酒喝,常醉。

杨八叉打开话匣,说李庄有户人家男人坐牢了,现在急着出售二手东方红拖拉机,还带三花转犁和旋耕机,要价才四万。那可是554啊,八成新,四轮驱动,55马力的,那女人急着出售,她狗屁不懂,往下压两三千一点问题没有。我看了,没一点儿毛病,关键带的东西多啊!那一群鱼似乎要蹦出杨八叉眼眶了。

毛根对机器不通,什么四轮驱动,什么大马力,那与枪械是两个世界。而且,他没有任何兴趣。但他装出被吸引的样子,说,是吗,是吗。没等杨八叉吸完,又抽出一支。杨八叉说,那当然啦,我看两回了。毛根哪有心思听杨八叉胡扯这些,那不过是幌子,他的注意力全在宋慧身上。宋慧在教毛小根加减法,毛根不会错过她美妙的声音。毛根还不停地吸嗅,烟雾并未影响他,宋慧混杂的气味让他迷乱和陶醉。

我是没钱,有钱我就买下来,绝对合算!杨八叉向往地抬起头,仿佛那台东方红拖拉机就在空中悬着。对一个画饼充饥的人,那确实是悬着的。毛根几乎要怜悯他了。不管怎么说,毛根的猎枪还在柴房藏着,属于毛根自己,而杨八叉只能画饼充饥。可想到杨八叉对宋慧的抽打,毛根的心顿时变硬。毛根想不通一个机器天才,钱庄这样说的,怎么会被南方侉子骗得一干二净,而且公安办案时,他连一分钱的线索也没提供。毛根更想不明白,他守着宝一样的女人怎么就不懂得疼惜呢。毛根没让情绪表露出来,他不停地敬烟,敷衍着杨八叉的感叹和忧伤。

整盒烟抽完,实在抽得快了些,杨八叉过足嘴瘾,毛根才恋恋不舍地离开。当然,对饥饿已久的毛根,那委实也是一顿大餐。

秋末,毛根迎来又一个陪伴宋慧的机会。

杨八叉喝酒胃出血了。他本已喝过,去钱庄小卖部聊天又赶了一场。杨八叉最不经让，一让就控制不住。当晚，杨八叉被钱庄送到镇卫生院。宋慧打电话回来让毛根帮她喂猪，毛根这才知道。

第二天，毛根带着毛小根前去探望。杨八叉如煮熟的大虾，蜷缩在病床一角，似乎缩小了一号，宋慧双眼通红，面带倦容。毛根的心瞬间就被扎破了。宋慧说没什么大碍，两天就可以出院，责备毛根没必要跑的。毛根说不放心呢，怎么也得来瞧瞧。他让她睡会儿，他看着杨八叉。宋慧问他能不能多待会儿，她回趟村。毛根说，当然行啊，随后补充他喂过猪了。宋慧说还有别的事。她没说，他也没问。

宋慧是下午返到医院的，满脸的汗。走吧，毛根，用不着你了，她这样说。毛根走出病房，脑里全是她汗漉漉的脸。他领毛小根逛了一遭，吃了顿包子，给毛小根买了一斤花生，又折回医院。毛小根吃包子的时候，毛根去了趟对面的化妆品店。回到医院，毛根身上多了样东西。毛根让宋慧带毛小根回村，他留下来照顾杨八叉，"顺便和杨哥聊聊拖拉机"。杨八叉的眼睛顿时亮了。宋慧不肯，毛根诚挚地，你帮我照看小根，我怎么就不能照看杨哥？两人僵持间，杨八叉说，让毛根陪我一晚也好，这干躺着，实在太闷了。宋慧说，我已经跑了一趟，不想跑了。杨八叉说，那就都别回，反正床也空着，将就一夜算了，明天出院！

这是毛根蓄谋并盼望的，他不敢讲，杨八叉竟替他说了。毛根的血汩汩奔涌，几乎冲破脑顶。他不相信老天，因为老天从来没把他想要的东西给他。现在,他突然相信了,老天在帮他。老天也是长眼的,老天看破了他的心。毛根立即附和,说不光这间病房空着,旁边的病房也空着。宋慧看看杨八叉,又看看毛根,说小根要是不睡觉咋办。毛根说,不睡好啊,就当过年熬夜了。不过,你要是让他睡,他会睡的,他听你的。这句话捅到宋慧的心窝,宋慧咧嘴笑了,没错,小根就听我的。石头落地,毛根恨不得给老天磕几个头。

已经习惯在彩色眼睛陪伴下入眠的毛小根不肯上床,但宋慧有办法。她对小根耳语一阵,竟把小根哄到床上。她挨毛小根躺下,把小根搂在怀里,让毛根把两床之间的隔帘拉上。毛根拉帘时,有个惊人、大胆、兴奋的猜想,毛小根的手一定抓着宋慧的什么。两人盖着被子,但毛根的猜测不会错的。这小兔崽子,难怪这么乖呢。毛根坐在杨八叉对面,和杨八叉胡聊。提及机器,基本就不用毛根说什么了。隔帘把杨八叉和宋慧隔开,杨八叉看不到她,但毛根可以。他的心在宋慧身上,他能觉察到她的任何动静。杨八叉终于困了,接连打呵欠。毛根周到地替他拉上被子,让他在靠门的空床躺下好好睡一觉,然后关掉灯。三张病床是并排的,杨八叉在最里面。隔帘把杨八叉独立起来,他在单独的空间呼呼大睡。而毛根和宋慧在隔帘的这边,虽然不在一张床上,但空间是一体的。一个和杨八叉隔开的空间。这个夜晚是属于毛根的,他和宋慧终于躺到一起了。和一起没什么区别。毛根眼睛睁得很大,这来之不易的时光,睡觉就糟蹋了。

他不能！他要一寸一寸地咀嚼，一口一口地品味。也许，宋慧会在黑暗中爬起来，躺到他这边，那他就……一阵战栗袭过，毛根几乎停止呼吸。

深秋的屋子本该冰凉如水，毛根却越躺越热，像架在火盆上，快要被烤化了。宋慧该不会也在火盆上吧？这么想的时候，他发现宋慧爬起来了。毛根呼吸急促。宋慧轻手轻脚地走过来，毛根没敢动，他不知她要干什么。宋慧在他床边站了片刻，一粒一粒地将扣子解开。一片白，毛根被晃了眼睛，几乎叫出声。宋慧及时捂住他的嘴巴，抓着他的手，搁在她丰满的乳房上。毛根紧咬牙关，可还是发出得得得的声音。宋慧爬上来，如同麻包一样罩住他。

毛根突然醒来，该死，竟然睡着了！怎么会睡着呢？不过，老天赏了他一个梦。他从未做过这样的梦。两腿间湿漉、滑腻，他梦遗了。仍是烘烤般地热。如果说以往宋慧仅仅是照亮了他的心，在那个炙热的夜晚，毛根从上到下、从里到外彻底被宋慧点燃。他没有再合眼，努力地克制着，没让岩浆喷射出来。

清早，毛根在走廊抽烟，待宋慧出来，他将揣了一整夜的郁美净塞给她，什么也没说，也没给她说话的机会，之后疾步走进病房。他豁出去了，她就是砸到他脸上，他也认了。有二十分钟，宋慧回了屋，毛根背对着她，避免和她对视。宋慧没砸他，声音也有些特别，这天说凉就凉了呢。

6

  隆冬时节,大地皲裂,像突然长出了嘴巴,走路不得不抬高脚,不然就会被咬一口。尽管如此,毛根还是被咬过几次,那多是他走神的时候。自和宋慧有了第二个秘密,毛根几乎夜夜围绕着宋慧的院子转圈,虽然傍黑才离开。也见了也闻了,但一离开就想,沸腾的岩浆在体内横冲直撞,随时都可能将他融化。不要说睡觉,坐卧都不得安宁。他只好一圈又一圈地转,让身体慢慢冷却。这是他的功课,也是他的药。除此,他已经无可救药。

  虽然有了共同的秘密,但毛根也没敢造次。就像歌里唱的那样,见个面容易拉拉手难。是的,他至今还没正式拉过宋慧的手。以往毛根的想是模糊的,现在毛根的想有了明确的目标。拥有她的心拥有她的身体,让她真正成为自己的女人。宋慧仍大咧咧的,但眼神里有了枝杈,毛根确信,那是共同的秘密生长出来的。那一天终会来的。

  雪是冬天的情人,没有雪的冬天枯燥无趣。一场大雪,萎靡的天地立刻有了生机。作为猎人,毛根自然是喜欢雪的,因为大雪有助于他追寻猎物的踪迹。高空的鹰不只能看见地面的野兔,据说还能识别野兔的尿液和粪便。毛根也可以的,即便尿液结冰。野兔的尿液与羊、狗,包括与人的尿液绝对不一样。哪里不一样,毛根说不出一二三,那完全是感觉。毛根的祖父未必有这样的本事。但也只有下了雪,毛根才如神灵附体。一切有迹可循。大雪在覆盖的同时，也把另外的信号传递出来。毛根对那些信号有神奇的识别能力。

但对于此时的毛根，大雪就是添乱的娘们儿。自迷上宋慧，他就很少打猎了，杀生难免让她有什么看法，他不再需要茫茫大雪给他传递信号。而且，更重要的是，他没法围着宋慧的院子转了。他可不想让杂乱的脚印成为别人的讯号，像野兔一样被捕杀。

邪性的是，大雪在毛根的担心中翩然而至，连落了两天。晴了七八日，地面刚板结了些，又下了一场。毛根忧心忡忡，他一向不信什么，这会儿竟然胡思乱想，难道老天在阻止他吗？为什么要用这样的法子折磨他？在屋里憋了一夜，几乎疯掉。拗劲又上来了，他不信老天能拦得住他。围着宋慧的院子行不通，那就围着村庄转。宋慧远了些，但仍在中心，仍是他的。

腊月二十六，宋慧的儿子杨壮壮破天荒地回来了。杨壮壮随了宋慧，一米八的个头，粗壮结实，方盘大脸，棱角分明。他可是五六年没回来了，今年回来不说，还领回个罕见的媳妇。那打扮是很招摇的，皮裙高靴，红色羽绒小袄，头发多半是红色的，像顶了满脑袋火簇，刘海却是蓝色的，眉刮掉了，纹眉又细又长，几乎到了鬓角。睫毛像两道帘子，往下垂的时候，就把眼睛遮住了。腿如麻秆，腰似面笋，妖里妖气的。若只是妖也就罢了，或许是城市的流行样式。问题在于，她不经端详。她没胯没臀，胸倒是耸得高，明显是充了气的，最做不了假的是喉结，整个塞了颗核桃啊。这样看来,关于杨壮壮的传闻是真的了。

　　杨八叉和宋慧的脸一个比一个难看,杨壮壮倒是大方,向毛根介绍了吴妙然。这名字似乎也别扭。吴妙然竟然有些羞涩,听壮壮说起过你呢。吴妙然的嗓子被捏住了,细声细气,但极不柔和。毛根想不明白,杨壮壮高大威猛,怎么就……找个啥姑娘不好呢?难怪宋慧从来不提。杨壮壮找什么样的人本与毛根无关,可他是宋慧的儿子,毛根就不能漠视。新年的喜庆一扫而空,毛根心里有说不出的堵。

　　隔日,毛根去小卖部买酱油,五六个男人正在谈论杨壮壮和他的假女人吴妙然。准确地说,是在争论两人怎么办那事。有人说吴妙然那个地方做了手术,像挖洞一样旋空了,那个洞自然可以办。反对者说人的构件是女娲造就,是变不了的,心肝脾肾都可以换,唯独那个零件不行。那还咋办事?事还是要办的,从后面进。后面?那多脏,多不舒服!什么都是个习惯,习惯了脏算什么?肠肚是包粪的,可吃起来比肉还香。也有人说用嘴,城里兴这样。马上就有人反对,吴妙然没那么大的嘴,放不进去呢。

　　众人乱嚷嚷,没有权威的说法。便有人问整理账目的钱庄。钱庄说,你们真是闲得蛋疼,若想知道,问杨壮壮去。一帮人便龇了牙,说那还不被骂出来。转而又说起吴妙然的身份,虽然假,但据说很有钱……

　　毛根实在听不下去,快速离开。他不能阻止,只能躲开。也就钱庄说了句人话。他们只关心这个,没有谁在意宋慧,没有谁愿意为宋慧分担。毛根倒是想分担,却不知怎么使劲。杨壮壮回来,毛根不好再把毛小根送过去,他整整一天没见宋慧了,她这会儿……疼痛袭来,毛根的脚便重了。

除夕夜,毛根和毛小根坐在电视前,毛小根旁边一堆食品,瓜子、花生、糖块、麻花、苹果……每年除夕,毛根都是慷慨的,要让毛小根吃个够。像毛根这样的人家,年根上边会给一袋米一桶油,或一袋面一桶油。今年毛根问宋品能不能给台电视机,宋品说毛根得寸进尺。把政府当什么了?什么都想从政府身上啃?毛根转身,宋品又叫住毛根,让毛根搬了村委的电视。当然是借给毛根,正月十六必须还回来。第一次在自己家看电视,毛小根乐得像个爆米花。毛根盯着屏幕,但目光是空的,耳朵也没在电视上,而是辨析着可能的脚步。

毛根觉得宋慧会来。她果然就来了。拎了些吃的,自然是给毛小根的。宋慧没添置一件新衣,浑身上下都是旧的,只有眼睛添置了新鲜的哀愁。毛根心往下沉,说这冷的,你跑什么呀。宋慧没说话,给毛根递个眼色。

毛根随宋慧来到堂屋,宋慧说,我不行了,帮我个忙可以不?这不像宋慧说的,太客气了。毛根说这么见外?让我抹脖子,你一句话的事!宋慧说,抹你脖子干什么?你又不是猪!这才是他的宋慧该说的话。我来你这儿哭一场,快憋死了,连个哭的地方都没有!

毛根愣住,哭?

宋慧说,吓着你了?

毛根忙道,不不,我是说……祖奶……你没去找祖奶?

宋慧说,大年时节我能给祖奶添堵吗?再说麦香也不让啊。野外又不能。

毛根说,我知道你心里难过——

宋慧说,少废话,行不行吧?

毛根指指西屋,就是太冷了。

宋慧推开西屋的门,毛根拉着灯。这是放杂物的地方,粮食、菜缸、家具、炕板,墙上还吊了几张兔皮。因为放着粮食,窗户用炕板封着,白日里也需要开灯。这样一个密闭的空间正是宋慧需要的。宋慧席地而坐,让毛根出去,灭灯关门。毛根提醒她小心受凉。宋慧来了气,耳朵聋了吗?毛根立即退出。

毛根没有远离,像侍卫一样守在门口。但立了一会儿,并没有听到号啕的哭声。他怕有什么意外,轻轻推开门,但没有拉灯绳。借着堂屋的光,他看到宋慧仍在原先的位置,泥塑一般。

哭不出来!毛根,帮我一把,宋慧说,我心里堵了碌碡,可就是哭不出来。

毛根不解,咋个……帮?

宋慧说,抽!脱下鞋抽我!

毛根的心被刺痛,使不得呀。

宋慧火了,让你抽你就抽,废什么话!

177

毛根弯下腰,抓住她的肩,然后顺着肩由上而下,捏一下,又捏一下。

宋慧更加来气,让你抽,没让你挠痒痒!

毛根抓住了她的手,说,站起来,你站起来我好使劲。他猛地一拽,宋慧跟着站起,腿脚正麻,她站立不稳,往前一跌,抱住毛根的头。突然悲从中来,哭声如洪水决堤,奔涌而出。毛根用脚勾了一下,门合上了。两人陷入黑暗中。

宋慧仍然抱着毛根的头。她比毛根高,正好将下巴搁到毛根脑门上方。而毛根的嘴巴则正好抵住她的胸窝口。起初毛根一动不动,湿漉漉的东西从脑门滑下,糊住了他的脸。那是她的眼泪和口水。随着哭声的长短变化,宋慧的胸有节奏地颤着。慢慢地,毛根抬起胳膊,搂住宋慧的腰,并呼应着她的节奏。他终于搂住了宋慧,几乎成为一体。那刀子依然锋利,但毛根被刀子戳着,却幸福得要飘起来。他的伤口流出来的不是血,而是蜜。最后毛根也哭了。他的眼泪与宋慧的眼泪掺在一起,渗进宋慧的衣服。

宋慧是抽空躲出来的,持续没多久。她的恸嚎来得快去得也快。对毛根而言,更是太过短暂。但珍贵与时间无关,这是他和宋慧之间历史性的突破。他把鸦片噙在了嘴里。

毛根瞧不上甚至恼恨杨壮壮,正是他的归来,让宋慧愁眉不展。没想到杨壮壮反成了他和宋慧的牵引器。初六,杨壮壮和吴妙然离开,毛根还送了一程。

7

四月初,杨八叉被住在包头的女儿接走。原本要宋慧和杨八叉一起去,但宋慧走不开。大猪卖了,刚又买了两头小猪,钱不值钱了,两头小猪花了整整六百元。宋慧每次喂食都要捋猪的脊梁,这样猪身会长开,边捋边和小猪说话,你们这对小家伙,可不许闹毛病,我对你们好,你们也要对得起我。小猪似乎听懂了宋慧的话,总用沾了食的长嘴在宋慧的胳膊或胸上乱拱。每次喂完猪,宋慧身上都有几片特殊印记。此外,还有羊、鸡、鸭。可以没有杨八叉,却不能没有宋慧。女儿和女婿是唱二人台的,一年四季不着家,别人越闲他们越忙,每次打电话都不在一个地方。不着家,也得有个家,刚买了房,准备装修,杨八叉此去带有监工和保管的任务。

毛小根是杨八叉走后第三天被宋慧留下的,宋慧说让小根和我一起住吧,别接了。毛小根自然乐意,因为宋慧家有大电视。毛根更不反对,她留下小根,他留下也就有了可能。毛根说要把彩灯拿过来,宋慧没让,她说,你该让我试一试。毛根想起那个夜晚,忽然就燥热了。次日,毛根比往常去得早,一是已经饥饿一夜,巴不得早点见到宋慧,二是也想知道毛小根睡得怎样,宋慧的法子起作用没有。毛小根竟然还睡着。毛根的目光定在宋慧脸上,小根没折腾你吧。宋慧边忙活边说,没有,挺乖的,躺下不久就睡了。这小崽子,毛根都有些嫉妒他了。黄昏,毛根仍旧上门,问宋慧要小根留下,还是……宋慧不耐烦的,咋这么啰唆?忙你的去!就这么把毛根打发了。毛根还希望她说点别的,但连着几天,她没有多余的话。

又一日黄昏,毛根进门,宋慧和毛小根正在吃饭,炒土豆片,烙饼。宋慧问毛根吃了没,毛根说还没呢,其实他才吃过。宋慧说你真会赶,正好我烙多了。毛根没客气,宋慧讨厌客气,他清楚。他问毛小根吃几张了,毛小根摇头,目光仍在电视上。毛根说,这家伙,快不认识我了。宋慧瞪他,什么意思?嫌跟我时间长了?毛根说,哪里,谢还来不及呢,没想到还能扳过来,多谢你。宋慧说,要我看,他就缺一娘。毛根趁机盯住她。黑红黑红的脸,又粗又长的辫子。无论比她年龄小的还是与她年纪相仿的,都不梳长辫子了,只有她。平时梳两条辫子,那晚是独辫,格外地粗。宋慧说,怎么,我说得不对吗?毛根说,对,当然对……当着毛小根的面,他犹豫着该不该说。这时,他看到毛小根犯困了,手里还抓着半张饼。宋慧哎呀一声,说今儿看电视的时间太长了。她扶毛小根躺下,并扯了被子。那块饼仍在毛小根手里,她不由笑了,留着吧,做梦吃。

宋慧洗锅,接着喂猪,毛根问他能干点什么,宋慧说用不着,再有三头猪她也忙得过来。她没说忙你的去,毛根也就没有离开。杨八叉不在,小根睡了,这是老天的安排。毛根越来越信老天了。空气里有什么东西在滋长,空间突然变得狭小。宋慧出出进进,手里总有东西。待她终于空手,毛根再也忍不住了。他本想弹起,像铁箍一样箍住宋慧,可宋慧的嘴比他快,她说,不早了。就是这"不早了"绊住毛根,他迟疑了。宋慧的话有两层含义,一层是不早了,他该离开了。另一层是不早了,别这么傻坐着。毛根不知她是哪种意思,他希望她给他点暗示。可宋慧没了下文,她脸上没有倾向性的表情。毛根慢腾腾地站起,说我走了。宋慧没说话。毛根大失所望。他走得很慢,仿佛脚下是薄冰,快走就会掉进冰窟。

走到大门口,毛根滑了一下。结果体内的岩浆再次沸腾。忽然就想起小卖部听来的话:女人就喜欢痛快的。对没有经验的毛根,这句话此时冒出来,既是救命的稻草又是传令的讯号。宋慧是直爽人,他不该这么扭捏、磨蹭、犹豫,他该直接、痛快、大胆。他和她已经有了那么多秘密,她的门早已向他敞开,是他冥顽不化。毛根双眼冒火,三步并作两步。宋慧尚在原地站着,她想说什么的,这次毛根没给她机会,径直扑向她,将她抵在墙上,一只手伸向裤腰。燃烧的身体让他笨里笨气的,半天才摸见宋慧的裤带扣,拽了一下,没拽开,于是把另一只抵着宋慧的手也用上。他实在太兴奋也太紧张了,两只手也不得要领。索性不解了,他猛往外扯,想把裤带扯断。没料,一直未吭声、如他一样战栗的宋慧突然照他汗气蒸腾的脸拍了一掌。

毛根顿时蒙了。

宋慧骂,毛根,你就是头猪!

宋慧还要再抽,已经扬起胳膊。毛根反应还算快,往后一跳,迅速逃离。

逃回家,毛根仍惊魂不定。身体胀得厉害,不只岩浆,还有镰刀、石块、斧头,宋慧的斥骂和号啕,这些卷在一起,汹涌翻腾。不该是这个结果。他和宋慧拥有秘密,搂也搂了抱也抱了,就差那一步了。那不过是一层纸,一捅就破。毛根直接就捅了,却被抡了一巴掌。毛根糊涂了,怎么会这样呢?到底哪里出了问题?

毛根没再围着宋慧的院子转圈,他扒出久未使用的双铳猎枪,扑进旷野。他快要胀破了,必须消消。没有比旷野更好的地方了,闭着眼也可以走。夜晚,耳朵比眼睛有用。他信宋慧,宋慧却不信他。那他还禁什么猎?毛根沮丧而又愤懑,他谁也不信了,他要大开杀戒。毛根才不管是野兔、黄鼠还是鹞鹰、麻雀,哪个碰到他哪个丧命。耳朵辨听,脑里仍翻跳着他和宋慧的事。

一直转到天明,毛根一只猎物也未击中。准确地说,根本没有碰见。猎物似乎闻到了他身上的杀气,躲得无影无踪。猎物没找到,横亘在脑里的问题也未弄明白,反越想越糊涂。毛根身体的胀没消掉,胸口又堵上了。

太阳升起,毛根双眼红肿,疲惫不堪地往回走。行至堉包山侧,一群乌鸦飞过头顶。这些乌鸦一路聒噪,似乎嘲笑毛根的一无所获。毛根正没好气,摘枪就射。

第五章　祖奶

1

蚂蚁双目鼓凸，体形巨大，一只只首尾相连，如结实的链条。链条的另一端拴系着我的脚腕。烈日炎炎，尘土飞扬，我呼喊、挣扎、号叫，但灰蒙蒙的身影没一个搭理我。无奈之下，我两手乱抓，试图拽住点什么。终于，我揪住了。链条瞬间崩断。

我睁开眼，发现自己躺在芨芨丛旁。碧绿的叶子已有一尺多长，而去年枯干的芨芨仍一根根扎向天空。枯黄与嫩绿，柔软与坚硬，非常地不协调，却是一体的。我像第一次见，脑袋转不过来。天空没有一丝云，蓝得要融化似的。我在哪里？腿的酥痒提醒了我，我是躺着的。我抓住芨芨草，支撑着坐起。下身赤裸，几只黑蚂蚁在膝盖处窜行。隐隐有痛感，然后我便看见两腿间风干的血迹。那时，我似乎仍不明白发生了什么，脑袋开始疼了。就在疼痛间，那一幕如铙钩闪出来。

我站起来，确定了一下方位。确定了，却不知往哪走。六月的风暖暖的，但从腿间掠过，却如刀片划割。我的目光游弋了一阵，然后朝十几米外的芨芨丛走去。那里有东西。没错，那是我的红腰带，还有黑裤子，鞋在另一侧。竟然丢得这么远。穿裤子时，我四下巡瞅，生怕蹿出人来。我黏稠的脑浆在可笑的提防中猛地晃荡一下。父亲！父亲哪里去了？天旋地转，两眼发黑，但我没摔倒。草野茫茫，我环顾一圈，然后发现被碾压的草痕。草不高，但细辨还是能看出压痕。

草痕把我带到父亲身边，距我昏倒的地方有上百米。我不知草痕是我还是父亲碾压的。已经不重要了。我以为父亲也昏迷了，蹲下去的时候我是这么想的。他胸腹着地，脑袋却是侧着的，并微微上抬，似乎要瞭望什么。双腿弯曲，两臂却伸得老长，手指如叉。我叫了一声，推推他。父亲枯硬如石。我使出全部力气才将父亲扳过来。那情景再过一百年我都不会忘记，但当时，我的脑子突然停滞。父亲的前胸被彻底染红，可让我惊骇的并不是被血浸透又干结的血衣，也不是父亲苍白的脸，而是在他胸前奔窜的蚂蚁大军。红的黑的白的，每只都带着腾腾杀气。有那么一瞬间，我想到了母亲，蚁群是母亲派来的，要把父亲带到她身边。我目光痴傻，一动不动。胸口靠左一点的位置，拥挤了更多的蚂蚁。那是一个窟窿。父亲身体的大洞。红蚁黑蚁白蚁在争抢那个窟窿。蚁群互相撕咬、推打、击撞，蚂蚁的尸体越积越多，有一些掉进大洞，有一些被后来的蚂蚁踩在脚底，而同时，更多的蚂蚁后备军从各个方向往窟窿奔窜。蚁群要把那里作为洞穴吧,疯狂,残酷,不顾一切。是的,我整个傻了,好半天才哭喊起来。我脱下才穿上的鞋奋力抽打。我比蚁群更疯更不顾一切。尸体如山,但只要我稍有歇息,侥幸逃脱的蚂蚁便又杀出来,一只只窜得那样快,但一到洞口便认出仇敌,立刻你死我活。

力气渐渐不支,哭喊也弱下去。终于,我垂下胳膊。我不是蚁群的对手,即便累死,也难以把蚁群驱走。我再次张望,盼着有人经过。风依然软软的,百灵鸟飞过头顶。没有一个人。我不再抱任何期望。还得自己来。我挡不住络绎不绝的蚂蚁,必须想别的办法。我脱下被撕扯了的外衣,卷成擀杖样的卷儿,塞住父亲的窟窿。然后拔拽了数根芨芨草,左右手各握一束,用以驱赶仓皇的蚁群。我没了恐惧,没了仇恨,甚至也没了悲伤。因为顾不上这些。这个法子还有效,蚂蚁有的逃窜,有的晕头转向,原地打转。民国六年六月,在父亲的尸体旁,在与蚂蚁的鏖战中,我明白了很多东西。我仍是乔大梅,但整个人都变了。

李富伯和大旺寻见我,已是中午了。我和父亲是昨天离开宋庄的,因为有李富伯的驴,父亲说当晚就能返回。一夜之后仍未看到父亲和我,李富伯有些担心,喊了大旺来寻。那时我已经准备掩埋父亲。没有铲,可我有手。我叫声李伯,泪水在眼眶里打转,却没有掉下来。李富伯说,想哭就哭吧,别忍着。可眼泪没有流溢,被我吸回去了。我说,没事的,李伯。我的平静令李富伯吃惊,但他什么也没有说。

埋葬了父亲的当日,我病倒了。浑身无力,口干舌燥,喝了一碗又一碗水,喉咙仍然被火烤着。李富伯从镇上请了郎中,郎中把诊号脉,说惊惧过度,虚火倒逼。我不认为郎中的话有道理,我或是惊着了,但没有吓破胆。郎中开了几副药,李富伯让李二妮替我煎药并陪我作伴。李二妮的眼角没斜,对我少有的客气,但她的眼神让我不适。那不是刀也不是刺,柔软弯曲,像一条条细小的鞭子。没抽我,却是高高扬着,随时可能落下来。夜里,李二妮忽然惊叫起来。我问她怎么了,她说地上有个黑影。我头皮发麻,却没有慌乱。我说二妮你做噩梦了。二妮往我身边挤挤,说她还没睡着,不是做梦,黑影在她头上摸了一下。我摸索着爬起,点着灯,里外转了一圈,告诉二妮,再乱叫就把她撵出去。二妮脸色煞白,抱怨我没良心,以为我想跟你作伴?不是爹逼着,你给两个白馍我也不干。我懒得与她扯,吹灯躺下。二妮偎过来,像个孩子。她的害怕不是装的,我抓住她的手。第二天,我就自己做饭自己熬药,不再让李二妮作伴。李二妮求之不得,但我的话挫伤了她。她说,我算看明白了,你就是没良心的家雀。李富伯还劝我,说定是二妮哪儿做得不好,他已经说了她。我笑笑,说你错怪二妮了,她没马虎我,我已经没事了,就不用劳烦她。李富伯感叹,说我比父亲还要强。

李富伯早已报官,但过了十多天才有穿制服的人上门,问了我一些问题,末了说歹人归案后再经我确认,便离去了。李富伯追在身后,不知说什么,制服没有放慢脚步,显得很不耐烦。李富伯的脸是惆怅的,进屋却装出高兴的样子,说,匪大大不过官,地大大不过天,等着吧,大梅,会有人给你爹偿债的。钱家多大势?说抢就被抢了,成为无头悬案。父亲的遭遇在官府看来根本不算什么。穿制服那几个人潦草的问话已经预示结果的渺茫。李富伯心里未必不明白,他不过是安慰我。

李富伯一直没提驴的事,他不提,我却不能。我迟迟未提是不知怎么说。现在没法再拖了。我说会把驴还给他的,只要我活着。李富伯急忙澄清,他没有追债的意思,不就是一头驴吗,再重要也没人重要。他也许没有追的意思,但并不意味着他不放在心上。驴和人同样重要,甚至比人重要。驴丢了,李富伯怎么可能不心疼?那是他多半的家当啊。

话是这么说,心里当然没底。那不过是承诺。承诺原本就没有分量。父亲的锔箱,加上半坡那几亩薄田也抵不了李富伯的驴。除非赵胖子肯帮忙,除非他还让他半耳的儿子娶我。拉回父亲的当日,李富伯征得我同意后,给赵胖子过了话,但赵胖子没有回音,纸条也没有半片。我已有预感,如果说之前我还算得上花,一朵并不怎么好看的花,现在连草都不算。不值钱,更不该有奢望。等了数日,仍然没有音讯,我自个儿跑了一趟。我没想吃包子,只想还李富伯的驴。若赵胖子承担,让我怎么着我就怎么着。论胆大厚脸,整个宋庄找不出第二个。我不怕自己成为笑话,旷野的耻辱在身后竖着,笑话算什么。

自然白跑了。原来五天前赵家就退还了我的"庚帖",就是说五天前赵家就和我没任何关系了。赵胖子没有羞辱我,只是骂花二娘这个骚娘们儿,什么也指不上。因为"庚帖"是让花二娘代还的。

我走出百十米,赵进元追上来。他像虾一样,身子弯出一个大大的弧度。我没要他的包子。

憋着一股火,我双脚生风,恨不得立刻逃离这破镇。结果是预料得到的,我不过证实一下。我没有怪罪赵家父子,他们对我也还客气。我不知怒怨因何而来,以至于脑子混乱,走错了路。

看见宋庄已经是后半晌。恼怒被甩在路上,我彻底平静下来,才发觉两脚发软,身体发飘,饥肠辘辘。我在路边歇了一会儿,为什么不要赵进元的包子?这气生得毫无道理。说到底,我还是没把"理"悟透。婚约黄了,那是情理之中的。那一页已经翻过去,我不再去想。脑里只有李富伯的毛驴。赵家指望不上,去哪里弄钱呢?本想稍歇歇,坐下就是半天,直到黄昏垂落,才挣扎着站起。

傍晚,我走进李富伯家。李富伯略显吃惊,可能是我的目光过于生硬了。李富伯问,出什么事了?我摇摇头,没什么事,今儿去了镇上。李富伯转身取出"庚帖",大梅,我是怕你想不开,不怪花二娘,我从她手里拦下的。我笑笑,李伯放心,不会的。末了又强调,绝不会的。

次日一早我便拎锄上了堉包山。地是我和父亲一块儿种的,现在只能我一个人锄了。锄完地,我打算挑着锢箱游走四方。人总得有个活路,各人活法不同,但都是奔着那个路去的,不能怕,不能退。越走越宽越退越窄,退就把自己锢死了。我不能把李富伯一家拽个跟头。

到了地头,我愣住了,地已锄过。本来我还担心杂草长成连毛胡子。我明白是怎么回事,心里忽然湿了。没错,是心,不是眼睛。我蹲跪在地垄间,拔夹在莜麦间的沙蓬。沙蓬喜欢藏在苗的中间,一旦垄背松了土,沙蓬便从苗间探出来,疯狂生长。沙蓬比庄稼吸水,两次锄地中间,要拔一次沙蓬。稍后,大旺上来了,却走到地的另一端。到了地中央,我说,大旺,你辛苦了。大旺没抬头,勾得更低了。我说,没什么好谢你的,秋天请你吃油炸糕。大旺依然不言。这个闷葫芦,或许还憋着气呢。

我和大旺名字相近,再没有任何相像的地方。我对他怀有好感,甚至好奇,但他绝不是我想象中的丈夫。那也是我没有与父亲唱反调的缘由。可赵进元也不是我心目中的丈夫,虽然与他并无接触,但我清楚。合不合意,未必相处多久,有时瞧一瞧就足够。我说不清心里的丈夫是什么样的,只清楚这两人都不是。可我应允了赵进元。究竟是父亲的话在起作用,还是包子诱惑了我?我也说不清了。如果当初许给大旺,父亲就不会丢了性命,还欠下一笔让我发愁的债。世事难料,我没有责怪父亲的意思。我也不后悔,谁也不能倒着走对不对?现在,我只想知道,大旺对我还有没有意思。在拔沙蓬的上午,和大旺错身的瞬间,我有了新的盘算。

请老天作证,我没有算计大旺的意思,我算计的是自个儿。我已经是残破的花,与一头驴也难以等价。依某些人的标准,怕是驴皮也不值呢。那么在李富伯和大旺心里呢?我说不准,也许值也许不值。如果让李二妮说,我或许就是一颗驴粪蛋。李富伯和大旺不会,但究竟有多大分量呢?先得探测探测大旺。我并没有多么深的心机,只想有个底儿。

中午,我把大旺喊到身边,把包着的干粮递给他。肯定不够他吃,我没给他准备。大旺迟疑着,你呢?我说吃过了。大旺转不过个儿,他常常转不过来,我熟悉他的神情。没见你吃呀,他抛出疑问。这是大旺的好处,不掩饰。啊?你偷看我?我稍稍瞪了眼,瞪大就吓着他了。大旺顿时涨红脸,我……没有。我叹口气,这个呆子。我板了脸,偷看就偷看,还没胆承认?是不是看了?大旺抵不过我的逼视,承认看了。我问看了几次。大旺老实说九次。我吃惊地说九次啊,那我要罚你。大旺异常紧张。我说,酸柳!你今儿得给我拔一捆酸柳。大旺眼睛发亮,我现在就去。没等我再说什么,人已跳起。

我软软地坐着,说不上庆幸还是伤感。

我和大旺就这么又走近了,他帮我干活,给我挖害害拔酸柳。这自然引起李二妮的嫉妒和不满,虽然大旺每次拔回来,我都要分一半给她。后来我意识到,那里面有讨好的成分。李二妮心不坏,只是虚荣。心小易积气,虚荣爱摆谱。非要和人比着才能活下去。没人教她,从小如此。一个人成了这样,而不是那样,或许就是命数。就酸柳来说,我不分她,她未必知道。可分一半给她,她必定跑过来比比,我留的是否更多。若是,或她认为是,酸话就来了。

我没有探测李富伯,他可不是大旺,立马就看到底了。但大旺的态度,其实也是李富伯的态度。老实说,李富伯确实护着我。不知这是出于对我无依无靠的怜惜,还是不计前嫌,欲接纳我成为那个家真正的成员。

一筹莫展之际,花二娘登门。是李富伯派来的。顺水顺舟,父亲遇害百日后,我嫁给了大旺。宋庄规矩,婚丧不同年。但我等不及了。

2

我从宋慧的讲述中听出焦灼和困惑。她害怕,又有点渴望。她心乱了,不知如何是好。这不是坏事,也不是好事,这就是事。好与坏是随时转换的,或者说,在于怎么认定。不要说宋慧这样心性简单的人,就是学问高深精密如机器的人也拿不出精准的方案和措施。

祖奶,我该怎么办?宋慧一次次问。

我无法回答她。就是我现在坐起来,也不能教给她什么。哪怕我再活一百岁,也没这个本事。当然,宋慧也没指望我回答。她只想和我说说。就像杨壮壮的事一样,和我说说,她心里会顺畅些。

蚂蚁在窜。

3

鸡叫头遍,大旺便摸黑爬起。这是公公李富调教出来的,即便是李二妮,鸡叫二遍也不能赖在炕上。我听到大旺端尿盆,喝令他放下。大旺小声说,又没人看见。我叫,没人看也不行,放下,那是我的活儿!大旺老老实实放到墙角。

泥是要塑的,不塑不成形;木头要雕,不雕没有样儿。我没指望大旺变成另外一种人,但起码有样儿,起码不被人轻视。比如称呼,我教给大旺,若有人喊他大傻,就当没听见,不要理。记住自个儿的名字叫大旺,不叫你名字的人,就不配和你说话。起先他还应,我听到或让我知道,就罚他,三天不能钻我被窝。这招很有效。

比如倒尿盆。用夜壶是男人的特权,并不是每个男人都有夜壶,像钱广万那样用银夜壶的,怕是张家口城也没几个。多数人家几口人共用尿盆,这就有谁倒的问题。在宋庄,男人倒尿盆是被笑话的。我不允许大旺干。如大旺所言,没人看得见,但那也不行。塑样先塑心,心没样儿,是装不出来的。

再如,对别人的话,在脑里筛一遍,弄明白是好话还是戏弄。戏弄不理就是,你越在意,戏弄的人越上瘾。觉得是好话也不要多说,言多必失,笑笑就可。当然,有些话大旺分不清好坏,那就回来问我。

我塑大旺,也塑自个儿。成了李家的媳妇,我尽量遵照李家的规矩。比如起炕,我不会比李二妮起得晚。大旺搬到我这边了,与公公二妮是分开的,我睡懒觉,公公不至于吆喝我,但我不搞特殊。大旺起早先拎筐在村里转一圈,拾捡街上的牲畜粪便,公公养地,大旺绝对是头功。在某个冬天,大旺还在村边捡过冻死的半翅。我不需要出去,但屋里屋外,要干的也很多。有些规矩,我变通了一下,比如敬饭。吃饭前,公公一家围坐桌边,每人都要说"敬土地公公"。我和大旺也敬,但何必说出来呢?心里默念一样的。舔碗也是这样,我不让大旺舔。舌头本来就大,已经影响说话了,这么抻下去,会越抻越长。我改用清水,等于多了一道汤,比舔还干净。

但并不是所有的事情都可以泰然应对,总有例外,总有不能掌控的。比如我的有孕之身。

我迫不及待地成婚,就是这个原因。起初我很紧张,不知谁能帮到我,不知这个耻辱的秘密能和谁说。我曾想告诉花二娘,最后打消了。花二娘的嘴也是没盖的。我采取了许多法子,布条勒,喝碱水,整夜蹲在尿盆上,和大旺成婚后,我还在垴包山的半坡滚了一遭。就差用镰刀剖开肚子了。天不遂愿,白白让自己让腹中的胎儿受了罪。

实在遮掩不过去了,索性不再遮掩。我不再惊慌,除了睡不好觉,没有任何好处。公公不是不知我遭的难,若他抬不起头,让大旺休掉我好了。横竖一死,有死挡着,没什么好怕的。某天,大旺求欢后,我对他说,你就要当爹了。大旺甚感意外,追问是不是真的。这个呆子,早该看出来的。我抓着他的手,移到我的腹部。真……真的呀! 大旺喜慌了,手忙脚乱地给我掖被子。这是大旺的方式,不会玩嘴皮子,笨拙的行动就是他的语言。他的手未必能感觉到,但他信我。我要的就是这个。

初冬的清早,大旺还未回来,我正拉风箱,李二妮抱了一颗金黄色的南瓜进屋。那是公公在院里种的,是籽瓜。李二妮搁到风箱板上,给你的! 可别把籽吃了!! 我立刻明白,是公公打发她过来的。金瓜是公公的态度。压在心上最重的石块突然被掀掉了,我顿时轻松许多。我让二妮抱回去,说这瓜该爹吃的。李二妮酸溜溜的,他哪舍得呀,你是功臣,给你了。李二妮对我有成见,不知什么时候扎下根的,逮住机会就奚落我。

我可不想一大早就找不痛快,说那先放着吧。李二妮说,吃的时候小心点儿,瓜面,别噎着了。我说,你不回去吃饭吗? 李二妮说,爹打发我过来帮你,有什么需要我干的? 我说,不用了,你走吧。李二妮说,那你跟爹说,是你不用,不是我不帮。我说,一会儿我和爹说。李二妮却没离开,靠在那儿,有意无意地瞄着我的肚子。我猜她又打主意了,积了气,自然要泄出来。果然,她憋不住了,大梅,几个月了? 她的好奇埋着地雷,我才不上她的当。我笑笑,说了你也不信,以后你会知道的。李二妮说,怪不得你那么爱吃酸柳,你要早说,我那一半全给你了。我说,吃多了牙酸。李二妮忽然神秘兮兮的,你是不是怀了双胎? 你的肚快要赶上南瓜了。我说,你很懂啊,谁教你的?李二妮说,没人教,我猜的,我喜欢猜。我说,那你猜猜娶你的人腿长腿短,脸上有没有麻坑。李二妮变了脸色,乔大梅,我可跟你好好说话呢。我笑了,我也好好说呢,你猜得准不准,总有一天会见分晓的,对不对?李二妮哼了一声,嫁猫嫁狗也不嫁给傻子。我并不生气,说,天底下说自己哥是傻子的可没几个。李二妮说,他可不就是傻子嘛。我斩断她,李二妮,你埋汰我就罢了,不能埋汰你哥!你要再说你哥一句坏话,我就烫歪你的嘴。我猛地从灶膛抽出火铲。火铲冒着青烟。李二妮后退一步,挤出干巴巴的笑,大嫂,傻也是哥啊。我大声道,不许说傻,不管当他面,还是背后,都不许你说!既然踩住她的尾巴,就得让她长点记性。李二妮说,我又不是成心的。我说,不是成心的也不行!李二妮说,不用我帮忙,我走了。我挥挥手,以后别来了。

　　饭后,我把南瓜抱给公公。公公说,也不是给你的,别抱来抱去的了。我说,我知道,该孝敬爹的,反让爹惦记了,我哪咽得下去?公公说,那就劈开吧。正好二妮出去了,公公问,二妮没给你气受吧?我说,没有啊,她还说帮我干活的。公公说,有什么活你指派她,她就是嘴刁点儿。我说,放心吧,她对我好着呢,嘴刁是对外人。公公没再说,自个闺女的脾性,他一清二楚。遇人礼让为先,从小父亲就教给我了。我若告状,公公可能会抽二妮,那有什么用呢?只会让二妮记恨。不管二妮怎样,公公是大度的,令我敬重,我怎么可以给他添堵?

似乎没什么可担心的了,我确实踏实了一阵。可随着肚子的高隆及胎儿不分昼夜的踢蹬,恐惧重新回到身上,一日深过一日。那是难以言说难以描绘的恐惧。我梦见自己坠入如血的河水,四肢抽动,拼命挣扎。终于爬上岸,疯狂地吐着血水。正要支撑着站起来,浩浩荡荡的蚂蚁杀过来,有抓头的,有拽脚的,我被拽拖着,身不由己。刚逃出血河,又被拽进洞穴,我吓得大叫,直到惊醒。又一晚,我被蚁群倒挂在树上,蚂蚁在空中飞舞,不时用尾部的毒针扎着我的头和脸,血滴滴答答地淌,砸出一个又一个深坑。还有一晚,我看到了母亲,她躺在沙堆上,蚂蚁从她大腿间出出进进,我欲扑过去,但双脚似乎被缚着,动不得。最可怕的一个梦是白天做的,两只半人高的蚂蚁剖开我的肚子,揪着胎儿的胳膊,夺路飞奔。

冬日的上午,我去抱柴火,看到两只黑身红头的蚂蚁,呼吸几乎骤停。如果说之前是梦魇,现在可是青天白日呢。况且,滴水成冰,鸡狗都缩在窝里,蚂蚁怎么可能存活?我欲探手,蚂蚁突然窜行,速度极快,我几乎小跑才能跟上。我发誓,蚂蚁没把我甩掉,可眨眼之间,蚂蚁没了踪影。然后我就听见轻微的啜泣,在前边。我走了几步,声音却又跳到后面,像在捉迷藏。或许,是耳朵出了问题。我欲原路返回,却迷失了方向。若不是大旺来寻,我或许就冻成冰了。其实并未走出多远。我猜自个儿出现了幻觉,是追着幻觉在跑。

李二妮每天都要过来一趟,不管她愿不愿意,不管我欢不欢迎。帮我个忙,我说,如果我死了,你告诉大旺,把锔箱和我一起葬了。李二妮盯我好一阵,谁说你要死了?我说,我猜的。李二妮问,你怎么不直接和他说?我说,我怕吓着他。李二妮不乐意了,你就不怕吓着我?我比他胆小呢。我说,这个忙你必须帮,不然——二妮被我的神情骇住,你真的要死了?我说,可能吧,这个……秘密,你不能告诉任何人。二妮惊恐地点点头。但她没守住秘密,转身就告诉了公公。

三天后,公公从东坡请来接生婆。据二妮事后说,本来要请神婆的,但神婆出远门了,公公只好急病乱投医,因为接生婆也是有些法术的。那是我第一次见黄师傅,个儿不高,瘦脸,深目,五六十岁的样子。她问了我一些问题,我照实答了。她给我把了脉,让我平卧在炕上,她的手掌在我腹部搁了一会儿,轻轻滑移,并念念有词。然后,她从随身的包袱里拿出黄表纸,剪了两个"8"字形的符,点燃后,把灰烬冲水让我服下。做这些时,黄师傅的目光像包了雨布,密不透风,什么都看不到。仪式结束,她温和而不失威严地注视着我,说我是小鬼缠身,现在被她送走了,不会再来祸扰我。胎儿结实着呢,你放心好了。说来神奇,自此我没再被噩梦袭扰,也没再出现幻觉。

初春的黄昏,我刚把饭端上桌,腹部突然一阵抽痛。疼过好几次了,我没在意,打算吃完饭躺躺。可与往常不同,抽痛没有减缓,反而越来越频繁。我当即让大旺请黄师傅。

我从不娇气。手指被镰刀和菜刀割破,哼都不哼。但分娩的痛远非划割可比,那是没有尽头的痛。先是如刀片削,一直削出森森的白骨。然后是剐,把附在骨上的肉剐得干干净净。接着是钻,骨头上遍布孔洞。最后是咬,锋利的牙齿啃噬着孔洞的边缘。这是初痛,能意识到的痛,是有形状的痛,随之而来的痛是没有形状没有来路的,从四面八方,从每个毛孔往身体里渗。我终于忍不住,长呼短号,直至昏死过去。

天地混沌,我不知自己身在何处。看不到人,但能听到耳语,细软,柔和。我顺着声音慢慢前行,一步又一步,云开日出,鸟飞蝶舞。我睁开眼睛,看到黄师傅。她的瘦脸,她的深目。黄师傅说,羊水刚破,娃,生孩子不易,你要忍着点,我会传力给你。黄师傅又剪了黄表纸,依然把灰烬冲水,但没让我喝。她自衔一口,在地上转了三圈,突然喷到我身上。然后,她抓住我的手。我本来浑身尽湿,虚弱不堪,在那个瞬间突然就恢复了力气。不只是身体,摇晃的心也稳住了。我听到大旺在哭。我又没死,哭什么?我喊,大旺,你再这么嫩唧唧的,我让你天天倒尿盆。哭声戛然而止。黄师傅被我逗笑了,说看来男人都怕倒尿盆。我也笑了,随之彻底放松下来。

黄师傅拿把筷子让我咬住,说这可不是肉,你别吃进去。她让我听她的指挥,该用大劲用大劲,该用小劲用小劲。她还教我怎么用实劲,怎么用虚劲。劲儿使得巧,疼痛就可以转化为力气。确实,没那么痛了。那一刻,我看到黄师傅头顶的光芒,就像太阳落山前对天空和云朵的投射。

我被光芒吸引着,轻轻咳了一声,婴孩响亮的哭声顿时灌满房间。

4

我闻到煳味了。宋慧该续水的,可她的嘴巴像个闸门,打开就合不住了。由着她,三天三夜也说不完。

蚂蚁在窜。

宋慧啊,你要闯祸了!我几乎要叫了,她当然听不到。她怎么能听到呢?我盼望来个人,随便什么人。我这把老骨头就这样了,葬身火海正合我意,我活得太久了。可她还年轻,连我的一半还不到呢。

来人了,我听出是宋品。他的脚步独一无二。

宋慧被宋品喝醒。

你要害死祖奶吗?你这个傻娘们!都冒烟了,你竟然闻不到,鼻子塌了吗?我的妈呀,要不是我进来,房都要着了。你要吓出我心脏病了。

宋慧吓哭了,一个劲儿检讨认错,还抽自己一掌。她不是装样的,她痛恨自己。

宋品骂,不是故意的就能饶过你?

宋慧哭叫,宋书记,你抽我打我踢我吧,我真该死。

宋品的怒气没有一丝消减,你是该死!

宋慧狂号,那就让我死吧。

我咯噔一声,宋慧真能做出傻事。蚂蚁在窜蚂蚁在窜蚂蚁在窜。

宋品问,你要干什么?

宋慧说,我和祖奶说一声。

宋品骂,还嫌闯祸不够吗?滚远点儿!

宋慧央求,让我和祖奶说一声再死。

宋品放缓语气,你还真死啊?你就是死一千次有什么用?

宋慧的声音如浸饱水的海绵,那怎么办啊?

宋品叫,把门开展,真他妈呛。

宋慧说,已经开展了。

宋品嗅嗅鼻子,好像还有别的味儿,是不是你身上的?

宋慧说,宋书记,我来前可是换了衣服,还搽了脸油。

宋品说,换衣服就能捂住了?

宋慧说,我和你可没出五服呢,你怎么这样?

宋品冷笑,我哪样了?

5

李春满月,我去了趟东坡。我拎着柳条筐,除了二十颗鸡蛋,还有一块砖茶,几天前派大旺到镇上买的。黄师傅家很好找,也很特别,不是普通人家所住的泥皮屋,而是窑洞,在村庄后面的矮坡掏挖的,入深七八米的样子。靠北的案桌上供奉着观音,塑像尺把高,看不出是木像还是陶瓷。出于敬畏,我没敢细瞅。像前的小香炉是铜质的,我看清了。

黄师傅轻轻瞄瞄我的筐,说她不重复收。我说这不是喜费,是特意孝敬她的。黄师傅说,拿回去吧,别破了我的规矩。我把鸡蛋一颗一颗放在地上,说这心意是我的,也是娃的,她不收我会难过,要是憋回奶,娃会遭罪。黄师傅,你接生了娃,肯定不会让他遭罪的吧。黄师傅笑了,你年纪轻轻,倒会挖坑。我忙说,我不会说话,说错了,你多包涵。黄师傅说,那我就破个例。我千恩万谢。黄师傅说,你还有别的事吧?虽然脸上还带着笑,但目光变得锋利。我没有绕弯,没有扭捏,直言想拜她为师。黄师傅说,这碗饭没那么好吃。我点头,所以才要拜你为师。黄师傅凝视我片刻,说,我从不收徒。我说,那是旁人,如果我是你女儿呢?黄师傅说,你不是我女儿。我说,你第一次上门,我就觉得你面熟,要么前世是一家,要么在梦里见过,咱娘俩有缘分呢,这跟女儿没什么区别,我会像亲娘一样孝敬你。黄师傅说,你倒是伶牙俐齿,可对我没用,别在这儿耽误工夫了,孩子该吃奶了吧。我的心便被撞了一下。又央求一会儿,黄师傅仍是原话,不收徒。我惦记着李春,没敢久留。黄师傅让我把东西拿走。她往筐里拾捡鸡蛋,我快步离开。

第二天,我再次来到黄师傅家,是抱着李春来的。当然不指望李春帮忙,他的嗓子哭哑了,我不能再把他丢给大旺。黄师傅竟然锁门了,而柳条筐在门外搁着。砖茶鸡蛋,一样不少。黄师傅显然是躲出去了,她真厉害,料到我会来。我可不是知难而退的人,守在门口,等待黄师傅。腿麻了,我就站起来走走。李春哭闹,我就给他喂奶。李春睡着,我也趁机眯了一会儿。日头西斜,黄师傅仍未露面,我更加确信,她在躲我。我怅然离开。

第三天,我不但抱着李春,还带着干粮。再硬的瓷器,金刚钻也钻得透,父亲老早就告诉我了。在她门口过夜不合适,不然我会带着被褥。又白跑了。我已经做好了长期守候的准备,扑几趟空不算什么。

第六天出门,被公公拦住了。大旺已经被我调教得百依百顺,即便有怨也不会阻止我,敢拦我的只有公公。公公阴沉着脸,说我要还认他这个公公,就听他几句劝。我说爹说笑呢,除非你不认我,不要说这辈子,就是下辈子我还叫你爹。公公说你想做什么我不管,但要顾脸啊,黄师傅就是不想传你,还一趟趟地跑什么?我说今儿不收未必明天就不会。公公说没有这么拜师傅的,你哪里是拜,分明是赖。我说不管是拜还是赖,只要她收我就成。公公说,外边传闲话了,大梅,不怎么好听,就算黄师傅教你,怕也……没几人找你接生。这话是有深意的,我听得懂。公公绝无伤害我的意思,所以才兜这么大个圈子。我沉思不语。公公说,咱日子还过得下去,怎么不是个活呢?这兵荒马乱的,咱能少出门就少出,能不出就不出。说不好听的,常出门难免撞见鬼,要是……我怎么向你父亲交代?我说,爹疼我,我明白,可待在家里不见得安生。公公说,总归好一些。我说,我不怕,什么都不怕,祸要来,躲是躲不过去的。公公很是不解,怎么就认准了接生？这个问题很简单,却难以回答。是黄师傅脑顶的光晕诱惑了我,还是她的神态和架势让我着迷？又抑或,我中了什么魔咒？我说不清楚。公公说,这三里五村的接生婆没一个低于五十岁,你实在想学,也得过了这个年龄。公公的缓兵之计提醒了我。我立刻说,黄师傅收我,我也未必能学成,我就是看看有没有这份造化,造化是天给的,没有,我自个儿就退了。公公说,黄师傅不收你,肯定认为你不合适。我说,也许正好相反,她怕我抢了饭碗。公公被我的话惊到了,半晌才说,大梅,这话可不能对外人说,黄师傅听到就不好了,她可是半仙呢。我笑了,除非爹跑去告诉她。公公佯装生气,你说什么呢？我可是你公公。我说,逗你呢,我知道爹是偏向我的。公公说,哪有儿媳逗公公的,传出去叫人笑话！我说,爹不传我不传,谁能知道？可爹挡在门口,难免让人瞅见,你就不怕背后有嚼舌头的？公公竟有一丝慌,悻悻的,爹说不过你,不拦你了,不过,你别单个跑了,让大旺陪你。我暗暗松口气,若公公强拦,我也没招。我说东坡没多远,你放心好了,大旺还要干活呢。公公又提出让李二妮陪我,我说那更不行,这不是露头脸的事,她还没找婆家呢。公公点头,也罢,要爹做什么,你吱声！我说,有爹这句话就够了！

这个戏剧性的结果不能证明什么,但也能让某些东西滋长。

第八天,终于将黄师傅堵住。我跪在地上,她立刻扭转了身。她不和我说话,就像我是个木墩,但她也没驱我走,足以令我欣慰。

黄师傅在缝裣子,我注意到她身上穿的这件也打了几块补丁。我暗暗想,下次来要买块布料给她。接生费说多不多,说少也不少,听说她挣的钱都补贴了儿子,想来是真的。窑洞虽有门窗,但光线仍然昏暗,可能是这个缘故,也可能是她不愿意和我对视,头埋得很低。穿线时,她抬起头,却怎么也穿不进去。正好李春睡着了,我将李春放在地上,上前接过针线。你怎么把孩子放在地上?黄师傅终于说话了,虽然是责备。我穿针,她把李春抱起来,搁在木板床上。你缝不了,她看出我的企图,冷冷地说。我放下针线,再次跪在地上。黄师傅叹口气,起来吧,没用的。我不起,哪怕昏过去。

一绺风旋进来,耳鬓的发丝荡了几下。布谷鸟的叫声忽远忽近,似乎围着窑洞盘旋。来的路上,我采了两朵马兰花放到李春的围裹里,此时好像发酵了,香味很浓。

我看见了!我突然说。

黄师傅手指一挫,怕是扎着了。看到什么了?

光!

光?

我说,我看到了你头顶的红光。

黄师傅喝道,胡说!

我没有躲避她如针的目光,我没骗你,真的看到了。

黄师傅说,那是观音的,不是我的!

我说,别管是谁的,反正我看到了!

黄师傅死死盯住我,将我刺出上百个窟窿,才问,你真的看到了?

我说,我对观音发誓!

黄师傅怔了半晌,说,我得立几条规矩。

我控制着,不让惊喜溢出来,可声音却在发抖,你说!

黄师傅说,起来吧,地太凉了。

我说,我要跪着听。

黄师傅说,第一,忌贪,喜费由主家给,多了不喜少了不怪,更不能张口乱要。第二,忌躁,不管多急,不管孕妇什么状况,自己要沉住气,躁就乱了方寸。有的女人疼得死去活来,就是不懂使劲,或者胡乱使劲,这种时候你说的话也听不进去,但你必须清楚自己仍是主心骨,仍要心平气静地引导。第三,忌怒,若是顺产,皆大欢喜,可难免有意外,很多时候并不是接生婆的错,有的主家不说什么,你拎东西离开就是,但脾气大的难免出口伤人,甚至动手,看到我脸上的伤了吧?不止一处呢。遇到这种情况,必须忍着,你只看到我的风光,没看到我受的屈。黄师傅停顿几秒,抚抚胸口。第四,忌仇,接生是积德,德没有亲疏,不分大小,不管什么人找你接生,哪怕是你的仇家,都不能推。观音在上,接生婆的一言一行,都逃不过观音的眼。第五,忌惧,孕妇各不相同,难产有好多种,有时大人和孩子都保不住,有时只能保一个,得和阎王爷抢夺,若心有恐惧,该保住的也会失手,酿成大错。

　　我不知是被黄师傅的规矩镇住了,还是被她凝结如秋后泥土般的神情骇住了,黄师傅问我记住没有,我半天才张开嘴。黄师傅说,记住容易做起来难,起来吧。我说,有黄师傅领路。黄师傅说,我就是举个灯,路还要自己走,不过没人逼你,可走可不走。我笑笑,给黄师傅倒了碗水,已经拜师,由你打骂责罚,明儿你抽我,我也不会退的。黄师傅说,你面善性倔,该是成事的人。她让我近前,抓起我的手端详一会儿,又令我举高,并变换一下姿势。手指修长,宛若翠竹,除此,我没觉得自己的手指有什么特别。黄师傅不说话,深目里弥漫着陌生的让我紧张的雾气。我小心翼翼地叫了声师傅。黄师傅说,你是典型的柳叶手,据说一千个接生婆里才有一个,第一次见你,我就注意到你的手了,越端详越特别。雾气散去,黄师傅的目光深如幽井。也许,你天生就是吃这碗饭的。我说,师傅如同父母,我会记着你的大恩,不管什么时候,我都会把喜费的一半孝敬你,如失言——黄师傅打断我,声音严厉,你把我看成什么人了?我意识到说错话了,羞辱了黄师傅,惶然道,你收我不是为了这个,我清楚,可我……黄师傅呵斥,不要说了!我立刻噤声。黄师傅脸如冰块,好一会儿才有暖色,师不嫉徒,你想多了。哦,你再给我说说,那红光,究竟是怎么回事?

6

宋品仍在训斥宋慧,宋慧不停地检讨。

这个宋品,没个完了!宋慧不是故意的,她已经认错,还要怎样?我都听不下去了,如果我能捂住双耳,早就捂住了。我猜宋品大发雷霆不只是因为宋慧烧煳了锅,定有其他缘故。那会是什么呢?

7

六月中旬的一个黄昏,湿润清凉,空气中流淌着苦艾和莜麦的浓香。我抓着李春的褂子从井口往家里走,一路呼唤着他的名字。连续几个夜晚,李春总是哭闹,直到天明。按照宋庄的说法,李春的魂丢了,或许是我抱着他屡走夜路的缘故。丢了魂就得叫回来。超过百日,魂就散了,再难回还。究竟有几分可信,我不知道,但没有哪个父母敢冒险,魂丢了,必须及时唤回。叫魂并不复杂,围井口转三圈,唤三声孩子的名字,那魂就会附在褂子上。叫魂的必须是父母中的一人。大旺尾随着我,这叫护魂。进屋,我将褂子盖在李春身上,长长舒了口气。李春还在熟睡,我想这个夜晚他该消停了。李春哭叫,不但我和大旺睡不好,隔壁的公公和二妮也睡不踏实。明早,李二妮不至于再呵欠连天地抱怨了吧。大旺关了院门。栅栏门,关与不关没什么区别。插了屋门,将我和他的被褥铺开。今儿不出去了,他说。他不强调我也知道,叫魂当晚父母不宜外出。我已随黄师傅接生过三次,一次是白天,两次是半夜。有一位孕妇生了一天一夜,我惦记着吃奶的李春,征得黄师傅的允许,中途返回带了李春过去。并不是每个夜晚都有女人生孩子的,这个夜晚黄师傅该是歇在家中的,我并不惦记或担心。可是,解开第三粒扣子,我停住了。我看看沉在梦中的李春和早已躺在被窝的大旺,把解开的扣子一粒粒扣上。大旺傻傻地望着我,困惑因血丝的衬托放大好几倍。怎么……了?大旺声音带着抖。鸡窝门忘堵了!我说。大旺欲起,我摁住他。

并不是因为鸡窝门没堵,而是忽然想,万一今夜有生孩子的呢?万一黄师傅叫我呢?脱衣穿衣会耽误工夫,若因我的耽搁影响了接生,麻烦就大了,我的学徒生涯也会中止。虽然我说出来,大旺也未必反对,就是心里反对嘴上也不会说什么,但我选择了撒谎。我可不想让他随我一起陷入等待的兴奋和煎熬。对他而言只有煎熬。

我把堵着鸡窝门的麻团抽出,重新塞住。把铁锨拎到东墙根,把扫帚拿到西墙根。夜色已浓,我仍看到丢在地上的艾绳,一一捡起,挂在晾衣竿上。大旺是勤快人,把小院收拾得井井有条,我环视一圈,实在寻不出可干的,方返身进屋。大旺光膀子坐着,怎么……这么半天?他没有责问的意思,而是不踏实。若我再在院里待一会儿,他怕要找出去了。我说不困,让他先睡。大旺说你不睡我也不睡。我说好几天没睡好了,明天还要干活,赶紧睡吧。大旺说我不困的。他望着我,我当然明白那眼神含着什么。大旺不会说情话,他的心思全部挂在脸上和肢体上。我敌不住那目光,迅速剥开自己,钻进大旺的被窝。这可是头一遭,大旺手忙脚乱。我没让他吹灯,催促他快着点儿。我的耳朵透过大旺粗重的喘息,听着外边的动静。老天,千万不要这个时候……我暗暗祈祷。大旺停下,我立刻推开他,慌慌张张地穿上衣服。大旺惊愕地,你还要干什么?我说忘发面了。如果说之前只是猜想,此时我有难以阻挡的预感。

刚刚把头发梳顺,便听到急切而不失礼貌的呼喊。我对大旺说,你照顾孩子,别睡得太死。大旺问,你去哪儿?我说有人要生了,我得赶紧走。大旺似乎说了什么,我没听清。如果李春的魂白叫了,明天再叫一次便是。我不想失去学艺的机会。

那个夜晚接黄师傅的是一辆牛车。黄师傅是小脚,走不了远路。外村人请黄师傅,要么赶牛马车,要么骑驴马。西营子在宋庄西南,十里左右。不知是夜晚看不清路,还是因为饥饿疲累,反正那牛走得还没有人快,尽管赶车的汉子不停地抽打。我看不清汉子的面容,显然是个急性子,边抽边骂。黄师傅突然道,别急,误不了事。声音有些冷。汉子显然听出黄师傅不高兴,有些怯,下午就开始疼了,我是怕……黄师傅说,天亮前不会生的,怎么也得上午了。汉子说,她疼得很厉害。黄师傅说,你家老大是我接生的,我心里有数,到了也是等。汉子不言声了,也不再抽打牛。

我敬服黄师傅的笃定,更惊讶于她的判断。她不是信口说说,绝对有根据。已经跟了她三次,我清楚的。可是,她的根据究竟是什么?我很想问,但不敢。收徒那日,她就告诉我了,只教可以教我的,而有些东西要靠自己悟。

到达时已是午夜。产妇四十岁上下,腹隆如鼓,面容浮肿,隔几分钟便大呼小叫的。黄师傅把产妇的母亲和姨搀到外屋,只留我在身边。与前几次一样,她剪了几个8字形符号,点燃后将灰烬与清水搅拌,含在口中冲产妇喷了三次,并念念有词。产妇的叫声立即低下去。然后,黄师傅将手放到产妇隆起的腹部,闭上眼睛,轻轻移动。黄师傅脑顶有隐隐的光,不知产妇看到没有,我是看到了。黄师傅睁开眼睛,声音平淡,顺产,你不要怕。产妇问,我要生了吧,快疼死了。黄师傅说,孩子刚刚睡着,醒了他才出来,现在不疼了吧,你也睡一会儿,闭上眼!产妇听话地合上眼睛。

黄师傅给我使眼色,我照她的样子将手掌搁在产妇的肚子上,缓慢移动。黄师傅说这叫摸身,需要用心感觉。孩子在母亲肚里,眼睛看不到,但心可以,婴孩的头脚,甚至婴孩的五官都是可以感觉到的。腿是否弯曲,胳膊是否张开,这样就可知道生产的难易。前三次我都没摸到,准确地说,是没摸对。黄师傅说摸身不要想任何事情,包括产妇在内,只想胎衣里的婴孩。杂念是可以排除的,可忘记产妇忘记黄师傅,我难以做到。黄师傅就在身边,而手就在产妇肚子上,怎么能够忽略忘记呢?

这已经是第四次跟随黄师傅摸身,再摸不到,黄师傅该将我逐出师门了。这么想着,脑顶隐隐发热。你不要紧张,不要急,黄师傅耳语,他就是你的孩子,在黑暗中等你,你慢慢靠近,别吓着他。对,就这样,你得唤着他。

浓重的雾包裹着我和婴孩,我看不到他,他也看不到我。但我感觉他就在对面。我屏神静气,缓缓前行,轻轻呼唤着他。终于,婴孩回应我了。我看到浓雾里晃动的光影,又往前迈了一步。雾淡了许多,我看到婴孩的轮廓,光影是从身底发出来的。孩子,我的孩子,来,靠近我!雾彻底消散,我看到婴孩在河水里,身卧粉色的莲花。我站在岸边,冲他招招手,莲花靠近岸边。我将手放在婴孩柔软的脑顶,然后由上至下抚摸着他粉嫩的胳膊和脚丫。

摸到了吧,黄师傅的声音把我从河岸唤回。

我睁开眼睛,激动得有些失控,真想抱抱黄师傅。黄师傅的神情却没我想象的热络,甚至有些冷。她让我说婴孩头脚的位置,惊喜让我结巴,但我说对了。不用黄师傅评判,我就知道说对了。因为那是我"看"到的。这一手,我学了很多年,你四次就会了。我不知她几分是夸奖,几分是感慨。我不敢有一丝得意,奉承道,全是托您老人家的福。黄师傅说,我没那么大的福给你,是你自己的造化,她睡了,咱们也该歇歇了。

产妇的母亲和姨已经准备好饭菜,炒鸡蛋、炒黄花,主食是面条。吃过,我和黄师傅到西屋歇息。产妇的母亲惴惴不安地问几时叫醒我们。黄师傅说,她累了,这一觉要睡到天亮,一个人守着就行。产妇的母亲仍不踏实,要是她生……黄师傅笃定地:天亮前不会生的。

躺下不久,黄师傅就发出轻微的鼾声。我依然沉浸在兴奋中,没有丝毫困意,甚至想守在产妇身边。那感觉实在太美妙了,我一次又一次回味,浓雾、河水、莲花、光影和轻轻的呼唤。清早,黄师傅问我,没睡?我说,睡了一会儿。黄师傅问,还记得规矩吧?我说记得,立刻意识到自己过于躁了。黄师傅说,照你这样,几次就累趴了。我说,以后不会了。

如黄师傅预测的那样,临近中午,产妇疼痛加剧,嘴里咬了筷子,并未大呼小叫,只是额头不时渗出汗滴。黄师傅手握毛巾,过一会儿替她擦拭一下,教她怎么用劲。而我站在炕边,捉着产妇的两只脚,抵住木质的炕沿。蜡烛已经点燃,隔一阵,我拿出包裹里的剪子在烛火上烤一烤。黄师傅让我接生,而她充当助手。顺序已经了然于胸,但我生怕有误,一遍遍地默念。黄师傅当然会提醒,可那样就显出我的笨拙。因此,尽管胸有成竹,我还是有些紧张。好在产妇的家人在外屋。黄师傅不让她们进来,也是不想给我增加压力吧。

羊水破裂,婴孩露出。那是我摸过的,心里突然一热。我指挥产妇何时用实劲,何时用虚劲,偶尔瞟瞟黄师傅,她没有任何指示,甚至不与我对视。我不再看她。她不纠正,那就是最好的肯定与鼓励。紧张退却,我也没工夫紧张,孩子的头臂已经出来,我双手托住,让产妇憋气,把所有的力气使出来。这是关键时刻,容不得迟缓停顿。

午后三刻,孩子出生,男婴,七斤八两。我把孩子包好,唤进产妇家人。这时才意识到自己后背尽湿,像与婴孩一道从河里上岸的。

产妇的丈夫,就是那位躁急的汉子送我们返回。产妇的母亲把一大一小两个红纸包递过来,那是给我和黄师傅的喜费。饭桌上黄师傅告知孩子是我接生的,而她只不过替产妇擦了擦汗。产妇看得清清楚楚,黄师傅本没必要强调。看到那两个红包,我脑里闪了一下。我没要,一再说虽然是我接生的,但功劳是师傅的。产妇的母亲便要把小一点的红包也给黄师傅,黄师傅接过来杵我怀里。我知道黄师傅的脾气,没再说什么。

上车后,我忽然觉得被绳子拽了一把。我急切地说稍等片刻,跳下车,没看任何人,飞奔进屋。产妇正把孩子抱起来,我说,给我。产妇没反应过来,虚肿的脸甚是茫然。我笑笑,解释,我得和小家伙道个别。我不敢耽搁,抱了抱,在孩子额头和脑顶各亲一口,便交给产妇。

我抱了抱孩子。我大声对黄师傅解释。黄师傅没有回应,说走吧。黄师傅盘腿坐着,即便在颠簸的车上,身姿也极为端正。她侧着脸,凝望着田野和草地。她从不多话,除了教导,多是沉默的。可那天我被喜悦冲撞着,很想和她说说话。我盯着她,等待机会。但她始终没有扭头,似乎我不存在。阳光给她的脸颊、眼角还有眼角的皱纹涂上蜂蜜般金黄的颜色,一丝风吹过,发丝荡了荡。接生和不接生,黄师傅俨然是两个反差极大的人,我更喜欢接生的黄师傅。目透祥光,神采飞扬,动作麻利,言辞笃定。此时黄师傅则是一具雕像。

别这么看着我,黄师傅仍未回头。有什么话非说不可吗?我瞟瞟与牛并排的汉子,不明白他为什么不坐。他不再犯急,不再抽打,任牛慢吞吞的。然后,我的目光再次落在黄师傅黄色的脸颊上,抛出心中的疑团。你料得这么准,根据是什么?经验和感觉,黄师傅回答。我并不明白,可黄师傅却没了下文。过了半炷香的时间,我几乎以为她睡着了,她终于回过头。我说过,只教能教给你的,更多的是教不来的,有造化自然会悟出来。数年后,我终于品出黄师傅话里的含义。那个叫陈小磊的记者问过我同样的问题,我如黄师傅一样回答她。陈小磊难以理解,让我讲具体点,我说感觉就是感觉,讲不来的。她本来是询问李贵的故事,中途却突然对我产生了兴趣,先后采访过我九次,在我的炕上睡了半个月。那时,我腿脚健朗,尚能下地干活,这个城里的女娃不离我左右,我拾柴她随我拾柴,我挖菜她随我挖菜,穷追猛打的架势。我并不是要对她隐瞒,实在是难以描述。当然,她还是有收获的。

在那辆慢腾腾的牛车上,在六月的下午,我也曾怀疑黄师傅。黄师傅目光犀利,一下就把我看穿了。你不用怀疑我,心短我就不收你了,黄师傅冷冷地说。我顿时涨红了脸,结巴着解释。黄师傅已经扭转脸。在她的前方,一只鹰在空中飞翔。其实,我还有很多疑问,比如8字形符号,比如咒语,至今她未向我透露半点,但不敢再问。

兴奋和喜悦平息,像凋零的花瓣飘落尘土。我努力让自己变成雕塑,但做不到。我想起丢魂的李春。这时,内疚才如蒿草在身体里生长。不过,我并不后悔撇下他。这一趟比以往的收获更丰。

中途,牛车停了一刻钟。汉子跑向草野深处,采了一束蓝铃铛。我以为是给黄师傅或我的,可他只是冲我和黄师傅摇了摇。他说家里的最爱铃铛花了。黄师傅没有催促,耐心地点点头。我心里急得冒火,可黄师傅不说什么,我也只好忍着。距宋庄有二三里,我跳下车,让汉子直接送黄师傅回东坡,然后小跑着往家赶。

8

我不是神仙,老朽的身躯终究敌不过时间的剥蚀,某一天会化作尘埃。我不知那一天是春夏还是秋冬,是正午还是黄昏,但我知道迟早要来。如果让我选择,我会选择秋天。日暮时分,霞光满天,雾霭升腾,黄叶坠落,鸟儿归巢。彼时灵魂在空中舞荡,该是何等祥和自在?

我没有选择的可能,静等上天的旨意。我早已清澄明净,如阳光下的湖水,我以为再也不会起波澜了。可从早上开始,从那只蚂蚁窜行到脸上,我便感到不安。此时不安非但没有减轻,反如绳索一样绞住我。这是怎么了?我大声问,并不知道问谁。

9

确实,我高兴得早了点儿。并不是所有的孕妇都是顺产,意外时有发生,生远比死艰难。有几种生法令接生婆发怵,也是最考验接生技艺和技术的。比如踩地生,即婴儿一脚先下来,另一只脚可能窝着;比如撒地生,即一只胳膊先出来,像是试探冷暖;比如坐地生,屁股先出,故意闹着玩似的;比如花地生,出来一手一脚,像个魔术师;比如横地生,横在腹中,耍赖一般;比如闷地生,出来就没有呼吸,须及时处理。

黄师傅讲述难产的种种情况,总是选择阴雨天或风雪呼啸的日子,加上她阴郁的面容,我格外沉重,有喘不上气的感觉。她或是故意的,让我提前体验压抑,也是为了让我记忆深刻吧。如她所言,接生是积德,但稍有不慎便会犯下罪孽,本来可以救活的,因为接生婆慌张错误,失去救治时机。每种状况都有相应的措施,比如闷地生,需要推拿、按摩、倒垂、拍背、接气等方法。比如产妇没有羊水或羊水不足,需要揉腹、调正、理顺,以减轻产妇的痛苦。

黄师傅说现场她来不及讲,必须提前记住。她让我躺在床上,演示推拿、按摩、调正等种种手法,然后她躺下,令我在她腹上演练,告知何时轻何时重何时缓何时急。我仍一趟趟往东坡跑,只要大旺在家,我便把李春丢给他。若大旺忙不过来,我就抱着李春。

冬天快结束时,我随黄师傅到另一家接生,那人驾的是马车,比老牛车快多了。积雪已经消融,裸露的车辙七股八叉的,但都硬实。赶车人戴了顶黑色的圆形毡帽,帽子略小,与阔脸极不相称。他是产妇的哥哥,上来就报了家门。他是个话痨,恨不得将妹子家的筷笼在哪个位置都讲出来。由此,我知道这是妹妹的第二胎,第一个孩子出生时就夭折了。那个接生婆是妹夫找的,一看就不是正经接生婆,我妹子疼得脸都黑了,她还在慢悠悠地喝小酒,说什么时辰不到,她经见的多了,直到我妹子昏过去,她才站起来,还不忘把杯里的酒灌进嘴里。我轻易不发火,那天我的肺都气炸了,若不是我老婆拽我,我会叫她把吃进去的全倒出来,让她脸上开几朵花。哪有这样的接生婆?不像是接生,倒是来解馋了。所以,这回我老早就和妹夫说了,决不请上次那个。打听了三个,最后选了黄师傅,我拍板的,我妹夫遇到大事总是拿不定主意。我不是见谁给谁支招,也就是自己妹子了。

黄师傅心神不定,并不是因为毡帽的讲述,上车她就这样。她有个游手好闲嗜赌成性的儿子,据说常被债主追得东躲西藏,我暗暗猜,或许是儿子昨夜又来找她要钱了。冷风吹拂,她还是打了两个呵欠,第三个及时捂住了,显然困得厉害。想必她一夜在折磨中。毡帽背对着我和黄师傅坐在车辕上,他没看到,我可是看得清清楚楚。她不再入定似的盯着旷野,目光飘忽,忽而滑过毡帽,忽而移到我脸上。我觉得她有什么话要说,但始终没有开口。

你能不能快点儿?还没个老牛车快。黄师傅突然道。毡帽猛然刹住嘴,在马屁股上抽了一鞭,栗红色的马由快走变成慢跑。车辖辘碾压着深深浅浅的车辙,颠簸起伏,黄师傅摇摆了几个来回。我一手抓着车栏,一手扶住黄师傅。毡帽回过头,说抓牢了哦。我以为他会安心驾车,几分钟后,他又扯上了。不用急的,黄师傅,肯定来得及,我妹子还没怎么疼呢,我是为了保险,早一点将你们接过去,没准你们得住个三五日呢,肉割了,酒买了,还有一只公鸡,没宰,给你们预备着呢。你哪来这么多废话?黄师傅极不客气。没错,她烦乱呢,而且毫不掩饰。毡帽倒不觉得难堪,我一高兴就像喝了酒,话稠。黄师傅冷声道,别把我俩甩到沟里。毡帽自负道,你尽管放心,赶车我是老把式了。话音未落,右辖辘陷进深坑,车突然倾斜,我慌乱一抓,总算抓住车栏,而黄师傅像稻草飘落到车外。

车未停稳我就跳下去。黄师傅半身着地,大张着嘴。我欲扶她,被她制止。然后,她慢慢坐起,脸颊蹭了土,青灰青灰的。毡帽慌张地,你没事吧?黄师傅没理他,站起来走了几步。毡帽跟在后面,都怪我,不该吹牛的。黄师傅走到车前,我扶她上去。毡帽小心地,抓好,这次抓好吧。这就是个意外,黄师傅,这就是个意外。毡帽又开始聒噪。黄师傅说,你再像个娘们儿这么叨叨,我就跳下去。警告奏效,毡帽终于合上嘴巴。

并不像毡帽说的那样,还未进院便听到呼喊。那是一张年轻的面孔,二十几岁的样子,身体娇小偏瘦,面色如纸,头发散乱。黄师傅依以往的顺序,喷洒符水,念叨咒语。对产妇说,有观音保佑,她不会那么疼了。但这次没那么灵验,产妇的疼痛不但没有减轻,似乎更疼了,大喊大叫的。黄师傅倦容消逝,恢复了我熟悉的模样,镇定,安详,成竹在胸。她说,娃,你要相信观音。产妇自然是相信的,虽然她没点头,但眼神不会错。怎奈疼痛没有离开她,忍了不到一分钟便又呼喊起来。我把筷子横在她嘴里,将她家人逐到外屋。现场不留家属,除非需要帮手,这也是黄师傅的规矩。

那次接生异常艰难。虽然从羊水破裂到婴孩离开母体只有两个时辰,但中间产妇昏过去三次。自然是黄师傅亲自接生的,我摁着产妇的臂膀,并在她昏晕时努力施救。

婴儿落地,黄师傅飞快地瞟瞟我。我立刻明白是闷地生。孩子没哭,没有任何声响。温水已经换了三次,若正常生产,接下来该是开天门,即洗双眼;点龙鼻,即洗鼻子;开龙口,即洗口腔。然后从头部洗至胸口手足,把婴儿身上的污血洗得干干净净。婴儿会啼哭,这是来到世界的宣告,没有比这更悦耳的哭声了。可这个婴儿无声无息。

只见黄师傅迅速换手,拎住婴儿的双脚,让婴儿的脑袋朝下,在他粉嫩的屁股上猛拍三掌。婴儿仍未出声。黄师傅将婴儿平卧,嘴对嘴吸了几口,吐掉,再吸。那一刻,我又看到黄师傅脑顶的光,不是红的,是七彩的,非常神奇。那光逐渐下移,将黄师傅和婴孩团团罩住。两人离我这样近,不过咫尺,可距我又那么遥远,我努力,但不能近前。

啼哭响起,光团消去。我立刻醒过来。黄师傅在呕吐,不知是她的还是孩子的。我迅速抱起婴孩。

回去的路上,黄师傅竟然在颠簸中睡着了。产妇的家人要留我和黄师傅住一天,但黄师傅执意要走。我仍然没要喜费,产妇的家人执意让我把那只公鸡抱走。毡帽仍喋喋不休,说他这板是拍对了,黄师傅还真有两把刷子。意识到黄师傅睡着了,他直接奉承我,有这样的师傅,你将来肯定错不了的,等我儿媳生孩子我就请你。我乐了,没接他的话。没想到毡帽竟然预言成真,他的三个孙子一个孙女都是我接生的,而我和毡帽还成了拐弯抹角的亲戚。毡帽并未因为我没搭理他而扫兴,而是讲起他的老婆和孩子。那只公鸡耐不住寂寞,偶尔啼鸣一声,像在替我回应。

我抱回一只公鸡,大旺问我是养是杀。我说咱有公鸡,再养一只,两只公鸡不得天天掐架啊。大旺问,那就杀?正好给你补补。我说给爹送过去吧,我年轻轻的补什么?大旺小声说,你奶孩子。我说,不吃鸡我照样奶,听话!大旺便抱走了。公爹站到了我这边,但终究有闲话传到他耳里,所以我不只是孝敬公爹,也有别的意思。没一会儿李二妮就过来了,酸溜溜地四下扫扫,我以为牵回一头猪呢，原来就一只鸡呀。我回敬，等我给你接生，你送我一头猪。李二妮哼一声，你就是倒贴，我也不用你，以为我不知道，不过是沾黄师傅的光。李二妮提醒了我，虽然产妇的家人硬塞给我，但冲的是黄师傅，我不该带的。我让大旺过去要，大旺抹不下脸，我就和公公说了。公公自是明白事理，二妮趁机说风凉话，我懒得搭理她。

次日吃过早饭，我抱着公鸡走进黄师傅的窑洞。黄师傅仍是满脸倦容，恹恹的。我不养，更不杀，你还是抱回去吧。黄师傅的声音也透着疲惫。我向她致歉，说心贪了。黄师傅摇头，说没有我这个帮手，昨日她没准会失手，我理应得的。黄师傅说她的心一直悬着。产妇瘦小，骨盆窄，不利于生产，加上头胎夭折，产妇惊恐过度，心力不济，无疑加大了闷生的可能。还真料中了。可孩子没事，大人也没事，我发自内心地说。黄师傅淡淡一笑，若有意外，还能送你公鸡吗？这喜费我还能拿到？跟我这么久，你还没挨过打吧？我惊愕道，难道师傅真的……黄师傅说，以为我哄你？我经见的多了，不是每一次都能平安无事，总有预测不到想象不到的。我说，咱尽心尽力了，问心无愧。黄师傅摇头，不是你说的那么简单，大愧没有，小愧不断，有时候我觉得自己像个凶手。我愕然，你为什么这样说？黄师傅说，现在你也许不明白，以后你会明白的。她的双目越发深了，我一半也望不透。

良久，黄师傅说，有种情况是最危险的，我还没对你讲，若不及时处理,会危及大人的生命。

我瞪圆眼睛,还有比闷地生更……?

黄师傅说,当然有,比如死胎。她转身拿起土黄色的接生包,解开。除了铜碗、蜡烛、剪子、黄表纸,还有个鱼状的皮袋。那几样东西我已经很熟悉,事实上鱼状的皮袋我也见过,黄师傅从不让我碰。捆皮袋的绳子是活扣,一拽便开。黄师傅从袋里抽出一把手指长的刀片,说遇上死胎必须用这个。

那天乌云没有压顶,没有雨雪甚至没有一丝风。日头明晃晃的,进窑洞时我下意识地挡了一下,防止阳光刺伤我的眼。然而我的心压了几百块石头,明晃晃的太阳照不进窑洞,昏暗、窒息,只有黄师傅的刀片闪烁着冰冷的光泽。出奇地安静,因而黄师傅的声音毫无阻碍,箭一般射入耳朵,每一支都那么准确。

若碰上死胎,一个方法是从下体伸手进去,将胎盘端正调顺,用中指和食指抠住死婴的上颌,轻缓拉出。但有时难以调顺,一旦卡住,产妇十有八九是保不住命的,所以必须用刀片清宫,难度虽大,却是保全大人最好的方法。刀片须放在手心,以大拇指压住刀片,然后从下体伸进,慢慢将死胎划成几块。多了容易遗留腹中,然后一一取出。

黄师傅反复演示,然后将刀片交给我,像是第一次发现我的柳叶手,端详了好一会儿。我的手指又细又长,手掌也特别窄。千里挑一,你错不了的。这是黄师傅第二次称赞我,仍然没什么温度。面前空无一物,黄师傅的引导却非常具体。必须让家属按住产妇,别让她乱踢!你瞅瞅她那两条腿,蹬你一下哪受得了?别碰着蜡烛,别慌,掰开,好,就这样,慢点伸,摸到了吗?我说摸到了。黄师傅问头向上向下?我说好像向下。黄师傅大声道,别好像,说清楚!我说朝上。黄师傅说开始吧。我的手抖了一下,但没有犹豫,慢慢划割着。你不是在杀人,你是在救人,稳住!黄师傅耳语。我的手不再抖,婴儿被一刀刀划开,血从产妇的下体流溢。拿出来,对,就这样!我把肉团取完,盯着自己血淋淋的手,难以相信完成了一次清宫手术。

虽然是模拟,我却耗竭了力气,瘫下去半天不能动弹。黄师傅倒杯水给我,说你是太紧张,实战两次就好了。我第一次清宫把嘴都咬破了,她说,你该比我强。我忙说,徒弟永远超不过师傅。黄师傅突然变得严肃,这不是争比的问题,你记住,做得越好,救的人越多,歇够了吧,起来!

那天,黄师傅还传授给我一些药方。产妇难免有妇科病,生产可能加重,若不及时治疗,病会跟随一辈子。俗语讲产一时病一世,指的就是这个。有的本来没有妇科病,纯粹是生产时留下的,如下红崩漏,更要诊治。她说药方是她的师傅传给她的,个别的药她做了调整。要活用,不要死用,她这样叮嘱我。

临走,黄师傅将鱼状的皮袋送给我,似乎明白我在想什么,她说,我还有一把,跟我一场,这算是送你的礼物吧。我瞬间明白了,叫声黄师傅。黄师傅难得地笑笑,你可以单独接生了。我惴惴不安,我还差得远呢,黄师傅,我做错了什么吗?黄师傅说,该教的我都教了，若有人请你，你大可放胆去接。我仍然虚虚的，恐怕没人请我。黄师傅说，没有一，永远不会有二，这样吧，我再带你三个月，跟我太久并没有好处。

三个月接生了十四个，其中一例花地生，一例是死胎。我现场目睹了黄师傅的手术，她从容镇定，旁若无人，处理完毕才和我对视，仿佛说，就这样，不是刽子手，是救人。

我出徒了。如黄师傅所言，什么意外都可能碰到。从业七十载，接生万余人，意外并不稀奇。我并不怕，接生是我的职业，也是我的生命，难道我会惧怕自己的生命？令我发怵的是隐藏在人生旅途中的不测和凶险，难以躲避难以逃离。

10

麦香怎么还不回来？宋品问，这该死的女人，竟把祖奶丢下，连招呼也不打，她脑里准是进了泔水！宋品的火已经消下去，说到麦香，声音又提高了。

宋慧辩解，她没丢下祖奶不管，让我照看来着。

宋品冷笑，照看？你跟谋杀差不多！

宋慧说，祖奶慈悲，她会饶恕我的。

宋品的声音依然冷硬，别用祖奶压我，她饶你我不饶你！

宋慧不安地，宋书记，我都打自个儿几个嘴巴了，你还要怎样？

宋品很无奈的样子，是啊，该拿你怎么办呢？

宋慧说,你怎么都行。

宋品突然笑了,宋慧啊,什么叫怎么都行?

宋慧小声,似带扭捏,就是你想怎么……都行。

宋品声调拉长,态度嘛还说得过去,嗯,怎么都行……语气突然转变,还能怎么样呢?你以为我宋品是什么人?闻闻你身上的味儿,一年也不洗一回澡吧?

宋慧说,咱可是没出五服呢。

宋品再次冷笑,又来了,别扯这些,就是我亲妹子又能怎样?就可以对祖奶不敬吗?

宋慧叫,我确实不是故意的,宋书记,你饶了我吧。

宋品停顿片刻,问,麦香到底去哪儿了?说实话!

宋慧犹豫着,大概……可能……

宋品厉声道,你连句痛快话也不会说吗?

宋慧立即道,罗包!她去镇上找罗包了。

宋品显然预料到了,我就知道!尔后自语,我怎么就没碰到呢?

宋慧说,她走得比你晚。

宋品没好气,哪天不能找?偏偏今天。她脑子不是进了泔水,是灌浆糊了。

宋慧叫声宋书记。

宋品说,你不是直肠子吗?怎么开始拐弯了?

宋慧求宋品不要把烧烟锅的事告诉麦香。

225

宋品问,怎么？她还能剥了你的皮？

宋慧说,我怕她以后不用我帮忙照看祖奶。

宋品爆笑,还想以后？你以为还有以后？

宋慧说,麦香不能寸步不离,总得有人替她。

宋品嘲讽,脑子蛮好使嘛。

宋慧说,我可是什么都说了。

这时宋品的手机响了,二人台《挂红灯》的调子,喜气洋洋的。但内容显然没那么喜庆。挂掉,宋品骂,妈的,这才歇了一会儿,没完没了的事！

宋慧问,你要走吗？

宋品说,如花报警了,毛根射杀了她的乌鸦。

宋慧啊了一声。

宋品声音冰冷,这跟你有什么关系？好生照看祖奶,等麦香回来。发什么呆？听见没有？

宋慧应道,听见了。声音打着战。

第六章　罗包

1

　　八月中旬的某个清早，罗世成正把豆腐从架屉捧移进盆，突然一阵眩晕。像有人往他脑里塞了几片树叶，他晃了几下，拇指戳进豆腐里。罗世成看着那两个不规则的洞，心疼得直吸溜。赵瘸子太挑剔，罗世成不敢马虎，重新换了两块，抱着盆出了门。

　　街上冷冷清清，多数店铺都关了门，在洋鬼子打到北京城前就变卖了东西，逃往他乡。仅有四家勉强支撑着，除了罗世成的豆腐铺，还有王喜的杂货铺、吴女的裁缝铺和赵瘸子的饭馆。赵瘸子的饭馆稍好一些，顾客多是过路客。罗世成以往每天要做三锅豆腐，半个月前减了一锅，三天前改成一锅，而其中一半是供给赵瘸子的。

　　除了一条游荡的瘦狗、疯子牛三和照样下田的马福两口子，罗世成没碰到任何人。或许是马福两口子的满不在乎减轻了罗世成的沉重，他的脚步轻快了许多。但尚未走到赵瘸子的饭馆，罗世成的心又抽紧了。门闭窗合,全无生气。但愿赵瘸子只是在睡懒觉。打烊晚,赵瘸子有理由睡懒觉。可走至近前,罗世成眼前再次发黑。门不是冲里插着,而是吊了一把生锈的大锁。罗世成似乎不相信自己的眼睛,黑丝荡去,又瞅了瞅,挥拳擂门。好像赵瘸子仍在屋中。罗世成感觉被捉弄了,愤怒得失了态,疯狂地踢踹着。

直到罗世成气喘吁吁,那门仍是冷冰的表情,不曾拉开半丝缝隙。昨日,罗世成给赵瘸子送豆腐,赵瘸子还信誓旦旦地说绝不会逃。洋鬼子见东西就抢,见女人就奸,而鸡鸣驿距北京城不过三百多里,说来就来。罗世成再次问他,他就不害怕?赵瘸子说不怕是假的,但绝不离开鸡鸣驿。生死由命,逃能逃到哪里?赵瘸子满脸的不屑。正是赵瘸子的口气让罗世成相信了他。没料一夜之间,赵瘸子便躲得无影无踪。还有,赵瘸子还欠他半年的豆腐钱呢。或许赵瘸子想赖,所以对他撒了谎。依罗世成的规矩,赊欠不过月,可他有意和赵瘸子结亲,对赵瘸子便放宽了期限。哪想赵瘸子会坑他呢?

虽然恼怒让他发狂,但罗世成没有失去理智。起早磨了豆腐,那可是钱呢,不能馊在手里。所以发泄了一会儿,他就转回店铺,把豆腐分装在水桶里,挑在肩上沿村叫卖。

傍晚,罗世成回到鸡鸣驿,桶里尚剩三块。这算不错了。家人吃了一块,另外两块,即被他拇指戳出洞那两块,被他吊到了井里。卖不了的豆腐,他都是这么保鲜的。女人问他还磨不磨了,他没好气,人都走了,卖给谁去?女人试探着问他准备留下还是像别人一样逃走?罗世成没有马上回答。他心细,脑子活,但向来谨慎,特别是遇到重大问题,那一步迈得极其艰难。在逃与不逃的问题上,他盘算多日,反复权衡,却下不了决心。过两天再看看,稍后他这样回答女人。也许三两日,赵瘸子就回来了,他这样想。仿佛赵瘸子是他的救命稻草。

熄灯睡觉之际,急促的拍门声响起。显然不是一只手,是几只手在拍。女人吓坏了,脸色灰白。罗世成的惊恐不亚于女人,难道洋鬼子这么快就打到了鸡鸣驿?终究是男人,罗世成没有缩成一团,躲是躲不掉的,不管门外是什么人,这门都得打开。若是被砸开,就没有商量和回旋的余地了。

门外立着三人,均非深目白皮高鼻,也非官兵,更不是土匪,但也不像普通过路人,虽然穿着寻常衣服,那眼神那架势,可不是普通百姓有的。其中一人问,你可是做豆腐的?没等罗世成回答便追问,可有现成的豆腐?有多少?都拿出来!刀没架在脖子上,可口气是命令式的。罗世成倒松了口气,领着三人到院子中央,从井里拎出水桶,说就剩这两块了。那人又问家里有现成的肉没有,鸡鸭猪均可。罗世成看出来,这几个人是饿坏了,说有一只鸡。另外一人已经把窝里的芦花鸡捉出来。鸡显然嗅到了凶险,叫声格外凄厉。那人把鸡递给罗世成,冷声道,杀掉!罗世成小心地问,现在吗?那人的话极简短,马上!

罗世成利落地杀鸡煺毛,将鸡块和豆腐一块炖了。那三人催促罗世成麻利些,但又让他做好点儿。鸡鸣驿及周边村落,说起罗家豆腐,都赞不绝口,精、嫩、香,尤其适合炖肉。熬炖之后,豆腐犹如蜂窝,所以罗家豆腐又叫蜂窝豆腐。但须是慢火炖,火急蜂窝就小,汤汁进入不充分,味道会差许多。罗世成爱惜豆腐的口碑,尽管是给几个不明身份的人炖,仍不紧不慢。样子急,却不让锅底的火燃旺。午夜时分,鸡块终于炖烂。满屋生香,连罗世成的馋虫都被勾出来了。

罗世成盼着三人吃完连夜离开。但没想到的是,他将鸡肉和豆腐盛在盆里,两人端着离开了,另一人则守在门口,显然是看守着,不让罗世成出屋。罗世成猜他们还有同伙,鸡肉和豆腐想必是端给头儿了,若罗世成做了什么手脚,他们不会饶过他。

罗世成和女人不知凶吉,一夜未眠。日上三竿,看守喝令罗世成跟他走。没多远,是已经关门数日的悦来客栈。进门前,那人令他低头进低头出,而且进门须跪在地上。罗世成心跳如擂鼓,双腿发飘,迈进门槛便跪倒了。问他话的是个女人,声音苍老威严。不过数分钟,短暂而又漫长,退出时罗世成的后背几乎湿透了。问了两个问题,是关于豆腐的,后来罗世成给女人回忆,怎么也想不起女人问了些什么。除了自己的黑瓷盆,罗世成还带回一个白瓷蓝纹的盘子,另有一锭银子。

过了几日,罗世成才知道那帮人的身份,是西逃的慈禧太后和随从官员。难怪盘上有龙的图案,那可是皇家用品啊。这次奇遇让罗世成下了决心,慈禧都逃了,他还犹豫什么?

百年后，罗包躺在柔软的床上，想起的并不是曾祖的传奇和那只不知所终的皇家瓷盘，也不是父亲一度挂在嘴上的话"我爷爷那会儿"——谨小慎微的父亲离世前几年染上吹嘘的毛病，而是黑暗、逼仄、充斥着生豆气的屋子。吊架看不出颜色，石磨的花纹仔细摸才能感觉到，地上有一道圆形的凹槽，那是父亲和他踩出来的。母亲身骨软，极少推磨，但她也不闲着，比如举着如豆的灯，防止呵欠连天的罗包碰倒。

磨豆腐的夜晚，常常不到三点钟，罗包就被父亲摇醒。偶尔，他翻个身重新入睡。父亲不是暴躁的人，白日里笑眯眯的，可一到夜晚，父亲便像换了个人，严厉冷酷，若罗包不小心睡着了，他会扯着罗包的耳朵，让罗包清醒。在一个冬日，他把冰湿的毛巾盖到罗包脸上，作为惩罚。母亲护他，总抢在父亲动手前把罗包从梦里摇醒。头悬梁，锥刺骨，父亲读了几年书，常令他向古人学习。彼时罗包只有五六岁，在磨豆腐方面其实帮不了父亲什么，但父亲的用意也不是让他出力，而是用心，工序、水温、火候、豆腐的老嫩等，用心记，用心学，当然，还让他动手。似乎挺简单的，但越学需要掌握的东西越多。动手就更难了。没有最好，只有更好，父亲说。这不是做豆腐，是活命的本钱，父亲还说。那时，罗包并不能领悟，但这些话牢牢刻在他脑子里。

天亮前，父亲便离开村庄。摸黑起，摸黑回，做贼一般。那是一九七〇年代中期，父亲被割过一次尾巴，割怕了。他不到营盘镇，总是到更远一些、盘查少一些的村镇，有时会到内蒙古地界。多数时候父亲一个人做贼，来去方便，但一年中总有几次，父亲会带着他。父亲挑着担子，一头是装豆腐的水桶，一头是窝在筐里的罗包。再后来，父亲做了辆独轮车，仍然一边是豆腐一边是罗包。

　　上了路，罗包被困意袭卷，很快跌入梦中。若是阴雨天，父亲便用塑料布将筐包住，斜里插一支竹筒，即使是细雨，打在雨布上也如炒豆子般噼里啪啦的，而急雨犹如鞭炮。但什么样的声音都唤不醒罗包，甚至成为他的催眠曲。泥泞让父亲皱眉，而罗包暗生欢喜。那样，父亲就不会每到一个地方便叫醒他，虽然也曾让他顶着细雨从桶里捞出豆腐，但更多时候，父亲任由他像冬眠的动物一样在自己的洞穴里独享美梦。雨一停，罗包就没这样的待遇了。似乎没有罗包，豆腐就卖不出去，抑或豆腐是罗包心爱的宝物，父亲不让罗包错过接盆碗或数钱的每一个与豆腐有关的环节。父亲数过的钱，总是让罗包再数一遍，准确地说，那叫摸，似乎只有罗包摸过那钱才真正属于父子俩。那时没有假币，父亲不是让罗包验证真伪，而是让他品尝拿到钱的感觉。好吧？父亲眼里燃着灯火，罗包被那光亮映照着，那几乎是暗示，罗包立即点头，没有任何犹豫。

　　卖豆腐的日子很难熬，枯燥无味，但也有意外和惊喜。有几个地方，如学校食堂、供销社、兽医站，父亲每月都要去一趟，多数情况都不会白跑。马站也是父亲常去的，这里远离村庄，没有像样的路,几间土房,一个足球场大小的圈马场。露天的,不是马厩,就是一个圈马的地儿。围墙用土堆叠成的,场地距围顶有三四米,地面靠近围顶的一侧有两米宽、一米深的壕沟,壕沟既为排水也可阻挡烈马飞跃围墙。外围墙是斜坡的,罗包无须父亲夹抱,自己就可以爬到墙顶。

马有二百匹,也可能三百匹,没有在草原上驰骋的气势,个个闲庭信步,偶尔那些暴烈的不好惹的会踢打撕咬同伴,三两个回合同伴就躲开了,不给暴烈耍威风的机会。所以,马场虽有波澜,但大体是平静的,没什么意思。但配种的日子就不一样了,那也是罗包最喜欢看的,后来他发现父亲比他还痴迷。

公马有八匹,在另一个地方,所有的母马都要这八匹公马配种,自然享有特殊待遇,只在配种的日子,母马才可以见到公马。公马尚未入场,母马便嗅到气息,躁动不安。而公马更是狂躁,嘶鸣,扬蹄,甩尾。那个总是买豆腐的马倌利索地松开绳套,公马便冲入马群。没经验的母马,即小骒马被裹挟着前行,而有经验的母马,即已经当过母亲的骒马,边跑边寻找贴近公马的机会。公马没有选择,太多的母马令其眼花缭乱,所以总是扑到距离最近的母马身上。健壮的公马可连配两三匹母马,配第二匹时,公马就没那么急躁了,总是选择那些小骒马。小骒马不懂得配合,这时马倌就很关键了,要确保公马的生殖器插入骒马体内,不然躁怒的公马可能把小骒马的腰压折。每年都有被压折腰的小骒马,并不是每一次马倌都能及时靠近。有些人老远赶来观看,那些有经验的边看边对身边的人讲解,年龄尚小的罗包能看出门道,全凭这些经验的灌输。粪臭、尿腥、响鼻、嘶鸣,所有的声音和气息在那一刻突然消失,只剩下眼球和画面。某一个夜晚,罗包和麦香提起那段经历,麦香说根儿就不正。罗包便哑口。他没再讲,却时常想起,就像凋零的树叶,秋天一到,任你怎样都不可能忽视。

一般情况下,罗包和父亲摸黑就能回到村庄,不管豆腐是否卖完。当然亦有例外,走得太远而天气突变,只能就近找村户借住。罗包迷迷糊糊的,没有太深的印象。有一户,罗包却是记得的,那个女人和父亲沾了点亲,父亲让罗包叫姑。姑的丈夫是赶大车的,常年在外。父亲常到姑家歇脚,每次姑都给他们烙饼。父亲的水桶里若剩一块两块豆腐,定是留给姑的。

深秋的傍晚,冷雨横飞。吃饭时,姑拿出半瓶酒和父亲对饮。两杯下肚,父亲的脸便成了鸡冠,倒是姑越喝越白净。雨没有歇停的意思,姑劝父亲住一夜,父亲尚嚼着饭,声音和饭一样模糊:等等看。罗包的眼皮像挂了毯子,重得拉不开,姑抽出枕头,说这罪受的。父亲应了什么,宛如远处的烟雾,稀薄,轻淡,罗包没听清。

罗包醒来,已是次日清早,父亲和罗包匆匆上路。父亲脸色灰白,边走边吸溜嘴,像是冻感冒了。父亲从未和罗包商量过什么,那天却征询罗包的意见,问他想不想去营盘镇。那可是个大镇,父亲诱惑他。罗包并不知父亲去营盘镇的用意,结果是晓得的:卖豆腐的钱丢了。两人空手而归,什么都没有买。

父亲再没去姑家歇脚,也再没有提起姑。后来,父亲作为宋庄第一个万元户参加县里的表彰会,还戴了红花。红花碗口大小,纸抽做的,四片树叶却是布料。父亲将红花挂在豆腐坊的墙上。堵窗户的泥皮拆掉后,整个屋敞亮许多,角落的渍痕都异常清晰。两天后,姑突然上门。数年未见,姑还是老样子,圆脸,弯眉,似乎总是在偷笑。姑和母亲是第一次见,父亲介绍的时候挂着笑,极不自然,远不如纸折的红花。姑是来借钱的,她遇到了大难。丈夫患了什么病,不治命就保不住了。姑边抹泪边说,幸好有这么一门亲,要不她和丈夫只有上吊了。

母亲脸如封冰,一言不发。父亲赔着笑,一半赔给母亲一半赔给姑。解释万元户是虚的,钱是挣了些,但都用来买豆子和设备了。父亲说自己的难,姑讲自己的苦,你一言我一语,像两个不同的频道,互不干涉互不影响。姑的眼里像住了龙王,越抹泪越多,前胸尽湿。父亲拿毛巾给姑,手臂被母亲挡住,父亲愣怔半天才读懂母亲的意思,赶紧换了一块。这是父亲用的,磨出了毛边。父亲没沾水,就那样把发硬的毛巾塞给姑。

母亲给姑准备了饭,但姑说自己吃不下。终于停止抽泣,姑却没有离开的意思。第二天上午,父亲拿出三百块钱,姑才离去。怒气冲冲的母亲将墙上挂了三天的红花钩下来塞进灶膛。

2

罗包是豆腐性,胆小,懦弱,谁都可以欺负他。

三岁时,他撮了几粒米喂毛茸茸的小鸡,被发怒的老母鸡扑倒。那是只纯黑的母鸡,金眼红冠白爪。黑母鸡孵化了二十五只小鸡,其中一只被猫吃掉了,当着母鸡的面。母鸡欲与猫争夺,猫蹿到树杈上,母鸡围着树咯咯狂叫,却没有办法。母鸡把罗包当成猫的同谋,一通乱啄。罗包的脸和手背被啄破七八处,若不是母亲阻止,罗包就成麻脸了。四岁时,一只公鸡跳到罗包肩上,啄他啃了半拉的冷馒头,他没有任何抵抗地丢弃掉,脖子仍被公鸡抓伤。五岁时,他从某户人家门前经过,下崽不久的母猪冲出院子。母猪比罗包高出许多,鬃毛倒竖,目透凶光,罗包立时就瘫了。母猪叼住罗包的腿,将哇哇哭叫的罗包拖到院子里。主家抽了几棍,母猪才松开。至于被同龄甚至比他年纪小的孩子的欺侮打骂,那就更多了。他的脑门上有个豆粒大小的坑疤,是被石头凿的。

每次遭遇之后,罗包及父母会得到道歉或赔偿,糖块杏干什么的,养母猪那家赔了二十颗鸡蛋,是最多的。但赔偿致歉并没有改变什么,反给他贴上窝囊的标签。几乎全世界的人都知道宋庄的罗包见了母猪双腿就会抽筋。

母亲常唉声叹气,眉头常结着疙瘩,若可以把罗包吸进肚子重生一遍,受天大的罪她也肯的。而父亲在教罗包磨豆腐的同时,也训练他的胆子,如让他独自待在漆黑的磨房,或用鞭子抽打他等。他还打算养一头母猪,这个想法被母亲否决了。

父亲是蜂窝豆腐的传人,但在罗包心里,父亲更像个模具,时时刻刻琢磨着把罗包塑造成他想要的形状。某些方面父亲是成功的。如罗包原来是左撇子,在父亲一次次猝不及防的抽打中终于改过来。但打算盘父亲却让罗包用左右手,那简直是魔鬼训练。彼时的父亲比魔鬼还魔鬼,罗包战战兢兢,觉得自己立在蛋壳上,稍有不慎便碎裂了。罗包对数字和运算有着非凡的能力,这在一定程度是给吓出来的。罗包爱舔嘴唇,不是故意的,他的生活里没有故意。他不由自主,特别是饿了的时候,仿佛那里粘了米粒或糖稀,可以充饥。父亲发现一次拧他一次,他的脸上总有青痕,直到改掉舔唇的毛病。

但父亲未能让罗包胆壮,未能改变罗包的懦弱。一次次受挫和窝火后,父亲相信或接受了罗包就是豆腐命。还有一样,父亲未能把罗包改造过来,那就是罗包的慢。

父母吃过饭,每人又喝碗蒸饭水,罗包才吃掉碗里的一半。不管是米饭馒头还是面条稀粥,罗包嚼过来又嚼过去。吃莜面更是如此,仿佛面里长了刺,他咬得那么小心,生怕被刺伤。你就不能痛快点?有毒还是咋的?父亲总是这样训斥。罗包不但没有加快,反而停止咀嚼,等待父亲的巴掌落下。父亲本来没有生多大气,可罗包如此不识相,巴掌就飞过来。或者直接夺过碗倒掉。父亲认为罗包像他一样经历过饥荒,就不会这么慢吞吞的。饿极的人,吃树皮都是香的。你吃得慢,树叶也吃不上。就像父亲抢夺的是别人的碗,与他没有任何关系,罗包既不急也不闹,甚至没有一丝愤怒或委屈。若他央求,父亲也许会改变主意,可是他不。他像一个面团,怎么捏都可以。但没有人知道,那面团中间藏着坚硬的骨片。那骨片小极了,小到可以忽略,但是存在。罗包饿了半天或一整天,吃下顿饭的时候仍没有父亲期待中的利落,更不要说狼吞虎咽了。看来没饿够,那就再饿。但是越饿罗包吃得越慢,似乎拿筷子的力气都没了。父亲气歪了脸。怎么也比傻子强吧,若他是傻子,你要把他的脑浆挖出来吗?或是母亲的话起了作用,父亲没再摔他的碗。但每隔两三个月,父亲总要因为他的慢惩罚他。

当然如果仅仅是吃饭慢也就罢了,罗包干什么都慢吞吞的,总比别人差一两个节拍。捡麦穗,别的孩子早到地头了,他的身影还在半道上摇。罗包放驴,总是被驴牵着,有时驴挣脱,独自去了。驴不去草滩,专啃绿油油的麦苗。麦田的主人找上门,父母少不了一堆好话,另加两块豆腐。

你是不是成心的?有一次父亲这样问。父亲怀疑了,虽然罗包脸上没有任何倔强的、故意与他作对的神情。算账时,父亲念数,罗包打算盘,噼里啪啦,手指神速,但算完账罗包就迟滞了,似乎凝固了。让他报结果,他非得先挠两下耳根。父亲以为他打错了,自己打一遍,确认罗包准确无误。你不敢说还是咋的?父亲问,罗包说敢。父亲再问那为什么不痛快点?罗包就无话了。

父亲和母亲带着罗包找祖奶,他们怀疑罗包被下咒了。那是春日,祖奶正坐在小板凳上洗苦菜。母亲要帮忙,祖奶说不用,我自己来。祖奶将洗净的苦菜晾在筛子里,待发蔫后,才可以腌制。罗包给祖奶送过豆腐,见过祖奶腌菜的过程。祖奶不像娘那样,把菜扔进缸里,抓几把咸盐,用石头压住就完事了。祖奶把苦菜一根一根地摆放,比苦菜长在地里还整齐。祖奶放盐用小勺,勺子是木制的,暗红色,勺把有一道裂纹。那勺子令罗包痴迷,他说不上为什么。

父母迟迟未开口,怕影响祖奶或者觉得难为情,直到祖奶抓过罗包的手,问怎么了。父亲便讲了那几年带罗包卖豆腐的事,讲了他的猜疑。我和他娘都快急死了,父亲强调,脸几乎扭成麻花。祖奶摸摸罗包的头,捡起脚底的一片羽毛让罗包用力吹。罗包仰起头,羽毛顺着他的气流飞到空中,向院外飘去。父母掩饰不住地兴奋,仿佛罗包身上的咒附在羽毛上飞走了。祖奶让罗包捡起一个石子往空中丢。石子落到地上。祖奶抬起头,看见了吧,石子朝下落,羽毛往天上飘,各有各的性,为什么非要拗着来?娃是好娃,你们呀……若说有咒,也是你们下的。

从那之后,父亲不再动不动斥责罗包,当然也并不欣赏罗包的蜗牛做派,他的神情罗包是读得懂的。

罗包念完小学便回家做豆腐了。他自己提出来的,父母没有反对。罗包脑子活,学习并不差,特别是数学。什么鸡兔同笼什么牛鸭共圈,没有一个孩子比得过他。但每次考试罗包都不及格。他写字慢,而且总是从头至尾在心里算一遍才往卷上写。考试是在纸面上的,可不管你是会还是不会。老师觉得可惜,罗包的父母倒松了口气,终于不用再和别的孩子比了。罗包更适合做豆腐。

虽然罗包已经可以独自做豆腐,父亲还是给罗包上了一课。曾祖的传奇、银锭、皇家瓷盘、鸡鸣驿、蜂窝豆腐的来历,等等。父亲双目放光,像嵌了银子。父亲的目光几乎没离开罗包的脸,似乎要把那银光镀到罗包身上。

记住没?父亲一再问。

记住了!罗包声音很重,虽然应答得没那么快。

父亲拍拍罗包的肩,这是他表示赞许的方式。那年罗包十四岁。

包括父亲在内,没有谁知道罗包与豆腐之间的关系。既非继承祖业的必须,也非只适合干这行的无奈,更不是他的秉性如豆腐。那是他的秘密。豆香扑来,他的身体便会长出无数的鼻孔和嘴巴。

3

冬日的傍晚,罗包买了块香皂,走出小卖部,拐过街角,忽然嗅到一丝奇异的香气。不同于豆味的浓烈,那香清淡柔细,却有穿透胸腔的魔力。罗包本来已经拐过去,却又折回来,试图嗅出味道的来源。凛冽的风剃过脸颊,亦剃过日渐隆起的喉结。他闻到牛马粪的烟尘及炒菜(肯定是猪油)的辣腥,却没嗅到穿胸的香。这天底下哪有比豆子更香的味道?何况是冬天,万物皆休,大地冷硬,罗包想,或许是鼻子和他开了个小小的玩笑。

宋庄的街道不长,却都七拐八扭,似乎是通着的,却是死胡同,本来到尽头了,但一个小小的豁口却是另一条街的起点。近年又盖起许多房子,有的在原来的地基上,有的靠近蝴蝶河,村庄肿了许多阔了许多。若是外乡人,不要说夜晚,白天也常常迷失方向。

罗包当然不会,哪条街与哪条街相连,哪户与哪户相靠,他清清楚楚。父亲带他私卖豆腐,不是直着出村,要拐好几道街,从小他对宋庄的街就熟悉,就像熟悉自己的手掌纹。经过碾盘(碾房已经坍塌),罗包又嗅到那奇怪的香。罗包突然立住,往四下里猛瞅,除了黑黢黢的房屋树木,没有任何特别的东西。香味已经消失得干干净净,没有一点痕迹。香味是有根儿的,不会无缘无故在夜空飘荡。根儿在哪里呢?罗包收回目光,盯着裸露的碾盘发了会儿呆。走出几十米后,那香气又出来了,捉迷藏般。

罗包凌晨三点即起,不用父亲揪耳朵也不用设闹钟,他脑里有根自动发条,所以平时睡得极早。还有,他的胆子并没有随着喉结和胡须一起生长,他不怕黑,却担心粗心的主人没关好圈门,母猪窜至街上。暗夜里,母猪更加猖狂,他可不想被活吃。

他很少在夜晚闲逛,就算有事,也是办完立即回家。可在那个夜晚,罗包在街上转来转去,没有丝毫紧张和担心,难以名状的兴奋在血管里涌动,他追逐,闻嗅。香气忽现忽断,如黑暗里的线,可以感觉到,却怎么也抓不住。

若不是父亲呼喊,罗包还会继续追逐。父亲说我以为你迷路了,话里有担心也有那么一点讥讽。罗包现在和父亲有明确的分工。罗包承揽了磨豆腐的全部工序,父亲则专职卖豆腐,工具也由独轮车换成自行车。作为家庭的主力,罗包已经拥有不把父亲放在眼里的资本。几年后他才开始和父亲公然对抗。彼时,他对抗父亲的方式多半是沉默。你干什么去了?父亲问。罗包不能再沉默,话语却没有温度,不干什么,随便走走。父亲说,你娘担心死了。罗包说,我不是三岁的娃。父亲说,她头疼病又犯了。罗包问,你给她买药了?父亲说,买了。两人就没话了。再没嗅到那奇特的穿心入肺的香。罗包心有不甘,又转了一遭,仍未捕到。他呆呆地在寒风中冻了一会儿,怅然返回。

之后罗包有意无意地走过夜晚的街道,却再也没有被那香味撞击。罗包没有和任何人说过,那是他的,绝不与人分享。当然他也没有分享对象。他没有玩伴,没有亲近的可以诉说的朋友。曾经有个妹妹,三岁时夭折了,他连妹妹长什么样都记不清了。而父母,他只愿意与他们交流豆腐的事情。

春天的上午,罗包正在淘洗黄豆,麦香拎着搪瓷盆进来。宋庄人吃豆腐都直接上门,罗包每天要留一锅,父亲的意思是留半锅,即便买的人少也不会剩下。但罗包执意留一锅,他不和父亲硬顶,若父亲把豆腐驮走,罗包就现做。软招也管用,父亲妥协了。罗包没有告诉父亲真正的理由,并不是怕宋庄人吃不到豆腐,而是他们失望的神情令他不安。

平日都是麦香娘来买豆腐,别人买一块,她都是两块,因为她家的麦香爱吃豆腐,尤其喜欢生吃。出去掰一块进来掰一块,麦香娘这样说。罗包,你做的豆腐比你爸做的好吃,我家麦香生生让你喂馋了。麦香娘舌头长,每次买豆腐都要说与麦香有关的话。罗包没有男伴,和女孩接触就更少,对女孩的了解几乎是空白。唯一了解多的就是麦香,而所有的了解都是从麦香娘嘴里。他当然见过麦香,隔着老远的距离,没说过一句话。

罗包惊愕地瞪着麦香,双目如铜铃,好像她突然从天而降。他甚至怀疑麦香的娘戴了面具,故意和他开玩笑。那搪瓷盆他再熟悉不过,白色的盆壁上有两条红色的鲤鱼,其中一条尾巴起了釉,还有拿盆的人,体形与鲤鱼很像。可现在,站到他面前的却是另一个他熟悉又陌生的人,圆脸红唇,弯弯的眉像掰过似的。

麦香回头瞅瞅,确信身后没人,罗包盯的是她,半是羞涩半是愠怒。其中一半是装出来的,羞涩还是愠怒她自己也识别不清。都说你像个大闺女,没想还是个傻闺女!麦香说。罗包突然涨红了脸,手足无措。麦香说:豆腐,两块!从麦香手里接搪瓷盆的瞬间,一针奇香刺过来,突然,迅猛。罗包毫无防备,哆嗦了一下，搪瓷盆摔在地上。麦香呀一声：你看你！罗包捡起来，感觉头都胀大了。麦香说，磕坏了吧，赔吧。罗包转了转，说没坏。麦香说，没坏也要赔。罗包第一次与姑娘打交道，虽说是他"熟悉"的麦香，可他没有任何经验，不知她是在开玩笑，反而认真地问她多少钱。麦香说，怎么也得三块豆腐。罗包没有任何异议，反倒踏实了。他把搪瓷盆洗了两遍，装了三块豆腐给她。麦香这才说，我是说着玩的。罗包往前杵杵。麦香说，讹你三块豆腐，传出去，要被笑话死的。罗包说，该赔，我不说。麦香无语。罗包乞求，拿上吧。麦香头往左偏了偏，又往右歪了歪，像罗包是什么怪物，研究了好大一会儿，说那我就不客气了，说清了啊，我可没讹你，你死乞白赖给我的。罗包大大地松了口气。麦香没有马上走，掰了一块塞进嘴里，如她娘描述的那样。我就爱吃你做的豆腐，麦香扮个鬼脸，可不许告人哦。罗包说保证不会。麦香说：你是老实人，我相信你。

麦香离开好一会儿，罗包仍在回想她吃豆腐的神情和动作，还有那一针针穿心入肺的奇香。原来那香的根儿在麦香身上。她的头发？眼睛？嘴巴？还是毛孔？罗包想问问，可惜没那个胆量。但终于寻见了，意外而又幸运。

三日后，麦香又来买豆腐了。罗包正猜测是麦香来还是她娘来。没有任何根据，他盼望是麦香，并暗暗祈祷。没想到，麦香真被他盼来了，当然是他的祈祷生效了。像中了彩票，罗包满面生光。麦香仍如上次那样，掰掉豆腐的一角放进嘴巴，毫不在意罗包的直视。别笑话我,谁让你做得这么好吃!麦香骄蛮的语气令罗包激动,罗包说,不会的。麦香哼了一声,谅你也不敢。她是轻慢的,但罗包没有丝毫反感,反觉是说不出的享受。两人说话间,她的香针戳刺着他的肌肉。罗包希望麦香多站一会儿,但他没勇气,也不知如何缠住她。她转身,罗包脑里突然溅起一丝亮光,说她若明天来,他提前给她准备一碗豆腐脑。那比豆腐好吃,他强调。不知她有何反应,他的心怦怦乱跳。麦香像被吓着了,扁圆的眼睛有什么东西一闪而过,突然间便阴云密布。你什么意思?她问。罗包担心的事发生了,她生气了。罗包往后退着,没……没什么……就是……阴云炸裂,阳光迸射,麦香笑得腰都弯了,瞧你这胆儿,还没针尖大呢。罗包怔忡着,不知哪一个麦香是真实的。麦香直起腰,你不诓我吧?罗包大幅摇头。麦香说,行了,别摇了,再摇就掉了,说好了啊,我明儿过来。

罗包比往日起得更早,其实没必要的,但他睡不着。他心神不定,不知麦香会不会来。虽然她答应了,可她是属天气的,变化无常,他并没有把握。麦香尚未进屋,那一支支香针便刺过来,罗包本来在地上徘徊,突然就定住了。

麦香品尝豆腐脑,罗包静静地看着她。她的裁决对他具有生死般的意义,他等待着。终于,她说好。罗包的石头落地。这也是祖传的?麦香问。罗包点点头。他撒谎了,这是他自己琢磨出来的。麦香说,好吃是好吃。罗包以为她要挑刺,不料她说,可吃不起啊。罗包脱口道,我不要钱的。麦香盯住他,白吃?

你在打什么鬼主意吧？罗包的脸燃烧起来。麦香不依不饶,什么鬼主意？罗包把酝酿许久的想法讲给她,单做豆腐太单一了,他想扩大品种,做豆皮、豆丝、豆筋、豆干,还有豆腐脑和炸豆腐。需要有人品尝。麦香说,这就是你的算盘啊,你想让我品？为什么是我？罗包说,你合适。麦香问,我嘴巴馋？罗包说,你懂！麦香受用地嗯哼了一声,你倒会说话,就这？罗包迟疑着,还有……你别生气啊。麦香说,瞧你的扭捏劲儿。罗包豁出去的架势,我喜欢你身上的香气。麦香怔了怔,你闻到了？罗包点头。麦香从身上拽出两个火柴盒大小的布包,一个是粉红色的,一个是蓝底白花。她告诉罗包,这是她制作的香囊,粉红包里是牵牛花味,蓝包里是天仙子。她不相信似的追问,你真闻得到？不等罗包回答,就说,你可真是狗鼻子,我戴在身上两年了,没有一个人……没有比这更好的赞赏了,冲动之下,罗包讲了那个奇特的冬日夜晚,和他一趟趟地追寻。麦香说,真不知羞哎。罗包顿时结巴了,我确实……喜欢。麦香问,我真能帮上你？罗包说,你能！没有比你更合适的人。麦香问,我要不答应呢？罗包无助地看着她。麦香沉吟片刻,点头,好吧。罗包又中了大奖般,连连致谢。麦香说,我说这豆腐脑怎么会白吃,果然中了你的套。罗包吃力地,我是真的……麦香说,别狡辩了,你表面老实胆小,肚里的弯弯绕多着呢。

4

就像蝴蝶落在花朵上闭拢双翅,又像羽毛亲吻大地,轻得不能再轻,但罗包立即睁开眼睛,仿佛受到了暗示。他不会立即开灯,而是仰望着某处,窗户或顶棚。麦香总会从黑暗中浮现,掰豆腐的神情,扯豆皮的动作或边舀豆腐脑边噘嘴巴的样子,及瞪眼、大笑、哀叹,她的五官上演着一出或熟悉或陌生的舞台剧。奇香没有浮荡在空中,就在他耳侧,那是她为他制作的。浓烈的豆香掩盖不住,亦不会影响豆香的纯正。两种香味混合不到一起,至少对罗包而言是这样。和黑暗中的人凝望,在罗包成了享受。望够了,他偷偷一笑,才跃出被窝。

然而那个夜晚,发条似乎出了故障,咔嗒一声。他被惊醒,眼睛瞪得大大的,仓皇四顾,不明白发生了什么。他确信发生了什么。他有些喘,像刚刚奔跑过。似乎有喊叫声和杂沓的脚步,他竖起耳朵听听,声音远去。宋庄没有谁比罗包起得更早,当别人在黎明中睁开眼睛,罗包的豆腐已经在板上冒着腾腾热气。然后他在门口蹲一会儿,吸一会儿香气。不用把香囊拿出来,他走到哪里香气就飘荡到哪里。他吸够了,街上的动静才大起来。这是怎么回事?喧闹竟跑到他的前面?

罗包发怔间,脚步由远而近。罗包下意识地打开灯,呼叫在窗侧响起,罗包已利落地穿好衣服。唐山大地震那年,家家户户搭了帐篷,大人孩子都穿衣睡觉。罗包是光着睡的。一次次被父亲从睡梦中拎起,他练就神速穿衣的本事。即便现在也是如此。罗包什么都是慢的,用铁匠的话说,狼咬屁股都不会乱步数的,唯有穿衣不同。除了父母,没有谁见过罗包穿衣,说出去肯定没人相信。

来人是麦香的表哥宋太,他一把抓住罗包,单刀直入,跟我走!

宋太比罗包大十多岁,游手好闲,胡说八道,逮谁跟谁开玩笑,包括父母。宋太十三岁的时候,跟他娘要钱买帽子,他娘不给,他就问他娘,他是不是抱养的,他亲娘是谁,他找亲娘要。他娘气得大骂,说他在她肚里赖了十个半月,生的时候差点要了她的命,多亏了祖奶。你这个没良心的,早知你这样,说什么也不怀你。他娘青着脸,他却笑嘻嘻的,说你没打算怀我,钻我爹被窝干什么?他娘气得几乎吐血,抓起扫帚抽他,宋太反应快,早没了影儿。他娘没给钱,宋太还是买了帽子。每隔一个月他娘都要换个地方藏钱。他娘立刻检查,果然被宋太偷了。怎么生了这么个货,要把老娘气死呀,他娘骂一通哭一通,事情就过去了。忽然有一天,原本好吃懒做的宋太出息了,卡墨镜,吸过滤烟,皮鞋锃亮如镜。他娘担心极了,问他没干坏事吧,宋太承认干了。他娘惊得几乎瘫倒,追问他干什么了。宋太一本正经的,我抢了三家美国银行。过了一会儿又说被招婿了,老丈人是百万富翁。他娘问不出结果,天天烧香。直到宋太被警察带走,人们才知道他偷了牛。从监狱出来,宋太仍是那脾性,吊儿郎当,满嘴跑火车,芝麻能说成瓜,牛能描述成马。与他年纪相仿的人孩子都几岁了,他仍光棍一条。但他身边不缺异性,几乎每年都有女人到宋庄找宋太,甚至有腆着大肚的孕妇。其中一个大肚女人被宋太娘留下了,因为她觉得那个女人像个过日子的,可三个月后,女人的丈夫追上门,将女人接走了。若问起宋太,他就作惊奇状,你说的是哪个?女人多了去了。

罗包当然听过宋太的故事,分不清哪些是真的哪些是演绎的,他也不大关心。他和宋太是两个世界的人,几乎没说过话。就是这个宋太,在漆黑的夜晚揪了罗包,没有任何解释,让罗包跟他走。

罗包懦弱却不傻,干……干什么?

宋太说,麦香跟人跑了!

罗包的脑袋突然被雷击了,轰隆作响。若不是被宋太揪着,他就摔倒了。

嗨!宋太呵斥,又不是地震,你晃什么晃?

罗包声音颤着,跟……谁?

宋太不耐烦了,真啰唆,反正不是跟你,别问了,赶紧穿鞋,一会儿追不上了。

罗包穿鞋,费了好大的劲,宋太蹲下身帮他,顺口骂,我成你的仆人了。锁梁合上的刹那,罗包突然想起宋太是什么人,那些传说浮尘一样刮过。

你没骗我吧?罗包迟疑地,并往后退,似乎要和墙成为一体。

宋太猛推一把,骗你等于辱没我的智商,走!

罗包踉跄一下,跌入黑暗中。宋太走得急,罗包跟不上。宋太停下来等他,催促他快点儿。两人向西追,出了村庄,宋太绊了一跤。从地上爬起来,宋太边吐嘴里的沙子边骂,我几时受过这样的罪?妈的!

宋太似乎被那一跤跌怕了,不再急躁躁的,和罗包并排。宋太让罗包睁大眼睛,麦香说不定在哪个树丛后躲着。罗包仍然难以相信麦香会背叛他,与人私奔。他再次抛出疑虑,暗黑中,宋太的冷笑像猫头鹰,令他直起鸡皮疙瘩,你这小白脸,非要问个一清二楚。

拐走麦香的是常到村里收药材的南方侉子,人称邱猴子。邱猴子个不高,双臂细长,嘴巴极甜。邱猴子每年夏天来,秋后走,在营盘镇租了房子,还雇了帮手。邱猴子和麦香在街上说话,被宋太瞅见。宋太并没听见两人说什么,但他是什么人?眼睛比刀子厉害,立刻判断出麦香和邱猴子有事。至于两个人是怎么弄在一起的,那过程他不知道,但他相信自己的判断。宋太和麦香的父亲讲了,让他注意点儿麦香,那个邱猴子不是什么好货色,年龄就比麦香大了许多。麦香爹不相信宋太的话,还因之前的事讥讽他。宋太吃了一脸灰,以他的性子绝对不会再管的,但半个月前,宋太在镇上又碰见了邱猴子。已是深秋,早就不收药材了,邱猴子应该离开的,可他还在镇上晃荡。宋太断定这与麦香有关。他再次提醒麦香爹。麦香爹终于上了心,当然不是百分百相信。麦香爹半信半疑,不让麦香离开村庄,却没有严加看管。半夜里,麦香爹听到西屋有响动,前往查看,麦香已经没了影儿。

麦香爹喊了家人和亲戚,分三拨往东南北三个方向追赶。罗包想,原来那些杂沓的脚步是追赶麦香的。宋太的话虽得到了验证,可麦香爹却不相信宋太关于邱猴子和麦香向西逃的判断。

那些草包不相信我的话,我要把麦香和邱猴子抓回来,让他们看看。我一个人不行,突然想起你,麦香常往豆腐坊跑,你是在乎她的对不对?我宋太嘴破,可一向不会看错人。

秋风已寒,罗包胸中却揣了炭包。他不知里面裹的是愤怒还是委屈,是羞恼还是绝望。他只知那个包愈燃愈旺,要把胸腔撑开焚化了。昨天麦香还来豆腐坊,仍是那般亲密,一夜之间她就背叛了他。为一个南方侉子背叛了他!

晨曦逼近,树林、田野、沟渠、村庄展露出各自的轮廓。目光所及,除了牛马和飞鸟,并无双双人影。后来碰到一个赶马车的汉子,宋太问汉子见没见到一对男女,强调男的像个猴子。汉子摇头后,宋太仍跃上车架,往芨芨草编织的围栏里瞅了瞅。和公安打交道多了,他学了不少手段,罗包想。后来遇到一支下葬的队伍。最前面的是个十多岁的男孩,举着丧幡,男孩身后是鼓匠手,鼓匠手后面是拉着棺材的四轮车。路面不平,四轮车颠来晃去,棺材也跟着跳跃似的。四轮车后面,穿着孝服的十多个男人神情肃穆,满脸疲倦。罗包和宋太站在路边的耕地里,给下葬队伍让路。队尾要通过时,宋太突然拉住其中一人。罗包被惊着,宋太不是要掀开棺材吧。被拦的人也吓了一跳。宋太做个抽烟的手势,那人掏出半盒烟连同打火机一并给了宋太。宋太点了一支,冲罗包扬扬,罗包摇摇头。宋太骂,真他妈的冷!狗操的邱猴子!

日上三竿,仍未看到麦香和邱猴子的人影。两人已经到了省道与国道的交叉口。宋太说在这儿拦车最方便,南可到张家口,北可往内蒙,西可往康保。半小时后,宋太的疲态上来了,问罗包装没装钱,罗包掏出皱巴巴的一百元,原本是打算给麦香买头巾的。宋太从旁边的商店买了啤酒、火腿肠、面包、榨菜和花生米,两人席地坐下。不断有车辆驶过,客车货车轿车,有的能看清车内拉的是什么,猪牛或煤块,有的盖着苫布,鼓鼓囊囊。宋太偶尔瞄瞄,仿佛猜到了罗包在想什么,说,也许晚了一步,再不露面,咱们就往回返。

几十里走下来,膨胀的炭包已然不存。仿佛燃烧尽了,只剩下轻薄的烟雾和灰尘,还有浩漫的大火没有焚化的钢针。这些针仍在他身体里插着,裸露、放肆,如他的又一排肋骨。是的,他不再鼓胀,可随便动动哪里,都躲不掉那一排钢针。罗包又饿又渴,却未能像宋太那样大口吞咽,他小心翼翼的,每咽一口都异常艰难。罗包盼着能追到麦香,他不会也不敢打她,但是要问问她,为什么?为什么欺骗他?一无所获,罗包倒松了口气,也许这是宋太的恶作剧,是彻底的胡说八道。可直觉告诉他,宋太多半没说假话。

喝完最后一滴啤酒,宋太说可以回了,仿佛两人摸黑走路,只为在这个十字路口大吃大喝一顿。罗包没有异议,左手抓着吃了不到三分之一的面包,右手抓着尚未开口的矿泉水,跟在宋太身后。

虽然刚刚吃过,宋太却不让嘴巴闲着。

你从没抽过烟?

没。

也没喝过酒?

没。

搞过女人没?

罗包没言语。

那你活得有什么意思?

做豆腐!罗包回答得干脆、坚定。

宋太没料到罗包回答得这么痛快,稍一愣,突又笑了,做豆腐?这也有乐?他的不屑惹恼了罗包,罗包气鼓鼓地说,当然有!宋太嘿了一声,说来听听。罗包冷冷的,说了你也不懂。宋太自作聪明,继承祖业?这是有点自豪。罗包不理他。宋太说,一辈子窝在豆腐坊,终究是有点亏啊。罗包说,那也比待在牢房强!宋太突然转身,猛踹一脚。罗包没有防备,跌倒了,矿泉水和面包散落到远处。宋太骂,想羞辱老子?嘴丫还黄着呢!罗包没有还击,但神情倔强。宋太扬长而去。

罗包没有动,巴不得宋太再踹几脚。望着宋太的背影,竟有几分失望。宋太折返回来,罗包仍在地上坐着。宋太立住,伸出手。罗包明白了,但又不是很明白,直到宋太拉住他。别和你哥计较,宋太说,哥就这德性。

宋太仍叽叽呱呱,东拉西扯。罗包沉默。宋太似乎明白了怎么引罗包开口,问他喜欢麦香哪里。不是问喜欢不喜欢,而是喜欢哪里。宋太早就知道似的,罗包满脸诧异。宋太瞟着罗包,得意地,我说麦香,你就露馅了,就算你爹娘不知道,我也知道。你小子,这有什么,说说?这很正常嘛。罗包勾下头。宋太说,我敢保证你没拉过她的手,碰的不算,是正儿八经地拉!罗包头勾得更低了。宋太说,这不行!就算你是块豆腐,在这事上也不能腼腆,没一个女人喜欢腼腆性子。不过,麦香不适合你,她比你大两岁,三岁?罗包说,两岁,我不在乎她年龄比我大。宋太说,终于把你的嘴巴撬开了,以为你要哑一路呢。罗包说,我就是喜欢她。宋太问,她知道吗?罗包犹豫一下,说,她该……宋太怜悯地,小老弟,你太老实了,黄花菜被人揪了才……瞧我这嘴,现在我闭上,不能伤你了!

回到村庄已是中午。追赶的另外两拨人也回来了,没有收获。他们在院里疲惫又愤怒地议论着,寄希望于最后一拨人,毕竟麦香没长翅膀,飞不到天上去。罗包觉得他们不过是安慰麦香娘,谁心里也没把握。罗包没留下来吃饭或等待,他们的谈论将他丢进麦香的海洋,他被卷来卷去,忽而海面忽而海底,睁不开眼张不开嘴,只听到嘈杂和轰鸣。他几乎要窒息了。没人注意逃离的罗包。

黄昏时分,最后一拨人回来了。逮住了麦香和邱猴子。失魂落魄的罗包听到消息,微弱得几近熄灭的烛光突然蹿高。

罗包没像别人那样跑着去,灌了太多海水,他双腿发沉。但也没用太长时间,虽然跟挪着没什么区别。他从人缝中挤进去,看到被捆绑在树上的邱猴子。罗包知道他,却是第一次见。邱猴子面目青肿,瘦长的有明显折痕的脖子上有几道血印。身材相貌没有任何出众,甚至有几分猥琐,麦香怎么会和这样一个人私奔?她迷恋他什么?他究竟有什么好?

没人注意罗包的神情,更无人能感知罗包的悲愤与痛苦。他们不知道这张平淡无奇的面孔是罗包的情敌,硬生生将麦香从罗包手里抢走。差点就得逞。虽说麦香被追回来了,但罗包的心彻底碎了。

5

有一个多月,麦香足不出户,没有白天没有黑夜,她的生活只剩两件事:吃饭和睡觉。

罗包似乎也被链子拴了,整日泡在豆腐坊。两年前,罗包说服父亲买下闲置已久几近倒塌的醋房。醋房的主人姓柳,自他中风,宋庄人就只能吃外面的醋了。几个子女无一喜欢酿醋,早就想把醋房转手但无人问津。罗包说了价格,他们没有还口。罗包将醋房推掉,在原址上建了自己的豆腐坊。罗包的父亲起先不同意,认为西屋还能倒腾开,没必要花冤枉钱。罗包不和父亲争论,用罢工对抗父亲。一个星期父亲就撑不住了,顾客吃惯了罗包磨的豆腐,嘴巴刁了。父亲不敢冒险,那会砸了牌子,只好同意。所以,说服并不准确,逼迫更确切些。

这样,罗包便有了独立王国。他在自己的王国里干活睡觉,只有吃饭才回原先的家。吃完饭马上离开。有时吃饭也不回去,虽说就几步地儿。自己解决或母亲送饭过来。罗包不是故意与父亲或母亲闹别扭,而是独立的空间让他能安静地琢磨。他喜欢琢磨,而不是探讨。比如蜂窝豆腐,他就想,那蜂窝的孔能不能再大些,既然人们喜欢吃,多一些大一些该更好。他尝试并且做成了,但马上发现另一个问题,孔洞大了,豆腐容易碎。他就在筋道上下功夫,数次试验就磨出满是孔洞却又有韧劲的蜂窝豆腐。他从未和父亲讲这个,讲了或许就做不出来了。

罗包的慢适合琢磨,站着可以想,走着可以想,或者说,正因为爱琢磨,他才慢吞吞的。在自己的王国,他任性妄为,天马行空,没什么能影响到他。

但自麦香私奔未遂后,罗包心情晦暗,再不像从前那样,若想着什么,注意力高度集中,就像绞在一起的绳索,两头牛也拽不开。现在,他的脑子只是发枯的稻草,经不住一丝风一粒浮尘的惊扰。当然,罗包做出来的豆腐没受影响,工序已定,不过是机械性地劳作,几乎不用脑子。而他要进行新的尝试,因为注意力分散,麦香总是出其不意地闪出来,然后又没有任何征兆地飘离,结果屡屡受挫。

　　罗包把脑浆想胀了,也想不明白麦香何以背叛他。麦香不止是为他品尝样品,所谓的品尝不过是他接近她的借口,不然,她怎么会在他身边一待就是半天呢?没有她,他照样试验,他和她有另一层关系。虽然他没表白过,没抓过她的手,碰到的不算,但她可是抱过他的。罗包没告诉宋太,那是他和麦香的秘密。

　　就在麦香私奔前一个月,一头母猪领着六只猪娃闯进豆腐坊,正在忙活的罗包瞬间傻了。罗包已不是孩童,但母猪啃咬的阴影仍伏在心底,平时见了母猪,特别是刚刚生娃的母猪,他都躲着走。怯懦令他羞愧,或许这是他缩在王国里的另一个缘由。母猪入侵,罗包却不能不管,他抄起扫帚驱赶。邪性的是,母猪不但没跑,反一脸凶相地冲向他,仿佛看透了他的胆怯。罗包丢掉扫帚,跃到横梁上,任由母猪造反。麦香进门,看到罗包丢盔弃甲狼狈不堪,哈哈大笑。

　　麦香将母猪赶走,罗包才从横梁上下来,脸色煞白地缩着。麦香过去,轻轻抱住罗包。在麦香的抚慰中,罗包恢复了镇定。罗包试图解释,麦香说,你前世准是豆腐,所以母猪才咬你。她又娇蛮地警告,以后不许欺负我哦,不然我让母猪活吃了你。后来,她当真赶了母猪找罗包算账。以后,这难道不是暗示吗?罗包并不傻,麦香是他的,他已经开始琢磨提亲了。虽然是未遂的私奔,却给罗包灌下一大碗毒药,几乎要了罗包的命。

麦香娘隔三岔五来买豆腐,她闭口不提麦香,是胖了瘦了,躺着坐着,买了就走。那天罗包实在憋不住,问麦香还好吧。麦香娘乜斜着他,似乎揣测他有无恶意,然后重重地说,好得很!再无多余的话,简单明了,却又模糊含混。罗包明白,却品不出其中的深味。

深秋时节,落了一场大雨,泥泞的路面让鸡狗都止步的日子,麦香撑着雨伞走进豆腐坊。罗包近来幻觉频频闪现,来得快消失得也快。可这次的幻觉没有散去,罗包的眼睛睁得不能再大,麦香嗨了一声,不认识了?罗包这才意识到是麦香的真身。灰绿的滴淌着水滴的雨伞下,麦香的脸瘦而窄,像被削过了。她衣服宽大,还有脚上的黑色高帮雨鞋,几乎把半条腿兜进去。鞋未必是她的,衣服却是,那灰蓝色的褂子他是熟悉的,她不止一次穿过,合身,得体,大方,现在却显得极其别扭,像临时借了一件,胡乱披在身上。于是罗包明白,她缩小了一号。梗在罗包胸间的冰块忽然间融化,眼泪如雨飘落。没了恼怒,没了不解,没了委屈,只剩下心疼。

麦香没有失态,她撇一下嘴,笑了笑,尽管笑得有点凄然,就这么欢迎我呀?谁欺负你了?罗包哭得说不出话。麦香说,好啦好啦,天哭唧唧的,你也哭唧唧的,烦!再哭我走了!罗包使劲止住,麦香递了手绢给他。他拭泪,麦香这儿嗅嗅那儿转转,问罗包谁给他品尝样品。罗包说没人,没合适的。麦香问,你找过?罗包说没有。麦香哀叹一声,没找,怎么知道没有合适的?罗包说,我清楚。麦香说,好吧,我上岗了,把你的样品端来。罗包惭愧地说没有,马上又说有泡好的豆子,现在就可以做。麦香说,那还等什么?

罗包忙活,麦香打下手。罗包让她歇着,他自己就可以。麦香说她歇得骨头都酥了,罗包便由着她。他不知这一个月零一天她怎么过来的,不知白天和夜晚如何将她削成竹子。但她活过来了,没有像宋庄的另一个女人一样去寻死,这就是幸事。或许她已经醒悟,或许她还想着邱猴子。邱猴子为了自己的双腿答应不再踏入营盘镇,更不要说宋庄,麦香再难见到他。但不管怎样,罗包不在乎,不计较。差点失去,他不能再错失掉。半个夜晚和一个上午的追寻还是有收获的,他不喜欢宋太,但宋太的某些话印刻在他心里。

嫁给我吧!罗包直截了当。麦香吃掉一张豆皮,夸他手艺越来越好。罗包想,不能再等了,就今天,就现在。

麦香正要数那一沓多少张,闻言手缩了回去。她并不吃惊,可她的神情是奇怪的,你才多大?

二十整了!罗包说。

麦香半天才反应过来,不会吧,你比你的豆腐还嫩!你瞧你!她的目光落到他的上唇。准确地说,那还不叫胡子,而是绒毛。

原来她认为我还是孩子,罗包有说不出的沮丧和绝望,但是没被她的轻慢击垮,甚至正是她的漫不经心点燃了他已经发潮的怒火。他大叫,我不是孩子,你别把我当孩子!

麦香哦了一声,你长大了,知道吓人了。

罗包心里几乎在滴血,我没吓你,我说的是事实。我喜欢你,早就喜欢你了!

麦香笑笑,喜欢是怎么个事?啊?

她不再含蓄,笑得赤裸放肆,好像他连喜欢两个字都没资格讲,好像那是她的专利。罗包受不了,他要让她看看,让她知道,他已经是男人了。罗包扑向麦香,本想抱她,可动作猛了些。麦香退了一下,跌倒了。接着是他。

麦香走了很久,罗包仍觉得在抱着她翻滚。碰到了什么,也可能没碰到;她喊了,也可能没喊;她抓他了,也可能没抓;他亲到她了,也可能没有;他撕扯她的衣服了,也可能没有。他抱着她,像烤架上的鸭不停地翻,不停地转,没有能力停下来。他早就晕了,口干舌燥,但就是不能停。直到薄暮与冷风从敞开的门穿进来,才拧住翻滚的开关。

罗包坐起,摸摸火辣辣的脸。他没有关门,任阴风在伤口上划割。不关门,他们就不会踹门了,不会在暮色里弄出很大的声响。麦香的家人、亲戚,或许还有宋太,会冲进来,将他捆住,在泥泞中拖拽。他们就是那么拖拽邱猴子的,邱猴子的后背、双肩磨破了，露出了肉。泥水中拖他要容易些，也不用走那么远的路。穿过两条街三道巷子，就到了麦香家的院子。他们将他拴在曾经拴邱猴子的树上，然后商量惩罚他的办法。

然而午夜了，却没有任何动静。既没有杂沓的脚步，也无哭喊和叫骂。唯有猫头鹰阴森地叫了几声，又立刻被巨大的黑暗吞掉。看来他们没有商量出办法，罗包想。他不逃，哪儿也不去，就在豆腐坊里等着。麦香告发他，他该受这惩罚。

整整一天，罗包也没有等到。也许什么都没发生？猜测刚刚露头，便立刻被他否掉。他虽然不翻了，但是不时的头晕目眩，还有脸上的伤，都在提醒着他。也许麦香在犹豫。犹豫什么呢？

第三天，第四天，第五天，罗包将洗涮后的黄豆泡在桶里，鼻子忽然一痒。即便是在混乱的市场，他也能分辨出的，何况在他的豆腐坊。他慢慢回头，生怕将那一绺香惊跑。麦香倚靠在门框上，又瘦了，快脱形了。这是我的过错，罗包想，她要算账了。他做好了准备，任凭她发落。

你就是个呆子！麦香缓缓道。

罗包摘下手套，扔在台上。

你傻得不能再傻！麦香慢悠悠的，显然判决词不是早就想好的。

罗包四下瞅着，他记得有一根绳子，捆牛捆马都可以。

我有什么好？麦香提高声音，像突然间生气了。

罗包立刻缩回目光,迎着她的锋芒,艰难、决绝地挂到她脸上。你哪样都好!

麦香说,我比你大三岁。

罗包说,两岁。三岁更好,女大三抱金砖。

麦香说,我和人私奔过。

罗包说,那算什么!

麦香问,你真喜欢我?

罗包说,老天可以作证!

麦香说,你是真长大了。找我爹娘提亲吧,如果他们不反对,我就嫁你。

虽然已有预感,但还是觉得意外、突然。就像一个被五花大绑的罪犯在走向刑场的途中看见花轿,念头稍动,人已飞到轿子里。你……真的……肯?罗包觉得有必要确认一下。

你就是个傻子!麦香似乎再没了力气,慢慢滑坐到门槛上。

6

第二年青草刚刚冒芽,罗包把麦香娶进门。

两人的婚事费了些周折。罗包的父母不同意,年龄是小事,主要是麦香名声不好,据说在和邱猴子私奔前,还和卖调料的半山有染,当闺女就这样,成了家还了得?罗包性善,根本拢不住麦香。麦香还好吃,吃自己不怕,就怕吃别人。无数事实证明,好吃的女人经不住勾引,鸡蛋有缝,肯定要招苍蝇。父亲突然间口若悬河,好像他不是卖豆腐的,而是专门的嘴巴贩子,深入浅出,从历史和世界的高度审视麦香的缺点。母亲就那么几句话,罗包啊,不合适的,或,她配不上你的。

罗包不反驳,这是他的一贯作风,永远如羊羔,踹他一脚抡他一掌,他绝不还击。但让他改变主意可没那么容易。除非他们将他关在圈里,即便这样,也休想把他心里的桩砍掉。

麦香那边也不顺利。麦香娘倒是赞成,她了解罗包,麦香嫁给罗包不会受气,罗包的家境也好,想吃香吃香想喝辣喝辣,也适合嘴馋的麦香。而麦香爹反对,他在铁匠铺烧了半辈子火,外号二铁匠,喜欢叮叮当当的男人,而不是罗包这种白净如书生,性格如娘们,看见母猪双腿发抖的样子货。

罗包找了几个说客,其中有宋太。据宋太后来说,他是第一功臣。

虽然不是一帆风顺,但障碍逐个清除。四月订婚,五月成亲,慢性子的罗包创造了宋庄结婚史上的速度奇迹。

婚后,罗包不再让父亲走村串户卖豆腐,而是改为收豆子。罗包雇了结巴喜顺把豆腐、豆皮、豆块、豆干及黄豆芽往各个镇的菜店及大村庄的小卖部送。只要一个电话,说清数量和品种即可。罗包专门给喜顺买了辆三轮车。父亲有点儿怨气,但来不及抱怨就上岗了。豆制品销量大,需要的豆子多,不及时收购就断货了。豆子的品相很关键,没好豆子磨不出好豆腐,这活儿交给别人我不放心。某天夜晚,罗包在饭桌上对父亲讲,并破例喝了半杯酒。父亲眼睛发潮,他始终搞不清闷声不响的罗包整天在琢磨什么。他双腿利索,但追不上罗包。比如这收豆子,若不是罗包说出来,他怎知罗包藏了这样的心思,而这心思里又包含这么重的信任?作为曾经的万元户,戴过大红花,不经意间被自己的儿子甩出有万里远,他又惊喜又难过。若不是竭力克制,不想失去父亲的架子,他或许要哭出来。

麦香不再一天一趟往豆腐坊跑,种类很多了,罗包暂不打算扩展,无须她品尝。让她品尝原本就是借口,她已经成为他的妻子,他就不用再动这个心思。除非她想看他干活的样子。可干活的样子有什么好看?麦香既不需要下田劳作,也不需要在豆腐坊帮忙,除了做饭,就是制作香囊。不夸张地说,麦香是宋庄的第一个全职太太。不需要做饭也不制作香囊的时候,麦香就和另一帮女人,多是年龄比她大的"挂胡"。条子、饼子、万子,和麻将类似,不过是纸牌。输赢也就十块八块,逗个乐子解个闷。罗包从来不问麦香输赢,但麦香自己会讲,哎呀,今儿输了三块呢。她郁郁的,像输了三百三千。或,兴奋地炫耀,赢了八块整,今儿手气冲,她们都被我卷了。罗包不点评,笑一笑,抱住她,沉醉地闻嗅。偶尔,罗包会说,有烟味儿。麦香就说,谁谁围观了,把人都呛死了。罗包也不在意。他迷恋的不只是她的气息,还有她这个人。夜晚的她那才叫芬芳流溢呢。

7

在宋庄,若把爱吃罗包豆腐的人排行,李桂仙肯定上榜。

李桂仙,艺名牡丹红,六岁被山西大同的舅舅带走学唱晋剧,宋庄称山西梆子。十八岁在张家口唱红,名列当时四大花旦之首。张家口流行一段顺口溜:若看牡丹红,鹤发也还童。最神奇的一次是她在《六月雪》里扮演窦娥,唱到情动处,戏场哭声四起,而戏场外大雪飞扬。虽说不是六月,可张家口从未在九月下过大雪,都传牡丹红唱出了老天爷的眼泪。晋剧艺术家丁果仙,艺名果子红,到张家口专门约牡丹红吃过饭。牡丹红是鸟,本该飞的,可一九七〇年代末,她回到宋庄,再未离开。她一生未婚,领回那个男童是她抱养的,脸白白净净,双眼却无光,整日流口水。传言牡丹红犯了作风问题,被开除了,所以才回到宋庄。也有人说牡丹红服过刑,她用水果刀刺伤了某个男人。而土墩也不是她领养的,就是她和那个男人生的。还有说土墩是土命,算命的告诉她,他在乡间才平安。土墩十三岁那年被马踢死了,从此牡丹红独自生活。

牡丹红已无当年婀娜的身姿,亦无百灵鸟般的歌喉。她有风湿病,即便夏日也穿着棉衣。腰倒还直,只是臃肿了许多。没人叫她牡丹红,都喊她土墩娘。土墩以这样的方式在世间存活。她的本名李桂仙,怕是只有宋品和会计记得。

罗包没听过土墩娘唱戏,却没来由地喜欢牡丹红这个名字,而且偷偷在心里称呼。土墩娘每次买豆腐只要半块,罗包算半价,给的却是整块。整块我吃不了,她这样解释。这就是半块呀,罗包眨眨眼,她便不吭声了。她从不赊欠,总是提前备好钱,几分几角,也要用手绢包着。她似乎有很多手绢,即便颜色发旧也洗得干干净净,永远带着香皂味。从罗包手里接过饭盒,不是直着,而是抖一下手腕,仿佛没骨的腕上尚裹着长袖。她并非刻意,是习惯性的。这个简单却难以模仿的动作总是令罗包心里发酸。他从不多话,从未问过她什么。有一次她来买豆腐,村庄的大喇叭响起了山西梆子。土墩娘的眼睛突然亮了,如旭日迸射出万丈光芒,脱口道,这是《三上桥》。罗包被惊异,不是因为她报出了剧名,而是因为她的双目。他以为那双目早已混浊,没料到还是会流光溢彩。他趁势问,你唱过吧。土墩娘在那一刻还魂成牡丹红,说了一长串她唱过的曲目,什么《打金枝》《武家坡》《玉堂春》《秦香莲》等等。再次来,她又是土墩娘了,老态龙钟,神情肃穆。

罗包和麦香第一次发生争吵,导火索就是土墩娘。

罗包给麦香买了一台大彩电。一九九〇年代初,宋庄有彩电的人家没几户,29英寸,罗包是第一个。第二个买这么大的是钱庄,半年后了。每天晚上,罗包家里都挤着一屋子人,麦香被艳羡围裹,说话的声调慢慢变了。土墩娘不凑热闹,那个晚上破天荒地登门,是听说有戏曲擂台。当然她没看成。遥控器在麦香手里,她喜欢看电视连续剧。土墩娘坐了一会儿便离开了。

人散屋空,麦香发现压在炕布下的五块钱不翼而飞。那是她一下午的战绩。她认定是土墩娘拿了,当即就要找上门。罗包拦住她,说没有证据,不能断定就是土墩娘。麦香说土墩娘在那一角坐过,她常在炕布下压零钱,从来没丢过,土墩娘来一次就丢了,这是再明白不过的事。罗包说也许她记错了,麦香没好气,你以为我是猪脑子?罗包说不管是谁,别因为五块钱伤了和气。麦香说这不是钱的问题,是对她不尊重,她不能纵容小偷,今儿偷五块,明天就可能偷十块。罗包说不管怎么样,土墩娘一把年纪了,她去兴师问罪不合适。麦香冷笑,为老不尊,就该打脸。麦香仍要去,罗包抱住她,都快半夜了,明天可好?麦香这才罢了。

麦香揣了气,身子有些冷。罗包抱着她,施出磨豆腐的全部功夫,轻呵细捏,揉碎掰开,麦香终于禁不住,渐渐温热。麦香睡得香甜,晨起就和罗包撒娇。罗包暗想,她该是忘掉了昨夜的不快,毕竟区区五块钱,不算什么的。

黄昏,罗包一进门,麦香便得意地告诉他,她猜得没错,那五块钱确实是土墩娘偷的。罗包身上的某个地方突然崩断,他吃惊地,你找她了?麦香满不在乎,不找怎么知道是她干的?疼痛从崩断处蔓延至全身,罗包几乎站立不住,他并没有冲麦香发脾气,但声调很冷,你不该这么对她的。麦香立时双眉竖立,我不该这么对她?我有错了?罗包说,那是一张脸呢。心里想,她曾经那么风光!麦香说,她的脸是脸,我的脸就不是脸了?你和她

267

亲还是和我亲?罗包说,你这样讲可挫伤我了,我什么不由你?麦香哼了一声,你把我放在心上,就不会讲这些破话。罗包恨不得把胸剖开,正是在乎你,我才劝你,传出去,名声多不好。麦香说,她偷了我的钱,我名声倒不好了?你什么混账逻辑?是呀,我名声不好,早就不好了,你又不是不知道!是谁哭着喊着要娶我?罗包,这才两三年,你的心就让狼掏了?罗包眼看着火势蔓延,强挤笑意,让她原谅他,他说错话了。麦香却不依不饶,说他终于露出本相。麦香斗鸡的架势,一时半会儿停不下来,罗包只好躲到豆腐坊。临近午夜,罗包估摸着看电视的人走光了,麦香的气也该消得差不多了,才返回去。没料麦香插了门,罗包站了一会儿,悄然离开。

麦香没有继续和罗包斗气,第二天到豆腐坊找罗包,说突然馋豆腐脑了。她想吃,罗包自然给她做。他没计较她插门,或者说竭力让自己忘掉。罗包找了趟土墩娘,她说麦香冤枉她了,那钱真不是她拿的,可麦香气势汹汹,她就给了麦香五块。五块钱,我还是拿得起的,皱纹里散出微弱却不容忽视的傲气。罗包的眼睛发潮,说她不来买豆腐,他会难过的。土墩娘笑笑,当然要买,只要你还卖给我。

几个月后,两人又爆发了一场。没有战争激烈,滚滚硝烟却足以把人呛死。这次是因为宋太。宋太需要两千块钱,向罗包借。罗包不喜欢宋太,可宋太毕竟帮过他的忙,是欠过人情的,再者宋太急得快疯了。恰好罗包刚结了账,便点了两千给他。

宋太千恩万谢,还让罗包给麦香带好。罗包把钱交给麦香,顺口说了,甚至有邀功的意味。结婚那天起麦香就成了罗包的钱掌柜,她没强夺,是罗包任命的。麦香像突然掉进了开水锅,我的妈呀,她挥舞着胳膊,似乎想爬出来却没有方向。她被烫晕了头,烫歪了嘴,除了妈呀,不会讲别的。罗包还没意识到闯祸了,不知是他把她扔进开水锅的。他牵她一把,她推开他,似乎习惯了滚烫的感觉。麦香!罗包壮胆喊出来,他担心她中了邪。麦香这才停止挥舞,盯住他,一字一顿地说,你就是头猪!怎……么了?罗包仍不明所以。麦香又妈呀一声,突然平和了,或者说气馁了,好吧,我告诉你。罗包这才知道宋太先向麦香借的,被麦香拒了。麦香说,我得罪人,你充好人,充英雄!罗包辩解,他并不知道宋太向她借过,没想陷她于不义。麦香冷笑,你总知道他是什么人吧?就是个骗子!罗包说,他是你表哥啊。麦香叫,就是亲爹也得掂量掂量能不能借,能不能还你。这话让罗包反感,但他不愿和麦香起冲突,和着稀泥说,宋太会还的。麦香问,你凭什么断定会还?罗包沉下头,就是不还,我也认了。罗包,你说什么?麦香似乎没听清。罗包知道她听清了,她的语气有升级的意思。罗包咬住嘴巴,不再解释。麦香一定要让罗包再讲一遍,仿佛那句话对她有多么重大的意义。不得已,罗包只好重复。麦香终于听清了,却没听懂,问他什么意思。罗包说,谁还没个难?麦香反驳,那得看值不值得,全世界有难的人多了去了,你施舍得过来吗?你以为你是谁?尔后放缓语气,咱就一磨豆腐的，不是慈善家，你没原则，这是你最大的问题。罗包勾了头，她的火气消得差不多了，他避免和她交锋。麦香以为罗包听进了她中肯的意见，趁热打铁，说，施好心更得有原则，若帮了坏人，你就是帮凶。罗包忍了又忍，可帮凶这两个字太刺耳，他终是没忍住，我有原则的。麦香嗤了一声，牙缝透着冷，若你是一个人，你想怎样都行，现在你不是一个人，就像两股绳子拧不到一起，还怎么过日子？你不想和我过日子了？罗包说，你别乱讲！麦香说，日子要过下去，就不能凑合，咱得好好过，好好过两人想法就得一致。这话是没错的，罗包点点头。麦香说，再有这样的事得和我商量商量，这不过分吧？罗包老实说，不过分。

雨过天晴，从此，谁借谁不借，都由麦香说了算。

我不像个丈夫，更像个缝补匠，罗包不止一次想。虽然小心翼翼，可还是避免不了，不是这儿挂扯了就是那儿磨破了。他当然不会由着缝隙变宽，让洞变成窟窿。他一针又一线，即便手指扎出血，也不敢停止，直到那衣服完整无损。可，任凭多么精湛的技艺，缝的与新的还是有差别。细摸，总能摸见针脚的起伏，补丁的不规则。摸不到，也能感觉到。没有谁会闭着眼睛过日子，那会跌更多跟头，让人更加郁闷更加难过。本来破损的是一个小口子，越缝口子越大，本来小口是可以忽略的，只有自己知道，可自从戳出巨大的窟窿，人人都望得见了。

如果从后面看，罗包和麦香留在地上的不是脚印，而是一个个洞坑。

那年腊月,罗包照例割了一块肉,另准备了十块豆腐,那是给毛根和毛小根的。那天,罗包正要出门,闻听喜顺开到沟里了。大雪封途,路极难走。罗包忙着看喜顺,打发麦香去送。待他回来,豆腐不见了,肉仍在。麦香告诉他已把几日前炖糊的肉送去了。罗包让她扔掉的,她没听。罗包大吃一惊,你把人毒死了怎么办?麦香说,不就糊一点儿吗?怎么可能把人毒死?她让他放心,绝不会有事的。罗包自言自语,你怎么能这样呢?麦香的神色终于变得冷硬,我哪样了?蛇蝎心肠?眼看火势蔓延,罗包忙息事宁人,没哪样,我是觉得自己不吃的就不要送人。麦香说,不喜欢的才送人,谁把喜欢的东西送人?罗包认为她的逻辑有问题,送就是让人家喜欢的,如果招来不痛快,为什么要送?麦香则说送是让自己开心,而不是讨谁欢喜。麦香突然又气冲冲的,你怎么老是讨好别人?罗包说他不是为了讨好谁。麦香质问罗包这是干什么,为什么他总是和别人站在一起?

火没灭掉,反愈燃愈旺。罗包感觉不妙,躲出去了。他有些后悔,战火是他挑起来的,顺着她说什么事都没有,可他确实没有和她吵架的意思,怎么就这样了?

坚固的堤坝也经不住一日又一日的啃噬,哪怕是蝼蚁。表面没什么大变,内里已经千疮百孔。有些洞可以补,有些再怎么努力都无济于事。涉及别人,罗包可以忍着,可以躲,后来的争吵没有导火索,没有炮捻,直接就炸了。那多半是因为罗包自己的问题。麦香突然就闻不得罗包身上的生豆味了,每次他亲热,她都嫌弃他,这么重的豆气,呛得我头都大了,赶紧洗洗。生豆味已经深入到罗包的骨肉,成为他身体的一部分,无论怎么洗,抹几遍香皂都冲洗不掉。夏日还好,寒冷的冬日洗澡不方便,罗包一边打着哆嗦一边揉搓。不由想起宋太的话,越发地扫兴。是麦香变了,还是他原来就没看清?他不知道。人都是有缺点的,他想,他是她的丈夫,就该包容她。一个总得顺着另一个,绳子才能拧到一起。麦香还爱做香囊。为驱散他身上的生豆味,她做了棉背心般厚重的香袋,让他套在身上,又在他裤腰上缀了两个。没错,那奇香令罗包痴迷,他是先迷上香气进而才迷恋麦香的。他仍喜欢香气,可香囊却成了他的折磨。牢笼有很多种,铁链,石墙,也可以是其他。罗包的生意越来越好,个人却陷入囹圄之中。

那时,罗包并不知道一个叫安敏的女人将让他的人生转向。

第七章　祖奶

1

　　我经历过灾荒、饥饿、战乱、瘟疫，当然有数度失去亲人的打击，但都挺过来了，没有被野狗争抢，没有被乌鸦啄食，可就像划割过深的伤口，即便痊愈，也难免留下疤痕。每一节每一处都长着一个故事，犹如老树的枝条，在晨雾中醒来，在暮霭中睡去，日复一日，年复一年。

　　出徒那年，天气极为反常。播种之后，仅下过一场雨。土地龟裂，被烤煳的麦苗一碰便骨碎尘扬。艰难飞行的鸟突然间从天空栽落，饥饿的黄鼠靠食同伴的尸体在草原上挖着一个又一个洞。漫长的夏日快结束时，一场急雨之后，竟是阴雨绵绵，连下十多日。太晚了，撒荞麦都来不及了，可总比不下强。

　　雨还没有停歇的夜晚，我和大旺早早睡下了。李春更是天一黑就钻进被窝。仅仅是躺着，没那么容易睡着。大旺说公爹让他明天到镇上买秋白菜籽，问我有没有要捎的。想来公爹已经做好补救计划，只待雨停。我说没有，大旺便不吭声了。我和大旺没有说悄悄话的习惯，更无疯言傻语。他碰碰我，有时是胳膊，有时是脚，我就知道什么意思。和耕地没什么区别，他闷头干活，从不分心。然后他钻出去，不忘掖掖我的被子。也很少聊闲天，彼此只说有用的话。偶尔，他听到什么传闻，也会告诉我，片言只语，从无完整的讲述，但我可据此推断真伪。感兴趣的话，我可以问李二妮。她热衷流言蜚语，似乎没有她不知道的。

在房檐水儿近困意的滴答中，我忽然听见急响。那是大脚在泥泞里踩出来的，由远而近。朝我家院子来的，我推大旺一把，让他点灯，而我已在黑暗中摸见衣服。大旺点着灯，看我穿戴整齐，吓了一跳，说话都结巴了。我说可能有人要生孩子，你没听到吗？大旺摇摇头，流露出担忧。这种情况已经发生过两次，半夜里我听到敲门声，催大旺点灯，可并没有产妇的家人等我，是我发癔症。没错，我想接生，快想疯了。可没人请我。四五个月了，我在漫长的等待中度过。我发疯，也把大旺折腾得够呛。

但这一次我听得真真切切，绝不是耳朵出了问题。大旺正要吹灯，被我喝住。撑开你的耳朵，你这个聋子！我还没冲他发过这么大的火。两三分钟后，大旺脸上漫出惊愕，不用问，他也听到了。

来人是刘转运，喊我给他儿媳接生。

我没有丝毫耽搁，迅速抓起那个打开无数次却从未登场的包裹。刘转运让我披上防雨布,我说不用了。旋即一想,不能浑身透湿地出现在产妇面前,便从他手里抓过来。刘转运家在宋庄西北角,稍远一些。我问几时疼的,他说刚才,他和老伴睡东屋,儿媳睡西屋。儿媳那边有动静,两口子就爬起来了。来不及请黄师傅,只好麻烦你了。刘转运老实,说了实话,若不是没完没了的雨,路面湿滑,绝对轮不着我的。

刘转运也是外来户,从山西大同逃过来的,在钱家专门饲养牛马。刘转运原来叫刘二狗,对待牛马像对待亲生儿子似的。钱家准备卖掉一头病入膏肓的老牛,刘转运求见钱广万,说这牛不能卖,卖了会后悔。平日见到钱广万,刘二狗都低着头,那一刻却目不斜视。钱广万问为什么,刘二狗说这牛肚里有宝。钱广万问他怎么知道,刘二狗说我喂这牛八年了,我知道。钱广万问如果没有宝呢,刘二狗非常肯定,有的。钱广万半信半疑,命人将老牛杀了。竟真的有宝,那牛黄六斤七两,抵好几头牛呢。钱广万很高兴,赏赐了他。自此他盖了房屋,搬离鼠窑。钱广万还给他改了名。名字改了,运还真转了。他的儿子刘旺在宋矮子的万隆永皮货铺帮了几天忙,竟被绸缎庄的老板相中,如今是裕成泰跑外的伙计。据说那是张家口最大的绸缎庄。因此,刘转运在宋庄也算是有头脸的人了。

我进屋,刘转运女人便牵住我的袖子。她满头大汗,筛糠一样在抖,可能被刘旺媳妇的嚎叫吓坏了。刘旺媳妇面朝墙壁,双手乱抓,仿佛要掏个窟窿钻进去,似乎这样分娩的痛便可离开她。呼叫的间隙,她的嘴紧压墙壁,恨不得咬一块下去。被子、褥子、枕头被她踢蹬得乱七八糟。

我说你不要怕,我施法你就不疼了。刘旺媳妇自是听见了,虽然她没看我,可她的身子耸了一下。解开包袱,我突然呆住,黄表纸忘带了。几个月前我就准备了,竟然忘带了。脑袋停滞了也就那么几秒,我醒过神儿,让刘转运女人舀了半碗水,我含在嘴里,冲刘旺媳妇连喷三口,然后念动咒语。不,应该是嘴巴在动,我并不知该念什么。黄师傅没教过我,让我自己悟。我真悟不出来。孰料就在我装模作样的时候,刘旺媳妇的疼痛减弱了,她把湿淋淋的脸转向我。那一刻,我恍然大悟,明白了黄师傅的深意。我笃定地问,疼得不那么厉害了吧?刘旺媳妇声音微弱,好些了。刘转运女人惊奇得下巴都快掉了,她看我的眼神,好像觉得我是神仙。我没有沉醉在沾沾自喜中,令她立刻烧水。尔后,我抓住刘旺媳妇的手,让她照我说的去做,她微弱地点点头。

疼痛再次袭来,刘旺媳妇又忍不住了,但没如刚才那样又嚎叫又抓墙的。"咒语"没有失灵,仍在起作用。可隔一阵,她就哎呀一声,还问我她会不会有危险。我板了脸,观音菩萨在上,不要乱说。刘旺媳妇肯定后悔了,恨不得把那句话吞咽回去。悲怨愤忧,任何大起大落的情绪都不利于孕妇生产。我安慰她,她不是故意的,菩萨不会怪罪。有的人,比如记者陈小磊,可能认为我的话可笑,但我必须说,在那种时候,我的话很管用的。产妇不相信接生婆那还怎么接生？刘旺媳妇的神色渐渐舒缓,没那么紧张了,我又说到刘旺,说他能在张家口,还是那么有名的绸缎庄干差事,将来不定多大出息,你得为他争口气。刘旺媳妇眼睛越发亮了。说实话,毕竟第一次独自接生,我也挺紧张的,讲这些既给她打气,也为让自个儿镇定。刘旺媳妇的表现给我的另一启示是,拉家常也可作为抚慰的手段,也可作为转移疼痛的药剂。

刘旺媳妇平日就话多,我提起头儿,她倒说个没完。我打断她,说话多也会耗费体力。根据她的疼痛情况及下体查看,我判断她大约在午夜至黎明这一段时间生产,必须养精蓄锐。

与我预测的一样,午夜时分,羊水破裂,一小时后,婴孩露头。原想让刘转运女人帮忙抱住刘旺媳妇,又怕她的恐惧传递给刘旺媳妇。刘转运女人的表现令我纳闷,她似乎第一次经见生孩子的场面,我于是让她在外屋听候吩咐。只要刘旺媳妇配合,我一个人也可以的。她表现不错,虽然疼得筷子都咬断了,可我说的每句话她都捡到耳朵里,没让我重复。没人抱着,光溜溜的大炕没有什么可抓,她没有乱滚。并非是身体左右支垫的枕头起了作用,而是意志力。或者说,枕头不过是辅助性的。显然,我和她的交流起了决定性的作用。你可是刘旺媳妇,要争气呀！间或,她稍有松懈,我就这样说。像萎蔫下去的花草吮吸了雨露,她立刻恢复了精神。

加把劲儿！此时我已经没有任何慌乱,镇定,自信。响亮的哭声响起,刘旺媳妇睁开眼,努力地望着我。我猜到了她的意思,告诉她是个男婴。又鼓励她,你为刘家立了功。刘旺媳妇咧咧嘴,极其微弱地笑笑。

也就喝了杯红糖水的工夫,刘旺媳妇又开始疼了。刘转运女人问不会有问题吧,我笑笑,笃定地,她是顺产,孩子都生下来了,还有什么问题。跟刚才一样疼,刘旺媳妇气吁吁的,要把肠子拽断了。我说不碍事的,我帮你换个姿势。有的产妇在胎盘下来时也会疼。待我掰开她的双腿,几乎发出惊呼。确实又要生了,是双胎呢。生第二个孩子极其顺利,刘旺媳妇后来说,还没用劲,孩子自己就跑出来了。

炊烟在细雨中飘摆时,我才离开刘家。我揣着喜悦、得意,当然还有虚荣。我走得极慢,虽然刘家的米粥和馒头早就让我损耗的体力恢复了,我的脚还是抬不起来。与湿滑的路无关,我是故意的。终于,碰到一个挑水的人。刘旺媳妇生了对双胞胎,打招呼时,我"顺便"告诉他。你接生的?雨雾没有遮掩住惊讶,我重重地嗯了一声。在另一条街上,竟然遇见了花二娘。大清早她就忙活上了。花二娘嘴巴长,她会把消息带给更多的人。

初战告捷,是个极好的兆头。自此,慢慢有人请我接生了,有宋庄的,也有外村的。其实,我根本不需要自己费苦心,事实在那儿,那是最好的宣扬。而且,产妇及家人都长着嘴巴,那比接生婆的自我标榜管用。每一张嘴都长着腿,腿往各个方向去。比如刘旺,他把我的名字带到了张家口。虽然没有哪个产妇会大老远从张家口跑到宋庄请我接生,但听说过这么一个人,在某些时候会想起你,而不是别人。宋矮子的学徒,在崇礼老家的媳妇生孩子,请我接生的。他自然是从宋矮子嘴里听说的。他妻子双腿先天残疾,铁锨把粗细,怕有意外,早就打听上了。宋矮子是听父亲宋拐子说的。我没让他的学徒失望,虽然艰难了些。当然那是几年后的事了。

女儿李桃出世,是我自己接生的。大旺要喊黄师傅,我没让。就是让他去也来不及了。我拖延至羊水破裂才和大旺说,因为我早就打定主意自己接生。不完全是考验自己,而是想品味那个过程。生李春时,只觉得疼了,忽略了和孩子的"交流"。婴孩不会说话,但能感知,顺与不顺,与感知后的情绪是有关系的。在给赵小铺一产妇接生时,我尝试着与胎儿"交流",发现他能感知我的手掌语言。那令我万分惊喜。不是每个胎儿都乐意"交流",但我很重视这个环节。毫不夸张地说,某些方面我超过了黄师傅。自己生孩子,我当然不会错过交流的机会。

从羊水破裂到把李桃抱在怀里,不足两个小时。李桃哭了一声便安然入睡,仿佛在我肚里没睡够。大旺原本被我指挥得团团转,喘着粗气问我接下来干什么,我说先去给爹报喜,回来给我熬粥。

2

宋品走了好一会儿,宋慧还在发呆。她怕是被毛根的消息惊着了,这个粗憨的女人虽然说不清楚她和毛根的关系,说不清隐秘的渴望和忧虑,但她在乎他,这一点确定无疑。

突然间,凳子摔倒。宋慧跑出去,把大门关住,插销的撞击几乎震到我的耳膜。宋慧大步进来,没有任何犹豫地抓住我的手,她力气大,弄疼我了。我不会说不会动,可仍有疼的感觉。你这傻孩子,总是这么慌慌张张的,我暗暗叹息。

祖奶呀,你帮帮他吧!宋慧带着哭腔,同时摇摇我的手。

蚂蚁在窜。

祖奶呀,求你了!她又摇一下。

蚂蚁在窜蚂蚁在窜。

我的好祖奶呀,你帮帮他,只有你能帮他了!宋慧又是央求又是哀嚎。

这就是我的尴尬,一个半死不活的寻常人,却被奉若神明。我能触摸到坐在床前的每个人的哀伤,但不能给他们片言只语的劝慰和安抚。我能做的,就是安安静静当个垃圾箱,让他们把自己的委屈、忧伤、悲愤和难解的心事倾倒出来。是的,我不是圣人不是神仙,就是垃圾箱而已。我说过上万次,谁能听得到呢?

你这傻女人,我暗暗责备。麦香快回来了。

是不是听到了我的暗示?宋慧猛地刹住。我几乎能瞧见她的表情,半张着嘴,脸肌僵硬。尔后,她缓缓将我的手放下,我这是怎么了?她自语。

祖奶,我抓疼你了吧,她的声音透着惊恐,我不是故意的,你饶恕我吧。

蚂蚁在窜。

祖奶,你惩罚我也行,我这该死的爪子……唉,只是,求你保佑保佑毛根,他出了事,毛小根可怎么办呢?

唉,你这个傻娃! 我又一次叹息。

3

即便是现在,我也万分敬重黄师傅。愿她老人家在天之灵安息,没有她就没有我的后来。但同时,我也怀着深深的愧疚。

我向老天发誓,绝没有与她抢夺或一比高下的意思,虽然只用了两三年时间我便与她齐名,虽然某些方面我自认超过了她。我并不招摇,仅在给刘旺媳妇接生后炫耀过,那实在是被兴奋冲昏了头。可口口相传,自有魔力。比如说我道行更深,我一迈进门槛,产妇立刻就不疼了。第一次接生的疏忽给了我启发,不剪咒符,一口清水就可起到心理暗示作用。比如我会胎语,婴孩能听懂我的号令。与胎儿交流是有的,但不是什么号令,不过我对生产时间的判断更准确了些。还有更玄乎的传说,我前世是观音的童子,我的那双柳叶手也有神秘的注解和故事。这样的传说层出不穷,也只能随它去。

起初我没意识到自己被踏破门槛对黄师傅意味着什么,直到某日两个产妇的家人前后脚上门,并发生了争执,我让后到的那人请黄师傅,他不同意,说老婆跟麦垛一样高,肚子像倒扣的锅,非我接生不可。我说自己是黄师傅徒弟,她比我强百倍。那男人就是认定了我,说非我不可。我让先到的男人请黄师傅,他也不肯,而且他数日前就来过,约好了的。我简要询问下情况,决定先去后到那家。先进门的汉子不干,死死抓着我的胳膊。我说两个村庄相距不远,晚去半天也误不了。汉子被我说服,松开手。我赶到,婴孩已经露出脚丫。难怪汉子急成那样。接生完毕,我匆匆赶往另一个村庄。那汉子就在院外候着。产妇的羊水尚未破裂,等到深夜才生。临走,汉子再次抓着我的胳膊,喜费之外,送了我一只母鸡。

次日清早,我去窑洞看望黄师傅。我向黄师傅承诺过,要将喜费的一半孝敬她,第一次接生我便践约。黄师傅不领受,而且还有些生气。我再三恳求,结果被黄师傅不客气地逐出门。你这是寒碜我呢!她深目如刀,将我剐割得遍体是伤。以后我每次登门都两手空空。

但这次有点特殊,在给"麦垛一样高"的女人接生后,她丈夫告诉我,本来约了黄师傅的,亲戚提醒他,我手脚更利落,他才改了主意。这就不好了,我想,不仅是抢饭吃,而且令黄师傅难堪呢。就当替了黄师傅一次,我对自己说,就这么告诉她。喜费当然要如数交给她。

黄师傅始终面无表情。我忐忑地讲述了经过,没有任何添加和削减。然后,我小心翼翼地掏出喜费,搁到小桌上。黄师傅的目光飞快地掠过我的脸,我刚想糟了,她已经甩出来。她似乎早就准备好了,如上膛的子弹,就等着射击。你是嘲笑我老了吗?声音不高,却冷硬如冰。我慌了,突然间拙嘴笨舌,黄师傅,不是的。黄师傅愠怒,却没有如机关枪一样扫射,停顿一下,语气难以形容的温和,大梅呀,你本事见长,可有一样你忘了,咱是婴孩来到世上的领路人,你领,我领,只要顺利都一样的,积德在先,喜费在后。要说我心里有不好受的时候,但我不嫉妒你。你比我强,这是天理!我怎么会违拗天理?师傅的话令我无地自容。

黄师傅剖心挖肺,金玉良言,我一辈子都记着。但不可否认,接生是黄师傅唯一的生活来源,又有赌徒儿子啃噬,门庭冷落日子就难了。

那时,我已经开始给蒙民接生。周边的接生婆虽然多,但都上了年纪,跑不了远路,蒙民请我,除了听说过我的名气,也因为我可以骑马。起初我必须和人合骑,待我学会就单骑了。他们来时骑一匹带一匹。民国十年,政府准许察哈尔特区开垦牧地后,大片的草场变成耕地,牧民往北迁移了很多。但许多牧民仍请我接生,我从不推辞。挺辛苦的,即便骑马也得走一整天。若是碰到刮风下雨,白雪飞扬,一天都到不了。我走过许多次夜路,苦累是次要的,主要常有生命危险。比如要对付草原上的狼群,比如要躲逃劫道的土匪。有时为请我一个人,他们要三四个人负责接送。和牧民打交道多了,我学会了蒙语,当然,还有他们的规矩。蒙民不给喜费,但会给我带一大堆东西,奶酪、奶条、牛肉干、羊肉干,还给我带过酒。那些个荒年,全凭这些,我渡过一个又一个难关。当然,也有遗恨,我不该把李春送往牧地。但我不怪谁,要怪就怪李春自己,本来有路的,他偏偏选择了悬崖。

从牧地回来,我会把奶豆腐奶皮分一些给黄师傅,让她尝个稀罕。我说得明白,这些她买不着的。几次之后,黄师傅就委婉地说吃腻了。我心领神会,再去又两手空空了。

世道乱得不能再乱,今儿张三和李四打,明儿李四和赵五打,后天呢,赵五联合李四与张三干。那些做生意的、当兵的不断把外面的消息带回宋庄,真真假假,把人搞得晕头转向。但再乱的世道,女人也要生孩子。或者说,正因为世道乱,女人更要为自家添丁。穷了穷生,富了富生。在接生婆这里,没有穷与富的区别,没有贵与贱的差异,如黄师傅所言,即使是仇人,也要接生。

又一队土匪盯上了钱家,在冷风飕飕的月夜摸进宋庄,但钱家早有防备,据说枪械都是新买的,一番激战,土匪撤离,钱家仅有一个家丁受伤。那个夜晚,我在别的村接生,日上三竿才回到宋庄,还未进院,就被钱家的管家叫走了。

钱家没损失钱物,可钱广万怀孕的三姨太受了惊吓,腹痛剧烈。老理讲人不得全,总有不如意的地方。钱广万钱财无数,人丁却没有他期待的兴旺。两个老婆共生了两儿两女。两儿,一个叫钱拜日,一个叫钱拜月,钱拜日还是个哑巴。这个三姨太是钱广万千挑万选的,丰乳肥臀宽胯。钱广万连儿子的名字都取好了,钱拜星、钱拜辰、钱拜江、钱拜海……半月前,我为钱广万的三姨太检查过,离生产至少还有四十天到五十天。此时腹痛可不是好事。

钱广万竟然在三姨太的屋外候着。瞧他的神色,我就知道他的心已成乱麻。你想法子把孩子保住,他焦躁仍不失威严,我会重重赏你!我已无初见他的紧张,礼貌地回应,就是您不给我一个子儿,我也会尽力。他还欲说什么,我打断他,现在不是说闲话的时候,我得进去了。

我进屋,三姨太便停止了呻吟。她还在被窝里躺着,头发蓬乱,脸色苍白,嘴下角的黑痣越发地突出了。我正要撩被子,她却抓住我的手,求你了!哪怕我……我反应还算快,没等她说出来便阻止,你别乱想,有我在,没事的。不知她是不相信我,还是有什么可怕的预感,如果……我提高声音,听我的,别乱想!三姨太被我震住,哑了,只是还紧紧抓着我。

好容易把三姨太的情绪安抚下去,我撩开被子,立刻知道这个叫钱拜星的孩子要提前出生了。我和三姨太说了,她立刻又如刀架在脖子上,稍有血色的脸立时惨白,不行,他不足月。我安慰她,有的孩子性急,你拦不住的,还说胎位正,肯定是顺产。她仍求我,让我救救她。我接生的那些产妇,什么样性格的都有,但没有一个如三姨太这般恐惧,她好像陷入了绝望之中。我依然和颜悦色,你不相信菩萨吗?她说当然信。我说观音在保佑孩子,你大可放心。三姨太的眼睛弯弯的,很好看,可目光却如枯树枝条,灰暗,干硬,在我的疏导和抚慰下,终于冒出绿芽。

钱广万到底是见过世面的,慌而不乱,说既然要生,就按生的来,指着屋外垂立的几个女人,说若有需要,尽管吩咐。我说烧两盆水就可以了。接生的程序并不会因富人而变得复杂。

午时,钱拜星平安落地。虽是早产,也有四斤六两呢。

钱广万给了我一锭银子,三姨太还要把她的银簪子给我,被我婉拒。喜费已经够多了,我没那么贪。就算钱广万家钱多,但我有自己的规矩。我不是圣人,但会守规矩,虽然是自己的规矩。这要感谢黄师傅,正是她的"五戒"使我渐渐立德树望,而不仅仅是接生的技艺被传扬。

那时,我仅在乡间、后草地接生,钱拜星出世后,开始有张北城的上门请我。可人生就如塞外的天气,前晌还晴空万里,后晌便乌云翻滚。就在我如日中天时——这么说或许不妥、有些放肆,遭遇了出徒后的第一道大坎。

4

蚂蚁在窜。

5

赵进元进门,脸色青绿,额头的包则是乌紫色,极其怪异。嘴巴和鼻孔张得大大的,喷着粗气,好像跑了远路的骡马。我没等他说话,拎了包袱就走。他是想说的,但太费劲,脖子快憋成水桶了。赵进元追上来,猛拽我一把,只说了个"救"。我叫,你松手啊,不松手怎么救?

赵进元是骑驴来的,他不停地抽打驴屁股,恨不得毛驴飞到宋庄,结果被驴颠到沟里。赵进元顾不上追驴,小跑着往宋庄赶。赵进元跟在我身后半走半跑,舌头终于派上用场,虽然讲得断断续续。

从李二妮说起吧。

李二妮的婚事一度令公爹犯愁。她是有几分姿色,如果不斜视,那就更加耐看。李二妮本来就眼高,又有相貌这个本钱,入她眼的不多。要么嫌男方腿短,要么嫌男方家穷,她不要公爹作主,要自己挑。花二娘跑得腿都细了,李二妮也没看上一个。若不是公爹私下许了花二娘好处,她就不接这活了。后来李二妮终于相中赵小铺的一个后生。后生长相周正,是个骆驼客,可并不是所有的骆驼客都有宋矮子那般好运,和李二妮订婚不到半年,骆驼客拉架被捅死了。李二妮虽未过门,但身价大不如前。她倒不在意,至少表面不在意,可公爹大病一场。姻缘天定,我和花二娘都这么安慰公爹。在公爹患病期间,赵进元的新婚妻子拉肚子死了。几经波折,李二妮嫁给了赵进元,那个曾和我有过婚约的人。李二妮对这桩婚姻很满意,赵进元虽说娶过妻,还是半拉耳朵,但家境好,她又有了炫耀的资本。李二妮每次回来都要拎一兜包子,像我在那个湿滑的早上那样招摇过市。

我这人就一吃包子的命,怎么躲也躲不掉,她对我"哀叹",或向我诉说"烦恼",天天吃肉,我都吃腻了。

李二妮怀孕后,公爹打发我去看望二妮。我明白公爹的心思,可二妮没让我检查。她说郎中把过脉了,并强调那可是正经郎中。既然公爹派了我,我自然要有所交代。"二妮不让查",不能用这样的话答复公爹。公爹是明白人,我提到正经郎中,他就知道我碰了灰,责备二妮不懂事,劝我别和她计较。我从心底瞧不上二妮的做派,但绝不嫉恨她。倒是二妮胸里积了东西,有些我能意识到,有些我是糊涂的,时间不但没化解开,反愈发地坚固,如河床上泛着白光的鹅卵石。

我又跑了几趟,直到生产临近,赵家约定了接生婆。不是我,也不是黄师傅。赵家也不知怎么想的,由人家吧,当公爹这样说的时候,我就知道与我没有任何关系了。我稍稍有些失落,几根发丝,轻得可以忽略。也许我还能帮上忙,也许她还需要我。不知为何,我有预感。我宁愿她不需要我,顺顺利利地把孩子生下来。可万一需要帮忙呢?那天我院子都没出,一直等着。不料还真等到了。

秋天正在远去,满目灰黄,只有上气不接下气的赵进元,脸上透着不合时宜的青绿。我嘴上安慰,心却在下沉。从赵进元崩豆子的话语中,我已经猜到大概。那很不妙。

我和赵进元进门,天已经暗下去。赵家人面目模糊,一个个如蠕动的面团。那些面团急于给我闪开道,可方向不一,挤碰后急于分开,反和另外的面团撞在一起。我顾不上礼貌,擦过面团,径直进入李二妮的房间。浓烈的气息扑面而来,说不清那是什么味道,腥臭、辛辣、酸腐,还有绝望。灯光摇摆不定,仿佛惧怕这混杂的气息,随时可能熄灭。李二妮在炕的正中央躺着,接生婆跪在她双腿之间,忙活得满头大汗,其实已经束手无策。我还没立稳,她便弹起来,似乎早就等待这一刻。她不配合,我没见过这么娇的女人,接生婆抱怨道。我没接她的话,她什么时候离开的我都不知道。李二妮虚弱得眼睛都睁不开了,但她努力地睁着,那细细的缝隙更像眼睛闭合时的样子。她吐出两个字,我听清了,或者说,从她的嘴形猜到了。你放心!我大声说,可心已经坠入冰窟。昨天夜里羊水就破了,快一天一夜了,婴孩存活的可能几乎为零。但我仍抱着侥幸,暗暗祈祷,可二妮没那么幸运。

我向那堆面团简述了情况,并告知需要手术,若不及时把死胎取出来,二妮会有性命危险。我不是和这些面团商量,只是告知。李二妮是我的小姑子,我不能看着她死去。谁能帮我一把?我环顾一下,其中一个面团跟我返回二妮的屋子。我让她抱住二妮,防止二妮挣扎。然后,我从包袱里取出黄师傅赠予我的刀片。还从未用过呢,没想第一个派上用场的竟是给二妮。

李二妮那一线目光像枯萎的花瓣一样蜷曲,昏昏欲睡,唯有睫毛不停地抖,竭力挣扎。她有话要说,可已经没有力气张嘴。但她听得到,肯定的。

我说,二妮,你别睡过去,你就要当母亲了,你得配合我。

我说,绝对没事的,你放心好了。

我说,摸到娃了,肉墩墩的。

……

我当然在骗她,不能让她情绪起伏,更不能让她睡过去。在说话间,我掰住她的腿,夹刀片的手从她下体伸进去。确实,我摸到娃了,那个柔软的婴孩,我摸到他了。只是,他虽在二妮体内,却已经离二妮远去。对不起了,孩子,我悄悄说。手指快速滑动。我的耳朵被溅着火星的声音塞满,宛如锋刀劈在巨石上。血从李二妮体内蜿蜒而出,那是娃的,也是李二妮的。李二妮的腿抽搐了一下,或许,她感觉到了。我提高声音,二妮呀,就快出来了,你忍着点儿。我拽出一块肉团,立即丢到盆里,不忍再看。喘息一下,便又伸进去。不能停顿,不能迟疑。

清宫完毕,我突然就虚脱了。坐在那里,抬不起手,挪不动腿,任汗水流淌。李二妮本来几近昏迷,冷不丁地问,男孩,女孩?声音不高,可终于说话了。我还没有完全回过神儿,下意识地说,男孩。李二妮突然坐起,抱着她的那个面团被撞到一边。抱给我,她说。我脑袋轰的一声,二妮呀,实在是没法子,你别怪我。二妮的眼睛瞪圆了,叫,在哪里,抱给我!那个哆嗦的面团反应过来,死死将二妮抱住。赵进元探进头,我令他将地上的盆子端走。你现在不能看,二妮,我说。但李二妮已经看到了。一口鲜血喷到我脸上,李二妮昏厥过去。我又是掐又是喊,二妮总算醒过来。她披头散发,大叫,乔大梅!乔大梅!!乔大梅!!!没有排山倒海的怒骂,她反反复复喊着我的名字。但那比斥骂更让人心惊。如果有一把刀,李二妮会毫不犹豫地捅了我。我亲手把她的孩子,她的第一个孩子肢解了。她有资格骂我。

深夜,李二妮没有大碍了,正好大旺来接我,我便离开。看不到我,她或许会好一点儿。

三天后,我去看望李二妮。李二妮团在炕角,脸色苍白。我叫了声二妮,她一动不动,目光如铁钉一样扎着我。半晌,她才骂出来,如匕首般,刽子手!

我打个寒噤,竭力不让笑意滑脱。我向她解释,那不是我的过错,若不及时清宫,会危及她的生命。可二妮听不进去,反复用匕首捅着我。我没敢久坐,快速离开。

半个月后,我第三次去。在此期间,我接生了两次,平安顺利。死胎并不多见,偏偏落到二妮身上。二妮眼底的钉子没上次那么多了,但态度冷淡。你又来干什么?还没把我害够吗?她先发制人。

她心怀仇怨,解释是没用的,可我不能沉默。我说,你可以骂我,但苍天在上,我发誓,我从无祸心。当时来不及和你商量,我可是向赵家人说得清清楚楚。

李二妮说,他们懂什么?

我一阵疼痛,二妮呀,你是大旺的妹子,我的小姑子,就算咱俩闹过别扭,我也不至于害你。

李二妮眼角斜上去,目光居高临下,彻底看穿我的样子,我嫁给赵进元,敢说你不妒忌?

我愣怔一下,为什么妒忌你?

李二妮说,你当然不承认。

我说,好吧,你非这么想,随你好了。可就算这样,我也不会加害你的孩子啊,我接生那么多——

李二妮立即接过去,你接生那么多都没事,怎么偏偏轮到我就……她抽噎起来。

造化弄人,怎么说得清呢?待她停止抽泣,我说,你对我有成见,若开始我就在场,或许不至于……

李二妮哼了一声,就怕你连我也害了呢。

我说,我问心无愧,随你怎么想吧。

李二妮说,无愧来干什么?邀功吗?

我掏出揣在怀里的银子,那是钱广万给我的喜费。这是我的一点心意。

我不是刽子手,但内心不安。李二妮冷冷地瞥了一下,扭转头。这就好,我担心她会把银子砸过来。

我绝没想到,这锭银子会引祸上身,李二妮和赵进元以此为把柄,把我告了。若我心里没鬼,怎肯用一锭银子求和?更糟的是,先前给李二妮接生的婆子咬定李二妮虽是难产,但她离开时,胎儿尚有气息。我差点吃了官司,亏得公爹出面调停。大旺接我回家的晚上,我就将情况和公爹说了。公爹是明白人,不会由着李二妮乱告。也许,李二妮也仅仅吓唬吓唬我,出出心里的气,没有闹大的意思。公爹劝说,她就收场。还有一个原因,多年没有音讯的李贵回来了,大喜足可以冲散阴霾。但二妮的怨没有消散,只是暂时掩埋起来。多年后,引发了另一场风波。

6

有人在拍门,我听出是麦香,别人不敢弄出这么大的声响。宋慧沉浸在哀伤和担心中,竟然没听到。也可能听到了,她要抓住难得的机会。也许她明白,错过了今天,她再无可能与我单独相处。她清楚,或她预感到宋品不会替她遮掩。所以她不管不顾了,没有什么比祈祷更重要。她跪在我身侧,肯定是跪着的,气息如浪。她声音平缓,但我仍从她的语调中听出急躁。不是为她,仍然是为毛根。

祖奶呀,他没来拜过你,可心里是敬你的呀,你别惩罚他。然后,唠叨一堆毛根没有拜我的原因。

憨痴的女人,她认为我在惩罚毛根,毛根不相信我,才会遭此"报应"。

祖奶,求你了,你宽容大量,饶恕他的罪过吧,我保证,他会来床前敬拜你的。他性子虽然拧些,可人不坏呀,他是你接生的,你了解他的,对吧。

唉,越说越离谱,我又不是观音。我接生了万余人,怎么可能人人了解?怎么可能预测他们的未来?生下来都是粉红的肉团,不同在于生产的顺与不顺,在于哭声的响亮与嘶哑,在于重量的区别和胎记的有无。这些都不能预示什么。虽然他们后来行走的路各不相同,有的成了警察,有的成了小偷,有的腰缠万贯,有的家徒四壁,有的平顺如静水行船,有的坎坷如翻越山峰,但我把他们从子宫引领出来,他们没有任何记号。也许有密码,但我说不清楚。当然,有一点是能说明白的,路的开端其实就是结果。

善男信女们——姑且这么称呼吧,奉我如神仙,他们不知道我内心曾经的澄清净明不是因为我的手掌宛如莲花,令生命绽放,而在于我经见过一次又一次死亡,或者说,我守着生,也目睹着死。我自以为看得透彻了,其实没有。乔石头的归来让我意识到,我不过是生死的见证,与镜子无异。

蚂蚁在窜。

宋慧的祈祷令我烦乱。

7

人与风筝无异,有的飞得再高仍被牵拽着,一拉就回来了,有的则断了线,不知所终。每年都有离开宋庄的,做生意,当兵,或干别的营生。外面的饭并不好吃,像宋矮子这样从拉骆驼变成掌柜的没几个,多数人颠簸数年又回到宋庄,直至老死。而另一些人一走便杳无音讯,像到了另一个世界,比如季家的三儿。据说在张家口当兵,兵变被诱杀。兵变是真的,数百人大白天抢劫商铺民家,宋矮子的店铺差点被烧毁,但季家的三儿是否在其中,无人证实。季家是不相信的,没见到季老三的尸骨,当然不愿意往坏处想。可直到季老三的老娘死去,直到两个哥哥离世,季老三也没任何消息,彻底消失了。

李贵的情形有些特殊,十余年没有音讯,突然间回来了。

公爹常常念叨李贵,特别是父亲活着的时候。那是两人的话题之一。李贵不安分,打小就爱折腾,他要听我的,老实留在村里种地,何至于落到这般下场?几十头羊呢,把他卖了也赔不起呀!公爹气恼夹着忧虑。父亲安慰他,也许李贵能想出办法。公爹说,秀才遇见兵有理说不清,他一个赶羊的,能有什么办法?父亲说,也许碰见好心的长官呢。公爹遥望着某一处,仿佛李贵就在那里站着,但愿吧,别惹怒人家就好。公爹和父亲本来说着别的事,说着说着就拐到李贵身上。李贵就像堤坝里的水,公爹则是那个掘坝的,每次都要掘个大口子,而父亲负责堵。两人的对话并不轻松,当父亲把公爹掘开的口子都堵住,公爹再也掘不动的时候,两人就归于沉默。父亲遇害后,公爹不再提了。李春两岁时的某天,公爹抱他,他尿到公爹身上,公爹突然提起李贵,说李春与二爷爷一样顽皮。我正拉风箱,没接公爹的话,因为不知怎么接才好。也不知你二爷爷刮到哪去了?公爹说。我意识到是让我听的。公爹终于要掘了,或许早就忍不住了。我依然犹豫,不知该说什么。公爹直接问我,大梅,你说他还活着吗?我没法装聋作哑,说他是好人,老天会保佑他的。公爹叹息,老天也有打瞌睡的时候,我几天前梦见他了,骑了一匹白马,我怎么喊他也不理。我故作吃惊,真的吗？这可是好兆啊。公爹满脸忧虑,都说梦是反的。我笑笑,也说不准呢,有反的,有不反的,咱得盼他好呀。公爹略有羞惭,我也盼呢,可不由得担心。我说,那是,二叔肯定也惦记着你呢。公爹摇头,他才不会呢,惦记早回来了。我说,你等着吧,说不定哪天他骑着高头大马回来。公爹面容舒展了许多,大梅,你懂事,爹也只能和你唠唠。我以为公爹要常和我提李贵,就像和父亲那样,但并没有,只是偶尔说起,并不是掘,或者自己掘自己就堵上了。你二叔回来,领个女人就好了,或者,你二叔胆大,天生就是闯世面的。公爹能往好处想了,眼睛的阴郁却越来越厚。我意识到,他已有不祥的猜测或预感,只是不愿意流露。他往好想,恰恰是为了遮掩内心的苦痛。

公爹后来说,他差点没认出李贵,若不是李贵喊他大哥,他还以为是官府的人来询查我的,暗骂二妮这颗糊涂脑袋。公爹必定多次想象过李贵归来的场面,面黄肌瘦,衣衫褴褛,背着讨饭的袋子。要么拄着棍子,一瘸一拐,说话走风露气。高头大马只在梦里。实际的场面与公爹的想象相差甚远。公爹抖了一下,抱在怀里的柴火滚落到脚面。公爹已经认出李贵,可还是问你是谁？李贵没有变成乞丐,但也不是发了横财的样子,从他的衣着可以看出来。曾经是圆脸,现在有了棱角,两腮瘪陷,未必天天吃得上饱饭,但气色很好,看不出一点倒霉鬼的样子。公爹顾不得多想，李贵能活着回来，已是万幸。

数年前，我缩在窝棚一角，听着父亲和陌生人闲聊，还是一个怀揣进宫梦的锢炉匠，如今，我已是有三个子女的接生婆。李贵就像一根线，把我和父亲牵引到宋庄。这是不是命运？我不知道。李贵知道他的侄儿媳妇是那个锢炉匠的女儿后，也极为惊奇，与公爹打趣道，我没在家，可也是功臣啊。并和大旺开玩笑，娶了这么能干的媳妇，怎么感谢你二叔？木讷的大旺挠着脖子，只是嘿嘿笑。饭间，公爹问起李贵这几年的经历，李贵用一言难尽搪塞过去。

那一夜，公爹和李贵几乎聊到天亮。李贵不停地问，家里的村里的镇上的，甚至关于张北张家口城的。自家的事，公爹讲得极为耐心，妻子和三宝下葬的细节都说了。自家以外的，公爹潦潦草草。他急于知道李贵这些年是怎么过来的，可他刚刚停顿，李贵便抛出新的问题。公爹终于忍不住，这关你什么事？说说你。李贵说自己没什么好讲的，没要回羊，不敢回来，就在外边晃荡。公爹埋怨他不捎个信儿回来，李贵苦笑，我倒是想捎，让谁捎呢？公爹问他这些年怎么过来的。李贵说，外面有外面的难，也有外面的好。公爹不同意，说出门千日难，外面有什么好的？李贵说，出外才见世面，守在村里，就像井底的蛤蟆，只能望见那一小块天。李贵的敷衍、漫不经心还有不屑，令公爹反感，他嘲讽道，看来你长本事了，你哥连张北城都没去过，就是那个井底的蛤蟆吧。李贵听出公爹的不悦，及时改口，我是说自个儿

297

呢。公爹哼了一声,并不买他的账。当然,也不想和他吵,追问他见了什么世面。李贵却不愿意讲,说三言两语说不清。公爹说外面是啥,我没兴趣,宋矮子生意做得再好,和咱也没关系,我只惦记你。他问李贵究竟靠什么养活自己,李贵避重就轻,说什么都干过。公爹说,什么都干过,什么都干不长是吧,快四十的人了,你还是这样!李贵说,开始确实是,后来不是了。公爹问,那后来干什么?李贵打个呵欠,我困了,先睡行不行?以后再告你。公爹推他一把,这么多年没信儿,我担心得走路都撞墙了,半天也没问出句实话。李贵说他确实困了。公爹看破他的伎俩,到关键处你就打哈哈,和过去没啥两样。李贵说,有变的,自然有不变的,我要变成另一个人,你还认我吗?公爹正色道,我问你,成家了没有?李贵笑,我进门你就想问了吧?公爹说,少打岔,成过没有?李贵静默一分钟,像在思考,尔后老老实实地说,还没有。公爹哼了一声,我就知道,大旺都三个孩子了,你这当叔的还光棍一条,还说什么见了世面!李贵嘿嘿几声,大旺是有福的人,我怎么能和大旺比?公爹不无恼火,你少跟我打哈哈,说正经的。李贵问,什么才是正经的?娶妻生子?公爹叫,怎么?不是吗?李贵又笑了,哥别生气呀,是倒也是,只是顾不上呀,不过,我有一相好。先前公爹只是不快,李贵这句话几乎让公爹爆炸,你能不能正经点儿?怎么没个正相?李贵立刻道,逗你玩的,就我这样的,哪会有相好?公爹说,一句正经话也没有。李贵叫苦,鸡都叫了,不能让我睡会儿吗?你不是撵我走吧？公爹闭嘴。

说是闲聊,到后来变成了公爹对李贵的审讯。此后的夜晚,基本都是这样。公爹急于从李贵嘴里掏些"正经的",但李贵避实就虚,公爹什么都没掏出来。唯有一样公爹确信无疑,李贵仍是光棍一条。

李贵回来的第五天,公爹去找花二娘。那时,李二妮已经消停,公爹把所有的心思用到李贵身上。对方比李贵小七八岁,带了两个孩子。公爹紧锣密鼓,隔日就要李贵相亲。李贵一听就急了,怪公爹不和他商量。公爹说不过是相个亲,有什么可商量的?这个主我还做得了,你要早听我的,没准现在当爷爷了。李贵说要去你去,我可没那工夫。公爹沉了脸,说绑也要把李贵绑去。并且真的从炕席下抽出一团绳子,冲李贵示威地扬了扬。李贵说公爹不讲道理。公爹冷笑,我捆自己的兄弟,还讲什么道理。李贵没再和公爹争执,妥协了,说相亲他可以去,但他得看得上。公爹气呼呼的,你哪来的本钱?还挑!李贵说自己是顶天立地的汉子,不是骡马,可随便配对。公爹也退了一步,人家还不一定看上你呢。

公爹是押着李贵去的。花二娘在前,李贵在中间,公爹断后。他原打算让大旺也跟着去,又怕李贵难堪。为此公爹懊悔了很久。李贵情绪还好,和花二娘扯着家常。看见张家营时,李贵说要方便,公爹警惕性高,陪着李贵离开便道,走到沟渠边。公爹也内急了。公爹的动作是真的,李贵的动作是假的。虚晃一枪,跃出沟渠,逃了。从此公爹再没见过李贵。

要是早点儿成个家就好了,他就不会胡乱折腾了。李贵离开半年后,公爹还常常念叨。或者,天生就不安分,越跑心越野。黄昏时分,公爹总是坐在门口的石头上,一锅接一锅地抽烟。像等待李贵归来。夜黑透了,烟火还一闪一闪的。公爹的老烟抽得越来越凶,我和大旺劝他少抽些,他根本不听。只有李春可以。李春抓他的烟锅,两下公爹便松手。公爹总是对孙子投降,由着他胡来。

大梅,你说他到底做什么营生呢?公爹在不同的时间问过我六次。他忘了已经问过我,或者,我的回答不能令他满意。我无法回答。他那么套都没套出来,我更加猜不出。当然,如公爹所言,他也只能和我说说,大旺和二妮都指望不上。和旁人,他又不敢。公爹回忆起李贵某个夜晚的梦话,担心他当了土匪,干抢劫的勾当。再一日,又怀疑李贵犯下什么事。肯定有人追,不然为什么要跑呢?公爹半是和我探讨,半是自言自语。直至离世,公爹也未琢磨出李贵的秘密。

有一件事,我没敢对公爹讲。某天饭后,李贵和我拉家常,夸我明理又能干。说到公爹,他说公爹受了大半辈子苦,让我多照顾。那时我就有预感,李贵还要离开的。那完全是告别时的嘱托。当然,即便我说了,公爹也拦不住李贵。可我还是有一丝内疚,特别是公爹和我探讨李贵的秘密时,我总觉得自己和李贵合谋欺骗了他,心里直发虚。

8

你耳朵聋了？我喉咙都喊破了！麦香气不打一处来。

宋慧惴惴地解释，我昨晚没睡好，打了个小盹。

麦香更来气了，你的眼睛咋回事？打盹还把眼睛打红了？

宋慧越发不安，声音摇来晃去，我刚揉了。

麦香可没那么好糊弄，而宋慧撒谎的本事又差，她的神色早就背叛了她。麦香已经是捉拿归案的沉稳，说吧，你到底在干什么？

宋慧说，我真的在犯困。

麦香俯下身，把我从头到脚查看一遍，你没摸祖奶？

宋慧说，没。

麦香问，没靠近？

宋慧再次否认。

麦香冷笑，祖奶手上的印儿是哪来的？猫抓的吗？

宋慧手上的劲儿再大，也不至于将我的手攥出印痕。我暗暗道，宋慧呀，你可别上当。可宋慧经不住诈，招了，只摸了……一下。

就一下？

三……四下。

蚂蚁在窜。

麦香声音突然提高好几度，你个不长记性的货！谁让你摸的？祖奶的手也是你摸的？我怎么安顿你的？记性让狼掏了？

宋慧没吭声,似乎被麦香的连珠炮炸晕了。

麦香过分了。就算宋慧有错,也不该劈头盖脸地呵斥。我知她在罗包那儿受了气,每次回来她都不痛快。她这是在发泄呢,可怜的宋慧成了她的出气筒。

怎么不说话?哑了?

老半天,宋慧终于想出应对的话,祖奶不会怪我的。

麦香叫,祖奶由我侍候,能不能摸得我说了算!

宋慧说,开始没摸,后来也不知咋回事,手不由人了。你要还不解气,剁了我好了。

麦香冷笑,你以为我不敢?你再摸一下试试!

宋慧说,不试,我这手还有用呢。

麦香突然笑了,你这个憨货,让你气死了。

宋慧劝她莫气坏了身子。

麦香说已经气坏了。忽然嗅嗅鼻子,什么味儿?

怎么?你闻到了?宋慧定是大惊失色。

这么怪的味儿,我当然闻得到。麦香是制作香料的高手,对气味极为敏感。怒火让她的鼻孔闭塞,现在鼻子起作用了。你不是还干了什么吧?

宋慧全招了。她还一度想让宋品打掩护,此时放弃了幻想和抵抗。

麦香气得跺脚,你把祖奶呛着了,你这个傻大姐!哎呀,我的妈呀,你闯了大祸!

宋慧说,及时打开了门窗,没呛着祖奶,不信你问宋书记。

啊?麦香的声音走样了,宋品知道了?怎么回事?

宋慧原原本本讲了。

你这个傻子呀,麦香带出哭腔,你可把我害惨了!

宋慧结结巴巴的,我……不……是……故意的。

麦香叫,你还想故意呀,滚!滚得远远的!

9

九月的某个下午,天阴沉沉的,像要下雨了。已经连续两日没见太阳,可一滴雨也未落,不过是虚张声势。一辆大屁股车开到村口,停了两分钟,驶进村里。孩子们,还有七八个大人追在车后,脚快的还跑到车前。这个四轱辘的怪物像一块巨大的磁铁,吸引并令他们着迷。也许听说过,但见到的没几个。他们以为怪物是去钱家的,传言钱广万生病了。也有人说怪物是去宋拐子家的,宋拐子早就说他的儿子要让他去张家口住些日子。他没去,因为张家口太乱了,他怕走丢,再者他腿脚不便,除非儿子来接他。没人想到刘转运,他儿子刘旺不过是跑腿的伙计,断无这样大的排场。

但令那些人意外的是,怪物既没去钱家也没到宋家,而是停在李大旺院门口。然后,他们看到一高一矮两个人推开院门,稍顷,乔大梅跟在两人身后出来,拎着接生的包袱。高个子拉开车门,乔大梅钻的时候碰了头,高个子抬胳膊护了一下,说小心。一些人仍追在身后,包括我的儿子李春,直到怪物驶出村庄,消失不见,尘土里仍有脚步声。

这是要去哪儿?我小心翼翼地问。

大个子仍直视着前方,去了就知道了,不要多问!

他们对我很客气,用的是"请",但又蛮不讲理,命我五分钟收拾好,随他们走,还不能随便问话。这跟押解没什么区别,只是没戴刑具,但我并不害怕。他们是拉我接生的,不是其他。我只是有些好奇,来人派头这么大,产妇是什么人呢?

开进张北城,大个子才告诉我是县长的太太要生孩子。他回过头,目光牢牢环住我,神情严肃,语气低沉。听明白了吗?他追问。我说明白了。他不只强调了县长太太这个身份,还强调不能有丝毫马虎。把你所有的本事使出来,县长肯定会重赏你呢,若有闪失,你就别回去了!他以为警告一番,我才会尽心尽力。我不想说没用的,牛和马吃不到一个槽里,只说记住了。

那是一处宽大的院子,五间正房,三间西房。大个子唤了两声,一个穿灰色对襟大袄的女人走出来,将我领进屋。孕妇正靠在被垛上吃瓜子,看到我,并没有停住,只是松散慵懒的目光摇摆了一下,似有意外。你就是那个接生婆?她长了张娃娃脸,若不是臃肿的身子,说她十四五岁也有人相信。我说,我是宋庄的,叫乔大梅。县长太太说,名字倒对,我以为……你比我大不了多少嘛。我笑笑,你这么年轻,我已经是三个孩子的娘了。县长太太问,钱广万的姨太是你接生的?我点头。县长太太说,没错,那就是你了,坐吧。没有生的意思,倒像是喊我拉家常。我说,你躺下来,让我摸摸。县长太太说,不急的,风大,你先暖暖。我说坐车来的,不冷。县长太太问领我进屋那个女人,脸盆有水吗?女人喏了一声,稍顷把盛了水的脸盆端到我面前。

我揉洗,县长太太一直盯着我的手。我立起身,擦拭干净,她招我靠近,抓起端详片刻,果然是柳叶手!她一半好奇,一半也想检查我是否洗净吧。她躺卧下来的同时,瞟瞟女人。女人无声退出。

县长太太昨夜开始疼的,持续时间并不长。检查后,我告诉她距离生产还有十天八天的。县长太太说,不可能吧?夜里疼得很厉害。我说这个错不了。县长太太问,你确定?我说,我是吃这行饭的,名气不是靠行骗得来的,借我十个胆也不敢诓你。县长太太的目光在我脸上停留一会儿,那你住下吧。我说,不行的。县长太太沉了脸,怎么,怕不管你饭吗?我赔了笑,话却是不卑不亢。李夏尚不到两岁,离不开我。当然更重要的是,她现在并不需要我,过几天我自己来就行。还有一个缘由,我没敢说,我在这里耗着,需要我接生的怎么办呢?可县长太太的脸没有变得温和,冷冷地,我没捆你的脚,你看着办吧。

县长家没那么好进,自然也没那么好出。晚饭后,我被带到县长面前,结果被惊着,差点叫出来。虽说添了几道皱纹,但那张脸仍是冬瓜样,身体鼓鼓囊囊的,要将灰蓝色的褂子撑破了。

不错,先前的鲁警佐,如今的鲁县长。十余年了,鲁县长早已将那对无足轻重的锢炉匠父女忘得干干净净,他这样的身份,大事怕也记不过来呢。

你要离开?县长单刀直入。我没见过大世面,可经历的事也不是一桩两桩了,虽然有些紧张,却没被他吓住。我告诉他,太太虽是头胎,但胎位正胎气足,他不必担心,还不到生产的时候,我留在这里没什么用处,临产前一天我自己过来。你有什么事要办?我派人去好了,县长说,你留下照看她!县长没有一点商量余地。

我只好留下来,胳膊拧不过大腿,何况,我连胳膊也不是。规矩甚多,每一条都要遵从。白日我守在县长太太身边,夜晚在隔壁的屋子待命。好在与穿灰色大袄那女人住在一起,有个说话的。我很纳闷,县长为什么不让太太去张家口的医院,而要从乡间请接生婆。那女人说,县长听太太的。

第九日深夜,县长太太顺利产下一男婴。与我推断的时间基本吻合。县长太太娇虚挑剔,关键时刻倒也配合。鲁县长的妻子两年前去世,娃娃脸是续弦,老来得子,母子平安,鲁县长的冬瓜脸上每条皱纹都溢着笑。喜赏是三块银圆,外加碱块、月饼、茶叶。这不是秘密,不需要守,鲁县长没有叮咛。

我坐着大屁股回到宋庄,如我离开一样,汽车后仍跟了瞧稀罕的孩子和大人。我在张北城就此扬名,每年都得往张北城跑二三十趟,只是再没坐过大屁股汽车。隐患也就此埋下,在时间的某些枝杈上，成为轰炸我的罪状。当然，就是未卜先知，我又有何选择？

在我接生的产妇里，丈夫或父亲官衔最大的并不是县长，后来我还给察哈尔副都统的妻子接生，那女人是戏子出身，虽说有孕在身，也蛮受看，若衣服再宽大些，走在街上没几个瞧得出来。所以，我说她怀了龙凤胎，没几个人相信，她和副都统也半信半疑，直到孩子落地。副都统说我的双眼太神，他不知道观只是一方面，关键在于听和摸。此外，我还给冯玉祥手下的师长太太接过生。那师长一条胳膊。

我没有炫耀的意思，产妇没有贵贱，没有不受疼痛的生产，我不会因为其富贵而特别照顾，改变程序，也不会因为是寻常百姓有意刁难或摆架子。哪怕是乞丐也同样对待。一对乞丐夫妇不知怎么打听到我，登门时女的行走已经很艰难，在我家炕上生下孩子，满月才离开。

当然，不同的人对我的态度大不一样。鲁县长关了我十天，并无其他为难，还算是客气的。某个我说不上级别的兵老爷，脾气暴烈，我猜他八成是吃了败仗，我在救治吞咽了秽物的胎儿，他用枪抵着我的后脑，骂我徒有虚名。还好胎儿无碍，若有意外，他可能就崩了我。那些年匪患也多，据说口外大大小小的杆子七八十支，有的白天种地黑夜抢劫，官方称这些人为二土匪。有的生怕没人知道，扯旗占山头。土匪上门，我也照样跟着去。当然，我必须去，否则几条命也没了。和他们打交道，跟走钢丝一样,比兵老爷可难多了,特别是脾性差的。我多次出入土匪窝,并不是有些人形容的山洞树林,都是些村庄,黄土灰墙,不害怕是假的,但一见到产妇,恐惧便抛诸脑后。生与接生,关系突然变得简单。我不止一次望见黄师傅脑顶的光,不管他人是否看见,我脑顶也会有的,那是上苍赐予接生婆的德威、厚福与信心。

在传言中,我越来越神,说我不只能掐准日子,还能掐准钟点,还说我念动咒语,可改变胎儿的性别。若说前者并没走样,后者就胡说八道荒唐可笑了。传说的人添油加醋,也许并没有什么恶意,说惯嘴的人都擅长乱编。可是我的许多麻烦皆因不实的传闻而起,单单一个李二妮就掀起许多风波。

李二妮虽然因这样那样的原因撤回诉状,但她心里的嫉恨并没有消失。她对我成见大,始终认为我是故意的。她不知道,我并不比她好受。两年后,李二妮再次怀孕,不是我接生的,虽然我早就做好了准备。这次还算顺利,生下一个女婴。我没有贸然看望,托公爹带了些东西给她。

李二妮在女儿赵凤凰周岁时回宋庄和公爹住了半个月,虽然只是隔墙,李二妮从未登门,都是我过去瞧她。若公爹在,李二妮还与我说句话,若公爹在院里忙活,她便冷若冰霜。原本不想解释,她揣了顽石,我再热情也孵化不出小鸡,可这么冷着终是别扭。她是大旺的妹妹啊。那天我旧事重提,再次努力,企图化解她的冰冷和仇恨。

李二妮先是不语,脸冰着。后来,赵凤凰尿到她身上,像把她浇化了,她眼角斜挑,你给县长的老婆接生过?

我点头。

李二妮又问,都统的老婆也是你接生的?

我再次点头。

李二妮的声调没有变化,听说你还给土匪老婆引过产?

我说,我不管她们的男人干什么,一个接生的,管不了那么多。

李二妮说,这么说,就是了。你这么厉害,这么能耐,怎么偏偏给我……眼角突然压低。

我痛心地说,我都说过了,你要怎样才相信?

李二妮提高声音,好一通扫射,让我的儿子活过来,我就信。要是赵进元也有枪,你就不会藏奸了。若不是爹护着你,有你好果子吃的……

我拼命克制,没再说什么。说什么都无用的。

我双眼模糊,不知自己怎么离开的。那一夜,我翻来倒去地想,既然疙瘩解不开,那就不要试了。待公鸡报晓,我的想法又转过来。这疙瘩必须解,我暗暗发誓。

10

我以为罗包留你住下了,宋品讥讽,怎么又回来了?

麦香没好气,他是我男人,我不能找吗?你啰啰个没完了?

宋品突然就发了火,那一个个哑音像长了锯齿,要不是我来得及时,祖奶就被呛死了!

麦香说,宋慧平时不是这样的,我没想到……这没脑子的货,气死我了!

宋品嗤一声,你有脑子?你有脑子偏偏这个时候找罗包?晚几天他能跑到外国?

麦香辩解,就一会儿嘛。

宋品说,若祖奶有什么意外,麦香,不要说你交代不了,就是我也逃不掉。

麦香说,你当这么多年书记,没人能把你咋的。

宋品冷笑,你别吹捧,在乔石头眼里,我什么也不是。撸了我是小事,你把后果想得太简单了,乔石头是什么人,你不清楚吗?

蚂蚁在窜,不只脸上,心里也一阵麻痒。乔石头在他们眼里像长了巨齿獠牙。我听过乔石头一些事,或许是真的。我已经没有询问他的机会和可能,当然,就算有,未必能问出什么来。他嘴巴硬,从小就这样。

麦香肯定害怕了,停顿好一会儿,才说,祖奶是仙,不会有事的。

宋品依然冷冷的,你说没事就没事了?

麦香说,我保证。

宋品说,口气倒不小,就算祖奶平安无事,可你想过没有,若今天的事被乔石头看见,他会饶了你我?

麦香嘟哝,他看不见的,除非你告诉他。

宋品提高声音,我说的是万一！万一呢？

麦香说,我用香多熏熏,待乔石头回来……绝不会闻到。

宋品说,没准他明早就到家了,你咋熏？

麦香吃了一惊,不是近日吗？怎么？

宋品说,他已经到县里了,回宋庄也就一脚油门的事。

麦香问,给你打电话了？

宋品没好气,你以为他时时向我汇报？杨镇长说的,县长给他打电话了。

麦香迟了半晌,小声道,这也太快了。

宋品又哼了哼,我早就告诉你了,你还要往镇上跑,非今天去不可吗？

麦香说,祖奶爱吃鲜豆腐……

宋品说,收起你的把戏吧,还有一夜时间,你准备准备。

麦香问,都准备什么？

宋品低喝,还用我教你？什么都得准备,不能让乔石头挑出刺儿。

麦香说,我没怠慢过祖奶,你知道的。

宋品叫,别说这些个没用的,祖奶不计较,并不代表乔石头不计较……对了,找见那只蚂蚁没有？

麦香讪笑,你一定是花眼了,绝对没有。

宋品重重强调,别管我花不花,你必须再检查一遍！

第八章　北风

1

　　琴弦断了

　　没有血滴

　　荒漠里

　　骆驼跪行，流沙呼吸

　　　　——北风《疼痛》

　　那声音像一根线，杨一凡被紧紧牵拽。他蹑手蹑脚，生怕惊扰了它，就如儿时捕蛐蛐那样。可与以往一样，没等他靠近，声音便消失了，突然，干净，不知躲到哪里，或是又逃到哪里。有时在客厅，有时在厨房，有时在卫生间，捉迷藏一样不停地变换位置。他从未捕到，不知那是什么。反正不是蛐蛐也不是蜜蜂，更不是苍蝇蚊子。那声音既不恐怖也不诱人，就像锁梁与锁身的碰撞，咔嗒，轻微，短促。无论他睡得多么深——屈指可数，只要一声咔嗒,他立即惊醒。几年前,他搬了次家,原来的沙发家具都留在旧房,按他的意思,盘碗都不带过来的,大件都买了,盘盘碗碗值几个钱?但贺慧坚决要带,他没拗过她。许多东西虽然旧了,却是结婚时省吃俭用添置的,她舍不得,也在情理中。比如那把修补过的早已不用的铝壶,是旅行时带回来的,故事三天三夜也讲不完;而那个白釉搪瓷缸,釉瓷脱掉很多,荷花图案像被啃掉了,还有那个氧化成灰色的饭盒,年代就更加久远。这些见证了他和她大学期间的恋情。如果他不记得这些,就不配做她的丈夫了。并不是每样东西都有纪念意义,那把铲子是在路边摊买的,质量又次,但她照样收拾到箱中。

从东城到西城,由小平米换成大平米,但真正的搬家理由,他没告知她。她从未听到那声音,他敢肯定,若听到她早就和他讲了。她睡眠一向很好。当然,这与睡眠的好坏未必有直接关系,即便长夜醒着,咔嗒也不会在她耳边挂落。那声音似乎就是冲着他来的,专门为他响的。与贺慧探讨是万万不可的,他曾想和朋友说说,后来也打消了。哪怕是最好的朋友,他也没有把握,一定会替他保守秘密。谁知有什么后果呢?想了想,还是自己解决稳妥。既然声音藏在这座房子里,他就躲开。他有能力换房了,为什么不换呢?

搬家的头天他睡得安稳踏实,第二天也如此,他暗暗庆幸,大大松了口气。可第三日那声音便追过来,咔嗒,咔嗒,一样的分贝,一样的节奏。他意识到躲不掉了,他无处可逃。他并不恐惧,他是无神论者,不相信邪里邪气的东西,但他烦躁焦灼,还有无计可施的憋屈。

随它去响,他不理会就是。反正贺慧听不到,而他佯装耳聋。可只要一响,他就控制不住自己。仿佛那是魔音,他难以抵挡。就这一次了,他发誓。结果一次又一次,他和看不见的对手玩着单调的毫无乐趣的游戏。

杨一凡没有动,凝气屏神,期待听到点儿什么,好判定声音来自何方。哪怕最细微的咔嗒,他也可以捕捉到。

你在干什么?

杨一凡吓了一跳。贺慧穿着丝棉睡衣,站在两米以外的地方。昏暗的晨光没有遮掩住她双眼的惊诧。

昨天喝多了,有点儿头疼。虽然心惊,声调平静自然。这是多年修炼的本事,当然,也可以说是沉沦的罪证。何况说的是事实,就算弥天大谎,他也不会让她窥见什么。

厉害吗?贺慧靠近,摸摸他的额头。她比他高了一点点,但看起来像高出一头似的。年近四十,她的身材依然如前,修竹一般。去年同学在母校聚会,他脱不开身,未能参加,她独自去的,并带回合影照。有几个女生丰阔得他几乎没有认出来。

不要紧。

那你起来干什么?她语气关切,躺着会好一点儿吧。

杨一凡说,上午有个重要的会,我还没准备。

贺慧打个呵欠,我去睡了。早饭出去吃还是在家里?

杨一凡说,早上还要去政府一趟,你自己吃吧。

贺慧转身进了卧室,掩了门。杨一凡没再发愣,躲进书房,拧开台灯。有时,贺慧会突然闯进来,当然不是检查他,而是送几块点心,饼干、肉干什么的。所以杨一凡必须装出样子。确实有会,全天都有,但毋需汇报,他只需听即可。凌晨即将来临,暗红色的写字台,柔和的橘色灯光,想象驰骋的大好时机,可对于此时思绪杂乱的杨一凡,这样的时刻这样的场景,却是折磨和嘲讽。他一个字也写不出来,也没有写的欲望。与诗无关,与汇报无关,他仍在琢磨,那个声音躲在什么地方。就在和贺慧说话时,他的心也是分散的。

逮到它是不可能了,至少今天是不可能了,它狡猾顽劣,他深知它的秉性和手段。可是,他仍抱了那么一点点希望,也许它麻痹了,大意了。也许它就在他身边。在笔架的壁上,在台灯的旋钮上,只要它咔嗒半声,他也会立刻出击,让它无可逃遁。

天光放亮,周遭空空荡荡。这一夜,他又败给了它。杨一凡把桌上空白的纸揉成一团,丢到纸篓,慢慢立起。他一改颓势,如本已枯萎却又被意外浇灌的禾苗。在夜晚,他可以是诗人,可以是丈夫,可以与咔嗒捉迷藏,并伺机进攻。但白日来临,他的身份是镇长。他的脸上会长出另一张脸来。

2

机器,是杨一凡大学期间的绰号。一个原因是他不知疲倦,如机器一样运转。同宿舍的没有谁知道他何时就寝,也没有谁知道他何时起床。他回来时他们进入了梦乡,他离开宿舍,他们还未醒来。他也没有午休的习惯,别人呼呼大睡,他要么在教室要么在操场的树荫下,抱着《东方论》或艾略特、米沃什、夸西莫多的诗集。作为狂热的文学爱好者,他向来书不离手。另一个原因,与他严谨得近乎刻板的个性、习惯有关,比如他从没逃过课,只在一个窗口打饭,准时准点,星期天也如此,就像上了发条。杨一凡无论性情还是才华都与诗人搭不上什么关系,教古代文学的教授私下里这样评说。而同系的左刀,长发披肩,狂放不羁,蔑视权威,敢与校长叫板,那才叫诗人。当然,没人阻止杨一凡写诗,只是直到毕业,除了贺慧,没有人读过杨一凡的诗。左刀的女友不下十人,但维系最久的也不过半年,最短的也就四天半,而杨一凡一击而中。就精准程度,也与机器无异。

毕业后,贺慧随杨一凡回到老家,一个分配到一中,一个分配到二中,第二年两人就结婚了。杨一凡没放弃写作,诗人仍是他的梦想。夜晚,他不再是老师杨一凡,而是诗人北风。当然,他的生活改变了许多,虽然睡得晚,起得也早,但没像过去那么夸张了。大学的钢管床没什么可留恋的,而贺慧的身体则是富矿,财富滚滚,惊喜不断,纵然他是机器,也想多待一刻。而情爱也能激发写作的欲望,他的长诗《大河》就是与贺慧缠绵后写就的。

没有变化的是他仍有极强的时间意识。那时一中在平房里办公,教室则在楼房里,别的老师都是响铃后行动,而杨一凡不等铃响就来到教室门口。从办公室到教室需要两分钟左右的时间,动作慢的少说也要三分钟,在杨一凡看来,铃声一响老师登上讲台才对,那时间是属于学生的。而且,他从不拖堂,下课铃响,他便合上教案,而不像有的老师,把学生课间的休息时间全部占用了。杨一凡不是什么都不知变通,若上一节课的老师占用了课间时间,下节课是他的课,他会给学生留出几分钟上厕所。

即便现在,他像一块面,被岁月,被规矩,被这样那样说得出口说不出口的缘由揉得自己都认不出自己。与肥腻的肚腩没有关系,那不是身体上的,但他仍是时间的忠实信徒,不曾改变。

八点五十分,杨一凡准时走进会场,难免寒暄,难免握手,虽然可能昨晚还在一起喝酒,但难免突然间想起什么事,他得预留出说话时间。但不管有什么事,五十五分,他必须要坐到座位上。出门前,他就将手机调至静音,落座前,他又拿出来操作一遍。据说这叫强迫症,他不在乎什么症,他在意的是手机不能出意外。众目睽睽之下,那就难堪了。

临近中午,杨一凡的左腿忽然一震,虽然很轻,他还是感觉到了。那是裤兜里的手机传递给他的。他没像别人那样把手机放在桌上以方便翻阅。装在裤侧就是不打算看的,即便有事也不可能离开会场。会是县长主持的,重要自不必说。不可能离开,也就没有必要翻阅。虽然杨一凡的心思没有全部在会上,但样子是专注的。

仅震动了一下,是信息提示。遍地垃圾信息,银行理财、财富交流、赌彩、商品促销、旅游广告,还有各种各样的诈骗短信。以往,杨一凡绝对不会翻看的,会场之内,时间不属于他。可那天不知怎么了,或许是神经没有从咔嗒的落锁声中松弛,又或许是那震动不同以往,使他有了不祥的预感。他没忍住。摸到手机那刻,县长讲到三了,这意味着会议快结束了,不急这一时的。县长在意这个,某次开会,有人上了几次卫生间,县长在结束时话题突然一转,说某些同志前列腺不好,建议去医院查查。从此,凡是县长参加的会,没有人动辄上厕所或借上厕所的机会抽烟。不过,县长不是什么都能管住,比如翻阅手机,总有他望不到的地方。而现在,县长盯着稿子,无暇顾及其他,杨一凡有了可乘之机。终是摸出来。陌生号码,没有署名,内容也很简单,只有四个字:

蜂王复活

杨一凡突然一抖,手机差点掉落,就像被复活的蜂王蜇了。怕左右觉察到他的失态,他挺直了腰,昂起头,专注得不能再专注,其实县长的话他再没听进一个字。脑袋嗡嗡作响,似乎成千上万的蜜蜂在飞舞。

终于挨到散会,杨一凡哆嗦着拼写了三个字:你是谁?久久没有回复,杨一凡拨过去,却是关机状态。既然关机,那就是防着他打。下午现场会,一点半在政府门前统一乘车,时间紧,有几个人相约到附近的餐馆。杨一凡这样守时的人,更是没法回家的。但他没随那几个人去。他脸色有异,担心被瞧出来。而且也没心思吃饭。他必须弄清对方的身份,刻不容缓。

或是中午的缘故,移动大厅空荡荡的。两个穿蓝制服的女孩,一个在玩手机,一个迷迷瞪瞪,快睡着了。另一端的销售柜台,导购小姐正向一位男子介绍手机。杨一凡走向玩手机的女孩,同时扭了一下头,仿佛被人跟踪,他要确认是否甩掉。他的神情警觉而不安。落地玻璃,外面的一切清清楚楚,门前是马路,对面是一家大型超市。杨一凡略略顿了一下,然后靠近柜台。女孩的态度倒是不错,立刻放下手机,并浮起刻板的职业性微笑。杨一凡说出号码,不到十秒便查出来了。你确认是曲靖?话说出口,杨一凡立刻觉出自己的愚蠢和失态。女孩倒没在意,说电脑查询,错不了。杨一凡哦哦两声,问她机主姓名。女孩摇头,说没有这项业务,客户信息需要保密。杨一凡加重语气,不就是一个姓名吗?女孩低下头说,对不起。杨一凡说,你是新上岗的吧?我查过的!打瞌睡的女孩睁开眼,提示杨一凡,只要交一块钱话费,就可以出单子。杨一凡明白她的意思,立刻照办。交费凭单上果然有姓名:张∗峰。中间的字隐去了,不过还是能看出来,是个男人的名字。当然,女性用峰字的也很多。男女并不重要,或许名字还是假的,与面具无异。他查到归属地,查出姓名并无实质意义,除非发信息的人站到他面前。对方为了误

319

导他,跑到曲靖用他人的身份证办一张卡,这种可能不是没有。

当然,这一趟并不白跑,最起码知道了号码所在地,即使名字是假的,与曲靖也有着千丝万缕的关系。当我能判断出假,那么离真也就不远了。有一次和阎有道喝酒,阎有道带了醉意,大谈自己破案的经验。杨一凡想,他该帮上忙的。

走出移动大厅,他吃了碗重庆小面。极度烦躁,他就猛吃辣椒。当然不是治愈不安的良方,而是麻醉剂。他要确保这个下午不能出任何差错。会终于散了,乡里安排了便饭,平时县长多半是不吃的,那天的会开得成功,县长高兴,高兴就留下了。县长在,没有哪个人会提前撤离,杨一凡就更不敢了。回到县城已经八点多了,杨一凡回家取了几件换洗衣服,便返回营盘。

踏进派出所的走廊,杨一凡就闻到呛鼻的味儿,那是阎有道特有的老烟味。阎有道有三毒,眼毒舌毒烟毒。眼毒是说他走在人群里,只要轻轻一扫便能识辨出有前科的人,甚至窥探到对方心里的鬼。舌毒是说他言辞锋利,在他面前撒谎比登天还难,三句话不到他就能让对方露出破绽。再一个是他爱说脏话,特别是对那些惯犯,也因为这个,他没有提起来,尽管多次立功,至今仍是所长。他曾被抽调参加专案组,案子结束,组长这样评价:能力是有,味儿太重。自然嫌他管不住说脏话的舌头,另一层意思恐怕也与他的第三毒有关。阎有道不抽烟卷,只抽老烟。烟瘾又大,有个夸张的说法,他一天要用半本书卷烟。犯在阎有道手里,等于掉进烟囱。

门虚掩着,杨一凡轻轻一推便开了。烟浪扑来,杨一凡没忍住,咳嗽了两声。老阎,你这是要杀人呢,杨一凡叫,赶紧把窗户打开!阎有道边开窗户边说,以为你不过来了,待着无聊。杨一凡走至窗前,深吸了几口才落座。阎有道给杨一凡沏茶,杨一凡摆手,说白水就可以,喝茶睡不着。阎有道说,红茶,不妨事的。杨一凡说红茶也不行,最近睡眠很差。阎有道将杯里的红茶倒掉,冲洗过,换了白水。阎有道说,失眠什么味儿?我倒真想尝尝。杨一凡笑说,就怕你一尝上瘾。他瞅了瞅阎有道喝水的家什。阎有道不讲究,用的是罐头瓶子,那一罐至少装二升。茶叶也浓,整个杯子全是撑展的叶片。杨一凡想,这浓酽的程度也算得上一"毒"了。阎有道说,失眠的都是有文化的,像我这种粗人,这辈子怕是没机会尝了。杨一凡笑笑,骂了脏话。他不轻易骂的,但和阎有道在一起,不说几句脏话,就好像饭菜虽好却没有酒,难以成席。有些工作需要派出所配合,而是否配合,怎么配合那就是阎有道一句话。阎有道的手下没有不服他的,都对他言听计从。上任后的第三个月,杨一凡和阎有道闹过不快,当然也不是多大的事,或者说,根本不叫事,不过是阎有道说了几句粗话。杨一凡对阎有道早有耳闻,阎有道的故事有几箩筐,可那天的场合不同,虽然阎有道不是针对在场的人,但在场有几个女性,而杨一凡毕竟是镇长,就说了阎有道。阎有道没有生气,可回敬的话不好听,是更脏的脏话。后来相处,杨一凡发现了阎有道的许多优点,他虽然脏话连篇,却不在心里做事,什么都摆在明面上,关键是能力强,营盘镇的治安全县第一,阎有道功不可没。而杨一凡没有根基,呆气十足——这是阎有道的评价,也令阎有道惺惺相惜。两个性格不同的人就这样成了朋友,当然不是无话不谈,杨一凡绝不会把自己的秘密和他说,可一些事,他会听听阎有道的建议。

　　杨一凡的脏话果然有效,阎有道的长脸绽出笑意,说,大半夜的不搂着弟妹快活,跑回镇上过嘴巴瘾。杨一凡说,年龄大了,没激情了。阎有道骂,装什么大尾巴狼?你若大,我岂不是老爷爷了?

　　刀来剑往,互劈一阵,阎有道问,又有任务压下来了?杨一凡摇头。阎有道问,人事变动?离年底还早着呢。杨一凡说,我昨天做了一个奇怪的梦,被蜜蜂蜇了。阎有道乐了,是你蜇了别人吧。那个人不是弟妹?阎有道虽是玩笑口吻,虚颤的目光却有钩状的东西。他未必能嗅到什么,但在他,已经成了习惯。进门那刻,杨一凡本打算让阎有道分析那条奇怪的信息,但阎有道的关切反让他迟疑,胡乱扯了一个梦。他确实被蜜蜂蜇过,但不是在梦里。而阎有道目光里的钩加重了他的不安。暂且按下,他想,我还不能确定。

3

　　并不是每个吉他手都需要伴奏
　　它唱给自己

梦破了

也会落在花丛中

——北风《蜜蜂》

那是他的秘密,犹如心上的疤痕。

两年前的夏日,杨一凡从算盘洼回营盘镇,抄了一条近路。算盘洼到营盘镇虽是土路,但还算好走,有些锅盖大的坑洼,都用碎石子垫了,即便下大雨也不至于泥泞得迈不开脚。各村到镇里的路,宋庄那一条是最好的,柏油路,乔石头个人出资修建的。其他的都是水泥路,只有算盘洼是土路。本来也要用水泥打的,装水泥的罐车都开到村口了。一个六岁的男孩牵了松鼠瞧热闹,松鼠早已被男孩驯服,非常听话。但车开过来时,松鼠突然受惊。松鼠没往墙角跑,径直蹿向罐车。男孩拖拽不住,被松鼠拽向车底。司机毫无防备,急踩刹车,还是晚了。司机被悲伤愤怒的家人一顿乱揍,腿和胳膊都折了。哪怕是金路也甭想修了。马家是大户,占了算盘洼一半的人口,马家反对,自然修不成。原镇长受了处分,由杨一凡接任。五年下来,杨一凡自觉做了不少事,但算盘洼的路始终没有修成。杨一凡此次到算盘洼,仍是为了这个,但再次受挫。

那是下午,微风缠绕,远日红黄,鸟雀不时飞过头顶,玉米放肆生长。乡间没有奇景,但处处是景。只是杨一凡无心欣赏,他沮丧而郁闷。当然,不只是因为算盘洼的路。已经有相当一段时间,说不清是何月何日,焦灼嵌入了身体。有时是能说上缘由的,比如某件事令他着急上火,可很多时候并没什么缘由。睡眠差极了,白日如此,夜晚照旧,他再不能像过去那样,哪怕熬至一两点,倒头即睡。那时,他和阎有道一样,再浓的茶也不影响睡眠。虽是短短的几个小时,但足以养精蓄锐。为了能好好睡一觉,杨一凡关掉手机,早早躺到床上,强迫自己闭眼。眼睛能闭上,却不能合上大脑的开关。终于烦躁得坚持不住,他睁开眼,要么午夜要么凌晨了。即便能再睡几小时,也不像过去那样,稍有动静梦就散了。再之后,就听到困扰他的落锁声。他认为与睡眠差无关,他平时多住镇里,在办公室是听不到的,那声音只在家里。可在他安然入梦的时光,耳边只有贺慧均匀的呼吸,落锁声是他患了失眠症之后才有的。这又是怎么回事呢?他弄不清楚。

杨一凡昏头昏脑,没走径直通往镇里的路,而是拐进了林带间的人行道。没有缘由,杨一凡不知那个念头是怎么冒出来的。他骑的是轻便摩托,在乡间,极方便。书记新买了桑塔纳2000,把那辆旧普桑给了杨一凡。杨一凡只在冬天开,夏秋之季,他更喜欢摩托。尤其是下乡的时候。

出了林带,便望见黄灿灿的葵花。杨一凡的眼睛突然一亮。并不是第一次见到这么大面积的葵花,全镇十多个村子,他每年都要转几遍,油菜花、胡麻花、葵花、马铃薯花,都引发过他的诗情。这片葵花并无特别之处,只是出现得突然、意外,因而有难以名状的惊喜。杨一凡熄了摩托,凑近猛吸,很贪婪的样子。除非特别情况,杨一凡才让办公室的人跟着,平时他一向独来独往。他喜欢自由,比如现在。若他人在跟前,杨一凡绝不敢如此轻狂,甚至有些放浪了。

足有一刻,杨一凡的脸才挣脱金黄的花瓣。然后,他朝地头的养蜂人走去。约二三十个蜂箱,箱边是浅绿色的帐篷。养蜂人头戴草帽,帽檐处缝接着耷拉到颈部的白纱。养蜂人正在搅拌,蜜蜂上下翻飞,有一只试图落到杨一凡头顶。他挥挥手,蜜蜂飞走了。

杨一凡对养蜂没什么兴趣,嘴有点儿干,想讨口水喝。养蜂人没抬头,指指帐篷,说在里边,你自己舀。声音很细,似乎还有甘甜的味道。他看不清她的面容,她穿着深蓝色的工作服,宽大的袍子掩盖住身体的曲线,若不是她的声音,真难以识辨性别。

帐篷里拥挤不堪,床垫、桌子、炊具、马扎、脸盆,杨一凡环顾一圈,看见角落的塑料桶。他揭开桶上的盖子,果然是盛放水的。杨一凡舀了半杯,发现上面漂浮着一根柴火。杨一凡不是多么讲究的人,但也不是什么都不在乎。他走至门口将水泼掉。养蜂女回头瞅瞅他,又埋下头。杨一凡再次舀了,仔细检查过,仰脖灌下去。

杨一凡没有立即走掉,和养蜂女聊了聊。准确地说,是他在问。来这儿多久了,一夏产多少蜂蜜,一年走几个地方,等等。他随便问,没什么目的。那天下午没别的事,不急着回镇里。问到饮水时,养蜂女说是从村里挑过来的。杨一凡这才明白,他泼水时,她为什么会那么瞅着他。对她,水金贵如油。有什么困难,你可以找一下当地政府,或许是心里有愧,他说着场面上的话。然后就有点儿后悔,若她知道他是镇长,提出难办的要求,他该如何是好?养蜂女看看他,什么也没说,或许认为那不过是玩笑,根本不值得放在心上。

杨一凡正待离开,养蜂女突然说,你睡眠不好吧。杨一凡惊呆了,他一动不动,仿佛她的话是神针,将他牢牢定住。半晌,他才问,你怎么知道?养蜂女说你嘴唇焦裂,脸色晦暗,两眼布满血丝,明显是阴虚火旺,睡眠不足。杨一凡笑笑,装出不在意的样子,说你懂得还不少。养蜂女提出,若他信任她,可以试试她的蜂针疗法。杨一凡又是一惊,你会?养蜂女笑了一下,不会我就不说了。杨一凡迟疑,疼吗?养蜂女说,治病哪有不疼的?杨一凡有些不快,我没病!这算什么病。养蜂女没吭声。杨一凡意识到自己过于敏感了,放缓语气,要多久?养蜂女说,可长可短,在你。杨一凡问,你怎么收费?养蜂女说,你不像掏不起钱的人。杨一凡说,若是治,还是说清楚的好。养蜂女说,你先试一下,我不收你钱的。杨一凡问,现在吗?养蜂女说,什么时候都可以。

走进帐篷,养蜂女摘下帽子。她三十几岁的样子,眼睛不大,嘴唇略厚,脸色黝黑了些,不怎么好看,当然也不难看。她的头发倒是不错,乌黑浓密,还有嗓音也甜美,杨一凡和她闲聊,意识深处或是被她的嗓音吸引了。

杨一凡按照她的吩咐躺在床铺上。她拿了玻璃罐子出去，进来时罐里多了几只蜜蜂。她跪在他头侧，用细长的镊子夹了一只蜜蜂出来。他的目光一直追随着她，他仍有疑惑。不仅是对她所言的蜂针疗法，还有对自己的任凭摆布。这个自己是陌生的，好像躺在这里的不是他。那个人极为顺从，养蜂女说把眼睛闭上，他就乖乖闭上了。

比针刺略轻，但极痛。杨一凡没忍住，叫出声。养蜂女责怪道，让你吓着了，忍着点儿！蜇你一针，蜜蜂就活不成了，疼也轮不着你！杨一凡便咬了牙，呼吸也变轻了。

蜇了七下，也可能是八下，脑袋又痛又胀，杨一凡长呼一口气，正要坐起，养蜂女制止，别动！她并未看他，待把玻璃罐放至方桌上，才说，得按摩一会儿，让毒散开，不然肿得厉害，你没法见人。杨一凡忽然想起少年时代被蜂蜇过，眼睛肿成一条缝。若是这个样子，他没法回镇里。他问养蜂女会肿得很厉害吗，养蜂女说，都在穴位上，不碍事。她再次在他头侧跪下，没待她下令，他就合上眼睛。

养蜂女的手指很软，没有骨头似的。头更痛了，是另一种痛，一种混合着痒混合着醉意的痛。好像她把什么东西揉进了他的脑袋。头颅渐渐变轻，继而飘离了身体，脖子以下的部位不再属于他，没有任何感觉。可是他又觉出四肢和躯干的存在，随意摊散在四周，如被削掉丢弃的土豆皮。他想拾捡起来，与他的头颅缝接住,但他用不上力气。头颅越飘越高,像一朵轻薄的云,在风中游来荡去。

后来,他就看见了那匹白马,失窃的白马。白马是父亲从后草地买回来的,不到半年便被盗窃了。窃贼从马圈的后墙上掏了窟窿,轰隆的雷声为窃贼做了掩护。父亲走遍周边的村庄和牲畜交易市场,没发现任何踪迹。都劝父亲别寻了,父亲不死心,双目赤红,犹如困兽。父亲在寻马的夜晚栽进了水泡里。

原来白马在这里!他往下沉了沉,打了一个只有白马能听懂的唿哨。白马长嘶一声,向他奔过来。他心中大喜,急落下去,想如以往那样骑到马背上。可他太轻了,怎么也落不下去。稍一碰便又飘浮起来。白马不耐烦了,撒蹄狂奔。他追逐在身后,越过树林越过丘陵越过小河,在鲜花盛开的草野,白马终于慢下来。他追上了白马,却没有急于落下,就那么飘着……

杨一凡睁开眼睛,帐篷昏暗,养蜂女正背对着他切菜,他只看到一个轮廓。听到动静,她转过身,你可真能睡!他不相信似的,问,我睡着了?养蜂女笑出声,睡没睡着你自己还不清楚?杨一凡环顾一下,想寻找另外的证明。很多时候,他确实不清楚是否睡着了,他常常处在半睡半醒之间。当真是睡着了,他缩回目光,终于确信。睡了多久?他又问。养蜂女肯定以为他没话找话,说太阳落山了,你算算睡了多久。他计算得极为吃力,仿佛那是多么深奥的题。算出来那一刻,他又怀疑了,这一觉实在是太久了。养蜂女说,看你睡得香,我不忍叫你,误事了?杨一凡说,没有。突然醒悟过来似的,他一跃而起,钻出帐篷。

杨一凡骑得有些快,仿佛身后是深渊,他急欲逃离。回到镇里,天已黑透。办公室的小刘过来,问他是否吃过饭,他说吃过了。小刘没多问,杨一凡黑天半夜回来是常事,有时在村里吃,有时空着肚子回来。小刘离开,杨一凡立刻站到镜前。头发略有些乱,骑摩托风大,难免。脸庞没有肿大,只是像喝了酒,浮着一层薄薄的红。杨一凡吁了口气,只要不走样就好。

杨一凡早早躺到床上,他终是有一些不安和怀疑。和养蜂女的相遇像一个梦幻,在梦里,他还看到了白马,梦套梦,梦夹梦。她的话犹在耳边,她的相貌却怎么也想不起来。他甚至冒出疯狂的念头,返回去探个究竟。只是,黑夜不比白天,偷摸来去不被人发觉并不容易。理智终是占了上风。

杨一凡睡到天亮才醒来,而过去,不,就在前一个夜晚,他还爬起来两次,胡乱写了一首诗。没有激情,写诗不过是为了抵制焦躁。他想起养蜂女和她的蜂针疗法,仍有疑惑,但兴奋和惊喜亦如煮沸的水,珠泡浮现,难以抑制。

作为镇长,杨一凡自觉是称职的,心怀杂念却不敷衍,不过把一天的工作压缩至半日。突发事件不是每日都有,这个他不担心,既是突发,担心也无益。当然,他也不敢麻痹大意。午后,他离开办公室,特意把手机铃声调至最高。他深知保持通讯畅通的重要。

望见那片黄灿灿的葵花,杨一凡忽然想起《聊斋》,他可别成了那些故事的角色。待看到帐篷,看见在炎热中戴着纱帘帽忙碌的身影,他吁了口气。

他没有骑至近前,仍将摩托停在几十米外的路边。他和养蜂女打招呼,养蜂女像是料到他会来,没有丝毫惊讶。她让他先进去,她再有十分钟就忙完了。杨一凡想和她聊天,但环顾一下四周,把到嘴边的话咽进肚,悄无声息地钻进帐篷。

4

那几天不是特别忙,杨一凡每日都能挤出时间治疗,若白天抽不开身,就晚上去。只有一次,是隔日治疗的。杨一凡仍避着人,偷偷来去,仿佛在干什么龌龊勾当。他为自己编了个身份,提防养蜂女去镇政府找他。但养蜂女从来没问过他的姓名,更没问过他的来历,她对这些似乎没有丝毫兴趣,她的问题只限于他的病症,在她那里,他只有病人这个身份。这让杨一凡踏实许多。当然,就是她追问,也绝不会问出什么的。起初,杨一凡到那儿就立刻钻进帐篷,后来没那么紧张了,会在外边站一会儿。即便有人看见也没什么大不了,他想,他为失眠困扰,难道没有看病的权利和资格吗?虽然身心放松了,却做不到坦荡,没把治疗的事告诉任何人。

程序是一样的,蜂蜇,按摩。每次他都会饱饱睡上一觉,她柔软的手指像有魔法,揉捏几下,他就进入梦乡。杨一凡被失眠煎熬怕了,白天从来不睡觉,一来没时间,二来白天睡了,夜晚就更加睡不着。但在蜂疗期间,不管白天睡多久,夜晚照样睡得很沉。有时他想琢磨点儿事,还没等想出眉目,眼皮便如厚重的门板合在一起。能安稳睡觉,他也没那么焦虑了,不再惶惶不安,如热铁板上的蚂蚁。他回了趟家,令他惊奇的是那个烦扰他的声音消失了,整整一夜呢,他什么都没听到。老天啊,他像被黑暗的牢笼里关了太久,几乎绝望的囚徒,突然被扔到阳光下,被告知自由了,那份惊喜难以形容。要知道,杨一凡去正规医院看过,药吃了无数,勉强能睡,但没把落锁声驱离。这倒罢了,还添了另一项病症:耳鸣。他弃药不吃,也是这个缘故。养蜂女针到病除,与神医无异了。

唯一让杨一凡不踏实的是,治疗结束,还会不会复发。她说要三个疗程,每个疗程十天。一个月,当然可以坚持,若能彻底治愈,三个月也不是问题。养蜂女说复发是有可能的,但一年之内应该没什么问题。杨一凡有些失望,继而又想,一年也可贵啊。若每年治疗一个月,与治愈无异了。杨一凡问她明年是否还来,养蜂女说也许来也许不来。杨一凡急了,问她为什么。她自然明白他的意思,笑了笑说,蜂针不是万能的,今年疗效明显,明年或许就不起作用了,她在别处也给人治过,有的有效有的无效,所以她来与不来不是关键。不过,她语气一转,只要还养蜂,她肯定要来的。杨一凡说那就好,他没掩饰自己的渴盼。在内心深处,她更像救命稻草。

第十六次治疗是周六,杨一凡给贺慧打电话说不回去了。

周六日不休息是家常便饭,贺慧从来不说什么,也不问什么。杨一凡想待久一点儿,请养蜂女吃顿便饭。他买了几样熟食,几瓶罐头,还有啤酒。除了首次问过治疗费用,他再没问过。治疗结束,一并给她就是。她治好了他的失眠,只要承受得起,他不打算与她讨价还价。

他是快中午时到的,仍把摩托停在远处。杨一凡扬扬手,说今天我请客。养蜂女没说任何客气的话,她解开袋子,把里面的食物放到盘子里,摆在小桌上。杨一凡买的种类多,她没那么多盘子,即便盘子够用桌子也摆放不下。她便把袋子靠住桌腿,说买多了,吃不了的。杨一凡笑笑,说放三五天坏不了。他问可以喝啤酒吗,养蜂女说别喝多。杨一凡说我平时不喝的,有客人才喝。突然意识到这句话有可能泄露身份,补充,北方人好客。这句话更不妥了,以为她会反驳。她是南方人嘛。但她皱皱眉,说出的却是,这鱼可真咸。杨一凡让她尝尝豆腐皮,养蜂女嚼了几口,杨一凡问还成吧,养蜂女说,正好。杨一凡问,味道呢?养蜂女说,比我老家的好吃。杨一凡告诉她,他特意买的罗家豆皮。然后讲罗家豆腐多么出名,外地人跑上百里路,就为吃一顿罗家豆宴。如果你到镇上……蓦地想到什么,说算了,不提前预订是吃不上的。养蜂女似有怀疑,不就是豆腐吗,能做出一桌子菜?杨一凡说,当然不止豆腐了,鸡呀鱼呀都有的,不同的食材自然不同的味道。养蜂女说,看来你常吃喽。杨一凡说,也就吃过几次,常吃谁吃得起。养蜂女说,你不像吃不起的人。杨一凡岔开话,问起她的收入。

　　养蜂女喝酒的样子有那么一点儿豪爽,因为喝得猛,酒沫溢出嘴角,如溪流样流向下颌。杨一凡递一块纸巾给她,她没接,用手捋了捋。杨一凡不知她的酒量,轻轻扫扫桌腿边的啤酒罐,担心不够喝。但喝完一罐,养蜂女就不喝了。大约一小时后,开始治疗。

　　昏沉间,杨一凡又看见了白马。不同的是马背上多了位女子,一身黑衣,长发飘摇。白马奔驰时,黑衣与乌发融为一体,如翻腾的波浪。杨一凡看不到黑衣女子的面容,但其颠簸的背影似乎在哪里见过。杨一凡如云彩追在其后,没被甩掉,但也未能赶上,始终没有看清女子的芳容。他不死心,紧追不舍。蓝天碧草,一先一后。

　　一觉醒来,日已西斜。想起刚才的梦境,有些美,又有些遗憾。他没有坐起,意识中,似乎躺一躺仍会回到梦中。然后,他就看到坐在门口的养蜂女。她手持木梳,梳理着几乎拖曳到地上的长发。她的头发似乎在他睡觉的工夫突然长长了。她像极了那位黑衣女子。不,应该说黑衣女子像她,她和她或许就是一个人。她安静、专注,偶有蜜蜂在头顶盘旋,像在为她喝彩,她的脸侧被夕阳涂抹出一块浑圆的粉。杨一凡陷入呆痴中。这绝世的画面他只在梦里见过。抑或,他现在就在梦中?他的身体突然轻飘,飞离了床铺。他小心翼翼,生怕惊扰了她。飘至门口,他突然从背后抱住她。她没有惊叫没有慌张,似乎等待的正是这一刻。他抱起她,退到帐篷,将她搁到床铺上。她嫣然一笑,少女般娇羞。他俯下身,吻了吻她的红唇,然后伸向她的领口,轻轻一碰扣子便开了。解第二粒却没那么得心应手,头上冒了汗,好半天才解开。解开褂子,褪掉裤子,剥去内衣,白皙的身子展露出来。他正待抚摸,她窥窥门口,说,把门关上。声音很轻,她的嘴唇几乎没有对接。可是,就是这轻如羽毛的声音把杨一凡从混沌恍惚的梦幻中拽出来。杨一凡突然惊醒,看见自己跪立在床铺上,养蜂女赤身裸体,脸若桃花,而他则光着膀子。大脑一片空白,不知怎么了,唯一清楚的是有事发生了。他剧烈地哆嗦着,如没头的苍蝇撞了几下,才撞到上衣。他没敢看养蜂女,仿佛她是邪恶的妖女美杜莎,看一眼他就会化作山石。他低着头,慌里慌张钻出帐篷。双腿发软,跌撞数次才跨上嘉陵摩托。路边有石,他躲避不及,滑跌进沟里。还好沟不深,又覆盖了枯叶杂草及食品袋。没出危险,只把脸颊擦伤了。

从那夜开始,杨一凡又失眠了。半个月的治疗前功尽弃,只是睡了几天好觉。但让杨一凡痛苦惶恐的并不是他将再次被漫漫长夜折磨,而是帐篷里的疯狂和荒唐。他一遍遍回忆,如负责的清洁工,不放过角落里的任何灰烬和浮尘。但想到脑袋疼了,仍不明白他和她怎么就到了床铺上。他只记得跪在她的身侧,她裸着。他和她是未遂还是已经……越想越糊涂,到后来,他连她是顺从还是反抗都没有记忆了。只有她赤裸的身体冰山一样横亘在脑里。

风暴要来了,杨一凡想,若没有这样的身份,他没准就逃往他乡,亡命天涯了。可他是镇长,不能逃。又能逃到哪里呢?每日照旧去食堂,照旧下乡,只是避着那条路,避着那个黄绿色的帐篷。镇定是强装出来的,他的心几乎被利斧劈削成碎碴。他知道,只要她一句话,就算他不进监狱,仕途也会画上句号。她可能不清楚他的身份,但那不重要,阎有道可不是吃素的。也许,他该登门致歉,毕竟他是她的病人,毕竟已经发生了,他愿意补偿她,哪怕她提过分的要求,他也会答应。

一周过去了,养蜂女没有露面。

又一周,仍然没有事情发生。养蜂女放过他了,他想,她没打算闹大,或根本不当回事,又或,那只是他的幻想。他自是没法治疗了,但得把治疗费给她。若是赖掉蜂疗费,他连无赖都不是了。只是,他犯愁和养蜂女见面,他难以想象那个场景。那几天事情又多,一拖再拖。

那个上午,杨一凡和小刘到新搬迁的市场检查,突然看见养蜂女。杨一凡魂飞魄散,感觉小腿都抽筋了。养蜂女也看见了他,两人相隔不过五米。他以为养蜂女会喊他,但她神情冷淡,对视几秒,便折进旁边的店铺。杨一凡吁了口气,她不是为他而来,他看到她手里拎着豆腐。但愿如此。可杨一凡仍然心惊,走出市场,他打发走小刘,又返回。他没进店铺,站在拐角处,装作打电话。过了一会儿,养蜂女走出来。杨一凡迎上去,但目光并未落到她身上。市场里的人多半认识他,他自然不敢大意。和她擦肩的一刻,他猛地立住,小声说,改天我把诊疗费送过去。原本不需要这个程序,直接送过去就是。可既然碰了面,他若一声不吭未免不近人情。当然,他还怕触怒她,她本已放过他,可他连招呼都不打,装作路人,她如果改变初衷,突然彻底地翻脸,那他就大祸临头了。养蜂女顿了顿,一声不响地走开。也许她没当回事,也许这笔账要留待他上门再算,但只要她不告发他,那就不是最坏的结果。

三天后的夜晚,养蜂女的帐篷失了火,杨一凡再无和她相见的机会。

5

大雁南归
天空没有路标
忘却猎枪
忘却干涸的河
　　——北风《记忆》

从阎有道屋里出来,杨一凡沿公路走了一段。他不急着回屋,反正也睡不着,躺着更煎熬。他常在夜里游走,黑暗令人放松,纵然脸色异常也没人窥得见。

养蜂女的死令杨一凡自责了很久,仿佛那是他一手造成的。听到消息时,他如遭雷击。他难以相信,特意跑去看了。葵花仍然盛开,他睡了十多次甜觉的帐篷已是焦黑一片。养蜂女被烧得辨不出模样了。阎有道和县公安局的人忙着查看现场,寻找可能的线索,没有注意到站在外围脸色惨白的杨一凡。杨一凡没敢久留,快速离开。

侦查排除了他人纵火的可能,事后阎有道说,养蜂人住的帐篷铺了易燃的泡沫板,着火后又引爆煤气罐。阎有道与刑侦队的刑警推测一致。附近有几个养蜂人,都是浙江的,彼此并不熟悉,只知他们的"邻居"是云南人,其他一概不清楚。而附近的村民更是知之甚少。现场没有找到手机,没找到任何可以查找她身份的信息,于是便按无名尸体作了处理。

有好长一段时间,杨一凡心里像插了把刀。虽然养蜂女的意外与他无关,但他总觉得他该负责,至少,该负其中的一部分。而负什么样的责任,他又说不出来。他不敢把刀拔出来,那是对他的惩罚,是对他无礼莽撞唐突疯狂的清算。

两年时间,刀子始终在,他仍没有能力也没有勇气拔出来。只是不再锋利,他虽不能彻底忘却,却渐渐忽视了刀的存在。但怪异的让他摸不着头脑的信息跳闪出来,那把柔软、残破与身体化为一体的刀突然锋芒闪射,令他万分惊恐。

上床前,他看看表,差五分一点。得马上闭上眼,要不这一夜就废掉了。他没给自己下命令,不过是下意识的念头。命令,哪怕是自命,也令他焦躁。任何情绪的波动都影响、阻碍他入眠,而睡不着会越发地焦躁。度过一个又一个笼中蒸煮的漫漫长夜后,他学乖了,不强求不号令,能否入睡,睡长睡短完全交给时间和上天。说好听点是顺其自然,说难听点是破罐子破摔。但破摔有破摔的好处,不抱奢望,反而能进入梦乡了。有时下意识的念头也捣乱,让他紧迫而不安。今天就是这样,眼皮合上了,心却惶然,如被追逐的猎物。

不得已,杨一凡翻身坐起,再次拨那个电话。仍然处于关机状态。他又看了看那条短信,仍是一头雾水。谁是蜂王,何以复活?和他又有什么关系?枯白的灯光下,他双眉紧皱,像挂了把生锈的大锁。

再次躺下,杨一凡没看表。只是躺着而已,时针如何行走与他没有任何关系。他已被逐出时间,白昼与黑夜于他没有任何意义。他还有什么可担心和记挂的?

清早,杨一凡被拍门声惊醒。想来他是睡着了。接着听到男人的呵斥和女人的辩解,斥责声音不高,没有底气似的,辩解正好相反,嗓门大,怨气足。男人是小刘,女声,他听出来了,是算盘洼的林月莲。

算盘洼两大难,其一是出村的路,其二便是这个林月莲。路去年总算修了,而林月莲的问题却是解决一桩,又来一桩,没完没了无穷无尽。也不是什么大问题,不过是宅基地被占,电工断了她的电,甚至母猪配种的问题。她不找村干部,直接找镇政府,而且只找镇长。为此杨一凡多次训斥算盘洼的村主任,村主任满腹委屈,他不能拴她的腿,也不能派人看守。杨一凡虽然烦她,但没发过火,都尽可能地化解。去年冬天,林月莲向杨一凡告状,她的公公骚扰她。杨一凡说这事不归他管,让她找派出所。但林月莲认定了他,他不管她就在门口守着,还拦了一次县长的车。杨一凡派小刘调查过,林月莲的公公六十出头,老实木讷,借十个胆子也不敢招惹她,林月莲所言子虚乌有,纯属诬告。而林月莲的公公知道儿媳告他,也并不生气。"她就那样,不折腾就烦,我不和她计较。"小刘转述。林月莲公公这番话让杨一凡打消了让阎有道出面的念头。他忽然觉得,林月莲是病人,是和他一模一样的病人,不过是症状不同而已。其实她心里很难受的,他想,竟暗暗生出一点点怜惜与同情。当然,他不敢把自己的想法说出来,那会被当作疯子。他告诉小刘,只要不影响正常工作,不要拦她。她不是每天来,都是烦乱得控制不住的时候来。

杨一凡打开门,林月莲一脚跨进来。小刘欲拽她,她说,你甭拉,我这衣服值几千呢。杨一凡示意小刘,小刘退出去。林月莲径直坐到椅子上,阎王好见,小鬼难缠,不待杨一凡说话,就说起昨日她丈夫刚出外干活,她公公就怎么怎么着她了。杨一凡刮胡、刷牙、洗脸,她自顾自播报。没什么新鲜的,杨一凡耳朵磨出几层茧子了。待她停顿,他几句敷衍,便可以把她打发走。与别的问题不同,她不指望有什么结果,杨一凡能听就等于在管。既然他"管",她也不会赖着不走。

杨一凡是想如以往一样听她告发完毕的,但那个早上他突然不耐烦了。他本就焦躁烦乱,如熊熊烈火,而这个女人竟然还往烈火上泼油。

你想怎样?把你公公抓起来关进监狱?杨一凡语气冰冷。林月莲猝不及防,突然结舌。杨一凡说,我这就把你公公招来,你们法庭上见,不过,坐牢的可不一定是他。林月莲猛然立起,椅子被带倒,杨镇长,你……不管了?杨一凡硬邦邦的,你让我怎么管?林月莲说,我不知你怎么管,反正你是镇长,不能不管。杨一凡呵斥,老实待着!哪儿也别去!林月莲说我还有事,改天再来,像生怕杨一凡拽扯她几千块钱的衣服,迅速闪出去。

杨一凡盯着空荡的门,不知他治愈了她,还是加重了她的病症。谁见了她都烦,其实她挺可怜的,他想。那么,作为镇长,他该不该听她有板有眼的胡言乱语呢?也许不该驱逐她,但他并不后悔。我没工夫听她絮叨,我有更重要的事要办。

6

从什么时候开始焦虑的?杨一凡记不清了,又是因为什么事焦虑的?他也说不上来。

肯定不是少年时代,那时他蒙昧无知,如青涩的豆荚,不识愁滋味。泡胀的父亲被拉回,不能进村,搁在村外破旧的门板上。父亲躺在那里,似乎还在鼓胀,盖在身上的床单被顶起一个大包。母亲几次哭得晕过去,悲伤绝望天塌地陷。他只知父亲从此离开他了,却没去想没了父亲会怎样。他也难过,也流泪,但与此同时他盼着快快从门板前离开,膝盖又麻又痛,他跪得快支撑不住了,更让他难以忍受的是父亲的尸体散发出的腐臭,还有飞来撞去的苍蝇。他不时擤一下鼻子,没有鼻涕,不过是想把堆积、混浊、粘稠的气味捋掉。母亲没掩过口鼻,有时反大张着嘴,这令他万分不解,难道母亲闻不到? 难道她不觉得恶心? 夜晚来临,母亲问他困不困,他如逢大赦地点点头,以为母亲会打发他回去睡觉,没料母亲让他枕着她的腿睡。就在这儿,在腐臭的气息中。他很是委屈,甚至有些愤怒。母亲让他靠近她,他偏不。夜长着呢,你睡会儿,母亲几乎央求他。他老实乖顺,没违拗过父母,但那个夜晚,母亲的话失去了效力。她为什么要守着? 盗贼只偷白马,绝对不会偷纹丝不动的父亲。要守,母亲一个人就够了,为什么让他和她一起守? 他困得脑袋都拎不起来了。他和母亲无声地较量着,最终是母亲妥协,打发他回家睡觉。多年后,他才明白母亲为什么让他陪着,然而那时他对母亲内心混杂的悲伤和恐惧毫无觉察,在她最需要他的时候,他逃离了,并为自己的胜利而窃喜。

自然也不是大学时代,那是他人生的黄金期。他是村里第一个考上大学的,还是省城的大学,孤儿寡母,一向门庭冷落,那几日却被踩破了门槛。祝贺的,求经的,说亲的,夜里十点还有人敲门。村会计要把当裁缝的妻侄女许给杨一凡,被母亲婉拒,晚上再次登门,说若是两家结亲,就送给杨一凡一辆飞鸽自行车。母亲依然笑脸相迎,但是再次婉拒。母亲在父亲意外身亡的第二年开始吃斋念佛,一心向善,她说情意没有大小,一根针是情,一座塔也是情,"哪怕你当了省长,也不要忘记。"开学前,母亲摘了两个瓜,挖了几个尚未完全成熟的萝卜去宋庄看望祖奶。他的村不归营盘镇管辖,距宋庄三十多公里。他想借一辆自行车,母亲不让,他只好和母亲步行去。一九八〇年代中期,自行车在他的村庄还是奢侈品,并非家家都有。不然村会计也不会以自行车诱惑他。他之前去过宋庄。他年幼时体弱多病,也不是什么大病,就是没来由的头晕,也去医院看过,始终不见好,便去找祖奶。那是父亲和母亲带他一起去的。过程已经模糊,只记得祖奶摸了摸他的头,开了一个药方,喝了半个月,竟然好了。第二次去看望祖奶,他印象深刻,走出没多远,母亲便崴了脚,他要返回去,母亲不肯,赶到祖奶家已是黄昏,母亲的脚肿得像个馒头。自然不能连夜返回,在祖奶的大炕上住了一夜。他是祖奶接生的,彼时他不过是个粉红的肉团,祖奶便说他将来是有出息的。他考上大学,祖奶预言成真。母亲提及往事,祖奶呵呵笑着,满脸的幸福。次日告别,祖奶掏出两百块钱给杨一凡,杨一凡不要,祖奶就让母亲装着,母亲竟然没有任何推拒。出门他迫不及待地问母亲,母亲说以后你会明白的。母亲缝了个布包,将祖奶给的二百块钱装入包里,让杨一凡带在身上。这钱你不能花,除非你有了出息。母亲说。他和母亲开玩笑,我要是花了呢?母亲严肃地,你的出息不是现在,而是将来,不想有出息你就花!杨一凡给母亲做了保证。

杨一凡成为机器或许与揣在身上的布袋有关,那是重担也是链条,更是鞭子。他不敢懈怠,不敢虚度半寸光阴。虽是这样,他也没有丝毫的焦虑。他只知不能停下来,朝着前方朝着出息迈进。大二时,他立志做个诗人。出息不再模糊朦胧,不再是被云丝卷裹的月亮,而是红灿灿的旭日,明确,具象,光芒万丈。除去吃饭上厕所,他所有的时间都用来读书,他如饥似渴,眼睛常泛红光。什么都不能影响他,他如精密的零件,只按照自己的轨道和逻辑运转。那时左刀已在《星星》等刊物发表了诗作,而他连第二个读者还没有。贺慧读他的诗已是大三下半学期了。但他没自卑过,也不急躁。理想若能轻易摘到,那就不叫理想了。一个左刀岂能左右他?

杨一凡步入社会,摔了许多次跤,也碰过许多次壁,但也不知焦虑为何物。第一个学期,他懵懵懂懂,其实是被当了枪药,参与了一起捉奸。校长被堵在床上,调离了学校,副校长成了一把手。校长仪表堂堂,出口成章,令杨一凡敬重,而副校长鹞眼鹰鼻,喜欢也只会讲荤段子,杨一凡根本瞧不上他。校长的前程是被他自己葬送的,若洁身自好岂能被副校长暗算?领导层的更迭没影响到杨一凡,虽然有些不快,但踏上讲台便蒸发得干干净净。在他工作的第二年,他班上死了一个学生。两个学生因为一张饭票打起来,一个把另一个扎伤,恰好在致命处,没送到医院就没了呼吸。他是班主任,负有责任。校长告诫他,学生家长哪怕抽他一百个嘴巴子,他都不能还手。他做好了准备,不要说一百个，二百个他也忍着。不过，他没有挨巴掌。家长没找学校任何麻烦，和另一方商量几个小时便达成协议，学校准备的两万块钱居然没用上。校长和他说，你真是撞大运了。他却没校长那么轻松，整个学期被内疚撕咬。虽然不安，但并没到夜不能寐的地步，转过年，心情渐渐平复。至于其他，更是难以灼伤他。

那么，是从政之后？似乎也不是。他发表了一篇文章，被彼时的县长偶然看到，不久，他调至政府办，成了专职的笔杆子。这和写诗是两个路子，两种思维，他三个月便摸着了门道，半年之后就跟着县长下乡了。县长调研，报告自然由他执笔。市报开设了一个版面，专登县级领导的文章。他代县长写了一篇，也登了，但把县长的名字弄错了。姓没错，第二个和第三个字的顺序颠倒了，张三六变成张六三，那还了得？这个错误是报纸的，与杨一凡无关，他怎么可能把县长的名字弄错？但县长可不这么想，话不脏，可剜心刮骨。此事传开，贺慧都听到了，问他怎么回事，他不在乎，错不在他。还有传言，他会被打发回学校，那他更不在乎。一箪食一瓢饮，天下之大，岂能没他的立足之地？当然，他没被返回，只是"失宠"了几个月。

没有明显的界限和标志，当他开始焦虑，或者说他意识到时，焦虑已如影随形，怎么斩都斩不掉。无可奈何，只能听天由命。

似乎他的大脑是焦虑加工厂，无论什么样的材料，钢铁、树木、塑料、垃圾……只要经过大脑，都会改变形貌并打上焦虑的印记。

母亲住院的夜晚,他接到电话,某农民到省政府上访了。该农民反映的是用电问题,本来已经解决,不知为什么还要上访而且是到省城。这事说小也小,说大则关系着他、上至县领导的前途,他没有耽搁,给贺慧打了个电话,连夜赶往省城。一心不能二用,可常常二用三用。几个小时,他急得起了满嘴泡。

大事焦,小事也焦。比如贺慧参加同学聚会回来,讲某个同学离婚了,不过是顺口说说,可他整夜不停地想那个同学的事。那像一根燃烧的柴棒,舞得他头痛脑裂,唇干舌燥,似乎他在不停地说话不停地劝解。

有些事与他相关,而有些事与他隔着十万八千里。比如他从电视上看到卡扎菲被打死的画面,忽然不能自持,满脑纷杂。世界的秩序究竟是战争还是文明?他思考着诸如此类大而无当的问题。他并不喜欢卡扎菲,但那晚他觉得该为他做点什么,便写了首《你好,卡扎菲》,凌晨又把诗烧掉了。看到叙利亚难民船沉没,他的耳边便有婴儿的啼哭。人类自有文字记载已有数千年,但某些东西并未从本质上改变,甚至退步了。好像那是他造成的,他是唯一的罪魁祸首。他是该被审判的,可谁来审呢?就这一个谁,让他如困兽般绝望。有时甚至是一句话,也会让他焦躁,比如重读《东方学》,那是大学期间他喜欢的书之一。叙述与被叙述,类似的论述总能牵拽他脆弱的神经。好像他就是那个被叙述者,缩在角落,由着叙述者站在舞台上口若悬河却束手无策。

甚至说不上什么,总有没来由的焦虑。仿佛那是血管里的红色液体,他看不见,却知道无时无刻不在流淌。一旦停滞,他的生命便会终止。

当然,他也有对付或对抗焦虑的药剂:写诗。他是个蹩脚的诗人。他终于意识到他并无天分,但没有放弃,就是因为不能。因为这个药剂,他没有被焦虑毁灭,变成腐烂的树叶。有时,他想,他玷污了诗歌,灰心绝望;但有时他又庆幸,漫漫长夜,被孤独重重包围,好歹还有这样一个伴侣。诗歌拯救了我,是上苍对我的耳语。

7

酒杯已空
仍在对饮
身体里插满生锈的钢筋
目光逃离,或坠落
——北风《写给 H》

甩不掉诡谲的咔嗒声,杨一凡便发怵回家了。并非怀着多么深的恐惧,而是实在不堪其折磨。对他,犹如酷刑。他一多半时间住在镇里,即便周末也要找些借口。有时上午回去,和贺慧一起吃顿饭逛逛街,干些拉上窗帘才能干的事,晚上便带着换洗的衣服离开。镇政府的看门人计算过，去年杨一凡在镇里住了三百零十一天。

那天是贺慧生日，不得不回。原说有检查，后来检查的不来了，杨一凡立马收拾东西。进入县城天已经暗了，他接到某局长的电话。临时凑的饭局，你过来吧。杨一凡和某局长曾一同在政府办工作。杨一凡不喜欢热闹，但再怎么不喜欢，也必须参加。许多信息是在饭桌上传递的，不经意的闲言蕴藏着巨大的内涵。杨一凡不是灵通人士，一向耳盲，所以就算一百个不愿意，他也要准时赴约，而且脸上的笑粉饰得恰到好处。自然，这样的粉饰也让他焦灼。

可贺慧做了一桌子菜在家里等他，她生怕他不回来，虽没下通牒，但告诉他，她一早就去市场买了鱼。他与他人宴饮，实是不忍。但某局长的饭局也不是说推就能推的。杨一凡不是擅长谋算的人，那一刻不得不权衡。最终，他给贺慧打了个电话，如约赴局。只是，他中途离场了。

晚了一些，但终是赶上了。贺慧要求不高，不计较杨一凡送没送礼物，只要一起吃顿饭她似乎就知足了。而杨一凡也不刻意准备，不过念一首诗。当然，那是专门写给她的。这么多年，什么都在变，过生日的方式却没有任何变化。呆板还是浪漫？杨一凡没想过，这不值得他思考，就如吃下一碗米饭，他不会想米饭有多少卡能量。

贺慧极少抱怨，除了性格的原因，还在于她的身份，既是妻子又是朋友。许多人分不清,认为夫妻等同甚至大于朋友。但杨一凡认为,夫妻与朋友不能划等号,甚至是完全不同的关系。吃喝拉撒柴米油盐生儿育女,那是夫妻的主题,而他和贺慧之间还有别的东西,譬如诗歌。她不写,但爱读,且有着令人惊讶的鉴赏力。或正是这样的缘故,她不在乎他送没送戒指或项链。这爱好,是作为朋友而非夫妻的共同情趣。

对作为妻子的贺慧,杨一凡怀着深深的歉意,他一无所有,她跟随他回到家乡。他读大学的费用,多半是借的。毕业才知道那其中的一部分,是母亲贷的。利息高,因为不能按时归还,利翻利,滚出不小的数字。他和贺慧每月的工资只留极少的生活费,其余都用来偿还欠贷,她没有埋怨过他什么。母亲生命的最后几个月,是贺慧陪她度过的。母亲不敢一个人待着,哪怕是白天也须有人在床边。白天临时雇了一个人,夜晚,贺慧不离母亲左右,上个厕所也是急急忙忙的。他未能补偿她,甚至没想过补偿。他逃离了声音,也逃离了她。

而对作为朋友的贺慧,杨一凡既有感激、欣赏,又有嫉妒、戒备,甚至某种让他恼火的敌意。他确实是欣赏她的,为她的聪慧、敏锐、洞察和惊人的记忆力。她原本可以有别的出息,但在二中一待就是二十年。工资、待遇,同事的勾心斗角,她极少谈,有时提起来,也是一扫而过。但谈到某个学生的聪颖,她总是双目放亮,就像贪财的人意外挖掘到宝石。说她淡泊名利吧,她又有着惊人的热情。她和他不一样,从开始就没有宏远的志向,但始终不失理想的光泽。虽然微不足道,可牢固扎实,没有被时间和世俗磨灭。而他志向恢宏,人生过半仍与麻雀无异。这怎么不令他嫉妒?

镇长算得了什么,就这他也常常焦头烂额的。祖奶所言的出息该不是指这个。而诗人的桂冠也与他无缘。诗倒是写了很多,但没一首石破天惊。福克纳三十二岁便写出《喧嚣与骚动》,这多么让人绝望!当他试图与贺慧探讨,想听她对他诗歌的评价,她从来只说两个字:不错。而不像对他人的诗作,她总会讲些别的。也许从开始她就没瞧上他的诗,从开始就知道他天资愚钝,可碍于面子,她用了个温和的词汇。有时他不得不这样想。那么,她欺骗了他。而他因这善意的欺骗一直写下去,现在虽然意识到了,却无法停下来。他需要那一粒粒药丸救治自己。

不管怎样,那个晚上是特别的。那一支支蜡烛功不可没,杨一凡在上个局喝了酒,又和贺慧分享了一整瓶干红。美妙的、浪漫的情绪在酒精的作用下无声地滋长。妻子,朋友,这两个角色难得地在贺慧身上重叠。

手机响了一声,信息提示。他没有理会。是你的,贺慧提醒。他说,我知道。贺慧迷离的目光里似乎有别的意味,他一时竟未读懂。突然没来由地慌,于是,他拿起手机,似乎必须借以掩饰什么。

蜂王归来

顿时电闪雷鸣,风雨大作。他在椅子上坐着,还是剧烈地抽搐了一下,似乎不敌狂风的袭卷。怎么了?贺慧问。他说,没什么。贺慧盯他一会儿,没再追问。她默默地收拾碗筷,他起身进了书房。温馨、浪漫、宁静、想入非非……所有一切被那条短信炸得血肉模糊。

与上一条相隔一周。不能再抱任何侥幸,那就是冲他来的。短信是有所指的,他再次想起养蜂女。可究竟谁是蜂王?对方究竟想干什么?杨一凡连拨数次,与上次一样,处于关机状态。杨一凡强行压制住愠怒,发信息质问:你是谁?你要干什么?

那一夜就这样废掉了。他躲在书房,像疲惫不堪惶恐焚身的逃犯。在贺慧起床前——她很晚才睡,他悄悄离开。仿佛这样就不会连累她了。

次日晚上,他约阎有道过来,"喝两杯",阎有道知他又睡不着了。阎有道进门,茶几上已经摆好酒、花生米和一碟拌猪耳。两人常在夜晚推杯换盏,阎有道不意外,也不客气。聊了些别的,杨一凡问起两年前那桩失火案。尽管他随意、漫不经心,阎有道还是有所觉察,问,上次你是不是就想问?杨一凡抓起一粒花生,抛起来又接住,笑笑说,你的眼跟刀子一样啊。阎有道说,那是,你以为咱阎王的名号白来的?杨一凡说,你被小鬼带到沟里的事不是没有。阎有道哈哈一笑,问怎么想起失火案了。杨一凡说,我想知道尸体怎么处理的。阎有道说,没人认领,超过期限,就按无名尸体处理了。杨一凡追问怎么处理,阎有道瞟瞟他,还能怎么处理?公告十五日,火化呗,骨灰保留三年,期满仍无人认领的,由殡仪馆处理。杨一凡问,那会?阎有道说,这是规定,你什么意思?杨一凡不答,追问,她的家人一直没来认领吗?阎有道说,这我就不清楚了,如果你想知道,我明天问一下公安局,还想问什么,我一并给你问了,看来今天这酒,我不能白喝喽。杨一凡举杯与阎有道碰了一下。阎有道说,你今天有点反常,不过你正常的时候也少,昨晚弟妹给你气受了吧?杨一凡说,改日我再给你解释。既然让阎有道帮忙,就必须坦白。阎有道口粗,人还是可靠的,但杨一凡不打算现在就说。阎有道说,看来这酒要白喝几场了。

杨一凡的手机突然响起,阎有道纹丝不动,杨一凡惊得脸都变了。他的神色自是没逃过阎有道,阎有道打趣,这个钟点打电话的一定是女人。杨一凡可没心情开玩笑,他拿起手机,脑里想的是发信息的敌手。座机打来的,号码熟悉得不能再熟悉。他忙给阎有道打手势,让他不要出声。杨一凡放下电话,阎有道问,老大?杨一凡凝重地点点头。县长亲自打电话,好运来了吧?阎有道说。杨一凡说,乔石头要回来了!

第九章　祖奶

1

十一月末的一个清早，太阳刚刚从铅灰色的云雾里探出头，院里响起粗野的吆喝。大旺早早就出去了，他一直都这样。李春、李桃、李夏三个娃尚在炕上熟睡，我刚把灶膛的灰掏到簸箕里，还未来得及点火。半夜睡三更起，我早习惯了。大清早吆喝我本没什么奇怪，但那个声音里没有丝毫焦急和尊重，冰冷、无礼，就像喝喊一匹偷懒的马。我心里咯噔一声，准是李春又闯祸了。没敢迟疑，我丢下火铲迎出去。

来人立在当院，个不高，圆头，扁脸，脸色略灰，就像在火堆里烧熟的土豆还未来得及拍打干净。不是宋庄人，我心下纳闷，别是李春跑到外村闯祸了吧？那些日子，李春令我大伤脑筋，所以我难免往李春身上想。

你找我？我的声音透着虚。

你就是乔大梅？他上下打量着我。

我点点头。

我是黄师傅的儿子,他自我介绍。

虽然去了多次,却是第一次见黄师傅的儿子。黄师傅从来不谈,可他的事我早有耳闻。我脑里闪过一丝疑惑,我并没有得罪他,他为何气冲冲的?

狼心狗肺!她教会了你,你却夺了她的饭碗!黄师傅的儿子骂。

我努力地笑笑,哥,你这话没道理,黄师傅是教会了我,可我没夺她的饭碗,黄师傅从来没有因为这个计较,更不会打发你上门来……

黄师傅的儿子说,她当然不会,她饿死了!

没见过这样的儿子,我怒喝,你胡说!为什么咒她?

黄师傅的儿子冷笑,我咒她?你以为我是傻子?

我一时不知说什么,似乎瞬间变傻了。

黄师傅的儿子咬着牙,要把我嚼碎的样子,凶手是你,你赖也没用。

黄师傅真的……她老人家……我突然结巴了,怎么会……不可能吧?我差点就哀求他了,可别开这样的玩笑,但不祥的感觉已经掐住我的喉咙。再次和他的目光对撞,什么时候?我终于确定。没等黄师傅的儿子回答,我便慌慌张张地往东坡跑,如被猎狗追逐的兔子。

窑门大敞,黄师傅躺在床上,静静的。我刹住脚,大喘着,定了好一会儿,才小心地往里走。我生怕惊到黄师傅,可沉重的双脚击出刺耳的声响,你扰了我的梦,我期待黄师傅像以往那样坐起,没有表情地埋怨我。有一瞬间,她的手脚似乎真的在动,但直到我立在床前,她也没有坐立。我探出手,又猝然缩回。

五天前,我还看望过黄师傅。本想带些炒米给她,临出门又搁下。怕她不快,再者,三个孩子总也吃不饱,我有那么一点点私心。我和黄师傅聊了近三小时,她比平日话多,第一次讲起做姑娘时的事。我离开时,她送出足有五十米。我叫她不要送了,她说腿麻,正想走走。她是有一点反常,但也没有多么反常。现在才知道,她在向我告别。

黄师傅穿戴整齐,连绑腿的红绸结都一模一样。她把那么多男男女女引到世上,自己却离开了。她安详,平静,看不出丝毫痛苦,自然也无眷恋。弥留之际,她没有遭过罪。黄师傅是积了大德的,她的死也与他人不同。她是到极乐世界去了,我想,所以才如此祥和。

我回头,黄师傅的儿子守在门口,目光冷硬,似乎我是仇人。他没有伤和悲,只有怨和怒。那不只是对我的,也有对黄师傅的。黄师傅离世,他再没有可啃噬剥夺的人了。我忽然想,黄师傅或许是想用自己的死来换取什么。本来我想嘲讽他的,那一刻我改了主意。黄师傅的儿子依然气冲冲的,你要对她的死负责。我说,废话少说,如果你自认是黄师傅的儿子,就让她入土为安!黄师傅的儿子说,我没钱打发她,让她躺着好了,野狗吃了倒也省事了。没了声势的虚张和遮掩,便露出无赖本相。我把他的心思彻底看穿了,当然我不会也没必要羞辱他,尤其当着黄师傅的面。我说,你别怨天怨地的,最好拿出儿子的样,体面地把她葬了,钱由我出,你只管张罗就是。黄师傅儿子灰暗的目光立时光亮,你说话算数?我盯着他,有把土豆踩在脚底的冲动,停顿片刻,我冷声道,我不是赌徒,从不赖账!

黄师傅的葬礼算得上风光,甚至有点奢华。她老人家在天之灵或许埋怨我的,她素来节俭。其实,我本意也就是让黄师傅体面一点,有人抬棺,有人哭灵,怎奈黄师傅儿子饭前一个念头,饭后一个主意,四人抬棺改成八人,鼓匠班子由一支改为两支……这一项项加起来,开支大大超出我的预算。既然放出大包大揽的豪言,就不能往后缩。黄师傅出殡前日,两支鼓匠班子对阵比赛,其中一个鼓匠手,艺名吹破天,连吹九曲《百鸟朝凤》《凤归巢》《重归燕》《鱼分水》《大祭腔》《大佛洞》《满堂红》《烤火炉》《大出殡》。对阵的鼓匠都被他吹哑了。那时吹破天刚出道,并不为人知,那一夜让他名扬塞外。

波折不断,但没有太大的意外。师徒一场,我尽心尽力,自觉对得住她了。离开前,我把窑洞打扫了一遍,黄师傅爱干净。我向黄师傅的儿子要那个包裹,睹物思人,留作念想。他倒没说什么,痛快地让我拿去。

葬礼完毕,我和黄师傅儿子的合作关系也划上句号。阳关道独木桥,各走各的。所以有一天黄师傅儿子登门借钱,我大大吃了一惊。那颗土豆像被烤焦了,黑乎乎的,似乎一戳便会化作尘烟。大梅妹子,他这样称呼我,说他这个年实在是过不下去了,让我行行好。怎么说我也是他娘的徒弟,我不能不管。他的沾着泥灰的笑是讨好的,甚至是谄媚的,话里却带着让人不爽的芒刺。他预设了圈套,我不借给他,就对不起黄师傅,就是不仁不义。黄师傅的葬礼几乎把我掏空,仅有的一点压在箱底,是预备着应急的,自己都不敢动。我说手头也紧,黄师傅的儿子仍站着不走,一味说着奉承话。他的表情夸张地变幻着,我觉得泥巴溅到脸上。我说不上是可怜他还是他的神情令我害臊,总之,我妥协了。揭开柜,拿出那个掉了漆的小木箱。这个小箱子我和父母逃亡一直带着,破了也不舍得扔。我说,只有这么多了,你别嫌少。黄师傅儿子快速伸出双手,生怕我反悔,他的这个动作也令我害臊。我往后撤撤,盯住他,记住,只有这一次。他飞快地点头,我说,只能买油盐米面,绝不可花在别处。他频频点头,似有委屈,要不是怕饿死,我也不会向你张嘴,好歹我也长了张脸。我暗想,若你顾及脸面,就不会连乞丐都不如。

孰料两个月后,黄师傅儿子又来借钱。不再是可怜巴巴,而是满脸的焦急与恐惧,他不再说帮,而是求我救他。他借了债,期限到了,若还不上,债主就会割了他的脑袋。大梅妹子呀,我只有你这么一个亲人了,你不能看着他们要了你哥的命呀。我暗想,若有这样的哥,我非把他的手剁了。那天,我刚从后草地回来,带回几块奶豆腐。我包了一块给他,说我救不了他,若他不嫌弃,拿东西离开。他把奶豆腐揣在怀里,却不离开。我娘说你是菩萨心肠,你救救你哥吧。又是老一套,抬出黄师傅。我说,就算我是菩萨也救不了你,不过,我倒可以给你指一条道。他的眼睛连眨数下。我说,趁他们还没找上门,你赶紧逃吧,天地这么大,不愁找不着容身的地方。他凄惶道,我怎么养活自己呀?我来了气,你一个大男人,连自己也养活不了吗?不会别的,还不会讨饭?你拉不下脸,当兵总行吧?黄师傅儿子摇头,打仗要吃枪子,东坡三个当兵的,没一个活着回来,那是鬼门关,我可不去。我冷笑,那也比让人白白割了脑袋强,运气好,兴许混个一官半职的。黄师傅儿子贼贼地瞅瞅门口,似乎追债的人就快来了,他焦急得眼睛都要冒烟了。大梅妹子,就这一次,帮哥度过这个坎儿,哥发誓,从此不再给你添麻烦。我岂能相信赌徒的话?除非脑子灌了泔水。我说,我自己都在坎上,没能力帮你。黄师傅儿子说,算我借的,我打欠条,若还不上,用命抵偿。我气笑了,你的命这么值钱,为什么不到别处抵押?黄师傅儿子哀求,大梅,行行好,救哥一次。我突然就失了耐性,提高声音,你别让我恶心!我没钱借你,就算有,我也不会借给你这种人。我不是黄师傅,啃我?你趁早死了心吧。我意识到,对付这种死皮赖脸的人,软的根本没用。黄师傅的儿子显然没想到我会发威,嘴唇碰撞着,却没吐出一个音儿,暗灰的脸蒙上一层怪异的神色,如僵硬风干的死牛肉。待眼底终于堆积起仇恨,他低头离开,仍旧什么也没说。到门口,他的手伸进怀里,我以为他要把那块奶豆腐拽出来丢到地上。但他很快缩回手,快速离去。

我并没有如释重负的轻松和畅快,心上反压了石头,越发地沉重。我自问是不是太过了,是不是太狠了?毕竟他是黄师傅的儿子,毕竟他遇到了难处。不借他,但也没必要损他。过了几天,我从负疚的重压下恢复过来,我不那么骂他,他会得寸进尺,他会如啃噬黄师傅那样不停地啃噬我。忙着接生,天下的幸福莫过于此,我便将黄师傅的儿子抛诸脑后。

春日的夜晚,我听到杂沓的脚步,立即摸索到枕侧的火柴,点着灯。大旺睁开眼,问我要起嘛,他对我的感觉已经深信不疑。我说,不用,安心睡你的觉。我刚穿好衣服,人已到了院里,喊乔师傅。我让来人稍等,检查一遍包袱,重新包好,便去拉门。风扑进来,撞我个倒仰,与风一同刮进来的,还有两条身影。其中一个揪住我,低喝,别出声,出声弄死你!

2

蚂蚁在窜,似乎在我枯瘦的肌肤上探查什么秘密,抑或想挖掘传说中的宝藏。走走停停,寻寻觅觅。我没有丝毫的办法,既不能驱赶,又不能呵斥。蚂蚁似乎很明白,所以才如此放肆,如此大胆。

麦香和宋品又起了争执。宋品让她现在就检查,他的哑音里满是焦急,仿佛乔石头已经在回村的路上。麦香则坚持到晚饭后,现在到了吃饭的钟点,"不能饿着祖奶!"而且,我的生活是有规律有程序的,不能乱来。麦香理直气壮。她是我起居饮食的主管,在这方面她不允许他人扰乱。宋品气得骂她猪脑子,怪她丢下我往镇上乱跑。这会儿你知道祖奶的重要了?啊?宋品本来是想加重语气,可嗓音突然堵了砂粒似的,那个"啊"没有杀伤力,反显出气急败坏。麦香说,我刚才解释清楚了,你怎么没完没了的?就算这是个错误,我又不是圣人,不允许我犯一次?宋品叫,这仅仅是错吗?你他妈怎么就拎不清?

麦香妥协了,答应现在就检查,但坚决不同意宋品和她一起查找。她像被宋品吓着了,也被宋品羞着了。宋品,宋书记,你是个大男人,怎么说出这样的话?祖奶不会说不会动,可心里明镜儿似的,什么都知道,你竟然想……你羞不羞?你就不怕祖奶怪罪?宋品仿佛被她斥责傻了,半天才回应,我只想帮帮你,两个人一起看得清楚些,你胡扯些什么?麦香说,不是我胡扯,你心里不干净。宋品怒了,你这个傻娘们儿,竟敢寒碜老子。麦香说,这叫寒碜?不过说了实话,你就急了。宋品显然真生气了,锯齿状的哑音割得我耳膜一阵阵疼,你要再扯这些没用的,别怪我……妈的!麦香的语气顿时柔软,宋品虽和她相好,虽然很多时候涎着脸讨好她,但从心底她还是怕他的。这怕让她不甘,就像她不甘罗包弃她而去,只要逮住机会,她就敲打宋品。但她知道适可而止,可惜懂得晚了,若早明白这个道理,她不会是现在这个样子,抱怨、哀叹,好像她是天底下最可怜的人。

麦香虽然妥协,但仍不同意宋品看我的裸身。我是她的盾

359

牌，是她最后的防线。当然，还有出于对我的敬畏。我是为你好，如果你一定……我也不拦你，麦香说，我可是常在祖奶跟前给你祈福，让她保佑你，让她饶恕你和我的罪过，谁让……宋品打断她，我没脏念头，你别扯远了。既然你要自己检查，随你，我出去抽支烟，你看仔细点。麦香亲昵地责备，嗓子都这样了，还抽！宋品没理她。

麦香走进里屋，打开灯，自言自语，你以为你是谁？县长才是芝麻官，你连芝麻都算不上。这个回合，她胜利了，我能想象出她的表情。

麦香俯下身，对我歉意地耳语，饿了吧，祖奶？忍着点儿，检查完我就做。然后，开始解我的扣子。脱下上衣，褪掉裤子，一寸一寸地搜索。窜行的蚂蚁忽然不见了。

蚂蚁或许预见到危险，早早躲了。

3

从二妮家出来，我脑袋昏沉，双目泛黑，就像被人暴打了一顿。双腿发软，只能靠在石头墙上歇停片刻。与二妮无关，是我的心在油锅里煮得太久，有些吃不消了。然后，我伸展手掌，并往眼前凑凑，似乎看不清楚。那是一枚二分的铜币，二妮丢给我的。她举得高高的，迟迟不肯落下。而我就像一条饿极了的狗，明知那是块没有肉的骨头，仍眼巴巴地盯着。对，只是盯着，我没打算接的。但在铜板落下的瞬间，我却张开手。我需要钱，我不嫌少。我靠着石头墙,直定定地盯着自己的手心,似乎盯久了,铜板便如怀孕似的生出一枚枚银圆。眼睛酸涩,我缩回目光。没有奇迹。我不敢歇停太久,捋捋被风吹乱的头发,深一脚浅一脚地往回走。

我不怪二妮,毕竟是我肢解了她腹中的婴孩,至今她怀着仇怨,疙瘩不但没解开,反结得更牢了,如她所言,连生两个女娃,赵凤凰之后,她又生了赵天鹅,她在赵家抬不起头,祸由在我,而我居然有脸向她借钱。怎么说,你也是我嫂子,我不能让你空手回去,我呢,身为赵家的媳妇,也只有这么大的权力。我没害过她,但也未能化解她的仇恨,这是我的无能。我也没工夫怪她。我得借钱,时间流逝一点点,李春就多一分危险。

突然闯进两个人,掐着我的膀子,喝令我不许出声,我立刻明白来的是什么人。乱世出盗匪,没什么奇怪的。我和他们打过交道,知道匪也分三六九等,并非个个凶神恶煞,这个时候不能慌乱。所以,虽然难免紧张,但我强令自己镇定,甚至还带了笑。我说我不会叫,你轻一点,弄疼我了。掐我的是个高个子,迟疑一下,松开手。矮的那个扬扬手中的刀,听话!

大旺和三个孩子都惊醒了,他们懵懵懂懂,不知发生了什么,一个个傻张着嘴。然后李桃就哭出声。矮个喝令李桃不许哭,李桃没止住。我抢先一步挡住,说她是孩子,不懂事,我来哄她。矮个往后退退。我拍拍李桃,让她躺下,闭住眼睛,然后给李春使眼色。他虽然孤僻,却比大旺机敏。李春将手掌搁在李桃的被子上,我转身对站在当地的两人说,我拿上包袱,就和你们走。矮个一晃,刀在空中划了一个圈,我们不找你接生,钱!把钱拿出来我们就走!虽然并不意外,我还是装出吃惊的样子,我以为你们哪个的媳妇要生了,原来不是啊,你们早就当爹了?矮个喝令,少废话,赶紧把钱拿出来!我赔着笑脸,我一个接生婆,挣些喜费不够糊口的,你们没打探好,找错人了。高个指着红柜,让我打开。我不敢违拗,边揭边说,我不诓你们。高个叫,木箱子,木箱子呢?我暗暗吃惊,他们竟然知道我有个木箱子。可木箱里已经没有钱了。我打开让他们看。两人先后瞅瞅,脖子伸得长长的,恨不得钻进箱子里。然后缩回,满是失望和愠怒。他们不相信,威胁我不老实就砍了我。我让两人自己翻找,或者看哪样东西值钱就拿走。他们没拿东西,但带走了李春。三天后,用十块银圆换回李春,我让他们带我走,或者大旺也行,但他们选择了李春。

公爹和大旺在家等消息,瞅我的脸色,公爹就知道我白跑了。原本他要去的,我没让。公爹从来没说过我重话,此时抱怨道,我去就对了。我说二妮不是不借,她是作不了主。可公爹还是决定跑一趟,我养她一场,不信她不认我。我没有拦,劝他别急。公爹说,孙子要紧,你别操心我!

暮色如柴垛一样码满院子,我正要打发大旺去看看,公爹回来了。进门先给自己一掌,大梅,这个闺女白养了,爹对不住你。我忙说,爹可别这么说,二妮也有难处,她不当家,自己花钱也得看赵家人脸色。公爹叹息一声,从袖筒摸出两块五角的银币,若不是她追上来塞给我,我就和她断绝关系了。我说,她到底是李春的姑姑,也急呢。公爹忧心忡忡,差得太多了,怎么办啊?把地卖了吧。我说,那几亩地又能值多少?再说也来不及。公爹扫扫大旺,目光落到我身上,李贵在就好了,好歹有个商量的人。我说,我去钱家试试。公爹眼里闪过一线亮,虚弱、缥缈,犹疑着,我和你去?我说不用。公爹叮嘱我,只要钱家肯借,什么条件都答应。我点点头。

事实上,找李二妮借贷前,我已经去过钱家一趟。钱广万去张北县城了,家人不知他什么时候回来。晚上我又扑了空。次日一早我就在钱家门口候着,中午时分,终于等见钱广万。

没费太大的周折,两个时辰后,我立字画押,拿到了钱。在宋庄,钱广万的口碑还是不错的,我和他同受匪害,他挺同情我。当然,他相信我能还上他,这也是重要的原因。而且,他的三姨太又怀孕了,我隔一阵就去给她检查,因为这层关系,他对我还算尊重。说实话,我并没有把握,所以离开钱家时,我的腿因为惊喜还有即将见到李春的急切,飘摆如风中柳枝,几次差点歪倒。起初,觉得时间比锋刀还快,戳心剜肉,攥了钱,时间突然慢了,就像奄奄一息的老牛,无论怎么抽打也不肯快走一步。

又隔了一日,在垴包山西北的昆虫坡,我赎回了李春。我比约定时间早到一个时辰。虽然十块银圆对我是不小的债务,但只要李春安然无恙就好。

363

春儿,他们打你没有?我没看到李春有伤,可仍然担心。

李春摇头,虽然只有十一岁,他已经蹿得牛犊子高了。

给你吃饭了?

李春点头。

顿了一下,我又问,小心翼翼地,还能记得那个地方吗?藏你的地方?

李春又摇头。

我急了,春儿啊,给娘说句话。

李春这才张开嘴,不记得了,一间空房。

我松口气,别害怕,都过去了。

李春说,不怕。

我没有报官,担心事情变得复杂,公爹也是这个意思。破财免灾,这老旧的生存之道并不过时。李春平安归来后,我仍没有去官府举报的打算。然而,这并不代表我没有疑虑。那两人竟然知道柜里有木箱,怎不令人起疑?除了大旺和三个孩子,看到那个箱子的只有黄师傅的儿子。这两个劫匪显然和黄师傅儿子有关系。如果报官,就算没有证据,或也能让他吃点苦头。他是软骨头,必定会招供。某一刻,我动了心思。他使坏,我也不能让他好过。但想起黄师傅,我把念头强压回去。若他坐牢,我会不安,虽然他罪有应得。我安慰自己,算是给黄师傅一个面子,只要他不再上门,就此勾销。李春完整归来,实在万幸,别的都在其次。

李春的眉眼长开了,自然与大旺没有任何相像。大旺是方脸,下巴微突,李春是长脸,下巴尖尖的。李春的骨架随我了,鼻子与我也有几分相似,除此再难找出我的影子。不像李桃和李夏,立刻就能看出是我和大旺的孩子。公爹和大旺对待三个孩子没有亲疏,眼神也无差别,我留心过,这一点我敢保证。至于刻薄的话,更是从来没说过。只有二妮装作傻子问过我,李春像我还是像大旺。那是她带了赵凤凰回家的时候。我没回答,无论怎么答都会掉进她的陷阱。只要公爹和大旺站在我这边,李二妮掀不起风浪。

其实无须二妮提醒,李春日夜在身边,我怎么会忘了那个血淋淋的日子?我想正是这样的原因,使我的目光落到李春身上时始终带有一丝忧虑。我也说不清为什么,同是心头的肉,而明理的公爹和憨厚的大旺也无偏爱,为什么我会感到忧虑?每每自问,从无答案。

或许与李春的性格有关。他从小就孤僻,干什么都独来独往,但又喜欢热闹的场所。一听哪儿宰杀牛羊,他必定跑去,村里来了唱戳咕咚的,唱多久他听多久。如果仅仅是这样也还好。李春闷声不响,却总是闯祸。冬天下过大雪,一些孩子,当然也有大人,跑到野外套鸟。扫出一块空地,把缀满套子的木板埋入,撒几粒麦子当诱饵。套子须用马尾做成,结实,鸟又不容易发现。别人做套子不过揪拽几根马尾,而李春几乎把整个马尾巴剪下来。马的主人找上门,李春死活不承认。是李桃告密,大旺从柴垛找见那一大团马尾，但李春仍咬定不是他藏的。那次我揍了他。大旺下不了手，还劝阻我。类似的祸，三两个月，李春就会制造一起，我发威基本没起什么作用。因为这些，那个人，那个杀死父亲又强暴了我的恶徒不止一次在我脑里闪现，我也不止一次地问自己，难道李春的行为和那个人有关系？我不信，李春是我的儿子，可只要李春闯祸，我就不由自主地胡思乱想。

这一劫之后，我对李春在忧虑之外多了几分内疚。小小年纪，承受了他不该承受的东西。他虽说没事，我还是担心，接连几天没让他往外跑。

那天，他说想出去转转，我让他带上李桃和李夏。李春皱眉，显然不乐意。特别是李桃，动不动就告状，而且什么都告。这性子可不像我，也不像大旺。我没有纵容李桃，但也没怎么说过她。她爱使小性，给她个冷脸，她一整天都气鼓鼓的，像揣了天大的冤屈。平时李春不领也就罢了，但那几日李春尚处在"观察期"，李桃李夏跟着总归好些。至少，他不会轻易闯祸。

没一会儿，李桃就跑回来，上气不接下气，满脸通红，目光却卷裹着愤怒和惊恐。我急问她出了什么事。她指着屋外，他……他……不知因为气喘而结巴，还是吓得不知怎么说了。我夺门跑出去。

出院就看见不远处的李春和李夏，同时狗的惨叫撕拽着我的耳朵。两条狗在交配，尾尾相连。我不知道李春是怎么把草绳捆结到两条狗中间的,绳子另一端在他手里。两条狗急欲逃离,怎奈不能分开,而李春拽着绳子忽左忽右,两条狗痛苦地嚎叫。唯一的观众,李夏一动不动,不知是吓傻了,还是看呆了。

天突然间就黑了。

4

香气丝丝缕缕飘过来,我贪婪地呼吸着。除了豆腐和海带,还有蘑菇。肯定是麦香从罗包那儿顺手牵的,她从不白跑,哪怕一绺香菜也要带回来。仿佛这样她就能让罗包受伤,他就会因此而重视她,甚至从此再不提离婚。

食材不同,气味的轻重浓淡自然不同,而我的感觉也大不一样。有时,我觉得置身于水浪中,抛起,沉落,如鱼畅游。有时,我觉得枯瘦的身躯被融化了,如春日的溪水沿着沟渠、沿着山脚、沿着草地的皱褶流向远方。有时,我突然就飘浮到空中,如云朵来去自由,没了羁绊,没了束缚,在茫茫天宇来回游荡,不在乎来路,不在乎归途。

此时,我感觉自己像一棵逢春的枯木,枝生叶长,满身油亮。微风拂来,苞蕾徐徐绽放,树冠轻轻摇摆。

祖奶,我放了蘑菇和枸杞,你吸得惯吧?

花落树隐,我依然僵卧在乔石头特意为我制作的楠木床上。

祖奶,我没见到罗包,不知他是不是躲了,可是我见到那个大肚子贱货了,要不是豁唇拦着,我就扑上去撕她了。

麦香每次从镇上回来,定然向我诉说她的遭遇。只是以往夜深人静才讲,今儿有些迫不及待,好像受了从未有过的委屈,半刻也忍不得了。

蚂蚁从隐匿的角落溜出来,大模大样地在脸上窜行。

5

民国十八年,塞外又遭遇大旱。麦苗露头之后,老天便得了健忘症,再没下过一滴雨。麦苗缩着身子,似乎要躲进土壤中。偶有风吹过,还能摇摆一下身子。再几日,便油尽灯灭,枯脆如纸,连细小的砂粒也抵挡不住,略一碰就骨折身残,化作尘烟。

大地尚没有焦黄千里,树叶还没有纷纷坠落时,由钱家牵头,宋庄在垴包山顶祭天祈雨。八个道士是钱家出钱请的,钱家宰了一只羊一头猪,其他人各尽所能,有的杀只鸡,当然这样的人家也是寥寥无几。有的蒸几个馍,馍上点着红艳的圆点,更多的人家端着洗净的萝卜、土豆,或一根葱,也有的端一碗白水。祭衣服的也有,宋拐子就挑了一件羊皮衣,那是其子宋矮子孝敬的,宋拐子每年除夕才穿,过初五就藏起来。从村口到垴包山顶,数百人如一条长龙。

但老天好像睡着了,充耳不闻,视而不见。据一个算卦的说,战火太盛,龙王躲了,什么时候不打仗了,龙王才会下雨。不知大旺从哪儿听来的,他每天都要往地里跑,每次回来都黑着脸,滚着厚厚的乌云。讲述这个恐怖的传言时,他的眼睛透着难以形容的惊骇,我说这是胡说八道,你别信。我的话常常是大旺的定心针,那天没定住他。他没说什么,但乌云并没有消散。

某日,我从外边回来,大旺蹲坐在门槛上,抱着头哭。李桃立在他身侧,嘴半咧着,泪珠在眶边打转。我把李桃揽在怀里,问,大旺,你这是怎么啦?把桃儿都吓哭了。大旺受了惊吓,手突然松脱,吃力地抬抬头,便又垂下去,仿佛被拧折了脖子。我提高声音,连话也不会说了?!大旺呜咽道,枯了,全枯了!我没一趟趟往地里跑,但也料到了。我没好气,哭顶什么用?能把雨哭来吗?你是当爹的,瞧瞧你这个样儿!大旺被剑刺中似的,猛地一缩,旋即手掌盖在眼窝上,拧转一圈,抬起头时,泪水没了,眼窝红得像抹了胭脂。我说,又不是没见过灾年,饿不死的,不是还有我吗?大旺含糊地唔了一声。纵有天大的疑虑,他也不敢顶撞我。要说我心里比大旺还虚,自借了贷,日子就更加紧巴。我是挣着喜费,但大半都变卖了,一坨碱,几颗鸡蛋,只要能换钱,绝不让孩子们碰。而三个娃饭量一个比一个大。李春吃饭快,李桃紧追慢赶,锅底的饭还是会被李春抢先。吃饭如同大战,李春不让李桃,倒是李夏虽然年龄小,比李春和李桃都懂事,常常把自己碗里的饭拨一点给李桃。为防止争抢,我给三个娃定量,只是,若我不在,这项政令便形同虚设,李春和李桃都不听大旺的。

我能感觉大旺的忧虑和绝望,只是再怎么样,也不能当着孩子哭。我问李春和李夏哪里去了。大旺摇头,李桃脱口道,蝴蝶河！我问李桃怎么没跟着,李桃说他们要去凫水,不让她看。我问,你哥这么说的?李桃点头。我追问他俩带什么没,李桃说,火柴,我看见了。

我明白李春没去凫水。但我不敢大意,还是往蝴蝶河跑了一遭。没有李春和李夏的踪影。天干地旱,蝴蝶没了踪迹,只有尘埃般的黑蛾漫滩飞舞。

我沿河岸走了一段,拐向垴包山。蛾子稀少了,蚂蚱却多起来。蚂蚱不如蛾子安静,个个好嗓门,比赛似的嚷。一只蚂蚱弹到我脑门上,另一只落在耳侧,被我揪住摔到地上。我急欲离开,可越急越迈不动腿,终于逃离蚂蚱的围攻,我歇了口气,便看到前方有蓝烟飘浮,不由怒从心起。我立刻断定,李春在那里。

不知李春又偷了谁家的鸡,这个地方竟成了他私人的烧烤场地。只是以往他一个人,现在倒好,连李夏也扯上了。我怎么不恼火?

那是一个取土留下的大坑,深有一米。李春和李夏分坐在坑底两侧,李夏嘴巴快速地嚼着,因为烫,又急着下咽,他边嚼边发出嘶嘶啦啦的声音。李春双手各持一根棍子,棍头夹了一只蚂蚱,火势灼脸,他一次次偏过头。李春先发现了我,但他慌了一下便稳住了,缓缓将棍子移开。李夏吃得专注,竟没发现我,赞不绝口,好吃,太好吃了!

我眼睛飞花,差点栽进坑里。还好,旁侧有枯干的芨芨草,我及时抓住。听到声音,李夏抬起头,立时傻住。嘴角的油在硬白的阳光下如突然放大的镜子,晃着我的眼睛。半晌,他才怯怯地叫声娘。而李春什么话都没说,只是静静地看着我,似乎等待暴喝响起。我喉咙塞了东西,并持续地膨胀,想拽出来,手却不敢从苃苃草上离开。李夏立起,又叫声娘,急而尖细。那团东西突然被李夏的尖喊捅破,我平缓地说,上来吧,别急!

我左手牵着李春,右手牵着李夏,紧紧的,似乎松开他俩就会逃离。我没说任何责备的话,只告诉他们别弄丢火柴。

夜里,三个孩子响起鼾声,我捅捅大旺。大旺没睡着,我知道他没睡着。大旺不知我要干什么,或许以为我还在为白日哭泣生他的气,往墙侧缩了缩。夏日,大旺总是睡最热的炕头,冬日,冰冷的炕尾是他的位置。我隔着被子,又戳他一下。大旺还没反应过来,小声问,来人了?他没我耳朵好使,喊我的人到了院里,他才能听到。我悄声道,没。大旺便不再动弹。

我有些失望,这个憨脑壳,一点儿不懂女人的心思。我想了,想他了。并非欲火焚身,而是我心里虚,虚得发空。寻李春李夏两兄弟回来,我整个人就像一摊烂泥,强行支撑才没有瘫倒。此时,那摊泥没有变硬,反而更加稀软,几乎洇湿被子。我渴望大旺抱抱我,抱紧我。我从未主动钻过大旺的被窝,我等他钻进来,就如以往那样。可那个夜晚,大旺如僵硬的石头,几次暗示他都没有领悟。我不死心,害怕天亮自己彻底化成水,无论如何,今天,他必须抱抱我。我探出脚勾勾他。他感觉到了,当然感觉到了,因为他的脸侧过来。我欣喜若狂,虽然在黑暗中,仍感觉桃花绽放。可大旺没有动作,他屏住呼吸,似乎等待我进一步的指示。是的,暗示于他如对聋哑人耳语,我只能明确地告诉他,抱抱我,我想疯了!不,我直接进去,让羞臊滚蛋吧,他是自己男人,我豁出去了!就在掀起被子的一刹,我听到熟悉而陌生的脚步。刚才还如稀泥,此时突然被注入神力,我立刻说,点灯!大旺摸索着点着灯,解释,我刚才就要点的。他的两腮已经瘪缩,就像被挖掉似的。我情不自禁地摸摸他的头,说,越晚起越好,别让孩子们乱跑。

外面的人叫门,我早已收拾妥当。

那一年,秋天来得早,从夏日便开始了。满目赤焦,难分秋夏。冬日不甘落后,十月中旬便落了一场大雪。十月的雪是留不住的,但那个冬天格外冷,雪格外大,前一场雪还未融化,后一场雪便漫天飞舞。据说一年落多少雨是定量的,夏秋干旱,冬日必有大雪。

一对躲在柴垛里偷情的男女被冻死了。原本想多抱一会儿,互相取暖,没料睡着了。双方家人为把两人分开,连大杠都用上了。没几日,两人便成了戳咕咚的主角。

戳咕咚,也就是捅娄子、闯大祸,是塞外乡村的说唱艺术。唱戳咕咚的多是乞丐,一人拉二胡一人编唱,内容多为凶杀、奸情。自然主角的真实姓名是隐去的,而传唱内容也多会添油加醋。唱到紧要处便停住了,主家给一勺面或半个馒头,接着唱。也有自拉自唱的,比如那对偷情男女的故事,便由常住营盘镇破庙的王瘸子独家所有。王瘸子曾在戏班拉二胡,因为和班主女人有染,被打折腿,又吃了官司,出狱后便乞讨度日。因而他唱别人时,格外有感触,好事者起哄,让他唱自己,他也不避讳。一个人什么都没有,什么都不在乎。我不让李春听戳咕咚,就是因为这些乱七八糟的,实是不宜,但拴不住他的腿,李春后来的路是否与这有关?我不止一次思索,但始终没想明白。

王瘸子极抗冻,那个冬日王瘸子大意了,抑或独家唱演的故事令他变成另一个王瘸子。傍晚照旧住在破庙,躺下去就成了冰棍,再也没有起来。

大雪封途,不只影响到人,还有黄羊、黄鼠、野兔、半翅、喜鹊、麻雀,或冻死或饿死或冻饿而死。饥荒之年,这些冻死的动物何止是美味。

大旺早出归晚,总是比别人跑得远。捡回过一只野兔,两只半翅。他捡回的,我没有卖,当然肉吃了汤喝了,兔皮要换钱的。李春也要随大旺到野外捡宝,我死活不同意,若是我和大旺外出,就让公爹牢牢看着他。

那天我和大旺同时出门的。临走,我看看李春,对守在门口的公爹说,院子也不能出。公爹说,放心吧。我又叮嘱大旺,不要等天黑才返,日头斜就必须往回走。大旺嗯了一声。他一向听我号令,我倒不操心他。

产妇的村庄在营盘镇南边,离宋庄并不远,但在大雪封途的冬日,那是不短的距离。请我的人步行,我在驴背上,但骑了一会儿,双腿便木了,我宁可走着去。走了一程,他又劝我骑驴,说两脚来回磕着,便不会冻着了。我说不要急,肯定误不了。他说乔师傅说误不了,那就误不了,只是我心里揣着火,就是着急呢。又抽一下驴。结果不知为什么,我也有些紧张了。

产妇虽说疼了一整夜,但临产也得傍晚了。我坐在炕头上,捧着热水,抚慰产妇。她的疼痛多半是因为紧张,头胎免不了的。中午时分,疲惫的产妇睡着了,而我突然说不上的焦躁,坐立不安。我牵挂李春,担心公爹拦不住他。越担心越乱想,越乱想越害怕。

黄昏时分,胎儿坠地,我收拾东西就走,产妇家人劝我住下,也不急这一晚。我说非回不可。产妇的丈夫仍牵了驴送我。喜赏是六个馒头,男人欲解释,我挥挥手。灾荒年,六个馒头已经很不错了。

我是撞进门的,支门的棍子被我撞断了。李春李桃李夏还有公爹都在,四个人在方桌上玩什么游戏,心掉进肚里,我突然就软了,棉花一样缩下去,大喘着。公爹问我怎么了,我说不要紧,天冷,跑了一程。然后,我四下瞅瞅,大旺呢?还没回来?公爹说快了吧,该回来了。我掏出馒头,让公爹热热。我洗了把脸,李夏蹲在我腿侧,用铁钩敲我鞋上的雪块。

馒头热好,大旺仍没回来。我说到村口瞅瞅,让他们先吃。公爹要和我一块去,我说,去也行,还是先吃了。我把馒头分开,一人一个,分餐制已经很久了。我在产妇家吃了,给大旺留了两个。三个娃都盯着,我说,记住了,谁也别争。

我和公爹在村口站了一会儿,往北走了一程,边走边喊。声音在冬日传不远。我还想走的,被公爹拽住。他说不等找见大旺,咱们就冻硬了。公爹说得有理,可就这么返回去我于心不忍。大旺皮实,你放心好了,公爹安慰我,声音却是抖的。我清楚,他比我更着急。我望着漆黑的凝固的暮色,故作轻松,您说得对,大旺不会有事的。

我和公爹等了整整一夜,他不动我也不动,如两个木桩。黎明时分,我和他灰暗的目光撞在一起,几乎同时站起来。我喊醒李春,让他照看李桃和李夏,他要跟着去,我没多想,应了。出了村庄,三个人一路向北,边走边喊,期望大旺能听到喊声,期待大旺能回应。

太阳偏西,终于找见大旺。是我先看见的,他躺在一丛被雪掩埋只露了半截的芨芨草旁,双腿分叉,胳膊却半举着,仿佛在思考什么问题被打扰了,他要把来人拨开。胸衣被撕烂了,腹部的血窟窿格外显眼。他的半个脸被啃掉,白骨森森。而在他四周,是杂乱的雪和鲜红的血,刺眼,炫目。我晃了晃,只觉红色的雪粒漫天飞舞,将我紧紧裹在中心。我奋力挣扎,不让自己眩晕。这时,我看见大旺坐起来,憨憨地叫声大梅。我紧缩的喉咙突然发出声,大旺,大旺呀!

6

我"吃"过晚饭不久,便听到宋品高高低低轻轻重重的脚步。这一天,他跑五六趟了,自然是因为乔石头要回来,放心不下。

怎么又……来了?麦香很是意外。

宋品说,想你了。宋品说不了情话,或是声音嘶哑的缘故,听上去怪怪的。

麦香哼了一声,我才不信呢。怎么,你老婆没喂你呀?

我说了,你别提她!宋品恼火地,不提她,你会死吗?

麦香酸溜溜的,你那么疼她……

宋品声音冰冷,闭上你的臭嘴!

警告奏效,麦香立马不吱声了。

蚂蚁在窜。

检查了吗?没发现什么吧?停了停,宋品加重语气,我问你话呢?

麦香幽怨地,你不是让我闭嘴吗?

宋品气笑了,叫我说你什么好!

麦香骂,哪个猪一大早就抱住我的臭嘴不停地啃。宋品口气软了,麦香自是不放过损他的机会。

宋品略显无奈,别扯远了,说正事!

麦香说,以为真想我了,没料你是来检查我的。我说了,没有!怎么?你还让我捉只蚂蚁放在祖奶身上?

宋品说,没有就好,别这么气呼呼的。我刚才碰见喜鹊了,和她讲了,她一会儿过来。

麦香嫉妒而又警惕,你找她了?她来干什么?

宋品说,一会儿不是要给祖奶洗澡吗?让她帮你,两个人看,总归要比一个人保险些。

麦香极其坚决,不行,祖奶洗浴,不能有第三人在场!

宋品的哑音透着恼怒和冰冷,祖奶是你的?你还想独占?

麦香和宋品总是处在拉弓状态,他硬,她就软了,我一个人也行的。

宋品说,万一你看不到呢?乔石头不回来也就罢了,他回来了,绝不能掉以轻心,要让他看见祖奶身上有蚂蚁……麦香呀,那后果你想过没有?

麦香也怯了,就算找人帮忙,我也能找的,为什么非找喜鹊?就不能找个名声好的?

宋品说,喜鹊名声怎么就不好了?

麦香说,你别装傻!想来你也不是偶然碰见她的,你专程找她了对不对?

宋品说,你别胡说,小心喜鹊听见。

麦香嘟哝,我还怕她听见啊?

宋品说,怕不怕,你自个儿知道。

麦香没有深入下去,转了话题,问乔石头不时不节地回来,究竟干什么。

宋品说,我也纳闷呢,也许他要把祖奶带到城里,城里条件好……

麦香显然被惊着,声音都走调了,带走祖奶,我怎么办?

宋品不无讥讽,你怎么办?到时候你问乔石头吧。

麦香几乎要哭了,不止我,还有那么多祖奶保佑的人……他们也离不了啊,你得想个法子阻止他,绝不能让他把祖奶带到城里,不能!

宋品自嘲,你以为我是什么人?能阻止他?县长他也不放在眼里。

麦香声音低下去,那怎么办呢?他带走祖奶,我就不活了!

宋品说,你活不活的,我管不了,现在,你打起精神,等喜鹊来了,认认真真地给祖奶洗浴。

麦香嗯了一声。

蚂蚁在窜。

7

天寒地冻,挖墓艰难,只得点燃牛粪烘烤,烤一会儿挖一层,四天才将墓穴挖好。我干不了这样的活儿,虽然我很想亲自给大旺挖。公爹悲痛欲绝,自抬回大旺他就如残墙一般倒塌了。所以,墓是雇人挖的。我只管做饭烧水,给大旺缝内脏和被撕烂的脸。我不能让他残缺着身子到那边去。就这样,埋葬了大旺,一家人都瘫倒了。然而,比累更锥心的是痛。累并不是坏事,让人迟钝,麻木,甚至什么都不想。待疲惫远离,悲痛便变成锋利的屠刀,肆无忌惮地拉割。那个冬天,遭遇狼祸的不只大旺,别的村庄也有,可这不能给我任何"天有不测风云""人有旦夕祸福"的慰藉,相反,听到传闻,我尚未愈合的伤顿时崩裂。我以为我是主心骨,也是顶梁柱,大旺离去我才明白,有他在,我才顶得牢固。他走了,柱子开始摇晃。当然,我不允许自己持续地摇晃,我倒了,身后就全倒了。还有,那些产妇需要我。请我接生的上门,我没有推诿,没有任何迟疑。我走出哀伤和阴影,与我时常听到新生婴儿的啼哭大有关系。人世轮回,说不定我接生的哪个婴孩就是大旺投胎的。因为这些乱糟糟的想法,我渐渐释然、平静。

  临近年根,公爹也离开了我们。大旺离世后,我便让李春陪他睡,公爹哑了一般,有时一整天不说一句话。他的目光直直的,想把什么射穿似的。我给二妮捎话,她来接了一次,但公爹不肯去。除了发呆,公爹并无其他异常,按时吃饭,按时睡觉。唯一成年的儿子先他而去,这个打击确实难以承受。我想转过年,开春有了活干,他就会慢慢好起来,没料……我反复问过李春,没有任何征兆,一锅烟尚未抽完,他便不动了。

  那个年注定是凄惨、伤悲、黯淡的,不贴对联不剪窗花不放鞭炮,声音和色彩远离了大梅和她的三个孩子。也就是一年而已,虽然难熬,但一觉醒来,长夜就过去了。

  三月中旬,李贵突然回来了。他总是神出鬼没,如同影子。

那一夜,我外出接生,天明心急火燎地往回赶,看到坐在灶边灰塌塌的身影,不由愣住。

李贵显然什么都知道了。他没有问,我也没有倾倒不幸。人已亡逝,怨天怨地又有什么用?

李贵将公爹的房打开,扫院,劈柴,要长久居住的样子。如果他留下来,那倒不是坏事。我常年往外跑,三个孩子正缺个人照料。只是公爹那么费心都没把他拦住,现在他肯留下?某天下午,我给他送去半斤烟叶,试探着说垴包山腰的地,二叔愿意种几亩就种几亩。他猛吸两口,然后将烟灰磕在炕沿上,说我这次回来,就是想给哥上个坟,过了清明我就走。我说不出的失落,但没有在脸上显露出来,问他营生可好。李贵迟疑一下,说天无公理,什么都不好干,除非世道变了。我说,公爹和大旺不在了,我仍是李家的媳妇,二叔愿意什么时候回来都可。李贵说,这么重的担子,落你一个人身上,我帮不上忙,你别怪我。我笑笑,二叔哪里话?你能惦记这个家就好。李贵感慨,哥在世时常夸你,能干明理,他没看错人。我说,公爹总是护着我,惹得二妮都不高兴了。李贵皱皱眉,二妮这丫不知跟谁,一点不像李家人,听说她常刁难你,改天我说说她。我忙说,二叔好意我领了,说就不必了,她以为我背后说她什么坏话呢。李贵说,这你放心,不会扯到你的。再说,我是长辈,有资格开导她。我没再说什么。

李贵去了几趟镇上,和李二妮谈得是否融洽,他没说,我也没问。那一阵子我跑了两趟远路,一趟是去后草地,来回三天,一趟是到崇礼太子城,那姚姓人家同胞兄弟同年迎娶了大境门外屈家同胞姐妹,两兄弟的妻子生产相隔两日,竟也是双胞胎。哥哥家生的是双胞胎儿子,弟弟家生的是双胞胎女儿。不要说太子城,连崇礼、张家口,整个察哈尔也找不出几对。姚家本是富户,又逢如此大喜,出手大方,给了我四块银圆。每块银圆都用红绸包着,喻四喜的意思。虽然来回五天,但一趟揣四块银圆,以前没有过,后来也没有过。想着又能还钱广万了,我心里便轻松许多。

清明第二天,李贵离开宋庄。走前,用泥坯将公爹房屋的窗户封住,还给我挑满水缸。我问他下次什么时候回来,他的目光越过院墙,朝垴包山方向望了望,说也许很快,也许猴年马月。我以为他要说明年清明呢。

四月末,我去东坡接生。黄师傅归西,东坡人就请我了。每次到东坡,我都要去黄师傅的窑洞转转,顺便清扫一番。黄师傅爱干净,若知她曾经的窝儿被灰尘侵占,必会伤心。半年后,一对乞讨的花姓夫妇占据了窑洞。我想这也好,黄师傅不会介意的。通常我在窑洞外坐坐,与那对夫妻拉拉家常。他们和善,卑微,即便笑着,也是小心翼翼,仿佛头上顶着易碎的器皿。可是那天,夫妻两人的神色充满敌意和戒备,似乎怀疑我要和他们抢夺窑洞。往常还象征性地问问,要不要进去坐坐,那天不但没问,妻子还守在门口,丈夫与她相隔两米,不动声色地筑起防线。

我心中不快,鸠占鹊巢,还理直气壮。不过,我没说什么,抢也轮不着我。后来我突然想,也许黄师傅儿子回来过,我能想到他都干了什么,这对夫妻如此敌意紧张或与此有关。

产妇的丈夫仍在坡下等我,不停地捋汗。我笑笑,你急也没用,还不到生的时候。我问他近日是否见过黄师傅儿子,他摇摇头,说听人讲黄师傅儿子在张北北门外的马桥当马牙。马牙是买卖双方的中介人,须能说会道,老实人干不了这个。我很是奇怪,难道黄师傅儿子改邪归正了?若真是这样,那十块银圆的借贷也算值当。只是……我又想到占据窑洞那对夫妻,为何目光里突然长满尖刺?

临近中午,产妇疼痛加剧,她柔柔弱弱的,叫起来却很响。就在那时,院外传来吆喝声,我听不清喊了什么,只见产妇的丈夫拎了两股叉跑出去,慌里慌张的。我本来要让他递筷子,无奈只得跳下地自己去取。产妇的婆婆耳背,指望不上。咬了筷子,尖音仍从牙缝往外跳,听起来像哭。我说就要当娘了,你该笑的。

两个时辰后,产妇生下一个男婴,我洗净,包裹好,递给产妇。产妇的丈夫仍没回来,我将余下要做的事一一告诉产妇的婆婆,几乎咬着老太太的耳朵。产妇的婆婆将早已准备好的八颗鸡蛋给我,我拎了便往回走。寂静无声,似乎鸟都绝迹了。除了脚步,再无其他。因而当杂乱的声响突然传入耳朵,我有些惊愕,好像不留神掉进另一个世界。然后,便看到对面的人,单个的,两人结伴的,也有四五人一伙的。手里都拎着东西,铁锹、火铲、镰刀、箩筐、面袋、米罐、水桶。那对占据窑洞的夫妻,妻子抱了几个碗,丈夫夹着一棵白菜。脸被什么涂抹了,五颜六色的。产妇的丈夫我也碰到了,左手握着两股叉,右胳膊夹一个簸箕,手也没空着,那袋子东西足有二三十斤。他兴奋地和我打招呼,我说生了个男婴,他的嘴便合不拢了,额际的汗几乎溅到我脸上。

事后我才知道,他们把钱家哄抢了,不止东坡,周边许多村庄的人都去了。宋庄参与的人反而不多,这或许是宋庄的人多多少少都欠着钱家的钱物。我还知道,钱家的两个兵丁做了内应,因而冲入的近百号人没被乱枪射杀,钱广万蒙神了,直到被捆住才反应过来。

我回到家,李春、李桃、李夏正大嚼牛肉干,旁边还放了些,三个人比赛似的围坐在一起,互相监督着。我突然进屋,李桃和李夏吓了一跳,大张着嘴,紧张地看着我。只有李春怕我抢夺似的,又往嘴里塞了一条。我问哪来的?李桃和李夏都看李春,李春说,捡的。我扑过去,捏住李春的嘴巴,把他刚塞进的肉条抠出来。我生气地说,老实说,哪里来的?虽然我猜到了,但还是想听李春怎么说。我尚欠着钱广万的钱,若钱广万知道我的儿子也参与其中,突然逼我还账,我该怎么办?

我还要审问,院里有人喊我。是钱家的总管。我的心瞬间沉下去,暗想钱家这么快就来算账了。当时有揪李春耳朵的冲动。没料总管是请我去看三姨太的,我才松口气。

8

蚂蚁在窜。

9

窗户是他封的？封住就再没回来？

我向老天爷保证。

警察没从屋里搜出什么，不大甘心，猫腰盯着炕板与炕板间的缝隙，似乎怀疑李贵变成蚂蚁，躲进去了。然后用枪托戳戳，才大摇大摆地离去。这是他们第二次来。逮起几个带头哄抢钱家的，据说有人供出了李贵。李贵是主谋。我不大相信，他若回来，怎么也该到家里坐坐。可若说与他一点关系没有，应该不会有人供出他。难道他上次回来不是为公爹上坟？或者，不单是为这个？我忙着接生，并不知那些日子他干了什么。

钱广万倒没找我麻烦，可能认为与我扯不上关系吧。还有，毕竟是我给三姨太接生的，她也是命该如此，就在那天夜里生下第二个儿子，即后来的钱拜辰。仍然不足月，但能活下来，我立了头功。钱广万拿不出像样的喜赏，提出从我的借贷中扣除一个银圆。我讲了李春的牛肉干，该是他混进人群抢的，说喜赏我不要了，权当是代儿子赔不是。钱广万什么也没说，一阵猛咳。我明白，他认可了我的方案。

宋庄没什么变化，村前的子母柳照样浓荫蔽日，村东的蝴蝶河仍如银镜闪亮。但隐隐约约的,我又觉出一些不同,只是感觉,若要描述,又说不上来。

而我,一如既往地披星戴月,任何人上门,我都会立刻起身。只是没了大旺和公爹,把三个孩子留在家里,我的心拴了铃铛,一路都在乱响。

最放心不下的当然是李春。寡言少语,仍是不断闯祸。还有,他越长脸相与李桃、李夏差别越大,我担心多嘴的人往他耳里乱灌。若心性长成也就罢了,他还没完全长成,如细枝嫩芽,最易折断。李桃虽是女孩,也不省心,个子长高许多,但仍爱告状,尤其告李春的状。我不搭理她,她会委屈一整天。而且她生气就不停地打嗝,开始我没在意,以为是偶发,待意识到不是小事,忙着找郎中医治。郎中束手无策,说他行医二十年,未见过这样的怪病,劝我别放在心上,反正也不是大病。虽不是要命的病,只能算毛病,但也让人揪心。我是母亲,怎么能忽视呢。我好歹也通些医术,常给妇女开方配药,对李桃的小毛病,我一筹莫展。有人建议,在李桃打嗝时猛拍后颈,我尝试了,不料不但没有根治,她嗝得更频了。我再不敢轻易治疗,尽量不让她受委屈。想来是我害了她,人生在世,哪能不受委屈?

好在李夏省心,他年纪虽小,却有大人的样,什么都让着李桃。他心性淳厚,李春带他玩,他便乐颠颠的;李春不领他,他也不哭天抹泪,安心玩自己的石子。他从不告状,不告李春也不告李桃。但李夏再懂事,也不能让他照看李春和李桃。

七月的一个中午,李桃在后滩玩,被马踢掉两颗门牙。马不过是捎带着抬起腿,若再重一些,就要命了。李桃满嘴血沫,哭得背过气去,幸好刘转运路过,又掐又捶的,将李桃唤醒。李春和李夏当时都在场,两个人的叙述包括后来李桃的讲述都没有太大的出入。李春并不想带她,是她非要去的。靠近那匹马,也是她自己要靠近的。当然李桃没放过李春,说那匹马本来安安静静的,是李春的口哨让马受了惊。李春说他是打口哨了,但一直在打,并不是故意吓唬那匹马。李夏也是这么说的,我相信李夏不会说谎。我还是数落了李春,他没照看好妹妹。李桃嘴脸都肿着,我不想让她再不停地打嗝。李春如以往那样沉默,目光冷着,不作辩解。不知为什么,那天我的心突然有些抖。

两日后,李二妮突然来了,拎了几个包子,一包白糖。她吃胖了,腰粗了有半圈。脸也阔了几分,只是肉多了却没有光泽,像硬贴上去的,与她无关,挽起的发髻灰不溜秋的。不变的是她的眼角,只要说话,眼线便斜挑上去。她听说李桃被马踢了,特意来看看。我很意外,公爹的"头七"之后,我第一次见她。据说人亡后,魂灵要在尘世飘荡四十九天才过奈何桥,或投胎转世,或是下地狱。在那四十九天里,家人逢七要隆重祭奠。李二妮祭是孝,不祭我也没资格说她什么。

李二妮摸摸李桃尚未消肿的脸,眼圈便红了,桃儿啊,你这罪遭的,若你爹和你爷爷在,不知要心疼成什么样儿呢。她这么煽,李桃的泪便下来了。我说,桃儿命大,不碍事的。李二妮斜着我,你还是不是亲娘?我想,这是兴师问罪来了,说你这话就没道理了,我掉下的肉,我能不心疼?李二妮逼问,有你这样当娘的吗?丢下孩子不管,自己疯跑?我可以忍可以让,却容不得她当着孩子的面教训我,污辱接生是疯跑,我更加不能接受。我沉了脸,二妮啊,这话你不该说,你自己也有孩子呢。我让李桃去外屋玩,待她离开,我说,我还以为你是看李桃的,没想……拿着你的东西离开吧,我不想和你吵。李二妮说,我不是来吵架的。我冷笑,那你这是干什么?当着桃儿的面!李二妮笑笑,虽然很假,但神情没那么冷了。我这不是心疼桃儿,着急吗?哎呀,好吧好吧,算我不会说话。我说,这是个意外。二妮问,要是再让踢了呢?我提高声音,二妮,你别乱咒。二妮说,我不是咒,可你还要离开家的对不?你不在,难免……我冷着脸不理她。二妮改口,我不是故意的,可你常不在家,没人照看孩子,谁知道会出什么事?我从二妮的话里嗅出别的,二妮,你想说什么?二妮又笑笑,我想你三个孩子照看不过来,不如让一个给我。我问,你带?二妮很郑重,不是带,过继,过继一个给我。我是亲姑,绝对不会让孩子受屈。原来这才是她的目的。

  我沉默。当然不是她的话让我动心,而是她说得突然,我有些蒙。二妮继续说,两个,你少些牵挂,你我亲上加亲,就更亲了。半晌,我问,你想过继哪个?二妮眼底突然闪现出火苗,我有两个闺女,女儿不缺了,李春……你心里清楚,我和他生分,李夏,就李夏!二妮因为兴奋,声音突然高了几度,好像刚刚发现李夏是唯一人选,她的目光爆炸一样腾起两团大火。我咬着嘴唇,出血了。我冷声道,你别想,李夏不行,李桃不行,李春也不行。你可以生啊,为什么不自己生?李二妮的火焰熄灭,连生两个丫头片子,赵家嫌弃我了,再生个丫头片子,我在赵家就待不住了,我找算命的算过,除了头胎,我再没有生男孩的命,再生一百个也是丫头。我说,你别瞎算。李二妮忽然间有些伤感,万一算得准呢?大梅,不,大嫂,亲嫂子,只有你能帮我了。李二妮态度转变太快,我有些不适。确实,不会再有第二个人帮她。但是我不会把李夏给她。李二妮以为我摇摆了,继续游说,哥那么年轻就去世了,爹也不在了,大梅,你的命太硬,李夏跟了我绝对好!你当娘的,不想让他好吗?就是这句话彻底惹恼了我。我压制着愤怒,声音还是有些高,李二妮,你给我听好,现在,马上,你给我滚出去,滚得远远的。李二妮显然没想到我发怒,不是我说的,是……我暴喝,滚!李二妮说,我头一个孩子是你害死的,你不应该负责吗?我大叫,再不滚,信不信撕烂你的嘴?我跳起来,李二妮兔子样逃了。

日子艰难,但不是过不下去。三个都是我的娃,谁也别想夺走。

就在那年秋天,我遇到白礼成。

10

喜鹊和宋品先后离开。麦香在我耳侧陈列了一堆罗包的罪状。倾倒完她的不幸,便到外屋睡了。当然,她没忘了在我脸侧脚底放置香囊。那只蚂蚁又窜出来,肆无忌惮。喜鹊加盟,也未能揪出来。

这一天真够折腾的。每个人都没闲着,纠缠过往,忙碌来日。只有我闲着,躺在乔石头精心建造的房舍内,一动不动。但我的脑子却没一刻悠闲,那么多人要倾诉,那么多人要祈祷,我不能将哪个人的话,哪怕是闲言碎语堵在耳朵之外。我收容、接纳着他们的嫉妒、苦痛、不幸、秘密和哀伤,却没有任何能力化解,只有在心里默默祝福。我不累,疲和累已经对我无可奈何。已是深夜,我的思绪仍然纷杂。暗夜里,我的思绪常常如鸟飞翔。我的脑子在飞,灵魂在飞。或是因为香气喂养,我轻盈如羽。许多事我没有亲历,我不知道、也无法判断。我想那不重要,重要的是这些与我没有隔膜,犹如我始终在现场。漫漫长夜,这些事一桩一件,如繁星闪烁。

窗外有异响,我听见了,心中发怔,这么晚了,谁在窗外?肯定不是那些繁星中的一个,他们不惧怕我,不会这般犹疑。那么是宋品?他又担心什么,返回来了?可大门已经上锁,他须跳墙才可以进来。我该听到的。不,不是他。那会是谁呢?突然,灵光闪过,我知道是谁了。我冷笑,别躲着了,出来吧,让我见识见识你的真面目。

第十章　喜鹊

1

那时,她还不叫喜鹊。她叫树枝。

大人们一般都喜欢逗男孩,极少戏弄女娃。她是个例外。树枝,羊倌挨谁睡的?你说实话我就给你糖吃。树枝反应极快,挨你娘睡。围观者哄地一笑。那个男人举手佯打,树枝却不躲,仰起粉嫩的脸,你打一下试试?男人讪笑两声,摸摸自己的脸,谁说要打你?我痒,还不兴摸摸?声音虽然高,却是认输的架势。除非脑袋昏了,谁敢无端扇一个女娃巴掌?有些问题,她未能识辨是否有陷阱,比如,某汉子用捡到的野鸡羽毛作诱饵,问白凤娥半夜叫得响还是不响。她的黑眼珠迅速转着,没有马上回答。汉子进一步引诱,问白凤娥叫得像鸡还是像羊,她不明白,直到汉子露出坏笑。你娘叫得才响,像驴!汉子并不恼,哈哈一乐,仍将羽毛奖给她。她猛踩两脚,掉头离去。

她的刁打小就出了名。不但刁,还护犊。虽然只长弟弟小更两岁,却是小更的天。小更和一个男孩吵架,各有抓伤。这也没什么,今天干了架,明天还一起玩。但那男孩的母亲参与了,推了小更一把,小更跌倒了。带着泪痕的小更回到家,她问清原委,扯了小更就走。小更有些害怕,不停地往后撤,她越发扯得紧。那家人正在吃饭,白面馒头,熬大菜。她一蹦,从敞开的窗户跳进屋,把桌子掀翻。

宋庄人感慨,羊倌窝窝囊囊,竟然生出这么厉害的闺女。就有好事者质疑,你看树枝那眉眼,哪一点像羊倌?七嘴八舌的声音,那像谁?你倒是说说呀!回应也带着恶意,像谁?像你呀!然后是嘻哈、叫骂。茶余饭后,羊倌就是村人的乐子。

羊倌当然有名字的,叫花丰收。但没人叫他名字,花丰收便渐渐被人遗忘,连送信的放电影的都叫他羊倌。有一天,花丰收的名字从喇叭里出来,好多人反应不过来,杀人的是羊倌,关花丰收什么事?

羊倌十三岁便开始放羊,队里换过队长、出纳、保管、记工员、马倌、牛倌,唯独没换过羊倌。羊倌在宋庄稳坐交椅。实行承包制后,羊分到了各家各户,但谁家也没有人手专去放羊,都雇羊倌。羊交给羊倌,就像把琴交给琴师,再合适不过,也再放心不过。

不要小觑,放羊绝对是有技术含量的。同样的草滩,羊倌放的羊膘总要比别的羊群好,连羊毛也能多剪一斤半斤。他不藏奸耍滑,走得早回得迟,晴日有晴日的放法,雨天有雨天的放法。

然而羊倌最让人稀奇的还不是这些，而是他能叫出每只羊的名字。名字是他取的，均是他的姓氏，花大爷、花镢头、花细腿、花洋马……不是随便起的，名字契合羊的特点，也关联他的阅历。听了评书《岳飞传》，羊的名字多半来自评书：花岳飞、花牛皋、花兀术、花长枪。越往后名字越现代：花火车、花万元、花改革、花飞机、花美国、花日本。那有几百只羊呢，问他如何做到的，他就一句话，都是我的孩子。这不假，若遇见狼，羊倌宁可让狼把自己吃了，也不让狼伤了羊。

问题也就来了，狼很少见，喜欢吃羊的人却到处都是。每年六月六、八月十五、春节，队里都要杀几只羊。平素都是苦日子，男男女女早盼着这一天，还没闻到肉味，目光已经被油浸过，浓腥、鲜亮。羊倌阻拦不住拽羊的杀手，就发脾气。他发脾气也是无力的，你们干脆把我宰了吧，吃我，吃我总行吧。谁愿意吃他的肉？不耐烦地将他推开。有时，他也蛮横无理，抱着花岳飞或花牛皋不放，这可是忠臣呢，你们不能杀！依然被拖拽开。若被宰杀的羊冲他叫一声，他就眼泪吧嗒的。他不敢看宰杀场景，求他们等他走远再动手。这个要求不过分，几个人便先抽支烟，但也有性急的，嘴上应着刀却捅下去。他的腿就如发糕，一步一跤。

羊倌不吃羊肉，而且闻不得羊肉的气味。可是，不光家里，整个村庄都是浓烈的腥膻气。他尽量离远一点儿，在野外游荡或独坐羊圈。年节日，白凤娥都是打发树枝给他送饭，自然饭里不会有羊肉。

她无法描述自己的心情，那实在太复杂太幽深了，她那个年龄还不能完全揣摩。走在路上，她脚步急切，担心羊倌饿得瘫倒，被羊群像粪球一样踩在脚下。但走到羊圈门口，她却是迟疑的，拖延一会儿才推开门。腥臭扑脸，她退后一步，紧接着又堵在门口，防止羊跑出来。她不说话，就那么站着。眼睛习惯了黑暗，她几乎能判断出羊倌在哪个角落，但仍不开口，都是羊倌先喊她。树枝，是你吗？给爹送饭了？还是你疼爹！羊倌慢慢挪过来。不知是他挟带着臭，还是他稀软的声音，她心底突然涌上不可阻挡的恼怒。他要抓到她时，她的手先松了。馍头摔到地上，温热的土豆也掉到地上。你这孩子，我还没拿住。羊倌责备着，蹲下去，摩挲一阵，捡起来，掰成小块往嘴巴塞。那时，歉疚、不安如枝丫弯弯曲曲从身体里生长，她会说，慢点，别噎着。他们把花宋江杀了，闺女，我难过呢。枝丫顿时被狂风折断，随之涌来的是羞恼、鄙视，有去他脸上抓一把的冲动，甚至希望干馍片卡在他喉咙里。一旦离开羊圈，她又被伤感裹挟，眉毛、耳朵、头发挂满了冰凌，随着她的脚步哗啦乱响。她的刁与羊倌也有关系，若他拎得起，她就不会变成斗鸡。

一个秋雨淅沥的傍晚，羊倌抱回一只喜鹊。喜鹊是羊倌在羊圈角落发现的，左翅不知被什么咬伤了，如残扇耷拉着，而右腿比左腿短，只有两个爪钩，不但飞不起来，还是个瘸子。羽毛本就杂乱，又淋了雨，丑陋而可怜。白凤娥不喜欢养猫猫狗狗，

393

鸡和猪也不养,嫌脏。羊倌怕白凤娥嫌弃,说是给小更的,白凤娥没反对,对小更说别让它拉在炕上。伙伴养了一只鸽子,这让小更很羡慕。他吃饭都把喜鹊抱在怀里,像抱着绝世宝贝。令他沮丧的是,无论他怎么逗,喜鹊都耷拉着脑袋,垂死的样子。喂麦粒也不吃。他试图亲亲它,它突然拉了,小更的前襟顿时臭烘烘的。也就一晚的工夫,小更就失去了兴趣,将它丢到灶坑。

第二日羊倌起早去了羊圈,他或许是忘记了那只喜鹊。它仍缩在灶坑。白凤娥让树枝弄一边去,她就抓了喜鹊的背,放到院墙上。它突然啼鸣了一声,相貌丑,叫声却响。她便回转头。它扑棱了一下,差点从墙头栽落。似乎想讨好她,但适得其反,它的滑稽和可怜令她厌恶。本是喜庆的鸟,窗花里有,绣花里有,而且总是立在最高的枝丫上,招人喜欢。但墙头上的喜鹊说不出的晦气,哪里有喜鹊的样子?

隔天,树枝放学回家,进院便惊呆了:喜鹊立在晾衣服的铁丝上,一只黄色野猫蹲在木杆顶端,虎视眈眈的,喜鹊狼狈而又惊恐。地上丢散着残羽,想必是刚刚有过一番厮杀。她不知翅伤腿瘸的鸟是如何立到铁丝上的,能判断的是,它的动作比野猫快。野猫等了一会儿,跃到铁丝上,但铁丝太细,野猫站立不稳,摔下去了。虽然没扑着,但铁丝来回晃荡,喜鹊歪歪趔趔,连连惊叫,这让野猫悟出妙招。野猫蹿杆而上,击扑铁丝,一次又一次。喜鹊重心终于不稳,歪栽了一下。树枝以为它会掉落,没料它竟然用双爪钩住铁丝,倒悬了身子。野猫又一次扑击之后,喜鹊脱离了铁丝。但仍没乖乖就擒,扑棱着翅膀,企图吓退野猫。但两个回合便被野猫摁在身下。树枝惊醒过来,喊着扑上去,将奄奄一息的喜鹊救出来。

她一度以为喜鹊要死了,它的眼睛都闭上了。她在园子一角,把墓穴都挖好了,坑底垫了一团胡麻柴。震撼、惊愕、兴奋、敬重,她难以形容彼时的心情。一粒模糊的种子在她心里扎了根,从此不分昼夜,不计寒暑,顽强生长。就算死,也要有骨气地死,所以她不为它感到哀伤。孰料一夜之后,闭合的眼睛又睁圆了。她欣喜若狂。

她买了消炎药,包扎住它的伤口。专门给它建了一个家,不费什么事,一个筐,几把柴火。她在家里的地位比羊倌高,白凤娥默认了她的友伴儿。

它的伤势愈合很快,初冬时节便会飞了。飞起来,精神气就来了,忽而墙头,忽而烟囱,忽而枝丫,日暮时分便飞回到巢窝。叫声也响亮、欢喜,没有夹带任何的不幸和悲戚。她喜欢听它叫,它叽叽喳喳,她的心便枝摇花颤。小更后悔了,向她要,她没给。它不是玩物,不能转手。哪怕是小更。

其实,它完全可以离开她的,她没拴没捆,它是自由之身。但它没有远离,只要她在家,总能听到它在叽喳。她明白这是它感念她的好。它越这样,她越不能霸着它不放。星期天,她将它抱到村外,亲了亲它冰凉的双翅,猛地一扬。它在空中盘旋了一圈,又落到她肩上。她说,去吧去吧,想去哪里去哪里。它飞向

395

空中,但没几分钟便落下来,如此反复三次,它大抵明白了她的用意,飞走了。她有些失落,特别是傍晚,她盯着那个垫着胡麻柴的空筐,心里空如旷野。睡前,她特意开门瞅了瞅,寒风凛冽,看不到黑影,听不到声音。

清早,叽叽喳喳的叫声将她吵醒。她一个激灵,穿了衣服就往外跑。她惊呆了。门前两棵杨树的枝丫上落了有三四十只喜鹊,密密麻麻,而西南方向车倌家屋后的榆树上,也是一只又一只。树枝垂弯,不时有喜鹊掉落,略一盘旋,又挤占到另一根枝丫上。无论是登在枝头的还是飞上飞下的,均叽喳欢叫。她明白它回来了,带来了它的队伍。在向她致谢呢,想来它是喜鹊之王。它是配当王的。

在那个早上,被惊呆的不止她,还有白凤娥、小更、正要去羊圈却被焊住脚的羊倌,还有闻声而来的宋庄男女。看风水的二阴阳也来了,摇头晃脑地慨叹,若不是大福,哪有这般吉相!

那一冬宋庄的喜鹊格外多,村里村外的树杈上,喜鹊窝一个挨一个,堪比蜂巢。那只被树枝救过的喜鹊虽然不是相伴左右,喜悦的叽喳却始终不离不弃。上学时,它们在头顶,直到学校门口。放学归来,它们亦在头顶。它们是它派来的,轮流值守,轮流护送。那是宋庄的一大奇观,而她则是奇观的主角。

就在她沉浸在鹊声的海洋时,凶险突至。

2

在宋庄,白凤娥也算一景。她并不漂亮,方脸,重眉,有几分男相。她出胜在于她的白,好像她的脸也随她姓了。塞外风大,二寸厚的油脂也经不住吹,女人过了三十岁,脸色就往褐黑转了,白凤娥却是例外。她能保持白洁,是因为她有耐心防护。只要出门,她必定罩上头巾,蒙上面纱,还有手臂,再热的天也不穿短袖。看白凤娥的脸,只能在屋里,户外是看不到的。她的另一个特别是爱干净,她往供销社跑得勤,因为她费胰子。别人一年用一块,她一月用两块三块。日子苦,不养猪,至少养几只鸡吧,她居然鸡都不养。别的女人歇息时,随便往地头一坐,吃萝卜用手一捋便嘎嘣脆响;白凤娥不,哪怕是坐车,她先要把手绢铺开,"才把金贵的屁股稳上去"。这是车倌的调侃,确也如此。吃萝卜非水洗了不可。就算城里人,怕也没她讲究。她的第三个特别是酒量大,喜鹊嗜酒,或许是随她了。最多的一次,她喝了四斤,办婚宴的人家被喝恼了。她送了两个暖壶,却喝了四斤酒,吃不消啊。她也因此成为宋庄人吹牛的资本。

当然,最特别最瞩目的还是白凤娥与羊倌的婚姻。白凤娥算不上鲜花,羊倌也非牛粪,但两人站在一起,却是天与地的差距。白凤娥为何嫁给羊倌,众说纷纭,八成是臆想、猜测,没有定论。但树枝与小更是实实在在的,没有一个像羊倌,这很说明问题。自然,树枝与小更像谁,就需要想象与推断了。

树枝就是从闲汉懒婆肆无忌惮的戏弄中揣摩出白凤娥有问题的,她似懂非懂。你说树枝像不像某某?不像,我看更像某某某。他那对眼耗子似的,树枝的眼睛多长!不可能的。你这么肯定,莫非……哎呀,与你真有几分像呢。叽嘎乱笑,猛又刹住。她早就站到身后了,他们没注意到她。非懂时她沉默不语,似懂时她就唇枪舌剑了。她并不是开始就刁,是被那些闲言碎语淬刁的。她从未质问过白凤娥。小更曾傻乎乎地问过,白凤娥气歪了脸,老娘生了你,自然像老娘!再胡说,我扇烂你的嘴!小更吓得不敢吱声,她却把目光迎上去。她什么也没说,只是带了几分冷地望着白凤娥。白凤娥话没错,可又不完全对,能吓住小更,未必能吓住她。也没理由吓她,因为她什么都没说。白凤娥与她对视数秒,扭开。白凤娥慌了,她能看出来。慌,就是有鬼。

她开始跟踪白凤娥。大中午的,白凤娥要去采蘑菇。她遮头蒙脸,拎上羊倌编的柳条筐,一闪就不见了。她叮嘱树枝洗碗,树枝磨磨蹭蹭地系围裙,估摸差不多了,把原本也没系上去的围裙丢开,一溜小跑。有房屋和墙院作掩护,她轻易地成为白凤娥的尾巴。白凤娥也没想到被盯梢,出村才回了回头。没有遮挡,树枝不敢再跟,直到白凤娥没入林带。林带过去是麦地,麦地过去又是林带,再往前就是老林。树枝再次逮见白凤娥的身影,白凤娥确实在采蘑菇,目光寻寻探探。她没沉住气,闪了出去。白凤娥吓了一跳,问她几时跟来的。她说刚刚。白凤娥往四下里瞅,她也跟着瞅。然后白凤娥便头晕了,想必中了暑。她拎了筐,扶着白凤娥往回走。

又一日,白凤娥去供销社买胰子,走了一段发现树枝在身后,问她跟来做什么,树枝说买橡皮,白凤娥问她买什么样的,她顺便买了。她说还没想好。白凤娥瞪她,但没有发作。树枝也不害怕,她又没做错什么。买了橡皮,树枝磨蹭着不走,直到白凤娥离开。

前番是暗跟,后番是明跟。有时本来是暗跟,但被白凤娥发觉了,索性就变成明跟。她不怕白凤娥,且做好了挨打的准备。白凤娥虽然羞恼,也斥责过她,却一次也没动过手。

近一年时间,她跟踪了数十次,并未发现白凤娥的问题。她疑惑不解,白凤娥像是被冤枉的,可那些人为什么偏偏嚼她呢?

树枝放弃跟踪是在有了喜鹊这个伴儿之后。她不再,准确地说不是特别地在意白凤娥的问题了。还有,她几战扬威,没有哪个人敢当她的面洗涮白凤娥和羊倌了,当小更的面也不敢!那无异于一条血路,她杀出来了,没动一刀一枪。而鹊鸣的欢悦渐渐把她带入另一个世界,她走路如云飘,双目放祥光。

然后就到了那一天。白凤娥买回了新香皂,还买了一斤红糖。晚饭是烙糖饼,炒土豆片。别人家烙糖饼,糖里要掺面粉,既节省糖也不至于流出来。白凤娥在吃这方面从不吝啬,不搀一点儿面,所以她烙出的糖饼常有破损,但咬下去满口香甜。白凤娥不爱吃甜的,自个儿烙了两张油饼。还不到宰羊的时候,羊

399

倌不用往羊圈躲,一家四口团团圆圆。吃撑了,都不想动。不想动,就犯困。小更要在树枝的腿上趴一会儿,趴下去便睡着了,衣服都是树枝给他脱的。她不停地打哈欠,给小更盖好被子,也挨着小更睡了。矇眬中,她听到白凤娥跟羊倌说了什么,声音不高,她没听清。脑里烟雾弥漫,她没有任何抵挡地陷入其中,看不到也听不到了。

她在烟雾里奔跑,冲撞,想寻一条路出来。然烟雾浓浓烈烈,没边没际,她撕不开也扯不烂。她口干舌燥,呼吸急促。喜鹊呢?她的那些喜鹊哪里去了?她呼喊起来,有喳叫回应。她欣喜万分,连连呼叫,一只,两只……成群的喜鹊飞过来。浓雾被驱散,她发现自己站在河岸。好险!她暗自心惊。喜鹊头尾相衔,在湍急的水面上搭建了一座鹊桥。她明白是为她搭建的,没有任何迟疑,款步踏上。走到中间,鹊桥突然断裂。

她从睡梦中惊醒,便看到了在无数个暗夜中疯狂啃咬的那一幕:一男一女摁在羊倌身上,一个掐羊倌的脖子,一个掐羊倌的下体。女的是白凤娥,披头散发,男的戴了顶帽子,她没看清。羊倌奋力挣扎,像绵羊一样发出含糊、凄惨的叫声。两年后宋庄才通电的,那时还是煤油灯。墙上有个碗大的洞,专用来放灯的。没有风,灯火却胡乱摇曳,好像和树枝一样吓坏了。

确实,她吓坏了。虽然胆大,但限于白日,暗夜里的这一幕让她恐惧。但她没有吓呆,很快反应过来,掀开被子跳落到地上。一男一女没防住她醒来,更没防住她夺门跑出去。她赤着双脚,只穿着裤头和背心。寒气如针,几乎将她刺透。她听到说快追,听到身后门开合的声响。她射出院子,但并没有往街里跑。她知道自己的弱势,跑不过那一对男女。折到西墙外,她跃墙跳回院里。她听到街上急慌的脚步,就像她的心跳。与此同时,鹊声突起。不只是她家树上的喜鹊,整个村庄的喜鹊都在叫。夜空中黑影像箭一样射来射去,声音不是欢喜的,凄厉、惊恐、愤怒,如石头一样砸落,乒乒乓乓,噼里啪啦。整个宋庄被惊醒,窗户次第亮起。车倌后来说,还以为谁在拆他的屋顶,拎了铁锹砍他个狗日的,没料拉开门,赤条条的羊倌撞进来。

公安到来前,白凤娥与供销员,宋庄称为站蓝柜的,已经被绑在礼堂的柱子上。羊倌的西屋吊了一个绳套,先掐死羊倌,再伪造羊倌自杀,两人蓄谋已久了。白凤娥没想毒死树枝和小更,糖里只是搀了安眠药,她的目标,或者说,她和那个人的目标只是羊倌。但这并不能减轻树枝对白凤娥的仇恨。树枝去了一趟礼堂。去唾她?不是。骂她?不是。抽她?不是。她不想看见白凤娥,但还是去了。她不说话,只是望着已经变了相的白凤娥。白凤娥颤抖着叫她名字,她说你不配叫我。白凤娥说,事做下了,我不后悔,照顾好你弟弟。垂下头不再看她。她转身离开,走出礼堂好远才意识到,她是有一个问题,想问问白凤娥。但她没再折返。

3

从那以后,她抛弃了树枝这个名字,改名喜鹊。

羊倌仍然是羊倌,称呼没变化,话却多了。以前他只喜欢和花李逵、花武松们聊天,和人基本没什么交流。大难不死,诉说的欲望突然喷射。他脖子本来就长,丝瓜一样,经白凤娥掐过,又长了几分,被掐的印痕极其醒目,像套了数个紫环。闺女救了我呢,他逢人就说。问他怎么救的,他说得极其详细。因为听的人多,他来回扭着脖子,紫环似乎也跟着叮当作响。紫环一个个隐没,羊倌讲不出更新鲜的东西,听众的兴趣也淡了,不再追问。但羊倌仍会凑上前,像侠客非要展示自己的宝剑,闺女救了我呢。

你别叨叨个没完,喜鹊说,该讲的讲,不该讲的别乱讲。公安要问,下乡的干部也问,喜鹊不能让他闭嘴。可没人愿意听了,还说个没够,这令喜鹊恼火,警告他不许再讲。羊倌凄惶地,要是有人问呢?喜鹊厉声道,问也不讲!

但羊倌没把喜鹊的话当真,放羊归来,看到了大头。大头在青岛当兵,请假回来相亲。可得擦亮眼睛,别学了我呀。大头已经听说了,还是停住。闺女救了我呀,然后就讲。喜鹊做好了饭,不见羊倌,料定在哪儿绊住了,出门便带着火气。她笑盈盈地和大头打招呼,转过脸就火星迸溅,她没骂羊倌,只说一个字,回!羊倌没说够,试图和她商量,她又是一个字,回!!火焰喷到脸上,羊倌烫得缩了嘴巴。

你要再抖落那些烂事,别怪我翻脸,喜鹊警告。羊倌说,我要让人知道——喜鹊厉声喝止,若是擀杖在旁边,她没准会杵到他嘴巴里。

作为惩罚,喜鹊把羊倌的晚饭倒了。不给他点颜色,他不会长记性。羊倌万分惊愕,因为欲把他掐死的白凤娥也没这么干过。爹饿了整整一天,腰都要饿断了呀,羊倌可怜巴巴的。喜鹊冷着脸说,饿一夜,死不了。她最见不得羊倌眼泪吧嗒的样子,倒掉那一刹,她是动了恻隐之心的,暗问自己是不是过了。羊倌哭,她直想踹他一脚。羊倌蜷缩着睡了,凌晨醒来,喜鹊已经搅了半锅纯莜面傀儡(谐音,本地一种饭食的名称)。她摸黑就起来了,比灶台没高多少的她忙活了两小时,终于大功告成。她会推莜面窝,会搓莜面鱼,会烙白面饼,搅傀儡却是第一次。纯面耐饿,羊倌要放一整天羊呢。羊倌看看香气弥漫的傀儡,再瞅瞅被烟熏花了脸的喜鹊,眼圈便红了。还是闺女——喜鹊冷冷地打断他,昨天的话记住了?羊倌迟疑地,昨天……突然想起来,赛跑似的说,记住了。

那是标志性的一晚,喜鹊成为一家当之无愧无人能撼的统帅。村里开会或商议什么事情,喜鹊坐在一堆吞云吐雾的男人中间,虽不声不响,却没人敢轻视她。羊倌曾参加过一次,被撵回,去,叫喜鹊来。那晚喜鹊伤风,还是挣扎着去了。

统帅不好当,并不是发号施令就可以,而是确立家庭的大政方针。吃喝方面,喜鹊不看重,有稠吃稠有稀喝稀,多计算着,不喝西北风就是。缝衣拆线,也没么当紧,喜鹊不会,可以慢慢学,而且一样一样都学会了。喜鹊心目中的大政是羊倌。准确地说,她要改变羊倌,让羊倌硬气地活出个人样,而不是撮不成团的豆腐渣。

不唠叨破事只是第一步,也是关键性的一步,被喜鹊警告并惩罚后,羊倌终于不再提了。差点被老婆和奸夫谋杀,不但不装哑巴,反多么光鲜似的到处乱讲,实在令喜鹊脸红。羊倌自然想博取他人同情,这更令喜鹊反感和厌恶。羞布盖在身上,不如不盖,喜鹊给羊倌撕扯掉了。没有遮挡,那就裸着。豁出去,赤裸了,那又如何?

第二步呢? 喜鹊要抹掉白凤娥的所有痕迹。既是为了羊倌,也是为了小更。羊倌虽然怨恨白凤娥,但还记得白凤娥的好,比如白凤娥烙出的饼是一窝丝,喜鹊基本是连嘴三层,他没明说,但话里露出来。这令喜鹊大为震惊和恼怒。白凤娥有再多的好,有什么用呢? 她要谋杀他。前者为次,后者为主,男人连主次都分不清楚,那还叫什么男人? 他该彻底、决绝地把白凤娥从心里剜出去。而小更就更不像话了,有一天竟然对她说想娘了。她当即给了小更一巴掌。白凤娥安眠药放得再多些,他的命就没了。她哪里配当娘? 这两个骨贱肉轻的人,居然还记着她。喜鹊对羊倌总归还留了些面子,对小更没有任何客气,直奔核心。她让他忘了那个烂货,若再让她听到,非揪青他的脸。

小更如羊倌一样做了保证,但喜鹊不放心。她把白凤娥的鞋帽、头巾、面纱、袜子、被褥,连同白凤娥用过的香皂和香皂盒,统统扔掉了。羊倌想把白凤娥的被褥抱到羊圈去,她没允许。她不许他再住羊圈。相框里有四张照片,白凤娥独照、全家照、白凤娥与她和小更、她和小更。都是黑白照,白凤娥把自己那张染了彩。喜鹊把白凤娥剪成了碎屑,另两张照片,她把白凤娥剪掉了。至于其他器物,喜鹊虽没有马上换,但列入了计划。如有可能,她还想把房子拆了,另建一处。

喜鹊虽然只有十三岁,但心深似海。

一切按照喜鹊的心愿和计划推进。但半年后,出故障了。那时白凤娥和供销员已经被判刑,一个十二年一个十三年。喜鹊仔细回想,羊倌是在听到这个消息之后出现反常的。本该人心大快,喜鹊炒了两个菜,并让小更打了半斤酒,虽没明示庆祝,但用意一目了然。可羊倌竟然没有丝毫的喜悦,反眉头紧锁,心事重重。他酒量稀松,平时推推让让的。这也就是个仪式,意思意思也就够了,他倒好,一口一杯。喜鹊劝他少喝,他竟然说烦。他烦,或也嫌喜鹊烦。喜鹊夺过酒瓶,像喝水一样倒进嘴里。羊倌看傻了,许久才带着哭腔说,倒是给我留点儿啊。把你的猫尿擦干吧,不哭鼻子你会死?喜鹊异常恼怒。羊倌抹了抹,倒在炕角。后来,村人也瞧出羊倌的不对劲,以前他话少,但招呼还是要打的,现在见人就把头低下,问他也不理,聋了一般。和羊倒是话更多了,抱着花林冲或花岳飞,一说就是多半天。那些羊也不像以前那么亲近他,都躲着。若被他搂住说话,那一天就得饿着。

你怎么了?喜鹊问。她当然不能坐视不管。羊倌被冤枉了似的,我没怎么呀。她说,没怎么,你好歹说句话。羊倌说,我不想说,你不能逼爹呀。喜鹊霸道地,不想说也要说,不然就甭想睡觉。羊倌终究是怵喜鹊的,迟疑着,说什么?喜鹊说,什么都行,别哑着。这就无理了,她故意的。她就是要气他激他,挤出他作为男人的刚硬和凶狠。羊倌顿了顿说,我也不知咋的,老想哭。喜鹊风云突变,怒喝,哭哭,你哭塌天又能咋样?羊倌蒙怔了,是你讲的,说什么都行。喜鹊大叫,不准说哭!羊倌便勾了头,死羊一般。

狱警来了一趟,白凤娥提出离婚了,需要羊倌签字。喜鹊没这方面的常识,以为白凤娥入狱,羊倌和她再无关系,没想到她还是他的老婆。她以为羊倌也不懂,不然该他先提出来,而不是白凤娥。但羊倌的表现让她明白,他并非像她一样不懂。羊倌拒不签字,他大发牢骚,她倒提离婚了,她倒比我有理了?好像白凤娥没资格提,她的举动触怒了他。狱警是不是听出来,不得而知,喜鹊是听出来了。他不想离,他的怒不过是虚张声势,他怯懦,害怕。她差点掐死他,他和她该不共戴天,可他竟然还恋着她!还想当她的丈夫!!老天,这是人吗?这是男人吗?他不是骨贱,而是根本没有骨头。已经是笑话了,羊倌还要制造更大的更骇人听闻的笑话。

狱警未能劝服,但喜鹊有办法。她软硬兼施,一个小时后,羊倌终于抖索着在洁白的纸张上写下歪歪扭扭的三个字:花丰收。羊倌识字不多,写字机会更是少得可怜,突然写这么一次,伤筋动骨,丢了笔,便彻底瘫了。

羊倌小死一场,似乎比在那个寒冷的夜晚受到的打击还大,在炕上躺了整整十天。喜鹊不得不替他放羊。虽然恼恨他的无骨,但想着从此彻底干净地斩断了和白凤娥的关系,喜鹊还是挺痛快的,不由哼几段小曲。羊倌说是喜鹊救了他,其实真正救他的是栖息树丫上的喜鹊。那场灾祸后,她与喜鹊的关系更进了一步,远不是感激可以形容的。她就是它们中的一员,不过它们在树上,她在屋里。它们救了她,而她也尽自己的努力和可能报答它们。也许有一天,她会变成真正的喜鹊,与它们一起飞向天空。她常常这样想,放羊的路上也想。头顶上三三两两的喜鹊还在,她哼起曲,忽啦就飞来一大群。它们立在羊背上,喳叫,欢跃,为她庆祝。

羊倌挺过来了,虽然几乎脱形。死也是有好处的,小死才能大活。渐渐正常了,话不多,但又和人打招呼了。也不再抱着羊脖子说个不休。谁也不是生下来就拿得起放得下的,别的男人可以,羊倌为什么不可以?

某日,羊倌说想去探望狱中的白凤娥,喜鹊几乎不敢相信自己的耳朵。她让他再说一遍,他就又说了一遍。他的目光虽然躲闪,但没被她盯得低下头。闪开,又对视住,再闪,再对视。她说不行,你甭想！羊倌说,咋说也夫妻一场,咋说也是你们的娘。喜鹊怒不可遏,没脸没骨气没是非,什么都没有,偏偏有一颗柔软的可笑的不记仇的心。羊倌被她骂了个够,却没有像往日那样屈服。改天又提出来,喜鹊一口挡回去。一百个不行,一千个不行,一万个不行！她威胁说,他要敢背着她去,就甭回这个家,她和小更从此与他一刀两断。小更听她的,这点她有十足的把握。但羊倌没被吓住,他中邪一样抻着长脖子说,你拦不住我,我去定了！为了增强说话的分量,他还跺了跺脚。喜鹊没有立即反击,像被羊倌震住了。确实,她有些吃惊,继而,胸腔里热浪翻滚,如岩浆喷涌。自她记事以来,这是羊倌说的最硬最豪最有男人味道的一句话。这稀少的硬感动了她,她做出让步。

4

喜鹊没打算给羊倌带什么东西,允许他探望已经是天大的恩赐,她与小更还得承受他这一行为带来的压力。白凤娥在掐住羊倌脖子那刻便把自己抛弃了,不只是羊倌,整个宋庄都敌视她。现在,羊倌却要与仇敌站在一起,怎不令人愤怒？又怎能不令人鄙视？而喜鹊,作为家庭的统帅,却未能阻止羊倌,也让人想不通。喜鹊没法把退让的缘由说出来,那是她的秘密。

羊倌临行前,喜鹊改了主意,她给羊倌买了一件四个兜的蓝色中山服,一条黑色的腈纶裤子,一双黄色的解放球鞋。羊倌有当众擤鼻涕的习惯，她为他准备了两块灰手绢。她就是想让白凤娥瞧瞧，离开白凤娥，羊倌过的是什么日子。羊倌的手也不能空着。她买了一块香皂，想来白凤娥用得上；二斤蜜枣，狱中哪能吃上这个，听说天天喝糊糊。临行的前一晚，喜鹊又给羊倌烙一摞糖饼，她长进很大，再也不是连嘴三层了。

这时喜鹊已经退学，她的任务是照顾这个家。她的角色是多重的，既是姐姐又是母亲，既是女儿又是家长，家里家外什么都需要她操心。羊倌探监，她就变成了羊倌，还要回答他人的疑问。她不回避，因为不可能回避。她大大方方的，我打发他去的。为……什么？总有人想寻根究底，她漫不经心的，她是我和小更的娘啊，还能为什么？她挡得巧妙，理直气壮。

喜鹊其实还有另一个担心，羊倌会在白凤娥那儿碰灰。白凤娥的狠，喜鹊是清楚的，怕是不肯与羊倌见面。那样倒也没坏处，羊倌受挫，也就死心了。但这样等于白凤娥获胜了。羊倌败了不要紧，他后面可是站着喜鹊呀。喜鹊容不得白凤娥气焰嚣张，容不得白凤娥盛气蒸腾。白凤娥没这个资格了。

那几天，喜鹊并不好受，羊倌进门，喜气滋漫地宣告见到了白凤娥，喜鹊悬着的心终于落地。她没有问，绝不问。而羊倌也并不等她询问，仿佛他是她派去的使者，他有义务报告。白凤娥并非天天喝糊糊吃窝头，也能吃上馒头，吃上豆腐粉条。她也不是手铐脚镣地戴着，一周至少有五天，被拉到监狱的针织厂织袜子。还有，她的头发剃光了。她没要蜜枣，羊倌硬给她留下了。

喜鹊心里一动,白凤娥终究还是有骨气的。羊倌讲得没有条理,这无关紧要,喜鹊也没想听出条理,她只想听出白凤娥的现状。行了,别再说了,喜鹊打着哈欠阻止羊倌。羊倌没说够,卖了个大关子,她坐了牢,有一样倒是没变,你猜猜?!喜鹊好奇,冷然地盯住羊倌。羊倌说,她的脸还是那么白!喜鹊气得差点吐血。羊倌还有下文,被她喝止。

心愿了却,羊倌便踏实放羊了。他对喜鹊讨好巴结,喜鹊的话犹如律令,让他朝东他不会朝西。乖顺了,自然有衣穿有饭吃。喜鹊是他和小更的天,有喜鹊这个半大的娃在,没人敢欺侮他们。

但半年后,羊倌又出现异常,吃完饭,倒头便睡,但又睡不着,来回翻滚。终于睡着了,冷不丁地坐起来,羊呢?我的羊呢?喜鹊知道羊倌的病犯了。她不知这叫什么病,但知道是病无疑。而羊倌的病十有八九与白凤娥有关。她嘴上斥责,心里却不无担忧。又过了几日,羊倌便提出去探望白凤娥。喜鹊并不意外,在他发病时她便有了预感,只是感到失望,极度失望。死狗扶不上墙,宋庄这句骂人的话好像专门给羊倌定制的。她挖空心思,羊倌怎么就没一点儿长进呢?她没有冷嘲热讽,假装听不见。我梦到她了,她胳膊被轧断了。喜鹊心想,脖子轧断与你也毫无关系。羊倌说,她不仁,我不能不义。喜鹊冷笑,你以为你是谁?你有资格说义?羊倌说,她也有她的好,那糊涂事……喜鹊再忍不住,她没糊涂,是你糊涂了,大糊涂!羊倌承认自己糊涂,可就是放不下她。然后就哭了,哽哽咽咽的,她为什么不掐死我?她那会儿掐死我就好了,我就不这么难受了!愚蠢,顽固,无可救药,喜鹊不无痛心地想,自己这是遭的什么罪啊。她往旁边挪挪,生怕羊倌的鼻涕眼泪蹭到她身上。她厌恶地瞅着抱着头的羊倌,就像瞅一颗腐烂变质却丢弃不掉的西瓜。她是那么想踹他一脚,把他从人间彻底踹走。她差点就那么做了,是喜鹊的叽喳声阻止了她。她丢下他,忙别的去了。

羊倌一旦动了念头,是不会轻易放弃的。又一次央求无效后,他突然豁出去了,老子就要去,你把老子劈成两半,老子蹦着也要去!这个时刻,羊倌就是另一个人,令喜鹊刮目相看。他虽是她的老子,可何曾给她当过老子?他只会软唧唧地说我是你爹啊,她听得浑身起鸡皮疙瘩。喜鹊威胁,但更多的更像试探,你若迈出这个门槛……羊倌打断她,你爱咋就咋。老天,他竟然敢打断她了!大有和她一刀两断的气势。这不就是她想要的吗?这不就是她锤炼的结果吗?她当然不赞成他探监,可冲他这个猛劲儿,虽然还够不上她心中的骁勇,但已值得嘉奖。她再次让步。

探监成为羊倌生活中至关重要的内容,他一年两次,春夏之交一次,年根一次。每次探监,羊倌都要和喜鹊较量一番。自然都是他赢。喜鹊不怕羊倌,羊倌也不怵喜鹊。喜鹊不担心羊倌夺了她家庭统帅的地位,而且暗里还纵容他,他若什么都拿得起放得下,硬气如钢,她就拱手相让。她并不贪恋这个大权,既要操心柴米油盐,又要施行大政方针,没一日闲着,而与她同龄的女孩只操心自己的脸坯子白不白。她嘴上不羡慕,心里是痒的。她要强,其实是身后没靠,不强不行。只是羊倌除了在探监的事上与她对着干,别的还不曾违拗她。一口吃不成胖子,只要他长进,就是好兆。

扶羊倌的同时,喜鹊也在改变着小更。小更是花家的未来,自然更加重要。嚼舌根的人说小更不像羊倌,长相确实不像,但窝囊性子紧随了羊倌。打不过男娃也就是了,女娃也打不过。争起来,女娃两下就将他推倒了。他呜呜哭着回来向喜鹊告状。喜鹊刁,却并不混,问清原委,会找女娃的家长说道,而不是找与小更打架的娃算账。护短也不能随便护,得讲理,她敢推翻别人的桌子,并不是她多么厉害,而是她握着理。当然,娃们彼此争吵是没理的,就看谁先下手,谁下手重。喜鹊认为这是最好的护佑,至于理,是成人的事,因此,她从来都是怂恿小更,怎奈小更天生怯懦,或是在她的羽翼下待惯了,无论她怎么教,小更仍是被欺负的对象。

白凤娥坐牢后,喜鹊把小更的名字也改了。花志钢,听着就硬气。小更不习惯,好像那是别人的帽子,硬扣在他头上。喜鹊喊他花志钢,他翻翻眼皮,便又垂下头。喊小更他应得极其干脆。喜鹊的饭可不是给小更预备的,是给花志钢的。她知道什么法子最能让他长记性,连同羊倌。羊倌更是喊顺了嘴的。小更哭闹,但喜鹊咬了牙,不让自己心软。直到小更彻底变成花志钢。

某天,学校的老师喊住喜鹊,说小更的字写得潦草。喜鹊发蒙的样子,小更?谁是小更?老师突然笑了,你不是刚睡醒吧?小更是谁,你倒来问我……对了,他改成花志钢了,我总是记不住。喜鹊哦了一声,你说的是花志钢啊,让你操心了,我说说他。晚上,喜鹊牵着花志钢,端着碗登门谢老师。碗里有五颗鸡蛋。老师不肯要,喜鹊说不多,但也是一点心意,你对花志钢好,我很感激。老师感叹,你年纪不大,倒比大人想得多。喜鹊笑笑,说还有一事,烦请老师帮忙。老师摆摆手说别客气,只要我能做到。喜鹊说,这世上没有小更了,他是花志钢,听说还有的同学喊他小更,你能不能和他们说说?他们听你的。老师怔了怔,再看看喜鹊,喜鹊啊,我不知说什么好,你可真是……

从此,小更就消失了。

名字好改,其他的可没那么容易。虽然成了花志钢,可还是爱哭鼻子,胆子小得像芝麻粒。宋庄哪个男娃怕虫子?偏偏花志钢就怕。喜鹊让他帮着把捡来的白菜叶剁碎,他一碰就叫起来,仿佛他自己被剁了。喜鹊揽住他,他握住刀,她抓住他的手,半是裹挟半是逼迫地让他剁。花志钢咧嘴大哭,却未能挣脱。那一刻,喜鹊是残忍的。她怕花志钢变成第二个羊倌。

她非这么做不可。

5

喜鹊的年龄是以羊倌探监计算的。他去两趟,她长一岁。在她二十三岁那年,白凤娥出狱了。比原刑期提早两年。她没回宋庄,恰监狱所在的小城针织厂招工,她顺利应召。牢没白坐,长了吃饭的本事,据说监狱方面还给她写了推荐信。

喜鹊没探过监,也不许花志钢去。她其实是想见见白凤娥的,并非对她渴念,而是有一句话想问她。白凤娥被绑在礼堂柱子那会儿就想问的。她没委托羊倌问,虽然羊倌每次都问她要不要捎什么话。那只能她自己去问。羊倌能捎去她的问题,能捎去她的口气与神情吗?绝对不能!而没了与之相配的口吻,那就不叫问题了。如果问就要到监狱去,可她不想在那个地方和白凤娥见面。有的是机会,她以为,除了监狱,哪里还容留她?没料白凤娥当了工人,彻底割断了和宋庄的关系。她自然也无见喜鹊和花志钢的意思。据羊倌陈述,白凤娥倒是问过两次。喜鹊对白凤娥的憎恨又深了一层。而与此同时,对白凤娥的绝狠,她倒有几分敬赏。比羊倌强多了,他有一壶没一壶呢。

十年时间,羊倌仍然是羊倌,没变成另一个人。虽然在探监这件事上像个勇士,甚至像个斗士,手握宝剑或有血光飞溅,但除此,他仍然是扶不起的阿斗,喜鹊费耗心血和青春,换来的不过是羊倌对探监之路的熟稔。

白凤娥提前释放,对羊倌打击最大。羊倌有如轮胎,一年两次的探视更像是充气，胎瘪下去便萎靡不振，于是就去充。充过气果然就好了，吃得饱睡得香。突然没地方充气，羊倌魂就散了。他翻着濒死的白眼，苦唧唧地说，爹想不通呢，她——喜鹊立刻打断他，想不通就甭想！有什么可想的？羊倌怯怯的，目光满是悲伤和乞求，然后就垂缩了头。喜鹊可以阻止他说，却不能跳进他脑袋筑一道围栏。她恨恨地想，活该你难受，谁让你惦记她。心不在焉，难免出问题。羊倌放羊进了麦地，主家嘶喊，他反而摸不着头脑，咦，怪了，怎么跑到麦地了呢？又一日，丢了一只羊。那家男人不找羊倌，直接找喜鹊。喜鹊没说别的，让男人从羊圈挑了一只。牛马驴羊早分给各家各户，喜鹊家分了四只羊。三只母羊，一只公羊。喜鹊用公羊换了一大一小两只母羊。母羊下母，三年下五。那几只羊特别争气，几年下来，家里已有二十多只，最多的时候三十一只，在村里算是中等规模了。羊倌一趟趟探视，又不空手，这些羊是立了功劳的。现在又因羊倌，整只整只地折损，喜鹊又恼火又心疼。她斥责羊倌，羊倌不顶嘴也不辩解，一副死猪样儿。

喜鹊想照这么下去，羊倌不疯，她自己非疯了不可。但她无计可施。把白凤娥接回来？那是天大的笑话。况且白凤娥不会回来的。思来想去，唯一可行的还是替羊倌说合个女人。在这十年间，她其实多次张罗过。给自个儿父亲娶女人，宋庄找不出第二个。村里能托的都托遍了，所托付的人，她一律是两盒大境门烟，两瓶张家口老窖。媒人不要，让她先拿回去，事情办成了

415

怎么谢都可，无功不受禄。但她清楚，人家拿了谢礼，才会把事情放在心上。空口无凭，这凭就是烟和酒。对人心斤两的掂量揣摩，没人教过她，说不清楚是怎么悟透的，一日一日就会了。几十块钱呢，于她可不是小数目。她心疼，却不吝啬。一粒谷子哪能套住鸟？该撒就撒。她既拿得起，又放得下。

　　第一次相亲，喜鹊陪羊倌去的。喜鹊挖空心思，除了上下衣服，还给羊倌买了顶新的鸭舌帽。羊倌的头发向来乱糟糟的，怎么梳都不行，我行我素的样子。他身上唯一有倔劲的就是头发。草屑、柴梗又爱往头发里钻，加之又生出白发，无形中增添几分老相。深蓝的呢帽戴上去，陡然精神了，也年轻了许多。女方是东坡的，男人病逝，有两个孩子，与花志钢年龄相仿。两个男孩，喜鹊相信自己与他们相处得来，而且还能让他俩听她的话。对女人，喜鹊更有信心。她患有白癜风，胳膊脸上全是。介绍人在描述时，喜鹊记起，在集市上见过这个女人。她不像白凤娥，没遮没盖。一个不把自己当回事的人，无论男女，都容易相处。另外，怎么说呢，这白癜风也是她的一个短，羊倌配得上她。羊倌上门，她过来，都可以。相亲过程还算顺利，至少前半段是顺的。两村相隔不远，女人对羊倌和喜鹊也有了解，言语无忌而不失礼貌。她挺好奇，问羊倌几百只羊，他怎么能记住那些名字。说到羊，羊倌的眼睛顿时亮了，几乎手舞足蹈，喜鹊眼色制止，他根本看不见。不是装的，确实是看不见。喜鹊不能捂他嘴巴，还好，他的话也不出格。结果越说越激动，越说越忘形，将箍扣已久的呢帽摘下。女人的孩子就在旁边立着,他欲拿帽子玩,羊倌就给了他。喜鹊只顾监督羊倌,没注意那孩子出了屋。我好脾气,从不对羊发火,哪怕拉到我头上呢。女人微微笑了。羊倌似乎怕女人不信,强调,真的拉过,那是花李逵腿上起了癣,我给抹药膏,花李逵就拉我头上了。然后指指脑袋,花李逵那阵儿正闹肚子,不是粪球,是稀的。喜鹊插话,将羊倌打断。可羊倌没刹住。这世上有几个人愿意听他讲羊呢,他们只愿意吃羊肉。他挥舞着胳膊,我还没讲完呢。喜鹊笑着对女人说,碰上对脾气的,话就多了。女人说,你爹蛮有意思的。这时女人的儿子进了屋,他用羊倌的帽子装了一兜水,哈了一声,呢子不露水。羊倌本来在炕沿上跨着,猛地蹿跳过去,劈手夺出。动作过猛,水淋了男孩半身。男孩受了惊,直往后躲。喜鹊欲阻止,但已经来不及。羊倌抓了帽子,眼泪吧嗒,这可是新帽呀!那一刻,喜鹊撞墙的心都有了。

第二次相亲,还没到女方村庄,半道被捎话的人拦住。女方是个哑巴,就在半日前,人家相中了另外一个。第三个,比羊倌大了十岁。脸上的褶皱如蜘蛛网,横七竖八的。她嫌羊倌一身膻气,这要是睡在羊倌身边,把她也熏膻了。第四个呢,倒是没嫌弃羊倌,与羊倌各方面也相当,但开价高,比黄花闺女还高。喜鹊就是把所有家产都变卖了也不够。后来又相了许多,一轮又一轮,羊倌均被淘汰。

为羊倌这个竹篮打水,喜鹊连自己的婚事都耽搁了。她差点就要放弃了。现在,羊倌又一蹶不振,她没有别的选择,只能用女人治疗、拯救他。但让她意外的是,羊倌不再像以前那么积极、那么配合了。仿佛他相亲是为白凤娥,白凤娥出来,他就没理由相亲了。喜鹊问他为什么,他垂头盯着地,一言不发。问急了,喜鹊甚至杵了他一下,他才负气地说,我的腿都快相断了,还相什么相?你有本事,给我娶回来呀!喜鹊心里一动,倒不是羊倌两三个月来第一次说硬气话。她动心,是羊倌提醒了她。听说有人从四川那边买媳妇,何不给羊倌买一个?据说价并不高,比当地娶便宜多了。

下了决心,喜鹊便开始行动。正是在给羊倌买媳妇的过程中,她遭遇了另一场巨大的灾难。

6

深秋的黎明,太阳尚未从云层后探出头,天地灰蒙,零星的鹊鸣从光秃的枝丫坠落,在乍起的阴风中,孤寒、凄惶、萧瑟。喜鹊打着哈欠推开门,冷风趁势而入,她打了个冷战。吱呀的门响,喜鹊的身影和哈欠并无特别,但对栖于树上昏睡和醒着的那些喜鹊,却是非比寻常的讯号,它们振翅而起,飞落于喜鹊周围。有的似乎还没完全睡醒,在她身上扑撞;有的则站在她的肩膀上,仰着脖子,想说悄悄话;还有的将叼着的麦芽撒在头顶,要给她戴上头环。在肃杀的秋日,麦芽可是稀世的宝贝,不知它在哪个温暖的角落寻见,作为给喜鹊的告别礼物。

喜鹊将拎着的袋子倒过来，金黄的麦粒洒落到地上，洒落到喜鹊们的背上。有四五斤呢，平时她不撒这么多。冬日，尤其是下了大雪后才这样。秋天本不用的，它们饿不着。但今天特殊，她就要离开宋庄了，这是它们最后的晚宴，自然要丰盛一些。其实，她昨天就要离开的，东西都收拾好了。她什么都没说，但它们猜到了，是从她的遭遇猜到的，还是从她落寞的神情里嗅见的？抑或她对它们梦语了？当然，也可能，完全有可能是她用泥坯封住窗户时，它们便明白了一切。它们扑她的腿，啄她的衣襟和袖口，未能阻止她，便一只挨一只地挤在她面前，叽叽喳喳乱叫，仿佛说，你走了，不管我们了吗？喜鹊不轻易掉泪，对动不动就落泪的行为更是深恶痛绝。但那一刻，她的眼睛润湿了。她蹲下去，一一抚过它们的头背和长尾，哽咽着说，我不走了，再陪你们一日。喜鹊们听懂了，从她身边飞离。

喜鹊说话算话，又留了一日。她舍不得它们，就如它们舍不得她。十多年了，什么都在变，唯一没变的是她和喜鹊的情谊。许多外村人不信，特意跑来验证。喜鹊不招摇，不哗众取宠，从不为那些俗辈表演。除非他们偶然撞到喜鹊喂食的场景或它们栖落肩头的样子。

喜鹊们不啄麦粒，只是围着她喳叫，但不像昨日像被炒爆的豆子一样互不相让，它们叫得有序而悲情。喜鹊顿时明白，它们在向她告别。喜鹊不像外界传得那么邪乎，通晓鹊语什么的，那语她完全不懂，但她知道它们在表达什么意思。那是模糊却灵犀相通的交流。

告别结束,短暂的沉默。然后,它们飞起来,栖落于墙头、房顶、树杈。喜鹊锁了屋门,又拴捆了院栅,穿越街道时,它们才再次欢叫起来。没错,已经没有一丝悲情,每一声都透着喜悦。永远喜气充盈,这是喜鹊喜欢它们的另一个缘由。

日头刺破云层,满目金灿。喜鹊冲头顶的喜鹊们挥一挥手,一些远去了,另一些仍跟着她。直到喜鹊赶到营盘镇汽车站,仍有五六只栖落于站前的杨树枝上叽喳。

镇上并没有通往张家口的班车,都是过往车。一间空屋,两排老旧的长椅,所谓的车站不过是个象征,一个等候的地点。没有卖票的,也没有专门的管理人员。有的在屋里等着,也有性急的,立于公路边。有个秃顶后生,臂长如猿,等得无聊,四处张望,发现了那几只欢叫的喜鹊。他捡起一粒石子,甩臂欲投。喜鹊适时制止。他张望那阵儿,她便注意到了。她有预感,慢慢靠近,距他三步距离。所以,没容他投射,她便摁住他的胳膊。杨树高大,他未必投中。但即便是这样的动作,她看见了就要制止。后生极其意外,怎么就不能打?是你养的?喜鹊沉静地,你说对了,是我养的。后生不相信,笑里带邪,你把我当三岁小孩了,我就要打呢?喜鹊说,我说不能打,就不能打。它们又没招惹你,为什么要打?后生说,我不痛快,出出气。喜鹊说,出气也不行。后生再次打量喜鹊一番,流里流气的,我就是要打呢?喜鹊始终没松开他的胳膊,这时她用了些力,你打一个试试?后生恼了,大叫,放开! 喜鹊说,你先扔了石头! 喜鹊不惧,她并非好斗,但为了喜鹊们,她是可以豁出性命的。旁边有人劝解,后生或是从喜鹊的眼神里读出硬狠,丢掉了石头。喜鹊松开。后生悻悻而不甘,好男不和女斗,别以为我怕你,说喜鹊是你养的,你凭什么?喜鹊没理他,仰头挥了挥手。那几只喜鹊飞离树枝,往宋庄方向去了。不只后生,围观的人也看呆了,大张的嘴能塞进两个萝卜。

那一年,喜鹊二十四岁。白凤娥出来一年多时间,发生了太多事情。没等喜鹊买回媳妇,羊倌便到白凤娥所在的小城捡废品去了。花志钢被喜鹊逼着又补习一年,不但没考中,还比上年低了二十分,越考越缩了。喜鹊没再强求,由着他和人结伴进城。家空了,除了那些喜鹊,宋庄再无可恋。此时的她心如残灰,想换个环境。

喜鹊没跑出太远,选择了张家口。一来离宋庄近,她回去看喜鹊方便,二来花志钢在张家口摆地摊,她离他近一些。她对羊倌失望透顶,他的所作所为她不再操心,也不值得她操心,而对花志钢,她仍抱有期待。他没按她的意愿变成另外一个人,骨子里仍是懦弱的。高二那年,花志钢和本班的女孩好上了,她是他的同桌,学体育的,比他高出半头。相恋不到一学期,女孩和另一个同在体育队的男生好上了。花志钢气愤不过,买了把水果刀在操场上劫住男生,欲一决雌雄,结果被男生打伤。那水果刀不过是壮胆的,没等男生冲过来便掉在地上。但花志钢敢找那个男生算账，还持了水果刀，挨了打却差点被开除，这也算大有长进。没有喜鹊的苦心锻造，他怕是不敢迈出这一步。花志钢的路还很长，需要喜鹊的帮扶。她不知道他最终会成为什么人，但相信他终会长进，绝不会像他的高考成绩一直走下坡路。

7

结识黄板，是喜鹊到了张家口一月之后。

喜鹊从鞋城出来，已是晚上九点多了。她在鞋城找了份工作，不怎么累，就是站的时间久些。还没到街口，便听见怪腔怪调的吆喝，烤羊肉串，祖传绝技，好吃不贵。摊主个子不高，瘦得跟个螳螂似的，吆喝却极其响亮，仿佛嘴巴自带扩音器。因为他特别的声音，每天经过街口，喜鹊都会有意无意地瞟瞟他。她从未停留，瞟不过是出于好奇。她要赶公交，最后一班公交是九点四十。她租住在大境门，错过公交，要走近一个小时。那天她停住了，或许是羊肉的香勾起了她的馋虫，或许是那天发了工资心情舒爽。她要了十个羊肉串，两个烤馍片。摊主问她喝点儿不，她瞄瞄烤架旁的箱子，要了一个二两装的二锅头。摊主并无意外，响亮地应，好咧。她在塑料桌边坐下不久，他便将肉串和小瓶二锅头端给她。他拿了一个塑料杯，但她没用。在宋庄，她不会这么喝，但在张家口，在冷风习习的夜晚，她没有任何顾忌。不够吧？要不要再来一个？喜鹊摇摇头，起身结账。再晚，就真要走着回去了。

摊主自是记住了喜鹊,喜鹊再瞟,他会冲喜鹊点点头,仅此而已。改日,仍是夜晚,喜鹊经过街口,摊主正和人打斗。对方共三个人,哪个都比他壮实。显然是打斗一番了,烤架躺倒,桌凳肚皮朝天,摊主也趴在地上,其中一个踩住他的脖子,另一个踩住他的胳膊,第三个人则猛踢他的小腿。动弹不得,却大声叫骂。声音装了弹簧似的,从地面弹起,在阴冷的空中横冲直撞。踩脖子的人松开脚,揪住他的头发,猛磕几下。鲜血从鼻口喷溅出来,摊主依然大骂,老子不走!死也不走!那个人按下去,摊主的嘴巴被青砖挤压,再叫骂不出,另一只胳膊也被踩住,彻底不能动弹了。几分钟后,三个人相继松开,摊主死掉了一般。三个人骂咧着欲离开,摊主嚎叫一声,一跃而起。他操起一个啤酒瓶,砸向其中一人,那人躲避不及,肩被砸中,惨叫一声蹲在地上。另外两个反应快,没等摊主再挥,一个勾脚,将摊主绊倒。又是一顿乒乓乱揍。围观的人喊警察来了,三人丢下摊主就跑。摊主坐起来,没再追。口鼻仍在冒血,他环顾一圈,看到了站在不远处的喜鹊。喜鹊没被吓住,倒是被摊主死也不低头的倔劲儿惊呆了。硬骨头,绝对是硬骨头!喜鹊醒过神儿,快步走上去,掏出纸巾给摊主。摊主毫无悲戚,就像玩了一场游戏,谢谢两字说得非常轻松。警察到来,喜鹊知道了他的名字:黄板。黄板对警察说他不认识那三个人,喜鹊认为他说谎了。警察走后,喜鹊帮他扶起桌凳和烤架,顺便问他真的不认识吗?黄板说,鸡毛蒜皮的,不值得警察管,我自己处理得了。喜鹊不无担忧,问,你自己怎么处理？黄板说,他们休想把我撵走！你还没吃饭吧？我请了,你稍等一下,一会儿就好。喜鹊吃惊地,你这个样子,还烤什么烤？黄板把两只瘦胳膊伸到喜鹊面前,好好的呢,又没断！喜鹊留了下来,吃了一顿免费的烤肉串,喝了一瓶免费的小二,回到租住地,已是凌晨。她很兴奋,因为她在黄板身上瞥见另一个她渴念却已无缘的人的影子。

那个晚上,喜鹊知道了黄板是大同人,平时在古玩市场摆摊,烤羊肉串是他的副业,晚上没事,弄几个零花钱。那几个人想赶他走,他没听,于是发生打斗。他妈的,我就不信这个邪,豁出命拼了,咱的命是命,他们的命就不是命吗？黄板频频扔炸弹,喜鹊一次次被轰炸。

一个休息日,喜鹊去了趟古玩市场。没什么目的,就是好奇,想看看古玩市场的黄板是个什么样子。市场不大,转了十几分钟,便看到守在摊前的黄板。他没有自己的店铺,所谓的摊不过几米长,草绿色的帆布上摆了些大大小小的器物。黄板眼睛一亮,问你是来看我,还是买古玩？喜鹊反问,这有什么不一样吗？黄板说,若是看我,中午请你吃饭,若是买古玩,给你打八折。喜鹊摇头,都不是。黄板问,你不是来讨账吧？我可没欠你钱啊。喜鹊说,看你是不是跟人打架了,没准我能帮上你。黄板嘎嘎一笑,尔后说,这地方不兴打。喜鹊问,兴什么？黄板指指自己的眼睛,兴眼力劲儿。喜鹊蹲下去,捡起一个兽形器物,问他多少钱。黄板说八千。喜鹊吃了一惊,这么个玩意儿要八千元?黄板板了脸,这可不是玩意,是麒麟!喜鹊吐吐舌头,说没见过。黄板说麒麟可是吉祥物呢,能给人带来好运。喜鹊心里一动,麒麟和喜鹊倒是般配呢。

这时,有人在摊前立定,喜鹊识趣,闭了嘴。然黄板与烤羊肉串时判若两人,他不吆喝,甚至很冷淡,始终没问那个男人相中了什么,只是追随着男人的目光。直到男人拿起蝉状玉件,黄板才搭腔。黄板要价九百,男人还四百,几个回合,六百成交。男人走后,喜鹊问,那么小,值六百?黄板说,是否值钱,与大小无关。又指着不远处的石马说,那倒是大,抱都抱不动,三个也不如我一个玉蝉值钱。喜鹊把适才在门口买的烤红薯掏出来,掰了一半给他。黄板说,我平时不吃这个,但你给我,我得吃。好像给了喜鹊多大面子。

中午,黄板请喜鹊吃饭。喜鹊说我可不是来宰你的。黄板说这个我清楚,可你给我带来了好运,不请我过意不去。喜鹊不解,我给你带什么好运了?黄板说,这玉蝉摆一个月了,一直没卖掉,今儿你来,我就脱手了,这不是好运是什么?黄板多半是无心,有讨好喜鹊的意思,但他不知道,他的话落在喜鹊心里,犹如巨石。喜鹊没再犹豫,当下就随黄板去了市场门口的状元楼。黄板拎着他的宝贝,找了个不引人注目的角落。喜鹊说,这大中午的,该是你生意最好的时候吧。她是猜的,并不知哪个时间段生意好。黄板说,一天做成一桩就够了。喜鹊瞟他,他问,你是想知道一件玉蝉我能赚多少是吧。喜鹊暗暗佩服他的犀利,说

425

就是好奇,不过,那是你们的秘密吧。黄板说,也是,也不是,就看对谁了。然后伸出五个指头。喜鹊问,五十?黄板摇头说,加一个零。喜鹊的心几乎要蹦出来,五百?这也……黄板嘘了一声,笑笑说,古玩让人着迷,原因就在这儿,没统一价,你认为值多少就值多少。喜鹊问他从哪里弄的,她想到花志钢,同样是摆摊,这可比卖衣服挣钱多了。黄板说多半是收的。喜鹊问少半呢。黄板说,这就是秘密了。喜鹊又问他哪里收的,黄板说乡下,老旧小区,废品站,他哪里都跑。并问喜鹊有没有兴趣,若有,他下次带着喜鹊。喜鹊当即和他敲定。她想给花志钢探探底儿。

喜鹊随黄板跑了几趟乡村,有时当天就返回了,有时当天返不回,须在县城乡镇住一晚。每次告假她都得撒谎,不过借口只一个,父亲患病。羊倌被宋庄称为疯子,疯子不就是病人吗?

喜鹊很快发现,黄板收古玩只去那么几个村子,而村里他常去的也就那么几家。收获不一,但每次都不空手。她没多问,但黄板隐约猜到她的疑惑,说搞这种买卖讲究互相信任,不然栽一个跟头,几年翻不了身,所以不轻易和生人打交道,卖主如此,买主也如此。喜鹊暗想,这碗饭花志钢怕是吃不了,心不由就凉了。但黄板喊她,她还去。她对古玩不着迷,吸引她的是黄板。

某天喜鹊和黄板乘中巴返回张家口,经过二台镇,一个翻戴棉帽的汉子登上车,将自带的马扎放到过道,直接坐在马扎上。售票员让他坐座位,他瓮声瓮气地,我娘让我坐马扎。车内哄地一笑。其实,他上车喜鹊就觉出来,他不正常。正常人谁会翻戴帽子呢?

出镇不久,先后上来三个人,两个后生,一个五十上下的汉子。一个后生要往后边走,让棉帽让一让,棉帽不动,后生脾气大,踹了棉帽一脚,从棉帽头顶跨过去。坐在座位上,后生仍骂骂咧咧的。喜鹊再也忍不住。她喂了一声,你怎么还没完没了呢?后生扭头瞅瞅喜鹊,并扫扫黄板,没好气地,关你哪门子事?黄板拽拽喜鹊,喜鹊更来火了,大声道,没这么欺负人的!后生哈了一声,难怪傻蛋拦路,原来是你纵容。一同上车的另一个后生劝说,后生大度地挥挥手,我今儿见丈母娘的,不想和人吵架。喜鹊就不言语了。

售票员让刚上车的买票,棉帽拉开抱着的包,掏出一张浅绿色的钞票。没等售票员说话,坐在棉帽旁边的汉子一把夺过去,这是什么?棉帽说,钱!那人举过头顶,惊呼,是美元呢。然后无理地翻开棉帽的包,又呀一声,这么多,哪儿来的?棉帽说,娘给的。汉子说,美元可没法花呢,得换成人民币。你换吗?棉帽说,换!

喜鹊没见过美元,但知道美元比人民币值钱,不管棉帽的钱哪来的,换肯定要吃亏。喜鹊最瞧不起这些欺弱的货,正要阻拦,黄板按住她,小声说,他们是一伙的。怕喜鹊不明白,指了指棉帽和汉子、两个后生。喜鹊没反应过来,怎么会是一伙的?

汉子和棉帽换了钱,旁边有几个乘客也动了心。黄板突然

427

立起,不要上当,他们是一伙的!喧闹的中巴突然变得安静,一束又一束目光刺向瘦弱的黄板。黄板说,美元是假的,花不了。话音未落,那个从棉帽头顶跨越的后生弹起来,骂咧着隔座揪住黄板,挥拳就打。与此同时,棉帽和另外两个人也叫嚣着,要把黄板拖下车。黄板说得没错,棉帽不但和他们是一伙的,傻也是装的。可不是在街口了,喜鹊哪会袖手旁观?只是车内狭窄,施展不开,彼此撕拽成一团,怒骂,叫嚷,抽打,直到有人喊流血了,才各自松开。

中巴停在路边,被棉帽逼停的,他手里持了一把水果刀。四个人跳下车扬长而去。黄板的胳膊被捅伤,袖子湿了一大片。没有别的办法,喜鹊只能用围巾紧勒住。她问到县城还要多久,售票员脸色苍白,哆嗦着嘴唇,说就快了。

从诊所出来,已是黄昏。空气清冷,喜鹊的心却是热的。黄板的伤口没多深,但与深浅无关。喜鹊看到了黄板的另一面,侠气,仗义。她问若是我不掺和,你会不会管。黄板说,没人上当,他们自说自演,我就不多嘴了,眼见有人上当,我绝不装哑巴。不是什么豪言壮语,却是豪气满怀。喜鹊血流奔涌,黄板不是那个人,但比那个人又能差到哪里呢?

那晚,喜鹊和黄板住到了一起。

下部

第十一章　如花

1

如花并不知道钱庄尾随着她。

她步履轻盈,仿佛被巨大的磁石牵引,无须自己抬脚。离河滩越近,双腿越轻快。若不是拎着沉甸甸的袋子,她可能就飞起来了。柔嫩的晨光浮在脸上,金黄油亮,像涂了一层厚厚的蜜蜡。她是去河滩喂乌鸦的。自发现钱玉变成乌鸦,她像濒死的植物被甘露滋养,突然蓬勃起来,精力充沛,自己都吃惊。一年多了,她从无中断,清早一次,黄昏一次。刮再大的风下再急的雨落再厚的雪,都不能阻止她。给乌鸦喂食是她一天中最重要也是最快乐的事。

鸦群散落在河滩,像一块块黑炭,密密麻麻的。有的在打盹,有的在互啄,有的在说悄悄话,有的在争吵。如花吹了一声哨子,乌鸦呱叫着飞起,霎时半个天空就被墨染了。如花怕那些爱困觉的懒汉错过早餐,而嘴快的吃得过饱,特意买了把哨子。

早餐多以谷物为主,小麦、莜麦、高粱、大米、小米、豌豆,玉米和大豆都在镇上的加工厂破过,与小麦粒一般大小,有时她把馒头、莜面窝子撕开掰成小块。黄昏时分,乌鸦喜欢在垴包山上飞,所以如花就在半山腰喂。晚餐则以肉食为主,将猪肉剁碎,掺些菜叶,菠菜、白菜、芹菜,还有如花从野地里摘的灰灰菜。菜随时令而变化。她还做过灰灰菜馅的莜面饺子,那是钱玉爱吃的食物之一,自然要把饺子剁成碎块。

那个早上她准备的是小米,吴大巧老婆卖给她的。整个村庄,吴大巧老婆是除她和钱宝之外第一个相信钱玉变成乌鸦的人。一年前的那个上午,她被兴奋浸泡得晕头转向,逢人就讲,仿佛不宣告这天大的喜讯就是她的罪过。听的人要么目透惊骇,扯个借口仓皇离去;要么怜悯地看着她,如花呀,人死不能复活,你可别魔怔了呀;要么满脸冷漠,头都懒得点。钱玉和他们没关系,他们不在乎如花并不伤心,可钱庄居然也不信,宋丽华还抽她一掌。如花被打蒙了,摸着火辣辣的脸,问凭什么打她。宋丽华问疼不疼,如花说疼不疼你自己试试。宋丽华纳闷道,不糊涂啊,怎么说胡话了?如花这才明白宋丽华的用意。她以为如花中邪了。如花讲了钱玉怎么托梦,讲了她怎么追逐他。钱玉真的变成乌鸦了,大哥大嫂,你们一定要相信我呀。钱庄和宋丽华面面相觑,片刻后,宋丽华叮嘱她,自己知道就行了,别对人乱讲,讲出去不好。宋丽华怕她没有领悟,强调,被当成疯子,那就麻烦了。如花明白她在他们眼里是什么人了。她不再逢人就讲,不再为此而焦虑,他们信与不信又有什么关系呢?她信就是了。钱玉是她的,不是他们的。可是终究有些不甘,给钱宝盛饭时,顺带说,钱玉变成乌鸦了,你信吗?若钱宝也不信,如花就罚他饿一顿。钱宝头也没抬,说我信。如花又惊又喜,但怀疑他没听清她的话,追问,我说什么了?钱宝说,钱玉变成了乌鸦。如花双臂抖了一下,差点把碗摔了。钱玉没白疼你!然后又问,你怎么知道的?钱宝费解地瞪着她,你说的呀!如花笑了,你真聪明。转天,如花把钱宝带到河滩,指着起起落落的黑点说,你哥就在其中,谁也别想碰它们,记住了?钱宝点头,谁也甭想碰它们!晴空万里,钱宝的声音却如霹雷闪过。有了钱宝这个死党,如花不再是孤军奋战。秋后,吴大巧老婆向如花讨花籽,顺便夸如花,说如花是花仙转世,所以钱玉舍不得她,变了乌鸦也要在她身边。虽然吴大巧老婆信与不信并不会改变什么,但吴大巧老婆说出这样的话,还是令如花惊喜与感动,至少,吴大巧老婆没把她当成疯子。所以,吴大巧老婆拎着装在塑料桶里的小米,苦着脸说没想到一夏就生了虫子,如花没有二话。吴大巧老婆解释是蔚县小米,闺女捎给她的,但再好也生了虫子,如花给不给钱都可。如花是按新米的价给的。她感念吴大巧老婆的好,生了虫乌鸦吃得更香呢。

如花边走边将生了虫子的蔚县小米撒落在河滩。鸦群在头顶盘旋,呱叫,并不急着争抢,直到她撒完,退后十几步,那些黑点才争相落到地上。

如花静静站着，目光掠来掠去。她很享受这样的时刻，仿佛将军巡视饥饿已久终于可以饱食的士兵。只是，将军可以让士兵出列，她却不能号令哪只乌鸦落到她肩上。为此，她也感伤过。钱玉虽然与她在梦里约会，与她缠绵厮磨，白天从不靠近她。没有一只乌鸦靠近她。钱玉与他的同伴长得一模一样，只是叫声里带了一点儿顽皮，若他不叫，如花难以认出哪只是他。自然，如花不知道钱玉吃饱没有，被同伴啄了没有。去年冬天，如花突发奇想，学喜鹊在门前的杨树上用木板做了个窝，她怕钱玉冻伤，可是钱玉不仅没栖息过一次，反有些不高兴，呱叫得那么刺耳。而她放在墙头和屋顶，盛在盘子里的肉末和谷料，他更是从来没动过。如花寻思自己哪里做得不好，想了几宿，终于明白了。钱玉不吃偏食，也不愿意独自栖在温暖的窝里。他喜欢和同伴在一起。他不自私，变成乌鸦仍然如此。如花甚是不安，她将树上的窝拆掉。她爬不上去，建和拆都是找人干的。自此再不给钱玉开小灶了。

如花一天喂两次，乌鸦却不靠近她。如花以为乌鸦认生，可一秋过去了，一冬过去了，春天来临，它们仍怯着，不要说落在肩头，近距离的端详都没有。如花非常羡慕喜鹊，那些喜鹊像喜鹊的跟随，喜鹊走到哪儿，总有一两只在她头顶飞。喜鹊招招手，喜鹊就翩然落下。据说喜鹊还能和它们说话。有一天，如花突然想明白了，白日里钱玉不靠近她，那些乌鸦都不靠近她，其实是为她着想，不让她和它们扯上更多关系。喜鹊是喜鸟，叫声令人欢愉,而乌鸦则是不吉的,它们多叫几声,就有人预言要死人了。村民看她和喜鹊的眼神自然不同,若乌鸦和她亲密无间,他们的目光就会更加犀利。明白了,如花便不再感伤,乌鸦这是为她好呢。

虽然心领神会,如花还是有一点点渴望,钱玉,不,随便一只乌鸦在她肩头站站也好。除了她和它们,旷野没有别人,就是看见又怎样?她不怕的。可惜她不会鸟语,无法交流,在梦里,钱玉答应得好好的,天一亮他就忘得一干二净。

如花掠视着啄食的乌鸦,试图认出她的钱玉。目光酸涩,她也没有确定。他和它们几乎一模一样,除非做了记号。记号……如花突然一动。

钱庄距如花二三百米远,虽然如花从不回头,他还是不敢靠得太近,而且总是装作出门的样子,肩挎黄色泛白的书包。书包是他上高中时用过的,二十多年了,肩带早已磨出毛边。钱庄并非故意装穷,他本性节俭,而摆阔,更是从未有过,虽然他有这个资格。天外有天山外有山,不要说和乔石头不能比,罗包也比他有钱得多。他没见过祖上,但关于祖上的事听了许多,别人都说祖上如何如何,夜壶都是银的,钱庄从不炫耀。树大招风,人不能张狂。钱庄有自己的人生哲学。

如花开始喂乌鸦时,钱庄从书包里掏出望远镜,这是他特意到县城买的,一千八百块钱。他当然心疼,可世上有比钱更重要的。钱庄被人推重,不只是因为他有脑子,比别人想得深想得远,还在于他拿得起放得下。

钱庄跟踪如花多次了,虽然老婆宋丽华常传递消息,他和如花也不是完全没有接触,可仍然摸不准如花疯还是没疯。若说她痴傻,可她照样干活,照样照顾钱宝;若说不痴,她却咬定钱玉变成了乌鸦,而且日日喂食,风雨无阻。她到小卖部买过几次肉,后被宋丽华婉拒,她不再登门,跑到镇上买。照这么下去,她那些钱早晚会一分不剩。一旦她身无分文,钱宝吃饭就成了问题,他就不得不管了。当然,他花大价钱买望远镜跟踪,不只是为了摸清她真疯假疯、疯了几成而采取必要的措施,他还有更重要的想法。这念头在去煤矿的路上便有了。我就是死了也要给钱宝弄个媳妇回来,他想起钱玉的话,暗暗惊心。似乎冥冥之中有什么号令,他非这么做不可。钱庄没有鲁莽行事,想等待合适的时机。没料,半路杀出一只乌鸦,钱庄就不能不慎重了。两个脑子都有问题的人根本没法生活,至少,有一个要正常些。

钱庄目不转睛。这次观望的时间久,他终于下了结论。

晚上,钱庄对宋丽华说,该你出马了。

2

晚饭是三下鱼,拌葫芦瓜条。三下鱼的做法颇为复杂,和好莜面,搓成鱼状,筷子粗细,蒸熟。然后麻油炝锅,搁葱蒜调料,加水煮沸,再放切好的土豆条。待土豆条八成熟,将莜面鱼、菠菜叶或白菜叶放置，水沸即捞，相当于莜面稀饭。土豆条的火候非常重要，太生影响口感，太熟就成了糊糊。钱玉爱吃莜面饺子，也爱吃山药鱼，凡是莜面做的，他都爱吃。但莜面做起来费事，比如三下鱼，好几道工序呢。可如花不嫌麻烦。钱玉说嘴馋了，如花就知道他要吃什么了。而钱玉只说一个馋，如花的脸就热了。那是只有她能听得懂的暗号。如花沉浸在哀伤中，从没饿过钱宝，但饭的花样不多。乌鸦成为她生活的一部分后，如花又变着法子做了。钱宝不挑，莜面白面都行，只要填饱肚子就成，似乎石头煮软了他也会吃。无论什么饭，问他，他永远说好吃。如花曾怀疑钱宝的舌头失去味觉。对于吃饭，钱宝有自己的高论，说我活着不是为了吃，吃是为了活。如花懂又不懂。虽然如此，如花却从不将就，三天之内的饭食绝不重复。

钱宝吃饭快，滚烫的三下鱼，如花尚未吃掉三分之一，他已将一碗灌进肚里。搁下碗，钱宝就要离去。如花说，多着呢，再来一碗吧。钱宝说，好。没等如花吃完，钱宝又吃光了。他像饿着了，或被什么追赶着。钱玉不把钱宝当傻子，如花也没有，她知道他惦记着什么。

如花洗了碗，收拾完，给钱宝送了一包饼干，一壶热水。钱宝埋在书里，好像没听到如花的脚步，头也没抬，目光牢牢焊接在书上。如花叫了两声，钱宝才半偏了头，好一会儿才看清如花，叫声嫂子，却不明白如花为什么站在他面前，满脸困惑。如花疼惜地说，看一天了，还看！钱宝这才醒悟几分，说，时不我

437

待,我已经落后了。又指着桌上厚厚的一摞书说,未知的世界,无穷的乐趣。如花将饼干放在桌角,嘱咐他别太熬夜,饿了就吃饼干,钱宝哦了一声,不再理她。如花退出去,合上门。若她不关严实,钱宝想不起来关的,除非他觉得冷,除非风摔门板影响他看书。总有疏忽的时候,野猫借宿过,麻雀栖息过,至于飞蛾瓢虫就更多了。还有马蜂。马蜂在房檐下造了窝,随便出进。如花本想捅掉,钱宝没让,他说世界不是我们专有。如花担心他被叮了。杨八叉被马蜂叮了脸,脑袋肿得像个大面包,眼睛挤成一条缝。钱宝说我对马蜂没有威胁,不会叮我的。叮我对马蜂无益!如花没和钱宝抬过杠,怕他说出更让她不懂的话。

如花没有马上离去,她坐在门外,望着朦胧的树影,自语,我不会也害了钱宝吧?钱宝以前也嗜书如命,但不像现在整个人要钻进纸张,和密密麻麻的字挤在一起似的,仿佛他是那些字符失散的兄弟。

去年秋天,如花刚刚睡下,突然听到号啕,如木石爆裂。自钱玉变成乌鸦,她总是睡得很早,虽然未必睡得着。她听出是钱宝的声音,不知发生了什么事,趿着鞋跑出去。钱宝坐在当地,头发散乱,嘴巴斜歪,书本扔了一地,有些是他高中时的课本,有些是钱玉生前帮他买的。如花叫了三声,钱宝没听见一样,只是号啕的声音小了下去。如花猛摇他的肩,钱宝这才半张着嘴瞪住如花,目光染了似的红。追问之下,钱宝委屈而悲伤地说,这些书并没有多难,我为什么现在才看懂?如花呆了一下,说,现在看懂也不晚啊,像我一辈子也看不懂。钱宝僵僵地摇摇头,晚了,时光流逝太多,谁能追回?如花说,为什么要追?你读你的,它流它的。钱宝说,我都懂了,它们对我已经没有任何意义。如花似乎明白这个书虫为什么悲恸了,安慰,总有你没读过的书吧?钱宝目光犀利,在哪里?如花说,你别急,改天我带你去买。钱宝迫不及待,现在,我现在就要看!如花耐心地说,深更半夜,我就是偷也偷不来,白天好吗?喂了你哥咱就走!钱宝紧紧盯着她,要在她身上钻几个孔的样子,你说话要算数!语气又像小孩了。如花笑了,嫂子什么时候哄过你?把书捡起来!看懂了也不能乱扔啊。

次日,如花带钱宝去了县城。走进书店,钱宝的双眼便油光闪亮。如花让钱宝随便买。可一圈转下来,钱宝黯淡了许多。架上的书虽多,但大半是学生辅导教材。转了几遭,钱宝才挑了五六本,脸上好歹有了浅浅的喜色。但如花却轻松不起来,就是吃五遍,五六本书也吃不了几天。一旦啃得没了渣,钱宝又会号啕的。

如花想等秋收结束带钱宝去趟张家口,市里的书店怎么也有足够的书供钱宝挑选。那是他的饭,比馒头、烙饼、莜面窝窝更重要的饭。她不能饿着他。

几天后,家里来了位客人。姑娘,短发,戴眼镜,背一旅行包。那时,如花正生火做午饭。夜里落了雨,柴火潮湿,白烟缭绕,她连连咳嗽,然后便看见立在门口的姑娘。她自我介绍,叫陈静,是钱宝的高中同学。如花好像没反应过来,或是不相信她说的话,上上下下打量着她,直到陈静说,我来找钱宝的,如花才醒悟过来。如花有些慌,为自己的迟钝,也为半屋子的烟。进……进屋,如花挥挥胳膊,要把白烟驱散似的。陈静看出如花的窘迫,笑笑,他在吗?如花说在呢。如花本想先让陈静进来坐坐,她告知钱宝,让他准备准备,虽然她也不清楚钱宝有什么可准备的。陈静探进一只脚,问,在里屋?如花只好说实话。她说,你先进,我去喊他。陈静说,在哪里?我直接过去。如花觉得自己是被陈静押着推开西厢房的门。

钱宝!陈静的声音有些抖。钱宝扭过脸,目光吃力,夹带些许被打扰的气恼。他没有站起来,看看如花,又看看陈静,没有片言只语,仿佛在揣测两人突然闯入的用意。陈静往前一步,我是陈静,你的同桌,你不认识我了?钱宝说,认识!你学号16,高一第一学期排名第一,第二学期第二,高二第一学期第三,第二学期又是第二,高考全校第一,被上海交通大学录取。钱宝语速极快。陈静感叹,老天,你记忆力还这么好!钱宝问,你不好好上课,怎么在这儿?陈静说,我早毕业了,来看看你!钱宝目光炯炯,我没有一日荒芜。陈静扭头看如花,小声说,我和他说会儿话。如花知趣地,我去做饭!

平时炒一两样菜,那个中午如花炒了四个菜,烙的是糖酥饼。饭菜上桌,近两个小时了。炒菜的间隙,如花听见西厢房时哭时笑的。此时却没了声音,像在说悄悄话。如花走到门口,想要推门,终于退回,搬个小凳坐在门口。

一只白翅灰腹、褐腿上绑着红布条的鸡由门外踱进,距如花一米左右立定。鸡是娘送给如花的。娘每次来借钱都会抱一只鸡,教导如花过日子就要有个过日子的样儿。她借的钱有多有少,少的几百,多的上千。娘都是急用,比如房要换瓦啦,小五相亲没像样的衣服啦。如花能记得去年及去年的去年某朵花的花期,花上落过蝴蝶还是蜜蜂,还能记得蜜蜂光顾了几次,却记不住娘借过多少钱。就像记不住那些鸡的数量及长相一样。万柳家的鸡就被如花当自家的鸡关过,直到万柳老婆找上门,如花才知道搞混了。还是万柳老婆提议,如花给娘送来的鸡捆上红布条。所以,如花看鸡先看腿。记号是有了,可如花喂鸡远没有喂乌鸦上心,这些鸡吃不到东西,就去别处偷食,自然蛋也下到别家。在宋庄,这叫丢蛋。如花没去寻过,也不知鸡蛋下在了谁家。鸡回来,如花就丢一把玉米,不回来,如花也不去寻。这只白鸡八成是没在别处觅到吃的。如花才要站起,望望西厢房的门,又迟疑了。会不会惊扰她们?她对白鸡说,一会儿我喂你。白鸡没了耐性,瞪如花一会儿便离去了。

太阳斜过头顶一大截,西厢房的门终于打开。只陈静一个人出来,眼睛红红的。她这就要走,如花说做好饭了,陈静摇头,她不饿,且还要赶车。如花说,你不吃饭就走,钱宝要怪我的。陈静猛然一颤,凝望着如花,不会吧?钱宝确实不会,如花也就顺口说说。陈静半信半疑,有点迫切的目光敲过来,如花就不敢

441

扯谎了。她什么也没说,只是带了些歉疚。陈静凄凉一笑,替如花说出来,他绝对不会的。又说,他连送我一程都不肯!如花立即道,我去叫他!陈静制止,算了,浪费时间他会心疼。话虽如此,她的目光却落在西厢房的窗户上,久久的。如花劝她还是吃了饭,别空着肚子走。陈静说,包里有,饿不着的。如花挽留不住,说我送你一程吧。陈静说也好。如花把陈静送到村口,陈静讲了钱宝在学校的几桩事。那时他学习起来就入迷,记不得自己吃了饭没有,吃了什么。有同学捉弄他,钱宝,怎么又来打饭了,你刚吃过了呀,钱宝愣怔着,吃过了?同学很认真地,我看见你吃了的,两个馒头,一份豆角。钱宝哦一声,好像终于想起来了,转身离开食堂。作为同桌,陈静对钱宝最大的帮助就是每天要递提醒他吃饭的便条。但他的记忆力全校无人能及,能背出圆周率后上百位数。至于某道题的步骤,他更是条分缕析。钱宝是学校的希望,是老师的希望,都说他轻轻松松就能考个清华。老天和他作对,一考就砸。他绝对是天才,可惜……陈静顿住,似乎后边的话过于锋利,怕划伤如花,也怕划伤自己。我要工作了,来看看他。那时已经到了村头,陈静立定。如花说,他会记着你的。陈静摇头,不,他绝不会!即便在他身边他也不会,他只记得他的书。陈静提醒了如花,如花问她能不能帮钱宝买些书,说没书他活不下去。陈静说,没问题,包在我身上。

半个月后,钱宝收到两大纸箱书。他欣喜若狂,翻翻这本亲亲那本。这是陈静给你买的,你要记得人家,如花提醒。钱宝自顾自说,太渺小了,我实在是太渺小了。

钱宝本就废寝忘食,自桌上的书堆成小山,他就和书成为一体,像长在椅子上了。当然,他也干活,只要如花喊他。常年熬夜,钱宝瘦弱如稻草,似乎一阵风就能吹走。如花不忍让稻草陪她下田,只要能忙过来就不叫他。有一天吃饭,钱宝如血的目光吓了如花一大跳,照这么下去……她不敢想象那可怕的后果。于是又强行叫钱宝干活了。可再多的活也不能阻止钱宝夜里看书。她不能从他手中夺走,连尝试的念头也没有。那些书是她让陈静买的,怕他没东西吃。现在,如花担心了。

3

如花睡下不久,钱玉便飞进来,落在即将盛开的红菊枝头。他湿淋淋的,像刚从河里爬出来。如花惊问他怎么回事,钱玉笑嘻嘻地,你猜。如花说掉河里了?钱玉说不对,如花说下雨了,钱玉说不对。如花猜了半天也没猜中,钱玉挤挤眼,我洗澡了,如花便抿嘴笑了,怎么就没想到呢?真的吗?她问。钱玉洗了澡,脸仍如煤炭一样黑。钱玉说,你再猜。如花不再和他玩猜谜游戏,拍着炕沿,让他坐过来。钱玉像知道如花要做什么,笑嘻嘻地说我才不上当呢。不管如花如何求他,他就是不肯。后来如花哭了,威胁他,从此不再理他。钱玉说,你不会的。如花气冲冲的,我肯定会。钱玉说,要不咱赌一个?如花气青了脸,跳起来追他。从地上到炕角,从柜面到墙侧,如花终于将钱玉抱住,将早就准备好的红布条绑在他的脚腕上。

次日醒来,一切历历在目,如以往那样。叠被子时,却发现红布条仍在枕头下压着,仿佛不曾动过。如花突然就呆了,这是怎么回事?

如花敲西厢房的门,没应,便径直推开。一股混合着发酵般的气味逼过来,油墨、灰尘,干燥而又湿润。热水壶仍在原地,饼干的包装仍然完好,钱宝仍长在椅子上,不过不是捧着书,而是佝着背,头扎在翻开的书页里,像被折断已经发枯的花枝。他常常这样,耗不住了,任由身体自然倒伏。如花总不忍叫他,可那个早上,她被焦虑烤着,猛推他一把。钱宝立即坐直,仿佛刚才不是沉睡,而是假寐。怎么了?他惊问。如花便讲了她的梦。她只和钱宝讲,钱宝不会笑话她。那些人,就算相信钱玉变成乌鸦,她也不会把自己的梦说出去。我明明给他系了的,如花说,你说怎么回事?钱宝问,为什么要系?如花说,不系我认不出他。钱宝问,为什么要认出他?如花想,我想知道哪只是他变的。钱宝说,你说哪只就是哪只。如花没好气,你个呆子,他就是他,怎么我说哪只就是哪只?钱宝说,他自有他的道理。如花醍醐灌顶般地啊一声,这就是钱玉的性子,是想让她猜呢。

晚饭后,如花洗了碗筷,正用抹布擦锅盖,宋丽华来了。她端来一搪瓷盆油炸糕,说那会儿来过一趟,本来要喊她和钱宝过去吃,可两人都不在,她只好端过来。如花说她和钱宝去塆包山了。宋丽华说我猜也是,紧赶慢赶,还是晚了,你们吃过了吧。

如花点点头。宋丽华说县检疫站检查食品质量,耽误了工夫,她给如花致歉,再早半小时,就误不了你俩吃了。宋丽华这样说,反让如花不安。如花不擅长应对,低低叫声嫂子。不过,还热着,宋丽华说,你尝尝,一个糕能占多少地方。如花只得夹起一个,咬了一口。宋丽华从柜上拿起一个小碗,夹了两个,说我给钱宝送去。如花说我来,宋丽华说你吃你的,我也几天没见钱宝了。

过了一会儿,宋丽华端着碗回来,糕仍在碗里。这家伙,一点儿面子也不给,宋丽华自嘲,连头也不抬,好像不认识我。如花解释,他就这样,吃过饭再好的东西也不稀罕。宋丽华不相信,未必吧,你让他吃,他肯定会吃,以前他还听你大哥的话,现在只听你的。如花脸臊臊的,我说了他也不听。宋丽华正色道,我没有责怪你的意思,你天天照顾他,他自然听你的,这是常理,你哥背后常夸你呢,若不是你,这个家就塌了。如花低下头,应该的,我答应钱玉要照顾他的。

对了,宋丽华语气一转,我昨夜梦见钱玉了。如花双眼突然放亮,真的吗?他什么样?宋丽华说,还那样。如花问,你见着他飞了?宋丽华摇头,和在家时一模一样。停了停,揣测着如花的脸色,或许他是怕吓着我。如花问,他说什么了?宋丽华说,他想吃油炸糕了。如花待了半晌,馋糕了?宋丽华说,上午我特意去镇上买了黄米面,所以,这糕不只是给你和钱宝的。如花有些失落,他没和我说啊。宋丽华说,他自然是心疼你啊,不想让你受累。如花僵僵地摇头,我不累的。宋丽华说,和我这当嫂子的讲,也应该嘛。如花想想也是,神情舒展了些,问钱玉还说了什么。宋丽华说,你不问我也要说的。如花呼吸骤然变得急促。宋丽华说,你一个人过,他心疼,所以,他让我劝你改嫁。如花如遭雷击,脸瞬间惨白,这不可能!这绝对不可能!宋丽华说,我就知道你不相信,信不信是你的事,说不说是我的事。如花急赤白脸地,昨夜他还和我……他为什么不和我说?宋丽华说,我猜他是开不了口,说了你也不听,所以才托梦给我。如花摇摇头,顿了顿,仿佛怕宋丽华看不清,又摇了摇,他没死,我有丈夫,我不会改嫁的。宋丽华说,就算他变成乌鸦,也不能代替丈夫,这屋里还是要有一个男人。如花说,我不要。宋丽华动情地,如花呀,过日子难着呢,不能没个伴儿。如花执拗地,有他就够了。宋丽华说,这世界上怕是很难觅到你这么重情的人了,这么久了,还念念不忘。但想归想,他变成什么,也不能和你过日子,不能跟你生儿育女。如花说,能和他在一起,我就知足了。宋丽华四下瞅瞅,他在天上,你在地上,怎么能在一起?如花说,他夜里会来。宋丽华叹息,如花呀,这是为你好呢。如花说,嫂子,你相信钱玉变成了乌鸦吗?宋丽华说,相信又能怎样?他能帮你扶犁还是能帮你挑水?如花说,我不用他干活,他不离开我就好。宋丽华说,这是他的意思,你不听,他会伤心呢,要是有一天他突然飞走了,再也不见你呢?如花筛糠般地抖起来,他不会的!宋丽华说,要是真的呢?如花大叫,我就不活了!宋丽华说,你不活可以,谁照顾钱宝?你可是答应了钱玉的,你想赖吗?如花目光中满是绝望,就像被赶到墙角再无路可逃的猎物。宋丽华说,你不会赖的,我就知道!如花说,可……若是那样,我怎么照顾钱宝?宋丽华诡秘地笑笑,我还没说完你就急了,有个两全其美的办法,你可以名正言顺地留在宋庄,既可以天天喂你的乌鸦,又可以照顾钱宝。如花感觉双腿离地,悬在了半空。宋丽华说,你嫁给钱宝。如花的眼睛瞪得溜圆,好像没听明白。宋丽华说,钱玉的意思。如花说可……突然卡住,脸热腮红,半晌才说,这怎么可能?宋丽华说,不但可能,还合适!你疼他,他也听你的话。嫂子和小叔子同住一院,难免有人说闲话,你俩领个证,谁还敢嚼舌根子?别说你不让,我宋丽华也不让,钱宝虽说有些痴呆,可成了家没准就好了呢。

然后讲赵小铺一闺女如何发疯,如何披头散发赤条条地在大街上奔走,村里一光棍不嫌弃,娶了疯女,婚后疯女奇迹般地好了,给光棍生了一对聪明的儿女。这就叫命,谁跟谁在一起,上天注定。

钱玉没了……如花纠正,钱玉变成了乌鸦。宋丽华附和,对对,钱玉变成了乌鸦,你嫁给钱宝,我觉得这也是命,你就该是钱家的媳妇,难道你不希望钱宝好起来吗?如花没有回答,她自然是愿意钱宝好起来的。嫂子,让我想想行吗?如花乞求。宋丽华说,当然可以,没人逼你,主意还是你自己拿。钱玉的心愿只有你能替他了却,别让他在那边牵挂太久。

宋丽华离开,如花便关门闭窗,熄灯睡觉。她要问问钱玉,必须问问钱玉!她只能在梦里见到钱玉,只能在梦里与钱玉相约厮守。可,或许是她太急迫了,辗转反侧,难以入睡。不但没睡意,反越躺越清醒,清醒却杂乱,与钱玉在一起的情景如柳絮飞扬,直到闹铃响起。没有时间再睡了,如花爬起来,将昨夜宋丽华送来的糕给钱宝留了几块,其余的都剁碎并掺了菜叶,倒进桶里,拎了出门。

如花想,钱玉喜欢吃糕,别的乌鸦未必喜欢,吃得最香的那只肯定就是钱玉。但她撒完,退后几十步,乌鸦纷纷扑落,争啄。如花看呆了,似乎钱玉好什么,它们就好什么。

此后的几天,如花终于可以入眠了,钱玉却不再入梦。不,准确地说,他来是来了,却距她好远,像被大雾罩着,模模糊糊的,她喊哑嗓子,他就是不理。她急得哭出来,然后就哭醒了。黑暗中,她扫视屋子的每个角落,期待钱玉闪出来。然而,没有,什么也没有。如花悲伤而又惊惧,这是怎么了?难道钱玉生她的气了?难道他真的希望她嫁给钱宝吗?难道他不能亲口和她说吗?

如花和钱宝吃饭都半跨在炕沿,炕上的地方很大,但谁也不愿意上炕,而且都埋着头。那晚,如花有意无意地瞟着钱宝,想从他脸上瞧出些端倪。钱玉是不是也给钱宝托过梦呢?钱宝神情平平展展,没有任何变化,眉头仍习惯性地皱着,就是吃饭,他也不放弃思考。如花疼惜他,但从未想过做他的妻子。钱玉纵容她,总是变着法子讨她开心,没有他不敢想不敢做的,他满脑子的疯念头多半与她有关。而钱宝不会逗她,不会惦记她,只有她替他操心的份儿。他的念头也是疯魔痴癫,可与如花没有一丝一毫的关系。钱玉给她出了难题,她该怎么办呢?

钱宝搁了碗就要下地,如花拦住他,说有话问他。她和他从来没有这么严肃,竟然有些紧张,钱宝倒是不惊不变的,连好奇都没有。梦见你哥没有?如花单刀直入。钱宝摇头。如花很是失望,一次也没有吗?钱宝说,没有。如花生气了,确实生气了,他白疼你了,你怎么一次也梦不到他呢?!钱宝平静地说,这不是我的错,不是我想梦就能梦到,他愿意来自然就来了。如花有些愣怔,问,你不想他?钱宝说,我没时间,要研究的东西太多了。如花又问,你听谁的话?钱宝说,嫂子的。如花问,我让你做什么你就做什么?钱宝点点头,看书除外。如花心慌意乱地,好啦,读你的书去吧。

又一日,宋丽华抱过一捆雪里蕻,让如花腌着吃。如花知道宋丽华不只是送雪里蕻,闲聊一会儿,没等宋丽华往那个话题扯,她先说了。她很好奇,实在是想知道。宋丽华承认钱玉又托梦给她了。我劝他不能着急,这是大事,怎么也得给如花考虑时间。如花问,他怎么说?宋丽华说,他还能怎么说,他疼你,你又不是不知道!如花的目光缠绕着宋丽华,一圈又一圈,试图辨析真伪。像是真的,又不像真的。只要与钱玉有关,她的脑浆就成了糨糊。但有一点儿,确凿无疑,钱玉心疼她。如花告诉宋丽

449

华,她好几天没梦到钱玉了。他是不是生我的气了?她问。宋丽华说,生没生,你自个儿想吧,你没梦到,不怪你,是他不愿意进你的梦了。竟然与钱宝说的如出一辙,如花突然间遭遇重击,几乎站立不住。宋丽华说,钱宝除了呆些,没什么不好。如花说,我不是那个意思。宋丽华问,那你顾虑什么?你家里?如花摇头。娘爹会反对,但那不重要,她早就不是哭鼻子的如花了。如花并不清楚她犹豫的原因,或者说,她知道,但又说不清楚。她只盼望听钱玉亲口说出来,明明白白告诉她。可钱玉要么躲得无影无踪,要么甩给她一个模糊的背影。

中秋节前几日,娘来了。没抱鸡,送来二十个月饼,与娘同来的还有吉婶。吉婶就住在娘家的前院,个头不高,瓦脸刀唇,她与村里那些女人最大的不同是从不串门,更不在大街上闲聊,她所有的时间都在干活,即便冬日也不闲着,要去镇上的屠宰厂揽一份洗肠肚的零工,而她男人却是油瓶倒了也不扶。里里外外她都干了,犁地都是她,何况别的?他长得白净,又喜欢梳个大背头,村民送他个称号:干部。干部懒惰成性,一无所长,在搞女人方面却是天才。本村的外村的,甚至路上偶遇的,有个回娘家的和他相跟了五公里,就和他钻了莜麦地。他还去发廊找小姐,且逢人就讲,那东北妹子水灵的,没碰就出水了。都说他只要看见母的,即使是猪,眼睛都冒贼光。可搞女人要花钱,哪怕他的头梳得再亮。他的钱主要来自吉婶,或哄或骗或偷。那年夏天,吉婶上吊了。丈夫偷了钱,与往常小规模的偷不同,丈夫把她埋在深土下的藏钱罐挖走了。她彻底绝望,想一死了之。结果命不该绝,枝杈折断,她摔了下来。脑袋磕在石头上,没吊死,倒差点磕死,在医院住了十几天。吉婶死过一回之后,突然大变样,不再驴马一样地受了,舍得买衣也舍得抹粉,也串门也聊天。活明白了。最大的变化是她突然能言会道,活的说死,死的说活,比早些年的媒婆还厉害。谁家有麻麻团团的事,便喊吉婶去化解。继而,她成为村里红白喜事的主管兼主持,丈夫仍梳背头,钓女人却困难了许多。吉婶的嘴,马蜂的尾,哪个女人也怵呢。

娘带吉婶来,如花便猜到用意。去年冬天娘就劝过她,让她趁年轻找个合适的,阴阳两隔,她不能守着空房过伤心日子。如花说钱玉没死,他变成了乌鸦。娘骂她疯癫,人死如灯灭,灯灭了还可以再点,人死了再无复活的可能,变这变那,全是胡说八道。娘说如花再这么下去,会彻底变成疯子。老天爷呀,成了疯子,你就是长成一朵花也没人要了。如花说有钱玉,钱玉是她的丈夫,是她的天。娘骂,还天呢,那就是个大窟窿,你彻底陷进去了!越骂越来气,说如花好歹长了颗脑袋,要是白菜帮子,她早就撕烂了。如花不再理娘。娘没得到任何回应,扭身走了。后来又提,但如花说我谁也不嫁,娘便止住,只说你再考虑考虑。娘管惯了,如花清楚。

果然,扯了会儿闲话,吉婶切入正题,如花,吉婶今儿来和你唠唠,吉婶死过一回,知道活是怎么回事,也知道死是怎么一回

451

事。如花不能撑她,垂下头,兀自揉着指甲。她和钱玉种过指甲花,染过指甲,也染过脚趾甲。现在也种,但再没染过。似乎还有痕迹,永远洗不掉了。古代有一对男女,梁山伯和祝英台,好得不行,双双殉情,死后化为蝴蝶,很多人相信。吉婶告诉你,那是文人编出来骗人的,就算两人都变成蝴蝶,一起飞也是不可能的。为啥?吉婶告诉你。人死要过奈何桥,要喝守桥孟婆的汤,一旦喝了,前世的所有记忆都会被清除掉,哪怕一同死的夫妻,一同亡的母子,丈夫再认不得妻子,妻子再认不得丈夫,母亲不认识儿子,儿子也不认识母亲。当然,所有的伤心难过跟烟似的,转眼就没了。

如花脸如白纸,打摆子似的抖。

吉婶看看娘,问,不要紧吧?我才说了开头。娘满不在乎地,打针还要疼一下呢,说你的!如花求吉婶不要说了,娘欲揽如花,被如花甩开。娘说,你心里有魔,让吉婶驱驱。如花泪珠挂在睫毛,你不就是劝我嫁人吗?娘啊了一声,你想通了?如花说想通了。娘双手合十,如花呀,娘没白疼你,明天我就带他过来,还是个小伙子呢,娘替你相过了,只要你点个头。如花说,不用了,我已经有主了。娘显然被惊着,真的假的?如花不看她,钱宝,我要嫁给钱宝!

4

一个漫天飞雪的日子,如花和钱宝领了证。

当然没那么顺利,娘不同意,骂如花油蒙了心,就是嫁给聋子瞎子瘸子哑巴,也不能嫁给傻子。骂钱庄算计了如花,钱宝分明就是一废物,自己的亲弟弟,他不管,却甩给如花。娘劝不通,让吉婶上场,但吉婶也失败了。如花跟铁板似的,化不开击不透。娘找钱庄宋丽华两口子闹了一场,砸烂了玻璃砸烂了锅,还躺在炕上装死。钱庄报了警,阎有道进门,娘才悻悻地离开。若不是钱庄求情,娘就被阎有道带走了。这些是宋丽华后来告诉如花的,毕竟是你娘,她过分,咱不能和她计较。

　　但娘并未因此善罢甘休,不敢再去钱庄家闹,只和如花大跳。我不能看你往枯井里跳!我得救你!娘说一会儿骂一会儿,两嘴角的白沫变成一个个泡,在空中飘荡。娘还催逼如花报警,让公安抓了她去,她宁愿坐牢。哪怕让她死呢,养一疯闺女,还不如死。如花不与她争辩,能躲就躲,不能躲就任凭她唇枪舌剑。多半时候是不能躲的,她担心娘去找钱宝,要躲,就带了钱宝一起走。娘进村,村里的孩子便尾随其后,手里拿着从小卖部买来的塑料管,那是准备吹沫用的。肥皂泡遇风就烂,而从娘嘴角飞起的泡极其坚韧,能飞到天上。

　　爹也给娘助阵,他不骂如花,专戳如花的心窝,虽然喝得醉醺醺的,却知道如花疼在哪里。他把一屋子的花盆都摔碎了,尚嫌不够,把花茎扯断,把开的没开的花撕得碎纷纷的。如花不让他们好过,他们也不让如花好过。小五也来了,他到底是心疼如花,拉拉爹拽拽娘,劝他们不要丢人。娘斥骂小五是叛徒,让他滚回去。小五劝如花服个软,先答应他们,把他们打发走。但如花不听,她主意坚定,除非娘和爹把她撕成碎片。嫁给钱宝,她其实是犹豫的,爹和娘的威逼,反让她吃了秤砣。

娘和爹恨恨地说没她这个闺女,愤而离去。

婚后的日子倒是平静,很少有人打扰她和钱宝。而她和钱宝名义上是夫妻,但私下仍如以前一样相处。钱宝仍住西厢房,她仍住正屋。不是她不让钱宝搬过来,而是钱宝不肯。他夜以继日地读书,愿意在一个独立的、没人打扰的空间。当然,这对她也很方便。钱玉又肯和她在梦里幽会了,虽然不是每个夜晚都来,但三两天总要来一趟。他仍是喜眉笑眼的。如花说我嫁给钱宝,你称心了吧?钱玉仍然是那句话:你猜。有钱玉陪伴,如花从不感到寂寞。白日干活,如花常常把钱宝带在身边,她怕他读书累坏。如花也带钱宝喂乌鸦。如花染上了钱玉的喜好,动不动就让他猜。猜猜今天做了什么饭?钱宝说什么都行,我不是为了吃而活。如花骂他呆子,盛了菜给他。再吃,仍然让他猜。自然喂乌鸦时,如花也让钱宝猜哪个是钱玉,钱宝说你说哪个就是哪个。如花霸道地,我不说,就让你猜。钱宝说哪个并不重要。如花问为什么不重要,你认识他就可以喊他哥。钱宝就说我把它们都叫哥有何不可?难道它们还会反驳我?钱宝常常扔出炸弹一样的话,炸得如花直发蒙。

日子就这样过了。钱宝还叫她嫂子,如花纠正了几次,让他叫如花。钱宝改了,但不彻底,有时叫如花,有时喊嫂子。冬闲时,如花和钱宝一起到镇上卖对联,钱宝仍抱着书,一切与他无关的样子,如花喊他,他才起身帮忙。这字不赖呀,谁写的?偶有人问,如花便指着钱宝,我家钱宝。每年钱宝都会收到一纸箱书,于他,比宝贝更宝贝,但他从来不问是谁寄的。如花很是感动,认为陈静重情重义,同桌三年,或许一辈子都忘不掉了。钱宝不闻不问,但日夜啃陈静的书,何尝不是对她的报答呢?

如花以为不招惹谁,就不会有麻烦,更料不到灾难就潜伏在平静中,日子如同衣镜,碰碰就碎。

四月的某个凌晨,如花拎着装了谷物的袋子到河滩喂食。天地灰蒙,树影模糊,空气硬而涩,如花步履匆匆,像被无形的线牵着。似乎昨夜不曾喂过,似乎鸦群已经被饿了数日,她晚去片刻它们就会昏倒。她无法平抑内心的激动,当然还有同样难掩的喜悦,每个喂食的日子都如同节日。如花知道仍有人叫她疯女,即便听见也不屑理会。如花在乎的是乌鸦,而不是闲言与嘲笑。他们不是如花,怎能知道如花曾经的哀伤?又怎能知道如花此时的渴望与牵挂?

我来了,如花低语。她不由自主,仿佛僵硬的空气里遍伏她的信使,会先她一步去报信。

乌鸦常栖的河滩是空的。如花稍怔了一下,继续往前走。走得更快了。它们有时也换地方,整个河滩都是它们的领地。如花的目光探出去,左左右右地扫。又走了一程,仍没看见。如花这才慌了。天地又亮了几分,视线基本没有阻隔,但所及之处,没有半只乌鸦的影子。如花定了一会儿,目光投向垴包山。她已经摸清乌鸦栖息的规律,春夏秋三季常栖在河滩,冬日则躲在垴包山背风处,那些深深浅浅的洞,那些石块形成的屋檐,是上天造就。狂风暴雨的夜晚,它们也喜欢在那里藏身。可春日已至,它们早就迁回河滩,怎么说不见就不见了呢?难道出了什么意外?如花浑身发麻,差点摔倒。不,不会的,她立刻反驳。和鸽子喜鹊不一样,乌鸦是不祥的鸟,除了她和钱宝,人们都躲,没人会捉的。城里人爱吃炸麻雀,烤鸽子,没听说哪个餐馆出售乌鸦。她曾为之庆幸,她的钱玉不会成为他人餐桌上的美味。或许,昨夜刮大风了,乌鸦都躲到了垴包山,睡得香,这会儿还没醒呢。如花突然间被注入力气,拔腿往垴包山跑。

薄雾散去,垴包山轮廓清晰,第一缕日光将山尖染红,一个黑点从山背面跃起,盘旋在空中。然后又一只,继而,密密麻麻的,如黑云遮盖住垴包山。

如花放慢脚步,大喘着粗气。它们说躲就躲了,她差点被吓死。黑云盘旋几遭,往河滩方向飞来。如花仰着头,气哼哼地说,你们这帮家伙,成心气我呀,看我怎么罚你们。

嗵的一声,突然,一个黑点从云团栽落,如花懵了,愣了足有一刻,才朝前方奔去。然后就看见拎着枪的毛根。毛根也看见了呼天抢地的如花,他定住,仿佛被如花吓傻了。如花距他十几步远时,他才醒悟过来,快步离开。

如花没有理会毛根,径直奔向乌鸦。它尚在挣扎,待跪下去的如花捧起,它却不动了。眼睛倒还睁着,又圆又大,竭力要看清她的样子。如花不知怎么救它,她亲了它一口,又把它搂在胸口,暗暗祈祷。如果划开自己的血管可以救它,如花毫不犹豫;如果上天抽打她一顿,它就能醒过来,如花会立即扒掉自己的衣服。那一刻,如花什么都愿意,舍弃了腿舍弃了胳膊,甚至舍弃自己的生命,但她什么都做不了,只是祈求上天不要让她的钱玉再死一次。如果非要带他走,那就带她一起走好了。

　　如花听见他在叫她,很轻,但她听见了。她立刻将他挪离胸口,以为祈祷应验了。可乌鸦没有站起来,没有振翅,它的眼睛已经没有刚才圆了,也失去了光泽,像困得厉害,非闭上不可了。别啊!如花大喊,别丢下我啊!如花声嘶力竭。但他已经听不到了,他的眼睛慢慢闭合。哇,呜哇,如花号啕。她仍然捧着他,好像会有奇迹发生。快两年了,她渴盼着抚抚乌鸦的羽毛。这是她第一次如此近地端详,却是这样的方式。这时,她看到手腕上的血,红得令人眩晕。

　　又叫了一声,如花听得真切。是毛根,不知他几时折回来的,他有些不安,又有几分不解。你没事吧?毛根问。你杀死了他!你杀死了他呀!!如花泪水滂沱。毛根说,我没想,这是个意外。如花叫,你就是故意的,你这个凶手!毛根皱皱眉,神情硬了几分,我不是凶手,你别乱说。若是娘的性子,如花早扑上去撕他的嘴了。如花做不来这些,虽然满腔仇和怒,浑身颤抖,也只会叫嚷,你就是!你就是!!毛根说,我是看你可怜……你

457

也不要过分,乌鸦又不是你家的。如花觉得自己要炸裂了,你射死了钱玉,你射死的是钱玉呀,你必须偿命!毛根扭头就走。

如花瘫软在地,依然不时抽搐,仿佛她也被毛根射了一枪。她仍抱着死去的乌鸦,不,是抱着她的钱玉。旷野寂静,日光灰白。偶尔,微风舔舔她还在淌泪的脸颊,拽拽她糟乱的头发。她不动,她什么都感觉不到。后来,她睡着了,非常短暂,突然一声炸响,她从梦中惊醒。她坐起来,骇然地望着四周,似乎不明白自己为什么卧于野滩,然后她看到了死去的乌鸦,悲伤的洪水迅疾席卷。

5

你看清了?确定是毛根?阎有道问。他脸长,眼睛不大,睁不开似的。只睁那么一点儿便寒气腾腾,若全睁开,没几个扛得住。都说观面知心,阎有道却有射穿骨头的本事。如花性懦,见生人都会脸热心跳。现在,她坐在阎有道对面,被那刀叉般的目光戳着,却没有丝毫惧意。乌鸦丈夫的死让她变了一个人。如花在祖奶床前哭诉过,求祖奶保佑她的乌鸦丈夫,盼望发生奇迹。从祖奶屋里出来,她便往家里疯跑。乌鸦丈夫没活过来,他彻底离开她了,如花这才想到报警。

如花说,千真万确。她敢用自己的脑袋保证。

那是什么样的枪?阎有道问,大约多长?

如花比划了一下,有铁锨把长短。

阎有道有些恼火,隆鼻重重地哼了一声,这个狡猾的家伙,居然把我也骗了。坐在另一侧的扁脸警察飞快地记录着。不可能是老枪,八成是他买了零件组装的,别看那小子倔,日能着呢。这话是对扁脸警察说的,还好没出大乱,否则——

如花早就不满意了,阎有道并未在乎她的乌鸦丈夫的死,翻来覆去地问那把枪,待他说没出大乱,如花生气了,叫,他射死了钱玉!

阎有道像没有听见,嘉奖般地点点头,你来报警,很好!

如花情绪激动,必须治他的罪,不能饶了他!

阎有道再次点头,那是当然,私藏枪支,那是犯法的。我们会管的,你放心。

如花几乎要崩溃了,歹人闻听变色的阎王在意的仍然是毛根的猎枪。我丈夫被他射杀了呀,如花悲愤地呼喊,他是凶手!呜——如花埋下头,不知是阎有道还是扁脸公安试图拽她,但没拽动。

如花停止哭泣,抬起头,阎有道已经不在了,只剩下扁脸公安。他正在剪指甲,剪一下,磨一磨,再吹一口。如花问阎公安呢,扁脸公安说执行公务。如花问,抓毛根去了吗?扁脸公安嗯哼一声,说她可以离开了,他都记下了。毛根射死的乌鸦是我丈夫钱玉变的,如花说,我不骗你。扁脸公安哦了一声,目光有些同情,又有些厌嫌,我还要忙呢。如花问,怎样你们才相信?扁脸公安说,会给你一个交代的,怎么处罚是我们的事,你还认识回村的路吗？要不要我给你家人打电话？如花站起来，我可没疯。

傍晚，宋丽华过来看望如花，告诉她毛根被公安带走了。那时，如花正用铜色的绸布为死去的乌鸦缝袋子。如花心口堵着东西，这个消息并没有把那东西搬空，反更堵了。会判刑吗？她问。宋丽华说，被带走哪有好果子吃？他不大与人来往，人缘差，没有哪个会为他求情，你放心吧。如花说，我没得罪他，他为什么射杀乌鸦？宋丽华说，谁知道呢，或许他不是有意的。如花说，他又不是不知道。宋丽华说，可能是毛小根想吃肉了。如花气不打一处来，那也不能随便射杀呀。宋丽华附和，是啊是啊，这就是他的不对了，活该被公安带走，只是可惜了毛小根，那孩子——唉！如花有一点紧张，难以名状的紧张，嫂子，我不该报警吗？宋丽华说，当然该！谁让他……整个一愣货！如花声音悲戚，钱玉的命为什么这么苦？宋丽华正色道，如花，我也正想说这个呢，那么多乌鸦，你怎么认定毛根射死的这只就是钱玉变的呢？或许它就是一只普通的乌鸦，与钱玉没有任何关系。如花反问，那怎么认定它不是钱玉呢？万一就是呢？宋丽华说，说来说去，你还是猜的。如花的脑子敞亮了一些，有可能？宋丽华重重地点头，所以，你不用自己吓自己，钱玉变成乌鸦，那就是神鸟，猫还有九条命呢，神鸟肯定死不了的。如花双眼枯木逢春，嫂子，真是这样吗？宋丽华说，老天不会让他死两次的。如花双手捂了脸，老天呀！宋丽华说，那个毛根就饶他一回吧，你是明白人,和他计较什么?如花说,我听嫂子的,那怎么办?我再去一趟派出所?宋丽华说,只要你饶过他,其余的事交给你哥吧。

宋丽华走后,如花丢下缝了一半的袋子,在地上来来回回地走。钱玉没死!他是神鸟,死不了的!兴奋在血管里奔流,她停不下来。忽然想起还没给钱宝做饭,一天了,他和她都没吃,她哎呀一声,系上围裙,开始忙活。

如花擀了两碗白面面条,晾了一会儿,才去喊钱宝。虽然她成了钱宝的妻子,但每次进西厢房还是习惯性地敲敲门,那不是礼貌,是怕惊到了他。除了吃饭,必要的活儿,或担心他看坏眼睛,平时她不打搅他。连乌鸦被射死这样的大事,如花也没有告知他。他的脑子已经被书塞得满满当当,她怎么可以再把悲伤塞给他呢?

钱宝睡了,仍是那个姿势,头扎在翻开的书页里,发丝蓬乱,像从纸张里长出来的怪异植物,没完全伸展便遭到冰雹袭击。如花推醒他,说吃饭了,钱宝双目肿红,不是吃过了吗?如花心情大好,就想逗逗他,那你说说吃了什么?钱宝回想数秒,反正吃过了。如花疼惜地,你这个呆子,我一天没做饭,你吃什么?钱宝说,我怎么不饿呢?如花说,你是饿过劲儿了,三天不吃,你也不懂得饿。他没问她为什么一天没做饭,不知她这一天经历了怎样的大悲大喜。当然,那不重要了。

钱宝吃得稀里哗啦,如花不担心他烫噎住,仍不时提醒他慢点。钱宝一边吃一边说,我不能把时间浪费在吃饭上。如花说,你就是铁铸的,也要休息啊。钱宝说,时不我待,只争朝夕。如花说,陪我说说话吧。钱宝头也不抬,说什么?如花说,说什么都行。钱宝看看她,又低下头,没什么可说的。如花说,废话也行。钱宝皱眉,为什么要把时光浪费在废话上?如花说,骂我也行。钱宝更加费解,这就更说不通了,世界是有内在逻辑的,无缘无故,我为什么要骂你?如花说,怎样你才骂我?钱宝说,我绝对不骂你,除非我疯了。正好吃完,钱宝站起,风一般消失。如花盯着空荡荡的门,又气又好笑,你跑得可够快的。

  如花简单收拾一下便拉开被褥,奔波了一天,实在是太累了。然而,她并没像以往那样酣然入梦,黑暗中,她徒睁着双眼,没有任何睡意,好像害怕什么。很快,她明白了。从绝望到希望,起伏太大太快,突然的旋转令她眩晕。被兴奋包裹着,霞光万丈,她什么也感觉不到。现在,她冷静下来,意识到自己的恐惧。钱玉是否变成神鸟,是否不死是可以验证的。她急于入梦,又担心梦幻碎裂。翻了无数次身,几乎要和褥子磨出火星了。老天爷不会让钱玉死两回的,她想,宋丽华的劝导水一样浸漫过身体。不知过了多久,如花睡着了。但那是个糟糕的夜晚。

  连着两夜,仍是如此。钱玉没有来。第三日,她将乌鸦葬在了钱玉的衣冠墓边。一个钱玉和另一个钱玉。或者说钱玉的同伴和钱玉。如花的希望没有熄灭,第七个夜晚后,如花终于绝望。毛根射死的肯定是她的乌鸦丈夫,他彻底从她的生活中消失了。如花本来被抛到天上,又再次被摔坠于深谷。

如花没打算再次报警,她到镇上是为了买肉。钱玉不在了,他的同伴还在,她不能丢下他们不管。就像答应钱玉照顾钱宝一样,她也要照顾那些乌鸦。钱玉没叮嘱她,他走得太突然了。无须嘱托,她知道怎么做。到了镇上,她就管不住自己的腿了。

扁脸公安已将如花忘了。不知一天要处理多少案子呢。如花提醒,他方想起,哦了一声,说已经处理过了。毛根早就回到村里了,这个,如花是清楚的。他射死的乌鸦就是我丈夫变的,我有证据。扁脸公安斜着她,这使他的眼睛看上去一大一小,什么证据?如花说,他若没死,就会和我在梦中相会,我没说疯话,千真万确。扁脸公安极不耐烦,没见我正忙着吗?别影响我办公!如花说人命关天。扁脸公安呵斥,出去!如花说你不能——扁脸公安大喝,走不走?

如花不怯,她定着,像残破不堪却仍然稳扎在大地的木桩。正僵持着,阎有道回来了。他目光果然毒,立刻认出如花,还叫出如花的名字。扁脸公安抢着汇报,阎有道摆摆手,让如花坐着说话。他温和的语气令人舒服。阎有道说,毛根的猎枪被没收了,也对他做了相应的处罚,谢谢你提供了线索。如花说,我丈夫不能白死。阎有道说,那你想让毛根赔多少呢?如花被问住,她没想赔的问题。阎有道说,毛根可不是煤老板,他穷得屁股都拿瓦盖着,什么都赔不了你。如花急了,我不是故意讹他。阎有道说,你主观上或许没有,可客观上是有嫌疑的,你的情况我了解一些,若是换了别人,我早就不客气了。这是明目张胆的敲

463

诈。如花声音悲戚,那就是我丈夫啊。阎有道超有耐性,这样吧,你先让村里开一张证明,证明被毛根射死的乌鸦就是你丈夫,好啵？你开了证明,我再做处理。如花问,村里不给开呢？阎有道摊摊手,这就没办法了,法律以证据为先,明儿你杀了人,没有证据,是不能判你刑的。别在这儿磨蹭了,没用！

如花转身离去,她没看到扁脸公安钦佩的目光。

宋品比阎有道还难找,如花找了几个地方才找见。宋品与一个个头不怎么高的相跟着,两人刚从野外回来,脚上沾满泥巴。宋品往前一步,极其热情地握住如花的手,好像早就恭候如花似的。如花不习惯,她和宋品没说过几句话,更别说握手了。宋品给同行的男人介绍了如花,又对如花说,这是大名鼎鼎的乔总,祖奶唯一的孙子。乔石头也和如花握了握,微笑着说你好。如花稍显慌乱,虽然她也听过乔石头的传说,但没见过。如花脑里出现短暂的空白,突然忘记找宋品的目的。两人走出十多步了,如花才想起来,没有任何犹豫地叫住宋品。宋品和乔石头说了什么,然后朝如花走来。有什么事？宋品脸上的温度散去了许多。待如花说了缘由,宋品突然骂出来,狗操的活阎王！然后满脸严肃地说,如花,这证明我不能给你开。如花说,毛根射死的乌鸦就是钱玉变的。宋品说,我还忙呢,回头和钱庄说。他大步蹿离,没再给如花说话的机会。

晚上,宋丽华又上门了,如花黯然地告诉她,钱玉确确实实死了,他不再与她梦里相会了。宋丽华重重叹口气,如花啊,你别再说这样的话了,再说就被人当成真疯子了,你说钱玉变成乌鸦,他就变成乌鸦了?如花问,嫂子不信?宋丽华说,我信可以,可别人不相信啊,你不能强迫人家对不对?如花急出眼泪,就是他变的啊。宋丽华说,你自己信不要紧,那是你的事,不能妨碍别人。如花问,妨碍谁了?宋丽华说,你都报警了,还说不妨碍?警察会因为毛根射死一只乌鸦而判他的刑吗?如花说,只要村里给开证明——宋丽华打断她,宋品把你大哥啰啰了一顿,宋品很恼火呢。如花垂了头,他们这是推诿。宋丽华说,你明白这个,脑子还不糊涂。如花问,那钱玉就白死了?宋丽华说,那你还准备让毛根偿命啊?如花的眼泪又弹出来。宋丽华摆了毛巾递给如花,待如花停止抽泣,才说,我爷活着的时候常给人算命,他讲过人死了就会转世,钱玉能变成乌鸦,那乌鸦也能变成别的。如花的目光突然闪亮。宋丽华说,至于变了什么,我不清楚,没准哪天他又回到你身边了,你不要急,慢慢等,总能等到的。再也不要和别人讲了,更别找宋品了。别忘了你还有钱宝,你是愿意照顾他的对不对?如花说,我不会让他饿着。宋丽华点头,钱玉知道了,准会高兴的。

6

如花在两个钱玉的墓上撒了各式各样的花籽,月季、菊花、扫帚梅、马莲、黄花,等这些花开了,这儿就是五彩缤纷的花包。先前种下的柳树已经长得比她高了,尚未变绿,但枝丫间已顶出鹅黄的苞蕾。没准哪天钱玉又回到她身边,宋丽华也许在骗她,但也许真的会。感伤的如花选择了相信。他会变成麻雀,也许是蝴蝶,也许是蜜蜂,也许是大雁,也许是老鹰,也许是布谷鸟,也许是萤火虫,也或许,他还会变成乌鸦。选择了相信,如花便看到了希望,虽然非常渺茫,但终究是看到了。那就等吧,她不怕等,一年两年,三年五年,她愿意等,只要他来,再晚也值。

如花坐在两个墓中间,她累了,想歇一歇。最近特别容易累,好像气力被偷走了。切一晌午土豆,感觉腿腰就要断了。风掠过耳侧,散乱的头发盖住大半个脸,视线阻隔,她突然觉得自己被装进笼子,不由一慌,猛地甩了甩,又捋了一把。就在这时,她听到咕咕声。轻微,短促,但她听到了。老天啊,难道钱玉……她立刻站起,引颈张望。几十步外有两排白杨,但枝杈空空荡荡,她盯得眼睛都酸涩了,也没看见一只鸟。她又将目光移到地上,一寸一寸地瞅。没有活物,一只蚂蚁也没见。难道她听错了,还是钱玉在和她捉迷藏?如花重又坐直,竖起双耳,只要再咕一声,她就扑过去。一绺风吹过,又一绺风吹过,既无人声也无鸟语,四周出奇地静。如花困了,头不住地往前倾。她意识到了,猛挺下脖子。数日时间,她老了几岁,脸上的肉也被削薄几分,脑袋没什么重量,一挺就挺起来了。但几分钟后,脑袋又耷拉下去。如是几次,她终于睡过去。

风变大了,头发在脸上抽甩,如花倏然惊醒。其实睡了没几分钟,可感觉昏睡了几天几夜,好一会儿才辨清方向。她瞭瞭发白的太阳,忽然想起钱宝还没吃饭。她责备着自己,匆匆往回走。

昨天如花就发了面,打算烙糖饼。拿起罐子却傻眼了。她明明记得还有糖,怎么罐子是空的?钱宝不可能偷吃,她不喊他,他绝不会到正屋。难道是钱玉?如花又惊又喜,仿佛他在哪个角落藏着,她瞅了又瞅。慢腾腾地揭开面盆盖儿,面盆竟也是空的。那就不是钱玉了,他不会把一盆面吞掉。如花不明白怎么回事,发了会儿呆,重新舀了面,只能烙家常饼了,好在钱宝不挑。

如花喊钱宝吃饭,钱宝反应不过来似的,不是吃过了吗?怎么又吃?太浪费时间了!如花被他的神情逗笑了,你个书呆子,让你吃饭还不满意,饿着肚子,你能读进去?钱宝说,书是最重要的食粮。如花说,行啦行啦,别讲大道理了,一会儿凉了。突然瞥见桌上的瓷盘,还有盘里的面饼。如花几乎惊倒。她挪过去,拿起一张,掰开。没错,是糖饼。如花盯住钱宝,问饼是哪来的,钱宝说是你端进来的呀。如花叫,你别胡说,怎么是我端进来的?钱宝说,除了你,谁端给我?如花惊颤着问,你吃过饭了?钱宝不高兴,怎么老是把吃饭挂在嘴上?你把活着的意义搞反了。

如花拍了一下脑袋,想起来了,喂乌鸦回来——这可从未忘记,她给钱宝烙了糖饼。种花籽前又把剩下的两张饼端给钱宝,她不确定自己什么时候回来。打了一个盹,这段记忆被切割掉了,若不是钱宝,怕就再也打捞不上来。不止这个早上,最近她总是丢三落四,脑里一段段的空白。

你说得对,早上才吃过,不过,我又烙了,咋办?如花和钱宝商量,要不少吃一点点儿?晚上咱就不吃了。钱宝说,如果非吃不可,我听你的。如花说,不吃也行,不过,你得好好回答我几个问题。钱宝说,解惑,圣人之智。如花说,你读了这么多书,不至于白读吧。钱宝说,我与圣人,天壤之别。如花恼了,问几句话就这么难吗?钱宝说,好吧,如果我能回答的话。

你哥……如花停顿一下,他还不知道钱玉被毛根射杀了,她不告诉他,旁人绝不会。你想没想过,有一天,你哥可能被射杀。钱宝摇头,没想过,世界存在各种可能。如花说,假如发生那样的事,他就彻底离开你和我了,还是会变成别的什么?钱宝说,物质是不可能凭空消失的,消失的只是存在的形式。如花不甚明白,你就说,还会不会变成其他的,比如燕子什么的。钱宝说,当然会。如花突然闪出泪花,真的吗?大嫂也这么说。钱宝说,与谁说无关,除了时间,没有什么是永恒的,世界因为变化才成为今天这个样子。如花对他的怪论不感兴趣,世界与她无关,她只惦记她的钱玉。钱宝也这么说,希望的灯花又亮了几分。

钱宝啊,我没白疼你。如花长长地舒了口气。

嘀,小两口打情骂俏呢!沙哑的声音在身后响起。宋品立在门口,脸上滚着大团的笑,天并不怎么热,宋品的脑际汗腾腾的,好像跑了远路。

如花寡白的脸飞起红晕。记忆中，宋品是第一次到家里来，钱玉在那会儿也没有过。如花叫声宋书记，就不知如何是好了。宋品说，我来得不巧，打扰你俩了。如花说没有呢。宋品仍笑眯眯的，就让我干站着？怎么也给碗水喝吧。玩笑话，却没什么温度。如花醒悟过来，忙将宋品让进正屋。

宋品的目光依次划过花盆，然后嗅嗅鼻子，果然和别家不同，都说你是花仙转世，看来说得没错啊，改天给村委送两盆，好活的！如花没应。宋品笑了，你不会舍不得吧？我逗你的，瞧你紧张成什么了！如花被宋品逼视得低下头，小声说，我可以移栽两盆。宋品摆摆手，我不是要花的，别站着，坐啊。如花没坐，虽然在自家，她倒像客人一样不自在。

宋品拉长声调，如花啊，天上掉馅饼了，你猜猜什么馅饼？如花想到那张证明，难道宋品亲自送上门了？想到钱玉，如花的怯意一扫而空。惩罚毛根的念头没那么强烈了，但有一张证明总是好的：她没胡说八道。宋品似乎要吊如花的胃口，笑眯眯地看着她。如花惊问，宋书记肯给我开证明了？宋品的笑骤然脱落，他皱皱眉，什么证明？你怎么……如花啊，宋品换了一副神色，过去的就过去了，好日子才刚刚开始。那天，你看到乔总了吧？他可给咱村出了大力呢，修路、建桥、盖学校，那可全是人家掏的腰包，这次他又给老少爷们送肉来了。然后讲，乔石头把垴包山及周边的荒地承包了，其实就是变相给老少爷们发点钱。除了乔石头，没人愿意做这个赔本买卖。虽然是荒地，虽然白白

469

吃肉,户户也要签字的。宋品拿出一叠已经签字画押的协议书让如花看,翻到钱庄那一页,他停留了几分钟,看见了吧,钱庄都签了。黑字红印,那是错不了的。如花不感兴趣,更无其他怀疑,按照宋品的指点一一完成。

但宋品并没有马上离开,他喝了几口水,让如花再倒点。如花就又续了些。她怕倒洒,小心翼翼的。宋品盯着她说,不会舍不得吧?如花别扭地笑笑,她不习惯玩笑,尤其是宋品开的玩笑。宋品说,其实你该请我吃饭的,你知道为什么吗?如花的目光飞快地掠过宋品的脸,没有回答。宋品说,因为你有大喜,别人是一张馅饼,你是两张。

乔石头要整体开发堷包山,这就牵涉到几户人家的耕地,其中有如花的五亩。村里有集体用地,那可比堷包山的田肥沃,所以,置换是极其划算的。而且,乔石头还要补偿,每亩大几百。我说了用不着补,他已经为大伙做了这么多,咱不能太过分对不对?他肉再多,咱也不能抱住死啃对不对?但他非要这么做,那就由他了,他生怕亏了你们。难怪人家做大生意,这就是境界呀!如花,你说这是不是又一张大馅饼。

我……不想换。如花犹犹豫豫的,声音不高。

宋品有些愣怔,你说什么?

如花觉得喘不上气,宋品的目光耕耙一般压着她,她想躲却躲不掉。索性不躲了,也不再犹豫,坚定地说,我不换!

宋品傻了似的,仍难以确信,追问,不换?

如花说,不换!

宋品面皮紧了几分,也黑了许多,为什么?

如花低头不语。那是她和钱玉一起耕作的地,种过胡麻,种过土豆,种过大豆,自然也种过花。她怎么和宋品说呢?说了他也不懂,只会叫她疯子。

宋品问,你跟钱有仇还是跟乔总有仇?还是要跟我作对?

如花摇头,没有,就是不换。

宋品低骂了什么,又提高声音,太阳从西边出来,你真让我长见识了!

如花的脸一红一白。

宋品声音如寒冰,你说个理由我听听,为什么不换?

如花说,没理由,就是不换。

宋品的脸生了锈似的,极其难看,我当这么多年书记,还没人驳过我面子。我今儿这是撞了鬼呀!

如花不由缩了缩,好像害怕宋品的巴掌甩过来,而心里那块石头却愈发硬了。

宋品老牛般地喘着粗气,如花,你这是和整个村庄作对,你知道不?

如花不语。

宋品说,好吧,我知道你有想法,小钱你看不起,有什么条件你只管提,只要别太过分!

如花摇头,没条件。

471

宋品几乎气炸了,哑音冒着浓烟,没条件?就是不换?如花说,毛根射杀的乌鸦是钱玉变的,你如果证明——突然炸裂,不是宋品,而是水杯。

7

如花刚刚出村,宋丽华追上来,扬扬手中的饭盒,中午吃剩的,喂你的乌鸦吧。"你的"令如花温暖,她说让嫂子费心了。宋丽华没递给她,说我也没事,陪你去吧。如花惊道,要上垴包山的。宋丽华笑了,以为我没爬过山呀,走吧。推如花一把。如花虽然不情愿,但没再说什么。除了钱宝,迄今尚没有第二个人和她喂过乌鸦。她不自在,即便是宋丽华。

宋丽华扫扫如花拎着的桶,问如花做了什么好吃的。碎肉拌麦粒,如花又剁了半棵白菜在里面。宋丽华啧啧两声,你自己都舍不得天天吃肉吧,那些乌鸦几世修来的福分!要是毛根看见,都要气死了呢。如花猜到了宋丽华的来意,没吱声。宋丽华说,毛小根的胃就像水泥槽子,没有不敢吃的东西,吃多少也不饱,都说毛根杀生多,毛小根才得了这怪病。毛根活着好歹饿不着他,这毛根有一天要是不在了,毛小根可怎么活?我都替他发愁。比起来,乌鸦要幸运得多。

两人往上爬时,太阳已经浮在山顶,摇摇晃晃的,像喝醉了。刮了一天的风终于消停,不知躲在了什么地方。如花在前,轻松自如,宋丽华在后,气喘吁吁。两人的距离越来越大,宋丽华喊,如花停下等她。宋丽华追上来,呼着粗气说,你不累吗?头上没一点儿汗。如花摇摇头。磁石吸着,她怎么会累呢。宋丽华说,我自觉体力够好了,宋庄的女人没几个比得过我,没想你比我厉害。如花说,我爬惯了。宋丽华点头,也是,一天一趟,脚都长钢了。

到了半山腰,日已西沉。如花把桶里的食料分散在平整的山坡上。宋丽华也把饭盒里的米饭、吃剩的鸡架倒出来,如花的目光在鸡架上稍一停留,宋丽华说,噎不住的,别担心。宋丽华真是厉害,一下就刺破她的心事。

乌鸦在头顶盘旋,呱叫,黑压压一片,甚为壮观。但没有一只乌鸦扑下来吃。如花与宋丽华撤后几十米,它们才翩然落下。宋丽华不解,乌鸦怎么还怀着戒心呢?如花说,都嫌乌鸦晦气,它们是不想连累我。宋丽华问,你怎么知道?如花说,我就知道。宋丽华出神地,是啊,只有你最了解它们。

下山时,两人反慢了许多。天暗下来,脸变得模糊。宋丽华提及东坡的杀人案,问如花听说没。如花说不知道。宋丽华说你和钱宝两耳不闻窗外事,这么大的动静,连省领导都惊动了,你们居然不知。东坡的男人外出打工,女人和同村的电工好上了,男人听到传言,半夜潜回,将电工一家四口全部捅死。电工死得最惨,捅了十九刀。男人没跑,自首了。如花打了一个寒战。宋丽华说,听说那男人平时挺老实的,人缘也不错,杀起人来跟个疯子似的,连小孩也杀,他女人怕是后悔透了,毁了两个

473

家呢。如花绊了一下,但没摔倒。宋丽华问,没崴脚吧?如花说,没事。宋丽华说,开个小卖部,天天乱七八糟的消息,说什么的都有,男人杀了人,却没几个骂的,倒是那女人,快让人嚼出骨头了。骂她妨主货,骂她薄情寡义,比起来,如花你就是稀世珍宝,天下难寻啊。突然拐到自己头上,如花不适,低低叫声嫂子。宋丽华说,上面搞治安整顿,听说阎有道半月没回家了。如花知道宋丽华在向主题靠近,这个弯子可绕得不小。

　　直到进屋,宋丽华也未说正事。她的耐心惊人,倒是如花撑不住了,问她是不是为换地的事来的。宋丽华呀一声,我差点忘了,宋品找过你哥了,让他劝你。如花说,我不换的。宋丽华问,就为那个证明?就想让毛根偿命?如花摇头,不是的。宋品给开证明,她也不换。宋丽华问,那是为什么?如花说,不为什么,就是不想换。宋丽华说,滩地比坡地好,若不是这个机会,宋品哪会为你调换?而且还有补偿。如花,这笔账你算不过来吗?如花不语,这笔账好算,可如花心里还有另一本账。坡上的地长的可不止庄稼,还有钱玉的身影,钱玉的笑声,钱玉的寡话,别处的地再好,也长不出这些。这笔账在如花心里更重要,但这重要的账,她不愿意和任何人说,就算是宋丽华,又怎么能理解?

　　宋丽华说,你肯定有你的理由,不可以和嫂子说吗?如花几乎要哭了,嫂子,你别逼我了。宋丽华一笑,我不是恶霸,怎么会逼你呢?其实这事不由你,宋品和你商量,是有你大哥的面子在。如花目露惊恐。宋丽华说,你别忘了是谁要占这地,是乔石头,那可是县长见了都要端茶倒水的人物,凭你,怎么能挡得住?如花说,也不能明抢吧?宋丽华说,跟过去的世道不一样了,当然不会明抢,越是有身份的人越不会,但有本事的人厉害就厉害在这儿,不抢,你自己乖乖给了人家,还得赔上笑脸。如花,你非要到那个时候吗?撕破脸对咱两家都不好。如花说,我不是故意和他作对,就是不想换,地是我的,我不能做主吗?宋丽华说,你错了,地是国家的。如花说,现在归我呀。宋丽华说,你挡的不是乔石头,是整个村庄的路,你和整个村庄作对,那地怎么可能归你?如花说,我没想挡谁的路。宋丽华说,你以前不这么固执,怎么……越来越像钢筋呢?如花说,我真不是故意和谁作对。宋丽华说,讲这个没用,你这么做就是作对。

深夜宋丽华才离开。她没劝通,但不急不恼,让如花好好想想,她改天再来。

隔日,登门的却是钱庄。宋庄人在背后少不了议论如花和钱宝,但公开场合没人敢提,更没有人当面叫她疯子,都是钱庄在村里的威望镇着。如花遇到难题,都是这位大伯子化解的,因而,内心里,她怀着感激。她没表达过,这么多年过去,她仍有惧意,和他说话,她总是望着别处。

如花要倒水,钱庄摆摆手,不用了,我坐坐就走。如花还是倒了,用的是搪瓷杯,她怕钱庄像宋品一样摔了。钱庄开门见山,说过来和如花打个招呼,换地的事他做主了。不是来商量,是告知。如花不再躲避,目光如受惊的乌鸦扑到钱庄脸上,不行的,不能换!钱庄说,我已经答应了。如花泪水飞溅,我不答应,不答应,哥呀——钱庄皱眉,怎么,那地里埋着金子?如花叫,钱玉喜欢那块地,哥呀,那是钱玉的地。钱庄抖了一下,硬着脸说,忘了钱玉吧,好好和钱宝过日子。如花悲号,忘不了呀,哥——钱庄似乎被电击了,剧烈地抖着。他别过脸,不看如花,由着如花号。我不换,除非我死!钱庄显然没料到如花如此倔强,惊愕之下,语气变得柔软,我不是霸道的人,这么做也是为你和钱宝着想,我何尝不想钱玉,可去的去了,活的还要活呀。这么多年,你对得起钱玉了。如花说,那不是对得起对不起的事,他长在我心里,忘掉他,除非把心挖掉。

钱庄一阵唏嘘,没有再逼,但也没赞同如花,说如花心有死弯,给她点儿时间,慢慢掰。

宋丽华与钱庄轮番上阵,两人的话不同,方向是一致的,劝如花答应换地。如花从宋丽华嘴里知道,之所以没强逼她,是乔石头不愿意这么做,他要让每个人都心甘情愿。乔石头可以说仁至义尽,但万一惹怒了他,那后果也是没法想象的。何况乔石头后面还有宋品、整个村庄。掂量掂量,咱有几斤几两,宋丽华说,我不是吓唬你,让你蜕一层皮是分分钟的事,现在是你哥在顶着,可他总有顶不住的时候。

如花不为所动。那一步让她胆寒,但她抱着侥幸,万一乔石头改变主意了呢?

长夜漫漫,如花徒瞪着双眼,越发地荒寒孤寂。她盼着钱玉赶紧转世,转成燕子转成蝴蝶,哪怕转成一只蚂蚁。只要他活过来,哪怕不来见她,只要与她同在一个世上也可以。那时,她可以不想他,彻底忘记他,哪怕把她的心剜割出去。自然,他的地,她和他的地,也由他们去吧。她可以什么都不要。但,现在,钱玉还在混沌的世界,还在未知的黑暗中,她必须为他守着这些,而她也要靠这些长在时间里的记忆活下去。在黑暗中有所惦记,而尘世里有人眷恋,他才有可能活过来。这些,谁会知？谁会懂？

乔石头亲自登门,如花是没想到的。她寻出小铲子,想挖些苦苦菜。从河滩回来的路上,看见蒲公英已经冒出地面,便知苦苦菜露头了。刚刚清理掉篮子里的柴火,院门开了。乔石头立在门口,一脸谦卑,我进来坐坐,可以吗？如花大张着嘴说不出话。乔石头并不等她允准,走至身边,将滑脱的铲子捡起。如花抓了,慌慌地说,乔总进屋。

靠近水缸的位置放了一把掉漆的椅子,乔石头坐上去,笑眯眯地看着慌乱的如花,你也坐呀。如花本想擦擦椅子的,但动作太慢了。如花在灶坑的矮凳上坐下,忽又站起,倒了杯水。乔石头没阻拦她,她重新坐了,他才说,我不是来喝水的,别忙了。如花知道他不是来喝水的,但借着倒水可以缓解一下紧张。

如花低着头,乔石头叫她名字,她只得抬起来。你别紧张,我就是想和你说说话。如花涨红了脸,没再勾头,目光却是躲闪的,只用余光瞥着乔石头。这是第二次近距离地接触乔石头,乔石头个头不高,还没钱玉高,头发卷曲,面皮紧绷,眼睛呈半月形,天生带着笑意,好像讨好谁似的。可这副不起眼的面相却令如花惊怵,还有他的目光,温热而又冰冷。

如花惴惴的,她听过他的传说,而现在,这个人就坐在她面前。

听说你特别会养花,乔石头笑意隆隆,目光扫过那些花盆。如花说喜欢养,不是特别会。你能听到花开的声音?如花吃惊地,你怎么知道?乔石头说,这是秘密,不告诉你,不过,你得告诉我,花开是什么样的声音?如花没那么紧张了,说那得看什么样的花。牡丹和月季不同,荷花和海棠不同。轮到乔石头惊讶了,还有差别?如花说,当然有,好比人,一个人和另一个人的声音再像,也有差别。乔石头说,有意思,那你告诉我,牡丹开花是什么样的声音。如花说是呼呼声,就像着了火那样。月季呢?如花说,像撑伞似的,唪的一声。没等乔石头再问,如花一一道来,神采飞扬,目如莲花。

那花谢的声音是不是也不同呢?乔石头又问。如花说,当然,个性不同,谢的时候也不一样,有的伤感有的平静。然后,她又一一形容。这是我听到的,别人听的可能不一样,她说。乔石头摇摇头,不是谁都能听到的,我就听不到,你果然不同。如花羞涩地低下头。

长时间的沉默,气氛凝滞,如花又不安起来。接下来,乔石头要说正事了。乔石头终于开口,问的却是另外一个问题,你相信来世吗？如花怔了怔，慌乱地点点头。乔石头温和地，你认为钱玉变成了乌鸦？如花泪光频闪，被毛根射死了，不过，他还能转成别的，我不知还能不能见到他。乔石头问，你怎么认定钱玉变成了乌鸦？如花不语。乔石头说，不方便说就算了。如花问，我说了，你信吗？乔石头嘀嘀一笑，你不说，我如何相信？如花思忖一会儿，讲述了那个奇异的夜晚。然后，她直直地望着乔石头。乔石头没说信，也没说不信。只是笑了笑，含义复杂，尔后道，你确实很有个性。他站起来，别耽误了你挖野菜。

如花如坠云雾，她以为乔石头是来和她说地的事，其他的不过是铺垫，可尚未切入正题，他却要离开了。如果说乔石头的到来令她紧张不安，那么，乔石头的离去越发让她恐慌。她感觉被吊在悬崖绝壁，上下空空荡荡。

乔……石……总，如花喊住他，那……地……哪怕威胁她呢，也比没有任何暗示地悬空强。

乔石头似笑非笑，有什么话，你可以和宋品说。

第十二章 祖奶

1

又一个黄昏来临了。

虽然双目无光,但我仍能感知四季的更替,时令的变化,太阳的东升与西落。我的皮肤没有僵硬,鼻孔尚在呼吸,而灵敏的耳朵听得到时间仓促、毛躁的脚步,能捕捉每一样与时间伴行的声音。从清早到正午,从正午到日暮,永无间断。

一切变得不同。飞鸟归巢,游荡了一日的灰尘慢慢沉落。风弱下去了,树枝不再摇摆。光线灰暗,落地玻璃的余热渐渐消散。铁匠咳喘得越发频了。他打了大半辈子铁,臂硬腰粗,憋一口气抡数十下大锤,到老肺跟个破风箱似的。麦香切菜的声音则轻如吸气,显得小心翼翼。

香气从门缝里挤进来,如丝如缕。豆腐、海带、白菜,还有黑枸杞。那是石头带回来的。石头常带回麦香没见过的东西,黑色的枸杞,蓝色的草莓,拳头大的西瓜,核桃大的梨,还有从外国进口的蜂蜜、参片、鱼籽。那是给我的,当然麦香沾了许多口福。稍顷,麦香将门开展,正式的喂食开始。我对尘世已无留恋,但浓郁的菜香扑鼻,我依然贪婪。若能坐起来,我没准会把那半锅汤灌进肚里。

夜幕垂落,乔石头走进屋。我闻到了酒气,自然麦香也闻到了。她结结巴巴地问要不要泡杯蜂蜜水,乔石头说来一杯。麦香又问要不要挤牙膏,她不敢提议,只能提醒,就这,她也战战兢兢。乔石头说可以,麦香得到肯定,声音都变调了,这就……马上!她怵石头,这我清楚,可也没必要如此害怕,乔石头又不是恶魔。

石头在我床头坐下。他回来二十余日了。每个白天他都要出去。他要把垴包山买下来,回来那天便讲了。宋品与麦香的对话中也数次提到。我不明白他为何要买垴包山,没听说垴包山有什么宝贝。即使我还能说话,也拦不住他,他认准的事,没有谁能阻止。现在,我躺卧在这里,更是无可奈何了,只能暗暗祈祷。我虽不知石头为何要买垴包山,但敢断定他不是为了饲养牛马,不是为了种植庄稼,他的用意我猜不出来。以往,石头回来也就住个三五日,这次时间太久了,还没有离开的意思。而且,往常他总要带一个女人回来,这次是小艳,下次则是小青。用宋品的话说,长得都跟花似的。麦香则评价一个比一个妖。

乔石头握住我的手。白天再忙,夜晚他都要回到专门为我打造的寝宫。有时他不说一句话,就那么握着,直到午夜。有时他给我讲他的那些女人,他和别人的械斗,他的某场醉酒,他和官员的某次交易,听得我心惊肉跳。我未躺倒那些年,他从不给我说这些,即便我问他也丝毫不露,现在他突然想讲了,而且一旦开口就说个没完,仿佛嘴巴的闸门他不能控制。有时讲到天光放亮。我不累,但替他累。他是我的孙儿,我唯一的亲人,我心疼。只是心疼也就罢了,他的反常令我不安。

　　祖奶……石头喊我。那只蚂蚁又窜出来。它似乎在我身体里挖了洞穴,且打算繁衍后代。麦香、喜鹊、乔石头,没一个发现它,任由它在我的肌肤上招摇。

　　祖奶,石头又唤一声,然后便停住,仿佛喝多酒忘了要说什么,或不能确定该不该说。这可不像他的性子。要么不说,一旦张嘴就不会停下来,哪怕并非深思熟虑。即便是闯了祸,他也会把原委道清。在我的儿孙中,李春和乔石头最让我操心,但两人的性格恰恰相反。李春寡言孤僻,那张脸不晴不阴,永远一副表情。没见过比他嘴更紧的,干过的祸事从不承认,哪怕证据摆在面前。那次拔刘转运的胡萝卜,被刘转运当场捉住。刘转运想把他押到我面前,出菜地他便挣脱掉,还将刘转运带了个跟头。刘转运便独自拎着被李春咬了一半的萝卜找我告状。刘转运都快哭了,萝卜还没指头粗,也是个娃呢,就让他糟蹋了。我说了半箩筐好话,并提出赔偿。刘转运没要,但让我好好管管李春。我臊得脸都红了。李春回来,我审问他,他却说刘转运看错人了。我抓着他去给刘转运赔不是,他倒没挣脱,但咬定刘转运胡说八道,气得刘转运浑身发抖。我抽了他两巴掌,他的嘴巴干脆闭住。我还要再抽,刘转运拦住我,说可能是他眼花看错了。刘转运是给我台阶下。我清楚,就是再抽十巴掌二十巴掌,也抽不开李春的嘴。

乔石头则外向得多,总是笑眯眯的,嘴巴又甜,打小就能说会道,而且胆量大,满脑袋都是点子。宋庄西南的山丘比堌包山矮了许多,但平时很少有人去,放牛羊的都躲着。山丘有个被称为天井的洞,丢扔石块听不到声响。还有传言说,井里住了龙王。宋庄人原来到堌包山顶祈雨,自发现天井,就改到天井了。但没人靠近,祈雨仪式距天井起码数百米。不知石头怎么就说动了那帮随他一起玩的孩子,竟然随他去探看。石头事先准备了绳子、手电筒和铃铛。三根结在一起的绳子足够长,一头系着石头,一头由孩子们抓着。石头与他们约定,只要他摇铃,他们便往上拽他。石头没入井中,那几个孩子害怕了。而随着乔石头下坠,他们感到吃力。其中一个孩子说抓不住了,另一个也带着哭腔说勒得不行了。没等他们松手,绳子从结头处断开。石头径直掉下去,几个孩子都吓坏了。那是一九八二年,石头十岁。我赶到那儿,先到的几个大人已经把乔石头拽出来了。同样的办法,换了更粗的绳子。石头的手脸都擦破了,却挂着笑,手电筒在,铃铛也在。大人孩子争着问他井底有什么,他说没龙王,就是一些土。我经见的死亡多了去了,腿没软过,那一刻我却如稀泥瘫下去。是的,他虽招人爱,却并不省心。他的祸与李春的祸相比,更没深浅。李春闯了祸,我还能赔个礼道个歉,补偿人家。而石头干的那些,准确地说,那不完全是祸,我常常无从招架。纵容肯定是不会的,但斥责也难,许多次我的教训半途而废,他自有说辞与道理,似乎他不得不做,别无选择。

他的巧舌令我欣喜,也令我担忧。无论怎样,那不由我,我未能改变他。

今天这是怎么了？他吞吞吐吐,暮气沉沉？

蚂蚁在窜。

2

民国二十年九月初的午后,宋庄遭遇了一场前所未有令人色变的黑雨。而那一天,我也在鬼门关走了一遭。

头一天我便被吉家堡子的白姓人家接过去。产妇体格健壮,白日尚在地里割莜麦,黄昏时分开始腹痛。她的第一个孩子也是我接生的,两岁时出天花夭折,这是她的第二个孩子。她性格开朗,加上与我已经相当熟识,口无遮拦。她自是知道我接连遭遇的变故,说以为我老得走样了,没想比先前还年轻。都说我心大,孩子没了就掉了两滴眼泪,你比我大好几倍呢。我笑笑,我没你想的那么心大,谁窝屈谁知道,也是硬挺着,没的没了,活的天天要吃饭,不心大还能怎样？其实是逼出来的。产妇说,我本来打算看看你的,又怕扑了空,你那么忙。我说,有你这句话,我就很感激了。男人接过话,乔师傅说反了,该谢你的。产妇对男人说,我和乔师傅说话,你打什么岔,快去把猪蹄煮上,一会儿我和乔师傅一起吃。她告诉我前天男人便从镇上买了两个猪蹄,用盐渍了,吊在窖里。我早就馋得流口水了,他非要等我生了才吃。我说生了你再买嘛,他愣说提前吃了奶就下不来了,你说他是不是铁公鸡?我嗤嗤一笑。

午夜时分,产妇疼痛加剧,她不叫嚷也不抓墙,出奇地安静。若不是紧咬的牙关和抽搐的身子,难以相信她在经历着阵痛。她这样,我倒不忍了,说想叫你就叫,别硬忍着。她用眼神告诉我,绝不会的。疼痛减缓,她说,生孩子是大喜,我才不会又哭又叫的。我夸她要强,她说,这算什么呀,若是生了双胞胎,值得你夸一回。我说,多生几次,要几胎都行。产妇说,就怕他爹养活不了呢。我说,少有少的养法,多有多的养法,你不用犯愁。产妇说,听乔师傅的,生他一大片。

产妇放松,我更是一点担心也没有。我让她少说话,多养养精神。她不听,疼痛稍缓就说上了,真是话多。我只好随她唠,其实我清楚,说话也能转移疼痛。她还讲村里的事。某户人家屡遭人欺负,因为寻不到靠山,便把仅有的一头驴卖了,托人把瘦弱的儿子送去当土匪,没出半月,儿子被送回来,嫌他胆子太小,抓个鸡都害怕。一头驴就这样打了水漂,现在耕田犁地都得靠人。我不知当父亲的怎么盘算的,世上的路那么多,为什么非要当杆子?就算没人欺负,背后多少唾沫星子。不要说送驴了,就是给我驴,哪怕给两头三头,我也不会把儿子送进杆子窝,由

485

他杀人放火。驴、土匪,这几个字从产妇嘴里蹦出来,我不由想起那个日光酷烈的日子,一阵阵地晕眩。我强装出笑,机械地回应。我也不想让儿子去当兵,枪子不长眼,咱不冒那个险。她原本望着顶棚,突然转向我,听说有的地方不当兵不行,部队进村,见了男人就抓。乔师傅,你到处跑,你说这是真的吗?我确实听过,但面对产妇忧虑的目光,轻轻摇摇头,并用玩笑的口吻说,你儿子还没出生呢,你倒先发愁了。产妇也笑了,他不能一辈子躲在我肚里呀。我说,不由你,愁也没用,好有好的活法,赖有赖的活法,吉人自有天佑,你就放宽心吧。

后半夜,羊水破裂,但直到次日上午,婴儿才落地。不是初生,过程有些长。是男孩,产妇虚白的脸漾起笑意,我就知道是儿子。她的声音弱了许多,然而直到那时,我也未曾担心。我包裹好婴儿,净手、洗脸后,产妇哼了一声。不重,但我听得清清楚楚。然后,我看到产妇捂着腹部,脸扭曲了形状,越发白了。我暗叫不好,立刻查看。她在淌血,颜色紫暗,是糊状的,像结了块。她血崩了。男人也瞅见了,颤声问,要紧吗?我说,放心!给他吃定心丸,也是给我吃。我有些紧张,但并未多么慌乱。黄师傅也传了医术,还有秘方。我迅速掏出早已准备好的药包,让男人用温水冲了,给产妇服下。

去年我接生的一个产妇也出现血崩,比她流的血还多,那个产妇四肢抽搐,昏过去三次。药灌下去,半个时辰血便止住了,也不再抽搐。那产妇一家看我的眼神满是崇拜,产妇的婆婆双手合十,叫我菩萨。他们不知我的心一直吊着。因为经见过,我镇定自若,起初的紧张在给产妇服下药那刻便烟消云散。

但血并没有止住,产妇一改先前的牙关紧咬,开始叫了。男人的声音颤得更厉害了,连连问我怎么办?我安慰他,药还没起作用。男人问是不是剂量不够,我说够是够了,不过再服一包也好。我表面镇定,心里已开始打鼓。药是一样的,黄芪、白术、陈皮、人参、当归、熟地黄、川芎、黑莲,我自己研磨的。效果怎么不一样呢?

仍没有止住,由糊状变成了血块,而产妇由哼叫变成了号啕。临近中午,产妇的声音弱下去,双目渐渐灰暗。我急忙掐她的人中,但没有用。她挺了两下,不再动弹。丈夫抱着她,狼嗥一样哭出来。

我不记得怎么走出白家顶上长满蒿子和杂草的泥屋,不记得怎么走出坑洼不平的院落。丈夫痛哭时,我默默收拾了东西,然后坐在角落等待。等待丈夫揍我,等待他家人围攻我。我不再是主角,此时已变得无足轻重。耳边挤满嘈杂的声音,哭泣、哀嚎、叫骂与杂沓的脚步。后来有个声音挤进来,让我离开。并不是愤怒的斥责,当然也没有温度。我尽力了,我说,也不知对谁。并不是为自己辩解。顾不上照顾你了,又有声音说,不知从哪个方向来的。后来有人拽我一把,我站起来,脑袋混沌,双腿发飘。

风扑到脸上,我打了一个寒噤。那时,我已经离开白家,站在吉家堡子的街道上。好像所有的声音都汇聚到白家了,街上出奇地安静,既无鸡鸣又无狗吠,更不要说人声了。我又打了一个冷战,然后茫然地找出村的路。

我在走,可感觉不到自己在走,好像别人的腿安在了我身上,在拖着我走。抑或,安了牛马猪羊的腿,因为腿在变化,忽而两条,忽而又变成四条。出了村,风更大了,挟裹着沙粒、枯叶和带着尖刺的沙蓬,我左右摇摆,似乎不小心就会被风卷走。那些腿来回磕碰,好像为往哪个方向行进而争吵。我缩肩弓腰,将脸埋入胸前。可那些腿开始打架,我轻飘的身子也随着忽左忽右,脑浆都要被晃出来了。一条腿推倒另一条腿,结果都倒了。我未能幸免,听到扑通一声,然后便失去知觉。

我是被雨点砸醒的。身下是沟渠,不知自己怎么栽倒的。并不深,抽抽腿,活动一下上肢,没有大碍,只是肘部隐隐有些疼。又一滴雨珠砸在脸上,脸皮一阵涩麻。我不由摸了摸,手指黑乎乎的。我并不知道雨珠是黑的,还以为脸上蹭了太多的污泥。雨点更频地砸下来,我这才发现是雨点染黑了我的脸。我万分震惊,想抬起头瞅瞅,立刻被雨柱抽得缩回来。天眨眼暗了,像传说中的末日到了。我脱掉褂子顶在头上,褂子已经湿透,并不能遮风挡雨,但有褂子罩着,我还能睁开眼睛。没有惊雷,没有闪电,只有恐惧的黑雨在倾泻。

时间并不久,大约一顿饭的工夫,雨点渐稀,浓云东移,天亮了许多。我从沟渠爬上路面。路面也是黑乎乎的,两侧的草滩同样黑乎乎的,我也被墨染过一般,跟乌鸦没什么区别了。只是我没长翅膀,飞不起来。我拖着沉重的腿,躲避着黑乎乎的水坑,一滑一滑地往宋庄方向走。

经过东坡北侧的窑洞,天已经放晴。我在跌卧沟渠失去意识的瞬间,似乎看见了黄师傅,只是一个背影,我喊她,她没理我,然后就不见了。看见窑洞,我再次想起黄师傅。疑问又冒出来,同样的药为何有的起效有的不起效呢?我从未怀疑黄师傅,她老人家不会用生命开玩笑。到底是哪里出了问题?我百思不解。

好久没到窑洞了,上次来还是钱广万遭抢那天,我不想给花姓夫妇增添紧张。那天被满脑子的问题困扰,突然想去窑洞里瞅瞅,好像黄师傅藏了答案在那里。

花姓夫妇惊骇的叫声令我定住。这才想起自己被黑雨浇透,已经不成人样。我张口说话,花姓夫妇仍不敢相信,问,你真是乔师傅?我说假不了的,我淋了雨。花姓夫妻僵硬的脸有了活气,男的忙着打洗脸水,女的捧了半碗水给我。

洗了两遍才把脸洗净。女的难为情地说没有合适的衣服,不能让我替换。我说正好路过,进来坐坐,几步地就到家了,还换什么衣服?男的问我怎么淋成这样,我笑笑,说下就下,没地方躲。女的捂着胸口,可把我吓坏了,完后立即强调是黑雨。我瞄瞄她隆起的肚子,歉意地说我也吓了你一跳吧?男的抢先说,哪能呢,是这雨太可怕了,我还以为天要塌了。又庆幸地说原本

489

下午出去讨饭的,女人头疼病犯了,就歇了半天,不然……他望望女人,停住。

我边和花姓夫妇说话,边打量窑洞,花姓夫妇并未添置什么东西,我仍能寻见黄师傅生活的痕迹,灯台仍在原先的位置,橛上架着竹竿,不同的竹竿上挂着大小不一的布块。那是女人为未出世的孩子准备的。

一只花猫从角落里踱出来,相比花姓夫妇,花猫倒是肥硕许多。花猫像是饿极了,径直走向我,围着我的脚转了转,便开始舔。脚上沾满黑乎乎的泥巴。我移了移,花猫又追过来。男的一声呵斥,花猫跑开,但仍盯着我的脚,似乎那是什么美味。男的解释这是只野猫,他没赶它,有时他一个人出去要饭,好歹女人有个伴儿。吃了上顿没下顿,并不担心歹人抢劫,不过有个伴儿总是踏实。特别是……他看看女人,再次停住。女的摸摸肚,目光在我脸上游荡。我说,如果愿意,我给检查一下吧。花姓夫妇异口同声,那麻烦你了。

血崩的阴影尚在,我贴近女人的腹部谛听,眼前不时有黑红状的血块闪过,但我仍然清晰地听到了胎儿的动静。这个胎儿即是喜鹊的祖父花满仓,花丰收的父亲。多年后,我相继把花丰收和喜鹊引到世上。

我告之结果,并安嘱需要注意些什么,花姓夫妻千恩万谢,说没想到一场黑雨反引来贵人。我说给你们带来福运的不是我,而是窑洞曾经的主人。两人甚为不安,说实在是没地方住,一旦有去处就会搬离。我笑笑,说自己不是撵他们,也没资格撵他们,让他们放心住。黄师傅的儿子当了马牙,这么个破窑洞也不会放在心上。不过有一样,我停下来,两人齐齐望着我。我说,她生前爱干净,你们别住脏了。

3

祖奶,石头松开我的手,抓住另一只,仿佛他不是和我说,而是向手讲,但不能确定向哪只手讲。我暗暗着急,难道他这么唤我一夜吗?

祖奶,我要把垴包山买下来,非这么做不可。终于,他不再吞吐。

我松口气。不过,我已经知道了,还唠叨什么呢?

祖奶,你可能以为我是闹着玩的,其实不是,这是我深思熟虑做出的决定。

闸门打开,一时半会儿是合不上了。

你或许觉得奇怪,我为什么要买一座光秃秃的山,不只你,当我说要把垴包山买下来,每个人的眼神都很奇怪,以为我钱多没地方打发了。没错,我是挣了很多钱,但再多的钱也有花光的一天,我不会平白无故地糟蹋。我自有用意。当然不是为了让钱生钱,那样我可以买铁矿、买煤矿、买铜矿,买一切可以生钱的东西。垴包山有什么呢?只有石头和杂草。确实,没人能相中,若拉别人来投资,定会以为我脑子出了问题。没人相中,并不见得不好。恰恰相反，正因为没人在意，墰包山才能至今保留原始的状态。

本来，我准备在完工那一天告诉你。但今天喝了点儿酒，我突然忍不住了。祖奶，让我告诉你吧。

祖奶，我要在墰包山上为你造一座祖奶宫！石头的声音在屋里回荡，经久不散。

祖奶宫？我一时没反应过来。

乔石头沸腾了一样，热气翻滚。我想了很多名字，祖奶庙、祖奶祠、祖奶庵、祖奶殿、祖奶堂、祖奶观、祖奶居，又找专家论证过，他们倾向于祖奶宫，那就祖奶宫好了。玉皇大帝住的地方叫天宫，你住不到天上，但同样可以住在宫里。在我心里，在宋庄人心里，你和神仙差不多了，就算现在不是，早晚你都会成仙。除了专家，还没人知道我的决定，虽然这不是秘密，但我不想跟他们说，我没这个义务。若不是喝了酒，连对祖奶你也是暂时保密，到时候给你个惊喜。不过，提前告诉你也好，你和我一起等着祖奶宫落成。

我心跳如擂。石头满脑子奇怪、大胆、疯狂的念头。用宋品的评价，只有别人不敢想的，没有乔石头不敢干的。如果有天梯，他敢和观音菩萨下象棋。不过那些事多半与我没有直接关系，我只能默默替他祈祷。没想，这次的念头更加疯狂得没有边际。祖奶宫？我何德何能，怎配得上如此圣洁高雅的居住地？石头，你真是疯了呀，我一遍遍地喊，虽然他听不见。

蚂蚁在窜蚂蚁在窜蚂蚁在窜。

4

九月初的那场黑雨给宋庄带来的灾难不亚于干旱和冰雹，未来得及收割的莜麦东倒西伏，爬满了蛾似的黑屑，西风吹过，黑屑四处飞扬。本已金黄的胡麻则灰头垢面，籽粒爆裂，仿佛遭了毒打。尚睡在泥土下的土豆好一点，但被黑雨侵蚀的土豆秧三两天便枯了，没了秧，土豆便撒了野，东一颗西一颗，躲得又偏又远，起土豆比挖洞还费劲儿。先前钱广万的羊群进村，李春、李桃、李夏都喜欢追着。羊群本来是大团的棉花，黑雨染过，那些羊又污又丑，三个孩子再也不追了。

死了一个人，是宋老条的三儿子。宋老条也是富户，当然与拥有千顷良田的钱广万不能比。宋老条有远见，把三个儿子送到天津读书，只留闺女在身边。三个儿子都蛮有出息，还会说外国话，老大在天津谋职，老二去了东洋，老三在张家口洋人开设的领事馆当翻译。宋老条常抽洋烟，都是三个儿子孝敬的。那天，宋老条的三儿回来看望他。中午在张北城吃了一顿饭，又借了一匹马赶往宋庄，没料路上遇了黑雨。赶路的人很多，我也在路上，不过被黑雨浇透，偏偏宋老条的三儿送了命。是钱家的人发现宋老条三儿的。黑雨盖地，别人都躲，哑巴钱拜日却冲进大雨中，手舞足蹈。雨歇停，钱家撒出人马找钱拜日，没料发现死在水洼里的宋老条三儿。他应是从马上摔落，跌进泥潭，鼻口堵

493

住了。那匹马返回张北,袋子仍在背上,里面装着花生和砖茶。钱家人没找见钱拜日,以为他淹死在了哪里,傍晚时分,钱拜日自己走回家。

黑雨落了半个时辰左右,而宋老条女人的哭声来年春天还在村庄上空飘荡。

与看得见的相比,那些看不见的更瘆人。传言南天门开了,老天要收人,那黑雨是从开启的天门流下来的,是做记号用的。就像押赴刑场的死囚,背上都要插个牌子。黑雨淋身即是被老天选中,没有逃脱的可能。

那些日子,我像在开水锅里煮着,昼夜不宁。白姓人家没有怪罪我,几日后,男人还将我匆忙离开时丢落的剪子送过来,可他越这样,我越不好受。每每合上双眼,产妇的面容便闪出来,滔滔不绝的声音在耳边回响,直到被暗红色的血淹没。而四起的谣言又给我增添了焦虑,我淋成那样,自然是被老天选中。我不是惧怕自己死亡,而是担心三个孩子。我若离开,他们再没有依靠。

某个上午,我听见院门外的声音。

竟然是李二妮。

自上次被我赶跑,就再没见过她。她没带赵凤凰也没领赵天鹅,左右手均拎着东西。我说门没关,你进来就是,喊什么。李二妮讨好地笑笑,话却带着刺,你让进,我才敢进。我注意到她脖侧的青痕,心里一沉,没再说什么。

李二妮将包裹搁在柜板上,说带了些包子,还有月饼。中秋将至,我什么心思都没有。我强装笑脸,又让你跑一趟。李二妮说,我是当姑的,你不待见我,我不能不惦记侄儿侄女,说什么也是李家的血脉。我说上次的事我急躁了,你别计较。李二妮说,计较我就不来了。李二妮无事不登门,我猜她不只是为了送吃的,但想不出还有什么我可以帮她。你怎么了?李二妮盯住我,好像病了呢。连日的寝食难安,我的脸有些走形。我说这几天睡不好,老犯困。李二妮往前凑凑,好像看不清,你的眼角有皱纹了。我轻描淡写,这有什么大惊小怪的,再过几年,怕要长满脸呢。李二妮问,你是不是淋了黑雨?她的语气和神态有担心的成分,但更多的是审讯。怕我否认,她紧接着说,我听说了。我基本猜到她的来意了,故作轻松,淋雨有什么奇怪的。李二妮问,你没听说吗?我直视着她,听说什么?李二妮叫声嫂子,我不想吓唬你,可……还是告诉你吧。李二妮讲得很生动,还夹着事例,不知是真的还是她编造的,有鼻子有眼。我不屑地笑笑。李二妮问,你相信吗?我讥诮,你就是为这个来的吧。李二妮说,顺便问问,我是来看侄儿的。我说,那好,我告诉你,我不信谣言。李二妮说,可,万一……真的呢?我突然想逗逗她,装出感兴趣的样子,真的又怎样?李二妮很认真地回答,我没有咒你的意思,可老天收人,谁说得准?我没有如上次那样动怒,虽然心上的火气在升腾,我说,死生由命,我不替老天操心,如果那样,三个孩子就要投奔你了,你会收留他们吗?李二妮没有正面回答，当然我也没指望她答。嫂子，我有两个闺女……我打断她，赵进元打你了？李二妮讪讪地点点头，他开始对我挺好的，自生了两个闺女，他脾气就变坏了，常动手，还常常不回家，我怀疑他在外面养了人，要是再收不回他的心，我怕是要被他休了。嫂子，你帮我一把。她只要李夏，可李春和李桃也是我掉下的肉。我说，除非你把三个一块领了去。万一谣言应验了呢，和李二妮有个约定也好。李二妮叫，那可不行，李春怎么来的，你又不是不清楚！她着急，可怜相就撕掉了。我被刺痛，但仍没发火，很平静地说，我知道你的意思了，等老天收了我再说吧，到时你想领哪个领哪个。李二妮问，你铁定不帮我了？我冷笑，我凭什么帮你？把你的东西拿走吧，又让你白跑一趟。

李二妮摔门走了。而我感觉被她揍了一顿，瘫软，疼痛。

那日夜里，我在黑暗中睁着眼睛发呆，听到了由远而近的脚步和粗重的喘息。稀软的身体立时被注入力气，我迅速点灯，穿衣。来人敲门，我已准备妥当。与往常并无区别。我忘记了黑雨的谣言，甩掉了血崩的阴云，走得很快。男人叫我慢点，说估计一时半会儿生不了。我说你个老爷们，还不如我。生不生不是你能定的，我说了才算。他问夜里就要生吗？我说最多天明。不是信口开河，我有预感。我不知那感觉是怎么来的，但知道它来了，并像线一样牵着我。

东方发白，婴孩降世，出奇地顺利。接我的男人不停地说，乔师傅，你就是神仙啊。我叫他不要乱说，心里却很是舒坦。忽然想起黄师傅的话,接生是造福。我的失误、我的大意、我的负疚、我的罪过只有不停地造福才可以弥补和化解。老天要收造福的人?就算是,那也不能坐等,在那个日子到来前,我要引领更多的婴孩来到世上。

乔大梅恢复原样了,满身活力。若形容枯槁,怎么能迷倒白礼成呢?有些放浪了。说到白礼成,我的心突然就变成野马,不要说一条缰绳,两条缰绳都拴不住,非撒几个欢不可。但伤悲也是猝不及防的,而且经久不去。不再是鲜活的枝条,早已在岁月中枯干、变硬,却依然醒目、固执,日日提醒着我。

李二妮没把月饼带走,但我还是像往年一样打了些。七月十五捏面人儿,八月十五打月饼,要的就是这热闹劲儿,吃倒在其次。中秋节的正午,我正在炒菜,突然有声音响起,好香!怪腔怪调的。我抬起头,来人已经立在门口,身材细长,面带笑容。可能是铁铲与锅的碰撞,还有菜的嘶啦声糊住耳朵,我竟然没听见他进院的声音。正要解围裙,他注意到我的动作,又笑了笑。不是请我接生的,我这样想。你就是乔师傅吧?他的声音像打了卷。我点点头,问他什么事。他没说什么事,让我先炒菜,然后蹲在门口。我又翻铲几下,将菜铲进盘子。来人享受地吸着鼻子,你接生好,炒菜也好,真是香呢!炒的是大萝卜吧?我说是。他说我也常吃,不过没这么香。我说用的是荤油,大萝卜素炒就不好。他舔舔嘴唇,毫不觉得难堪,我说呢,荤油可不是哪家都吃得起,胡萝卜呢?他问,一个陌生人突然来到门口向你请教怎么炒菜,着实好笑。但我还是回答,胡萝卜也是荤炒好些。他点点头,十菜九荤,是这个理呢。我问他找我什么事,他这才站起,介绍自己叫白礼成,从蔚县来的,是个毡匠。难怪口音怪怪的。我说没打算擀毡子。我从后草地倒带回些牛毛、羊毛,加起来不足二斤。白礼成笑笑,眼底荡起细碎的光泽,牙齿极白。我是来给钱家擀的。我纳闷,那你找我干什么?白礼成说钱家不提供住处,他打听到我有空闲的房子,就过来了。要是睡在街上,我还不得冻透了?自上次遭抢,钱家白天也关着大门,我是知道的。旁边的房子的确空着,有人问过,我没应。那是给李贵留的,万一他突然回来,总得有个睡觉的地方。我迟疑着,有是有……白礼成击掌,那太好了,我一会儿就搬过来。我斜着他,我可没答应你啊。白礼成很吃惊的样子,大妹子,你是逗我的吧?我沉了脸,我逗你干什么?没那份闲心。白礼成问,那你的意思是不行?看着脑子还活络,怎么听不明白?我重重地摇摇头。白礼成追问,为什么呢?我被他气笑了。不行就是不行,你哪来这么多废话?白礼成说,我不白住。我说,不白住也不行。白礼成说,要是牛马,你不借就不借吧,你心疼,怕牛马累着,可房子又累不着,再说房子得靠人气养着,不住人,哪有气?我说,用不着你给我讲道理。他说,你总得说个理由呀。没见过这么死缠烂打的人。李春用筷子击碗,我瞅瞅盘里的菜,白礼成马上道,你先吃饭,我在这儿等。我说等也没用。白礼成笑笑。我说你还没吃饭吧,进屋吃点吧。白礼成脖肌滑动几下,算了吧,吃了你的,你更不应了。这么香的味儿,我闻闻就行。我说,随你,愿意等你就等。

拿起筷子,我却走神了。虽然明确说了等也白等,可不知为什么,我说不出的紧张。中间,我搁下筷子,拿了一个月饼出去。他闭眼靠在门框上,闻声慌忙立起,这可使不得。我说,大十五的,怎么也不能让你饿着肚子等。他伸出双手,我吃了一惊。他手指粗糙,布满坑洼和疤痕,像被刀剁断重又接住的。我放到他手里,转身进屋,心扑腾扑腾地响。我吃得没滋没味。舌头突然失灵。

我再次出去,白礼成已将月饼吞了,他嗅着双手,可真香呢。我直言房子是留给别人的,说回来就回来了,让他去别处问问。留给谁?他还不死心。我带了几分火气,留给谁?和你有关系吗?白礼成没因我的斥责而窘迫,不管留给谁,现在不住对不对?你先借我,我保证,他回来我立马腾开。哪怕他半夜回来呢,我立个字据,保证连夜滚蛋。我冷冷地问,我非借不可吗?白礼成讨好地笑笑,乔大妹子,可别这么说,我又不是土匪,哪能逼你呢?听说当接生婆前,你还当过锢炉匠,你知道出门的难处,不是逼得没了办法,谁会求人呢?他并没有摆出可怜相,但他的话触动了我。我语气变缓,你去别家问问不行吗?白礼成说,前街有一家西屋闲着,我问了,不肯借。我好生奇怪,那你为什么不在他家磨蹭,非要赖在我这儿?白礼成说,你跟他们不一样,你是菩萨心肠。我绷了脸,少来这些个没用的。白礼成说,乔大妹子,我看人一向不错的。看样子,我要是不借,他就真这么赖着了。我寻思一会儿,对自己说,也实在是没办法了,要不就借吧。白礼成说,实在是没办法了。这句话竟然和我想的一模一样,我悄悄乐了。白礼成兴奋地搓着手,谢谢菩萨妹子。我装出气恼的样子,我什么都没说呢,你谢什么?白礼成嘿嘿笑着,东西在院门口,我这就搬过去。

后来我问白礼成怎么就断定我会借给他。他说我拿月饼给他,他就知道八九不离十了。

5

祖奶,垴包山普普通通,但风水不是一般的好。我找风水师看过了,垴包山是元宝形的,前面又有蝴蝶河,山生水水托山,山水相连,互为存在,没有比这更好的宝地了。祖奶宫建在半山上,靠山望水,水有多长远,你的福就有多长远。祖奶,你能听到我说话吗?你听得到的,我知道。你不能动了,可你什么都清楚,你可能认为我胡乱折腾,浪费钱财,你觉得躺在哪里都一样。先前我造这座房子,你也怪我奢侈。我知道你一生节俭,有个地儿容身就行,可你不要忘了,你不仅仅是我的祖奶,还是宋庄的祖奶,受人景仰,供人膜拜。没个像样的地方怎么行呢?麦香告诉我,今日有十六个人来看你,她没敢都放进来,怕惊扰了你。我知道你不怕,宁可自己受罪,也要顺遂别人的心愿。可你想过没有,如果来的人更多呢?上百上千,就是你乐意,这小院也容不下呀。你住到垴包山，住进祖奶宫，那就不同了，任人来去，任人进出。当然，如果人太多，也可以适当限制，收个门票什么的。

你真是疯了！我在心里喊。如果我坐起来，定会狠抽他几巴掌。万事都要有个度，就像吃饭，饱就是度，过度就撑了，撑裂肠胃，撑坏身体。任你再怎么能，也不能破坏上苍的法则。石头见过的世面够多，难道他不明白？难道还要我教他？我倒是想教，但我知道，即使我可以说话，于他也是耳旁风。

石头，我脑门都急出汗了，你看不到吗？

蚂蚁在窜。

6

白礼成就这样死皮赖脸地成了我的邻居。他白日去钱家擀毡，夜晚回东院睡觉。他回得晚，有时我和三个孩子都睡下了，他才进门。走在街上，白礼成的脚步嗒嗒地响，像钉了铁掌，进院突然就轻了，显然怕惊扰了西院。他的细心让我生出几分好感。某日夜晚，我正要拉被子，听到白礼成的脚步，那嗒嗒声更重了些，似乎被追赶着，急于奔逃。我的心突然揪了一下，难道白礼成犯事了？我愣怔着，直到白礼成拍门。我没有询问，像和白礼成约了暗号，迅速地抽出木头插销。拉开门，才意识到自己急躁了，脸突然有些热。好在是暗夜中。但他好像感觉到了，摇了一下，似乎被我的热浪冲着。因他这个动作，也为了掩饰，我大为恼火，原来是你啊？白礼成讨好地叫声大梅妹子，说实在抱歉,这么晚了打扰你。我声音冷着,什么事?白礼成问,孩子们还没睡吧?然后从袖筒掏出一只梨,给他们尝尝。我没想到他是来送梨的,呆了好一会儿才伸手接了。我怪不好意思,说劳你惦记。白礼成说,没什么好东西给他们,梨是钱家赏的,我揣了一整天,都揣热了。我的脑里在开门那一刻便有个蜜蜂嗡嗡叫着,此时终于歇停。我杵给他,你留着吃吧。白礼成甚感意外,大妹子,我个大男人,吃这个干什么?我说,他们吃过的。白礼成说,至少今儿没吃吧?我说,你的心意我替孩子们领了。白礼成说,你是怕我不给房钱?放心,不会的,明儿就和钱家支一些。我说,房租给你,自然不担心你骗我。白礼成说,那是为什么?又来了,总是追根究底死皮赖脸的架势。其实,我自己也说不清为什么。白礼成说,不就是一只梨嘛,给孩子们,又不是给你。我说,他们不吃别人的东西。白礼成说,不是偷的,更不是抢的,确确实实是钱家给的,不信你明天去问。我说,我不是那个意思。白礼成问,那你是什么意思呢?怕孩子们睡了,我可是跑着回来的。难得他有这份心,只是……我听到身后的动静,回了回头。李春、李桃、李夏站成一排,望着我和白礼成。白礼成有些不高兴,你这当娘的,真不像话。他突然抓起我的手将梨塞给我,大步离开。我没追他。

那只梨黄澄澄的,足有茶碗大。白礼成没说谎,梨被揣得久了,现在还热乎乎的。三个孩子目光拽得长长的,既然留下了,就不用过夜。我切成三瓣,给他们分了。李春几口便吞掉了,李夏非要让我咬一口。我咬了一小口,他一定让我再咬一口。我没教他,不知他打哪儿学的。即便拔两根酸柳,他也留一根给我。李桃也让我咬,我说娘尝过了,李桃便缩回手。她咬得很小心,熄了灯钻进被窝,她还在啃。各人各性,我绝不会因为这些细小的事而厚此薄彼,手心手背都是肉。十个手指,不会一样长短。但怎么说呢?在内心深处,某些感觉还是有偏差。我不认为那是偏心。我先后生过九个孩子,没偏过哪一个。但我不否认感觉的偏差。那是手指的投射,而非手指本身。在那个夜晚,李夏令我感动,甚至感激。若是别的东西,我或许不会,但那是一只焐热乎的梨。梨的滋味我至今记得,几乎能把牙甜掉。

次日,听到白礼成回来,我抱了捆胡麻柴给他。虽然冬天还未到来,但夜晚冷得让人哆嗦。冰凉的土炕睡久了会把腰睡坏,好像这时我才想起东院不生火。我让白礼成把胡麻柴垫到炕上,并嘱咐千万不要在炕上抽烟。白礼成龇出一口白牙,我知道你心肠好,没想到这么好。我说你是外地人,不知道口外的冬天有多冷,睡坏了身子,挣的钱还不够看病的。白礼成说谢谢大妹子。然后,他拉开被卷给我看,铺的是黑毡子,毡上是整张山羊皮。说常年在外,他知道怎么照顾自己,毡加皮,睡在冰上都没问题,不过,还是要谢谢你。遇到大妹子,我今年撞大运了!他嘴巴甜,大妹子叫得溜,好像我真是他妹子。

我转身欲离开,白礼成问我夜里去外地接生,孩子们怎么办?我说他们自己睡啊。白礼成又问,丢下他们,你放得下心?

503

我说习惯了,不放心又能怎么办呢?白礼成再问,饭呢?谁给做?我说这倒不担心,三个娃都会。白礼成竖竖拇指,夸我管教得好,不过夜里还是有个大人陪着好,世道太乱了。我已经意识到他的用意,所以他提出帮我照看三个娃,我并不意外。但我摇了头。白礼成问,为什么呢?我说不合适。白礼成追问,为什么不合适?我没答。白礼成说,我在哪躺也是躺。夜里外出,我确实不放心,而我每次回来,李桃都会告李春的状,有人照看当然好。只是由白礼成,不大妥当。不用我说得那么细,白礼成该猜得出来,他不是傻子。可他没完没了地追问,我绷着脸说好意领了,匆匆离开。他的缠劲真不好招架。

七八天后的深夜,有人喊我接生,李夏淋了雨,正发着高烧,又吐又泻,虽然服了药,并用顶针浑身上下刮了个遍,但并没有完全退烧。生孩子是天大的事,我不能推。情急之下,把白礼成喊过来。第三日中午,我心急火燎地赶回家,李夏的烧已经彻底退了,白礼成仍然在。我千恩万谢,白礼成双眼泛红,摆摆手道,整这么客气,谁跟谁呀?这比擀毡省劲多了。

有了开头,就没那么多顾忌了。每次出去接生,只要白礼成在,我便招呼他照看三个孩子。起先我还客套,说又要麻烦他什么的,后来这也略了,我说要去接生,他就说知道了。若是白日,我走得匆忙,就叮嘱李夏告知他,再后来,白礼成夜晚回屋,先隔墙问问我在不在。我不在,他便进屋抱了自己的行李,天明再抱回去。

白礼成不只会擀毡,肚里还装了许多故事,杨家将、岳家军、梁山一百零八好汉,听惯了,他的口音没那么难听。娃们被他的故事迷住,包括李春。与他喜欢的戳咕咚相比,白礼成的故事更有意思。李桃没再告李春的状,即便她说喜欢穆桂英,李春用鼻子哼了她。我夸白礼成有一套,他说也就是哄哄娃,上不了台面。我说哄娃可没那么容易。有句话我没说,能把李春哄住,是相当了不起的。白礼成说早年学过说书,可惜没成。我问为什么,突然意识到学了白礼成的腔调,忙补充,擀毡也挺好的。白礼成点头,糊口是没问题。

　　那次我去后草地,来回三日,返回宋庄已是半夜。送我的人叫巴图,是产妇的丈夫。我让他进屋,等天亮再走,巴图不肯,说喜欢走夜路。他将马背上的袋子拎给我,掉头离去。袋子沉甸甸的,我抱着都有些困难。屋里亮着灯,我知道白礼成和三个娃还没睡,想招呼白礼成帮个忙,略一思忖又放弃了。毕竟是个外人,随意召唤总归不妥。我把袋子抱到门口,听见白礼成的声音。娃们早该睡觉了,他竟然还在讲。抑扬顿挫,我甚至能想象到他的神情和手势。我不知该责备他还是感谢他。因此叫门那刻,我有些犹豫。白礼成拉开门,开玩笑,这么大劲,我还以为来了土匪。我带了些气,快把手拍烂了,没一个人应,我以为都睡着了。白礼成笑了笑,解释正要睡的。三个娃都没有倦容,我抱进袋子,他们的目光越发亮了。我斥责,你们不睡,也不让你叔睡了?白礼成说,不怪他们,怪我,这玩意,不只听的上瘾,说起来也有瘾。大妹子,我以后注意。白礼成这样说,我转移话题,你们都饿了吧。白礼成说不饿,就是肚里有些空。我悄悄笑了,拐个弯子,还是饿呗。三个娃没回应,他们把袋子团团围住,等着。

我把袋里的东西一一掏出。鲜肉、干肉、炒米、奶豆腐,还有一盘羊血肠。白礼成呀一声,说接生比他擀毡强多了,他干一个月也挣不了这么多。我也吃惊,巴图家境殷实,很大方。他的第一个孩子也是我接生的,那次也是一大堆。没想到这次更多,超出了我的想象。愣了几分钟,我说,也不是每次都这样。白礼成说,看着就知道是有钱人家。越有钱的往往越小气,这户人家不一样,看着也过瘾啊。

我抓了两条肉干,切开,分给三个娃和白礼成。白礼成嚼了几下,说他活了三十多年,从没吃过这么香的肉。白礼成没有离去的意思,我不好催他,想他吃完自然会走。白礼成嚼得很慢,不忍吞下去似的。他说给钱家擀完毡子,到后草地寻活,没准天天能吃肉。不知他是认真的,还是顺口说说,我心里突然有东西往下坠。我问他钱家的活什么时候完,他说得年根了。我问不回家过年吗?白礼成说无所谓的,他三个年头没回家了。我说,你女人不埋怨吗?白礼成的目光重重地扫过我的脸,突然变得飘忽,像狂风中的云朵。

他成过家,女人先是怀不上,去娘娘庙烧了最少二百次香,才怀了,却是难产,大人孩子都没保住。大妹子,要是遇到你这么厉害的接生婆就好了,她跟了我一场,没享上啥福,别说吃肉干了,见都没见过。白礼成抹抹眼睛,停住。我不知该说什么,突然就静了。好一会儿,白礼成才又讲起来。他所在的那个村庄叫匠人庄,各有各艺,编匠、皮匠、毡匠、毛匠、瓦匠、锡匠、锢炉匠、铁匠、木匠、吹匠。天下十三省,能不过蔚县人,说的就是蔚县的能工巧匠。艺不压人,吃饭不愁,但要挣钱就不能在家待着。每年一过初六甚至初二三,村庄就空了。辛苦还好,就怕遭遇不测。他有个弟弟,比他手巧,是个皮匠。因为得罪了人,被砍断双手。没有手,技艺就废了。所以,他不仅要养活老娘,还得养活半残的弟弟。

不知不觉,天快亮了。两人的目光撞在一起,都有些慌,各自闪开,向炕上望去,不知三个孩子什么时候睡的。白礼成站起来,恋恋不舍的样子,说起话,夜就短了。我避开他的目光,催促他,你抓紧睡一会儿吧,白天还要干活。白礼成说,我一点不累。我没接茬。白礼成说,不过,你肯定累了。我还是没接。白礼成就说,那我走了。

大旺离开百天后,花二娘就给我提亲了,被我回绝。我并不是打算独自拉扯三个孩子过日子,而是,一来忙着接生,没工夫细想,二来想等等看。等什么我说不清楚,至少一年之内不会考虑。花二娘不死心,隔三两个月就来一次。当然提的不是同一人。尽管我没好脸色,她却没有丝毫难堪。她靠这个吃饭,就算不成,男人也会给她跑腿费。花二娘提的人有本村的有外地的,有半路死妻的还有二十来岁的后生。你想找个什么样的？你确实能干，可到底不是黄花闺女，还带着三个孩子。我数次冷脸后，花二娘不耐烦了，话就带了刺。我忍着不快，说并没让她费心，更没请她来，别浪费唾沫了。我切了半块奶豆腐塞给她，几乎是把她推出去。出了门，花二娘却没有马上离开，说她就是好奇，我到底要找个什么样的。

花二娘没有因我的冷淡退却，仍然上门。我不知自己还能找个什么样的，只知花二娘提的那些不适合我，既然不适合，就没有见面的必要。我的心像一潭死水，狂风也吹不起一丝波澜。可白礼成，蔚县侉子毡匠白礼成把死水搅乱了。

十一月的某个夜晚，落雪了，没有风，雪静如羽，但我听得到那细碎的声音。能想象得到雪粒挂在树杈、盖在屋顶、在柴垛和墙头积卧的样子。这是冬日的第二场雪，头场雪早已融化。听了一会儿，我昏沉沉睡去，直到被扫雪声惊醒。天已放亮，三个孩子仍在梦中。不用说，扫雪的是白礼成。我正要推李春，伸出的手在空中停住，猛又缩回。

我拉开门出去，白礼成已经扫完大半个院子。雪挺大的。我说你起这么早？白礼成说睡不着。见我拿筐，白礼成说你忙你的，我一会儿就弄完了。我还是用木锨将他扫拢成堆的雪铲到筐里。装满筐，白礼成大步过来，拎起筐，将雪倒至院外，再将筐递给我。我说你忙你的，孩子们一会儿就起来了。白礼成说闲着也是闲着。清扫完毕，我叫他留下来吃饭，白礼成说钱家管饭,我没地儿吃了,再过来。

就在那天下午,白礼成到西院找我。孩子们出去玩了,只有我一个人在家。白日他很少离开钱家,而且脑门湿着,似有汗浮起。我不知出了什么事,问他怎么了。他说本来想等到晚上,可不知咋的,心里像着了火,一会儿也等不得了,现在不说,怕自己后悔呢。他的目光直直地定在我脸上,我不由慌了。白礼成说,大妹子,你别怪我啊。我问,到底什么事?白礼成说,我想给你说个媒。我怔了怔,沉下脸,你不是毡匠吗?白礼成说,毡匠也能当媒人呀。我嘲讽,你什么钱都想挣。白礼成说,我不是为了赚钱,是为了省钱。我没反应过来,省钱?白礼成说,我是给自己提亲,我不只是媒人。我的脸突然就热了,真不要脸!白礼成说,这不合规矩,我清楚,本来想托个人,可等不及了,昨夜我梦见你嫁人啦。我瞪着他,越说越不要脸了,我嫁不嫁人和你有什么关系。白礼成说,关系大了,你嫁了人,我下半辈子要彻底打光棍了,大妹子,你嫁给我吧,我亏待不了你。我听见心里有水泡泛起,可我的脸更冷了。声音也冷,我没打算嫁人,更没打算嫁给你!白礼成的脸如雪一样白,为什么?我说,不为什么。白礼成说,一个人拉扯三个孩子,怪不易的——我打断他,改嫁也不嫁你。白礼成像在黑夜中看见星火,眼睛顿时亮了,大妹子,见你那天,我就喜欢上你了,相处下来,我更加……遇见你是命中注定。本来我要到张北城擀毡,结果病了一场,在大店待了五六天,赶到张北,原先那家已经雇了毡匠,我这才到宋庄的,一来就遇上好心的你。你说，这是不是老天爷的安排？白礼成的嘴巴抹了油，那些话舒服、暖心，但我仍冷着脸，说他越说越不要脸了。白礼成说，你去问问，天下没有比蔚县人更要脸的，而我是蔚县人里最最要脸的，可见了大妹子，什么都不要了，只要你。他说得蛮真诚，说到我心里了。当然，另一个原因是，我对他早有好感。只是过于突然，我没有任何准备。我说，这样吧，你让我想想，想好答复你。白礼成让我现在就想，说再等下去，哪怕等一天，他都会疯掉。我斥责，没正经，那你疯掉好了。白礼成目光依然直直的，大妹子呀，要是一个疯子天天跟在你身后，你还怎么给人接生？我没好气，你吓唬我？白礼成忙道，我哪有这个胆？只是若真疯了，我管不住自己啊。咔嗒，我心里响了一下，好像锁把断裂了。我突然有些软，语气却是硬的，哪有给自己说媒的？去找个人来！

7

祖奶，图纸改过几次，两个月前终于改好了。原先我想把主宫，就是你住的地方建在山顶，讲究个登高望远嘛，可后来琢磨，山顶的风太大，虽然吹不着你，可也不安静。还是建到半山腰合适。这个位置也适合晒太阳。祖奶放心，我不会建一座孤零零的宫殿，把你抬到那里就不管了，虽然就是我那么做了，你也不会孤单，不知有多少人要去拜你。你的主宫是核心，此外还要建附殿和廊亭，从山脚开始，一直建到半山腰。到时候侍候你的不止麦香,还有别人,也得给他们建个住处。山脚下准备建个花园,种植上百种花卉。那时,祖奶宫就不仅是祖奶宫了,还是旅游胜地,拜的人会越来越多,你的名字会越传越广。我知道,一定程度上会影响到你,你不能像现在这么享受安静。祖奶,为了天下苍生,你会牺牲自己的一切对不对?今儿喝多了,都怪杨一凡。我好长时间没喝了,并不是因为他是镇长我才喝的,不是,和县长我都没喝,我哪会把镇长放在眼里?即便是他请我,我也不用沾杯。不是我端架子,实在是喝不动了,我戒酒好长时间了。今天我喝了,因为杨一凡说起他的表哥,也是你接生的,那人在美国一所大学当教授,非常了不起。我一激动就开戒了。不是杨一凡灌的,他不敢,是我自己喝多的。现在我的头还有点疼,脑里像塞了乱麻,所以说话没有头绪,你老人家别责怪我。你是不是觉得我的话前后矛盾?一会儿说为了你,一会儿说为了苍生。不,不矛盾的,因为你心系苍生。哪怕你现在还不是仙,可你早晚会成仙的。在我心里,你早就是了,在宋庄人心里,你早就是了,若所有人都这么看,那你就真的是神仙了。成了仙,自然要普度众生,惠及苍生。

我的胸口要裂开了。乔石头不是醉了,而是疯了,所以满口胡话。

蚂蚁在窜。

8

是不是你干的？我单刀直入。

不是！李春答得极其干脆。

除了你，不会有第二个人，我竭力克制，不让恼火显在脸上。只要你承认了，保证以后不再胡来，就算没事了。

不是我。李春说，为什么什么事都往我身上推？他明儿死了，也要赖我？

我瞪着他，胸几乎要胀破了。李春并不躲避，目光没有丝毫紧张和慌乱，只有委屈和不满。他长得快有我高了，上唇已经生出密密的茸毛。他脸膛方正，鼻梁高耸，算得上英俊了，想来蹂躏我的人并非青面獠牙。我定了定，耐着性子说，你是男娃，上顶天下立地，敢做，就要敢承认。李春偏过头，不再与我对视。我再次被他的不屑与倔强激怒，还有说不出的心痛。我听到肋骨断裂的声音。对人要有起码的尊重，哪怕是一个外人，因为颤抖，我声调走样，你白叔哪儿做得不对，你可以和娘说，背后做事不是正道啊，你还是个娃，怎么就……春儿，你听见娘的话了吗？听见你就点点头。李春岿然不动，石化了一般。好吧，我说，看来你需要尝尝冷冻寒天穿湿鞋的滋味。我从柜角拎起白礼成的棉鞋，穿上！李春没有抗拒。如果他不穿，我不会强令他穿，可他竟然踢掉自己的鞋，将双脚伸进白礼成透湿的棉鞋。他的嘴角抽了抽，依然不说话。我没了退路，打开门，让他站到院里。

李春眉头也没皱一下，无声地走出去。

看你能挺多久！我气乎乎地想。

我嫁给白礼成前，和三个孩子讲了。虽然谈不上水到渠成，但白礼成已经赢得三个孩子的好感，不过是改变一下关系而已，我这样认为，所以并不担心什么。而且，白礼成向我保证，要像亲生的一样待他们。李桃和李夏都说听娘的，李春一声不吭。他一向寡言，若是别的也就算了，这样的事他还是要有个态度。大人孩子心里都不能有疙瘩。有疙瘩日子就不顺当了。我追问再三，李春才闷声道，行。但我和白礼成成婚不久，古怪的事接连发生。先是白礼成喝粥喝出七粒砂子，每一粒都有豌豆大。几日后他的烟袋里掺了马粪面，比烟叶还多。我清楚是怎么回事，背地里说过李春。李春照例不吭声。白礼成仍常常说古，李春却不围着他转了，我就知道李春心里长了刺。好容易消停十多天，就在那个早上，白礼成穿鞋，发现鞋浇湿了，并散发着尿味。白礼成倒没生气，问我夜里是不是没关严门，想来是狐狸跑进来了。他的大度令我感激。没有合适的鞋，白礼成找出单鞋穿上，说钱家热乎，不碍事。这是数九天，再怎么热乎也不好受。白礼成出门后，我将李桃和李夏支走，想狠狠教训李春一番。知道他嘴巴硬，但我不信撬不开。没想到他宁愿穿着湿透的棉鞋在寒冷的院里站着，也不承认是他干的。

风挟着冷气扑进来，我一阵战栗。院里的李春凝固了一样，纹丝不动。我掩了门，不再看他。几分钟后便又推开门，想将他拽回来。他是我儿子,哪怕他做了错事。可触到他倔强的眼神,我突然定住。必须杀杀他的拗劲。

我把目光从院里拽回,抓起扫帚,将里外屋扫了一遍,端着簸箕走到院门外,倒掉垃圾。返回时,我故意不看李春。但耳朵竖得高高的,只要他喊一声娘,我便推他回屋。可直到我进屋,耳边也只有风声。我敲开一块白土,浸泡拌匀,用细芨芨草捆成的刷子刷了靠近柜的地面和门左右的墙基。再没有什么事,我直起腰。李春的腰弓了些,脖子却挺得更高了。他斜望着天空,仿佛有什么吸引着他。我害怕了。是的,我承认,我败给了他。我大步出去,恨恨地说让他也尝尝穿湿鞋的滋味,然后扯扯他的胳膊。他晃了一下,却又竖直了。我以为他还要拗,正要发脾气,看到他咧嘴,立刻明白了怎么回事。鞋底与地面冻在了一起。我蹲下去,双手抓住鞋帮,摇一下又提一下,晃动几次,终于拽起来。怕他摔倒,我半夹着他,将他扶回屋。他坐到炕沿,我脱掉他的鞋,将冰坨一样的双脚塞进我怀里。此时,李春似乎才感觉到冷,瑟瑟地抖。我比他更冷,从里到外的冷。我反复揉搓着他的脚踝和小腿,又急又痛。春儿啊,你要看他不顺眼,娘和他分开就是了。李春扭过脸,一言不发。我说,有什么想法你说出来,总有解决的办法,咱不能背后算计人!李春说,我要搬出去!我被惊着,你说什么?李春扭过脸,我要去东院住。他的神情告诉我,他不是和我商量,他决定了。我慌了,为什么要搬出去?然后意识到自己的可笑,理由明摆着,这个问题真是愚蠢。

李春把我的心搅乱了。顿了顿,我说,要搬,我和你白叔搬出去好了。李春固执地,我搬,今天就搬!我说,娘答应你,但你也要答应娘一件事。李春的目光跳了跳。行不?我盯住他。李春点点头。我一字一顿,有天大的不痛快也要说出来,千万别窝在心里。李春的目光不再跳闪,柳枝一样弯下去。我问,能做到吗?好半天,李春点点头。

两天后,李春搬到了东院。我想把白礼成的毡子和皮子给他,他不要,白礼成的东西他瞧都不瞧。我便把家里仅有的一块李桃专有的薄毡给了李春,将白礼成的厚毡给了李桃。但毕竟数了九,再厚的铺盖也抵不住寒冷,一早一晚,只要在家,我都给他烧烧炕。虽然李春自己要搬出去,可我心中歉疚,觉得是自己把他撵到东院的。柴火和牛马粪就那么多,烧两个炕,哪个也不热乎。

家里有白礼成,终归放心许多。腊月的次日,我去张北县城老中医薛令玄那里拜师求医。白姓媳妇血崩的阴影笼罩着我,挥之不去。虽然后来没再有产妇出现血崩,但不怕一万就怕万一。如果再遇到呢?不能一味乞求上苍保佑,必须要有方案。黄师傅的秘方不是百分百管用。黄师傅没遇到,而我遇到了。这个问题必须解决。

薛令玄是前清御医,御医也分三六九等,据说薛令玄专门给皇帝瞧病。清朝不存,他回到塞外,自己开了医药铺,起名普济堂,找他的人络绎不绝。拜师并非一帆风顺,过程一波三折,总之最后他收了我。加起来也就几个月,但断断续续的。有数年时间我往返于张北与宋庄,直到民国二十五年薛令玄死于李守信手下。

薛令玄不愧神医妙手,我的疑惑他三两句话就化解了。血崩其实挺复杂的,原因不同,诊治方法当然不同。若是气虚型,需用黄芪、白术、陈皮、人参、升麻、当归、熟地黄、麦冬等药;若是血瘀型,需用五灵脂、炒蒲黄、益母草、南沙参、当归、川芎、三七粉等药;若是产伤型,则用川芎、熟地黄、茯苓、龙骨、当归、人参、五味子、甘草等药。想起白姓产妇,我万分痛悔,若是早一日拜师薛令玄,她就不会……黄师傅终究只是接生婆。我绝无轻慢怪罪师傅的意思。黄师傅是农家女子,当然不能和御医比,所以她的秘方有误撞的成分。薛令玄还教了我针灸,这比服药来得快,是救命针。薛令玄和黄师傅一样,极少收徒,可两人都接纳了我。都说我福厚命旺,或许吧,但我想,那不仅仅是我的幸运,更是产妇们的福气。

阴历二十九的下午,我回到宋庄,先进东院。门掩着,李春不在。被褥散乱,枕头倒还端正,上面脑袋的压痕明显。我松了口气。伸手摸摸炕,有一点儿温乎气。正要离开,李春回来了,看到我,立即把手里的东西揣进怀里。回……来了?他居然有一丝结巴。他再捣蛋,心里还是怵我的。我问他怀里是什么,他恢复镇定,说没什么。我说,我看见了,你最好掏出来!他移转目光,顿了顿,拽出来。是一只死麻雀。不知逮的还是套的。我缓了神色,从包里掏出一块点心给他。他的眼睛亮了亮,问,这是什么?我说八角,这个叫八角。他大大咬了一口,几乎咬掉一半。我问,好吃吗?他点点头。我说,一会儿过来,娘给你烙饼。李春再次点头。

自李春搬到东院,没再发生古怪的事,除了吃饭,李春几乎不到西边来。但离家这段日子,我还是担心,担心李春捣乱,又害怕他受委屈。他没出事,我踏实了一半。再问白礼成,他说李春好得让他不敢相信。这话就虚了。我听得云山雾罩,咋回事啊?白礼成说李春没和他对着干。我说,这就叫好得不敢相信?好像他多坏似的,他再不懂事也还是孩子。白礼成嘿嘿笑,说好也有错了?我说,一就是一二就是二,我问的是实话,一味说好有什么意思?白礼成吧唧两下嘴,好像含了蜜糖。好吧,那我就说实话,李春是没和我对着干,但他看我的眼神不大对劲。我警觉起来,不大对劲是什么意思?白礼成摇头,我说不好,反正和李桃李夏的眼神不一样。我说,他性格孤僻,从小就这样。白礼成说,但愿吧。我说,再大一点就好了。白礼成点点头,说我像他这么大已经独自擀毡了。我不屑地想,我几岁就和父亲游走四方了。但白礼成的话提醒了我,得让李春学门手艺了。

夜间,我和白礼成商量,能不能带上李春这个徒弟。白礼成惊讶我的想法,说且不说李春对他的态度,就擀毡这行当,他肯定瞧不上。我说除了闯祸,未见他有多大本事,怎么会瞧不上?白礼成说,他心性高着呢。我说,什么心性?家有千万,不如一技在身。白礼成叹气,你自己的孩子你未必了解。确实,李春心里想些什么,我真是搞不清楚。但白礼成这样说,还是令人不舒服。我声音略高,来痛快的,带不带吧？白礼成说,他若跟我,我肯定带。

次日,我去东院烧炕,顺便和李春说了。李春依然不说话,只是摇头。还真被白礼成说中。我说,你是男人,将来要养家糊口,得学个手艺啊。如果你不愿意跟你白叔,咱换个师傅,你想学什么？李春倒是干脆,当兵！我停住,春儿,娘可舍不得你去当兵,都说当兵是拎着脑袋,你不怕,娘还怕呢。李春闷声道,我喜欢。我沉了脸,喜欢也不行！李春又闭了嘴,任我再说什么,就是一声不吭。

晚上我和白礼成说了。白礼成沉吟半晌,说如果你能拦住,自然好,就怕你拦不住。说得再不好听点,他不给你拦的机会。他要悄悄离家呢？你去哪里找？我心惊肉跳,那可怎么办？我绝对不会让他去当兵。白礼成说,除非有比当兵更让他喜欢的。我忽然想起巴图。巴图的弟弟在苏尼特右旗王府当总管,他曾说若想到王府寻差,他弟弟一句话就成。我没放在心上,觉得娃们还小,而且太远了。可是,现在,巴图的话成了我的救命稻草。我不知道李春能干什么,会干什么,但干什么也比当兵强。

正月初八,我借马去了趟后草地。我心情急迫,生怕晚了李春偷偷离家。巴图应得很痛快,还说年前他去看望弟弟,他弟弟说王府缺两个养马的。巴图说先养马,以后有了合适的再调换,只要他弟弟办得到。巴图很热心,非送我回来,说顺便把李春带走。我同意巴图辛苦一趟,也有自己的想法或者说担忧。我没向李春透露过一点儿,不知他肯不肯。

远比我想象的顺利,听说每天可以骑马,李春的眼睛亮了许多。当然,王府两字也挺诱人的,那比钱家可大多了。歇了一日,李春便跟巴图走了。最让我操心的儿子有了营生,我如释重负,满心欢喜。谁承想李春踏上了不归路呢?!

9

石头在说。

蚂蚁在窜。

窗外,喜鹊的叫声起起落落,透着说不出的烦躁。夜晚喜鹊极少叫的,今晚是怎么了?难道预知了什么而不安吗?

我不由想起那个夏天。

10

并不是什么都有征兆,但总有一些端倪,未必看得清楚,却令人惴惴不安,甚至意识到灾难在迫近。就如不经意扫过树丛,窥见发黄的叶片,就知道秋天不远了。而蝗虫叫声刺耳,准有祸乱发生。

那年夏日,我已经怀有六个多月的身孕,虽然没那么臃肿笨重,但大步行走已经困难。白礼成不让我到离家太远的地方接生,那要坐车要骑马,他满脸严肃,让我替肚里的孩子着想。白家要他传后呢,他说。就算你不替孩子考虑,也要把自己的安危放在心上,枪子没长眼睛,谁知道往哪个方向飞。我故作轻松,你放心吧,老天保佑着我呢。白礼成说,老天也有打盹的时候,不然怎么天天死人呢?我说,这一带的土匪我都惯了,最多抓了我去,他们的女人生了孩子,就把我放了。每年总有那么三五次,我被土匪掳了去,碰上大方的,喜赏还挺多的呢。白礼成说,要是撞日本人手里呢,你还想着回来?我知道他还有另一层担忧,他终是说出来了。

上个月就听说日本人打到了沽源,距宋庄不到二百里了。关于日本人的传说,宋庄在讲,别的村庄也在讲,我双耳塞满了。比如日本刀如何如何锋利,一挨脖脑袋就掉。还有日本人爱吃生肉片,所以只吃活猪,绑在架子上,吃一片削一片,自然也吃活人。都是蘸着盐面和花椒,大蒜和辣椒则根据个人口味添加。这两则传说是宋老条的叔伯弟弟宋犖条讲的,他在日本人攻沽源城的夜晚冒死赶着马车跑出来,投奔宋老条。那几日,宋老条家早晚都有出进的,多半是打听日本人的消息。某个中午,我经过宋老条家,也进去听了听。宋犖条讲一会儿,叹息几声。他开了家榨油坊,刚刚榨出五十斤胡麻油还没来得及卖,白白便宜了日本人。有人安慰他,也许日本人吃不惯胡麻油,会给他留着。他哼了一声,打劫的哪有善心肠?就是倒了,往里撒尿也不会留着!又有人问他扔下榨油坊心疼不。他揉揉眼窝,我骨头都疼呢,可再疼也得丢下,命要紧,丢了脑袋,什么都没了。我听不下去,出来了。世道已经够乱了,又跑出日本人,好像活着就没个消停的时候。

白礼成听到的肯定更多,所以更加忧心。我安慰他,还远着呢,就是长了翅膀,也要飞半天。白礼成跺脚,你要把我急死呀,不行,就是不行!我撇嘴,老说自己十几岁便满世界跑,可胆子还没个芝麻粒大,你怕,我不怕!白礼成说,这不是怕不怕的问题,一旦……什么都没了。我叫他闭嘴,白礼成舌头翻得更快了,都是无可辩驳的理由。我招架不住他的黏缠,向他妥协,白礼成俯下身,在我隆起的肚上亲了又亲。但有接生的上门,我就把他的劝诫和警告丢到脑后。没有任何人能拦住我。

七月的某个黎明,我被噩梦惊醒,在梦里一群看不清面目的人追赶着我,我绊了一跤。好像真的跑了远路,我双腿酸涩,心跳如鼓。窗户上端帘没盖住的地方已经发亮,屋子仍然昏暗。白礼成、李桃、李夏尚在熟睡。就在那时,我听到几声古怪的声音,像老鼠在啃咬木头。白礼成手巧,自己做了四个老鼠夹,屋里屋外都放了。夹死八九只老鼠呢。入春,鼠夹再没响过,白礼成并未收起,说来一只灭一只。难道鼠夹失灵了?还是老鼠变得狡猾,知道怎么躲避了?我竖起耳朵,那声音却没了。我坐起来,正欲穿衣,白礼成醒了,问怎么了?我拍拍他,说睡不着,躺着难受。白礼成说,还早着呢。我不耐烦,你睡你的。白礼成问,又有接生的活来了?他以为我又听到了远方的脚步。我摇摇头,默默地穿衣服。白礼成忽地坐起,你别骗我。我说,又不是见不得人的事,骗你干什么?白礼成吁口气,说那就好。

早饭是贴锅饼,喝剩的小米粥。三个月前白礼成就买回十斤蔚县小米,那是让我坐月子喝的。他吹嘘以前都是供给宫廷的,所以叫贡米。黏度大,寻常人家用来做糨糊。还说张家口的城墙结实,就因垒墙的黏合料用了蔚县小米粥。昨日是白礼成的生日,我熬了半锅小米粥,白礼成有些心疼。确实比寻常的小米黏度大。

一个锅饼还未吃完,我又听到了,不是老鼠啃咬木头的声音,是另一种,模糊却亲切。我忽然感觉不到莜面锅饼的滋味了,嚼得很慢很慢。白礼成觉察到了,问,怎么了?我说没怎么呀,你这是怎么啦?神经兮兮的。白礼成忧心忡忡,没怎么就好。我笑笑,你天天胡思乱想,就不怕擀毡出错?白礼成哼一声,闭着眼睛我也能擀。突然停住。他听到了门口的声音,不只他,李桃和李夏也听见了,都扭头望着院子。而我已经跳下地,快速穿上鞋。

来人一高一矮,均灰头土脸,却难掩焦急与疲惫。矮的牵着驾车的花牛,花牛一个犄角,竖得高高的,像传说中的独角兽。高个嘶哑着问,这是乔师傅家吧。我说是。他的目光突然炸裂,溅出惊喜和惶惑,你就是?我说,没错,我就是!他啊哈一声,回头对矮个说,好运气!我说,喊我接生吧?高个频频点头,你一下就猜对了,果真是神仙呢,我是草圪节的,和弟弟赶了一夜路。

522

我说那你们也饿了一夜吧,便让两人进屋吃饭。高个说带着干粮呢。他先从车上抱下一捆草喂牛,然后从背包里掏出面饼,和弟弟吃起来。我说洗洗脸吧,他说洗了也没用,一会儿又荡灰了。我便让李桃和李夏各端一碗水给他们。

我收拾好包裹,白礼成挡在门口。你知道草圪节在什么地方吗?他又急又恼。我说,管他哪里,他们能来,我就能去。白礼成说,草圪节归沽源,距县城也就六七十里。我说,你打听得可真细,再远也没后草地远。白礼成提高声音,这不是远近的问题,你怎么就不明白呢?我当然明白。可他们走了一夜的路,就为了请我,我能不去吗?白礼成说,你张不开嘴,我跟他们说。我说,要是请我看戏,我肯定不去,可他们是请我接生!白礼成说,离了你,难道人家生不出孩子?你是我老婆,我就不让你去。我冷着脸让他让开。白礼成哼一声,就是堵着不动。我恼了,白礼成,你要是明事理,就让开。生孩子是大事,不能误,你不知道?白礼成的语气软下来,你要在路上生了咋办?我更没好气,生了也没事,肯定毫发无伤地给你抱回来!白礼成说,咱不稀罕那份喜赏,我多擀一块毡就有了。我推他一把,你以为我是图喜赏吗?白礼成说,我知道你不是图那个,可……求你,别去了,啊?我说,我没工夫和你废话,让开!白礼成说,我今天就不讲理了!我返身进屋,从敞开的窗户钻出去。落地就被李桃和李夏抱住,央求我别去打仗的地方。好你个蔚县猴子,心思动到孩子身上了,我又气又好笑。白礼成站在不远处,脸板着,但我还

523

是窥见了他眼底的得意。这得意让我不适,哪怕是为我好。我没有斥责李桃和李夏,请我的人就在门口,不能失态。我摸摸李夏的头,娘这么做必有娘的道理,长大你就懂了,松开,自己玩去!我平静地注视着李夏,李夏的手慢慢松开。自己掉下的肉什么脾性我还不清楚吗?我揩揩李桃的泪珠,别哭,哭就不漂亮了,你是姐姐,该更懂事。我轻轻拨开她的胳膊,她没再抓我。白礼成仍竖着,如拴马石。我昂着头从他身边走过。他没动。

高个和弟弟从地上站起来,他们大概听到了,紧张地问我能不能去。我扬扬包袱,现在就可以走。弟弟突然伏卧在地上,让我踩住他的背上车。我摇摇头,绕过他,爬到车上。

弟弟驾车,高个坐在车尾,双手抓着车帮,环护的架势。兄弟俩的样子不像是请接生婆,而是请了尊佛。我说你那么抓着多不舒服,我掉不下去的。高个说不碍事,又感激地说来的路上和弟弟还担心,怕请不到,没想我应得这么痛快。我说你们那里没接生婆吗?跑这么远?高个说有是有,只是……犹豫一下说,上一个没活下来,听到我的名气,就不想再让那个接。我问,你是丈夫吗?高个用下巴指指车辕上的弟弟,小声说,我和弟弟都是。兄弟俩合娶媳妇我见得多了,并不奇怪。高个说家穷,实在没法子,他和弟弟合娶一个还算好的,他们村有弟兄仨娶一个媳妇的。末了又说,他和弟弟相处得好,没打过架。我说,你俩看着就是厚道人。高个瞅瞅弟弟,要说私心也有呢,不知这孩子更像谁?我笑笑,没有应答。最好头个像我,第二个像他。高个期待地望着我,好像决定权在我手里。我只好说,像谁你们都是父亲。高个愁苦地,我其实不担心这个,是担心日本人跑到村里,怕就没有下一个了。我说,你愁有什么用?该吃吃该怀怀,你什么时候叫我,我什么时候给你们媳妇接生。高个被我的情绪感染,没那么沮丧了,听见了吗二弟?乔师傅说了,下一个还来!弟弟闷闷地嗯了一声,抽了一下牛屁股。高个阻止,别抽,牛又没长翅膀,还能飞起来!然后向我解释,牛和车都是租的,可不敢使坏了。

路难走,牛车又慢,到草圪节已是深夜。还算及时,弟兄俩的媳妇羊水刚破。她是个罗锅,个不高,腿细得像麻秆儿,使不上劲,骨盆又窄,这种状况十有八九难产。难怪第一胎没了。若自然生产,基本没有可能。若我没有这双柳叶手,也未必能成功。上苍给了我这双手,就是让我引领生命的。我带血的双手托起婴孩,他可真够重的。响亮的哭声如一把锤子,击碎了弟兄俩,还有他们头发花白的母亲脸上的恐惧和担忧。而那一刻,我忘记旅途的劳累,忘记了白礼成的别扭,忘记了战乱,忘记了屠杀,忘记了生命的不易。我像托着自己的前程和未来,心中升起彩虹。

当然,喜悦是暂时的,返回的路上,我心事重重,也说不上因为什么。送我的是弟弟,高个留在家里照看妻子。他不怎么爱说话,始终闷着,当几个骑马的汉子朝牛车奔过来,卷起的尘土长龙一样飞扬起来时,他突然喊出来。他惊恐万分,舌头僵着。

我叫他不要怕,不要慌,可能是问路的。我的安慰并不起作用,他牙齿碰响,带出哭腔。还真被白礼成那破嘴说中,不顺当呢。我也紧张,但没乱阵脚,待几匹马近前,将牛车围住,我看清他们的穿着打扮,便猜到了他们的身份。为首的是个光头,嗓音粗涩,问车上拉的什么,立马把值钱的东西交出来。我挪下车,故意腆腆肚子。我说,这位大哥,我叫乔大梅,是宋庄的接生婆,赶车的是草圪节的,媳妇刚生了孩子,他现在送我回宋庄。车上有一捆青草,是喂牛的。我的包袱里是接生用具和草药,对了,还有一包盐,是他们给我的喜赏,要是不嫌少,你们就拿去。并不是所有的土匪都凶神恶煞,什么脾性的都有。我心里并没底儿,报上自己的名字是想告诉他们,自己说的是实话,没有诓他们的意思。光头的眉毛抖了抖,你就是那个给都统老婆接生的婆子?没料他竟然知道这个。我说,只接过一次。光头抱拳,失敬!你给我拜把兄弟的老婆接生过。我说,我接生的多了,记不得了。光头咧咧嘴,我老婆生孩子,你也得跑一趟。我说,多远我都去。光头一抖缰绳,几个人往后去了。

女人的二丈夫,姑且这么称呼吧,战战兢兢地问,走了?我指指弥漫的尘土。他又问,你认识他们?想来他恐惧过度,没听清我和光头说了什么。我说,他们不找接生婆的麻烦。

土匪也敬我三分,就这么传出去了。在这之前,我数次和土匪打过交道,可没人这么说。我不知道是不是二丈夫讲出去的。也可能是他告诉了哥哥,哥哥讲的。反正传遍了,白礼成都听到了。某天他说起来,似乎不解,你一个接生的,咋这么大名气?我说,这不好吗?他显得忧虑,树大招风,太出名未必好。我说,你想得太多,也未必好。我没把他的话放在心上,我不是为了出名才接生。出大名,那就出呗,关我什么事呢?多年后,即便我戴着高帽弓腰撅腚地挨批斗,想起白礼成的话,我也不后悔。

我绝无炫耀的意思,只是想说,我也害怕,但没被吓倒过,就算是面对土匪面对日本兵。如白礼成所言,只要有人请我接生,我就像换了一个人。

从草圪节回来,白礼成有三五天霜着脸,但从此再没阻拦我。无论白天还是夜晚,无论我挺着大肚子还是在病中。当然,酸话还是免不了,特别是我在路上产下未足月的白杏后。那是我和他的第一个孩子。守在我身边的不是白礼成,而是送我回村的产妇男人。那男人吓坏了,面如土色。还好白杏无碍,白礼成也就酸酸牙而已。

我并不知道,我不在意的事情,于白礼成而言,却是一把刀子。插进身体里的刀子。

第十三章 毛根

1

　　日头早已升起，但始终躲藏在铅色的云层后面，天空灰蒙蒙的，和毛根的心一模一样。而双脚则如戴了镣铐，难以迈开，仿佛对这个地方留恋难舍。宋品已经走出老远，回头瞅瞅仍立在派出所门口，并朝里张望的毛根，突然就来了气，你个尿货，瞅什么瞅？还关得上瘾了？毛根这才艰难地扭转脖子，吃力地拔起脚。他的猎枪在某间屋子，他确信，但他再也见不到了。他的停驻，是告别仪式。宋品不会懂的。

　　风卷过来，一只白色的塑料袋顺着墙角飘飞，毛根不躲还好，一躲反中了塑料袋的圈套，左脚被塑料袋套住，甩了几下，竟然没甩掉，于是弯腰撕扯。好像没耽误工夫，直起身，宋品又走出老远。要说走路，宋庄没有谁比毛根更快，而且可以不停歇地走一夜。此时，他追宋品竟然有些力不从心。

　　十字路口，一条瘦骨嶙峋的黑狗正在旁若无人地撒尿。想来这黑狗也不受人待见,它的右后腿抬离地面一点点,懒散倦怠。毛根突然感觉到膀胱的膨胀,他躬了腰,仿佛整个身体蜕变成了膀胱。宋品再次回头,怎么又停了?毛根说,憋尿了。宋品骂,懒驴上磨!早干什么了?左右扫扫,多数店铺已经开门,卖电动车的卖五金的早早吆喝上了。于是没好气道,憋着!到前面的墙角。毛根脸色苍白,龇牙咧嘴,憋不住了!毛根不是胡说,巨大的膀胱快要炸裂了。宋品又骂了什么,背转身,点了支烟,假装没看见毛根在干什么。毛根已经顾不得这些,慌乱地解裤带,没有平时利索,在这样的紧要时刻,竟然想起那个夜晚的笨拙,憋得昏头涨脑也没把宋慧裤带的机关打开。来不及多想,一闪而过。自然不敢对着店铺,也不敢正面朝着不时有行人经过的街道,他侧身勾头,掏出并死死摁住自己壮硕丑陋的怪物,灼热的液体喷射出来,在路面击出很大的声响。宋品厌恶地皱皱眉,往前走了几步。前面的音像店正在播放阿宝唱的酸曲。在宋品的理念中,所有关于哥哥妹妹的歌都叫酸曲。"见个面面容易拉个手手难",只有吃不饱甚至吃不上的饿汉子才酸,才有这种凄惶的感觉,他没饿过,因此听到酸曲就有说不出的优越感。他不是逮女人就上,从不乱来,更不利用手里的权力胡来,他相信自己凭借的是个人魅力。迄今,他只有麦香一个相好,而且是在女人出了车祸之后才和麦香好上的。他有苦衷。王大翠在外包着头脸,回家也不取下,睡觉也是。头巾像长在她的脸上,成了脸的一部分。若只包着脸也就罢了,别的部位也包着,

529

他不能攻克。难道健壮的男人不该有个相好吗？他不敢把理由明白地说出来，也没必要，但在心里，是理直气壮的存在。只有吃饱了，才能当个好书记。比如为了毛根，天没亮他就爬起来了。村里派出所来回跑了不下十趟，生生把摩托累坏了。

优越感并未让宋品忘乎所以，他感觉到异样，忙低下头，发现双脚淹没在黄白色的液体中。宋品立即跳开，大骂，你他妈属公驴的还是属母猪的？毛根没有回应，尿得没完没了，他也着急。当然，胀裂的感觉没有了，他轻松了许多。终于不再滴答，毛根塞好裤子，抬起头。额头湿漉漉的，仿佛一半的水从那里渗出来。宋品将烟头丢进尚在流淌的尿液，自言自语，要不是亲眼看见，打死我也不信，你小子尿了一支烟的工夫。毛根咧咧嘴，他想起来，似乎一天一夜没尿了。他也说不清怎么回事。烧饼店的香味随风掠过，宋品问毛根饿不饿，没待毛根回答，就说，听到你肚里叫了，你个愣尿货，我保你出来，还得管你吃饭！毛根跟在宋品身后，跟得紧紧的，力气突然间恢复了。

宋品要了两碗粥，四个红糖烧饼。咸菜是自取，宋品夹了一碟回来，见毛根坐着不动，皱眉道，轮到我侍候你了？自己夹去！毛根缓缓站起，他并不是等宋品侍候，而是囊中羞涩，不敢太主动，要这要那的。比如桌上没有糖，宋品吆喝一声，柜台后的老板娘快步送过来一罐。而毛根没有就不要了，更不会这么大声。当然，宋品要来了糖，毛根也不会畏手畏脚，舀了大大两勺。

我饿了，宋品边搅边说。随后盯住毛根灰扑扑的脸，因为你个愣货，我一夜没睡呢。毛根咬一口烧饼，慢慢嚼着，尽量不让自己的咀嚼盖过宋品的声音。他装着倾听的样子，可心思并不在宋品的话上，至少不完全在。一天一夜的煎熬之后，准确地说，应该是一天两夜，其中一个夜晚是在草野上度过的。毛根已经不是先前那个毛根了。换个说法，又是原来那个什么都不信的毛根了。他本就这样，是宋慧改变了他，让他变成另一个毛根。那个毛根柔软、肠热，相信轮回，相信报应。连宋庄关于毛小根的传言，他几乎都要相信了。可依然是宋慧改变了他，一个耳光把他打回原形。她对他的好，对他的体贴，她伏在他肩头的嚎哭都是假的。连宋慧都这样，还有什么可以让他信的？他还能信什么？

面对阎有道的审讯，毛根并不害怕，而是心灰意冷。没收了枪，以及枪砂和那一小包火药，毛根当然心疼。那把单管猎枪是他一个零件一个零件组装起来的，趁他不注意，毛小根吞了一个螺丝扣，次日，他在毛小根的大便里扒拉半天才找到。猎枪沾着毛小根的体温呢。阎有道上门，毛根就知道保不住了，没用阎有道费口舌，他就交出来。他心灰意冷并不是因为猎枪被没收，而是他相信、依赖并为之疯狂的一切崩塌了。他没有任何抵赖，阎有道问什么他说什么。他什么都不在乎了，好像那一刻连毛小根都被抛到了九霄云外，还会在乎阎有道的审讯吗？还会在乎坐牢吗？爱怎样怎样。阎有道说考虑到他的实际情况，而且没有造成严重后果，他可以压下去，但如果毛根再私自造枪，必定坐牢。毛根被放出来了,这是真的,但他不相信阎有道的话。考虑到他的实际情况?扯淡!若他射杀的不是一只乌鸦,而是钱玉本人,阎有道还会放他出来吗?所以,他并不感激阎有道。他没有坐牢,是因为还没到坐牢的份上。

对宋品,毛根也是这个心思。宋品保他了,这不假,但他不相信宋品"为他操碎了心"。宋品来领他,带他到烧饼铺吃饭,这也不假,但他绝不相信宋品一夜没睡。不过,他没有驳斥。如果有区别,也就这点。以前他很容易跟人抬杠,比如叫人家把电视里的人喊出来,现在他只在心里对顶。他的心里横七竖八地堆着刀叉剑戟,顶撞也是不由自主。

宋品只顾着说话,他喝了一半,毛根的粥碗已经空了。毛根吃了半拉烧饼,没再去盘子里拿,定定地望着宋品。宋品问还要粥吗,毛根点头,宋品便冲柜台喊,又一碗热气腾腾的粥端到毛根面前。喝完,毛根又不动了。你怎么不吃饼?宋品问。毛根实说,想留着给毛小根。宋品稍稍怔了一下,随后叹口气,你吃吧,有你带的。宋品又给毛根要一碗粥,另加五个烧饼。小根跟着宋慧,饿不着的,宋品说,我交代过宋慧了,你放心吧。毛根吞咽着烧饼,含混地嗯了一声。毛小根饿不着,想来也是,宋慧对毛小根的疼爱,毛根还是相信的,但宋品交代宋慧肯定是胡扯了。

你个货,为什么要去惹如花?那女人,你不知道吗?宋品质问。毛根能从宋品的用词判断宋品生气的程度,货,愣货,愣尿货,一般这三个等级,若骂屌愣尿货,那说明他的肺快气炸了。宋品用的是"货",意味着宋品的气消得差不多了。毛根见到宋品那张脸,就做好被炮轰的准备,没料吃掉两个烧饼,宋品的声音反放低了,虽然依然没什么好腔调。毛根本不打算回应的,这是他对付宋品的招儿。他不搭理,宋品打的就是空炮弹。打一百枚一千枚,毛根也是毫发无伤。而现在,宋品低沉的语气不完全是斥责,还有好奇的成分,毛根不再装聋作哑,闷声道,我没惹她。宋品瞪他,你射杀了乌鸦,还说没惹她?毛根说,乌鸦又不是她的。宋品扬起筷子点着毛根的额头,你别装傻!毛根不相信钱玉会变成乌鸦,如花那么说,那是她脑子出问题了。毛根也不相信宋庄人都认为钱玉变成了乌鸦,尤其是宋品。他们附和她,不过是哄骗她。毛根摇头,我不明白。宋品敲一下碗,以示提醒,钱玉变成了乌鸦,她逢人就讲,你敢说自己不知道?毛根反问,怎么变的,你看见了?宋品被噎个半死,戳着毛根的眼窝骂,愣货,你就是个愣尿货!毛根埋下头,大口吸粥,故意弄出很大的声音。你不该的,毛根,别以为这事就算过去了。宋品的语气又平缓了,她背后有钱庄呢,你的麻烦才刚刚开始,我不是吓唬你,如花不会轻易罢休,她是个死性女人,被她缠住,你这辈子甭想好。毛根说,我不怕。宋品说,你当然不怕,你是个愣货!可是我怕,麻烦一桩接一桩,他妈的,我上辈子欠了你们还是怎么的?啊?你说说,我是不是欠了你们?

又一碗粥灌下,毛根揩揩嘴巴,从宋品的侧面望出去。一辆拉着废纸箱的货车正经过烧饼铺门口。宋品又敲一下碗,毛根收回目光。你给她道个歉,听见没?不管你信不信,你也要道个歉!她心一软,或许就不会找你的麻烦了。一年三百六十五天,她没一日缺了乌鸦的食,你别管钱玉变不变乌鸦,就冲她的死性,说乌鸦是她的不为过吧?毛根说,我不是故意的。确实,他没有蓄谋。他和如花没过节,虽然那次他买花如花驳了面子,但他没记仇。那完全是意外,扣动扳机那一刹他脑子是空的。背后有别的原因,他当然不会和宋品说。

听见没?宋品把六个烧饼装进袋子。毛根只吃了一个。毛根闷头不答,宋品扬着手,却不给他。毛根起身,嗯了一声,宋品才把袋子杵他怀里。

修理部刚刚开门,老板蹲在门口刷牙,满嘴泡沫。宋品问他的摩托修好没有,老板含混地唔了一声,仍低头刷牙。刷了左边又刷右边。宋品等不及了,走进房里。毛根没跟进去,他望望尚未从云层露脸但依稀能辨出位置的太阳,低下头瞅着正慢条斯理刷牙的老板。毛根把烧饼揣到外套和内衣之间。饼尚有余温。烧饼不怕凉,但热的更好。有宋品带着,半个小时就到宋庄了。毛小根能吃上热乎的烧饼,他想。

宋品从房里出来,依然是摇摆的步态,好像崴了脚,脸色也不大好看。你没给修是吧?他问老板。老板终于刷完牙,灌了口水仰脖晃晃头,突然喷到地上,嘴叉仍带着泡沫。怎么没修?宋品又问。老板腾空嘴巴,慢吞吞地回应,化油器坏了,没法修。

宋品说,没法修换新的啊,怕我不给你钱还是咋的?老板说,换也得你同意了才行,你要不换,我还得拆下来,这事遇到过。宋品皱眉,那你打电话,我还等着骑呢。老板说,你没留电话,我往哪儿打?宋品张张嘴,想说什么又忍住了。老板指了指,六七辆都在那儿等着修呢,谁都着急,只有我一个人。宋品问,你那个伙计呢?昨天还在。老板说,老婆生孩子了。宋品说,换新的,没个腿还真不行。又指着毛根说,我一大早就来领他了,步行。毛根没想到宋品突然扯到自己身上,很是不悦。但老板对宋品的话并不感兴趣,问他要好的还是次的。宋品问了价钱,说当然要好的,次的用不了几天又坏了。老板说知道了,让宋品两个小时后来骑。宋品问,换个化油器要这么久?老板说,你再怎么急,也得等我吃了饭吧。宋品悻悻地,那好,我一会儿再过来。

  毛根大失所望,其实他比宋品还急。就算焐着,毛小根也吃不上热乎的烧饼了。出了修理部,毛根仍紧跟在宋品身后。宋品骂骂咧咧,妈的,一个修摩托的,还真当自己是老板了。毛根目睹了整个过程,看来宋品的威风仅限于宋庄。如此一想,毛根倒有些同情宋品了。他想安慰宋品,又不知怎么说。宋品突然回头,你怎么还跟着我?好像刚刚发现,而且似乎毛根的跟随有什么诡诈目的。宋品眼睛瞪得溜圆,吃也吃了喝也喝了,你还要咋的?认不得回村的路?毛根没防住宋品发火,僵了几秒,我以为……宋品呛他,你以为我欠你的?毛根说,我没这么认为。宋品不耐烦地挥一下胳膊,像轰赶苍蝇,我还有事,别再跟着我了。

他是拿我当出气筒了,毛根想。但并未计较宋品的态度,他怀里还揣着宋品买的烧饼。

毛根才不稀罕跟着宋品,不过是觉得骑摩托更快一点。摩托两个小时以后才能修好,毛根步行可以走两个来回了。宋品轰赶,倒合了毛根心意,他拔腿就走。没了镣铐,双脚生风。宋品冲毛根的背影嘀咕,前世就是个兔子。

2

望见自家房屋和瓦片间稀稀拉拉、瑟瑟发抖的枯干蒿草那一刻,毛根突然感觉被钝旧的刀片砍了一下。没砍断胳膊,没砍断腿脚,甚至他都不知道砍在什么地方,但是能感觉到劈砍的力量和随之而来的疼痛。他踉跄一下,没有摔倒,烧饼却滑出来。他死死抓住,烧饼被捏碎了。他赶紧换换手,虽然无济于事。然后,他的目光落到宋慧的房舍上。其实早看到了,只是他生硬而残酷地扭转开。现在没法不看了,因为毛小根在宋慧那里。他是知道的,但好像在路上忘记了,此时才想起来。他为难了。不知怎么见宋慧,该说些什么,而宋慧又会用什么眼神看他。那一幕仍在脑里横亘着,新鲜得如同刚刚发生。也许宋慧还揣着怒气呢。

毛根就那么站着,脚不知往哪个方向迈。太阳终于从云层里钻出来,或许是捂得久了,脸色苍白,但总算有一点儿温暖的感觉。毛根仰起脖子,并闭上眼睛,仿佛他站在街上就是晒期盼已久的太阳。一只公鸡踱过来,围着毛根转了一圈,突然一个跳跃。没啄到,毛根及时躲开。他飞起一脚,公鸡咯咯着逃离。毛根检查过浸得油腻腻的食品袋,走向自家院落,耳朵则捕捉着前院的动静。

毛根把烧饼放在盘子里,用面盆罩住,在阴冷的屋子转了一圈,好像检查是否丢了东西却又不知丢了什么。脑袋空着,眼睛空着。其实,这个家没什么东西可丢,他清楚,丢了的是他的魂。宋品保出他的人,没保出他的魂。他的魂没被关在派出所,在那之前就丢了。后来,他的目光停在后墙的彩灯上。彩灯也没丢。这就好,他想。

毛根把杂乱的院子清扫一遍,将长在墙角经历一个冬天仍顽强枯硬的蒿草拔干净。你处理处理,宋品有次被墙角的黄蒿染了裤子,很不高兴,说你这是住人,不是住鬼养狐狸,墙生草,日子没个兴旺。毛根没理他。毛根不信这个邪。毛根不是懒汉,要养活毛小根,想懒也不可能。一到春夏,园子里也是生机勃勃的,水萝卜、白萝卜、胡萝卜、芹菜、韭菜,一样不少,虽然这些往往未长成就进了毛小根的嘴,但拔了再种,只要时令允许,毛根就会把籽撒下去。所有生长的都是他需要的,如果馒头可以结馒头,他也照种不误。蒿草不能吃,可毛根喜欢,在院子里也有旷野的感觉。若是在园子里,毛根绝不会任由蒿草这么放肆。蒿草占据的是墙头、墙角、旮旮旯旯的地方,为什么非要除掉?日子兴旺与否和杂草没半点关系。毛根不屑与宋品争执。

他现在清除并不是宋品的话生效了,而是磨耗时间,幻想着,万一宋慧来呢。宋慧可能不知道他回来了,他在院子里的动静她该会听到的。她总不至于一整天待在屋里。她或许会把毛小根送过来,喏,给你了,扭头就走。她或许不理他,但仍愿意带着毛小根。他不知等待的会是什么结果,更不知如何应对,整个人是惶恐的。

日过头顶,毛根没等到宋慧,没听到她的咳嗽,打喷嚏,没听到她喂猪的噜噜声。毛根直起酸困的腰,发现左手食指和右手拇指都划破了。他吹了两口,突然听见咳嗽声。他的眼睛尚未亮起便熄灭了。他听出了是谁。果然,没两分钟,便看见佝偻着腰、脸色青黑的铁匠。

他们说你回来了,铁匠虽然常年咳喘,声音依然洪亮,我昨儿就找了你一趟。消息传得真快,毛根想,宋慧却未听到。铁匠是来要獾子油的,他的孙子被开水烫伤了。毛根没二话,从缸角拿出一整瓶獾子油,倒了一些给铁匠。那是他去年秋天捕获并熬炼的。熬了三瓶,卖了两瓶。捕捉獾子,一把铁锨两桶水就足够,当然,只毛根有这个本事。铁匠闻了闻,说我就喜欢这个味儿,还是只母獾呢。毛根淡淡一笑,他不信铁匠能闻出公母,抡不动铁锤了,吹牛的本事却见长。没给你用刑对吧?铁匠上下侦察一番,不然你不会这么快出来。毛根不想提这个茬儿,没理他。铁匠却没刹住,说到底不是什么大事。毛根问,你哪个孙子烫伤了?铁匠说,老四家的,不过,你不该射杀乌鸦。毛根皱眉,你还有别的事吗?铁匠说,乌鸦的肉未必好吃,你射它干什么?那如花……毛根沉下脸,用不着你来教训我。铁匠说,我连自己的儿子都不敢教训了,哪敢教训你?我只是想说,你没犯法,可你失礼了。毛根不再理他,猫下腰掏灰。铁匠叹息一声,撅哒撅哒走了。

毛根端了簸箕出去,还没走到门口,灰便被风吹走了,但他还是拍了好几下,像敲锣一样。

毛根睡了一觉,日已西斜,才开始生火。吃过饭,又挑了两桶水,仍什么也没等到。黄昏时分,毛根再也坐不住了。他抓起已经冰凉的烧饼,一步一挪地往外走。宋慧不会出了什么事吧?杨八叉不在家,她若……还有他的小根!这么一想,急跑起来。

若不是院墙拦着,毛根收不住脚,就直冲进去了。与院墙那一撞是生猛的,他弹了两下才立稳。没开灯,但屋里有跳闪的光亮。那是电视屏的光,他几乎可以断定,是毛小根在看。毛根隔着院墙喊了两声小根,宋慧出来了,立在屋门口。毛根紧张得气都不敢出了。一个屋门,一个院门,两人互相凝望,似乎彼此不认识。

门开着,你不会进来呀?宋慧先开口,仍然粗声大气的。再缩在外面就不合适了,毛根的脚步和着心跳的节奏。距宋慧三四步距离,毛根犹豫地立定,似乎在等待宋慧下一步的指示和命令。宋慧却转身进去了,顺手拉着灯。毛根硬着头皮跟进去,招呼一声毛小根,将已经凉透并被他捏碎的烧饼掏出来。宋慧说刚刚吃过,毛根正要缩回,毛小根说"咕得"。毛根看宋慧,期待她批准。宋慧接过去,柔声道,听话,歇一歇再吃。毛小根的目光又回到电视上。那一刹那,积存在心里的愤怨一扫而空,毛根惊讶、羞愧,又万分感激,他这么听你的!宋慧说,他懂事着呢,我昨儿照看祖奶,留他一个人在家。毛根结巴了,真……的吗?宋慧说,我哄你干什么?是不是小根?毛小根说"夜是"。宋慧颇自豪地,我没胡说吧。

　　毛根担心的斥骂、奚落、抽打并没有发生,那个门槛轻易地跨过去了。好像那个夜晚不曾存在,两人没发生什么事。但等毛根坐定,并有勇气细细打量宋慧,还是发现了宋慧的异常。宋慧脸色发白,眼圈也带着点红。这是我的缘故,毛根烦躁地想。

　　这就没事了吧?宋慧问,我吓坏了,你要坐牢,可咋好?她在替我担心呢,毛根想,她没计较我。他依然能闻到并且喜欢宋慧身上散发的混杂的气味,只是他的血液不再沸腾。毛根说,我一早就回来了。宋慧说,这一天昏沉沉的,我没出屋,不知你回来了。原来是这样,毛根想,她的昏沉多半与他有关,他不能装聋作哑了。我是个粗人,毛根羞惭地说。宋慧说,你不知你做了什么,我也不知我做了什么。这话让毛根费解,他困惑而不安地瞄着宋慧。宋慧说,我什么都记不住的,难道你能记住?毛根突然醒悟,她已经把那个夜晚抹掉了,粗憨的宋慧说的是禅语,他忙不迭附和,忘了,早忘了!可是既然忘了,她为什么还昏昏沉沉?毛根不信她彻底忘记,毕竟——

你知道吗？我差点闯出大祸！宋慧脸上闪过惊恐，现在想起来我都害怕。毛根惊愕地问怎么了，宋慧没有回答，自责道，我真该死！毛根追问，到底怎么了？宋慧这才说，只顾着和祖奶说话，锅煳了，把祖奶呛着了。仿佛怕毛根听不明白，宋慧大声而痛悔地，我呛着了祖奶！毛根问清缘由，说祖奶有事，她就不会坐在这儿了，劝她不必放在心上。宋慧摇头，这是个大错，没有什么比这更大的错，我难过得要死了！毛根，真想让你抽我几掌！还好，宋慧只是说说，并没真的让毛根抽。但毛根仍然紧张，等宋慧的情绪平缓了些，立即站起，并要带毛小根回去。宋慧说，让他待着吧，回去干什么？毛根求之不得，说辛苦你了。

毛根走到院中央，宋慧又喊他。似乎有些犹豫，她的嗓门不高，而且听起来有些伤感。毛根一阵酥麻，猝然止步，就像宋慧的呼唤是一张巨大的蛛网，牢牢地将他粘住。良久，他才缓慢转身，看着立在门口的宋慧。

如果让你赔，你说话，我没个多，也有个少。宋慧被光晕包裹着，突然高了许多。

赔？毛根猜到了，但又觉得她说的是别的。

你射杀了乌鸦，不让你赔？宋慧问。

浸没在黑暗中的毛根皱皱眉，略显失望地摇摇头。想她可能看不清楚，重声道，不用！

宋慧欢畅地，那真是太好了，我都替你发愁，若要你赔，你拿什么赔？！

毛根冷冷地盯着她，知她还在为他担心，都说她肠子不打弯儿，一眼就能望到底儿，她也自称直筒子，可是，他却看不明白，不明白她脑里究竟想的是什么。而比这更糟糕的是，尽管隔这么远，他却不能抗拒她的气息。他冷下脸，不只是对她，更是为了压抑自己。他没法不泼冰水，她的欢欣实在是毫无道理。凭什么让我赔？

宋慧说，那是如花养的呀！还有——

毛根哼了一声，他对自己这一哼很满意，用从未有过的教训口吻说，你自己长长脑子，不要人家说什么，你都相信！

宋慧急了，往前一步，仍与他隔着距离，声音带着回响和毛边儿，那你连个错也不给如花认了？

毛根声音冰冷，不认！

宋慧叫，毛根，你可是……

毛根说不早了，转身就走，将宋慧和她的后半截话晾在那里。

转过墙角，毛根却站住了，听了一会儿，确定宋慧进屋了，才离开。终于，他强硬了一回，噎得她说不出话了。那一刻，站在院里那一刻，甩下宋慧那一刻，他有说不出的痛快。但走出院门，酣畅的感觉便飘走了。他孤寂，不安，疲惫不堪，双腿发软，快站不住了。这不是他期待的结果。他本来是给毛小根送烧饼的，因为那个巨大的门槛，他一整天徘徊、张望。然后硬着头皮去了，他担心的一切并没有发生，门槛根本就不存在。宋慧化解了,也替他化解掉。他猜不透她,却感激她的大度。再然后,她送他出来,提到乌鸦,他的态度突然大变。他慢慢理出头绪。她不该提乌鸦的。宋品喝令他也就罢了,毕竟宋品保出了他。但即便那样,他也只是嘴上应着宋品,道歉与否,那得看他的心情。他射杀了乌鸦,就算是如花的,可她的举报害得他被关了一整夜,猎枪也被没收,他的损失远比她大。应该她给他道歉才对。宋品有账,他也有账。那些人看得见宋品的账,却看不到他的。先是铁匠,再是宋慧。要说宋慧最有资格教训他,而他也最听她的,可在这件事上,宋慧最没资格。这一切都是因她而起,若不是她,他怎么会混乱、焦躁、郁闷、困扰?又怎么会背着枪在野外游荡?而她居然认为他该赔偿!是的,他就是这么被触怒的。

如果说这是一场对决,可以确定是他赢了。但他没有丝毫的喜悦。

不足百米的路,毛根感觉走了一整年。有个黑影,烟火一明一暗。黑影先问,谁?毛根说是我。他听出是钱庄,心想,又一个!他们这是商量好了,夜里也不放过我。毛根问有事吗?钱庄说和你坐坐,去我那儿,还是?钱庄商量的语气,没让毛根反感,毛根说进屋说吧。

毛根对钱庄两口子印象还是不错的,毛小根每次到小卖部,宋丽华总要给他点吃的,有时还送到家里。虽然那是他们吃剩的,毛根还是感激。至少,两口子没把小根当怪物。钱庄和宋丽华都能干,宋庄人评价他们放个屁都能赚两个钢镚,有钦佩,也

543

夹杂着嫉妒。毛根一贫如洗,却没眼馋过。他够不着,那距他太遥远了。现在这个人与毛根都跨坐在炕沿上。如果搁以往,毛根或许有些不适,现在,他不会。他竭力抹掉脸上的冰冷,让自己自然些。

钱庄摸摸炕,问,没生火? 毛根说做了一顿饭。钱庄说,那你得铺厚点儿,炕凉了会落下病。毛根说,习惯了,有点温乎气儿就行。钱庄说,你身体好,搁我,肯定不行。毛根说,要是小根在,我会多烧点。钱庄哦了一声,听说宋慧帮你照看呢。毛根说,常麻烦她。钱庄说,宋慧是个好女人。毛根的目光就有些颤抖,可不是呢,要不是她,我怕要累死呢。钱庄说,如果宋慧忙不过来,你可以把孩子送我那里,临时照看一下还是没问题。毛根说,你们那么忙。钱庄说,总有闲的时候,天天照看当然不可能。毛根说,有你这句话,我就很感激了。

然后话题扯到念书,天气,去年的收成,今年的打算。钱庄带来的烟都抽空了,也未提到正题,好像他就是来和毛根聊闲天,解个闷。他耐心足,毛根倒忍不住了,问他是不是有别的事。钱庄这才突然想起来,你的猎枪被没收了? 毛根没料他问的是这个,疑惑地点点头。钱庄再问,值不少钱吧。毛根说,我自己装的。要多少钱呢? 钱庄又问。毛根摇头,我没算过。钱庄从兜里掏出几张钞票,你别嫌少,算是赔你的枪。毛根如坠云雾,你这是干什么? 我不能要你的钱。钱庄说,这是你我之间的事,我不会和任何人说,你也不要对人讲,听明白了吧,说出去对你对我都不好。毛根仍然不解,他的脑子跟不上钱庄的节奏。钱庄说,我知道猎枪在你心里的分量,说起来三代猎人,枪被罚没,你肯定心疼坏了,我没有能力从派出所替你要回来,我能做的也就这样了。毕竟,这事是因如花惹出来的,我补偿你也是应该的。毛根有些不好意思了,虽然他知道钱庄不会仅仅为这个,这说不通。果然,钱庄语气一转,让他帮个忙。毛根很痛快,说只要我能办得到。钱庄说,你给如花赔个礼。还是为这个。但钱庄没有用教训的口吻,而是"让他帮忙"。这令毛根熨帖,他不是不知好歹的人。只是,毛根仍然疑惑不解,他给如花赔不是有这么重要吗?值得钱庄如此费心思。钱庄似乎猜到了毛根在想什么,说,我这个弟媳认死理,现在又结了疙瘩,我怕她再有什么意外,你得帮着解开,气顺了,她就会好起来,还有个钱宝,也是一家人呢。钱庄不紧不慢,每句话都像胶带,毛根觉得自己被缠住了。他终于感觉到气促,声音摇摆,我不是故意的。钱庄说,我知道,这个你不用解释,毛根呀,你射杀的可不仅仅是一只乌鸦。毛根问,你相信那个是钱玉?钱庄摇头,那是不是钱玉变的不重要,重要的是如花相信,那是她的念想。毛根,你射杀了如花的念想!!钱庄直直地盯着毛根,你明白吗?毛根突然被击穿了,浑身战栗。

3

毛根蹲在枯衰的茇茇丛边,望着远处的如花,困倦而鬼祟。

昨夜没睡好，钱庄离开了，但他的话仍锯割、凿劈着他。钱庄果然厉害，别人的劝导、训斥，包括宋品都是挂在耳朵上的，钱庄却说到了他骨头里。他明白如花为什么疼，疼在了什么地方，继而想到自己。他射杀了如花的念想，而他的念想则被宋慧杀掉了，用她厚实的巴掌。他知道那滋味。"你不知你做了什么，我也不知我做了什么。"宋慧不计较他做了什么，而且她对毛小根一如既往地好。没错，他心怀感激，但这并不意味着他就释然了。他能闻到并且仍然喜欢她迷人的气息，又有什么意义呢？那种撕裂的感觉不但没有减轻，反而更重了。他为此惶惑。是钱庄点透了实质。他还是那个人，但念想被杀掉了。

毛根一会儿为如花疼，一会儿为自己疼，有时两种疼痛交织在一起。他身体扭曲着，感觉自己变成了麻花。他艰难地爬起来，却不知做些什么。他在里外屋来回走着，试图甩掉纠缠他的痛。有一会儿，似乎轻了些，但稍作停留，那痛又蹿进他的身体。看来是没法睡了，他想，索性就放弃了睡觉的打算。他打开门，风扑进来，差点将他撞个跟头。他恨恨地骂该死的，竖直身体，和风对顶着。风奈何不了他，只将门吹得哗啦啦响。毛根没有就此罢休，一步一步走进黑暗中，咬牙切齿。风慢慢后退，然后落荒而逃。那时，毛根已经到了宋慧的院墙外。好像是睡梦中被无形的大手捉到这儿的，毛根愣怔片刻，开始围着宋慧的院落转圈。再没了血液燃烧、心如沸水的感觉，虽然他仍惦念着炕上那个人，至少还没把她从他的心里抠掉，既无意愿，也无能力，她仍占据着他描摹不出的位置。可是,那团火熄灭了。他不甘心,一圈又一圈,期待像先前那样飞起来。那些个夜晚,他是长了翅膀的,半走半飞。但直到浑身冒汗,他的双腿仍然灌了铅,而且,汗没让身体变热,反更冷了。他放弃了努力,缩着膀子,摇摆着走回自己的凄凉地儿。终于困了,双眼涩重,他却没敢任由自己睡去。他知道如花起得早,打算在路上截住她,向被他射杀了念想的她赔个罪。没料还是起晚了。赶到村口,如花朦胧的背影已经在他前面。太阳还未升起,大地沉寂,毛根疾步追赶。可如花走得更快,比跑还快,更像滑行。不,是飞行。她的脚看起来是不着地的。毛根被惊呆了,他从未见过这么奇怪的行走。他慢下来。他知道,无论怎么追都追不上的。

距河滩数百米,毛根停下来。如花正喂乌鸦,他不想惊着她。有芨芨丛的掩护,如花即使回头,也不会发现他。早些年,一到深秋,芨芨草就被拔光了。芨芨草笔直、柔韧,特别适合做扫帚。村里两个男人因拔芨芨草发生冲突,一个揍塌了另一个的鼻梁,手背也被另一个咬出血包。现在拔芨芨草的少了,因为几块钱就可以买一把更结实的竹扫帚。当然,毛根还是用不花钱的芨芨扫帚。芨芨丛还是狩猎时绝好的藏身处,那时,茂密的芨芨草犹如他的发须,几乎与他融为一体。现在则更像扎在他皮肤上的利刺。

如花终于返回。与凌晨行走的奇怪步态不同,如花自然了许多。她走得很慢,不时回回头。毛根以为乌鸦会落在她肩上,或在她头顶盘旋,就像喜鹊和她的喜鹊。但没看到一只乌鸦相随。

如花距芨芨丛二三十步远时,毛根站起来。怕吓着她,他动作很慢。但如花还是惊了一跳,立刻定住,声音发飘,你要干什么?毛根说,我不是故意的,真的不是。如花挥挥胳膊,好像这样就能把毛根轰走,而她的语气则变成了央求,别再靠近它们。毛根刚说了我不是,如花忽又变得恼怒而充满敌意,也有紧张,你休想再伤害它们!然后迅速转身,向着乌鸦跑去。

毛根呆立良久,悻悻返回。她误会了他,显然。但不管怎么说,我赔罪了,而且是诚心诚意的。

毛根简单吃了几口,便去前院。宋慧蹲在食槽前,捋捋猪的背,再揪揪猪的耳朵,听见毛根的脚步,却没有抬头。毛根以为她在为昨晚的事生气,闷声道,我给如花认过错了。宋慧这才回头。毛根说,就在早上。宋慧没有追问,什么也没说,眉宇间却挂着东西。毛根说,千真万确。宋慧这才病恹恹地说,那就好。毛根问,你……不舒服了?宋慧摇头,不是我,是猪。毛根的目光落到宋慧三百元买回的猪娃身上。宋慧说,不肯吃东西呢,一定是病了。毛根说,或许不饿吧。宋慧说,那怎么可能?一夜没吃东西,往常恨不得把食槽啃了,你看看今天的样子,一准是病了!毛根说,你别急,我去喊范长水。宋慧再次仄过脸,忧虑重重,他行吗?不会治死吧。她的神情令他揪心,当他意识到这一点,忽又有一丝惊喜,就像在烧焦的废墟中发现了鲜嫩的草芽。

虽然没了沸腾的感觉,但他还是在乎她的,他确定。他说,先听听范长水怎么说。宋慧迟疑道,也好。毛根安慰,我看结实着呢,你别担心。她帮我照看小根,我也该为她做些什么。毛根走在路上,这样想着。若杨八叉回来,就没这跑腿的机会了。

范长水的父亲范文登是很有名的兽医,治病一靠灌药,二靠针灸。给牲畜安颗人脑袋,其实和人没什么两样,没准比人还聪明,他这样认为。他的另一个绝活是劁骟。他的骟刀又窄又短,夹在食指和中指之间,几乎看不到,而且被劁骟的猪羊驴马还没反应过来,他就已经完活。所以,即便劁骟驴马也不用捆绑,他拎着料槽靠近,牲畜吃料,他轻轻抚摸,待它们完全放松,生殖器已经到了范文登手中。倚仗着这几绝,范文登吃遍整个营盘镇,谁都没想到他会在这上面丢掉性命。一次酒后劁骟,被毛驴踢着睾丸,不到两小时便咽了气。

范长水就没父亲的本事了,但好歹跟随父亲许多年,也学了几招。范文登不在了,只能找他。范长水劁骟是要捆的,也没那么利索,猪羊驴马恐惧而伤悲,劁骟完了,它们还要好一阵嚎叫,有时叫一整夜,整个村庄都不得安宁。而且,他割不干净,马马虎虎的。比如劁羊,他只挤出一颗睾丸,这就很麻烦。劁了,算不上真正的公羊,但依然有雄性的冲动,混在羊群里,不是骚扰这只就是骚扰那只,母羊没心思吃草,自然要掉膘。所以,范长水劁骟,主家得紧紧盯着,以免留下后患。但范长水也有绝活,牲畜是否怀孕,他摸摸便知。有时摸都不用,只需瞟瞟,跟医院的B超一样准。因为绝招傍身,他的饭碗端得还算牢。

毛根清楚宋慧不放心。没治好,反而治死了,确也有过,但并不多见,多数情况下,范长水还是可以治好的。毛根不相信偶然会发生在宋慧的猪身上。

老远便听见剁板的声音,猜范长水又惹老婆生气了,抑或,她遇上了伤悲的事。毛根站在门口叫了两声,没人应,径直推开院门。

哒哒声又密又响,没有间隙没有停顿。范长水老婆侧身立着,手握菜刀,她面前的菜板上是早已剁成末状的胡萝卜。她右手握刀,左手摁板,因为速度快,看不清刀抬起多高,忽然间,刀从右手换到左手,右手摁板,那声音竟然没有任何变化。她个子不高,却是斗鸡性子。别人剁馅是为了包饺子烙馅饼,而范长水老婆切剁多半是为了平息怒气或剔除伤悲。我剁剁就好了,不然会憋气,她自己讲。一根萝卜,一颗土豆,半块瓜片,逮什么剁什么。范长水家的菜板和菜刀寿命不长,隔一两年就要换新的。虽然花了钱,但换来两人相安无事。只有一次,范长水在赵小铺惹了祸。他和小媳妇的事难以说清,在范长水嘴里他是冤枉的。那丈夫在地里找见正在割麦的范长水老婆,让她拿一万块钱去赎范长水。那是一九九〇年代,一万块钱不是小数目。范长水老婆拎着镰刀直接去了赵小铺,范长水被捆在闲房,还未来得及辩解,她照范长水小腿劈了两镰。鲜血如注,那丈夫吓坏了,担心范长水死在自家,只得将他放了。两镰赚了一万块钱。范长水老婆事后说,她可没那心眼儿,不砍范长水,她就得砍自个儿。

范长水老婆没理会毛根,她额头的汗滴随着密集的动作甩在案板上、锅盖上,有一滴竟然甩在毛根脸上。毛根抹了抹,问,范医生在吗?范长水老婆说,自己看!毛根从她背后小心地挤过去,东屋没人,西屋也没有。他问范长水哪里去了,范长水老婆气鼓鼓地,不知道!若是他自己的事,毛根早离开了,可他是为宋慧来的,只得耐着性子等。

约莫一刻钟,范长水老婆的动作慢下来,继而将刀拍在菜板上。她摘下围裙,擦掉脸、额上的汗,问毛根什么事,毛根说等范医生。范长水老婆拎起空桶走进园子。园子里有压水井。她的力气似乎刹切时用完了,拎一桶水显得吃力。毛根快步过去说,我来,她便松开。闲着也是闲着,毛根索性替她拎满缸。然后问,范医生该回来了吧?范长水老婆说,谁知道呢。我让他压水,他说肚子疼,喜鹊唤他,他马上精神了,这王八蛋!毛根想,原来是去了喜鹊那里。

范长水老婆又骂,大意是范长水连玉米都啃不动了,贱的毛病一点儿没改。虽是骂,样子倒不像是生气。那阵子乱剁还真管用。他镶了两颗牙,你注意到没?毛根摇头。范长水老婆说,我没胡说,去年秋天啃玉米崩掉的,他不敢吃硬东西,咸菜疙瘩都得蒸了。为了证明,她从碗柜里端出蒸咸菜,让毛根尝。毛根咬了一口,确实软唧唧的。范长水老婆问,好吃吗?毛根说不好吃,他吐到院子里,就势离开。

毛根往喜鹊家去,半路迎见背着药箱的范长水。范长水比老婆高出一大截,常年扣个鸭舌帽,只不过冬天的帽子多两个耳盖。毛根说明来意,范长水问,宋慧的猪病了,关你什么事?他的目光和他的身高一样长,好像要从毛根眼底刺探点秘密。毛根说,她替我照看小根呢。范长水边走边说,我还以为……猪怎么了?毛根说,不肯吃东西。范长水哦一声,一定是吃腻了,喂点儿好的。他没有停步,自然也没去的意思。他没把毛根的话放在心上,准确地说,是没把毛根放在心上。毛根是为了宋慧来的,连范长水也请不到,宋慧会怎么看他?若是平时,他不理毛根,毛根也不屑理他。但现在不同,毛根说软话,范长水仍没有停步的意思。毛根猛地扯住范长水的胳膊。范长水用力挣着,干什么你?没见过你这样的!毛根说,怎么着,你也得去一趟。范长水很恼火,自娘胎出来,还没人命令过我呢。毛根说,没几步地儿。他手上的劲儿大,范长水哎呀着,你他妈弄疼我了。毛根松了松,却没有完全松开。范长水甩了两下,没甩掉,气呼呼地叫,我还没吃早饭呢,快饿死了,怎么也得让我吃口饭吧。毛根说,你老婆正剁馅呢。范长水皱眉,还剁着呢?毛根说,我刚从你家出来。范长水垂了头,没完没了的……那就先去吧。

我不是不愿意去,确实饿着,范长水解释。毛根说,我还以为你在喜鹊那儿吃了。范长水说,死了两只喜鹊,不明原因,她情绪不好,哪有心思做饭?……不是你射杀的吧?毛根一阵心惊,叫,绝对没有!范长水笑道,我开个玩笑,射杀喜鹊,谅你也没那个胆儿。喜鹊可不是如花,不把你撕了才怪。毛根不愿谈这个话题,转开,一会儿让宋慧给你做点饭。范长水哼了一声,算了吧,她那邋遢劲儿,想想就……山珍海味也吃不下。他竟然这样说宋慧,毛根很是来火。忍了又忍,终是压下去了。

宋慧仍在食槽边,不过是坐着了。她半搂半抱着小猪,小猪不安分,一拱一拱的,似乎她怀里有更好吃的东西。她的上衣被拱开两粒扣子,灰绿的外褂、藕色的内衣到处是猪嘴印。或许是这种感觉让她舒服些,或许是阳光映照的缘故,她的脸浮着浅粉色的光,忧伤不那么明显了。毛根有些呆,似乎脚下的土突然变成冰层,有些不敢迈步。他瞬间对那只小猪生出难以形容的嫉妒,可又不忍影响它和她,仿佛停留片刻,他就会变成那只猪,被宋慧搂在怀里,由他乱拱。他盯着范长水走近宋慧,几乎要喝止了。范长水和宋慧说话,他听不见两人说了什么,他粗重的呼吸把周围的声音都淹没了,直到宋慧大叫一声,毛根才惊醒过来。

宋慧抱紧了猪,半转了身子,以防范长水碰到。不行!绝对不行!它这么小,针扎哪受得了?范长水倒没生气,反而被宋慧逗笑了,他说,你可是天下第一号!宋慧说,反正不能扎!范长水指指毛根,要不是这蛮子,我才不会饿着肚子来呢。毛根问范长水要扎哪里,范长水说,扎哪里我说了算,扎还是不扎?宋慧央求,你开点药好啵?毛根说,如果吃药管用……范长水说,你们这么不相信我,还喊我干什么?背了药箱就要走。毛根忙扯住他,范长水叫,怎么?绑架我呀?毛根说,你好歹试试,我给你一张狐狸皮。范长水说,你日哄鬼吧,兔子都让你打光了,还狐狸呢。毛根说,你不能不救……呀!范长水怪怪地盯着毛根,你没中邪吧,怎么比她还急?好吧,我说清楚点,扎扎耳朵,放放血就行。毛根问,管用吗?范长水不耐烦,管不管用试试才知道。毛根转向宋慧,耳朵,扎不坏的。宋慧没再反对。范长水蹲下去,左右耳各扎了一下。小猪嗥叫数声,宋慧轻拍着小猪的头,安慰,不疼的,不疼的。范长水斜睨着毛根,讥诮,你俩倒像是一对。毛根假装没听见,扭转头。

傍晚时分,毛根正在园子里松土,宋慧喜颠颠地跑过来,告诉他猪的病好了。她又恢复了大嗓门,说,范长水还挺厉害的。毛根想,也许猪压根就没病,是她太着急了。但不管怎么说,这一天他没白过。

4

数日后的下午,毛根正在压水,宋品走进来。

压水井已经用了十多年,刚安上那阵,特别好用,都不用往槽里加水,压七八下水就上来了,清澈甘甜,酷热的盛夏,灌一缸子刚压出的井水,能爽到骨头里。冬日,若是结了冰,则晶莹剔透,咬一口嘎嘣脆响。毛根喜欢咬冰,寂寞漫长的冬日,那声响就像节日里的鞭炮,令他欢欣振奋。胖女也爱喝这井水,第一次喝,她以为毛根放了糖,还怪毛根吝啬,说还不够一指盖吧。确定是原汁原味,毛根什么也没放,胖女的脸顿时亮起来,哎呀,这可是口糖井呢。她认为铁管扎到了糖矿,所以水才这么甜。她干脆叫糖水。胖女的姑姑来看她,她说天天喝的是白糖水,还给姑姑舀了一大缸子。姑姑喝两口眼圈便红了。胖女不知姑姑怎么了,连问三次,姑姑才叹息道,知道你日子难过,没想到这么难过,这就是寻常的水,哪里有甜味?胖女尝了一口,明明是甜的,姑为什么尝不出来?姑姑说甜的是感觉,你是活在自己的感觉里。胖女说毛根喝也有甜味。姑姑说就是他有这个感觉才传染了你。姑姑临走,给胖女留下二百块钱,叫她别苦了自己,想吃糖就去买。还说城里人吃糖多,有一半人都得了糖尿病,而你们吃个糖还困难成这样!姑姑的话里透着怜惜。胖女和毛根说了,毛根说你姑姑的舌头肯定出了问题。由此,毛根与胖女总结出来,井水什么味道,与喝的人有关,有的人能喝出甜味,有的人喝不出来。

胖女依旧爱喝,因为行动不便,她常常盼咐毛根,给我盛一杯糖水。她患有头疼病,疼起来五官都抽得变了形。在娘家,疼痛发作她就咬皮条,从小到大,嚼的皮条缀起来有一张牛皮大了。嫁给毛根,不用咬牛皮了,因为这甜水也能减缓疼痛。所以,毛根乐见她喝,又怕她让他舀水。毛根原打算待她生下小根,把她陪嫁的五只羊卖掉,带她到城里治一治。连怎么抬她,他都盘算好了,没想到她那么快就离开了。生命的最后时刻,她让毛根舀一碗糖水,尽管祖奶呵斥不准,毛根还是让胖女喝了。

就是甜的！这是她的告别语。

后来,压水越来越困难,不往水槽加水肯定不行,由一瓢变成两瓢,而且节奏要快,稍慢些水就漏光了,好像另一端有一张更饥渴的大嘴等着。水也由清至浊,有时要澄半天才能饮用。

扫见宋品,但毛根没抬头,更不敢停下来。水已经漏下去三分之二,不加快动作,很快就漏光了。他忽上忽下,几乎赶得上范长水老婆剁馅的频率。他没穿外褂,上身只套一件腈纶秋衣,薄而又薄,两个肘部都磨破了,像乞丐装,可后背还是潮乎乎的。

你这是压水还是在干架？宋品走过来,站在园子的墙根。毛根说快了,动作更加疯狂,随着双臂的抬压,他的脚也离开地面,似乎要把整个身子伏在压杆上。水越来越少了,他听到逃离的声音。哧——终于彻底漏光。毛根停下来,垂头丧气的。宋品笑了,压桶水比生孩子还困难,就仗你劲儿大,没地方打发。从未像今天这么难压,毛根不知怎么了。难压也得压,不能没水喝,趁下面那张饥渴的嘴喝下去许多,紧接着压会容易些。毛根不想当着宋品的面压,问他什么事,宋品说没事,先压你的水。毛根不相信宋品没事,没事绝对不会找他的,但宋品说了,毛根也不客气,进屋舀水。这次成功了,毛根抹抹头上的汗,长长舒了口气。

宋品拉长脖子,带着好奇,似乎那水是毛根变出来的。就喝这水？毛根说澄一澄就清了。宋品说这玩意该淘汰了,还是打井好,顺根管子,一合闸水就上来了。宋慧家就是那种井,好是好,但那要花钱呢。毛根说范长水家也是压水井,水足着呢。宋品喊一声,你个货,人家几米深,你的几米深?再过几年,我敢保证他的井也压不出水,压水井就这个毛病,水位一年年下降,原先打山药窖就出水,现在哪口井不得二三十米?赵小铺种菜的都打到一百米了。宋品说的是实话,毛根想,或许有一天,他的压水井彻底不能用了。我给你记着吧,上边要是有打井的项目,给你争取一个,宋品说,你这货,动不动就捅娄子,我还得替你操心。毛根猜他是为如花的事来的,就说,我向她认过错了。宋品哼一声,你以为认个错就没事了?毛根心一沉,那还要怎样?宋品说,她又将你告了,谁让你射杀了她丈夫呢?你也不能怪她。毛根勾了头,我不怪她,她心里不好受。宋品甚感意外,毛根,你这样讲倒是让我吃惊呢,保你出来那会儿,你还不愿意认错,现在知道悔过了。我射杀了她的念想,她告就告吧,毛根想。随她好了,他说,她想怎样就怎样吧,大卸八块我也认了。宋品说,你倒是死猪不怕开水烫,大卸八块?你死了,毛小根怎么办?你带他一起死?毛根的脸疼挛似的扭曲着,好像毛小根是一把剪子,将他剪疼了。不过,你也不用太担心,我不会给如花打证明,宋品说,我不会理她。毛根问什么证明,宋品就说了,随后骂,你个愣货,知道我承担了多大的压力吗?好像我前世欠了你的。原来是来讨好的,毛根想,可是我什么也给不了他。我会记着,毛根说,选举还投你。宋品咧嘴,你是一天比一天开窍了,哪天我高兴,没准给你当回媒人呢。毛根别别扭扭的,问宋品还有别的

557

事没。宋品指着毛根,你个愣货,还夸你呢,站了老半天,就让我干站着呀,连个让字也没有?毛根以为宋品是说笑,没想宋品还真跟他进了屋。不知宋品中了什么邪,想必还有别的事。

毛根用袖子擦擦凳子让宋品坐,宋品说阴得和地窖一样,你连火也懒得生了?毛根说生了,只是炕怎么烧也不热。宋品掏出烟抛给毛根一支。啥人啥福,宋品抽了两口说,你这火力倒让人羡慕呢。扫视一圈,毛小根呢?毛根说在宋慧家。他说得平淡而自然。宋品问,还帮你照看?毛根点头。宋品的目光笼住毛根,你这愣货,怎么就把宋慧哄住了?毛根皱眉,我没哄她。宋品哈一声,连你都能哄住她。毛根提高声音,我没哄她,她心肠热!宋品目光倾斜,好像毛根不值得他正眼看,我随便说说,你还不高兴了?你个愣货,我来给你报喜,你倒给我脸色,我真想拍拍屁股走人……唉,谁让我前世欠了你呢。毛根疑惑,喜?喜还能砸到他头上?

宋品却不说了,有意吊毛根胃口的样子。那过程太过漫长,大概连他自己也忘掉了。他陷入深思,眉头紧蹙,直到烟火烧到手指,他才醒悟,抛掉烟头,大声宣布,乔石头回来了!两天前,毛根去小卖部,这个消息早就捡进耳朵。可是,乔石头回来和他有什么关系?宋品对毛根无动于衷的表现不满,你的脸跟炕板差不离了,就不想知道乔总回来干什么?毛根无所谓地,看祖奶呗。宋品说,那当然,不看祖奶看谁?可他不只是看祖奶,他还要开发垴包山!毛根仍不明白那和自己有什么关系。因为激动,宋品的脸浮涌着酒后才有的红色,而脖子也充了气似的粗壮起来,听清了吗?他要把垴包山买下来!你是不是感到吃惊?毛根确实吃惊,但也是因为宋品吃惊。宋品突然变了个人。宋品说,甭说你了,我都让他惊着了。垴包山除了那个没有影子的传说,就是个秃岭,可是乔总却要买下来。他是我见过的最有脑子的家伙,不会不知道买这座光秃秃的山毫无用处,我提醒他,他笑了笑,说这是他的事。是的,他清楚,但还是执意买。后来,我悟出来了,他这是要回报宋庄的养育之恩。说明白了,就是给大伙送钱,买垴包山不过是个名目。

你说,这算不算喜?宋品目光灼灼,不再嫌屋子阴得地窖一样,扯开领口的扣子。毛根问,我有份儿?宋品说,当然有份儿,你是这个村的人嘛。毛根想起胖女,问是不是也有份。那是他的私心。听说乔石头钱多得用不了,擦屁股都是用百元大钞,不会在乎多一个胖女。宋品眼睛里的火焰弱下去,你个愣货,心眼儿倒不少。但我不能答应你,乔总也不会。胖女毕竟……若算起来,还有你爹你娘,你爷你奶,都这么算,哪算得过来?毛根说,我就是问问。宋品说,你可以问,只要我能答复。你说的这个,困难太大,当然,我可以请示乔总,毕竟你的情况特殊,毛小根有病……毛根打断宋品,小根没病!宋品僵了僵,不由笑了。你这货,病就是病,有什么丢人的?毛根说,他就是没病!宋品说,好吧,别再说小根了,再说你个愣货要和我干架了。总之,就是这样,乔总要给我们发钱了。宋品手伸向怀里,毛根以为这就要发,但宋品掏出来的却是几页纸,还有一个印盒。宋品猜破毛根的心思,点着毛根,你个货,哪有这么快?乔总是见过世面的人,一切都要按法律程序走,你要听吗?要不要给你念?宋品那一通话已经胀得毛根脑袋疼,他只盼尽快结束,宋品赶快离开。他冲宋品摆摆手,宋品说,那就在这里签字吧。毛根瞄瞄光洁的纸,就我一个人签?宋品说,当然不是!每户都要签!我先来给你报喜,你要头一个签。毛根没再犹豫,半天才把名字画好,又照宋品的吩咐摁了手印。宋品发愁地,这一户户跑下来,我这腿怕要累断了,还真想和你调换一下呢。

宋品小心翼翼地将纸折好,塞进兜里,却没有马上离开。涉及几户人家的地,宋品不紧不慢地说,又丢给毛根一支烟,其中有你的,当然,这么说不大准确,那是村里的地,现在你种着。毛根听出意思了,问,不能种了?那可不行!宋品好脾气地笑笑,我还没说完,你急什么?那块地你是不能种了,乔总买的是整座山,可不是半拉。滩里还有集体用地,在那儿分一块给你。滩地比坡地好,占便宜的是你。毛根没有吱声,宋品说的是实话。宋品说,这还不算,但凡换地的,乔总要另外补偿,我说不用了,但乔总坚持补,生怕你们占的便宜不够多。宋品变魔术似的,又掏出几页纸,让毛根签,毛根毫不犹豫。宋品说得够明白了,可不想再啰唆了。倒是宋品话实在多,又把乔石头好一顿夸。说是买,其实也就五十年期限,实在是不划算,可乔总非这么做,知道这叫什么不?积德行善!乔总生在宋庄,是咱们的福气!宋品似乎上了瘾,直到毛根说先去尿一泡,宋品这才站起,说他也憋尿了。

两个人分别站在院子的角落,宋品边撒边说,我和乔总一起上过厕所,乔总撒尿也那么有气势!毛根不服气,想自己一泡尿能冲毁三个蚂蚁窝,乔石头又能冲毁几个?但他不敢说,对于他,乔石头是活在天上的,他够不着。他只盼着兴奋过度的宋品赶快离开,他还要翻园子呢。宋品的激情随尿一道流走,也可能是西斜的日头让他意识到时间的宝贵和紧迫,匆匆离去。

但宋品那些话却没有立刻离去,仍萦绕在耳边。自然,这不是坏事,但也没给毛根带来喜从天降的激动。远不如半个月前宋慧的一个眼神一个微笑,不如她伏在他肩头带给他的震颤。而且,说不上为什么,或许是因为仍挂在耳边的声音,毛根有一点点不踏实,就像有什么事将要发生,却又不知道那是什么,猜测的可能都没有。等摆脱掉那莫名其妙的声音,黄昏已经临近。毛根终于释然。没什么好紧张的,也没什么好高兴的。除了宋慧,还有什么能牵拽他的神经呢?

5

夜幕先是挂在烟囱,然后是树梢,慢慢地,矮墙、水井的压杆、箩筐均隐没在纱幔的背后。毛根在屋里走来走去,没着没落的感觉再度袭来。就像离开土壤的植物,被风沙裹挟着从一个地方到另一个地方,无论怎么努力,再无可能扎进泥土里。有时,毛根会狠狠诅咒自己,你就不该痴心妄想,活该被射杀,那是你应有的报应!有时,毛根愤然于胸,老天惩罚他够多了,胖女离开他,毛小根嗜吃嗜睡……现在又用宋慧来剐割他。为什么没完没了?他不怪宋慧,这怪不着她的。

曾经的毛根孤傲、任性、冷硬,什么都不相信,什么都不在乎,对顶起来天王老子也不怕。别人说世间有鬼,毛根就问鬼在哪里,让人家带到面前,让他看看长的白胡子还是红胡子。不顺眼,我他妈一枪崩了它。没有谁把鬼带到他面前,争不过他,都骂他是愣子。对祖父因杀生太多而被勾命的那些说法,在毛根听来更是无稽之谈。萝卜也有命,土豆也有命,谁不是照吃不误?这不是杀是什么?他不是故意让那些人不痛快,但说起来必定是逆着的。在毛根看来,太阳不见得是从东边升起,不过是给升起的方向命名了东,若命名为西,那就是从西边升起的。猪不见得是猪,若老早给猪命名为狗,那就是狗。有一次,马倌喝醉了,拦住毛根,我他妈要揍你一顿,你信不信?毛根说不信。马倌突然掴毛根两掌。他人高马大,手上的劲儿又足,毛根的脸顿时变青。马倌问这下你信了吧。毛根没有逃离和退缩,他说这不算揍,马倌问怎么不算,毛根说除非你拧断我的脖子,割了也行,砍了也行。马倌被激怒,大叫,我他妈豁出去了,扯住毛根的头发拖拽一圈,没把毛根拽倒,自己跌了一跤,半天没爬起来。结果跌醒了,马倌没再挑衅。毛根挺着腰离开,挨了打,仍然气昂昂的。他不在乎别人叫他傻蛋,叫他愣坨。他傻不傻,与他们的称呼一点儿关系没有。他不信他们叫他,他就变成傻子。

娶了胖女,毛根的性情才有了变化,虽然什么都不信,但不怎么和人抬杠了,当然,也没人和他抬了。而自从迷恋上宋慧,毛根彻底变了。他相信魂儿的存在,相信魂儿会飞离躯体;相信喜欢上一个人可以为她偷为她抢为她去死,相信白天相信黑夜,相信太阳从东边升起西边落下。凡是宋慧相信的,他都相信。宋慧就像那个大太阳,把他的日子照得亮堂堂的。

可是,现在,他似乎什么都没有了。孤傲已离他非常遥远,宋慧还是大太阳,光芒却弱了许多,他感觉不到曾经的温度和亮度。她的气息仍吸引他,却不能令他如醉如痴。他仍喜欢她的声音,仍在乎她,但他的血液再也不能沸腾。他没了方向没了动力,没了对抗漫漫长夜的武器。在日子最艰难的时候,也未曾这样。

必须再试试,没准还能找回来,毛根想,不能就这么算了。

午夜时分,狗吠渐稀,毛根出了屋,顶着灰暗的星光往宋慧家走。天气一天天变暖,因寒冷的啃噬而裂开的土地早已弥合,风掠去了枯叶柴棍,街上光溜溜的,就像专门为毛根准备的。虽然看不清楚,但毛根能感觉出来。毛根不用担心绊倒,即使闭着眼睛也不会。他立定,侧耳,待捕到宋慧的鼾声后,便开始围着她和她的房子行走。那是他和她的电波,他必须要接通。连续走了几个夜晚,这是第六次了。他没有以往那样由慢至快,拔脚就是大步,两圈之后变成了跑。心脏撞击着身体,咣当,咣当,每一声都像深情的呼唤,宋慧!宋慧!脚踩大地却无声无息,或许是被呼唤淹没了。他意识到出汗了,后背湿乎乎的。但他所渴望的奔涌、燃烧、沸腾始终没有,甚至连往夜那种稀淡的甜蜜也没有,越跑越烦,越跑越躁。也许跑得太慢了,这么想着,他的步子更大,呼唤也更频了。他感觉自己湿透了,汗珠滴到手背上。也就这些,除此什么也没有。

毛根没有绝望。也许太快了,慢一点更好。于是,由跑变成走,一圈又一圈。也许不该睁着眼睛,于是,他闭上。驴拉磨都要捂着双眼,他问母亲,母亲说捂了双眼驴才能用心走。那是他和母亲磨酱面的时候用的方法,胡麻炒煳碾磨成面,熬菜时撮一撮,菜便有色有味了,与酱油的作用相似。闭了眼睛,果然就专注了,不再胡思乱想,只有一个名字,一个人影。他与她近了许多,他"看"得细致而真切。但,但是,没有火舌喷射。

忽然就倒下了,不是绊倒的,是他的双腿太软,支撑不住已经发冷的身体。有一瞬间,他还以为骨折了,因为听到了奇异的脆响。毛根很是紧张,对于孤身的他,这可不是一般的灾难。他摸了摸,又捏了捏,好像不是那么疼。他不知道是疼的地方太多而分辨不清,还是已经麻木失去了感觉。他坐在冷硬的地上,除了失望还是失望。直到听见扑棱一声,是从左前方的树冠发出的,喜鹊,抑或是乌鸦,他才挣扎着坐起,一步一摇地往回走。

毛根不记得怎么进屋,怎么躺下的,脑袋像灌了泥浆,昏昏沉沉的。

那声音来自非常遥远的地方，飘忽不定，但毛根听出是宋慧。她在呼救。毛根想奔向她，但双腿缠着，怎么也迈不开。他努力挣扎，终是徒劳。宋慧呼叫得越来越急，她一定是遇到了危险，他想。他急得大喊，突然从梦中醒来，弹簧一样坐起。宋慧就在窗户外，边敲玻璃边叫，神色慌张。毛根掀掉被子，扑到窗前。他是和衣躺下的，鞋都没脱。他想把窗户打开，把宋慧放进来。动作猛了些，几乎撞到窗棂上。脑袋沉得如同巨石，双眼阵阵发黑。他拽开窗，宋慧却不见了。惊愕滑过脑际，他正要探出头，声音从身后响起，你开窗户干什么？毛根迅速回头，眼前又是一黑。原来你从门进来了？毛根惊魂未定。宋慧笑得丰胸乱颤，我不从门进，还从窗户进啊？你睡迷糊了吧？毛根垂了头，我以为……宋慧截断他，你可真能睡，睡得这么死，我叫了半天，玻璃都要敲碎了，你再不醒，我都要叫人了。毛根见她往身后瞅，忙把被子团起来。宋慧说，你可够简单的，睡觉还穿着鞋呢。毛根不知怎么回应，说惯了，问她是不是有事。宋慧嗯了一声，目光忽然不动了，你是不是病了？毛根摇头，说就是头有点涨。宋慧让他往前，毛根便挪至炕沿，双脚耷拉在地上。

宋慧抬臂，将手背挨住毛根的额头。大方、自然，就像毛根是她的孩子。毛根的脸与她的胸只有一个拳头的距离。她的气息包围了他，他还能听到她心跳的节奏。他被奇异的感觉环绕，摇晃而复杂，还未来得及品味，她冰凉的手已经撤离。她呀一声，你发着高烧呢，毛根，难怪你睡得这么死！毛根说，不至于吧,我没什么感觉。宋慧问,你家里有感冒药没?赶紧喝上!毛根说我找找。宋慧说,干脆你过来吧,我那儿有。我和小根吃过了,正好还有没下完的面条,给你煮一碗。毛根说,小根给你添的麻烦够多了,我就……宋慧斜他,架子好大,还让我雇个轿子抬你?毛根只好让她先走,他抹把脸就过去。

确实是感冒了,头重脚轻,浑身发冷。待吃了三粒感冒胶囊,又吃了一碗半热气腾腾的面条,发过汗,毛根感觉好了些。他一向认为自己跟碌碡一样结实,没想多半夜的疯狂寻梦竟将他折腾病了。宋慧给毛根剥了一碟子蒜,叫他全吃掉,蒜也是治感冒的。实在太辣了,毛根吃了不到一半。宋慧把碟子拿走的同时,丢了一瓣在嘴里,说你还不如我呢,有一次感冒我吃了满满一碟。你不信?她从毛根的眼神里感觉到什么。毛根说,我信!宋慧说,我还以为你不信呢?我当场吃给你看!毛根想象不出吃一碟大蒜会是什么感觉,他问她不怕烧胃吗?宋慧说,我结实着呢,八叉说我前世就是猪。毛根说,你不是!后边的话差点就冒出来。宋慧没在意毛根的神情,说,是又怎样,不是又怎样?现世就够忙活了,还管得了前世?毛根想起她的嚎哭,心里酸酸的,那是她现世的武器,若失掉这个武器,宋慧该是什么样子呢?

宋慧让毛根照看小根,她得去趟镇上。回去也行,在这儿也行,她瞄瞄看电视的小根,只要小根高兴。毛根说,还是回去吧。他可不能在宋慧家照顾小根,虽然杨八叉不在,虽然他也想。宋慧说,随便,不过,我用不了多长时间,买点麦麸就回来了。毛根问,给小猪买吗?宋慧笑了,是呀,买给你,你吃呀!毛根也笑了,随即道,要是只买麦麸,他替她去。宋慧不同意,阎王爷还不使唤病人呢。毛根不愿放过为宋慧跑腿的机会,说自己已经好了,不碍事的。宋慧仍然不同意,说你要被风刮跑,小根会跟我闹翻天呢。毛根说他也有别的事,正好一块儿办了。宋慧问,真有?毛根说真有!宋慧说要是顺便那敢情好,毛根没必要单为她跑一趟,她没那么急,杨八叉就快回来了。毛根咯噔一声,仿佛宋慧宣判的是他的刑期。装修够快的,良久,他才没滋没味地回应。宋慧说没装修完,杨八叉听说乔石头买了垴包山,待不住了,非要回来瞅瞅!我知道他担心什么,宋慧说,他是怕我让人哄了,好像我傻得连钱都数不清。我还知道他打的什么算盘,他一直想买一台机器,什么机器都行,磨面机、收割机、翻地机,他都想疯了。真能分一台机器的钱吗?我不信!那是石头山,又不是金山银山。他还得去,这一来一去,路费也要不少呢。毛根心里空空的,嘴上却安慰宋慧,你不能把他拴在那儿,由他好了。宋慧向往地,如果真能分一台机器钱,那就好了。她脸颊蚕豆大小的黄斑竟隐隐浮了一层浅红色,而锯齿状的边缘则是淡粉,如破晓的霞光。她知道这是不可能的,但还是愿意这么想。他不忍把霞光拂去,一直等到那光晕自然消隐,才问她买多少麦麸。宋慧说,三十斤,猪认麦麸,吃麦麸毛都是亮的。毛根问,够了?宋慧说,四十斤也行。她似乎还沉浸在遐想中,说杨八叉买了面粉机，就不用往镇上跑了。到时候，我养个十头八头的。毛根，你打算干什么？她忽然问。毛根说，我还没想好。宋慧说，小根好多了，不过，你还是给他再查查好。毛根嗯了一声，说到时候再说吧。宋慧给他拿钱，毛根死活不要，说小根吃你的喝你的，几斤麦麸算什么？宋慧扯住他，说他这么跟她算账，她什么忙都不用他帮了。拿着！她喘着粗气命令。毛根就将那五十元钱接了，他怕她绊倒，还怕他倒在她身上，尽管他渴望，可他不敢。她扇灭了他的念想，若再扇掉他为她效力的可能，他的天就彻底塌了。现在，他只是没着没落，若那样，他的世界或许就没光亮了。

宋慧推出自行车，毛根瞄瞄便移开目光。他说，我用不着那玩意。宋慧想起毛根不会骑自行车，呀了一声，这么远，你扛回来呀？毛根不屑，不就四十斤吗？一百斤我也扛得回来。宋慧说，十多里路呢。毛根摇头，没事的。这不是吹嘘。走路是他的强项。他有许多强项。那年六月落冰雹，砸死好几只羊，羊倌哭得鼻涕都出来了。毛根正好路过，一肩一只，起码二百斤，从滩到村他就歇了一次。若论力气，宋庄没有哪个能和马倌比，他扛得起一头驴，但也就是扛而已，论行走就差远了。宋慧只好把袋子给他，嘱咐他多歇歇，反正也不急。毛根说，耽误不了你喂猪。

出村毛根便甩开大步。不会骑自行车的不多，毛根是一个。当然不是因为他笨学不会，而是他自恃脚力好，用不着自行车。枪他都会组装，骑自行车算什么？他不相信自行车会比步行快。宋太和他比过一次，毛根说咱跑两程，第一程你说了算，第二程我说了算。宋太笑得叽叽嘎嘎的,说两程你都说了算。毛根说,那不公平。宋太比毛根年龄大,他讥笑毛根嘴叉的毛还没长出来,嘴巴倒硬得鸡头一样。宋太说毛根输定了,毛根不信这个。第一程,从村边跑至坳包山底,宋太双腿猛踩,毛根紧追慢赶,被宋太甩在后面。宋太得意地问第二程咋跑,毛根说我咋跑你咋跑,随后,阔步攀爬坳包山。宋太骑不上去也扛不上去。毛根从山顶下来,宋太不服气,说比的是平路,不是爬山。毛根反问,平路是路,山路就不是路了?在毛根的理念中,只要脚能踩上去,哪怕是云朵,那也叫路。宋太没赢到那五包方便面,当然也不承认输了,两人就是个平手。宁和傻子吃土,不和蛮子掰手,宋太得了个教训。

毛根不相信自行车比步行快,但也承认自行车的好。胖女怀孕后,让毛根给孩子准备一件礼物。毛根就买了辆自行车。别人看见了,故意问他,毛根满脸骄傲,是给我儿子准备的,我才不骑呢。确实,毛根没有骑,他将自行车用布缠了,吊在西屋的后墙上。现在,毛小根的礼物仍吊挂在那里。毛小根不骑,毛根也绝对不会动的。绝不是舍不得,是用不着。

但在那个上午,毛根虽然走得不慢,却有些吃力。脚似乎灌了铅,难以想象的沉,而腿被风削成一根线,来回摇摆。或许是昨夜走得太急了,也可能是感冒还没完全好。但毛根没因此放慢速度。他可不愿别人看到他病恹恹的。

到了磨面厂门口,毛根抓住生锈的铁栏杆喘了一会儿。十几分钟后,他扛着麦麸出来,脚已经稳稳当当。不是四十斤,而是六十斤。已经买上,不必走得那么急了。

走了一段,听见有人唤他,然后便看到站在豆宴庄门口的罗包。罗包招手,说有话问他。毛根闪避着嘟嘟乱叫的轿车和冒着黑烟的四轮车,他不相信这些车敢撞他,但扛着宋慧的麦麸,就得小心了。

毛根问罗包什么事,罗包笑说你别扛着呀,进店坐坐。毛根说不了,还要赶路呢。罗包执意让毛根放下,说你这个样子,我说话等于欺负你。毛根想反正误不了宋慧喂猪,便将口袋立在门口。罗包问袋子里是什么,毛根说是麦麸。罗包吃惊地,麦麸,你不是吃的吧?毛根讲了,罗包说,我就说吗,你再困难,也不至于吃麦麸。毛根说,那是。罗包说,我这儿有一袋大米,去年的,不过还好好的,如果你愿意,一块儿弄走吧。毛根说,那就谢谢你了。罗包说,不多,也就二十斤。他喊服务员烙豆腐馅饼,并特意强调多烙些。又对毛根说,给孩子带几张。毛根说饭就不吃了。罗包说,急什么,你还怕天黑认不得路?很快的!

毛根听罗包说给孩子带几张,心便活了。想,一会儿我快点儿就是。罗包是慢性,但愿他的话不比烙饼耗时间。一户能分多少?罗包问,垴包山,该不少吧?毛根摇头,我说不上,你还在乎这个?罗包说,钱我倒是不在乎。毛根不解,除了钱,你还在乎什么?罗包叹口气,满脸忧愁,各人有各人的烦。毛根暗想,他这是得了富贵病吧。他不明白罗包有什么可烦的,两个女人都争着跟他,再烦也不可能比他更烦,他连念想都没了,心整个被掏空了。若杨八叉回来,连为宋慧跑腿的机会都没有了。毛根没安慰罗包,实在是不知说什么好。当然,罗包也未必是让毛根劝导他,那是钱庄的本事。你到底想说什么？毛根有些憋不住了。罗包说,一言难尽呢,不说了！毛根卸掉了担子,说了我也帮不上你什么。罗包的脸不那么悲了,问知不知道乔石头为什么要买堌包山。毛根说,钱花不完了,找个借口给大伙发点呗。罗包缓慢地摇摇头,直接发就是了,何必费这个劲儿？毛根说,我不操心这个。罗包说,我就是好奇,乔石头的脑瓜和咱们的不一样,你说他琢磨什么呢？毛根说,你该去问他。罗包抿嘴乐了,你个毛根,尽往人嘴里塞沙子。

馅饼端上来了,满是黄色的油泡。毛根站起来,说来不及了。罗包说,也不在这一会儿呀,你尝尝,新推出的。毛根瞟瞟吱吱叫的油泡,吃饱就扛不动了。罗包便将整盘馅饼装进食品袋给毛根带上,还有大米。

毛根扛着麦麸,夹着大米,拎着馅饼,跨着大步,把罗包的话甩得干干净净。

他不知道乔石头琢磨什么,不知罗包琢磨什么,也不想知道,那不是他的世界。

6

次日,毛根上了一趟堌包山。没什么目的,随便转转。也许罗包的某些话给了他暗示,他不能确定。

垴包山共有三个山头,呈倒"品"字形,彼此相距不远,离村庄最近的山包是最高的,土质也最好,遍坡灌木丛、沙蒿,石缝间的皮尖草即使在苦旱年也有半尺高;而另两个山包只生长沙蒿和老牛疙瘩,黑色的石头裸露在风雨中,就像牛粪垛。相貌也有差异,最高的山头往东南向,缓缓向下,高却不陡,北面一侧被掰掉似的,那一截不知去向,若从北面看,像突兀的棺材头。西面凹下去,百米外是另一个山包,像昆虫的脑袋,身子甩在西北方向,绵延出好几公里。西南的山包是勺头形,另一端是断壁,如刀劈斧削。不止一个人死于崖下,有的是不慎摔落,有的是自寻短见,所以又叫断魂崖。

山顶风大,毛根有些摇摆。他拉上外套的拉链,蹲坐下去。他爬的是最高的山,坐着视野也足够好。村庄、树木、河流、乌鸦,毛根迅速掠过。早上碰见宋品,宋品说如花那架势是要把他送进监狱。不过,宋品让毛根放心,一切掌控在他手里。毛根不害怕,也不怪罪如花,他能体会到她的苦痛和伤悲。

喳喳喳,喜鹊的叫声突然响起,如荚壳里的种子在空中爆裂。毛根心中一喜,引颈张望。两只喜鹊,一先一后,在西北方向。喳喳喳,又是数声爆裂。然后便看到一个人影从昆虫背走下来,毛根猜到那是谁了。喜鹊走路,必有喜鹊伴随。毛根起先不相信,后来他服了。但他不相信喜鹊的前世是喜鹊之王的说法,他认为喜鹊有摄魂术,所以那些喜鹊才乖乖听她号令。祖父毛一枪也曾有奇幻的法术。最离奇的一次是毛一枪路上遇到一只野兔,他没带枪,但那只野兔突然就不动了,直到被毛一枪抓在手里,仍缩着身子。毛根没有亲见,但他相信是真的。那么,喜鹊摄魂喜鹊也不足为怪。

喜鹊像揣了心事,步子极缓慢。她低着头,没有看到山顶的毛根。喜鹊脸坯子好,这是宋庄人的看法,以毛根的标准,远不如宋慧。她有名是因为她会摄魂术,毛根盯着喜鹊的背影想,除此,根本没法跟宋慧比的。

登高望远,西风浩荡,返身下山,毛根舒服了一点点。宋慧不属于他,但能和她前后院也是幸运的。至少能听到她粗声大气的嗓门和决堤般的嚎哭,虽然有些声音会戳痛他,但总比什么都没有强。但至山腰,他就不那么轻松了,没着没落的感觉再度袭来。只是宋慧一个人"抛弃"了他,但他感觉被整个世界遗弃了。

经过自家那几亩地,毛根在胖女墓边立定。墓就在地头。胖女连矮土丘都没登过,她上过最高的地方就是土炕。她问毛根爬山是什么感觉,说这辈子能爬一次墹包山就知足了。毛根忘不掉她向往的神情,活着没能让她如愿,死后将她葬在山腰。这块地是祖奶开垦的,一九四八年才划归村里。某次,祖奶上山包土,说要带回去,毛根才知道这些过往。几易其主,现在属于他。准确地说,是他承包的。但在毛根心里,地就是他的。胖女葬在这儿,等于住在自己家里。若乔石头买了墹包山,胖女是不

573

是就不能住在这里了？这个问题突然闪出来，毛根被雷击了似的，连打几个冷战。仿佛触碰到胖女哀怨的目光，毛根低了头，匆匆下山。

毛根没回家，径直到村部，然后又折返到宋品家，均没见到宋品。王大翠说可能在祖奶那儿，他跑了一趟，也没有。他还去了小卖部，让钱庄给宋品打电话，但没打通。毛根暗想，难道宋品知道他来，躲了？转了一圈，毛根决定去他家里守候。不信等不着。

我不知道他去了哪里，也不知他几时回来。看到毛根进院，坐在门槛上洗衣服的王大翠说。毛根说我等他，他总要回来吧。王大翠说他没迟没早。毛根在墙根蹲下，几时回来几时算。王大翠便埋下头。当然，即便她抬着，毛根也看不到她的脸。她包着灰绿的头巾，应该是两块，一块从后往前，一块从前往后，只露着额头和眼睛。毛根有好几年没见过她的面容了，原以为她出外包着，没想到在自己家也裹这么严实。不觉得憋吗？毛根脑里滑过疑问。

毛根试图说点什么，他对王大翠印象不错。她从不端架子，虽然她有资格端。她曾找毛根买兔皮，毛根没打算要钱，可她说毛根不容易，硬塞给毛根。毛根哎了一声，准确地说，是半声，猛又刹住。王大翠的样子，好像毛根根本就不存在。她双手牵衣，双肩一起一伏，胳膊拉缩自如。她用力甚猛，速度极快，仿佛她抓在手里的不是衣服，而是恶魔。一番较量，打斗厮杀，她终于将泼污、欺凌、辱没她的魔头摁住。她不敢松手,不敢掉以轻心,似乎稍有松懈,恶魔就会逃走,并继续为非作歹。噗噗噗,她一刀一刀宰割着,先是头,然后是颈、胸、四肢。虽然看不到王大翠的脸,但在毛根的想象中,此时她必定双目充血,牙关紧咬。没人能帮她,她只能拼尽全力。

自蒙面之后,王大翠所有的空闲时间都用来洗衣服,没有昼夜,不分冬夏。有时一件衣服一天要洗三四遍,因为常常还没晾干便又脏了。灰尘、鸟粪,枯枝败叶,空气中的任何脏东西都会粘在上面,王大翠的衣服不是穿烂的,而是洗烂的,哪怕是新衣服她也要洗。往往没等穿呢,便洗得千疮百孔。王大翠去小卖部,话都不用说,宋丽华便知道她要什么。王大翠费洗衣粉,每次都是买两袋。宋品买了一台洗衣机,但王大翠从来不用。

毛根直定定的,有些看呆了。

终于,她的双臂不再抽动。她将衣服拧干,丢在旁边的塑料盆里,端起灰铁皮做的洗衣盆。毛根见状,赶紧过去,说我来。王大翠说不用,略一偏转身体,避开毛根。她的声音也像被包裹着,说不出的沉闷。她把水泼到院子的西南角,接了新水,将淘过的衣服晾晒到铁丝上。分别是两条裤子,一件上衣,一双袜子,顺便扯掉晾了不知多长时间的枕巾、秋衣、背心,团在一起,扔进洗衣盆。喝了几口水,重又坐在那里。

太阳落山,毛根也没等到宋品。他起身离开,王大翠仍在揉搓。这不是他认识的王大翠,而是另一个人。或许是她的替身,她怕人识辨真面目,所以才包着头脸,一日一日地搓洗。

吃过饭,毛根先去村部,后又拐到宋品家。宋品还没回来,王大翠仍然在洗,不过不是坐在门槛上,而是在屋里。洗的好像是一块抹布。毛根虽然想到了,仍万分惊愕,问你不吃饭吗?王大翠说吃过了。毛根问,不累吗?王大翠说不累。毛根说,怎么会呢,就是机器也受不了呀。王大翠说不洗才累。毛根生怕自己听错了,你是说,不洗……就累?王大翠说,我不跟你说,你不懂!毛根其实懂了,或者说,他认为自己懂了,但他没把这话说出来。王大翠说,喝醉了,他多半不会回来,你还要等吗?毛根略显不安,我再等等。王大翠说,愿意等,哪怕你等到天亮呢。从毛根进屋,她始终没有看他。

约莫一小时后,宋品踢踢哒哒进了屋。王大翠没被宋品打扰,宋品也没理王大翠。他自顾自地说累得脑袋都要掉下来了,然后便去揭锅盖。原来锅里备着饭呢,一盘炒白菜,两个馒头。宋品探探手,说凉透了,热热?好像和王大翠商量。王大翠擦擦手,开始生火。宋品这才问毛根有什么事,毛根说你先吃。宋品说在镇里开会,就中午管了一顿饭,还真是饿了。不过,你不说我也清楚,问钱的事吧,放心,亏不了你!毛根仍是那句话,你先吃!宋品说,你个货,倒是越来越懂规矩了。

宋品放下碗筷,目光松松垮垮地甩过来。毛根抛出自己窝了一天的问题。宋品漫不经心地,这个,自然要迁的,迁就迁吧,又不费事,费用也可以补给你。毛根的声音瞬间就硬了,不行!

那绝对不行！宋品的目光越拽越紧了，不行？你个愣货，行不行是你说了算的？毛根说，胖女住得好好的，凭什么？宋品恼火地，我以为你拎得清，怎么满脑袋糨糊？乔总买下垴包山，那山就是他的，你……你那个胖女在那儿算怎么回事呀？毛根说，我不管，反正我不让她挪地儿。宋品说，哪儿埋不是埋？那里就好了？毛根不愿讲胖女的心愿，固执地，我就是不搬！宋品冷笑，国家修路，一纸公告，只限个日期，你不迁，后果自负！毛根心里一阵抽缩，谁说要修路了？宋品说，道理是一样的，由不得你！毛根说，那你把协议给我，我不换了！宋品恼怒道，你个愣尿货，你以为协议是什么？想签就签，想撕就撕？我告诉你，你签了字，就有了法律效力！胸中狂风大作，裹挟着石头与棍棒，毛根握紧拳头，脸由青变绿又由绿转青。宋品叫，发飙？那你来吧！毛根没动，任由飞沙走石摔打撞击。宋品缓了语气，你个蛮子，我真不知道你脑里想什么。这样吧，你先别和我瞪眼，我问下乔总，看他是什么意思。如果他说不用迁，那当然好。毛根看到希望，问他几时问。宋品说，那得看乔总什么时候方便，你以为他是我呀，你随便踹门。毛根扫扫旁若无人、自顾自洗衣服的王大翠，说自己没踹门。宋品哼了一声，你个愣货，就差揭房顶了，还说没踹门！毛根不想和宋品闹僵，艰难地挤出一丝别扭的笑。

一夜乱梦，均和胖女有关。一大早，毛根便守在宋品门口，他有强烈的感觉，宋品多半是敷衍他。宋品被突然闪出来的毛根吓了一跳，你个愣货，从哪儿钻出来的？！毛根说天没亮就等着了。宋品皱皱眉头,干什么?毛根直截了当,提出昨日答应他的要签在协议上。宋品没好气,你以为那是擦屁股纸,想撕就撕,想改就改?毛根的眼睛因充血而发红,这使他像抵架的公牛,我知道你在哄我!宋品说,愣劲又来了!你别烦我好不好?我天天净替你操心了,你还给我添乱!你想想,吃的穿的用的,村里哪样没照顾过你?毛根说,我不是添乱。宋品厉声道,那这是干什么?一大早就来索命,还让人活不?毛根觉得宋品和他讲的是两个方向的事,他僵了僵,说,我不管!谁都不能把胖女迁走!宋品极其失望,我以为你只是个愣货,没想到还是个糊涂蛋!你要再没完没了地纠缠,我就不管了!毛根问,协议在哪儿?宋品怒冲冲地说,不知道!

宋品气哼哼地远去。毛根想跟的,追了两步,站住了。他比宋品更失望,也更愤怒。他恨不得扑上去,把这个糊弄他的家伙揍一顿。但他清楚,宋品可不好对付,拳脚未必管用。而心平气和,必定没一点儿用。他不想跟在宋品后边浪费时间,得琢磨别的办法。宋品的话听起来有些理,但再大的理也不能让他的胖女离开垴包山。他的!这两个字就像铁钎,在他心壁上击出耀眼的火花。

毛根并不知道怎么办。他低着头,拧着眉,慢慢走着。满脑都是胖女,宋慧叫他,他竟然没听到。宋慧赶上前拍他一下,他站定。那时,他已经走到自家院子。他盯住宋慧,宋慧啊了一声,问他怎么了。毛根说,没怎么。宋慧说,你眼睛红得要吃人呢,还说没怎么,我喊了你七八声,你好像聋了!毛根问她干什么,宋慧说山药饼烙多了,让毛根过去吃。毛根闷声说吃过了。宋慧不信,这么早就吃了?毛根说,睡不着,起早了。宋慧问,没出什么事吧?宋慧自然不放心他,毛根不想跟她说,说没事,就是没睡好。宋慧说那就好。她走路就像踩着鼓,咚咚地响。

鼓声消失,毛根转过身,瞥到院角的橡棒,一个念头突然冒出来。过于迅猛,毛根被撞着,有些站立不稳。他不知道乔石头会怎样,宋品会怎样,他奈何不了他们。但他可以做自己的,他们休想让他屈服。

说干就干,毛根屋也没进。左肩一根右肩一根,中途没有停歇,一口气扛到堌包山。那多半是从树林里锯的枯木,也有毛根偷偷砍的,当然已经干得和枯木没什么区别。夜幕垂落,毛根已经扛了大半上去。衣服湿了又干干了又湿,身体里汹涌着战斗的激情,他没有丝毫疲累的感觉。一整天没吃饭,竟没感觉到饿。还是吃一点好,吃了力气会更足。这么想着,毛根才开始生火。

东方刚刚发白,毛根便爬起来。又是和衣睡的,穿脱衣服太费时间了。半天时间,他把院角的橡木全部扛到山腰。又从小卖部买了铁丝、塑料布、编织袋,开始造屋工程。次日又跑了趟镇上,买了几米炕布。三天后,宋品爬上来,毛根已经把木屋搭好,就在胖女的坟墓边上。屋外包着塑料布,再外是编织袋。毛根正用木条钉门,瞄瞄气喘吁吁的宋品,埋下头继续自己的工作。

你这是做什么?宋品围着木屋转了一圈。毛根没理他,叮

579

叮当当的。宋品火了,踢踢毛根的屁股,你个愣货,没听见我说话吗?毛根抬起头,并不看宋品,我要守在这里,谁也甭想把胖女迁走。仿佛毛根说了笑话,宋品嘴咧了个大窟窿,跟鬼住在一起?亏你想得出来!宋品掏出烟给毛根,毛根没要,宋品便自己点了,语气缓慢而柔软,毛根呀,你别胡闹,对你没好处。毛根不语。宋品说,把我家的电视机搬去吧,送你了。小根不能天天跟着宋慧吧,家里有台电视机,小根就不会乱跑了。过日子要向前看,往远处看,不能钻牛角尖,那会把自己钻死。私心可以有,但不能太自私了,你是宋庄人,要从宋庄的长远发展考虑问题。如果你只顾自己,而不考虑众人的利益,还怎么在宋庄立足?这得罪人的话别人不会说,我也不想说,可谁让我当了这个书记呢,不得不说。宋品说了一大通,大道理,小道理,毛根仍然没应。凭良心说,宋品对他确实不错,虽然动不动就爆粗话。但在这件事上,毛根绝不让步。

怎么样?别胡闹了,赶紧拆了吧,宋品拍拍毛根的肩。我不拆!谁也甭想把胖女移走!毛根硬邦邦地说。宋品的脸黑下来,语气仍然是温和的,别让人当疯子看。毛根说,我才不管这些。宋品的腔调变了,你怎么就冥顽不化呢?毛根抓起一个钉子,只钉了一下,宋品就爆发了,你个愣尿货,油盐不进的愣尿货。你以为盖个破屋,就拿你没办法了?以为你是谁?以为你长了三头六臂?以为你是孙猴子会七十二变?你要能阻拦住乔石头,我把宋字倒着写!毛根又钉了两下。宋品骂破东西,毛根以为骂他呢,待宋品说一把火烧了,才明白骂的是木屋。毛根不再理他,哪怕他跳着骂呢。毛根一心一意干自己的,甚至,宋品什么时候走的,他都不知道。但宋品有一句话他是记住了,"一把火烧了"。他清楚,宋品不是吓唬他,极有可能。

当天夜晚,毛根便把被褥抱进尖顶木屋。同时背上山的还有弓箭、镰刀、铁锹。如果有猎枪就好了,他不会惧怕任何侵犯。当然,现在他也不惧怕,这些武器足够了。过几天,杨八叉回来,宋慧不能照顾毛小根时,毛根打算把小根也带到山上。毛根只为守住胖女,不让他们动她,没想到在这个过程中,在他搬扛、敲钉的同时,那种没着没落、魂不附体的感觉不知不觉消失了。他再次有了念想,有了生活的方向。他不想与人为敌,但现在必须战斗。人在屋在,屋在坟在,他要与木屋共存亡。他听见身体里的号角,那是骨头的脆响,心脏的跳动,血液的奔流,灵魂深处的嘶喊及弥漫至脑顶的悲壮。

繁星满天,毛根毫无睡意,直直地竖着耳朵,谛听着山野的动静。胖女在另一侧,在土壤深处,但他感觉她就躺在他旁边,因为他能感觉到身侧的温暖。对别人的喜欢终究是空的,只有她,永远属于他。

来吧,宋品!

来吧,乔石头!

来吧,你们!

他不信……

第十四章　祖奶

1

声音是有颜色的,自然也有形状,我看得到。如果说这是异禀,不如说是上苍对一个卧床十多年的百岁老者的恩赐。寒冷的西风是青紫色的,如一根根粗壮的圆柱,仲夏的南风是淡粉色的,如一匹匹悬挂的绸缎;喜鹊的叽喳红艳如豆,大雁的啼鸣深黄如丝;宋品的哑音是深灰色的,如燃烧后的煤渣;麦香的诉说是青白色的,如干裂的豆荚。世间的颜色并非只有赤橙黄绿青蓝紫,千万种声音,就有千万种颜色。有些我能说出来,有些我描述不出。那多半是各种色彩的混杂,且不停变幻,比如白礼成的怪调。不错,我还能听见久远的声音,那些已经离我而去的人,丈夫、儿女、父母、公爹、李贵叔,还有我引领到世上并见证了他们由婴孩到耄耋、再到死亡的那些人。我不仅活在声音里,也活在色彩里,不论我喜欢与否。白礼成的声音令我别扭,还有他那大如核桃、棱角分明的喉结。

但数十年前,我是那么喜欢他的怪腔怪音。

六月中旬的下午,我抱着白杏坐在门口的石头上。没有风,空气中弥漫着莜麦与青草的香气。短腿蚊子在头顶飞舞。夏季的蚊子几乎不咬人,深秋才变得凶猛,叮一口就是一个大包。现在的蚊子热衷于互相打闹。白杏仰头看着蚊子,并伸手去抓。我换了一个姿势,让她的小脸朝向我的胸脯,她再次转头。我抚住她的后脑勺,轻轻扳转。蚊子虽不咬人,可我怕它们打累了,掉进白杏的头发里,怕它们钻进她清澈的眼睛。白杏又咧嘴又扭身,试图挣脱我。我只好松开扳她后脑的手,她立刻破涕为笑,双臂伸摆,咿咿呀呀,像和蚊子在说话。我随她望着那团蚊子,防备哪只冒失鬼触碰她。那时,白杏便显露出她的特别或者说喜好,但我没有在意,仅仅以为那是婴孩的好奇。

白礼成拎着锄头归来,老远就扬扬手,瞧瞧,我拔了什么?然后故意藏到身后。我看清了,那是酸柳,大旺也曾拔给我。白礼成当然知道我看清了,可还是要藏。怎么说呢,这是他的情趣吧。到了近前,白礼成脸上的笑忽然刮掉了,语气比手里的锄还要生硬,怎么坐在石头上?他的样子着实好笑。我说,坐石头怎么了?又不是冬天,我不冷。白礼成说,赶紧起来!他霸蛮地伸出手,半拽半扶,我只好站起来,故意装出生气的样子,我又不是瓷瓶,瞧你这劲儿!白礼成说,别忘了你不是一个人。他将酸柳塞给我,大步进屋,拎了马扎出来。那是他自己做的,如他所言,除了不会生孩子,没有他学不会的。

那是民国二十三年,我再次怀孕。四个月后,我将生出我和白礼成的第二个孩子白果。

不知怎么回事,怀上白果后,我突然变得怕冷,夏季来临,我仍然是半厚的衣服,夜里睡觉,棉被上还得搭衣服。但那个午后暖烘烘的,我竟然出汗了,而我什么也没干。因此,白杏睡醒,我便抱她到门口闲坐。石头并不凉,我向来体质好,白礼成根本用不着大惊小怪。白礼成会疼人,只是有时太过,就像吃糖,吃一口是甜的,若堵满嘴,呼吸就有些困难。当然,不管怎样,我是领情的,从未因为这个挫伤白礼成。

这样你满意了吧,在马扎落座后,我依然是气呼呼的样子,魂儿都要让你吓丢了!白礼成依然绷着脸,你太不当心了!石头是寒性的,等你感觉到凉,那就麻烦了。我哼了一声,你一个大老爷们儿,跟个碎嘴婆婆似的,没完没了!白礼成说,我碎嘴你都不长记性,不碎嘴你更不会放在心上。我说,正因为你说得多,我才记不住,我没那么好的记性,知道该记哪句?白礼成乐了,你随便记住一句都成,怎么说都不听!我依然气哼哼的,就不听,你怎么着吧?还想打我呀!口气蛮横,其实是撒娇。白礼成当然懂。他扬扬手,却拍在自己头上。他说,我可不上你的当,你疼的是肉,我疼的是心。我故意冷了声调,你个蔚县侉子,我才不信!目光凶,脸却是烫的。不是头婚了,和改嫁的丈夫打情骂俏,是不是很没廉耻?或许吧,但我承认,我享受那种感觉。白礼成蹲在我面前,你摸摸,还没打呢,心就疼上了。跟了我四十年,一见你它就背叛我了,改天剜出来给你算了。我说,真肉麻!是不是偷偷舔蜂蜜了?白礼成嘻嘻笑,你猜对了,嘴唇现在都是甜的呢,你尝尝。说着努出嘴唇,示意我吮舔。我佯装捶他,他往后一撤,坐在地上。

我坐着马扎,白礼成略成仰视状。似乎这时,他才注意到一抓一抓的白杏。问我,闺女这是干什么呢?不等我回答,便又道,可能饿了。我说,睡醒吃了半碗糊糊面呢。白礼成说,糊糊面不经饿,你奶奶她。我没理他。不到十个月,我就给白杏断了奶,这样更方便我外出接生。断奶那天,白礼成还和我吵,怪我心硬,某某的孩子五岁了还在吃奶。他说他的,我断我的。不错,某些时候某些方面,我确实像块石头。白礼成拿我也没办法,也就说说酸话,发发牢骚。

她若不是饿了,不会逮蚊子,白礼成瞅着白杏的怪状说,你让她吃一口,哪怕一口。我装出生气的样子,早憋回去了,你又不是不知道!白礼成一本正经,我就是知道,才想让白杏吃。我骂他不正经,脸又烧起来。白礼成往前挪挪,欠起身子,说,你腾不出手,我替你解。我猛一拨拉,把你的狗爪子拿开!白礼成央求,让娃吃一口嘛,你还真要让她吃蚊子?不饿她够蚊子干什么?

我知道白杏并不是饿了,如果是,我就抱她回屋了。可是白礼成反复说白杏想吃蚊子,我犯了嘀咕,不是认可白礼成的说法,而是因为白杏的举止。自看见头顶的短腿蚊子,她就又挥胳

585

膊又挠手的。我将白杏放到腿上,一手揽她一手解扣,然后撩起半棉的背心。如果说是为了验证白礼成的说法,不如说是为了驱散心中的疑云。白杏未足月,又是生在路上,我对她总是格外疼惜些。

我把白杏的手放在乳房上,她抓了抓便松开了。我斜抱住她,她的嘴巴对准紫色的乳头,吮了两口,停下来,又吮了吮,便将头扭开。她没再抓头顶的蚊子,而是望着屋顶,也可能是烟囱。房顶落了几只麻雀。我松了口气,一边系扣一边说,行了吧?饿不饿我还不清楚!白礼成吧咂着嘴,这么好的东西,她就不觉得香?!他的眼珠子在我手上粘着,我系好了,他还死死盯着。我狠狠捶他一下,你个擀毡匠,有点出息!白礼成咧咧嘴,这不怪你?遇见你,我才没出息的。他等我接茬,我偏不上当。白礼成又往前凑,我正要呵斥,他说,都说蔚县人手巧,可给你做褂子这裁缝,比蔚县人巧多了,我走南闯北,没见过这种样式。你穿着这件衣服,像从画上走下来的。然后强调,我说的可是真的。

去年秋天,我给张北城的裁缝四季红的儿媳接生,生产顺利,还是双胞胎,但产妇血崩,我没白和薛令玄学,及时止住了。四季红说我是她家的福运星,非要给我做件衣服。问我喜欢什么样式的,我摇头谢绝。半个月后,她竟托人给我捎来一件灯芯绒袄,紫色的,非常喜气。大小肥瘦都很合适,不得不佩服她的厉害。这件夹袄不是常见的对襟或斜襟,是琵琶襟,领袖下摆还镶了翠绿的花边及黑色刺绣。她是有心人,我不过在她身上多停留片刻,她就瞧出来。我只是看看,绝没有其他想法。怀着身孕,略显紧了,但还扣得上。

我每次穿这件灯芯绒袄,白礼成都要夸赞一番,夸衣服,捎带夸人,或者夸人,捎带夸衣服。但那个下午,他说得更夸张些。这针脚,几乎看不出来呢,他再次称奇。我说,怎么?你想改行当裁缝了?他说,咱可做不来。我刺他,你不是说,除了生孩子,没有学不会的吗?白礼成笑了,没缺,那就成仙了。语气一转,再坐坐?我明白他的意思,慢慢站起。他要抱白杏的,我没让,他拎着马扎,跟在我后面。白杏又在舞胳膊了,是冲白礼成舞,白礼成在逗她。想飞呀,小心肝,等你长出翅膀就能飞了,白礼成乐滋滋的。捡拾在耳,但我并没有在意,就像并未在意白杏盯着头顶的蚊子一样,因为那是再普通不过的一句话。那个下午,我和白礼成只顾得调情——我不知还有什么更合适的词——虽然注意到白杏的举止,但终究没放在心上。

那把酸柳我没吃,留给李桃和李夏了。李桃分给李夏四根,剩下的一口气吃个精光。白礼成瞄瞄我,什么也没说。他想让我吃的,但他清楚我的心思。在这一点上,白礼成没和我争执过,有了白杏后,对李桃和李夏仍如从前。

白礼成不说,我没忍住。你留一半明天吃,又没人和你抢,我尽量用平和的语气。李桃立时勾了头,将筷子一丢,转身出去了。白礼成欲下地追,我扯住他。白礼成说,天晚了,别让她乱跑。我想想也是,示意李夏。李夏跟出去了。白礼成说,我多拔点就好了。他怪罪自己,毫无道理,我明白他是怕怀孕的我生气。我确实不痛快。李桃在某些方面像极了李二妮,生怕自己吃亏,受不得一点儿气。当然,我也有责任,总是袒护她,不管她占不占理。她动不动就哭得背过气也着实令我害怕。其实她的自私,也有我助长的因素。

李夏返回屋,说李桃在门口的石头上哭呢。白礼成叫他看着李桃,李夏看我,我点点头,他再次出去。白礼成夸李夏懂事,说他将来肯定有出息。我说,他倒是不让我操心。白礼成说明天带李夏和李桃专门拔一趟酸柳,触到我的眼神,忙说,不往远走的。我说,那也不行!白礼成说,好吧,只是地锄完了,我不能闲着。顿了顿,见我没接茬,进一步说,近处的活揽不上了,只能往远走。我说你让我一个人带白杏啊,白礼成便不吱声了。

自有了白杏,白礼成擀毡只在营盘镇地界,我外出接生,他得照顾白杏。另一个原因是战乱。日本兵占了沽源几个月,就被吉鸿昌的部队打跑了,但吉鸿昌的部队一撤,日本兵又围占了沽源。宋辇条赶回沽源,"还没睡个囫囵觉",又赶车逃到宋庄,如他所料,那坛子胡麻油被日本兵吃得干干净净,"连油星子也没剩下"。这次,日本兵不只占了沽源,还占领了康保、宝昌。这消息是刘转运的儿子刘旺说的,生意不好做,裕成泰快散伙了。他把媳妇接到张家口城住了一年,几天前又送回宋庄。我半年多没到后草地接生了,因为没人来请我。这个当口,白礼成怎么能往远处走？就是他有这个心,我也不让。当然,也无须我多言,他自个儿都说命比钱紧要。

白礼成此时说这样的话,并不是改了主意,认为钱比命重要了,而是冲我来的。我没听他的劝,用他的话说"整天地疯跑"。我并不想疯跑,可谁让我是接生婆呢？白礼成明知劝不住,还是动不动就说酸话。

半晌,白礼成试探着说,如果你自己能带,我就去宝昌转转。我沉了脸,我自己带可以,但宝昌你不能去！白礼成问,为什么呢？我说,不为什么,反正不能去！白礼成带了些气,你不为自己担心也就罢了,可别忘了,你怀着娃呢,是五个孩子的娘！他生气,我反而笑了,我没忘,有你呢,你这个爹难道是装样子的？白礼成声音有些高,我不管了,你想咋胡来咋胡来,我去哪儿,你也不要管。死缠烂打无效,他开始耍蛮。这当然不能吓住我。我哼了一声,你个蔚县猴子,还想和我要横？就依你,我不管你,你也别管我。白礼成立刻就软了。我可以不管他,他当然不可能不管我。

我和白礼成常常小吵小闹,但两人并没有裂痕。看得见的刺都不是真正的刺,至少我是这么认为的。我喜欢他的怪调怪腔,即使是争吵也喜欢。

我哄白杏睡觉,白礼成出去溜达。白礼成溜达也不只是为了练腿。不管白天黑夜,他走路两眼珠子都是乱滑溜。只要有耐心,说不定就能捡到什么宝贝。反正也是走,为什么不低头瞅瞅呢。有一次我取笑他,他这样辩解。他还怂恿李桃李夏跟着学,两人都不听。白礼成捡到过一把火铲,一顶毡帽。有人寻来,我一一送还。我逗白礼成白捡了,白礼成反驳,赚了人情啊,咱不亏。我骂他人精,他嘿嘿乐。

白礼成转了一圈回来,脸上挂了大团的笑。李夏已经把李桃哄回屋,但她不跟我说话,她这股气要到次日才能消完。我问白礼成是不是捡到了元宝,白礼成说元宝没捡到,但捡了一份活儿。告诉我钱家雇他剪羊毛了。我一怔,钱家雇你?你会剪吗?白礼成的眼睛闪烁着细碎的鱼鳞般的光泽,当然会啊,钱家人又不是傻子。

钱家有几百只羊,一般在五月中旬剪羊毛,自那年六月落雪冻死上百只羊后,剪羊毛就延至六月了。剪羊毛也是技术活,我见过,手艺好的,剪下的羊毛是个整团,铺展开就像一张皮。不会剪的,羊就遭罪了,伤痕累累,剪下的羊毛也乱糟糟的。

我问白礼成什么时候学的,白礼成嘿嘿笑,梦里。我撇撇嘴。猜他早就揽上了,至少不是溜达那阵子撞上的。他先前不说,不过是为了用出远门来"要挟"我。这猴子,至少有一千个心眼儿。我没戳穿他,故意装傻,你这本事可真是不少呢。

次日,白礼成便到钱家剪羊毛去了。他早就备了羊剪。钱家管饭,但中午他回来了。我以为他是被撵出来了,脑瓜好使,不见得手就好使。白礼成说忘带磨石了。第三天中午白礼成又回来了,闭着一只眼。那只眼进沙粒了,他弄不出来,让我舔舔。

李桃李夏的眼里都落过沙粒,是我用舌尖舔出来的。他不是装的,果然有,我嚼了嚼,吐出去。白礼成歇了一会儿,灌了半碗冷水,才起身走了。第四天中午没回来,第五天中午又回来了。一只"羊爬"(羊身上的寄生虫)钻进他的后背,虽然已被别的剪毛工弄出来,但还是咬了几个疙瘩。白礼成让我看看红不红,要不要紧。我翻起他的褂子,果然有两处豌豆大小的包。我用针扎了扎,又挤了挤,说没有大事。此后的中午,各种各样的缘由让他跑回来。我说你事这么多,不怕钱家不高兴吗?白礼成说,工钱是按只计,又不是按天算。又说歇喘歇喘,剪子才拿得稳当。别看蹲着,累得很呢。

  白礼成的话滴水不漏,但我还是起了疑心。他每次回来都去趟东院,必有缘故。我打开屋门,便看到墙角的袋子,口敞着,羊毛快装满了。像做了贼一样,我听到扑通的心跳。白礼成回来,我把他叫到院里。我说这可不好,咱挣人家的工钱,可不能干这事。白礼成嘻哈着,钱家几百只羊,哪在乎这点儿。我说他不在乎,咱在乎。白礼成瞄瞄我的肚子,说他并不黑心,只想给要来到世上的娃擀块毡子。我绷着脸,说这样的毡子铺得不舒服。我叫他送回去,他说要是送回把另外两个剪羊工也带进去了。原来他偷偷往鞋底藏羊毛,他俩都是知道的,白礼成给两人送了烟叶,所以他们做了他的同谋。我冷笑,你可真有手段啊。白礼成说,当了这么多年毡匠,我没藏过奸,没耍过滑,我是为咱的娃呀,你要是认为我寒碜,那就告诉钱家人吧。僵持了几分钟,我做了退让,就此为止,别再往回带了。白礼成应得很痛快,发誓再藏一根羊毛,我就剁了他的手。但我知道,他没听我的,只是不像先前那么频繁了。

两个月后,白礼成为尚未出世的白果擀了块羊毡,不厚,但摸上去暖暖的。我几乎忘记这羊毡是他偷来的,说他擀得真好。白礼成得意地,那还用说,你去蔚县问问,提起白毡匠,谁不竖大拇指?然后向往地,你就在这毡子上生咱的娃,行不?我不知怎么应,无言地点点头。他咧开嘴,龇着白牙笑了。

但是,他的愿望落空了。

2

石头按捺不住兴奋,站起来讲了。他声音褐红、灼烫、瓷实,如刚刚出窑的砖。蚂蚁窜得更快了,我想肯定是被烫着了。

3

白礼成在用连枷打胡麻,每挥一下,都要嗨一声,仿佛吓唬胡麻粒,仿佛胡麻受了惊吓,自个儿会从壳里跳出来。连枷是他自己做的,手握的圆木长柄是榆木的,摔打那端是柳条捆绑成的。捆绑前用油浸了八九天,因而看上去油光闪亮。李桃和李夏在用脚搓,那是挑拣出来、长得壮实而齐整的胡麻,搓掉籽,胡麻秆用来捆扫帚。白礼成的扫帚也捆得好,漂亮又结实。毛毛刺刺都被他修剪掉了,握着很舒服。别人的扫帚半月二十天才能卖完,白礼成背到镇上,当天就光了。白礼成常常吹嘘,但他确实有吹的资本。

我抱着白杏坐在靠近窗户的墙根,一绺一绺的风舔过,但我并不像往常那样觉得冷。或许那天阳光太烈,当然我穿得也厚,棉袄都上身了。肚子挺得高,下端两粒盘扣已经扣不住了,所以不怎么雅。昨天是中秋,我没睡好,被暖烘烘的日光围裹着,有些困意。全家团圆,独缺了李春,我心里泛酸。蒙民不请我接生,我没机会去后草地,也没法打听李春的消息。我怕他受欺负,又担心他闯祸,那可是王府,谁会担待他呢?越想心越乱,到后半夜才睡着。若不是白杏不停地扭,双手一抓一抓的,我或许就眯着了。

虽然带着困意,我还是在连枷声、白礼成的嗨声和白杏的咿呀中捕到街上的动静。我引颈张望,白礼成注意到了,停下来,抹抹额头的汗,问我怎么了。李桃和李夏也停止揉搓,双双看着我。我说,你们的姑来了。可院门口空空的,没有人影。白礼成哈了一声,你们的娘,前街掉根针,她都听得见。话音刚落,李二妮已经立在门口。白礼成的嘴半张着,目光如连枷一样又宽又长。

李二妮头昂得高高的,谁也不看,到了近前,立定,才把脸端平。她平时极少与我来往,我和白礼成成亲时她来过一次,我警告你乔大梅,你嫁鸡嫁狗我不管,但不能让我侄子侄女受气。但她每年中秋都要来,送几个月饼或包子什么的。就冲这一点说,她并非完全的薄情寡义。

是她姑呀,白礼成的神情和语调都极为夸张,早上听见喜鹊叫,我就知道要来贵客。他厌嫌李二妮,我清楚,但他的脸上一丝不露。李二妮眼角习惯性地斜挑上去。走了这么远的路,累了吧,赶紧进屋。我这就烧水,只是没有茶叶了,不知你这个城里人喝得惯不。白礼成竟然把镇上说成城里,我强忍着没让自己笑出来。白礼成不捧还好,他一通乱拍,李二妮立刻来了劲儿,我不进屋,怕脏鞋呢。我已经站起身,她这样说,我又坐下。我是来看李桃和李夏的,李二妮用宣读圣旨的口吻说。然后从拎着的蓝花包里掏出个浅黄的纸包,慢慢展开。里面是四个月饼,其中一个被咬了一口。馅里有冰糖呢,李二妮塞给李桃一个完整的,把咬过那个给了李夏。姑走得饿了,咬了一口。似乎意识到不妥,飞快地瞄瞄我,补充,早上吃得饱饱的,不知怎么就饿了。白礼成插话,李二妮没搭理,她对捧着月饼却没有下口的李桃和李夏说,就在院子里吃,吃完再干。李桃和李夏瞅我,我说,姑让吃,你们就吃。两人这才小心翼翼地咬下去。吃了一口,李夏抠了一块馅给白杏,我说她嚼不了,李夏便塞进我嘴巴。我嚼了几下,口对口喂给白杏。白礼成又挥起连枷,动作很慢。李二妮把剩下的两个月饼包起来抓在手里,望着房檐下空空的燕子窝。白杏似乎受了李二妮的暗示,突然扬起胳膊,冲着燕窝。我轻轻拍着她的后背,乖,燕子飞走了。

李桃和李夏吃完,李二妮上挑的目光才收回来。她要带李桃和李夏去门口转转,问我同意不。不是商量,而是挖苦的语气,你不用紧张,我问两人几句话。我挥挥胳膊,话都懒得说。三人离开,白礼成停下来,你这个小姑子像个皇后娘娘,她该坐个八抬大轿才对板。我说,嘴贱,人不坏。白礼成哼了一声,不坏,也好不到哪儿去。我没理他。李二妮在赵家的日子不好过,越是这样,人前越是趾高气扬。对她,我是再明白不过的。

时辰不长,三人转回来,李二妮的脸不那么冷了,却显得有些失望。李桃和李夏接着揉搓胡麻,李二妮逗了逗白杏。她没有马上离去,显然有话要说。我站起来,说孩子困了,李二妮跟在我身后,似乎忘了她说过怕脏鞋。

我把白杏哄睡着,挪下炕。李二妮这才把一直抓在手里的纸包放到柜上。我说,月饼会吃进两个孩子的肚里,你不用担心。李二妮说,我问过他俩了。我知道她问了什么,很难说得清,她是担心李桃和李夏遭继父虐待,还是盼望两娃吃苦受罪,她好把其中一个救出火坑。我不言。李二妮说,有我在,谅你也不敢。没了阳光的映照,李二妮的脸青黄晦暗,像发旧的纸张。眼角的鱼尾纹又增加了。她穿的衣服领子高,看不到脖子上是否有伤痕,但耳侧的紫痕是遮不住的。赵进元看着敦厚温和,下手竟然这么狠。李二妮觉察到我的目光,下意识地缩缩脖子。我暗暗叹口气,问凤凰和天鹅都好吧。李二妮说,有吃有喝。我说,那就好。李二妮说,光吃饱肚子有什么用?她露出伤感。我说,知足吧,比起那些饿死的,睡着就被炮弹炸死的,你幸运一百倍。李二妮被冷傲卷裹的壳表面坚硬厚实，其实比枯叶还要脆弱，我不经意地戳一下，便破裂了，委屈涌出来，淹得脸都变了形。没有比我更不幸的人了，还不如死了的好。她突然就唏嘘起来，都说枪子不长眼，怎么就飞不到我头上呢。我制止她，叫她不要咒自己。结果她索性哭出声。嫂子呀，赵进元不是人。李二妮控诉赵进元在外养了女人，还领回家气她，赵胖子两口子不替她说话，反纵容赵进元。赵进元的娘嫌她脸上粉搽得太厚，赵胖子捏了她的胳膊，算命的说她脸寡福薄……她没个头绪，不过拼凑起来也能听明白。我摆了两次毛巾给她。

我不再制止，由她哭诉。苦水装多了，是需要倒一倒的。她或要哭到正午了，我刚刚这么想，她突然中止。没有任何过渡，就像从噩梦中惊醒，她对自己的行为不解，甚至紧张。我这是怎么了？问我，又像自问。她瞅瞅手里的毛巾，恼怒又厌烦地摔到炕沿。我是胡说呢，她挤出一绺生硬的笑，你别当真，缺耳子敢欺负我，我连他另一只耳朵剪掉。我说，中午了，要不要留下来吃饭。吃饭？她甚为惊愕，好像这是对她莫大的污辱，但她倒没有再刻薄，只是淡淡地说吃惯了包子，别的咽不下去。她匆匆离去，我却发了好一阵子呆。

夜里肚子就一阵一阵地疼。还差着日子，不到生的时候，我不知怎么了。我常常给孕妇检查，临到自己却一头雾水。白礼成小声和我聊二妮，问她怎么哭了。我说女人泪多，哭有什么稀奇的。我努力克制着，不让白礼成发现异常。他干了一天活，不想惊扰他。我轻柔抚摩,缓慢挤压,用我想象的手语和白果对话。急躁不得,急躁不得呀,我悄悄说。我相信她听懂了。白礼成盼望生个儿子,但种种迹象显示,白果是女儿。午夜时分,疼痛终于减缓。

第二天早上,我身子发虚,白礼成瞧出来,问我是不是不舒服。我说,没有啊。白礼成说我脸色不大好看。我说,不好看,你就少看。我要掏灰,白礼成不让;我要倒水,白礼成一把抢过去。他非让我歇着,我说那就吃现成的啦。

刚放下筷子,包货郎就上门了。他隔十来天就来村庄转一圈,拨浪鼓一响,女人们就知道货郎来了。他的货挑子里有针线、顶针、粉盒、扎头绳、打毛线的转轴、袜子等等,也有盐、碱、调料面这些。他的眼睛眨得欢,女人们都叫他眨眨眼。他一再纠正,大名包五六,可没有哪个叫他大名。顽皮的孩子常趁他蹲下去的时候扯他的圆顶帽。夏天是布帽,冬天是毡帽。他猛地挺直脖子,叫,喊你爹娘来,赔我半斗小麦!样子凶,眉梢却带着笑,孩子们都喜欢逗他。包货郎一来,半个街都是笑声。他只在街上卖东西,从不进门推销,所以包货郎进屋我就猜到了。白礼成那鬼精样,自然也瞧出来,没等包货郎说什么,白礼成就说,俺家里闹病呢。包货郎啊了一声,这可咋好——白礼成推包货郎一把,走,出去说。我拦住白礼成,问包货郎可是请我接生。包货郎的目光哗啦哗啦响,乔师傅,你可是火眼金睛呢!我说,我这就跟你走!白礼成急了,叫,你瞧瞧她这个样子能去吗?阎王爷都不使唤病人！包货郎哎呀着，这可咋好，这可咋好？我说，别听他胡扯，我没病。白礼成的声音更大了，冲着我，都站不稳了，你逞什么能？我抓了包袱就往外走。白礼成明知拦不住我，但还是要拦，除了担心我，这在他更像仪式。

　　白礼成追出来，将毛线手套塞给我，他的脸像抹了锅底黑。看到门口拴着的毛驴，他眉头大皱，嫌包货郎没赶车来。包货郎不安地瞧着我，这可咋好？我不知乔师傅重身了。我说，骑驴好，还不颠呢。白礼成没再抱怨，将我扶上驴背，叮嘱包货郎抓牢缰绳。包货郎说，大哥放心，这驴比我老婆还听话。

　　出了村庄，包货郎回回头，小声说大哥追到村口了。我说，别理他，走你的路。包货郎感激地，乔师傅，你可真是菩萨呢。我笑笑，好好走你的路吧，别走岔了。这事还真有过。包货郎说，老驴认道，错不了的，就是……他停顿一下，还是说出来，别遇见兵匪就好，我昨晚走夜路，就是怕这个。我说，怕，你就没法卖货了。包货郎说，要是自个儿，我就不怕了。我笑笑，老驴了，当兵的不稀罕。包货郎摇摇头，不是担心驴，金贵的是你呢乔师傅。我说，他们不找接生婆的麻烦，你就放心吧。包货郎摸摸驴头，听见了吗？能驮菩萨，是你的造化，可不许睡着。我悄悄乐了，是你困了吧？包货郎也笑了，你还闹着病呢，我困算什么。我说，只是没睡好，不要紧。确实，这阵儿我已无酸软的感觉。于我，接生就是灵丹妙药。

　　包货郎担心我犯困，也为了给我解闷吧，话还真是多。他所在的村庄叫老牛背，距宋庄四五十里，归康保县了。父辈从怀安逃荒到塞外，在老牛背安家落户。他弟兄五个，各有营生。老大包二三种地，老二包三四熬盐，老三包四五放羊，他是老四，叫包五六，老五叫包六七，弟兄中最不安分的，是个兵郎。生孩子的是包六七媳妇，包六七不在家，所以由他来请我。他们的名字也是有寓意的，一个名字连着另一个，有互相帮扶的意思。他们也是这么做的，各家的日子另过，但每家每年要拿出一定数目的钱，由老大媳妇掌管，谁家急需给谁家用。比如包六七娶媳妇的钱，就是从这里出的。包六七虽说是个当兵的，但能喂饱自己就算不错了，没四个哥哥管，就打光棍了。我赞叹，真是有情有义的一家。包货郎叹口气，不这样没法活呀，其实也是逼出来的。

看见老牛背，太阳快落山了。包货郎指着村前的水洼和旁边冒着蓝烟的矮房，说那是个盐淖，他二哥就在那里熬盐，还给我讲熬盐的方法。要挖一大一小两个坑，大坑放铲挖的咸盐土，小坑放一中号缸，两坑之间有相连的孔。浇水后，水顺孔流到缸里。澄清后，把盐水盛到大铁锅，点牛马粪熬制。水逐渐蒸发，盐和硝分层沉积。硝在下面，晶状体；盐在上面，粉末状。水快熬干的时候，用笊篱把盐捞出来，冷却，净水，晾晒两三日就可以了。没想到这么复杂。我说，这比挤牛奶可难多了。包货郎说，可不！难虽难，但好歹是个糊口的营生，离家又近，盐能卖钱，硝也能卖。地一冻，盐就不能熬了，包三四和包二三便结伴到赤城龙烟铁矿干活。我二哥手艺好，熬出的盐比别人的白，包货郎说,并承诺每年送我一包新鲜的盐。我说那可不行,熬盐那么费事,又不是大风刮来的。包货郎说你冒着危险给老五媳妇接生,一包盐算什么。他不是随便讲的,此后的数年,他每年都送我新鲜的咸盐。为这个诺言,他搭上了自己的性命。

包六七女人骨盆窄,偏偏是踩地生。她娇小玲珑,叫声却如山石崩裂,我的耳膜几乎被震破。而且,她每次阵痛发作,我的腹部也受了诱惑和传染,疼如刀绞。包二三女人瞧出来了,支使包四五女人扶住我,我摇头说没事。我强力支撑着,不让自己显出疲态。但我止不住额头的汗,先前还是一粒一粒的,然后就如线一样流淌。包三四女人不停地给我擦,我没再说什么,不然眼睛就被汗糊住了。我让包四五女人找筷子,没想到包六七女人的嘴巴像个铡刀,那么粗的筷子,嘎嘣就断了。我让包五六女人再放,由一支变成一双、两双。铡刀终于失灵,却挡不住山石的碰撞、乱飞。黎明时分,婴孩终于降世。包六七女人的体力似乎没有丝毫消损,当即坐起来,要看看婴孩像她还是像爹。而我再也坚持不住,包六七女人抱住自己孩子的时候,我如泥一样瘫下去,整个人跟掉进水坑差不多了。疼痛仍在继续,没有任何减轻。我暗叫不好,白果又要提前降生了。

老大包二三女人不无担心地,乔师傅,你不会是也要生了吧?我虚弱地笑笑,恐怕要借用你们家的炕头了。包二三女人半喜半忧,那没问题,只是……怎么帮你忙呀,俺几个啥也不懂呢!我说,别紧张,我叫你怎么做你就怎么做。包二三女人果然是利落人,她让老四女人照顾包六七媳妇,将另外两个妯娌叫到我面前,听我安排。乔师傅,你就当这是自个儿家,想生几个生几个,包二三女人向我保证,你住到满月,老五媳妇喝什么就给你喝什么,绝不偏心!我被她逗笑了,一个就够折腾了,还生几个。包二三女人说我能在包家的炕上生孩子,是包家的福呢。我瞧出来,包二三女人是想用说话来分减我的疼痛,但我疼得说不出话了。

半上午,我在包家炕上产下了白果。她哭了一声便止住,仿佛因为把她生在别家生我的气,那一声啼哭仅仅是为了告诉我她活着。次日,包货郎去宋庄,把消息告知白礼成,说满月后送我回来。三天后,白礼成雇了马车来接我。包二三女人怕我落下病,拦着不让走。我指着耷拉着脸的白礼成说,他是个细心人,不用担心的。白礼成心中有怨,我早料到了,但他不会因为这个而不顾我的身体。我猜得没错,他还借了芨芨草编的围子,车上铺着他擀的羊毡。我坐在围子里,他用皮袄盖住,仅仅露了一条缝。就是大轿也未必有这么暖和。只是白礼成一路没和我说话。生了个女儿,又是在外面,他不痛快是难免的,我并无不安。谁让我是接生婆呢?如果此时有人请我接生,我会立即跳下车。

4

乔石头来回踱着,仿佛他的双脚被烫得站立不住,只能不停地走。他喜欢穿布鞋,打童年开始,先前是我给他做,后来他自己定制。即便是冬天也穿,只不过单帮换成棉帮,底也厚实许多。别人叫他乔总,他却自谦是农民。他指着自己的双脚,你瞧,我穿的还是布鞋呢。当然没人因为他穿布鞋而鄙视他,恰恰相反,那些人从他脚上收回目光,都是万分羡慕的表情,仿佛那双鞋有什么魔力,仿佛穿上那样的鞋,财运就会乖乖跟随。乔石头替换下来的鞋没有丢掉,当然早年的鞋已经不在了,那多半是后来的。某个拍卖公司想为他举办拍卖会,被他回绝。他自己搞了个展厅,每双鞋都配有数百字的说明,是关于他穿着这双鞋的成就。展厅并不公开,只有某些特殊身份的人才可以参观。这些是小曼告诉我的,她是乔石头带回的女人中的一个,展厅的钥匙由她掌管。那时,我已经躺卧在床,不然……其实,我做不了什么。乔石头虽是我的孙子,但他有自己的世界。我不能进入,自然不能有丝毫掌控。只要上苍沉默,只要法律允许——这是乔石头经常说的一句话。哪怕他呼风唤雨,我也只能旁观。可是,那仅仅限于他,与我有关,又无关。现在,他要建祖奶宫,我当然要反对。坚决反对!如果我能坐起来,如果我能说出话……假设毫无意义。老天,我该怎么办呢?

喜鹊不再喳叫,但并没有闭嘴,只不过变成了喁喁私语,我听得到,只是我没喜鹊那个本事,听不懂它们的悄悄话。可是,我仍能听出它们的不安。

乔石头的声音没有变化。那一块块褐红、灼烫、瓷实的砖在我耳边垒垛起数道坚固的墙,我被层层包围。我憋闷、窒息,感觉自己要变成一块砖了。如果有人进来,能阻止乔石头就好了。可我知道,不要说夜晚,就是白天也没人敢。偷听也不敢。麦香已经被乔石头打发回家,现在,只有我和他。他说,我听,没有选择。

祖奶,我敢说,这是独一无二的建筑。

蚂蚁在窜。

5

民国二十四年在宋庄人嘴里有不同的表述。一些人说是宋达背回宋留根的那年。宋留根是宋达的独子,宋达送他到宋矮子的皮货铺当学徒,宋留根对拨算盘没兴趣,干了不到两月便跑到部队,当了大头兵,宋达用尽办法,也没把宋留根拖回宋庄。两年前,宋留根驻守张北城,是宋庄那些外出当兵离家最近的一个,宋达还领女人看过他。李守信的队伍攻陷张北城,宋留根被打死。宋达听说死了不少人,均丢于城西北的乱沟里。他担心宋留根,跑到乱沟边查看,竟真的发现了宋留根。宋留根缺了一条腿,脸被野狗啃掉半拉,但宋达还是立刻认出他。时值隆冬,天寒地冻,宋留根早已成了肉疙瘩。宋达将宋留根捆在后背,整整一夜才回到宋庄。那个清早,上百只乌鸦在宋庄上空盘旋。人们有的敲锣有的甩鞭,有的爬到房顶试图驱散黑压压的鸦群。没等乌鸦散去,眼尖的便看到那奇怪的一幕。宋留根长出宋达一截,看上去像一人双头。宋留根的娘受了刺激,当下就疯了。她整日在村外疯跑,呼叫着宋留根。宋达怕她被冻死,用绳子缚了她的手脚,但宋达睡着她便逃脱了。这成了宋庄的谜,宋达捆的死扣,没人帮她解,怎么就开了呢?更令人吃惊的是,宋留根的娘一跑一夜,竟然没冻伤过,仿佛她有御寒的神奇法术。宋达不再缚绑,由她呼叫。五年后盛夏的正午,在宋庄村口,她被日本兵射杀。

另一些人则说钱广万死的那年。钱广万死在了三姨太的床上。有的说得更露骨,说死在三姨太的身上。钱广万年迈,又大病初愈,但求子心切,不顾医生的叮嘱,将命丢了。这多半是谣传,舌头如刀,胡乱翻卷。不过,钱广万翘盼子嗣兴旺我是知道的。可惜,他没看到钱拜江的出生。九个月又十天后,我将钱拜江引领到世上。钱广万的葬礼极隆重,超出宋庄人的想象。钱家请了四个道士八个喇嘛,念不同的经,超度钱广万。还请了戏班子,白天唱一场夜晚唱一场,多半是钱广万爱听的戏折。尸体停了七天,摆了七天流水席,为此,钱家宰了六头牛,九十只羊。全村的人差不多都去帮忙,白礼成也去了,除了吃,还往兜里塞,带回来给李桃李夏和白杏。所以,钱广万躺着,却并不寂寞,乐器声、唱戏声、吆喝声、争吵声、说笑声,唯独没有哭声。三房女人及他的儿子为分割家产几乎动手,最后二姨太的儿子钱拜月占了上风,地契房契都在他手里,也不知他什么时候搞到手的,家丁也都听他的,没人争得过他。死也值了,有人感叹钱广万葬礼的风光,也有人骂钱拜月是不肖子,败家子。后来的事实证明,钱拜月确实不怎么样。

对于我和白礼成,那年也是伤痛的开始。自此,哀伤如秋雨连绵不绝,挥之不去。

那年秋天,我怀上了和白礼成的第三个孩子白花。因我把白果生在老牛背的包家,白礼成阴阳怪气的,但此时他脸上又挂了笑。一到夜晚,白礼成就探过手,在我腹上抚摸一阵。我拿开,他又搁上来。就让我摸摸呗,不然我睡不着,他小声哀求。夜里,我不好斥责,白日倒是常忍不住数落他下贱。我又没摸你,摸的是咱娃,怎么就不行了?他在你肚里,可不是你一个人的。要是你不乐意,挪到我肚里,你随便摸。他满嘴歪理。我猜他摸我的肚子不只是因为喜悦,还有另外的原因。怀白杏白果那些时日,他也喜欢摸,喜欢贴耳倾听,但并没有这么痴迷,似乎那对他是必须的宗教仪式,不摸摸灵魂就不得安宁。果然,某天他说漏嘴。那确实是仪式,是他听来的"秘方":丈夫抚摸怀孕的妻子,次数越多,生男娃的可能越大。我没有责怪他的荒唐,既然他相信,就随他好了。如果是女娃,你嫌弃,那就送人,你说怎样?偶尔,我会半真半假地给他冷脸。白礼成一本正经的,你看我是狠心的人吗?男娃女娃都是咱的肉,我怎么舍得送人?要男娃不过是想把手艺传给他,我这一身手艺不能失传呀,总不能让白杏白果长大当毡匠吧?你乐意,我还不乐意呢。他总是一堆理由一堆说辞,就像个躺倒的油篓子,拔开盖,油自个儿就流了。我说不过他,就如他不能阻止我接生一样。

十月底,白果生病了,不停地哭。白日还好,体温也正常,到夜里就发烧了,有时一哭就是大半夜。我煎了几味药,喂下去,并不见好。只好抱她到镇上,郎中说受了风寒,吃两剂药就没事了。两剂药吃完,仍不见效。白礼成怀疑白果受了惊吓,提出给她叫魂。是与不是,试试总没坏处。当日夜晚,我抓着白果的褂子,白礼成拎着包裹白果的垫子,到井口立定,弯腰探头,各唤一声白果回家喽,然后慢慢往家里走。至家,将白果移到垫上,把褂子盖在身上,那一夜白果果然停止啼哭,我和白礼成也睡了个好觉。次日白果又不安生了。白礼成说得请个神婆。白果生下三天就行了六十里路,虽然她和我坐在围囤里,又盖着皮袄,没受风,但刚生下的孩子魂弱,难免惹了别的。白礼成耿耿于怀,那一路没和我说话,回家却动不动就埋怨。白果满月,他的风凉话才断掉。现在又提起来,我虽不信,却没有阻拦。万一如他所说,万一有那种可能呢?只要能治好我的女儿,割我一刀都愿意的。

神婆年过花甲,头发半白,瘦如枯枝,进门先从腰里拽出二尺长的烟锅,烟锅的头和杆均是红铜做的,光滑闪亮,吸嘴暗如紫檀。烟袋是软皮缝制,足有半尺。她不说话,先装烟,白礼成半躬了腰,帮她点着。她长吸一口,闭了眼,稍顷,蓝烟从鼻孔和嘴巴徐徐冒出。她头昂得高,脖子呈棱角状,像被刀削了。一锅烟吸完,她才睁开眼睛,磕掉烟灰,让我将白果抱给她。稍稍安稳的白果再次哭闹起来,揪住我的衣服不松手,白礼成帮着松开。神婆端详片刻,告知白果被游魂野鬼缠上了。白礼成的目光狠狠抽过来,我瞬间感觉脸肿胀了。白礼成遵照神婆的指示,准备两只公鸡、一口大碗,碗里的清水须是井里现提上来的。神婆继续吞烟吐雾,完后慢条斯理地磕掉烟灰,开始作法。神婆盘腿端坐,念念有词,忽然嘎地一声,就像卡了东西,硬生生地吞了下去。那半白的头发突然竖起,如同铁刷。她双目呈核桃状,半青半白,半红半黑。烟锅从左手换到右手,又从右手移到左手,在头顶挥舞数十下,然后端起碗,含水朝东南西北方向各喷一口。过程不长,也就一锅烟的工夫。她的头发缓缓垂落,眼睛也闭上了。再次睁开,她说游魂野鬼已经被驱散,但白果被缠的时间久了,三日后才能恢复元气。

我说什么来着?你就是不听!送走神婆,白礼成就气冲冲地来了。我没回应,作为接生婆,我也常常作法,看起来神神鬼鬼,其实就是心理暗示。神婆作法确实与我不同,特别是她突然竖立的头发,鼓如核桃的双目,煞有介事的,可未必没有秘密。信则灵,不信同空,那一刻,我宁愿相信。

当日夜里,白果醒了两次。往夜要醒五六次,轻微的咳嗽,偶尔的梦语,都会惊到她。我悬着的心落下来,亏得同意了白礼成。只是白果的烧并没有退去,或没有完全退。连着两个夜晚,白果睡得都挺踏实。而她的身体还有些烫,我摸摸她,再摸摸李桃李夏;一会儿摸她额头,一会儿摸她屁股,越摸越糊涂。我让白礼成摸,白礼成说已经好了。我又让李桃李夏摸,他们的说法和白礼成一致。白礼成讥讽,说到底,你还是信不过神婆。我说,我没说不信,只是不踏实。白礼成说,不踏实就是不信。这世间奇人异士多得是,还有让死人还魂的呢。然后开始讲蔚县某地死者复活的事,为神婆的法术佐证。我没与他争执,只要女儿无碍,他爱说什么都可。

宝昌南郊一户人家请我接生,是在第三天头上。自出生,白果没有笑过。那天早晨,我醒来就看到她的笑脸。或如神婆所言,白果的元气彻底回到了身上。我摸摸她的头,再试试她的腋窝,仍然有那么一点点烫。当然,可能是幻觉,我被她连日发烧吓坏了。白礼成和李桃李夏都说白果已经好了,那么就是好了。我甚至为自己的错误判断自责。

天还没冷到滴水成冰的时候,来人却穿着白茬皮袄,加上戴着毡帽,脖子耳朵缠了厚厚的布,多半脸也裹得严严实实,只露着眼睛鼻子。扮相怪异,猜不到他的年龄。或许是耳朵受阻,他嗓门高而粗。白礼成仍是抢先我一步回绝,让他另觅高人。来人性拗,不但不走,反一屁股坐下了,说请不到我,他不会离开。白礼成来了火,没了她,你们还不生孩子了?来人也不应。随后白礼成扯拽那个人。那人摇了摇,屁股仍稳稳的。我答应随他走。我开始就要应的,晚了几秒,白礼成就开炮了。我让他去门口等。来人问,你不是诓我吧?我说,你跑这么远的路,放心吧。来人起身,几乎撞白礼成身上。

白礼成骂,妈的,土匪也没这么凶。不去!他还能把你绑了?我利索地换上厚衣服。白礼成问,你还真要去?我说,接生婆,干的就是这个。白礼成冷笑,就算你天不怕地不怕,可你得心疼自个儿闺女吧。我说,白果已经好了。白礼成说,好了也得人照顾!我说,你不是人,不会照顾?白礼成说,要你当娘的干什么?他的话里夹着钉子,戳得我肉疼。虽然我清楚他说的是气话,并不是真的恼恨我,我抽身离去便是。可能是连日担忧,我也撑不住了,于是顶回去,你不是当爹的?要你干什么?结果这话点燃了白礼成,他脸色大变,挥着胳膊说,你瞧瞧整个宋庄,哪个当娘的像你这样,你不管,我还不管呢!白果似乎听懂了,突然哭起来。那是另一种形式的锥子,直接扎进我心里。我一只脚已经迈出去,闻声立即返回,将白果裹好,抱起。白礼成当然明白我的用意,但他没有拦,负气地说,好吧,以后你带着她好了。

来人见我抱着孩子,慌了,这大老远的……我的声音有些冷,少说废话,好好赶你的车。出了村,来人喝住老牛,脱下白茬皮袄,披在我身上。然后把缠在脖颈耳侧的布一圈圈解开,我才看清他的脸。深褐,普通,四十上下。他让我把布裹在头上,我说不用,他还是在我脖子上缠了两圈。我说还没冷到那个份上,他没吱声。后来他告诉我缠这些是防枪子的,都说枪子不长眼,防着点儿总有好处。我没听说缠几圈布就可以防枪子,问他什么人教给他的,他说村里人都这么做。只要出门,必定裹得严严实实。我说给了我，你不担心吗？他重声重气地，你不怕，我还怕什么？又说他是个大老粗，冲撞了我什么的，别和他计较。也实在是没办法了，不然，谁愿意乱世出门呢？原来是他儿媳生孩子，头胎没了，这一个家人高度紧张，也是运气好，他从一个货郎嘴里打听到我，这个接生婆是观音转世。所以他打定主意，一定要把我请回去。我问货郎是否姓包，来人呀一声，你真是观音转世，一下就猜中了。我笑笑，问最近去没去宝昌城。他说自打城门有了当兵的，就再没去过。那是鬼门关，谁没事往那儿跑呀？又安慰我说，也不用太担心，日本兵平时不出城的。

如果一点儿不担心是假的，但我并不害怕。其实，这一趟我还有别的用意，想打听李春的消息。宝昌城去后草地做生意的多，即便打听不到，给巴图捎个信也好。来人如此说，我放弃了进城的念头，何况还抱着白果。

到产妇家已是午夜。北风嘶喊，如鞭子抽打，但我仍然在沙石的击打中听到女人声嘶力竭的叫声。那时，车刚进村，牛放慢了步子。我说快要生了，让汉子快点，汉子立即在牛背上抽了一下。车一停，没等汉子扶，我便挪下车。半路，白果啼哭了几次，我奶过，她就不再哭。入黑她便安安静静，此时睡得正香。如果我摸摸她的头就好了，可我以为神婆施法，女儿彻底摆脱游魂野鬼的纠缠，从此她可康壮成长，再加上产妇的叫声太过惨烈，我撩开包裹，仅仅看看白果睡熟的小脸，便把她交给守着产妇的中年女人，挽袖上阵。稍顷中年女人转回来，怕我不放心，说把娃抱到西屋了,她醒来我就喊你。

并不顺利,婴孩嘴里堵了秽物,我吸出,拍打了十几下,直到哭声响起。然后又用棉布把眼睛鼻孔和嘴角清洗干净,包裹住。婴孩的脸有些青,那是窒息还有挤压的缘故,如果算上屁股上的紫印,可谓伤痕累累。我说过,什么都不能阻止生命的降世,无论战争还是饥荒瘟疫,响亮的哭声足以刺破阴霾。那时,窗棂、树梢、柴垛刚刚被日光染红,而产妇及家人也被喜气涂抹得满脸灿烂。丈夫去门外悬挂红布条,他从兜里扯出来,向我扬了扬,约两指宽一尺长。中年女人双手捧着白瓷碗端到我面前,碗里是刚刚冲泡的红糖水。我刚喝下一口,她马上问我甜不甜。我说甜,可她又舀一勺黑红的糖,我说不用了。她仍执拗地放到碗里,不停地念叨,你可真是菩萨呢,真是菩萨呢。

这时,我才想起我的白果。没错,抓住产妇双腿那个时刻,白果便被我忘到脑后。我进入另一个世界,如同以往那样,心无旁骛,牵拽我的只有产妇和她腹中的婴孩。生与死只一线之隔,我必须尽全力将孩子平安引到世上,那是天命。天命,怎么可以违逆?我并不想为自己辩解开脱,只是想说,进入那个世界,我不再属于白果,不再属于自己。

我撂下碗,由于动作猛,糖水溅到炕席上,跌撞着冲出去,说不清是心焦还是脚麻。我推开西屋的门,看到白果睡得仍然香甜,那块石头才算落……没错,只是落了半截。跟进来的中年女人说,没见过这么乖的娃,一夜都没哭闹。哗啦,我听到冰层崩裂的声响。我扑过去,抱起白果。白果的眼睛抽了抽,想睁又睁不开的样子。我摸摸她的额头,烫得像烧煳的土豆。我哆嗦了一下,白果差点从我怀里滑落。我又试试她的肩颈,还让中年女人摸了摸,或许那是我的错觉,白果什么事也没有。中年女人呀了一声,烧得这么厉害!我围裹住白果就往宝昌城跑。

　　产妇的丈夫追上来,要替我抱,我没让。我不只是抱,还有呼唤。祈祷白果听到我的声音,祈祷她平安无事。风很大,几乎把人卷起来,因此抬腿落脚都必须使出全力。我有孕在身,但已经顾不得这些。风塞着口鼻,呼吸越来越困难,后来我绊倒了。小丈夫,也就二十岁的样子,从我怀里夺过白果,我追在后面,说是呼喊,更像是哀求,果儿,睁开眼,别睡啊——

　　从南郊到宝昌,五六里的样子,我和小丈夫轮流抱着白果,到城门口两人的衣衫完全湿透了。小丈夫掉了一只鞋,上气不接下气,而我头发散乱,如同传说中的魔鬼。守城的士兵拦着不让进,问我和小丈夫的身份,进城目的。因为着急,我说话颠三倒四,士兵起疑,要搜身。我是给闺女瞧病的,放我进去!士兵本来背着枪,我大嚷,他摘下枪对准我。另一个士兵跑过来,我号啕,让我进去,我闺女病了!跑过来的士兵年长些,他撩起裹着白果的垫子,只扫了一下,便摇摇头,说早死了。胡说!我大喊着欲往里冲,枪筒抵住我。小丈夫抓住我,将我扯到一边。他脸色白得吓人,想说什么又不敢。我哆嗦着揭起垫子,探出手,伸到一半,猛然缩回,长嚎一声,将白果紧紧抱在怀里。

那个日子如刀刺进我的身体。我的白果，我的女儿，就这样无声地离我而去。死神硬生生从我手里夺走了她。但许多记忆却在那一天遗失了。我不记得天空是否有云朵，云朵是否有变幻；不记得西风是否擦过我的脸侧，是否卷起散乱的头发；不记得飞鸟是否飞过头顶，是否有哀鸣。似乎我的大脑被戳穿了，那个洞空无一物。送我回家的仍是接我的人，他牵着牛，牛拉着车，车载着我，我抱着早已冰凉的白果。我双目呆滞，面容憔悴，好像也随白果离开了人世。后来，牛站住了，他往滩里走去。你要干什么？我愕然。他转过身，我瞧不懂他的眼神。他回到路上，走了几步，又将牛喝住，说实在憋不住了。我这才意识到他要撒尿。他解开裤子，我本该扭头，却愣怔地瞅着他。他转过来，低着头，不知被我羞着了，还是吓着了。我掀开包裹的一角，窥窥白果，慢慢盖上，再次紧紧抱住。

6

石头再次在床边立定，一阵细碎的声音，我闻到墨迹和纸张的味道。他抓起我的右手，指尖触摸到某个地方。

祖奶，这是图纸，整个建筑的设计都在这上面。他的声音越来越烫，屋子热烘烘的，像生了火炉。他就不担心图纸被点燃？我的手指虽然柔软，想撕碎，却没有力气。我才不稀罕什么祖奶宫，那是乔石头的梦，不是我的！可惜，我这残朽的身躯无能为力，只能在心里发发牢骚。

我的指尖随乔石头的手轻轻移动。

这儿！就你中指尖这个位置，是祖奶宫的核心，正殿的位置。再往上五十米，就是垴包山顶。正殿的墙体完全用汉白玉，殿里的四根柱子我准备用红木，每根柱上雕刻两只凤凰，一共八只。两侧的墙壁以观音为主题，我要请国内顶级的山水画师，祖奶，你放心，我会请到的。你是观音弟子，配得上这些画。观音送子一定要有的，当然还有观音除魔、观音洒露。专家比我懂，我会听取他们的建议。放心，祖奶，只有我想不到，没有我做不到的。

祖奶，我知道你喜欢晒太阳，冬天喜欢晒，夏天也喜欢晒。我原本想把整个殿顶全用钢化玻璃，但关于这一点，专家说法不一。一种意见认为琉璃瓦更好，美观气派，典雅大方，而玻璃不伦不类，坚固性也差。另一种意见认为玻璃坚固耐用，就目前的技术来说根本不是问题。你躺在那里可以仰望星空，离大自然更近，你的心情更愉悦。两种方案都有道理，都可取。正因为这样，我有些拿不定主意。祖奶，你更喜欢哪种？这是你的宫殿，你说了算。你给我点儿暗示好吗？

暗示？我恨不得抽你嘴巴子，你个贼小子！我骂。

蚂蚁在窜。

7

哎哟……哎哟……哈呀！声音长长短短，起起落落。

我进村便听到了,穿过街巷就看到白礼成。他正就着宋老条家的墙角蹭痒,忽左忽右,忽上忽下,嘴咧得像捏破皮的柿子,汤汤水水都要冒出来了。他身边围着几个孩子,还有哑巴钱拜日。钱拜日咿咿呀呀,学着白礼成扭腰摆胯,并扮出怪相。听说三姨太和钱拜月吵翻了,差点被钱拜月撵出大院。她不再出门,或许担心离开就再无容身之地。钱拜日没受家庭风暴的影响,哪有乐子往哪凑。

白礼成看见我这个救星,牙龇得更大了,露出粉红色的牙床。我紧走几步,从后颈侧伸进手,一阵猛挠。哈呀,舒服。围观的那些孩子又跳又叫,钱拜日也手舞足蹈的。行了!白礼成发出讯号,我便抽出手。白礼成的神情恢复了正常,他弯腰拾捡石子,孩子们一哄而散,钱拜日不跑,似乎没看过瘾。我和白礼成往家走,他跟到门口才止步。

白果夭折后,白礼成就得了怪病,动不动就痒。有时胳膊痒,有时大腿痒,有时背痒,有时胸痒,有时浑身刺痒。夜晚还好,白日发作多些。有时正吃着饭就不行了,痒起来五官扭得变了形。痒止不住,他就吃不下饭。找郎中看了,郎中说不出所以然,白礼成既没起疙瘩,也没有红肿。郎中还是开了几副药,但没有用。也请神婆作了法,同样没有驱散他的痒。没有别的招儿,只能用最原始的办法,抓挠。只是在家里还好,他自己够不着的地方,我和李夏都能帮他,但谁也不能总跟着他,那时他就自个儿蹭。柜角院墙,树干石头,白礼成走到哪里蹭到哪里。白礼成蹭痒，成了宋庄一景。

白果骤然离开，白礼成没有斥骂我。如果他劈头盖脸骂我或抡起大巴掌抽我，或许好些。白礼成不是宽宥了我，我很清楚。他用沉默，用冰冷的目光责罚我。还有他的痒病。他发作起来，我就百爪挠心。是的，那比痒更难受。

都是我的错，你揍我吧。某次，他止住痒，我乞求他。你有错？你哪里有错？白礼成装出吃惊的样子。我说，你别折磨自个儿，求你了！白礼成脸绷得像一面鼓，你不用求我，求老天爷，老天爷在惩罚我呢。我说，我并不比你好受。白礼成阴阳怪气地，你是观音菩萨，老天爷还会惩罚你？我负疚地垂下头，等待棒棍落下，白礼成却哑了。白果带走了他半截舌头。

我生下白花后，白礼成的痒病好了一些，不再频频发作，走到哪儿蹭到哪儿了。一天痒三四次、五六次的样子，最好的一天痒了两次。而且也没有像以往那样痒起来嘴歪眼斜，扭得像麻花，非得我或者李夏帮他挠。白礼成改让白杏给他抓挠，白杏的力气正合适。除非白杏不在跟前，他才求我。他脸上的冰挂融化了，只是似乎还沾着什么，看起来不是很干净，但终究没那么冷了。白花没生在野外，也没生在别人家，是在自家炕头上生的，总算如了他的愿。准确地说，是半个愿。是的，治愈他的不是时间，而是白花。虽然还不彻底，但我相信为期不远。自己蹭，没见我正忙着吗？白花吮吸着我的奶头，她比白杏和夭折的白果都有劲儿，有时，我会"刁难"一下白礼成。并非我自负有了资本,故意拿捏他,而是想把他脸上我看不清却能感觉到的东西铲掉,因此我的刁难有撒娇的成分。白礼成当然能听出来,只是,他死乞白赖,却不说一句肉麻的话。我绝非放浪的女人,但却像染上毒瘾一般,没有白礼成的轻言浪语就活不下去,我只想唤回那个动不动就咬耳让我放松的丈夫。帮个忙,实在是不舒服!他的笑盛开着,却没有水分。我不再为难他,机械地抓挠几下。虽然日子一如从前,但我和白礼成之间有了隔,就如他背上的伤,愈合却结了痂。

或许,白礼成从那个时候起就动了心思。他心眼本来就多,不要说一个我,三个我加起来怕也抵不上他。他是能人,没他不会的,这不是吹嘘。擀毡只是本行,除此他还有别的技艺甚至发明。比如,宋庄最早的冰棍是白礼成做出来的。他用木头做了个盒子,盒子又用木条隔开长方形的块,放进加了糖的水,在院外冻一夜之后在炕上稍温一下,敲出冰块,装在皮袋里,藏于地窖,夏日便可出售。我对他说不出是钦佩的成分多还是喜欢的成分多,二者混杂在一起,很难分清。不过,他令我不适的地方也恰恰在于他太过聪明。一句话可以说清的事,他要拐一个弯,用两句话三句话,甚至更多的话。可能我过于苛刻了,这没什么不对,没什么不好,只要脑子跟得上趟就行。可跟趟没那么容易,我常常要想半天,甚至隔了好久才能琢磨出他的意思,或者,背后的另一层意思。

秋末的一天,白礼成被宋达喊去帮忙抹房。傍晚,白礼成沾了一身泥点子回来,边洗脸边漫不经心地说,咱的房也该抹抹了。我说,要趁早抹,再过两月要上冻了。白礼成唔了一声,说宋老条被长子接到了天津,那么好一处院子留给了宋辇条。我说弟兄俩,谁住不一样?白礼成说,那倒是,房子再值钱也没命值钱,就是留给别人住,宋老条也舍得。我说,宋辇条从沽源城躲到宋庄,还是躲不过打仗。白礼成说,听说他也想去天津的,但到底隔了一层,宋老条的儿子只顾及爹娘。我说,各人有各人的难,未必是你想的那样。白礼成自嘲地,瞧咱,操这份闲心干什么!

次日,白礼成说东院的房不打算抹了,又不常住人,我说那更得抹。白礼成问,为什么?我说,不住人更容易驼腰。白礼成提议卖掉,现在还能卖,以后想换棵白菜怕都不可能了。我断然否决,不行!白礼成瞅着我,又不是什么宝贝,你还舍不得?宋老条那么好的房,说扔就扔了,虽说留给宋辇条,和扔也没什么区别。我说,那是留给李贵叔的,绝不能卖!白礼成的目光变得黏稠,几乎糊遍我的颈、脸、嘴唇,你知道他在哪里?我说,不知道!他说,你连他在哪里都不知道,怎么知道他会回来呢?我说,我不知道他在哪里,但知道他肯定会回来,早晚有一天,不能让他没地儿住。白礼成说,你凭什么断定?我说,他的家在宋庄,他不回宋庄回哪儿?白礼成说,这得看他是干什么营生的,买卖人或许会回来,若是别的⋯⋯他就是想回,怕也不敢呢,他自己或许不怕,可要是连累了你,连累了娃们,这险,他不至于冒吧。

我终于嚼出味儿了。白礼成说宋老条宋辇条,说抹房只是个幌子,绕了一个大圈,是为了套问李贵叔。给钱家剪羊毛那阵儿,他听说几年前钱家被抢,头儿是李贵,回来问我。我不知情,不能回答他,但我承认曾有警察上门搜寻、询问。那时,我以为他只是好奇。因为我问他是不是害怕,他满不在乎地,自己不是吓大的。半月前,他去镇上卖扫帚,碰上保安队抓人。他没卖完就跑回来。他看到了被抓的人,还让我描述李贵叔的长相,我以为他和我一样惦记呢。确信不是李贵叔,他说咱叔在外闯了那么多年,没长三头六臂,也是有本事的人,不要说不犯事,犯事也休想逮住他。他说得轻松,可我还是觉出点儿异样。但我没放在心上,恰巧白花哭闹,我忙着哄白花,而白礼成追逐跑到院外的白杏,话题就此中止。现在想来,那时白礼成眉宇间便有了丝丝缕缕的忧虑。

我问白礼成什么意思,白礼成装傻,没什么意思呀。我稍顿了一下,说,你是怕李贵叔连累了你吧。白礼成夸张地,你这是戳我心窝子呢,乔师傅,我是担心,可绝不是自个儿,是怕你和娃……虽说他是咱叔,可他到底是干什么的,咱一眼窝黑呀。说得我心里也一颠一颠的。白礼成瞧出来,趁机说,所以,还是将房卖掉好。我说,卖掉就没事了?白礼成说,至少,咱和他撇清了呀,房在,怕是说不清楚呢。我想了一会儿,摇摇头。我说留给李夏,过几年李夏该娶媳妇了。白礼成说到时候再盖,他保证盖一处更好的。我说不行,白礼成追问为什么,是不是不相信他。我说,我信你,可房是公爹留下来的,不能卖。白礼成不甘心,让我再想想。我说没什么可想的。白礼成就冷了脸,嘲讽,那就等着沾他的光吧,没准他这会儿就在回家的路上呢,没准还驮了一袋银圆呢。我没理他,由他阴阳怪气。

李桃定在腊月出嫁,我赶着给她缝嫁衣。她不擅女红,连背心都缝不好,针脚粗大歪斜,跟蚰蜒爬似的。平日穿也就罢了,嫁衣可不能马虎。本打算让四季红给她做一套,我跟李桃讲了,她想要和我一模一样的琵琶襟袄。可自李守信攻占张北城,出进都要被盘问,想起宝昌城门口的遭遇,我打消了进城做衣服的念头。谁知会碰上什么事呢?日本兵来了后,盘查更严了。东坡一个男人腿上挨了一刺刀,至今还在家里躺着呢。还是别冒险的好。李桃为此扭鼻子摔脸,好像我舍不得给她花钱。我和她解释,她竟然顶撞我,说我心里没她,要是请我接生,我肯定就去了,哪怕城门口守着阎王呢。心性小也就罢了,她竟然如此糊涂,不明事理。我不生气,只是难过。我没责备她,其实追究起来,是我的迁就、纵容害了她。我说娘虽赶不上四季红的手艺,但一针一线用尽心思,内行人也挑不出毛病的。李桃没再说什么,但闷闷不乐。我忙着干活,没把她的情绪放在心上。或者说,我早已习惯。除了棉衣棉裤,再给她缝两套单的。我做不了琵琶襟,但对襟斜襟都会。我还打算等张北城能随便进出了,找四季红给李桃补做一件。日子长着呢。哪里会想到,日子对某些人来说长得没有尽头,但对另一些人,则如秋冬的枯草,轻易就折了。

别的都撂在一旁,除了接生,我所有空闲都在缝制嫁衣。白杏白花自然由白礼成照看。日头什么时候升起,什么时候落下我全然不知,白礼成几次提醒我休息,我才知道半夜了,或者已经正午。小营盘离宋庄也就三十里,以后也能送给她,为什么非得赶在出嫁前缝好?我没白没黑地忙,白礼成不乐意了。我说嫁衣就要出嫁前缝好,哪有日后补的?白礼成说,白杏白花的嫁衣你要早缝,一人三套。话里自然是有话的,我来不及琢磨,说这个不用他操心。

那一冬忙忙碌碌,李桃出嫁的当日,时间突然停滞。日头像钉在天上,迟迟不肯移动。瞅瞅,再瞅瞅,依然赖着。终于,太阳坠落下去。我发困,睡了一觉。以为天要亮了,再瞅,黑夜才刚刚来临。与此同时,我的心空落落的。如同巨大的仓库,转个身的工夫货物消失,只剩下尘埃与虚无。

夜里,我被李桃的哭声惊醒。女儿出嫁本是喜庆的事,我竟然做了噩梦。想与白礼成说说,可他睡得正酣,我伸出的手又缩回来。说说又能怎样呢?白礼成丢几句怪话,兀自添堵。或许,李桃上驴前哭得过于猛了,肠肝欲断,站都站不住了。我说不上她是委屈还是伤感。连着两夜都是如此。即便白日,我也能听到,只不过若有若无,不那么真切。

等到李桃和女婿回三——婚后第三日,新郎携妻子回到丈母娘家拜谢,看到李桃脸上蕴藏喜气,那哭声才从耳边断掉。但时不时地,我会听到李桃咳嗽、打喷嚏或者短促的膈。似乎李桃并没有离开,就在屋外,在宋庄的某个街角站着。我惦记着给她开门,睡一会儿,忽然就醒了。

那个夜晚,我似乎听到了什么,也可能没听到,但我醒了,而且没像以往,躺一会儿再次睡去。越躺越没有睡意。那时已经转过年,到了民国二十六年的春天,各种消息冰雹一样,纷乱砸落。

嗒嗒,嗒嗒,我竖起耳朵,没错,是马蹄声,由远而近。我立刻爬起来,点灯,穿衣,将接生的包裹准备妥当。白礼成支起身,问我发哪门子邪。我说有人来接我了。白礼成哼了哼,说若是张北城就别去了,我说睡你的觉,不待他再说什么,我吹灭灯,转身出去。

来人已经到了院门口,暗夜中,那一团黑影发出粗重的喘息。是找我的吗?我是接生婆乔大梅。我快步过去,黑影分开了,高的是马,矮的是人。来人声音极低,大梅,是我。我一愣,虽然看不清脸,但那声音是熟悉的。在京城边上的窝棚里,就是这个声音指引我和父亲到了塞外。我惊喜道,是叔呀!李贵说,小声点。我从他的声音里听出警告,下意识地咬咬唇。他问我家里有外人没有,我说没有,不过……李贵叔似乎明白我要说什么,说他进东屋,让我拿针线给他。

我再次点灯,寻出针线。白礼成问我黑天半夜翻腾什么,我说这就走。然后端着灭了的灯,拿着针线往东院去。

  灯光下,我发现李贵叔摁着左下腹,那半拉衣服,连同他的手指均被血染红。我吸了口凉气,问他怎么了。李贵叔咬着牙,疼痛难忍的样子。但他眼里却带着笑,我想,他是怕惊着我。他叫我别怕,说遇上土匪,受了点伤。我说把孩他爹喊过来帮忙,他制止,说不要紧,缝一下就好。然后,他脱下衣服,解开捆缚在腹部的布条,问我家里有酒没有。我说没有酒,但有止血的草药,他说那也可以。

  我又回西屋一趟,蹑手蹑脚的,不想惊动白礼成,更不想吓着他。当然,也是为李贵叔保密。我拿来温水,掺了些草药,帮李贵叔清洗了伤口。他开始缝。缝一下,脸上的肌肉抽搐一下。我说我来,他不让。我就那么站着,看着他。李贵叔像魔术师,说走就没了影儿,又突然回来了。深更半夜,血衣裹身。我想起白礼成的疑问,但犹豫一下,咽了回去。我不知该不该问,不知李贵叔会不会答。李贵叔缝完,灰白的脸不再抽搐。我把昨夜剩的一张白面饼递给他,他几口就吞下去。显然他饿极了。和任何人都不要说我回来过,永远不要,记住没有?我说记住了,问他几时再回来,李贵叔说我不知道,这不由我,今儿是正好路过。

  李贵叔匆匆离去,前后也就一个时辰。他没问我嫁了什么人,没问李桃李夏怎样了。黎明尚未到来,夜更黑了。我擦拭了地,把带血的柴火卷在一起放灶膛烧了。我不害怕,只是心里抽着。我回去,白礼成嘟囔了什么,我没听清。我以为他什么都不知道,因为他自始至终都在被窝里。所以,他突然装作无意间问起来,我几乎惊掉下巴。

8

发烫的砖头仍不停地丢落,砸着额头、耳膜、床垫、墙壁,击起粗粗细细深深浅浅的声响,并彼此碰撞、缠绕、裹卷,汇集成奇异的杂音。

蚂蚁在窜。

蚂蚁没有被灼伤,窜得更加放肆,仿佛那杂音是鼓舞的号角。

一只飞鸟从树杈上惊起,不知是喜鹊还是猫头鹰,不知是追猎,还是躲逃。飞鸟没有鸣叫,只有双翅划割着夜空。

突然就看见了飞翔的白杏。我尖叫一声,就如数十年前的那个中午。

9

整个村庄都听到了凄厉的叫喊。很快,院里院外围了二三十号人,个个张大嘴巴,仰望着屋顶挥动胳膊的白杏。屋顶是斜坡,白杏走得缓慢、摇摆,双臂起落的幅度并不大。但众人的围观让她变得兴奋,她突然飞跑起来,仿佛之前的缓慢是预演,是装出来的。斜坡并不是她的障碍,而胳膊挥舞得越发频繁。伴随她欢叫的是长长短短的惊呼,我的呼喊被淹没,没人听得到。我开始还能迸出一两句短促的恐吓和哀求,此时我已经哑了,一个音都发不出来。白杏跑向屋顶的边缘,她仰望天空,根本不看脚下,我听到心脏的炸裂声,呼吸突然停滞。距边缘不到一尺,白杏滑了一跤,跌倒了。又是一片惊呼,仿佛世界成了屠宰场。白杏爬起来,她没吓着,反咧嘴笑了。她没有继续向前,转身向另一端。还好,她没跑,但仍是舞臂欲飞的样子。我终于喘上一口气,叫,杏儿,你别动,小心摔下来。白杏不理我。抑或,听不见我在叫她。

一个后生从墙头跃上屋顶。白杏正好往那一端走,他突然跃上,惊到了白杏。她停住,然后后退。后生赶紧溜下来,立在墙头,轻轻招手,唤她过去。白杏不说话,退到中央,她转过身。我吁了口气,似乎她远离了凶险。有人出主意,我跌跌撞撞地跑进屋,抱了被子出来。四个人各拽住被子一角,我再次呼喊白杏。白杏终于扭过头,我逮到了她的目光。她没有丝毫畏惧,脸上是兴奋过度的欢欣。我指着绿地红花的被子,让她往下跳。白杏不为所动。你别吓娘,杏儿,下来吧,我恳求。白杏不停地扇动着胳膊,似在思考。这时,不知谁悄声说,没准她真能飞起来呢。我灵光突现,叫,你不是想飞吗?来呀,往被子上飞,别怕,会接住你的。我想就是飞这个字,电光石火地唤醒了她,或者说,飞是魔力,她被魔力控制。她欢叫着跑起来,由脊顶冲向屋檐,双臂振飞。那一刻,我血冲脑顶,眼前一片漆黑。被子没有偏离,稳稳地接住了她。我扑上前抓起白杏,抱紧她,像抱住整个世界。稍顷,我松开,上下查看一番,她毫发无伤。我再次搂住她,说你要把娘吓死了呀!

白礼成和李夏干活回来,围观的早已散去。他俩没看到那惊险的一幕,以为我在说笑。我沉了脸,白礼成总算信了,随即抛出一个问题。

白杏喜欢大雁、燕子、乌鸦、喜鹊、麻雀、老鹰、布谷鸟、百灵鸟、蝴蝶、蛾子、蚊子,甚至苍蝇。所有带翅膀的都让她着迷。她不喜欢牛马驴骡,讨厌猫狗猪羊,所以从不追逐羊群。当然,村里见不到羊了,钱拜月当家不到一年,羊便被他卖光了。但猫狗是有的,且常在街巷乱窜。白杏看见,不是驱赶就是龇牙。

还没学会走路,白杏的手就不停地抓挠,我后来才明白是怎么回事。刚会走路,她摆舞胳膊,我和白礼成都没放在心上。她学飞鸟、学蝴蝶的样子可爱极了。闺女,给爹飞一个,白礼成常常逗她。我也逗她。后来发现,只要走,她的胳膊必定要抬起来,我和白礼成才急了。若不让她舞动胳膊,她就不会走了。娃娃还好,若是大姑娘,那岂不让人笑掉大牙?天天纠正她,但没有效果,没有胳膊辅助,她走不了路。白礼成还用布带缚住她的胳膊,但她一迈步就摔倒了。这算不上病症,却让人担忧。若只在地上"飞"也就罢了,没想她竟然爬到屋顶。

她怎么就爬到屋顶了?白礼成问。我烧水做饭,白杏在院里玩,半锅水烧开,她就到了屋顶上。我没见她攀爬的过程,为此也是困惑不解。白杏仅有四岁,身高不足院墙的一半,跃上墙头都很困难,而墙头距屋顶少说也有二尺,她怎么可能上去?

不管怎么说,白杏没从屋顶摔下来,以后看管好就是了。但白礼成一定要解开这个谜,他把白杏牵到墙根,让她爬上去。白杏看看他又瞅瞅我,低下头。白礼成说,闺女,爹不吓你,你给爹演示演示。白杏不动。白礼成抓住她的胳膊,来呀,你摸到墙头就行。白礼成渐渐用力,白杏两臂上举,半脚离地,而她的小屁股往后拱着。她不说话,却是一副反抗的架势。白礼成来气了,你不是想飞吗?你上呀!他揪住白杏的领子往上拎,白杏叉开脚,试图下蹲,但被白礼成整个拎着离开地面,从我这个角度瞅过去,像被吊起来。她的胳膊没有挥舞,直直地耷拉着。我看不下去了,大步过去,夺过白杏。白杏眼里噙着泪,但自始至终没有掉下来。

夜里,我和白礼成不能入睡,小声探讨那解不开的谜。莫非她真会飞?白礼成大胆推测。我确实也这么想过,但终是否掉了。她是我十月怀胎生下的女儿,她长了两条胳膊,而不是翅膀。白礼成竟与我想到一处,我暗暗心惊,好像竭力掩饰的谎言被当面戳穿。我甚是恼怒,斥责他胡说八道胡言乱语。白礼成虚虚地说他也不相信,那不过是信口说的。我呵斥他以后少胡扯。白礼成赔笑,你倒是给我解释呀。我说,我没法解释,但你不能乱说!白礼成说,好啦好啦,不就一句话嘛,还真生气了?我也不明白自己为什么这么凶,好像心里有一头困兽。白礼成

627

一面讨好我一面又埋怨我不听他的,把白杏生在了野外。他专捏我的软肋,我突然来了火,这和白杏上房有什么关系?白礼成软话里含着骨头,你不能证明有关系,但也不能证明没有关系。我说野外生孩子的多得是,你少胡呲!如果让我说,我会列出一长串,那年月,生在哪儿都不奇怪。白礼成不过是借机损我。我发脾气,却不记恨他,毕竟他是白杏的父亲,和我一样忧心忡忡。可他后来的一句话,如钢钉射进我的身体,让我恨意顿生。那时,我和白礼成背靠背,准备睡了。鸡叫头遍,天快亮了。一番探讨、推测、争吵、指责,谜仍然是谜,身体却困倦得再难支撑。白礼成声音极低,更像自语,却不小心被我听到了。除了忧虑,声音里似乎还有恐惧,白杏怕是养不住呢。我抽搐一下,反身探手,在白礼成后颈狠狠拧了一把。你这是干什么?白礼成坐起来。我缩了身子,没有理他。钢针越钻越深,我疼得说不出话了。

自此,我对白杏的看管更严了,绝不让她离开视线。我外出接生,对白礼成千叮咛万嘱咐,虽然我不叮嘱,他也会的,但不说我不踏实。白杏想飞,就在地面飞吧,不上房顶不至于有危险。白礼成为纠正白杏走路舞臂,把她的胳膊拧出好几条青痕,但不起作用。也许白杏长大些就好了,我安慰白礼成,也安慰自己。我接生过的婴孩,有的脚上长蹼,像鸭子一样;有的是连体,就如哪吒再世。白杏喜欢飞翔,并不稀奇,只要不在高空飞就由着她好了。

俗语说,老虎也有打盹的时候,而白杏,眨眼工夫就"飞"了。一次李夏带她到淖边看蝴蝶,在村口的母柳下,李夏撒尿背转了身。就这么个空当,她就到了柳树的枝杈上。在树上,她轻盈如羽,从这个枝丫飘到另一个树丫。李夏快哭了,她才下来。是"飞"下来的,李夏对自己怎么接住她的,没有任何记忆。那一刻,他大脑全是空白。另一次是我看着她。我坐在屋门口,边哄白花边看着白杏。白花刚刚断奶,那阵子天天都是哭唧唧的,小手在我胸前又抓又抠。我由着她,她一粒一粒地解开我的扣子,探进手。我说辣嘴呢,你忘了?说着把她的手拿开。白花再次哭起来。我一边哄她一边指着白杏,看,看呀,姐姐要飞了。彼时,白杏在院里边走边舞。白花的目光终于被牵拽到白杏身上。白杏学着飞鸟鸣叫,一会儿是大雁一会儿是喜鹊,她由走变跑。就在我的视线范围内,我并不怎么担心,只让她小心,别摔倒。跑到墙根底,她忽然一跃,立到墙头上。她双臂舞动,完全是飞翔的姿势。我呆若木鸡。是的,我亲眼目睹,却更困惑了。那一瞬间,像有风托着她。白杏立在墙上,冲我和白花微笑着,然后顺着墙小跑起来。我终于醒过神,喝令她下来。但白杏根本不理我,速度反越来越快。那么窄的墙头,她稳稳当当。我突然立起,差点把白花丢在地上。白杏已经"飞"上了房顶。依然是亲眼看着,看得清清楚楚,却更加糊涂。她怎么上去的?怎么就上去了?另外一次,是我和白礼成共同见证的。那天,白礼成从里锁了门,将白杏狠狠抽打了一顿。那年,白杏六岁。白礼成不是浑人，我理解他的心情。可白杏到底是娃，哪经得住他这么打？她的背出血了，与衣服粘在一起，连着数日，白杏没有下炕。我责骂白礼成狠心，却暗暗祈祷他的暴打能改变白杏。当然，我的祈望落空了。白杏依然是走路必定舞臂，白礼成绝望而惊骇。为什么，这到底是为什么呀？他像魔怔了，动不动就自语，这是为什么呀。没人回答他，他也不期望答案，不过是习惯成自然地磨叨着。

不能改变白杏，唯一能做的就是严监严管，不让她离开我们超出五步，有时候还得拴住她。这不人道，甚至残酷，但别无选择。

白杏八岁那年的夏日，天格外热。风像生病了，夜里也难得刮一次。罂粟花的香气在村庄上空流淌，没有风的吹拂，味道变得黏稠，似乎凝结了。垴包山下、蝴蝶河两岸皆是红的粉的白的罂粟花。罂粟是要卖到上面的，香气却属于村庄。只是过于浓烈了，令人吃不消。整个村庄都在打喷嚏，此起彼伏。那个午后，白礼成和李夏到地里去了，与别的人家一样，我家的地也多半种了罂粟，伪蒙疆政府贴了告示，不种要杀头。白礼成再次显露出他的能干，他种出的罂粟比别家的长势好，所以常被请去指导帮忙，捎带赚一顿饭。他不但会种，还会割罂粟。那小巧的刀片像个顶针，戴在他手上，轻轻一划，白白的奶液便流出来。那得入秋了，罂粟花脱落，才能结出核桃一样的绿果。

我外出接生，清早才回到家。一夜没睡，困得要命。白礼成和李夏吃过午饭就走了,我把白花哄睡着,也想眯一会儿。白杏不瞌睡,但我硬是让她挨我躺下,用绳子拴住她的胳膊,另一端系在我手腕上。我叫她老实躺着,还说晚上给她烙一窝丝油饼。白杏很认真地点点头。我当然不敢大意,又察看一遍绳扣。我没打算睡多久的,稍眯一会儿就行,夜里再踏踏实实地睡。那天实在太倦了。其实也没睡多久,也就一顿饭的工夫,只是睡得太沉了。我睁开眼,白杏不见了。她竟然把绳子解开了,那可是死扣啊。我一阵眩晕,叫了两声,没有回应,立即跳下炕。或许是飞下去的,因为我的手没托付炕沿便立到了地上。我跑到院里,冲房顶大喊。没看到白杏。我又跑到院外,转了一圈,仍不见白杏的踪影。我急了,跑出几步,忽又返身,回屋将刚刚醒过来的白花抱起。我的手腕还拴着绳子。解了一下,没解开,于是就那么带着半截绳子抱着白花跑到街上,大呼小叫。

我昏了头,逮着人就问,甚至连钱拜日也不放过,竟然忘了他是哑巴。没想到钱拜日明白我在寻白杏,咿呀着指了指。那是蝴蝶河的方向。一股热浪从胸腹翻起,直逼喉咙。我没忍住,喷到钱拜日身上。那是午饭、黏液,还有别的。钱拜日跳起来,嘴咧得像个簸箕。我冲他仰仰下巴,拔腿疾行。白花嚎哭起来,我顾不上她,只是不停地变换着姿势。我绊了几次,但没跌倒,在身体着地的一刻,我快速弹起。说飞起来可能更准确。跑到河岸,却不见白杏的踪影,只有黄的白的紫的蝴蝶在翩翩起舞。白花哭得更响了,这时我才发现倒抱着她,她头冲着地面。我把白花翻转,然后沿着河岸奔跑起来,大声唤着白杏。我不知自己呼叫得有多高,反正垴包山上的白礼成和李夏听到了。

白礼成和李夏赶到河边时,我的嗓子已经哑了。白礼成一瞧我腕上的绳子就明白了,狠狠抽了我一巴掌。那是他第一次,也是唯一一次打我。我没有丝毫的疼痛,更不怪他,嘶哑着说快,快点。白礼成和李夏又沿河岸跑了一遭,然后又跑回村庄。那时,我已经不会动了。我抱着和他们一样的侥幸,也许白杏回到了家呢。过了一阵,两人从两个方向回到河岸,那时岸边已经站了十几个人。李夏脱了衣服跳入河中,接着,又有七八个水性好的后生跳进去。白礼成水性差,在浅处走来走去。

我瘫坐在岸边,唯有胳膊还抱着白花,而目光如一截截绳子追随着河里的人。我祈祷他们寻见,但又害怕他们寻见。也许,白杏和我捉迷藏呢,躲在什么地方,太阳落山她就会回来。或许,她真的飞了,在某个枝丫上玩得忘记了时间,也可能,她飞到了天上,在空中我看不到的地方瞅着我呢。我每天不是拴她的胳膊就是拴她的腿,她不高兴了,要气气我。是的,哪种结果都是好的,只要她不离开我。她是我的骨肉,她不能离开。不能!不能!!她也不会离开的。我虽拴着她,可确实是为了她的安危啊。她不会的!不会!不会!!

伴随着惊呼,我的目光死死缠住李夏。那时,太阳已经西垂,黄昏正走在路上。李夏,还有他抱着的人在水面上拖拽出长长的影子,看上去就像黑色的绳索拴着他和他的妹妹,要将他们拖拽到河水里。李夏要往河岸走,可他的力气似乎耗尽了,似乎不堪绳索的拖拽,踉跄一下,摔倒了。水花溅起,半个天空都闪耀着红粉的光芒。

我噢了一声,浓腥黏稠、并伴有块状的液体又一次喷射出来,抛洒到空中。眼前碎片飞舞,五彩缤纷,我不知那是破裂的五脏六腑还是罂粟花。只知那些碎片在飞,并伴有呼呼的风声。

天突然就黑了。

10

蚂蚁在窜。

我粗涩无光的皮肤成了蚂蚁的领地,它肆无忌惮,横冲直撞。这只蚂蚁必定有隐身术,不然,他们为什么看不到呢?

乔石头抓着我的手指缓缓下移,柔韧的图纸被指尖摩挲出沙沙的声响,就像没有风的夜晚,雪粒狂吻大地。乔石头肯定听不到的,他完全沉浸在虚妄疯狂的想象中,被滚烫亢奋的情绪淹没。

停住了,他手上的力重了些,仿佛怕我逃掉。如果我的手指是一把刀一把剪子,再韧的纸也能戳破。可惜,我枯瘦的双手每日被麦香洗得干干净净,却派不上用场。我不愿,却不得不跟随乔石头进入他制造的世界。

祖奶,这是环形廊亭的位置。亭顶和祖奶宫一样,全用琉璃瓦。这里很重要呢,祖奶,不只是观赏、避风雨的场所。你猜猜,廊亭是派什么用场的？乔石头的声音透着淘气。我能猜到他的神情，他一定眼睛微眯，舌头半卷，偶尔舔舔上唇。速度极快，快得很难看清他的动作。

有那么一阵年月，我只能偷偷摸摸地去接生。请我的人多半夜晚敲门，或白日约了，傍晚我去约定的地点与他们会合。那里多半有一头驴一匹马一辆牛车。有时来人用担架抬我，那不比我自己走更快，但我被他们强行摁到担架上。当然也可能，来人什么也没带，却叫我快点，晚了就来不及了。我疾步如飞，如壮年那样。后来有了乔石头，我不敢把他一个人留在家里，每次接生都要带着他。乔石头不喜欢坐车，喜欢骑马，那时便显露出他的疯，不停地吆喝，马跑起来他才开心。坐担架也是这样，非要抬担架的人跑起来。我不让他胡说，他根本不听。我和乔石头都从担架上摔下来过，摔疼他也不哭。用旁人的话说，他就是一块实实在在的石头。

七十六岁后，我又可以大大方方地接生了，请我的人又多起来，宋庄周围，张北城，后草地，我少有闲暇。乔石头随我东奔西走。那次我到柳庄接生，折腾了一夜，天亮发现在另一间屋睡觉的乔石头不见了。我魂飞魄散。村里村外找了个遍，不见他人影。那时，偶有偷盗孩子的传闻，我担心他熟睡时被抱走了，虽然抱他并不容易。那家人一面致歉，说没照看好，一面安慰我，说也许乔石头独自回家了。柳庄距宋庄十几里路，一个六七岁的孩子，黑天半夜的怎么能跑回去？跑回去干什么呢？但家是唯一的希望了,我心急火燎地赶回去。乔石头竟然真的跑回家了,我万分气恼,在他娇嫩的脸上拧了一把。后来,我注意到他嘴唇油乎乎的,问他吃了什么。他让我猜。他没把我的责罚当回事,眯着眼,嘴巴却半张着。就在那时,他快速地舔了一下。这个动作让我想起蛇,虽然他是我的孙子。我纠正过,但没改过来。或者说,他没打算改。

我猜不到,也没心思猜。我瞪着他,他主动说了,带着炫耀。他竟然烤了一只猫头鹰。我大惊,奋力摇着他,似乎他中了毒,我要把他肠胃里的东西摇出来。干什么干什么?你都干了什么呀,你要气死我呀!或许是我恐怖的神情惊到了他,他的淘气、炫耀不见了,代之的是被冤枉的委屈。他讲了缘由,却让我更加惊愕。上个月村里死了一个老汉,那几天猫头鹰在老汉家周围的树上不停地叫。村里难免有这样那样的传言,乔石头听到了。就在我去接生的前几晚,猫头鹰又在我家院外的树上发出凄厉阴森的叫声。我没当回事,我不信那些胡言乱语,虽然那叫声确实让人不爽,没想到乔石头上心了。昨夜他偷偷跑回来就是为了逮猫头鹰。竟然逮住了,还烤了吃掉了。你这个娃呀,把奶的魂都吓丢了。我没再惩罚他,当然也没奖赏他。他没迷路,没从树上摔下来,实是万幸。我让他发誓,再不背着我胡来,他应得倒很痛快。但……确实,他没胡来,因为对于他,认定的就是对的。

第二日,我检查乔石头的粪便,说不上来担心什么。发现了拇指长的一片羽毛,那片黑色的羽毛极为醒目。既是烤了,怎么连羽毛也吃进去?我百思不得其解。数日后,乔石头的身体没有出现异常,我悬着的心才算落下来。

现在,乔石头再次让我猜。他的嘴唇没有油污,神情和动作是不会变的。

停了有两分钟,也可能三分钟,乔石头笑了。祖奶,你猜不到吧?我来告诉你。仿佛听这句话我要做什么准备,抑或那是什么仪式,须等到某个时刻才可以。他又停住了,沉默中只有彼此的心跳和呼吸。

祖奶,我要在廊亭里放置功德碑!乔石头郑重、庄严,灼热的砖头在屋里碰撞、回响。哗啦声如水波一圈圈扩散开。

蚂蚁在窜。

第十五章 罗包

1

在豆腐王国,罗包无疑是帝王,纵横驰骋,无人能敌。起初,他只想把豆腐做得好一点儿,卖得快一点儿,一来二去,他不满足了。并无宏伟庞大的计划,只想往前挪一步。罗包是慢性,又有那么一点懦弱,很难有什么惊天动地的举措,但挪一步是不成问题的。就算跌个跟头,也伤不了筋骨。不引人注目,不显山露水。虽是一小步,却是深思熟虑,因而扎扎实实。

罗包宣布,打算把豆腐坊搬到镇上,麦香、父母一致反对。他可以把父母的担心丢在一边,却不能不掂量麦香的话。麦香认为罗包胡折腾,卖豆腐在哪里都可以,何必到镇上?她问罗包是不是厌烦她了,想躲开她?不错,罗包确实也有此意,但极其隐秘,隐秘到自己都难以察觉,却被麦香一锥子扎破,他好一阵心慌。他矢口否认,说不过是为了多挣点儿钱,挣钱给谁?还不是给她?她是当家的,他充其量是干活的伙计。他早已打定主意,就是麦香不签发同意令,也照搬。但他没有蛮干,不想闹僵。他软磨硬泡,麦香的耳朵终于被泡化。宋庄的豆腐坊还留着,谁知道镇上能不能长久?待不住还要迁回来。

营盘镇有三个大商店,副食、百货、五金,在用布票、粮票、肉票的年代,商店的门槛都油光锃亮,若要买一辆自行车,须主任批条子才行。后来不大景气,终至关门。罗包把副食店租下来,简单改造,挂出罗家豆制品的牌子。除了豆类,他还进了粉条、调料、干菜。那时,镇上已有两家豆腐坊,每天磨出的豆腐足够全镇人食用。罗包的豆腐基本还是靠喜顺往各个村送,店里卖不出几块。开张不顺,但罗包没有减量,次日反多磨一锅。喜顺不解,问他怎么回事,他也不解释,只叫他安心送货。罗包把多磨的豆腐拎到学校,免费送给教师食堂。管理员瘦如枣核,一脸蛛网。他不相信罗包白送,上上下下瞅着罗包,恨不得将罗包粘到他的网上。他说天下没有免费的午餐,问罗包有什么条件。罗包谦卑地笑着,说没条件,就是让老师们尝尝。管理员警惕性高,审问再三才留下。当天傍晚,管理员登门,说老师们赞不绝口,和以往吃的豆腐不一样。管理员想买两块带回家,他老婆牙不好,就爱吃个豆腐。罗包装了两块豆腐,自然没要钱,还塞了一把豆腐丝。再一日,罗包往政府食堂送了一锅,镇政府食堂管理员是大光头,一张油腻的方脸,嗓门洪亮,不要钱?提提意见就行?罗包哈腰,说他的意见比豆腐值钱。过了几日,罗包没等到秃头管理员,便又拎了豆腐上门,不是一锅,只有两块。罗包问他口感怎样,秃头管理员慢吞吞地说精倒是精,不过已有别人在送,熟人熟面的,他不好拒了别人改买罗包的豆腐,那不地道。罗包强调没有抢他人生意的意思,就是想改进改进。他把那两块豆腐留给秃头管理员,让他带回家吃。

陆续有人上门,只要一次,罗包就把客留住了。罗包的豆腐和另外两家卖一样的价,但每次他都要搭一小卷豆腐丝。枣核管理员隔三岔五给家里买,罗包从不要他的钱。枣核管理员不好意思,有时丢下钱,罗包硬塞给他。慢慢地,学校食堂的豆腐也从罗包这儿买。从罗包这买一次,再从别家买一次。他的解释与秃头一样。随后,他从罗包这里买得多了,因为老师们嘴吃刁了。罗包没把政府食堂的生意招揽过来,光头从不登门,但每隔几日,罗包会给他个人送两块豆腐,几张豆皮。半年后,另外两家豆腐坊先后关掉。吃过罗包的豆腐,肚里就生了馋虫,罗包没施下三滥的法子,他的生意是喂出来的。秃头管理员终于来了,因为别处再买不到豆腐。

几年后,罗包将食品公司的房屋还有后边的院买下,将老房推倒,盖了座二层楼。左边开饭馆,右边磨豆腐。仍是不声不响的,说干就干了。谁能料到罗包能成事呢?可罗包就成了。虽说与乔石头不能相提并论,但在宋庄,也算是凤凰了。

与红火的生意相比,他的婚姻却如狂风中的鸟窝,破散、寒冷,灰暗无光。

麦香曾是罗包的魂,没有她,他几乎活不下去。她微笑,她蹙眉,她眨眼,她噘嘴,哪怕她端碗的动作都令他着迷,而她浑身弥漫的香气更是让他沉醉。能把麦香娶到手,是他的福,大福,几世才修来的。初婚的夜晚,麦香在他怀里睡去,他却在黑暗中睁着双眼,担心一旦闭合麦香就凭空消失了。极度的兴奋和喜悦令他眩晕,也令他不安,甚至惶恐。二十天之后,那种不真实的感觉还存在,歇息时,他会慌慌地往家里走,比往日快两倍。瞅见他的人都很奇怪,今儿是咋了?母猪没追你呀。罗包说东西忘家里了。一定要看到麦香,他才踏实。有时麦香不在家,他就去她常挂胡的地方,或去丈母娘家寻,当然总有借口,忘带钥匙了,或新做了豆干,等她去尝。他盼着夜晚,那样就可以在麦香的身体上开磨。麦香像泡软的豆子,他本可一鼓作气将她磨碎,研出汤汁,他不。就如在磨坊一样,他有条不紊,不同的工序有不同的节奏和火候,乱来不得。他悟性好,把麦香磨成豆腐、豆干、豆丝、豆筋、豆饼、豆卷,磨成他想象中的任何成品。那是何等快活何等幸福啊!

如果时间就此停滞,哪怕罗包变成石磨,他也乐意。但时间不肯。罗包有本事磨豆腐,对时间却束手无策。

偶尔争吵,偶尔一桩事,罗包虽有不快,但绝不和麦香计较。又一桩事,哪怕麦香说了狠话绝话,罗包也会吞进肚里。但吞咽得过多,他消化不掉,便结了块,生出毛刺。刺长得多了,便成了金属,嵌得深了,再拔拽不掉。

婚后数月,麦香的肚子没有鼓起来。一年后,仍然不见动静。娘私下问过罗包,罗包敷衍过去。他也不知道怎么回事。说实在的,他不着急。麦香也不涉及这个话题,似乎不像别的女人那么喜欢孩子。两年,麦香依旧没有怀孕的迹象。罗包终于忍不住,某个夜晚,他边磨边漫不经心地说,要不,咱去查查?他是商量的语气,生怕麦香不高兴。麦香好像没听明白,哼唧了一声,查什么?罗包没有回答,但麦香悟过来了,同样是漫不经心地,我查了。罗包啊了一声,你说什么?麦香说,年初,我就查了。罗包想起年初她是去过一趟县城,不知道她背着他做了检查。罗包变得急切。麦香却闭了嘴巴,好像不想让罗包知道。罗包催促,她才说,我没问题。罗包突然坠落,虽然麦香仍在他身下。他没摔着骨头,心却碎裂开。原来问题出在他身上。他能把麦香磨出各种各样的形状,却种不出一个孩子。麦香摸摸他的头,安慰道,不算个什么事,我不会和咱爹咱娘说的,你也别说,如果非说不可,你就推我身上,我不怕人说三道四。罗包软下来,像一块豆腐。他闷声闷气地问,怎么办?他是想问是否有法子治,但说不出口,他难以想象自己的种子有问题,即便面对麦香。麦香极其温柔,你别放在心上,说不定哪天,我就怀了。罗包问,要是……麦香伸手堵住他的嘴,别说不吉利的话,相信我。罗包便哑了口。他相信她,虽然他不知那一天何时到来,虽然他不知他的种子如何生根发芽,但她说了,总有她的理由。究竟自己是什么问题,罗包更是想不出来,他曾生出找医生的想法,但恐惧和羞怯让他打消念头。他不再提这个话题,那是他的短,他努力捂着。

一根根刺扎进身体,罗包选择了沉默和忍让,与这个短大有关系。她想怎样,他就让她怎样。铁条在周围竖起,罗包吃不消了。他关了豆腐坊,往家里走的时候,再也没有被牵拽的感觉,他又恢复了慢吞吞的步态,有时还要绕一遭,尽量让风把身上的生豆气吹淡一些。不可能彻底吹散,哪怕他走一夜,豆气不是从他的衣领和头发散出来,那是从他骨头里长出来的。搓洗也不可能除掉,但麦香让他洗,他就得洗。她喜欢吃豆腐,却闻不得生豆子气,罗包想不明白。她嘴上说不在乎,说愿意替他背黑锅,心底终究生出了嫌隙。他又何尝不是呢?只不过,他是隐秘的,而她赤裸了些。

豆腐坊挪到镇上,压在罗包心上的重物卸掉了。麦香来住过几天,那时罗包的生意没有起色,她少不了唠叨,加上和周围的人不熟,挂胡不方便,便又回到宋庄。在村里,别人看她是仰着的,但在镇上没人把她当回事。被人羡慕的感觉,吃上瘾了,她离不开。这样,罗包吃在店里住在店里,有更多时间和心思琢磨豆腐。隔一周或半月,他回一趟宋庄。麦香不在店里住,罗包仍让她掌管着财权。他可以隐瞒收入,她不可能查到,但他没那么做。纵有不是,纵有不快,她也是他的妻子。他有短,她和他一起藏着捂着,他感伤,又感激。自然回去肯定要磨一磨的。他身体健壮,火苗蹿起来控制不住。唯有麦香能灭掉。这样的日子不是罗包期望的,但没有大风大浪,捱一天算一天吧。

然后,安敏进入他的世界。

2

我能进来吗?

那时,罗包正在后隔间摸豆子。豆子都是有脾性的,不同的土地长出的豆子个性不同,而同样的土地,旱涝不同,豆子的脾性也有差别。自然,收割时间的早晚,与风缠绵时间的长短,都会有影响。有的豆子火性大,急躁,即使装在袋子里也不安分;而有的豆子温驯,却是拗性十足。如果不了解豆子的脾性,就很难磨出口感香润的豆腐。没有人教,罗包自己悟出来的。每道工序,罗包都有自己的绝招。而且他享受那个过程。比如摸豆,他闭了眼,心无旁骛,柔软的手掌划来划去,就像水里的鱼。慢慢地他就品出豆子的脾性了。不同脾性的豆子浸泡的水温是不一样的,急躁的要用温水,暴烈的用开水,柔缓的用冷水,而浸泡时间也不一样。其间,他要测试多次,时间已经长在他心里。自然,磨豆就更复杂了,一样一样说下来,够写一部书了。父亲曾叮嘱他防人偷窥,罗包漫不经心地唔了一声,偷他的艺可没那么容易。

若是同样脾性的豆子,摸十分钟、二十分钟就可以了,若是不同脾性的豆子混杂在一起,摸的过程就久一些。这些豆子要一同进锅的,必须要调顺,让彼此合得来。他太知道豆性对口感的影响了。若是粗暴潦草地将这些豆子磨成豆腐,自然也能食用,但口感就差了。如同打仗,士兵各怀心思,打仗必定会输。

他就是这些豆子的指挥,他的手掌就是训令,就是和士兵沟通的语言。他不怕也不烦那些倔强的士兵,他不停地游来游去,直到士兵全部臣服。

那声音不高,而罗包正沉浸在畅游的快乐中,但他听到了。他立即停住,竖起耳朵。又是同样的话,我能进来吗?依然不高,透着胆怯,且慢吞吞的。罗包愣怔了一下,那声音圆鼓鼓的,像一粒粒豆子。他以为自己摸的动作大了,豆子掉到了地上。他左右瞅了一圈,地上是空的。起身往外走的时候,他仍下意识地扫着地面,没准滚到哪个角落呢。

女人站在门口,圆脸,短发,一只脚迈进来,另一只脚仍在门外,怯生生的。她个子不高,但蛮瓷实的。原来那豆子是从她嘴里跑出来的,罗包想,他甚是惊奇,世上还有豆子一样的声音。女人不动,罗包笑笑,当然可以进来啊。女人略显羞涩,我没瞅见人,所以……罗包说,我在后面忙呢,你想要什么?女人摇头,她不是来买豆腐的,是问罗包需不需要人手的。罗包又是一惊。另外两家豆腐坊关闭,他每日要多磨几锅,正打算雇个人呢。罗包没有马上回答,女人说她在豆腐坊干过,不是生手。罗包心里一动。果然,女人正是在关停的一家豆腐坊打过工的。你这儿生意好,我估摸着你要人手,女人说。干过自然好,只是那两家豆腐坊关闭与他有关,再雇先前的人,就像挖墙脚了。因此,罗包有些犹豫。女人说,我没活干了。她绝无埋怨罗包的意思,可那一粒粒豆子明显沉重了许多,像裹着尘土和沙粒,来回滚着。

要是他不把豆腐坊搬到镇上，她不会失业。是我的过，这样想着，他说，如果你愿意，明天就可以过来。他问她工钱方面有什么要求，她目光闪亮，你说多少就多少，我在那边也是由他们定的，她说，然后讲了。就是在镇上，这工资也够低的，罗包想。女人揣测着罗包的神色，再次强调由罗包定。罗包加了二百。说清楚，说在前面，这是罗包处世的原则。有点多，女人有些不安，你要不要再考虑考虑？罗包笑了，竟然嫌工资高，她不是装出来的，他从她的声音里听得出来。女人犹犹豫豫的，显然拿不准后果，我干活慢，不是一般的慢，过几天你再定。罗包的嘴咧得更大了，这世上没有谁比他对那个字的感受更深。他说，就这么着吧，我说了算。罗包没问她的名字，两日后才知道她叫安敏，包头人，姨家在营盘镇。

安敏干活确实慢，比罗包还慢。罗包十分钟干完的事，她得一刻钟，甚至更久。难怪她不让他先定工资。以别人的标准，这是短，但在罗包这里不是。他没有催促，更没有训斥，眉头也没皱过。他只是好奇，他就够慢了，她怎么比他还慢呢？她觉察到他投来的目光，停下来，冲他笑笑，很是难为情。是的，她停下来才冲他笑的，仿佛干活和微笑她无法协调，不能同时进行。又或者，必须中止动作，她的笑才显得正式、认真、规矩。误不了就行，罗包怕她着急，瞅瞅她，还得安慰她。他想起童年因吃饭慢，常常被父母惩罚，他尝过那种滋味，所以从不催促她。他催促，她必定会慌，慌难免出错。动作慢，却有耐心。罗包想过许多法子,但豆芽的壳总是滤不干净。当然,夹带一些也无关紧要,顾客不会挑剔这个。安敏来了后,用小镊子一壳一壳捡得干干净净。没了杂,豆芽黄澄澄的,像骄傲的摩登女郎,着实诱人。安敏干活慢,却勤快,实在没活了,她就蹲在地上铲拭污垢,那是几十年的脏污,已与红砖融为一体,要清除并不容易,而且也没太大必要。罗包劝她,她停下来,待笑意爬满汗津津的脸,才说擦了好看,或什么也不说,接着低下头。罗包也只好随她。干活慢,她心中有歉疚,唯有这样才踏实吧。他明白她,因为他就是那样的人。自然,罗包和喜顺的饭由安敏包了,再不用整天下面条。安敏慢了些,却是顿顿变着花样,连喜顺也直竖大拇指。

麦香一个月来豆腐坊一次或两次,那多半是她需要到镇上购买东西,顺便瞅瞅。豆腐坊搬迁对麦香吃豆腐没什么影响,喜顺每天送,她能吃上最鲜嫩的。豆腐坊的生豆气更重了,麦香待不久。但逛街时间长了,她会留下来吃饭。初见安敏,她并无敌意,当然也无好感,她的目光没有温度,点点头便移开。安敏和喜顺没什么区别,不过是个干活的。深蓝的工作服过于肥大,安敏穿在身上像套了件袍子,而两只袖子还不一样长,长的那只她挽回来用别针扎着,防止掉下去。那是安敏从上家豆腐坊带过来的,她打算改改,可她手脚慢,一只改了,另一只还未来得及。看着就不利索,怎么不雇个精干的?麦香问罗包。罗包说她在别的豆腐坊干过,有经验。麦香没再说什么。那次留下吃饭,罗包问她吃什么,麦香近乎好笑地,有什么就吃什么,你开的又不是饭馆,还能包出饺子啊?罗包说,饺子也没问题,我让她包。罗包并不想显摆,潜意识里,是想纠正麦香对安敏的印象。安敏表面看似乎是"不利索",但挺能干的。安敏和面、剁馅,麦香困了,上床歇着。她睡了一个半小时,以为有热腾腾的饺子正等着她享受呢。起来一瞅,安敏刚刚擀皮。你可真够磨蹭的,一会儿天黑了,我还要回村呢。麦香很是不快。安敏停下来,朝麦香笑笑,很歉意的样子。麦香叫,怎么还停了?快擀啊。安敏这才埋下头。麦香挽了袖子,她要亲手包。她往旁边一站,安敏慌得抓不住擀杖,几次滑脱。一个饺皮擀老半天。麦香不耐烦了,抓过擀杖,让安敏包,她来擀。安敏鼻尖上沁着汗珠,抓面皮的手微微抖着,又想把饺子包得漂亮一点儿,一只饺子包下来,像长跑一趟,有些气喘。平时她不这样,虽然慢,却不乱。麦香的呵斥打乱了她的节奏。麦香擀完皮,安敏包了不过十多个饺子。麦香嘲弄,你就是再捏也是个饺子,不会变成一朵花。安敏停住,脸上汗湿,笑挂不住,都被汗冲走了。她不敢将冷漠的脸甩给麦香,努力地挤着。可百般使劲,也无济于事,反将脸扭得变了形。麦香突然笑了,我的妈呀,不知道的还以为你要登台唱戏呢,算了算了,我一个人来吧。

　　中午饭吃到后响了。这在豆腐坊是常事,麦香却认为时间被安敏浪费了。罗包送她,麦香问罗包什么人不能雇,偏偏弄这么一个宝。罗包说豆腐坊就得用慢性的人,性子急躁的干不好。麦香说那也得有个度吧,她也……哈呀,脑袋像生了锈。罗包

647

说,没误过事的。麦香斜着罗包,嘲笑他是武大郎开店,专挑比自己锉的。不过……她审视着罗包,这样也好。她没挑明,但罗包猜到了她的意思。

罗包返回,安敏还在吃饭。她不住姨家,一个人租房,平时和罗包喜顺搭伙。她总是在两人饭后才吃,如有人买东西,她就搁了碗,忙完接着吃,所以她的饭多半是凉的。安敏包得慢,但她包的饺子怎么煮都不会烂,麦香包得虽然快,但煮一会大半都烂了。罗包瞅瞅盘子里由于浸泡时间久几乎变成糊状的皮,再瞅瞅不紧不慢的安敏,心突然被扯了一下,怜惜顿生。他说,凉了,热热吃吧。安敏停住,汗已经干了,微笑却不稠密,稀稀拉拉的,就如深秋里被风雨摧残了一夜的枝杈,挂着的树叶没有几片,反而因为稀少,更加醒目。半响,她才说,不凉。罗包不由分说地端起,这么吃要吃坏的。安敏惊着了,慌慌地说,我……我来。罗包没和她争执。

似乎从那一天起,有一粒豆子埋进了他身体的某个地方。

薛腻歪大闹豆腐坊,是麦香吃饺子一星期后的事。薛腻歪是供销社职工,在豆腐坊的前身,即副食店站过二十多年柜台。紧缺的食品都不摆在货架上,私下里出售,并不是谁都可以买到,除非有些脸面的、能和薛腻歪说上话的。薛腻歪虽是一介职工,却是营盘镇的牛人,他走到哪里,坐着的人都抢着让座。就算是货架上的食品,并不是你想买什么就买什么,得看薛腻歪的情绪,如果得罪了他,你要买盐,他就说只有白糖,没有咸盐。若指着袋里——有时就直接在柜台摆着,那不就是盐吗,他冷着脸告诉你,那是别人交了钱的,若要买,过几天再来。但过几天照样没有。所以营盘镇流传着一句话,宁可得罪阎王爷,也不得罪薛腻歪。更让人头疼的是,他像胡麻柴一样难缠。若是有人不小心说错话,他就揪着不放。如一个人买黑酱,随口说怎么这么稀。薛腻歪就质问什么意思,是不是认为他兑了水。下班还要追到家里,有时一趟有时数十趟,非让说清楚不可。他没有别的喜好,除了喝酒,就是和人纠缠。因过度纠缠,他被打过,但动手的人付出了沉重的代价。薛腻歪在那家炕上躺了两个多月,专程躺或抽空躺,缠裹额头的绷带就用了七八卷,很辉煌的纪录。动手的人请了说客,才将薛腻歪劝离。因此人们只要不买东西,都躲着薛腻歪。

罗包租下副食商店的房,薛腻歪隔三岔五上门。他不再站柜台了,但喜欢到他曾经风光的地方转转。公家还给他发钱,只是没那么多了,重要的是没人求他没人看他脸色了,他不像过去那样把眼睛翻到天上,但照样腻歪。闺女和婆婆吵架,他去亲家那儿闹了半个月,睡了吃吃了睡,亲家两口子加上女婿说了几车好话,才把他打发走。罗包没和薛腻歪打过交道,但知道他的为人。薛腻歪进店,罗包满脸堆笑。薛腻歪背着手里外转转,查看罗包"把好端端的商店折腾成啥尿样"时,罗包跟在他后面解释。薛腻歪满腹牢骚,骂上司无能,骂国家薄待他这样的功臣,骂人们势利,骂世风日下。他妈的,我干了多半辈子,说失业就失业了。罗包说公家不是还发工资嘛,薛腻歪瞪着无论多么用力都瞪不大的被酒精浸泡过度、被肥厚眼皮挤压着的眼睛说,那几个钱顶个鸟用?还不如你一个卖豆腐的。他再骂咧,罗包就只听着,不回应了。薛腻歪离开,罗包总要装一块豆腐让他尝尝。薛腻歪不悦,你什么意思,以为我捡便宜来了?罗包说没那个意思,只是觉得和他有缘。薛腻歪不情愿地接过去,说像罗包这样有良心的人少见了。再给,薛腻歪仍不高兴,但终是拎走。一块豆腐不值多少钱,罗包不想惹他。也不是多么怕他,反觉得他可怜。

谁料安敏把薛腻歪惹着了。薛腻歪进店"巡查",恰罗包不在。薛腻歪里外转了转,问安敏工资多少,每天干几个小时,安敏老实回答。薛腻歪皱眉,说安敏的工作时间远远超过了八小时,这是严重剥削,他怂恿安敏,让罗包给她提高待遇。你不要怕,他不敢把你怎样。安敏说她干活慢,这工资她都觉得多,而且罗包对她很好。他对你可是不薄呢,她说,每次来,他都不让你空手。就是这句话惹薛腻歪不高兴了,他瞪住安敏,问她什么意思,是不是认为他来豆腐坊就是占便宜的。安敏慌了,辩解没有冲撞他的意思。可薛腻歪不肯罢休,咬定安敏羞辱了他。酒气龙卷风一样喷射着安敏的脸,安敏直往后退。这个地方,我站了二十多年,我他妈是这儿的元老,你算老几,你有什么资格羞辱我?不就是几块臭豆腐吗?我他妈不欠你们的。他抓出几张票子,一张百元的,几张十元的。剩下的豆腐我统统买了,够了吗?安敏不答,她没见过这阵势,筛糠一样抖着。薛腻歪喝问,够不够？安敏哆嗦着点点头，她快哭了。薛腻歪抓了一把豆腐，狠狠摔在地上，又抓了一把摔在墙上。安敏试图阻止，谁料薛腻歪稻草一样倒在地上。

薛腻歪在医院住了一个星期。罗包报了警，若不是阎有道出面，或许住得更久些。麦香非要罗包辞了安敏。罗包说安敏没错，薛腻歪本就是个事由子，他不能颠倒是非，混淆黑白。两人第一次因安敏吵架，后来，罗包答应从安敏的工资里扣，麦香才偃旗息鼓。罗包不过是应付麦香，没打算真扣。安敏自知闯祸，那些日子神色惴惴，虽然罗包多次安慰，却没有彻底驱散她的不安。直到罗包答应扣减她的工资，是她自己提出的，她才恢复正常。那粒豆子不是突然、一次性滚到身体深处的，一桩事，一个眼神，不经意的一句话，就往里扎了几寸。慢慢地，他没有能力把她抠出来了。

3

罗包迈着慢腾腾的步子走向他的豆腐王国时，刮了大半夜的风悄然谢幕。幽蓝色的天幕上，残月西斜，星光稀淡。房屋尚未显出轮廓，仍被黑暗掩盖。虽然罗包已是不大不小的老板，但仍然保持着早起的习惯。他住在营盘镇的中后端，往东几米有条街巷，直通主街，即便是夜晚，主街上也亮着灯，与白日无异。但罗包极少走那里，而是往西穿过并不笔直甚至弧度很大的巷子，然后向南，再到主街。绕不了几步，图的是清静。主街上常有夜行的车,还有刚从酒馆出来蹲在电杆前呕吐的醉汉。醉汉冷不丁站起,问你是人是鬼。再好的情绪也经不住这么糟蹋。所以罗包更愿意从后面走。身影孤零零的,却不寂寞。他能寻到在宋庄街上行走的感觉。

但在这个黎明尚未到来的清早,罗包感觉到某些不正常。就像他正经过一个陌生的地方,而不是走了无数次的街道。他左右环顾,琢磨缘何有这种不同寻常的感觉。一幢幢的黑暗守在那里,与大地凝为一体。至暗时刻,就是这个样子。可……罗包咳了一声,竟然感觉到空气的战栗。他突然明白了特别的缘由:过于安静了。以往也静,但总归有些响动,风从房顶掠过,夜鸟从树丛惊飞,狗吠、梦语,甚至还有尿液冲击便盆的声响。如果是雨季,还有蛙鸣。可此时什么声音也没有,因而他的脚步显得格外响,就像踩在鼓面上。他走路几乎不出声的,这一点与安敏也极为相像。罗包不知怎么了,是周遭变得不同,还是感觉出现异常。罗包想起数年前的除夕夜,也是一个人走在路上,世界突然离他而去。

那时,安敏已经在豆腐坊两年多了。春节前是豆腐坊最忙的时候,一天要磨两到三次。当天卖不完的就直接冻了,次日让喜顺送往各村。有更多的人直接到豆腐坊买,在他们置办的年货里,少不了罗包的豆腐。凡是直接到店里的,罗包让安敏搭送一块两块,或一袋花椒两袋盐什么的。罗包的豆腐本来就好吃,有些人把罗包的豆腐作为送亲戚的礼物,中学给老师发福利,除了米面,另加一锅豆腐,凭票去豆腐坊领取。又有搭送,买的问的提货的挤来挤去。乞丐常到豆腐坊门口卖唱,唱的皆是对罗包及豆腐坊的赞誉祝福。罗包敦厚,没让哪个乞丐空手离开。

腊月二十六,罗包就催促安敏回家。她要坐客车到张家口,再从张家口坐火车,再倒汽车。安敏不急,过年有什么急的,哪那么当紧?我干活慢,好歹也是一个人呢。你别和我说话,误事呢。确实,因为要回答他,她不得不停下来。结果就忙到了二十九。该买的都买了,顾客没那么多了,罗包让她赶紧走。除了工资,罗包又多给她五百,她推让着,罗包硬是塞给她。还有一包豆皮,是他凌晨特意给她做的。

安敏正要出发,薛腻歪进来了。上次在医院赖了一星期后,薛腻歪仍常常过来。仍是这儿转转那儿瞅瞅,似乎心爱的宝物被罗包抢走了,心有不甘,酸话倒是不多了,但还是会说。罗包依然是好脾气,笑笑就过去了。但不再送薛腻歪豆腐。罗包没料到快过年了,薛腻歪还惦记着来豆腐坊转一遭。安敏看看罗包,他感觉到她眼底的不安,摆摆手,让她快走,小心误车。薛腻歪不是来闲逛的,他想买豆皮。罗包说不巧,没货了。薛腻歪说别人买就有,怎么我买就没了。他问安敏手里是什么。罗包解释过,薛腻歪仍然认为罗包有意不卖给他。这就胡搅蛮缠了。安敏刚迈出门槛,如果利索,应该站到公路边了。听到这话,她又退回来。罗包明白她要干什么,催她快走。安敏笑笑,说这么沉,我也拎不动。她打开包,取出袋子,罗包为安敏赶做的豆皮被薛腻歪买去了。住在县城的老主任想吃,他是代买的。安敏冲沉了脸的罗包说,你瞧,连县城的人都香到了。安敏解了他的围,罗包却不痛快。他说你可真叫慢,快走吧。安敏拎起包,冲他笑,没等那笑扩展开,他就别过了头。他有些生气。

安敏走后,罗包忽然后悔了。不该那么对她的。她替他担心,所以才折返回来。虽然是特意赶做的,但不过一包豆皮而已,他怎么就生气了呢?如果安敏还在,他肯定要对她说声对不起。不,什么也不需要说,只要冲她笑笑即可。可她离开了,再见她要元宵节后了。那一整天罗包的心就像被挖掉一个洞,空落落的。

除夕中午,罗包才关了店铺。那些被时间拴着脚的总是在他闭店前上门,罗包在等他们。比如跑车的夫妇,比如崩爆米花的老汉,他们吃惯了,罗包不想让他们的年夜饭没有豆腐。回到宋庄已是后半晌,麦香双手沾着面,怪罗包回来太晚,罗包说店里走不开。麦香问,喜顺呢,他就能走开?昨日下午,他让喜顺歇着的。罗包说我一个人就够了,何必把喜顺留在店里?他一个人,什么都没准备呢。麦香哼了一声,说你总是替别人考虑。罗包不想大过年的吵架,说我去贴对联。许多方面麦香令罗包失望,但她不是不明事理的人,怎么会因为他回来得晚责怪他呢?定有什么事让她不痛快了。他十多天没回来,想不出那是什么。

扫院,准备笼旺火的劈柴,一通忙活,准备妥当,太阳就落下去了。麦香喊罗包吃饭,她的声音没有铁锈的味道,自然了许多。盘腿坐下,罗包发现冒着腾腾热气的瓷碗边,放了一卷钱,外边那张是十元的。罗包随意地问,这是什么?麦香不看罗包,土墩娘送来的,我刚起床她就来了。罗包的脸突然变得难看,还有火辣辣的感觉,像猝然间被人扇了巴掌。你给就给吧,为什么还偷偷摸摸的?好像我拦着你呢。麦香仍旧不看罗包,她往碗里倒醋,顺便给呆蒙的罗包倒了些。

喜顺回村,罗包照例让他给李桂仙带了几斤豆皮,十块豆腐。豆腐坊搬到镇上,罗包仍惦记着她。以往,她把钱塞给喜顺,喜顺不要,她就拽着不让他离开。昨天罗包特意嘱咐喜顺别进屋,悄悄给她放在门口。她既没养猫也没养狗,不会给偷吃了。她总不至于扔掉吧。没料李桂仙还是把钱送过来。她或许没看到喜顺,但是不用猜也知道豆腐哪儿来的。

火从脸上蔓延到胸间,罗包听到呼呼燃烧的声音。李桂仙自个儿把钱送来,怨不着麦香,罗包的火气不是冲着麦香,虽然麦香的腔调令罗包不爽。更不是冲着李桂仙,想起她一抖一抖的手腕,他只有疼,虽然李桂仙——昔日的牡丹红沦落为枯黄的稻草与他没什么关系。他不知胸腔里的火缘何而生。火呼呼地燃着,尘烟滚滚,内脏化为尘埃,筋骨焚成焦炭。他的五官扭得更加难看,几乎错位。

怎么?你还怪我啊?麦香的目光终于落到罗包变形的脸上。罗包掩着胸口,生怕那火爆裂开来,波及到麦香。我没怪

655

你,他艰难地说。你瞅瞅你的样子,胆小一点魂儿都让你吓飞了。我只是有点儿不舒服,他尽量心平气和。你可真有出息,麦香嘲讽,李桂仙的褶子连起来比你的个头都长了,你怎么?你想到哪里去了?你可真是!罗包及时咬住嘴,防止烈火冲出。麦香恼了,或者说,正式地恼了,嘴角下弯。你别藏一句漏半句的,明说好了,我真是?真是什么?罗包死死地咬着嘴。绝不能让火势蔓延,绝不能!

通常罗包就是以这种自戕式的沉默应对麦香的指责和不满,颇为奏效。麦香不是薛腻歪,不会一味地胡搅蛮缠,她是有限度的。果然,他哑着,她就刹住。而罗包胸间的火硬生生地被他压灭,他抓筷子的手终于稳当了。麦香放下碗,罗包才开始吃。饺子已经凉了,香气不再,罗包味同嚼蜡。麦香问他要不要热热。她的声音里透着柔情。那是久违了的,令他迷恋的波光几乎让罗包掉下眼泪。他埋下头,说不用。

罗包吃得慢,他还没吃完,看电视的已经陆续上门。不像以前那么多了,一部分人改去钱庄的小卖部看,但每晚八九个人是有的。罗包挪开,让麦香打扫炕。最后一个饺子是吞下去的。麦香把一盘盘瓜子、花生、核桃、糖块、黑枣摆上桌,并沏了一壶酽茶。麦香并非事事计较,有时她大方得超出罗包的想象,即便是喜庆的日子,钱庄也未必肯把所有的零食摆出来给看电视的人吃。

罗包去父母那儿坐了几个小时,午夜时分才回到家。看电视的人已经离去,麦香正把花生壳、瓜子皮往簸箕里扫。可真能嗑,她说,没有丝毫的厌嫌,脸上是轻飘的笑。她心情好,罗包的胸舒适了许多。他接过扫帚,麦香拉被子,寻出他换洗的衣服。还有她新缝制的香囊香袋。罗包每次回来,她都让他换上新的,新年来临,自然更得换了。触到香囊,麦香脸上便浮现出奇异的神色,特别是她凑近香囊,闭眼闻嗅,那神色总是令罗包心跳加速。是的,那个时候,麦香就不是麦香了,是另外一个人。不,是另外几个人。因为神色的虚幻和多彩,她忽而是这个人忽而是另一个人。雾气腾腾,他看得到,却看不清。但无论是哪个,都是诱人的。罗包痴痴地盯着她,火苗从下体燃起,继而蹿向全身,他瞬间就变成一颗火球。与之前的火不同,这火无声无息,却足以摧毁一切。罗包不遏制,也不可能遏制。麦香觉出罗包的异常,罗包距她不到半尺距离。啊……呀,她叫,呀还没有完全出来,上齿与下齿刚回扣,上唇与下唇尚未闭合,罗包已经将她抱住。这么烈这么旺的火,他以为她瞬间就被点燃了,但麦香竟然鱼一样扭了一下,他晃了晃,又把她紧紧抱住。你还没洗呢,一身的生豆气,呛死了!麦香叫。那是一盆突然泼过来的凉水,火焰被割断一样弯了头,旋即又冒起来,冒得更高了。别,别……罗包几乎是哀求了。你怎么疯了一样?呛得我都喘不上气了!那是更大的一盆冰水,火没熄灭,却没了气势。僵硬的罗包松了胳膊,麦香从他怀里滑脱。又不是毛头后生,瞧瞧你……她抿一下嘴,天亮还早着呢,你好歹洗一下,冲冲你的味儿。她轻轻戳罗包一指头,利索点儿。这是撒娇了,甚至也有挑逗的成分,她感觉到罗包的不快。

罗包强忍着,没表露在脸上。罗包把专用于洗澡的铁盆拎到外屋。三个暖壶都是空的,必须现烧水。缸里的水也不多了,还得去井里提,好在井就在院里。生火时,柴火故意和他作对,怎么也点不着。血管里的火渐渐熄灭,他不再热,只有躁。他不再点火,打算用冷水冲冲。他冲过,那可是在夏日。冬天又能怎样呢?他经受得住,冻不死的。是的,这个时候,罗包心里窝着气,非报复不可。麦香在里间,在等他洗去身上的豆子气。她似乎没什么不对,他不能报复她。那么,只能报复自己。他剥光自己,并闻了闻胳膊上的味儿,然后站进大铁盆,双手端起盛满凉水的脸盆,举过头顶。他想一绺绺地往下浇,但没抓稳,脸盆滑脱,仓皇间他揽了一下,结果整个人倾倒在地上,倾倒在汪洋的冷水间。仿佛洒的不是一盆水,而是十盆百盆,他瞬间被淹没。麦香问他怎么了,罗包没回答。若她不问,他或许不会那么恼怒。可她问了,紧接着说,前几天才买的脸盆呢。在她心里,脸盆比他还重要。

作为惩罚,罗包躺了几分钟才爬起来。你这头猪!你这头害怕母猪的猪!!你这头永远洗不掉豆气的猪!!!他狠狠地咒骂着自己。他是在心里骂的,不想让她听到。他的话也有豆子气吧,不想呛着她。他没再盛水,寒冷引发了阵阵痉挛。灰白的灯光下,他的身体忽青忽白,而胯间的阳物在举起脸盆时还雄挺着,可此时已是垂死的蛇。你这该死的货,惹祸的货,他骂。牙齿磕响,腰越发佝偻了。

身体湿滑,罗包费了点儿时间才把衣服穿上。他丢掉了香囊,把缀在裤腰的香袋撕剥开。就是把他塞进香袋里,也未必除掉身上的生豆气,所以没有再带的必要。罗包没和麦香打招呼,那也没有必要了。那时,罗包还没有明确的想法,只想躲开,远远地躲开。

跌入黑暗,罗包仍能听到稀稀拉拉的鞭炮声。风忽而紧忽而慢,树枝摇晃,杂草飞飘,偶尔会有沙粒扑到眉上脸上。但走了一段,周遭的声音突然消失了。没有风,没有扑响的沙粒,更听不到鞭炮的炸响,似乎他不小心走进了另一个世界,一个除了心跳和脚步再没有任何声音的世界。他不知怎么回事,环顾左右,仍能看到黑暗中的林带。他没有偏离,仍在去营盘镇的路上。夜路走过许多次,不会迷失方向。可为什么只能听到自己而听不到周遭的声音呢?他大咳,踢脚,怪叫,企图得到某些回应。世界像彻底休眠了,对他不予理睬。罗包额头冒汗,心跳如鼓。他没敢停留,尽可能地甩着大步,企图快速逃离这无际的死寂。

望见镇上的灯火,罗包吁了口气。消亡的声音又活了,树丛的沙响,零星燃放的鞭炮。罗包放慢脚步,揩揩额际的汗。他不明白怎么回事,但没有深想。或许他刚刚穿越了死亡地带,或许他的感觉发生了错乱,但不管是什么,他终于逃离。

659

豆腐坊亮着灯,罗包不由一愣。他竟然忘了关灯。今天可真是稀奇,古古怪怪的事都让他碰上了。门却是从里插上的,屋里有响动。那声音罗包当然熟悉,他心底一阵潮涌,她没走,还是又返回来了?抑或,他听到的是虚幻的声音?

确实是安敏,她没买到火车票,在车站候了一夜又半天,傍晚回到豆腐坊的。而除夕之夜,他为什么不在家里?罗包的解释是,他想不起是否锁门了。安敏说门是锁着的,炉火也是她现生的。她没回租住的地儿,不想让姨家知道她回来了。她还想说什么,罗包打断她,我闻到香味了,你做了什么好吃的?走了一路,罗包饿了。安敏笑笑,说不知他会回来,她只炖了豆腐海带,饺子倒是包了一些,纯素馅的。不过,有现成的食材,她可以再炒两个菜。罗包瞅瞅,说足够咱俩吃了。

罗包支开小餐桌,安敏把炖豆腐、一碟糖醋蒜、一碟花生米端上桌。与以往吃饭的情形类似,安敏坐罗包对面。若喜顺在,侧面的位置则属于他。似乎没什么不同,但在这个夜晚,迎接新岁的夜晚——新年早已到来,只是没听到钟声。他和她由于某些说得清楚又说不清楚的原因坐在一起,气氛、情绪与以往不大一样。罗包一向不沾酒,那晚却给自己和安敏各倒了半杯。酒是喜顺喝剩的,不是什么好酒。当然,就是好酒两人也喝不出。几口之后,两人的脸便泅出红色。安敏只是两腮红,而罗包整张脸、脖颈、双耳都像煮熟的虾。安敏悄声笑了。罗包问她笑什么,她说你像染了胭脂,还没我能喝呢。安敏劝罗包别喝了,罗包说我可不想被你笑话,反正也没事,就用这半杯酒熬年吧。

没人催,两个慢性的人不知不觉把酒喝光了。安敏起身煮饺子,罗包坐着等。他没有什么不自在,没有任何不适的感觉,是完全放松的。或者说,这安详的场景,这随意的气氛是他一直期待的。吃过饺子,罗包让安敏去躺一会儿。安敏问他去哪里,是不是还要回村,罗包说我摸会儿豆子。

罗包走进操作间,从墙角拎了袋子,解开,倒进笸箩。他蹲下去的时候,安敏站在了门口。能不能教教我?她好奇而不安。她见过,却不解其意。罗包爽快地说好啊,如果你愿意。其实,他也想说的,没料安敏先说出来。在这个特殊的夜晚,一切都在悄然改变。

罗包讲了摸的用意,安敏瞪大眼睛,真……真的呀?罗包点头,豆子和人一样,知道冷暖,知道谁对它好,知道谁糟蹋它,长在地里如此,装在袋里也如此。豆子是会说话的,只对能听懂能听进去的人说。那豆子会疼吗?安敏蹲在罗包身旁,轻轻划了划。罗包说当然。安敏不解,若这样,岂不是?罗包明白安敏在想什么,微笑着说,这世间万物都有自己的命相和轮回,豆子也不例外,不可能永远是豆子,总要变成别的,豆腐、豆皮、豆芽,被崩成豆花,磨成粉,要是掉进火堆,就成了灰。转一回,难免要疼的,这没什么。摸不是让豆子少疼或不疼,是要把豆子摸顺,让它们彼此配合,来的不是一块地,去的世界是一样的。安敏呀一声,你的话不大懂。罗包说,这要是和别人说,肯定把我当疯了看。安敏摇头,我不会。罗包说,我知道你不会。安敏向往地,我好想摸,就担心自己笨。罗包说,不难的,你闭上眼睛。

安敏就闭了眼,将手掌插入豆粒中,在罗包轻言慢语的指引下,缓缓滑移。安敏听得见豆粒的撞响,听得见豆子与手掌摩擦的声音,就是听不到豆子说话。她抓豆子,豆子却在躲她。罗包抓住安敏的手,让她再慢一点。你想象自己在水里游,你是一条大鱼,周遭是数不清的小鱼小虾,别急,小鱼小虾会围着你转的。罗包伴游在安敏身边,他能感觉到她的兴奋、好奇和仓皇。

那条鱼终于游得自如了,呼吸变得平和,她看到了四周的鱼虾、珊瑚、贝壳、水草。贴着她的同伴离开了她,但仍在她身体左右。那些鱼虾终于肯跟随她了,她往左它们往左,她往右它们往右。它们吵吵闹闹叽叽喳喳,争相与她说话。而她只想追逐同伴,他往上她就往上,他朝下她就向下。那些鱼虾随他们的游戏变换着阵形,一会儿是扇面,一会儿如巨大的圆柱。

两条大鱼终于咬在一起,跃出水面时,仍紧紧地缠绕着。彼时,天刚破晓,屋外鞭炮声突然变得密集。

4

此时,罗包走向豆腐坊,再次陷入阒静的包围中。他从死寂的世界逃出,和安敏一同度过那个奇妙的夜晚后,他突然想,声音消亡或许是他人生方向发生重大改变的兆示。是的,很长时间他才回味过来。那不由他,或许是注定了的。他逃离麦香,不可避免。

现在,又是为什么呢?怎么突然就……他可没有逃离安敏的念头。刚才起床,他恋恋不舍,她也知道他的不舍,搂着他,让他再眯一会儿。但罗包还是钻出被窝。他掖掖被子,让她继续睡。她又显怀了,正是贪睡的时候。想着他将要成为第二个孩子的父亲,罗包血液汹涌。难道,安敏会离开他,就像他离开麦香一样?虽然这闪现的猜测毫无根据,甚至有些荒唐,但罗包还是被挫了一下,脚步不知不觉放缓了。然后毅然掉转方向。四月的夜晚虽然尚有寒意,但到底不是隆冬了,何况他还穿着安敏用两年五个月才织就的毛衣。可罗包却有掉进冰窟的感觉,牙齿磕碰出比鼓点还重的响声。

到了门口,罗包却又迟疑了,他突然返回会把安敏吓着。她跟了他,没风光过,倒是遭了不少罪,麦香闹得最凶的时候,她整夜整夜做噩梦,而挨麦香的骂更是难计其数。作为她的男人,他是失职的。许多事他无能为力,虽然他的生意如六月骄阳。第一个孩子已经上了小学,他连正式的名分都给不了她。他离不了婚,仍是麦香的合法丈夫。想到这些,罗包深为愧疚。那么,为什么还要去惊扰安敏睡觉呢?她慢性,却不迟钝,会觉察到异常的。那么这一整天,她都会陷入不安中。算了,还是不回去的好。他刚从她的被窝里出来,身上还沾着她的体香,她不会有事的。能有什么事呢?那怪异的感觉多半是他心理作祟,和安敏没什么牵涉。就这么,他再次踏入被滤出杂音唯有脚步重响的街道。走出不足五米,他想起,没听到安敏的鼾声。这么安静的黎明,是可以听到的。可是,刚才没听到,难道,安敏的声音也被吸纳掉了?

罗包是跑着回来的。他打开院门锁,轻抬脚步,走至窗户外。听了听,屋里安静得出奇。安敏,他唤了一声。屋里立即有了回应,想必安敏并未睡着。怎么又回来了?安敏的声音带着只有他才能听出的紧张。没事,他说,你别吓着,忘了告诉你,我的咳嗽已经好了,你别再给我送药了。安敏应着,罗包说我得赶紧走了。

罗包走出院落,锁上门,声音突然回到耳边。起风了,塑料袋和废纸掠过他的脚面,发出沙沙的声音。从主街传来沉闷低沉的喘息,是那些重型货车,常常停在加油站周边,像一堵堵巨形的墙。罗包人轻如燕,若插两支羽毛,没准能飞起来。

那一阵徘徊耽误了时间,豆腐出屉已是日上三竿,那些起早排队的老头老太太抱怨说他们的两条腿都快站成棍子了。罗包赔着笑,让喜顺的婆娘每人多发一块,作为延误的补偿。两年前喜顺娶了东城的寡妇,也算有了完整的家。罗包每天免费送半锅豆腐,所以豆腐坊的门口每天都有长长的队伍。老头老太太喜上眉梢,小声议论要是别的商家也像这样就好了,只要少睡一会儿懒觉,多排几次队,吃的喝的穿的都不用发愁,省下的钱看病就可以了。也有说怪话的,你想让卖电视的白送电视机?做梦去吧,也就是豆腐,换了别的,罗掌柜怕也不肯。

罗包并不计较,就是白送一百块豆腐,也不能把谁的嘴堵住。而送也并非想把自己包装打造成慈善家什么的,除却营销、聚人气,若说有其他目的,那就是,每日看到长长的队伍,他有难以名状的舒爽,他能在长影里听见豆子生长的声音。那是他的另一个秘密,没人懂的。

饭馆那边早已理顺,他聘了经理,前台和后厨各司其职。经理即是中学的食堂管理员,退休之后就在罗包这儿干了。餐馆的运转无须罗包操太多的心,罗包五六日查看一下账目,他把更多精力放在豆腐坊这边。当然,一些棘手的事,罗包还是要亲自出面。虽然他处理未必就顺,但餐馆是他的,天上意外掉落东西,要砸,只能先砸他。

上午,罗包正听经理汇报卫生监督所检查的事,耳根突然一阵发烫,就像被经理的话烤了,他猛往后仰,仓皇四顾。经理不明白发生了什么,问罗包怎么了。罗包意识到自己的失态,摆摆手说,没事,你说你的。经理的语速却慢了许多,几乎一字一顿。雇用他的时候,罗包是犹豫的。让一个瘦如枣核、蛛网满脸的男人管理饭馆,会不会倒了顾客的胃口?但这个退休教师的一句话让罗包拿定主意,他说别看我脑袋不大,拨拉起来比算盘都响,当了二十年食堂管理员,没出现一分钱的差错。果然,他没让罗包失望。而他的蛛网竟然奇迹般地稀少了,瘦黑的脸渐渐圆润。他极少恭维罗包,偶尔一两句话,也令罗包舒坦。他不是多话的人,可此时的汇报却格外饶舌。罗包没听进去,耳朵持续地发烫,心思集中不起来。麦香就要来了,她每次登门,他的耳朵都会发烫,似乎她扇过他的巴掌,有了隔空抽打的魔力。虽然她只扇过他一次。

别说了,我知道了,罗包打断。经理神色略僵,他感觉到罗包的不耐烦,不知哪句话说错了。罗包说我得出去一趟。他刚站起,麦香到了。他没打算逃,能逃到哪里呢?但仍有被围堵在洞穴的感觉。经理识趣,悄悄退到角落,却并不离去,做好随时上前的准备。麦香并没有如往常那样躺倒抽搐,或满脸恼怒,进门就叫陈世美,你给我听好了,然后陈述罗包的罪状,由十条到二十条,几年下来有上百条了。今天的麦香带着古怪的笑,她径直走到罗包面前,上上下下把罗包打量一番,像确认他的身份,确保没寻错人。

麦香的手段,罗包见多了。哭骂、叫嚷、痛斥、哀求、昏倒、寻死,最绝的一次她把一头母猪赶进豆腐坊,那也是罗包最狼狈的一次。母猪见了他就像见了仇人,又像饿急了,唯有他才可以充饥。他仓皇逃窜,让整个营盘镇看了笑话,以至于有人编出歇后语,母猪追罗包,一物降一物。但罗包从未见过她这种表情,准确地说,自打他提出离婚,麦香再未对他笑过。罗包摸不着头脑,麦香的反常让他心惊。

我又来了,你别紧张,没做亏心事,你紧张什么?麦香竟然窥见他的不安,罗包甚是懊恼。

罗包一言不发地往楼上走,麦香跟在后面,不忘吩咐经理,中午她要吃红焖羊肉,放白萝卜,而不是胡萝卜。她的脚步轻得出奇,仿佛她是一段影子,以往她几乎是跺着走的,恨不得让整个营盘镇都听见。

罗包侧侧头,确信她仍然跟着他。

在那个奇妙的夜晚近两个月后,安敏告诉罗包,她怀孕了。罗包突然被钉住,整个人都不会动了。安敏吓坏了,摇摇他的胳膊,罗包这才反应过来。我去……做掉……安敏声音很小,却极坚定。罗包没应,安敏以为这就是他的态度,她转身,罗包一把扯住,不,生下来!安敏狐疑地看着他,生?她没敢往下说。罗包仰起脸,强力抑制着才没掉泪。他以为这辈子没资格做父亲了,但老天把安敏送给了他。你别怕,我可以……她再次停住。罗包一把抱住她,说什么傻话,你就是我的福包呀!

罗包不是马上做出和麦香离婚的决定的。他想了数个夜晚,一样一样都琢磨透了,才起身回村。那时,麦香已经去侍候祖奶。他让她出来,麦香不高兴,说什么重要的话,还怕祖奶听到呀。罗包没吭声,他不想当着祖奶讲,虽然祖奶不可能坐起来阻拦他。他忘不了祖奶让他抛石子和吹拂鸟羽的情形,这一生都忘不掉。一抛一吹,他的世界从此变样。她就是他的福运,是他的神!祖奶在那里躺着,他说不出来。麦香跟在罗包后面出来,但脚步极轻,就如现在一样,罗包生怕她返回去,她做得出来,日子越长他对她越难以理解,所以他回头瞅了瞅。罗包想走远些,但到了院角,麦香停住。她不耐烦地问罗包到底有什么事,她不能把祖奶一个人丢在屋里。罗包的心突然柔软了一下。斜阳映照,她脸上浮动着一层金黄。罗包本来想质问她的,关于他的短。她凭借他的信任编造那么一个谎言,将他牢牢握在手里。他临时改变,长话短说。罗包各种可能都考虑到了,就是没想到他的离婚会成为一场马拉松。

罗包走进包房,往外拉了一把椅子,自己走到对面。坐下不到一分钟,他又站起,给麦香倒了一杯水。麦香从随身带的包里抓出三个香囊,罗包闻出艾叶和菊花的味道。我跟你说过,别再弄了,我不需要,罗包说。麦香说,需不需要是你的事,做不做由我,这不用你批准吧?不需要,你可以丢掉,我的青春都被你糟蹋了,何况几个香囊?你擅长这个,就使劲儿糟蹋呗。痛诉开始,罗包熟悉得不能再熟悉,痛斥挖苦之后,是漫长的抱怨。因为罗包的忘恩负义,她怎样成为全村的笑话,连她的娘家人都不正眼瞧她,等等等等。不到午饭时间,她不会停歇。午饭后,她还会视察饭馆的各个角落。逮住某张陌生面孔就询问,你是新来的吧?叫什么名字?然后会宣布,她才是这里的老板娘,下次来还要考,若有谁说不上来,她会大发脾气。罗包无力阻止,由她作乱。若他叫她离开,她不是摔盘子就是砸碗。自然,她看中什么,想拿就拿。这里的一切都属于她,她想怎样就怎样。唯有账目,罗包不让她看,她已经不是他的财务主管,每月他只给她生活的费用。麦香的花样很多,但罗包大致是清楚的。看到麦香还是以往的套路,罗包松了口气。至少,他心里还有底儿。

但麦香没有继续痛斥,她及时停止,古怪地冲罗包笑笑,你烦了吧?罗包的喉结艰难地滑了一下。我也烦了,烦透了,麦香说。罗包暗忖,她确实反常,这不像她。你是不是特别恨我?麦香问。罗包没有回答,她虽然令他难堪,她以死威胁他,但他并没把她当仇人。他软弱,退让,却不仇视她。他的情感里混杂了太多的东西,自己也难以说清。你别否认,我知道,麦香说,我不怕,死都不怕,还怕你恨我吗?我不过问问,你别紧张。她语气温婉,像他遭遇了什么麻烦事,她来安慰他。

麦香喝了口水,略一皱眉,这是用炒菜锅烧的水吧?有油腥味。你这么搞,餐馆要砸牌子的。这个,她不会胡说的。罗包起身走到楼梯口,喊了两声,经理快步上来。罗包问暖壶里的水谁烧的,经理问,有什么问题吗?罗包说,你闻闻!经理嗅嗅,立刻道,我马上换。罗包说,已经发生两次了。经理说,不会再发生了,你放心。

罗包坐下,说谢谢你。麦香挑眉,有什么谢的?这饭馆至少有我的一半吧!罗包揉揉手关节。你不乐意听?难道我说错了?麦香紧紧盯住罗包。罗包无奈地,你到底要怎样?麦香突然笑了。吵了这么多年,我烦透了,今天我不是来吵架,咱结束吧,怎么样?罗包半张了嘴,竭力掩饰着意外的惊喜。这么下去,对谁都不好,我一夜一夜地失眠,头发快掉光了,你也不好过吧?别看人们都赶着你喊老板,你憋屈着呢。罗包终于没按捺住,双眼翻腾着水花,你有什么条件,只要我能做到。麦香斜睨着罗包,我今儿才知道什么叫乐开了花,哎呀,你像个毛头小子呢。她的玩笑口吻就像一道光,照亮了罗包,他激动地说,谢谢你。麦香说,谢什么？还没结束呢。罗包犹豫一下,问道,几时去办？他期待已久,都快被折磨垮了。麦香似乎没听明白,反问,办什么？罗包说,离婚啊。麦香收拢起表情,谁说要离婚了？你都想疯了吧？

罗包目瞪口呆,几乎窒息。半晌,他终于缓过气,你刚才说的,要结束这一切。麦香诧异地,结束有多种方式,谁说只有离婚才是结束？你都魔怔了,罗包,明儿赶紧去祖奶床前祈祷吧。她玩的是猫鼠游戏,他被捉弄了。若是暴烈性子,罗包没准会动粗。他不是,虽被愚弄,那股气也不足以炸裂脑顶。他深呼一口,又深呼一口,胸口不那么胀了,才问她说的结束是什么意思。麦香说,嘴干了,怎么烧一壶水这么久？你雇的服务员都是狼咬屁股都不肯快走的人吧？也真是奇了。

罗包没有催她。催也没用。重新换了水,麦香嗅了又嗅,仿佛在辨识水里是否掺了什么东西,可她的神情却是陶醉的,那一刻,她的眼睛都闭上了。她有眼影,眼睛的轮廓显得更大了。空气中滋滋啦啦地响,就像带水的鱼掉进了油锅。那响声越发使罗包煎熬。他的呼吸变得急促,但仍紧咬着嘴巴。

麦香嗅够了,眼睛缓缓睁开,语气平缓,如拉家常,那婊子又怀上了？她倒能生,一叉腿一个。罗包努力克制,请你放尊重点。麦香哈了一声,她抢了我的男人,不是婊子是什么？我尊重她？你个黑心货,这话你也说得出来？罗包说,她没在背后骂过你,从来没有。麦香哼了一声,那是心虚,她有什么资格骂我？罗包的嗓子突然发干,她还替你说好话呢。麦香说,少来这套,我安着脑袋呢,能让你诳住？罗包忍不住了,催她有话快说,你想怎么结束？麦香避而不答,罗包,如果你找个仙女,找个明星,我也认了,早就腾地儿了,可你找了她,躺着三块豆腐,站着三块豆腐,连锉子都不如,输给这么个货,我不甘心！罗包呼地立起,你要怎样？你到底要怎样？麦香没有丝毫怯意,想打我吗？罗包喘息片刻,又坐下去,身子说不出地重。求你了,他垂了头。麦香说,婚我是不会离的,你想都不要想！罗包没挨打,可麦香的话比棒击还疼,你要怎样结束？麦香卖关子,我不会告诉你,等结束了你自然就知道了。罗包盯住她,试图从她眼底挖出些许答案。麦香说,你离开我,我也会让她离开你。罗包的目光陡然抽紧,警告她不要干傻事。麦香说,我连死都不怕。罗包探出手,快抓到麦香的胳膊了,麦香缩回去。别碰我,你的手已经脏了。罗包绕过去,麦香立即站起,我的话说完了,该走了。罗包说,你不是要吃红焖羊肉吗？麦香说,我不放心祖奶,留着你和你的豆腐享用吧,趁她还长着嘴。

罗包把麦香送到门口,她回过头,冲他妩媚而神秘地笑了笑。经理凑过来,他比罗包还困惑。他试图说什么,可触见罗包阴郁的面孔,立刻闭嘴。

罗包上楼,步入雅间,合上门。水杯还在桌上,已经没了热气。罗包愣愣地瞅着水杯,企望能得到什么暗示。他想起黎明前走过街道时那怪异的感觉。他不会无缘无故掉进死寂的世界,那时他就预感到将有事情发生。现在基本可以证实。他一遍遍过滤着麦香的话……我连死都不怕……你离开我,我也会让她离开你……寒气如刀,罗包跌坐下去。

罗包摸出手机,给安敏打电话。手机的铃声是他熟悉的晋剧《打金枝》。安敏没有接听。罗包暗叫不好,鲜血喷溅的画面快速闪现。他边下楼边拨,走至楼梯口,终于接通。罗包问安敏在哪里,安敏说正在来豆庄的路上。罗包大叫,别来,千万别来!安敏怯声问,她来了?罗包叫,别问那么多,回去!安敏说,我就快到了,我……罗包合上手机往外跑,就像被母猪追着。

5

安敏是从主街走来的,距豆庄只有四五十步了。许多商店都把货摆到了门口,五金、家具、炒货、布匹、熟食,贴墙走路有些困难,那不但要穿过炒货店的铁锅、笸箩、筛子,还得跨越扫帚、化肥和铁丝圈。而相比不时驶过拖拉机、汽车、摩托的大街,穿行于如山的货物间反倒是安全的。每年总要发生几起车祸,有一次,一辆奔驰径直穿进老马卤煮店,老马正在洗猪头,还没反应过来,命就没了,哼都没哼一声。那颗猪头从碎裂的窗棂飞出去,砸中刑满释放不到三个月的吴大舌头,吴大舌头颈椎折断,从此瘫痪。吴大舌头强暴幼女,原说要判死刑的,但不到八年便出来了,至于缘由,说什么的都有。若他坐牢,横祸或许就躲过去了。飞射出去的猪头在长达半年的时间里成为营盘镇茶余饭后的谈资。

别往马路中间走,罗包常叮嘱安敏。

此时,安敏正穿越炒货摊,她怀着身孕,身材像丰腴的豆荚,加之她双手捧着琥珀色的瓷罐,小心翼翼,不像走,而是挪。罗包没看见麦香尾随她,也没扫见其他可疑面孔,步子放缓,却不敢大意,仿佛街两边的窗口潜伏着不测。他径直上去,护架住丰收在望的豆荚。

叫你别送了,你怎么不听?罗包责备。安敏笑笑,你不咳嗽了,说明这蒸梨有效果呢,多吃几个,就好彻底了。罗包接过瓷罐,店里也可以蒸。安敏说,我闲着也是闲着,你这也不让那也不让,我该生锈了,活动活动有好处。罗包问,把豆豆送学校了?安敏说送了。罗包问,你看着她走进教室的?安敏立住,望着罗包,我是看着她走进去的,你怎么了?罗包吁了口气,没怎么,就是问问。安敏还是感觉到异样,姐还在?那我……罗包说,已经离开了。安敏不安地,你又遭罪了,都怪我。罗包说,你别说这个,怎么能怪你呢?安敏问,我现在回去,还是……罗包说,已经到店门口了,吃了午饭,我送你回去。安敏说,我自个儿能回。罗包说,小心台阶。

罗包让安敏歇着,可安敏待不住,进豆庄就挽了袖子。当然不是力气活,比如用镊子夹豆壳,挑拣豆料中的沙子等等,罗包也便由着她。

　　午间客人不多,经理问要不要去包间吃,罗包摇头,说不上楼了。罗包喊了安敏过来,饭菜已经摆到桌上。煮熟的羊排在汤花里翻腾,香气扑鼻,旁边一盘豆腐,一盘红薯块,一盘菠菜,一盘白萝卜。另有两张馅饼。罗包无名火起,谁说要吃红焖羊肉?你怎么不问问就摆上来?经理蒙了,罗包还从未劈头盖脸地呵斥他,何况还当着安敏的面。平时罗包都称呼经理老哥。但经理很快就意识到自己犯了什么错误,忙不迭地说,怪我,这就撤下去。安敏不知就里,哎哈一声,好久没吃了,我馋了呢。经理用眼神制止了欲上前的女服务员,然后看着罗包,等他示意。安敏问罗包,有什么问题吗?罗包硬着头皮解释,我怕你上火。安敏笑笑,我可没那么大火。罗包缓了语气,当然,你乐意……就吃吧。安敏坐下去,招呼经理一起吃。经理说,你和罗总吃,我还忙呢。歉意涌上来,罗包想挤出些笑作为补偿,可脸上的肌肉僵得像石化了,拉扯不开。

　　饭后,罗包送安敏回家。安敏不让他送,你当我是三岁娃娃不认识路呀?罗包执意要送,安敏问罗包担心什么,她摔不倒也绊不倒,还怕人绑架我啊?安敏本是玩笑话,可罗包突然被榔头击中,满脑袋杂音。他说回家有别的事,安敏就不再说什么了。

　　罗包原想在豆庄后院盖房,地基都打好了,后来改了主意。麦香隔三岔五地兴师问罪,他尚且能忍,但不想安敏跟着受辱。住在中街,被麦香撞见的可能会少些。当然不可能完全杜绝,虽然安敏的精力主要用在带娃上,但她喜欢往豆庄跑,难免被麦香撞上。有时麦香也会到中街。第一次,安敏把麦香让进屋,麦香见东西就砸,罗包赶回去,已是遍地狼藉。麦香再去,安敏就闭了门。麦香在门口叫骂一阵,悻悻离开。虽然麦香让罗包和安敏不得安宁,但她的手段不过如此,应付过去,就能享受几天平静。罗包没料到麦香突然改变了套路,他不敢漠视她的警告。她可是与人私奔过,没有她不敢干的。

中街的房虽非堡垒,但相当结实,地基圈梁用的是拇指粗的钢筋,墙壁用的是张家口砖,外墙抹了两公分厚的水泥。屋顶是浇铸的,三堵高墙拉了铁丝网,就差通电了。除非炮轰,否则很难攻入。罗包的房盖得过于夸张,还被当成笑料,说整个就是座炮楼。现在想来,亏得他深谋远虑。跃墙进院是不可能的,麦香没有翅膀。罗包查看了屋门锁,又检查了院门锁,均没问题。但仍然不踏实,麦香古怪的微笑如一把利剑悬在头顶。

罗包说他一会儿接豆豆,安敏就不用跑了。安敏说,这又累不着,你忙你的。罗包有些不耐烦,我说我接就我接,争什么争?安敏听出罗包的恼火,他很少冲她发脾气的,她认真而诧异地看着他,你怎么了?罗包意识到自己的粗暴,缓了语气,没怎么,我去接吧,今天没什么事。安敏说,那好。她仍盯着他,他避开了。

罗包离去,让安敏锁一下院门,安敏便抓了钥匙。罗包走到门外,立住。厚重的铁门和院墙齐高,若不是安着滑轮,安敏怕是推不动的。安敏说,我这就锁,你走吧。罗包仍然立着。门上有两个洞,一个锁洞,一个观察孔,一上一下,均为茶碗大小。听到咔嗒一声,罗包仍然站着,直到安敏踮起脚尖,对着观察孔说锁住了,他才放心离开。

午后三点至五点,餐馆休息,经理总要睡一会儿。有时六点才来,罗包没说过他,毕竟年纪大了。那天,经理没回家,在餐桌边打盹。罗包进屋,他立马站起。罗包问他怎么不回家歇着,经理说等你呀。罗包明白这是有紧要事,便询问地看着他。还是卫生检查的事,罗包皱眉,上午不是说了吗?经理赔笑,我还没说完,就……咱不能掉以轻心。最后四个字像把叉子,将罗包叉在椅子上。

说起来与薛腻歪有关,罗包重建了房屋,薛腻歪仍然常常登门,寻寻探探,似乎某个角落还藏着旧日的痕迹。豆腐坊转转,餐馆转转,没人理他,他不自在,便点一个菜,要两张馅饼或一盘包子。一来二去,竟然吃上瘾了,一个月定要吃上三五次。自然,难免挑刺。去年,薛腻歪愣说包子里吃出了瓜子壳,免了饭费仍不罢休,向卫生监督所举报。虽然没检查出问题,但仍让餐馆歇业整改。歇了三天。今年没听说谁举报,薛腻歪数月前住院了,经理的意思是通融一下,以免节外生枝。他侄儿在商务局,有些关系。自磨豆腐以来,罗包常和这个那个部门打交道,他走到这一步,深知轻重深浅不由自己,若认真起来,比薛腻歪还腻歪。他问花多少,经理迟疑了一下,罗包说,你自己看着办,不用事事问我。经理哎了一声,说跟你干,比我在学校食堂还舒畅。罗包浅浅一笑,没作回应。

经理欲言又止,罗包问还有什么事。经理小心地,你的脸色不大好,是不是不舒服?要不要去医院瞅瞅?罗包说,我能吃能睡,有什么瞅的?经理说,你太累了,多休息,我能做的,你就交给我。罗包苦笑,你也不是铁打的。经理说,碰到天大的事,也别急。罗包反问,我急了?经理笑着站起,是我急了。罗包说,忙你的,别管我。罗包不愿把麦香的警告说出来,与麦香相反,他不喜欢倾诉。那有什么用呢?只能更烦。

豆豆四点一刻放学,罗包四点赶到学校门口。没料,安敏先他到了。她没和别的家长挤在一堆,孤零零地站在一棵歪脖子榆树下,还不到发芽的时候,但与冬日明显不同,树干和枝丫已经泛青。或许是靠树太近,安敏的脸在罗包瞥见的瞬间竟也缭绕了一层青色。

我说我来接,你怎么又来了?罗包声音不大,却是恼的。安敏笑笑,似乎不这么调整表情她张不开嘴。豆豆见不到我,会不高兴呢,她慢悠悠地说,我怕你有什么事,拖住脚。罗包说,什么事能有接豆豆重要?安敏说,两个人接更好,豆豆更开心。她往罗包身边挪挪,你不痛快赶紧冲我发,豆豆出来,你可不许黑脸了啊。罗包弹去她肩膀上一丝类似羽毛的条状物,说,下次要听话。

豆豆看见罗包和安敏双双来接,果然很开心。给孩子取名字,罗包和安敏各想各的,结果不谋而合,两人又惊又喜。更吃惊的是,豆豆许多方面像极了豆子,圆圆脸,弯弯眉,走路如同豆滚,飞快,好像脚底安了轮子。因为这个,老师找过罗包,因为上体育课豆豆总是踩别人的脚,后来让她站在最前面,可别的娃迈三步,她已经滚出一大截。老师没矫正过来,索性就由她,并且说将来豆豆没准会成为体育明星。现在,罗包和安敏牵着豆豆的左右手,豆豆滚得没往常欢实,她稍往前一点,就被两人拽住,可是从后面看,是豆豆牵着两人在走。

无论如何不能让安敏接送豆豆了,罗包想,就算麦香不威胁,也得雇个人了。餐馆打烊后,罗包叫住经理,和他讲了。年岁不能太大,四十上下,腿脚须利落。经理跟豆豆比赛过,头几步他还领先,很快就追不上了,自然知道罗包为何如此强调。罗包让他尽快,经理叫罗包放心。

次日中午,经理就把一中年妇女带到罗包面前。是他的邻居,原先在中学食堂做饭,这学期开学被裁掉了,正闲着。罗包上下打量一番,她偏瘦,应该是利索人,但仍让她在后院跑了两圈。除了接送豆豆,安敏出进还需要她陪着。妇女说没问题。谈妥工资,罗包让她从今天放学就开始上岗。

安敏对罗包的安排有异议,那天晚上,豆豆睡着后,她探过手,摸摸罗包的头,幽幽地叹口气。我知道你是为我和豆豆着想,可真的没必要专门雇人,我有胳膊有腿的,你这也不让那也不让,我不成废人了?罗包说,等孩子生下来,要你干的多着呢,你现在的主要任务是静养。安敏说,我个矮,上次检查医生让多运动呢。罗包笑了,没让你整天睡大觉呀,你干点轻活,院里转转。安敏问,当真不让我出院了?罗包说,不是不让,但有人陪着才行。顿了顿,安敏问,是不是因为姐?你怕她……不至于吧?她能把我怎么着呢?罗包不想做过多解释,更不想让安敏窥见他的恐惧,他抓住安敏的手,听我的就是了,你不要再问。安敏就闭了嘴,但显然罗包没把她说服,她吁了口长气。罗包说,要不,你去县城住?安敏说,还是在镇上吧,好歹我天天能看见你。罗包心里一热,揽住她,将她搂在怀里。

原以为雇个人左右陪护,就大可以放心了,但仅仅隔了一天,不安便如破了的水管,先是往外渗,很快便滴得到处湿答答的。麦香的笑古怪难测,他实在想不出麦香的结束方式,她自己干,还是雇凶。都说祖奶是观音弟子,罗包深信不疑,麦香侍候祖奶这么久,却没有任何禅悟,没有丝毫善念,反变本加厉,不离婚也就罢了,还要挟威胁他。

罗包寝食难安,焦头烂额之际,突然想到宋太。

那次和罗包借了钱,宋太又是消失数年。宋太开了家公司,当然是皮包公司,他不再满足于小打小闹。后来宋太对罗包提及偷牛,说小偷是贼,中偷是盗,大偷为雄,还说想偷个省长干干,但没弄成。罗包不明白省长还能偷,宋太怎么吹,他就怎么听。那时宋太刚刚从监狱出来,已经是第二次坐牢,他不觉得丑,好像多么光彩,是他的宝藏和护身符。开皮包公司,宋太诈骗了几千万,事发后,他逃往海南,隐姓埋名一年后,再度出山,

679

摇身一变,扮成某首长的亲戚。宋太口才好,胆量又大。他给这个许诺安排工作,给那个许诺提拔职务。自然,求他的人都要数票子。被抓捕那天,宋太住在五星级酒店,正搂着一个不怎么走红的演员,他承诺让她在某部电视剧里当主角。

宋太刚出狱那会儿,常到罗包的餐馆。每次罗包都管饭。特别是宋太答应劝说麦香和他离婚后,罗包更是好烟好酒招待,奉为上宾。宋太嘴巴溜,说服麦香应该不成问题,罗包甚至没有为早点想起宋太而责怪自己。宋太的游说没有成功,数次之后,他对罗包说,麦香属于一条道走到黑的人,九头牛也扳不回来。罗包后来听说宋太也受到了麦香的礼遇,因为他答应麦香,劝说罗包回到她身边,罗包这才知道宋太"吃了原告吃被告",里外落好。不久,宋太进城替人要账,名头渐响,接着被某县的房地产老板聘为安全顾问。若拆迁遇到困难,宋太就大展身手,那些问题都会迎刃而解,而街头的混混走到哪儿都大摇大摆,经过房地产公司却要低下头。宋太平时没多大事,打打台球,钓钓鱼,过的是神仙日子。罗包初听不信,直到有一天宋太的宝马车停在门口,才知道传言是真的。宋太留下话,让罗包有什么为难的事尽管找他,罗包想起离婚的不了了之,只是笑笑。现在,他实在是没辙儿了。

两日后的上午,宋太的宝马车再次停在餐馆门口,罗包已经候了近一个小时。罗包拽开车门,宋太的长腿探到地面,随后整个人挪出来。皮鞋、西服、背头,鞋和头一样乌黑闪亮。罗包将宋太迎到二楼雅间,水果、烟、茶都是罗包亲自置备,连喝的都是现烧的农夫山泉。几月不见,宋太的脸白净了许多。罗包撕开中华烟,正要拽,宋太说,我不抽那玩意。罗包便僵住。他听说中华是最好的烟。顿了顿,宋太从包里掏出烟盒,轻轻一弹,烟屁股便撅到宋太嘴边。宋太轻轻咬住,说我现在只抽黄鹤楼。罗包不知还有比中华好的烟,醒过神后,忙抓起打火机,给宋太点了。想起自己和宋太在马路边就着花生米、火腿肠喝啤酒的情形,喝得猛,啤酒溅洒到嘴叉、领口上,随便用手背一抹接着灌。红色的花生壳几乎散了满怀。再瞅宋太这作派,确实是今非昔比了。

宋太仰头吐了几口,目光才算压下来,落到罗包脸上。宋……哥,你这么忙,谢谢你能回来,罗包字斟句酌。宋太的两块脸肌微微凸起,有了那么一丁点笑意。你是厚道人,我落魄那阵,身无分文,四处求借,只有你给我面子,这好我一直记着呢。罗包摇摇手,那都什么年代的事了。宋太说,我不是颠倒黑白、是非不分的人,你的这份情我不会忘,我确实忙,但接到你的电话,还是赶回来。罗包摆出感激的表情,问宋太中午想吃什么。宋太摆摆手,我回来可不是为了吃饭,说吧,遇到什么事了?电话里不能说,非得当面讲。罗包说,不是不能说,实在是三言两语讲不清楚。

罗包依然字斟句酌,同时观察着宋太的表情。

宋太又抽出一支烟,自己点的。他的头一伸一缩,鸡啄米

681

般,仿佛要把烟和打火机啄到肚里。他点烟的样子倒是没变,罗包暗想。吐了几个烟圈,宋太再次开口,我老早就说过你和麦香不合适,你不听,怎么样,被我说中了吧。罗包难为情地,那时年轻。宋太说,美国都换好几届总统了,你也没把婚离了,拖不是办法,麻烦来了吧?罗包说,我就怕她干傻事。宋太哼了一声,你认为是傻事,可在她未必是。鱼死网破,要的就是这份痛快。罗包小心翼翼地,她没找你吧?宋太的目光如解剖刀般翻滚几下,她给我打电话了。罗包声音发飘,你答应了?宋太皱眉,怎么会?现在我什么身份?要钱有钱要女人有女人,岂能为一点蝇头小利铤而走险?你以为我坐牢有瘾?犯法倒是小事,闹不好命也丢掉了。罗包吁了口气,暗想,那就好。宋太说,我没答应,并不意味着麦香就放弃了,她是那种不到黄河不死心的人,以前我比你了解她,现在你比我更清楚她。她可以找别人。罗包脸色凝重,我担心的就是这个。他问宋太有没有什么办法阻止麦香,宋太往后仰仰,捋捋整个往后倒的头发,你找我还真找对了,我虽然人不在,这道上没我不熟的,我说一,没人敢说二。罗包万分感激,那就麻烦你了。宋太沉吟着,待会儿我回趟村,说说麦香,她该给我面子。罗包说,那你就辛苦一趟。宋太说,清明节没回来,趁着给老娘上上坟。宋太的老娘在宋太第二次坐牢时病亡,其实没什么大病,就是心痛,痛起来她就乱揪头发,结果一头花白的头发全被揪光,然后撕头皮、脸皮、大腿、前胸,干瘪的乳头也被她一块块地抠掉,最后把自己揪死了。罗包不知怎么接话,他脑子转得慢,尤其这种时候。你给我备些纸钱,宋太鼻腔异样,他轻轻捏了捏。罗包说,这好说,马上去办。

宋太从宋庄回来,已经快一点钟了。鲤鱼炖得时间久,几乎脱骨。那是蝴蝶河的鲤鱼,清早才打捞上来的。宋太没指明要吃什么,罗包是揣摩着准备的。铁锅鲤鱼、鲫鱼豆腐、黄花豆皮、油炸豆腐,均是餐馆的拿手菜。宋太说三句话就让麦香打消了念头,离也罢不离也罢,都不能藐视法律。宋太的头发被西风撕拽乱了,有几根捋不顺,从耳边耷拉下来,但仍铁嘴钢牙。他其实是做律师的料,罗包暗想。

罗包轻松了几天,当然不敢大意,安敏出进、豆豆上学放学仍由中年妇女护送。但数日后,麦香再次杀到豆庄,扔给罗包一句话,甭说宋太阻止不了我,老天爷也阻止不了我!她仍是秘而不宣,罗包听得见火捻子的嘶响,却不知炸药藏在什么地方,再次陷入惶恐。

6

咱娃又踢了,这么不安分,肯定是个小子!安敏抓住罗包的手,搁在她隆起的腹部,来,你摸摸。踢到你了吗?她问。罗包说,踢到了。声音呆板、机械。安敏把他的手挪离,却没有松,你怎么了?罗包说,没怎么。他尽量装得若无其事,但还是被安敏觉察到了。真的没事,就是有点累,他补充。安敏说,你肯定有事。罗包笑笑,别乱想。安敏深深地叹口气,其实你不说我也清

683

楚,是姐那边的。罗包说让你别乱想嘛。安敏说,你发愁,我就难过,如果能帮到你,让我怎么做都行,哪怕离开你。罗包被烫着,猛一哆嗦,声音提高,不要说了！安敏却没刹住,继续说,你喜欢娃,我把娃留下,要是——罗包捂住安敏的嘴,有些粗暴。安敏呜噜几声,罗包赶紧拿开。你要闷死我呀,安敏喘着粗气说。她不是离去就是死,总不说好听的,罗包魂都要丢了。别再说了,他乞求。安敏说,那你高兴一点。罗包说,我高兴着呢,今天我听了个笑话,乐死了,你要不要听？安敏轻笑,你还没讲过笑话呢。罗包讲得有些夸张,安敏笑了好一阵。然后说,你还要早起,赶紧睡吧。罗包悄悄松了口气,总算没影响到她。

半夜,罗包被噩梦惊醒。他和安敏正走在路上,猛不防被推了一把,双双摔倒。他爬起来,安敏却向前滚去,眨眼工夫变成一粒金黄的豌豆。他追,她滚。一辆汽车迎头驶来,她径直滚向车轱辘。他大叫着扑过去。这是梦,他对自己说,可心狂跳如擂。也许真该回趟村,跪在祖奶床前祈祷,如果他做错了,惩罚他就是,万万不能连累安敏,连累孩子。可想到麦香不离祖奶左右,罗包又怵了。火捻子又响起来,嘶嘶啦啦。被这声响搅着,他只眯了一小会儿。

次日上午,罗包忙活完,慢慢往派出所走。几天前就想到阎有道,他或许能阻止麦香。罗包反复思量,但始终拿不定主意。一来没有凭证,证明麦香将以何种方式结束,阎有道是所长,不比宋太,空口就是诬告；二来麦香还是他法律上的妻子,他打定主意离婚,却盼着她好,不愿给她身上泼污。还有,走进派出所的院子,他就被念了紧箍咒,头疼欲裂。先是麦香告他,阎有道多次拎他,虽然没把他和安敏怎样,可询问、谈话、劝诫、警告,那叫折腾。再是为豆豆上户口,他左一遭右一趟,几乎把腿跑断。听到派出所三个字脑袋就大。可是,火捻一直响一直响,他决定硬着头皮试试。

罗包本来走得就慢,因为心里怵,更加磨蹭,一只脚落地踏平稳了,另一只脚才拽起来。不像走路,更像工兵排雷。虽然慢,但终于走到了,准确地说,还有三四十米。一辆黑色轿车从派出所对面的镇政府驶出来,到罗包身边,竟然停住。罗包愕然间,车窗摇下,他看到了乔石头。乔总呀,几时回来的?罗包往前靠了靠。好几天前就听说乔石头回来了,要把垴包山买下。乔石头说,有些日子了,你这是要去哪里?罗包说,去……前面。像是做贼心虚,因这个模棱两可的回答,他的脸突然发烫。他为自己的躲闪而羞愧。乔石头说,生意一直很火吧?你该弄辆车了。罗包笑笑,马马虎虎,不值一提,乔总——乔石头打断他,什么总不总的,叫我石头就行了。罗包略显局促,那可不敢。罗包让乔石头有空去餐馆坐坐。乔石头说,那是自然,我还想和你谈事呢。罗包不由一怔,目光带了疑惑。乔石头依然如先前那般笑着,罗包什么都窥不到。乔石头说,改日吧,等忙过这一阵,走了啊。乔石头摆摆手。宋太与乔石头比起来,连乔石头的半根手指头也抵不住,可乔石头从不摆谱,至少,罗包没见过。但并

685

非这样别人就可随意,恰恰相反,反而有吃不准深浅的感觉,就如现在,乔石头的车已经远去,罗包站在路边,仍然回味不过来,猜不透乔石头扔出那句话的用意。若是重要的事,乔石头肯定亲自上门,以显正式,可若无关紧要,乔石头就说了,而不是忙过这一阵。罗包嗅出这句话的味道,却不知所指,如坠云雾。

站了好一会儿,罗包才往派出所挪去。

踏进走廊,罗包就听到阎有道钢板一样的声音。屋里有人,且不止一个。罗包没敢贸然敲门,返了几步,站在正对着门的公示牌下。七八分钟之后,感觉憋闷,罗包走出派出所大门,在靠墙的拐角立住。胸间陡然畅快许多。

从这儿能清清楚楚看见大门,等那些人出来,他马上进去。阎有道脸黑,心地是不错的,他自是折腾过罗包,但没乱来,最终还是帮了罗包。罗包心里念着阎有道的好,但靠近他,压抑感便悄然袭来。

墙角长出几棵蒲公英,在灰黄的墙体与大地间,极为醒目。没想到蒲公英长这么大了,再远处的一棵竟然绽开了黄花。草刚刚冒芽,蒲公英倒比草还长得快。罗包蹲下去,轻轻拂了拂,惊喜又伤感。又一个春天来临,而他的离婚仍遥遥无期。然后,他就看到嵌在砖缝间已经干硬的蜗牛。蜗牛大概是躲避风雨的,以为怎么样钻进去就可以怎么样爬出来,但显然被卡住,成为砖墙的一部分。蜗牛仍是爬行的姿势,似乎在寒冬里也曾尝试过。罗包像看到受难的同类,痛惜顿生,却不知如何援助。呆了呆,他捡起一支柔软的羽毛,试图掸去蜗牛背上的灰尘,谁知软羽轻轻碰触,僵干的蜗牛突然风化。罗包难以置信,瞪大眼睛乱瞅,试图拾捡哪怕一粒尘埃。可他什么也没寻到。蜗牛真正死亡了,罗包越发地伤感。蜗牛以这样的方式活着,被他弄死了。但再瞅空空的没有任何痕迹的砖缝,忽又生出虚妄的感觉,那里什么都没有,是他眼花了吗?

鸣笛惊醒了发怔的罗包。警车驶出大门,拐上公路,往县城方向去了。罗包跑进派出所。关键时刻,他会启动快行键。阎有道果然不在了。罗包不想和别人说,他怵阎有道,却只信任他。

酝酿了一上午,连人都没见到。再鼓起勇气,说不定又要耗几个夜晚。回到豆腐坊,罗包钻进操作间,将门插住。烦闷难耐,他就躲到这里。这里是王国的王国,唯有在这里,他能清静一会儿。早年有了烦心事,也是这么驱逐烦恼的。那时,自己磨了豆腐都舍不得吃呢。他爱琢磨,慢虽慢,却一直往前走。从宋庄到营盘镇,由小土房到二层楼,被人嘲笑的他变成老板。王国不大,但他也是国王呢,要什么有什么。乔石头说他该弄个车了,其实车他也有的,就在院里停着。但他不喜欢开,他喜欢步行,喜欢慢吞吞行走的感觉,边走边琢磨,而开车是不能思考的。他不喜欢炫耀,但喜欢拥有的感觉。谁能想到一个卖豆腐的能成事呢?可他就成了,地覆天翻。但,但是,有一样却没随金钱、地位、时间的改变而消失,躁和烦始终牢牢在心里扎着,就像一颗魔幻的种子,今儿长成粗壮的树,费了九牛二虎的力气,终于砍断,明儿又长成葳蕤的草,好不容易揪断,后天又变成嶙峋的山石。不停地生长,不停地变形,周而复始,生生不息。实在受不了的时候,罗包就躲到这里。

罗包没吃中午饭,经理和喜顺女人喊他,他都没应。快三点了,罗包才走出操作间。他没能把烦连根拽断,如往常那样,但脸色好了许多。经理竟然还在等他,罗包甚感歉意,特别是看到打盹的经理站起的那一刹,由于站得猛,摇晃了一下。经理招呼和他一样等待的服务员热饭,然后对罗包说,也不知你几时忙完。罗包说,你没必要等我,回去困一会儿。经理说刚才迷糊着了,不困了。罗包问他吃了吗,经理瞅瞅墙上的挂钟,说晚饭也快吃了。罗包算算躲进操作间的时间,有四五个小时呢。

稍顷,服务员把饭菜端上桌,罗包刚咬一口馒头,听得楼下在说话,服务员,经理,另有一个陌生的声音,嗓门渐高,近乎吵了。罗包捏着馒头踱下楼。来人四十上下,方脸厚脑。罗包觉得面熟,在他介绍自己的同时,罗包也想起来。是薛腻歪的儿子,薛腻歪住院时,见过的。薛腻歪的儿子来买饭,服务员告之五点以后才上班,他坚持现在就要买,结果和服务员、经理吵了起来。

薛腻歪儿子不是搅混的人,罗包对他印象还好,他不时不晌地买饭必有缘故。果然,薛腻歪儿子说刚刚把他父亲拉回家,父亲进家就提出要吃罗氏豆庄的水煎包,还要豆腐芹菜牛肉馅的。

若是往常,他会等到饭馆营业,现在……他停顿一下,脸有悲切,说医生下了通知,只好把父亲拉回来。罗包明白了,让经理打电话把厨师叫来。尔后对薛腻歪儿子说,你在这儿等一会儿,或过阵儿再来,肯定给你准备好。薛腻歪儿子满是感激,说刚才着急,说话过火了,实在是对不起。罗包说,理解,谁都有个急的时候。薛腻歪儿子说,我父亲给你添过麻烦,你真是仁义的人呢。罗包笑笑,都是老皇历了,提这个干什么? 对了,我一会儿想去探望他,合适吗? 薛腻歪儿子愣怔一下,你真的? 还是……罗包说,他挑刺其实是帮了我,如果可以,我去看看老哥。薛腻歪儿子说,当然可以,只要你不计前嫌。罗包说,那好,你等着,我也正吃着饭呢。经理追上来,大感不解,你真要去看他? 罗包说,这还胡说呀。经理欲言,罗包摆手,别说了,你不回去睡觉,给我准备一个果篮吧。

　　薛腻歪儿子拎走包子半小时后,罗包踏进薛腻歪家门。薛腻歪儿子连声说,让你破费了。薛腻歪儿子说医生下了通知,自是不会胡说,可薛腻歪虽说瘦得脱了形,面色却泛着红光,而眼睛鳞波闪闪,根本不像有病的样子。本来半仰着,看到罗包慢慢坐直。罗包说,你躺着好了。薛腻歪伸出手,罗包握了握,关节如刀。常见,握手却是第一次。薛腻歪说,没想到你会来看我。罗包笑笑,刚听说你出院了,好点儿了吧。薛腻歪说,住了几个月院,好多了,阎王爷怕我腻歪他,不敢叫我去。罗包大笑。薛腻歪说,刚吃过你的包子,就是香,比市里的大饭馆都香。生意还好？罗包说,托你的福,凑合。薛腻歪问,我那么腻歪你,你怎么还来看我？罗包沉吟一下,你也不是故意的,心里烦是吧？薛腻歪本已松开罗包的手,闻言突又伸出,摇摆如桨。罗包只好再次握住那凸立的刀锋。薛腻歪唏嘘,你说对了呀,我这心消停不了,风光那阵是这样,落魄了更是这样,所以……反正腻歪的名儿出去了,那就耍呗,我都腻歪了,还怕什么？你不知道啊,这一搅和一折腾,我这心就会稳当许多。然后指着站在地上的儿子和老婆,他们骂我,都骂过,可没一个知道我的苦处。我是讨人嫌,我也不想这样,但烦乱起来,心就乱晃荡,控制不住啊。薛腻歪老婆插话,食品红火那会儿,别人都求着你,你有什么烦的,还不是自作自受？薛腻歪说,正因为别人求着我,我才老担心这是幻觉,风一刮就没了影儿。薛腻歪老婆说,现在也没什么可担心的了,你好好养着,好吃好喝的等着你呢。罗包也说,饭馆新上了两道菜,改天你来品尝。薛腻歪问什么菜,罗包介绍着,轻轻抽出手。薛腻歪问,不怕我腻歪？罗包说,能解烦,你就腻歪好了。薛腻歪自语,没想到,能理解我的,倒是你这个外人。罗包说不早了,让薛腻歪休息,便告辞出来。

薛腻歪儿子把罗包送到大门外,千恩万谢。罗包摆摆手,我帮不上什么,好生照看你父亲,他这辈子也不易。薛腻歪儿子眼睛泛红,连连点头。罗包生怕他再说恭维的话,掉转身。想走快点儿,可摸豆放松的身体再次绷紧,双腿沉得要命。本来打算回家的,他答应安敏回去喝红豆稀粥,但又担心恶劣的情绪影响到她,便给她打电话。安敏慢悠悠地,我煮了半锅呢,你洗澡都够了。罗包干笑,慢慢喝。

天凉,坏不了的。她再不痛快,也刮不起风暴,这就是她的好。

客人散尽,罗包和经理、员工才开始晚餐。平时,罗包不和他们一起吃,倒不是碍于身份,而是他嚼得慢,吃不到一处。那晚,他说一起吧,省得再摆。员工们为了等他,尽量放慢速度,罗包极不自在,吃掉一小块馒头便搁下筷子,解释,中午吃晚了,不怎么饿。经理吩咐新来的女服务员,给罗总倒杯水。女服务员走到柜台边,刚刚弯下腰,暖壶砰地炸裂了。经理呵斥,干了快半月了,怎么还是毛手毛脚的。女服务员变了脸色,小声说,我还没碰到呢,暖壶自个儿就炸了。经理气道,你不知错,竟然还顶嘴?罗包制止经理,不就一个暖壶吗?别动气。罗包面向柜台,目光一直追着女服务员,确实不是她碰炸的。经理顿时温和许多,罗总仁义,搁别的店,定要扣你工资。罗包说,都快吃吧,一会儿凉了。他盯着打扫残片的女服务员,暗想,薛腻歪八成是不行了。

次日,经理告诉罗包,他碰见了薛腻歪儿子,薛腻歪昨夜去世了,睡着睡着就没了,哼都没哼一声。经理感慨,他腻歪了一辈子,临走倒悄没声息的,真是邪了。火捻声又在耳边响起,啦啦的。罗包说,真烦。经理以为罗包嫌他饶舌,改口说检查卫生的今天可能来,罗包最好在餐馆等着。你得露面,经理说,别让人家挑刺。罗包问,可能是什么意思?经理说,他们就这样,说是抽查,让你永远摸不着底儿。罗包正犹豫该不该找阎有道,有了这个借口,就不用去了。

快中午了,检查卫生的也没到。罗包正想去操作间,听到一个沙哑的声音,抬头,果然是宋品。宋品说,我刚从政府出来,看你在不在。罗包知宋品上门不是为了看他在不在。罗包对宋品没好感,个中缘由说得清又说不清。他从不恭维宋品。父亲有一次和宋品说话间,突然蹲下去,摘掉粘在宋品裤脚的一粒苍耳,让宋品看了看才丢掉,那时,罗包就在旁边,盯着父亲驼下去的背,什么也说不出来,感觉丢人透了。当然,罗包也不至于摆冷脸,对宋庄的掌门人还是客气的。已经到了吃饭的点儿,也不能让宋品饿着肚子离开,问宋品吃点什么。宋品也不客气,有什么吃什么,真饿了呢。

罗包吩咐下去,宋品开门见山。你是明白人,我没必要兜圈子。他的哑音与火捻子的嘶啦混在一起,合奏成纷乱的杂音。宋品言简意赅,罗包脑子转得慢,但还赶趟。乔石头说有事找他,难道就是这个?突然闪亮了一下。别管是与不是,这倒是个机会。没有乔石头做不到的,宋庄人都这么说,罗包不认可。乔石头再能,也是有限度的,他能当美国总统吗?他能让太阳从西边来吗?但现在,罗包决定赌一把。也许宋庄的头号传奇可以化解他的烦忧,掐灭嘶嘶啦啦的碎响。于是,他像安敏那样笑一笑,然后盯住宋品,一字一顿地说,我答应签字,但我有条件。

第十六章　祖奶

1

我闭上眼,就看见了飞翔的白杏。白羽如雪,身姿轻盈。她飞过蝴蝶河,飞越垴包山,飞向蓝得要融化的天空。一个俯冲,她射下来,快至地面忽又翻起,在村庄上空久久不动,就那么悬浮着。她周围没有同伴,就像那些孤傲的老鹰。偶尔,白杏会栖落在房顶或门前的杨树上,那还是大旺栽的,并不怎么高,树叶遮掩不住她的身影。我凝望她,她窥着我。我招手,呼唤,让她下来,发誓绝不再捆绑她,她想飞就飞,想跑就跑。但她不为所动。她不再相信我了。只有一次,她飞至近前,距我不足半尺,振翅的凉风拂着我的脸颊。我想摸摸她,太想了,手还未伸出,她便飞离。我急惶地睁开眼,白杏彻底消失,我看到的只有被垛、白墙或者李桃哀伤的面孔。我躺倒的当晚,李桃便回来了。我忽而迷糊,忽而清醒,即便醒了也不愿睁眼。我愿意活在白杏飞翔的世界里。如果李桃呼叫得急,我就知道自己已经昏睡太久,怕她担心,我会睁开眼睛冲她笑笑,或者在她的劝说下喝半碗小米粥,然后又合上眼睛。娘没事,就是软,我再躺躺,你也歇着吧。我是闭着眼睛说的,不愿错过飞掠的白影。

如果可能,我宁愿就这样闭着,凝望白杏飞翔,或让她带我飞翔。我没飞过,太想尝尝飞的滋味了。

躺了七八天之后,某个黄昏,我睁开眼睛,挣扎着坐起。李桃正在拉风箱,她力气弱,风箱沉,她使劲的吭声与抽杆的咔嗒声搅混在一起,如同垂死老牛的粗重喘息。本来这几日白礼成要勒风箱的,鸡毛都准备好了,遭遇悲伤,他也没这个心思了。服侍我这么久,难为了李桃。我唤了两声,李桃闪进来,脸上掠过惊喜,娘,你好了?烧开水,我就给你做饭!我边往炕下挪边说,我来烧吧,你歇歇。李桃拦住我,这哪行?躺了这么久,你快躺成面团了。那个动不动就怄气的李桃也懂得疼人了,我心里划过一丝欣慰。我说你烧你的,娘得梳头洗脸了。李桃眼神透着疑惑,你好……了?我说,你听听娘的声音,脆得像咬豆子一样,放心吧。李桃迟疑着松开手,她自是不明白我昏沉多日,何以突然间就好了。我没告诉她,因为那预感隐隐约约的,我并不十分确定。

明儿让李夏送你回去,我对李桃说,一早就走!李桃仍然有疑,真好了?我笑了,傻闺女,好就是好,哄你干什么?李桃说,这几天你就喝了点粥,瘦得都脱了形,我还是留下服侍你吧,反正回去也没人待见。我从她的话里听出抱怨,问,又和婆婆闹别扭了？还是和女婿？李桃说，我没和他们闹。我顿了一下，说，那你更得回去了。因闹别扭，李桃跑回两次，但只住一宿就被我押送回去，另一次是李夏送的。动不动就往娘家跑，婆家不烦也烦了。我不让她这样，有刺拔刺，有伤治伤，躲避是最没本事的。这一关早晚要过，必须要过，有些我能帮她，有些必须她独自面对和承受。李桃郁郁的，你还没好利索呢。我说，你走你的，好没好利索娘自己清楚。李桃被噎了似的，嗝了一声，间歇，又嗝了一声。我说，姑奶奶，瞅瞅你这样子，还服侍我呢。我舀了半碗水给她，她喝下两口，哀声道，我真的不想回去了呀。我心里发沉，桃儿，没有一帆风顺的日子，该忍就忍着点。李桃恼怒道，什么时候是个头儿呢。我说，窥面知心，你女婿善性，这一点儿娘看不错的。李桃说，他倒不坏，就是耳根软，什么都听他娘的。我说了什么话，他转身就告他娘了。我说，那是他娘啊，根在你这儿，你不说她的不是，告了也没什么。李桃说，憋了气，我总得撒一撒。我说，桃儿，不比在咱家，一切依你，你嫁了人，虽说也是一家，到底是隔了一层，各有各的规矩，不能什么都由着你。李桃斜着我，还啥都由着我呢，我是怎么做也不入他娘的眼，如果我是一头猪，不定被她杀了几次呢。这话说得狠绝，她积气太深，慢慢消解吧。我瞅瞅她扁平的肚子，移转目光。还没动静？我小心翼翼的，呼吸都不敢大声。李桃没回答。没回答就是回答。我触及她的痛点，她又嗝了一声。经年的摸索，老天赏赐了我治疗妇女不孕的良方。虽然不是百分之百，但十有八九是可

695

以治愈的,只不过有的服药久些,有的服药时间短。个别妇女,我办法用尽,却未能让她们获得生育的欢痛。李桃,我的亲生闺女不幸成了她们中的一个。她满脸哀伤,不只因为我,我早该瞧出来的。照我上次的方子,再抓三十副,我说,别人都能吃好,你为什么不行?你要有信心才行。李桃幽幽的,闻见药味就想吐,我就是死也不吃了。我叹口气,古语说,只有享不了的福,没有咽不下的苦。谁无端端吃药?这不是想好吗?往后日子长着呢。李桃说,让它长就长,让它短就短。我被重锤击着,差点摔倒。李桃及时扶住我。我猛拨一下,不准你胡说八道!或许是我声音太高,李桃没顶撞我,只是噘了嘴。我靠墙立定,放缓语气,明儿别回了,我带你去张北城让薛令玄把把脉,开个方子试试吧。那时,我还不知道薛令玄已经死于李守信手下。李桃没吱声,这就是同意了。

　　白礼成和李夏干活回来,看到忙碌的我,都是一愣。李夏抢先一步,双眼硕亮,上上下下将我照了个遍,尔后说,今儿一出门我就听见喜鹊叫了,娘也是让喜鹊唤醒的吧?我笑笑,你说对了。而白礼成在最初的愣怔后,眼睛半眯,略带嘲讽,你娘不是喜鹊唤醒的,准是要给人接生去了。不得不说,还是白礼成眼睛毒。李夏疑疑惑惑,不会吧?你刚好。白礼成阴阳怪气地,接生就是你娘的神药。我说,别听你叔胡扯,没人请我接生,你灰头土脸的,洗洗吃饭吧。白礼成哼了一声,还想说酸话的,但嘴没张开,突然就痒了,龇牙咧嘴,弓腰扭胯,转眼就变成麻花。

没错,白礼成的痒病又犯了。他没请神婆作法,也不瞧郎中。不像以往,痒了求人抓挠。不让李夏抓,不让白花挠,仿佛怕传染给他们,碰都不让碰。李夏几次欲帮他,均被他喝退。白花不听他的,见他犯痒就想把小手伸过去,同样被他骂得不敢再动。似乎那不是病,而是什么宝贝,他守护着,不让任何人靠近。当然,他也不忍着,自己蹭。柜角、门框、墙角、石棱,或在地上打滚。而且叫声也高,哎呀妈呀天呀地呀地乱叫。白礼成神情恐怖,不要说那些孩子,钱拜日都不追着看了。我不知道白礼成为何要用自虐的方式惩罚自己,我只知道,他的每一声喊叫、呻吟都是刀子、叉子、钉子,长长短短粗粗细细,无一例外都射进我的身体。即便闭眼凝望白杏飞翔,我也能听到刀叉钉箭射进身体的声响。

白礼成先蹭门框,如钩的双手抓着前胸、脖颈、双胯和腿侧。稍顷,他踉跄着跑到门口,抱住大旺栽种的那棵树,昆虫爬行般,弓身、舒展、舒展、弓身,似乎树杈上有止痒的灵丹妙药,他想要爬上去,但一次次努力,仍然立在原地。白礼成的呼喊声在浓稠的罂粟花香中起起落落,在黄昏褪尽、夜晚降临的时刻,越发地令人伤悲。

李桃抓住我的胳膊,小声说,叔一天比一天叫得厉害,没准真有什么东西钻进肉里了。我说,不是钻进肉里,是钻进心里了,桃儿,记住娘的话,没有过不去的坎,忍忍就过去了。我没告诉她,我比白礼成更难受。我承受着自己的痛,也承受着白礼成射出的刀叉剑戟。李桃咕哝,老天,这得忍到什么时候。我拍拍她的手,忍不是咽气,不是把气窝在心里憋成疙瘩,恰恰相反,忍是顺气,是让气从心底跑出来,那不易,要多久,只有天知道。你叔痒,就是那气结成了团,不蹭出不来。李桃说,难怪每次蹭完,他的脸就没那么阴了。我说各人有各人的方法,只是……我顿住,李桃看我,我说准备饭吧,你叔的大劲过去了。李桃还欲说什么,我说,娘也饿了。她便闭了嘴。我把另一半咽回去,怕她对白礼成有怨。她心里已经装了太多东西。有的人独自承受,有的人不,一定要拉拽上别人,白礼成属于后者。我并不怪罪白礼成,毕竟是我没看管好白杏,只是我有说不出的忧伤和失望。原以为自己终于找到结实的依靠,没想他如此弱不禁风。

那晚吃的是灰灰菜稀饭。灰灰菜是白礼成和李夏从野外拔回来的,洗尽,切碎,掺拌了莜面,加水煮开。菜多,面少,不抵饿,适合晚上吃。垴包山的地大半种了罂粟,余下那片种出的粮食不够吃,青黄不接的时候,能吃上灰灰菜稀饭已经不错了。听说钱广万的三姨太也提着篮子到地里掐灰灰菜了,她的日子过成这样,别家可想而知。我接生有些喜赏,白礼成除了擀毡,还揽些别的活,日子虽清淡,但不至于吃了上顿没下顿,偶尔还开开荤。

李桃给我蒸了两个鸡蛋,还没端上来,白花就流口水了。她明明闻出了什么味儿,故意问我。别看她四岁不到,鬼精鬼精的样儿,完全跟了白礼成。我笑笑,逗她,好像是山药泥。白花紧紧盯着李桃手上的盘子，还没放稳，她就大声说，不对，是鸡蛋！我越发乐了，猜对了，自然有你的份儿。白花看李桃，李桃绷着脸说，这是给娘补身子的。白花小声说，娘说有我的份儿。我拽拽她薄得几乎透明的耳垂，娘说话是算数的。我从中间划开，夹了一半放到白花碗里，冲她眨眨眼。白花知道李桃在瞪她，埋下头，谁也不看。李桃没做母亲，不知当娘的感受。白花香在嘴上，当娘的香在心里。我把另一半划开，打算攒给李桃，李桃捂了碗。我说，你这身子骨，也要补呢。李桃避开，皱着眉头说，我可没那么馋。当着白礼成，我不好说别的，暗暗叹息，和自己的妹妹怄什么气呢？一直沉默的白礼成说，你娘疼你，你就吃，她亏不了嘴，这接生那接生的，哪家不给蒸几个鸡蛋？我就着白礼成的酸话说，那是自然，谁坐月子不准备点儿好吃的。顺手将那四分之一鸡蛋块放到白花碗里。余下的我吃了，不然李桃的脸要变青了。

吃过饭没多久，便听到有人叫喊。从院门到窗户底，声音忽高忽低，急惶惶的。白礼成扫扫我，冲李桃说，相信叔的话了吧，你娘能从炕上爬起来，不是无缘无故的。我冲窗外应了一声，说这就来。白礼成怪声怪调的，你娘不问谁来请，不问去哪里，不管黑天半夜，一叫就走，这世界没她天就塌了。我喝令他闭嘴，你能不能消停点儿！实在没吃饱就让桃儿再给你做点儿。白礼成突然就痒了，我的妈呀，跳下地抵住柜角，一阵猛蹭。李桃有些紧张，你真要去呀？这么晚了，你问清楚——我打断她，娘干的就是这个,不去娘睡不着觉,放心吧,什么事都不会有。李桃试图拦我,你说了带我去张北城的。我说,事从紧处来,你等着,娘回来咱就去。我穿鞋的工夫,李夏已经将接生的包袱抱在怀里。我往外走,李夏塞给我,叮嘱我路上慢点。还是李夏懂我,在这一点上,别人都远远不如。

来人是孟家坡的,与包货郎所在的村庄相邻,没牵驴也没赶车。步行去呀?李夏跟我身后,有些不高兴地问。来人不安地说,雇不起驴马,也没地儿雇,村里仅有的几匹马都被当兵的抢了。我说走吧。

出了村庄,他还千恩万谢的。包货郎说你是菩萨,果真是呢。还说走累了可以背我一程,他力气大,搬碌碡都没问题。我说没那么娇贵,快走你的吧。来人说,远着呢,我怕你老——我乐了,我没那么老。他要替我拿包,我也没让。白礼成说得没错,接生就是我的神药。

虽说步行,并不比骑驴慢,甚至更快些。日上三竿已经到了。地窨房,一半在地下,一半在地上,进门得弯着腰,不然就碰头了。屋内昏暗,我适应了一会儿,才看清呻吟的女人。她斜躺着,脸白如纸。我以为她下身盖着被子,抓起来才知道那是用布块缝接的,因大小不一,薄厚不同,拉拉拽拽的,破旧、透风,和渔网差不多。生产倒是顺利,进屋不到一炷香的工夫,婴孩平安落地。只是皱巴巴的,不像新生婴儿,倒像个年过八旬的老头。哭声断断续续,细弱无力,似乎被捂了嘴巴。我清洗后,他的哭声也没变得响亮。产妇与男人都是满脸担忧,我说,放心吧,结实着呢,别看瘦,用不了几年就壮实了。男人与产妇得到鼓舞,总算有了些喜气。不一会儿,男人端来两碗糊糊,一碗给我,一碗给女人。他难为情地说买不起小米,只能喝这个。走了一夜,忙活这么一阵,我真饿了。接过碗却迟疑起来。我不忍心。犹豫一番,轻轻放下。男人问,你老喝不惯?我说,留着给孩子娘喝吧,我不饿。男人说,哪能呢,你老又不是石头做的。我笑笑,别你老你老的,我也没那么老吧?男人说,你是菩萨心肠,就叫你菩萨吧。我挥挥手,省点劲儿,别磨舌头了。我洗手,收拾包裹,男人站在我身后端着碗,恳求我喝了。我接过去,喝了一口,又放下。

我得走了。我起身,汉子扯住我,越发不安了。我笑笑,你这是干什么?男人瞅瞅炕上的女人,似乎不想让她听到但又没有办法阻止她听,他喉咙里响了几声,横下心说,你老原谅,我骗了你。我问他什么意思,有些听不懂呢。男人说,我拿不出喜费,连两颗鸡蛋也拿不出来。我再次笑笑,我不是冲喜费来的。男人有些愣,你当真?我说,我是接生婆,接生是天道,有了就给,没有就算,我不计较这个。男人松开我,目光舞摆,不知说什么好了。我说我得走了。男人又露出难为情的神色,问不送我行不行,他得留下来照顾女人孩子。我乐了,你也就两条腿,没打算让你送。男人送我出来,我说回去吧,听听,孩子哭了呢。

中午了,阳光白花花的。出村庄没多久,双腿便隐隐泛酸。

在炕上躺那么久,骨头都软了,若不是接生,我不会走这么远的。人是需要一口气顶着、一股劲儿撑着,现在那口气那股劲和我一样松软,加上腹中空空,不到一个时辰,腿已经软得棉花一般,而后背发黏,与衣服裹在一起,像突然多出一层皮。我把包袱从左手换到右手,又从右手换到左手。我不敢停下来,就是不停,回到家怕也要半夜了。翻过馒头状的山坡,是望不到边际的芨芨滩,穿越这片滩至少也得一个多时辰。远倒不怕,塞外的路,特别是滩里的路,并不明显。除了车辙和牛马蹄印,没有其他标记。但有时车辙和牛马蹄印乱糟糟的,一味顺着,可能就走错了,所以既要看方向,又要辨识车辙和蹄印。有人带着低头走就行了,独自赶路整个神经都绷着。

要是碰上包货郎就好了,他不但识路,还能解闷。正想着,前方闪出一个人影,正是朝我这边来的。不过没有货挑子。我犯嘀咕,但并不怎么害怕。猜应该是和我一样赶路的,土匪多半成群结伙,鲜有单打独斗的。距我几十步远,男人站住了。他长脸赤目,胡子拉碴,上身穿了件看不出颜色的背心,两个膀子裸着。我心里略有些紧张,为了壮胆,我笑了笑,问他到宋庄可是这个方向。男人木然地摇摇头,我说你连宋庄都不知道,那可是塞外第一庄呢,康熙爷歇过脚的地方。你不是塞外人吧,我是宋庄的接生婆乔大梅,刚从孟家坡出来。或许我不该唠叨这些没用的话,我以为接生婆,以为自己的名字在任何时候任何地方都是通行证。他正是从我的废话中窥见我在以此壮胆。或许他本来犹豫不决,我的示弱让他的邪念失去了控制。他径直冲我过来,赤红的目光陡然间掺杂了凶狠。我意识到不妙,转身就跑。没几步,被男人扑倒在地。我踢拽抓咬,男人的长脸被我抓出血印,他没松手,反抓得更紧。渐渐的,我力气不支,叫声弱下去,指甲在他脸上横划竖切,也留不下痕迹了。男人将我扛在肩上往前走。我晕头转向,分不清东南西北了。包袱,包袱掉了。我嘶哑地喊。男人折回,将包袱捡起,继续走。我不知他要把我扛到哪里,也许扛到家,如果他有的话。或许正缺个女人。也许他一时鬼迷心窍,醒过神儿就会放了我。我不再挣扎,嘴巴却没有放弃。男人闷头走路,任我说什么骂什么,回答我的只有呼噜呼噜的声音。包货郎,我灵机一动,大喊,虽然声音并不高,男人还是吓了一跳,他环顾一圈,奔跑起来。

不知跑了多久,男人立住,将我放下。仍在滩里,但四周的芨芨丛更大,更高,是个天然的屏障。男人蹲跪在我身侧,赤目如火。我明白他要干什么了。他不傻,尽管四野无人,他还是选了个更加安全的地方。我想起父亲带我置办嫁妆的日子,父亲遇害,我被蹂躏。也是这样的芨芨滩,也是白硬的日光。似乎黑的白的蚂蚁突然窜到身上,我浑身刺痒,阵阵痉挛。我不能放弃,不能任由赤色的目光射穿。那时我是黄毛锔匠,现在我是引领生命的接生婆,老天会庇佑我的。男人把我按在身底,试图撕扯我的裤子,我拼死反抗。你这个红眼贼,我是接生婆,你要遭雷劈的呀!吊诡的是,似乎我念了咒语,咔嚓的雷声随着话音一起落下。我呆住,男人显然也听到了,停止了撕扯。我猛地一推,男人歪倒,错愕地张着大嘴。晴空朗朗,一丝云都没有。我趁机坐起,抓了包袱。男人反应过来,牵住包袱的一个角。响声再起,但不是雷声。是枪声,稠密如雨,从西南方向传来的。男人缩回手,直跳起来,由于动作猛,由于慌张,他闪了一下,跌倒了,嘴巴咬住了地皮,也可能是地皮夹住了嘴唇。他奋力挺直脖颈,往前爬了几步,再次跳起,往荒野深处逃去。

一切发生得诡异、突然,我从空寂的草野拽回目光,将松散的包袱重新扎紧。头晕目眩,辨认了好半天,终于确定方向。我摇晃着往回赶,枪声仍在响,不过不那么密了。不知谁在打谁。那些年,枪炮声于寻常百姓太过平常,不会闻之色变,但在那个午后,在茂密的芨芨草丛间,枪声那么及时地响起,成了我的救命稻草。

2

祖奶,你听清了吗?功——德——碑——仿佛担心我耳朵背,乔石头又重复一遍,尾音拖得长长的。

功德碑我是懂得的,可这和我有什么关系?难道乔石头为我建祖奶宫就是为了置放关于他功德的碑石?他出了本传记,当然是雇人写的,代笔的作家名头挺响,获过多个奖项呢。代笔费就花了二百万,还不算印刷、宣传。印了多少本我不清楚,只知他资助建设的某个山区的学校学生人手一本,而他入股的某个生产运动鞋的企业,他的传记是员工必读书目,还有什么读书竞赛,获奖的员工由他亲自颁奖,奖品是十天假期,免费旅行。乔石头不对我说这个,平时说的都是关于我的吃啊喝啊这些,他极少说自己,不知怕我操心还是怕我绊脚。这些都是小曼告诉我的。她就像乔石头让我摸祖奶宫的图纸一样抓着我的手一页一页地把整本书从头翻到尾。哗啦的声音与风吹麦浪有几分相似。在麦浪的翻滚中,我听见了磨镰、喘息和短促咳嗽的声音,似乎看见星光下弯腰前行的黑影。那不是石头,而是石头的父亲。他不停歇,因此没法看到他的上半身,更不能看到他的头。到了地头,他也是弯腰折回,即便磨镰也半低着。他担心他的身影被夜幕中的某双眼睛瞅见,就像他不是割地,而是干见不得人的勾当。暗夜浓重,除了远方偶尔闪亮的磷火,没有任何行走的活物,没有谁为了窥视而半夜爬起。当然,他担心的不只这个,他还焦虑黑夜流失,因而争分夺秒。割得急,他的左手三个手指被割破了,他草草地吮吮咸腥的血,不作任何包扎,任由血液流淌干结。脚踝更是伤痕累累,由于使劲,镰头挥砍过猛,总会累及腿脚。至于沙蓬、苍耳更是躲避不及,咬手咬脚咬皮肉,咬敞开的衣襟,连他的头脸也不放过。他不再是他,更像某个夜行的动物。清早,队长领着社员割麦,来到地头,被眼前的景象惊呆了。一夜之间,麦子齐刷刷地斩掉了,有的打了捆,有的还未来得及捆,散落着。有人惊呼,是不是撞鬼了?队长醒悟过来,骂,真他妈没有觉悟。割麦不留名,这他妈是什么精神?队长环顾

705

一圈,没人回应。那时,他带着满身伤痕,已经从另一个方向潜回家。

我奇怪自己怎么就听见了这些。或许,印书的纸张是那些被偷割的小麦秸秆做的,即便过了这么多年,仍带有往昔的声音和记忆。

小曼给我朗读,石头的父亲消失了,满纸都是石头。她没按顺序,后一页前一页,只捡她好奇的感兴趣的给我读。那是我了解的乔石头,也是我不了解的乔石头。小曼探究地问我真假,我张不开嘴,就算张开也无法回答。

乔石头要把他的传奇、他的丰功伟绩刻在石头上吗?到祖奶宫膜拜我的人必须经过碑廊,排队读碑文,会是祖奶宫另外的风景。

那一行行字变成一只只蚂蚁,蚁群从头脸从手脚,从各个方向窜到我身上,撕咬、掘洞、造窝。

3

大梅,我想带白花回趟蔚县。

那是白杏离开第二年的秋天,离中秋不到半个月。白礼成刚在柜角蹭了一阵,哎哟声飞溅得到处都是。时间似乎也失去效力,对他的病没有任何帮助。光线昏暗,我仍能触见他扭抽后渐至生硬的脸,仿佛被刀削了似的。白礼成一本正经,而且直截了当,我甚感意外,但我清楚,这想法他必定揣了许久,绝不是突然冒出来的。虽是商量的口吻,但他僵硬的神情更像在谈判。他给我脸色,我不想过于痛快地答应。我问,为什么要带白花?白礼成说,他奶还没见过孙女。白礼成每年回蔚县一趟,均独自来去。他如此说,我就心动了一下。他说八月十五前,我肯定回来。我说,也不用那么赶,兵荒马乱的,回一趟不容易,多住几天,节后回来也行。白礼成眼睛跳荡着火星,显然没想到我如此干脆,他没费任何口舌。不知他后边准备了多少话呢。你同意了?他半喜半疑。我故意冷了脸,你耳朵是不是堵了?我给你掏掏?白礼成欢喜地,不用不用,我听清了,我还担心——哎呀,我每次回去,他奶都要念叨。我想婆婆还从未见过我,问他带不带我。白礼成受惊似的晃了一下,问,为什么?我……我没听错吧?我没调侃他,像他一样郑重其事地,早该随你回去的。白礼成仍愣怔着,这不像他,他的脑瓜一向好使。我反问,丑媳妇见公婆,还要理由?他有些慌,有些局促,不,不用。我说,如果你不乐意,那就算了。白礼成抓住我的手,怎么会呢?我太同意了,我就是不敢相信。好像他松开手,我就会跑掉。我问几日走,他说就这一两天,后天行吗?我说你定,你说哪天就哪天。他甚是感激地望着我,那就后天。我说行啊。我想讨好他,歉疚如蚁,始终在啃噬我。这对他的痒病或许有好处。

次日,我准备干粮,白礼成收拾擀毡的工具,他答应了老家的邻居,下次回去给人家擀一块毡子。路上可能要受些累,他不安地说。我瞅瞅他的箱袋,说你都应下人家了,就不要失言,你走南闯北的,不都带着吗?我抱着白花,没准还能帮你。白礼成说,本来不想让你受累的。他的客气让我不适,我说,就别废话了。白礼成突然哎呀一声,脸拽眉拧,丢掉手里的东西,跑到大门口又蹭又磨的。他没再出声,我的心却更痛了。

蹭完,白礼成没进屋,我猜他又去街上"寻宝"了。我暗暗叹服,明儿就要出门,他还有心思转大街。宝没捡回几次,宋庄的秘密倒是捞回挺多,谁和谁相好都说得上来。我先前还不信,后来闹得沸沸扬扬,白礼成显摆地,怎么样?不是胡说吧?白毡匠就是马王爷,多长一只眼睛呢。

饼烙出锅,白礼成背着手回来了。即便在自家院子,他也低着头,进屋才抬起来。他的脸有些灰,显得心事重重。我问他怎么了,他没好气地,钱拜月又卖了一块地给东坡的霍家。他骂钱拜月败家子,照这么下去,不出三年就卖光了。这我是知道的。宋庄人都知道。钱拜月常年在张北城最有名的神仙庄包房,养着张北城最红的一枝梅,据说一枝梅唱起来,听的人都酥到骨头里。至于赌宝的骰子,场子里还专门为钱拜月准备一套,是用骆驼的腿骨做的。花钱如流水,卖光牲畜就卖地,今儿五十亩明儿一百亩,那可都是好地。地是钱家的,钱家人都拦不住,旁人又能怎样呢?也就是背后议论罢了。

白礼成又不是不知道,也不用气成这样吧。好像挖了他的心肝。我故意逗他,是不是钱拜月没经你同意?白礼成失魂落魄的,卖得太贱了,可惜呀!要是……顿了顿,要是咱有钱,也买个十亩二十亩的。我和白礼成的地在垴包山,在大旺和公爹开垦的基础上,又拓出两三亩,但太瘦了,本来产粮就不多,遵照伪蒙疆政府令,又大半种了罂粟。

原来白礼成生气是因为没钱买地呀,我笑笑,谁不馋,可没你这么个馋法,有钱按有钱的过,没钱按没钱的来,命里没有,气也白搭。白礼成说,我不信命,照你这么说,都坐着等老天掉馅饼吧,也不用干活了。我说,你这就是抬杠了,信命不是好吃懒做,不是怨天怨地,而是不该有杂气和浮气,因为那不但帮不了你,反裹你的脚,锈你的脑。命其实是理,信命就是凡事顺着来,别拧。白礼成声音怪怪的,你还一套套的,知道的以为你是接生婆,不知道的还以为你是什么大仙呢。别说,你是不是真和观音有什么关系?我想起黄师傅,肯定地点点头,当然有!别人叫我活菩萨,我不敢领受,还差得远呢,但我信她,引领婴孩到世上,算不上修行,说积德不过分吧,这不就是关系?白礼成自然是想到什么,垂了头说,你是抓着理了。我说,你可以怪我,我没听你的,但我不能违心呀。白礼成说,你出门,有人找你接生咋办?照你这么说,若产妇和婴孩有什么意外,你不成罪人了?我说,我不知,不会难过,若来请我,我不应就不得安宁。

咱叔呢?白礼成问,他若就这几日回来怎么办?过于突然,我顿了一下,才明白他说的是李贵。因凌空砸下这么个问题,他怪不好意思,解释说临时想起的。他画蛇添足,反让我生疑。那不是临时想起,恐怕在他心里早就翻腾上了,甚至说钱拜月卖地都是引子。他擅长绕弯儿,而且是大弯。那个漆黑的夜晚,李贵叔在东屋包扎伤口,白礼成听到了动静。他问过,我搪塞过去了。看来他心里还结着疙瘩,或许长得更大了。他怕受李贵叔牵连,几次套问我,李贵叔干的是哪个行当。李贵叔叮嘱我不要告诉任何人,其实,我也不知道李贵叔干些什么。多年后我才知道李贵叔的真实身份。那时,白礼成或许先我听到了信儿。

回来就回来,这是他的家,有什么奇怪的。我慢悠悠地说。白礼成脸上有隐隐的担忧,就怕李夏一个人应付不了。我被他说蒙了,应付?他是当叔的,为什么要应付?白礼成说,那就好,我也是乱操心。我问,你什么意思?他极无辜地,没什么意思啊。我说,有什么话你一次性倒出来,别像羊肠子拉拉拽拽的。白礼成突然就痒了,歪着嘴说,我出……出去一下。

那晚睡得挺早,原想睡个饱觉,但眼皮子粘不到一块儿。白礼成同样没睡着,不过假装睡着了。白礼成原来是个话篓子,白果夭折切掉他一块儿舌头,白杏离去又切掉一块儿,他的话一天天变少,像白日说那么久那么多是极少有的。白礼成睡不着是因为兴奋,我想当然地认为,毕竟是第一次带妻子回老家,我辗转反侧却说不清缘故。我回味着白礼成的话,除了担心被李贵叔牵连,他似乎还有别的忧虑。那是什么呢?我琢磨不出。

不但没睡饱,反亏了觉。早晨起来,脑袋涨涨的。我烧开水,还没来得及揭锅盖,耳朵突然一热,仿佛被气蒸了。我扭头瞅门口,白礼成呀了一声,不会这么巧吧。我说,巧不巧,天知道。

也就几分钟工夫,来人已经走进院子。白礼成很不痛快,这拴脚绳说来就来。我边解围裙边说,这不由我。白礼成阴阳怪气地,是呀,凡事顺着来,别拧。我说,晚走三两日,行吗?白礼成问,要是再有人来请呢?是不是要等到猴年马月?我没工夫和他争执,迈出门槛又停住,回头盯着他,不会那么巧的,等我!

次日黎明,我心急火燎地赶回,李夏告知,我前脚走,白礼成后脚就带着白花离开了。

4

祖奶,我要给你立功德碑!发烫的砖头高高抛起,重重地砸落在床头、耳侧,击起阵阵回响。我突然感觉自己置身某个幽深的山谷,迷失了方向,因为那回音有勾魂摄魄的力量,既想躲避,却又有探知究竟的好奇。竟然是给我的!建什么祖奶宫就够张扬够折腾了,这让渺小如草芥的我惶恐不安,如果他能窥见我的心,就知道已经焦煳如炭、黑烟滚滚,可他还要立功德碑。他是不是还要雇人给我写传记,并刻在石头上,以求不朽?

乔石头在喝水,真难为他,说这么久。或许,他亦被自己的话烫着了,再次在地上来回踱着。

祖奶,你一共接生一万一千九百八十六人,这是我能统计到的,有名姓,有出生年月。目前还在统计中,我专门雇了人在做这个事。虽然不可能百分之百精准,但尽量做到不遗漏,不出差错。目前稍难的是,许多人去世了,他们的后人记得是你接生的,但说不清年份和具体日期。祖奶,初听到这些模糊的说法,我很震惊,也感到悲哀。一个人来到世上,活五六十年,七八十年,不算长,与你更不能比,可也有几万个日子,该留下许多痕迹呀,谁想生卒年月都没人记得清。旁人记不住那是自然的,后人怎么也记不准呢?他们对着先人的坟墓磕头烧纸,却记不住先人的生卒日期,或许,再过些年,连先人的姓名都会忘记。记不住,也没人责备他们,先人就更不会了。也许,这没什么要紧,可是……这是不是很悲哀?一个人来世上走一遭,无声无息的,什么都没留下。还不如一根草,草枯了次年还会发芽,还不如一缕风,夏天刮了,冬天照样刮。人呢,能留下什么?什么是人留下的?

石头竟然有这样的感慨,令我惊讶。

我不是因为想到这些才要把他们的名字刻到碑石上的,是在搜集整理他们的信息时忽然感觉悲凉,一个人再牛再了不起,不管脾气暴烈还是慈悲心肠,不管是帝王还是百姓,到最后注定都要被土吃掉。当然,祖奶,你例外,因为你是观音弟子,你会长生不老。

住嘴,我喝道,你这个狂妄的贼小子,少在这儿胡说八道!

祖奶,我要把他们的名字刻在碑石上,你引领这么多人来到世间,这是你的大功德。而他们,那些无声无息的人也因此留下了自己的痕迹,不枉来世上一遭。祖奶,即便他们一生过得平平淡淡，也是你给他们的恩福。

石头呀，别糟践你奶奶了，我改为乞求。

蚂蚁在窜。

5

夜黑沉沉的，要下雨的样子。但空气并不潮湿，反如干柴触脸，让人不适和疼痛。千万别下，我暗暗祷告，也许白礼成和白花就在路上，或许半夜就到家了。我已在院里站了许久，李夏搬了凳子，我没坐，因为站着听得更远。八月十五云遮月，正月十五雪打灯，明年年景肯定差不了。李夏望着夜空说。我想摸摸他的头，抬起胳膊才意识到他已与我一样高，是真正的大人了，喉结突起，嗓音变粗。但愿吧，我将手搁在他的肩上，庄稼人盼的就是风调雨顺。李夏似乎想挪开，好像不大适应我突然间的亲近，稍稍偏了一下，立即立正。我移开手，别陪娘站着了。他明天还要搂柴火，我叫他早点儿睡。李夏老成地嗨了一声，躺下也睡不着。要不，我在这儿等，娘进屋歇会儿？天冷了，小心着凉，他试探着说。我摇摇头，穿这么厚，没事的，你睡去吧。那你坐下吧，李夏牵牵我的胳膊。我坐下去。李夏仍在院里立着，兴许叔晚一两天回来，不如……他斟酌着，商量的口气。我笑笑，你别担心，娘不出院子，丢不了的。你别在这儿磨了，再磨叽娘要生气了。李夏这才离开，他轻手轻脚，仿佛怕惊扰了我。其实他的任何动静都不可能混淆我的视听。

713

白礼成说八月十五前肯定返回，但是……今儿是十五，他很可能就在今晚归来。我要在院里等，等他和女儿白花。

　　狗吠突起，接着是急匆匆的脚步。那不是白礼成的，白礼成不是这么个走法。咔嚓一声，像是碗掉了。然后便响起叫骂。村庄西北，垴包山方向隐约有狼的嗥叫。某个冬天，数十匹狼袭击了钱广万的羊圈，咬死二十多只羊，钱广万心疼得三天下不了炕。若他活过来，知道钱拜月不但卖光牲畜，连地都变卖了大半，立马会气死过去吧。钱家的羊圈空了，狼的嗥叫也悲凉了许多。村庄西南隐隐约约有枪声。抓人的抢劫的，互相争地盘的，不分白天与黑夜，枪声像鸡鸣狗吠一样寻常。

　　但声音再杂，我也能辨清白礼成的脚步，只要他踏进宋庄。没能陪他回蔚县，我心里是有愧疚的。就冲这一点儿，我也该在院里等。

　　偶尔，我会闭一会儿眼睛。我看到白杏在乌云下飞翔，她白色的身影如闪电一样划过夜空，照亮大地。如果我能像白杏一样长上翅膀，就可以飞向天空，那样就能看到白礼成和白花，就可引领父女俩往宋庄走。白杏，你父亲和妹妹在路上，你看见他们了吗？白杏肯定听见了我的低语，她似乎要带我飞翔，那一道闪电径直射向我。我倏然一惊，眼睛不自觉地睁开。白杏消失不见。我仍在院子里，夜越发黏稠了。

　　后半夜我才躺下。我嘲笑自己的愚，白礼成生性谨慎，哪会冒失得走夜路呢？他没能如约返家，肯定被什么绊住了脚，他背了工具回去,怕不止一个邻居让他擀毡。婆婆舍不得白花,兴许要留父女俩多住几天。晚回两三天四五天八九天,有什么不可呢?

次日上午,我找出李桃的一件旧衣服,想给白花改做一个坎肩。白花受不得凉,受凉就会咳嗽。她还爱尿炕,每个夜晚至少得叫醒她两次。这我倒不操心,我外出接生,都是白礼成照顾她。

剪子太笨,就像剪的不是布,而是牛皮,卡得我中指都疼了。白礼成回来,先得让他磨磨剪子,我倒也会磨,但白礼成磨的更好使。在咯咯吱吱中,我听见李二妮的脚步。她准是来送月饼的,每个中秋或前或后,她都要来一趟。她在赵家的日子不好过,我叫她别大老远地跑来,不敢说得太重,怕伤了她。可就这样,李二妮还是受伤的样子,斜眉问我什么意思,她是送给侄儿侄女的。我愿意跑,她说,你以为我来看你的?我不想与她纠缠,哪怕是嘴巴,想跑就跑吧。只是今天李二妮的脚步透着惶急,好像被追赶着。

我放下剪子,抬起头,李二妮已经进院,果然急匆匆的。她一只脚重,另一只脚好像不敢落地,蜻蜓点水般,因而身子歪斜,让人担心她要倒下去。她衣衫不整,双手空空。我忽然一沉,难道她遭了抢?李二妮进屋也没放慢速度,我被她冲撞得退后三步才站稳。

你这是怎么啦?我抓住她,她也抓了我,比我抓得更紧,指甲要嵌进肉里了。嫂子,帮帮我!李二妮气喘如牛,带着哭腔。怎么回事啊?我焦急地问。你得帮我啊,嫂子!李二妮哭腔更重了。我叫,你倒是说呀,不说怎么帮你?可李二妮不说,抑或不知怎么说。我扶她坐下,她仍抓着我,仿佛怕我逃掉。我生硬地拨开,舀了半碗水给她。她满面尘土,嘴唇焦裂,想来喉咙已经冒烟了。喝不下,嫂子,李二妮摆摆手,我哪有心思喝水?我说少喝点,润润嗓子,我都听出哑了。我像哄小孩一样,扳住她的头,将碗对住她的嘴,她这才喝了两口。她不那么烦躁了,脸灰中透青。我说,慢慢讲,你说清了我才能帮你。李二妮说,爹和大哥不在了,我只有你这么一个亲人了,嫂子,你不能不管啊。我眼睛潮湿,她第一次这么动情。我说,你把我急昏了,我就帮不了你啦。

我猜也是,问题出在赵进元身上。如果和别人的女人鬼混还好,半月二十天还能回趟家,自前年吸食大烟,很快就上了瘾,整日泡在张北城的烟馆,数月不回,回来也是为了拿钱。赵胖子对赵进元在外面找相好睁只眼闭只眼,但反对他吸大烟。就在昨日,赵进元和赵胖子大吵一架。赵进元要钱,赵胖子不给。孰料夜里赵进元撬了赵胖子放钱的匣子,全部扫空。赵胖子气昏了,现在还没醒过来,赵进元的娘让李二妮把赵进元寻回来,至少要把钱追回。李二妮找我就是为了这个。

嫂子,你必须帮我,缺耳花光了钱,我和凤凰天鹅都得喝西北风了,李二妮的目光死死箍着我,生怕我不应或开溜。赵胖子真够不幸的,长子加高自家烟囱,从房顶摔下来,腰摔坏了,起不了炕。二子随赵胖子一起经营包子铺,他嘴巴甜,脑瓜活,是做生意的好手,但也正是这活络害了他,去年秋天偷偷贩卖烟土,被抓进去。赵胖子把他赎回来,已经只剩下半口气,不到十天就归西了。而他溺爱的赵进元又是这个德性。

我可以跟你跑一趟,能不能追回,那就不知道了,我说。钱家那么厚的家业都快被钱拜月败光了,赵胖子那几个钱哪经得住赵进元折腾?若再染上赌瘾,那是分分秒秒的事。李二妮站起来,歪倾了一下,那就走啊,晚了就被他花光了。我说,快晌午了,总得吃口饭吧,饿肚子走,几时能走到?李二妮重又坐了,你吃,我等着,我是吃不下。我说,你半路饿昏,我该丢下你还是背你?对了,你的脚怎么了?李二妮说走得急崴了。我说,屋漏偏逢连阴雨,你崴成这样,怎么走?李二妮说,我没事的,嫂子,拖不了后腿,你快吃吧。我拿出些剩饭,准备热热。忽然想起一件重要的事,问她带没带良民证。李二妮愣住,在家里呢,还要良民证?我说,姑奶奶啊,你是只吃包子不问世事啊,没有良民证进不了张北城。良民证是伪蒙疆政府发的,每次接生我都得带在身上以供盘查,张北城门口查得更细,我上个月刚去过。李二妮快哭了,那可怎么办?我说,回家取呗,你不带,进不了城不说,没准还得掉脑袋。李二妮脸扭得像蹍扁的包子,天呀,一来一回,天就黑透了。我想了想说,我陪你先回家,取了证再去张北城。李二妮哽咽,那就辛苦嫂子了。她抹抹鼻涕,顺手在腿上擦了。

　　我热好饭,给李二妮盛了一碗。李二妮摇头说没胃口。我沉下脸,我可没包子,只有这个,不吃你就饿着,昏在路上我可不管。李二妮失魂落魄的,慢吞吞地抓起筷子,夹一片菜叶,嚼半天。照她这吃法,要到后半晌了。那会儿急得半刻都等不得,这阵儿却又锈住。我匆匆扒进肚里,放下碗就往外走。李二妮叫,你去哪儿?我没好气地,李夏搂柴去了,我到前院给他留个口信,回来就走!我的目光落到她的碗上,重重强调,我家的饭不是风刮来的,不许剩!

　　我返回,李二妮竟然吃干净了。不知她是饿了还是我的话起了作用。她的前胸洒溅了菜汤,还沾了根萝卜丝,嘴角粘了块土豆泥。这就走?她讨好地望着我。擦擦嘴吧,我怕她难堪,扭过头。李二妮唉了一声,又不是去相亲,风一吹,满脸土。她自己先轻看了自己,难怪赵进元在外面胡来。这些话我不敢跟她说,照她的心性,过了这个坎儿,眼角照样向上斜挑。

　　咋还拿你的……东西?见我夹了包袱,李二妮瞪大眼。我说,这你别管,我答应你找赵进元,翻遍张北城也要找到他,别的你就不用操心了。李二妮咕哝,你怪累的。我没搭理她。

　　李二妮崴了脚,身子歪斜,走得倒并不慢。我怕她摔跤,有意放慢速度,她不停地催我,不时埋怨,你这么大的脚,这么长的腿,怎么跟老驴拉磨似的。我回应她,我没长翅膀,长了你就追不住了。白杏闪出来,我下意识地望望天空。空空荡荡,只有几朵白云。

　　李二妮取了良民证,两人往张北城方向,日已偏西。李二妮慢下来,满嘴都是呼哈的声音。我几岁就开始走了,从虞城到单县,从单县到塞外,并不是每次接生都有驴马骑,都有车坐,步行来去的时候多了,一日走几十里从来不用歇的。李二妮哪吃过这样的苦?就是被赵进元嫌弃,也是天天有包子吃。我扶了她,防她跌倒。又走了一程,她整个人变成风箱。幸亏吃了那半碗饭,不然早就瘫了。我说歇歇吧,李二妮说不用。她的头和脖子往前伸出老长,像吃力飞行的大雁,可惜她没长翅膀。我说我走不动了,怎么也得歇歇,她这才停下。屁股落地,她就面团似的摊开。

　　不能歇得太久,越歇身子越软。稍作歇息,我就催她起来。她骨头散架了,我只得扶着她。没走几步,风箱又哗嗒哗嗒响了。还有多远?她喘着问。我说早着呢,别说话,省点力气。天黑……能到吗?我不耐烦地,能,能,废什么话呢。

　　秋日天短,我和李二妮的身影在垂落的夕阳里渐渐拖长,像被拉拽过猛的弦,突然就断了。待走到孟庄,天已黑透。李二妮问,这是哪里?我说,别管哪儿,今儿不能走了。李二妮问,你不是说能到吗?我说,姑奶奶,远着呢,半夜也走不到。李二妮问能不能连夜赶,我说凤凰和天鹅见不到老子,不能再见不到娘,你想这样吗?李二妮声音中露出不安,那……去哪儿住?我说,你就不用管了,跟着我就是。

上路前我就盘算好了,夜里到孟庄借宿。我夏天来孟庄接过生,那家男人是赶骆驼的,住在村南。我凭记忆找到那户人家,没料黑灯瞎火的,不像有人居住。李二妮紧张地,不会是黑店吧?我低喝,闭嘴!侧耳听听,确定屋里有人,我喊了两声,报出自己的名姓。稍顷,屋里有了隐隐的灯光。

女人的丈夫又去拉骆驼了,她和婆婆、孩娃在家,并没有睡觉,只是在黑夜中坐着。婆媳都很热情,我没说借住,婆婆就明白了,说炕大着呢,想住几日住几日。我笑笑说,明早就走。

李二妮龇牙咧嘴,自进屋就不停地哼哼。我给她使眼色,她却不看我。婆婆善解人意,说走得脚疼了吧,一会儿泡泡。先把裹布解了吧。李二妮解开,我吃了一惊,她的脚肿得像两个大馒头,难怪哼哼唧唧的。泡脚的工夫,李二妮竟然歪着睡着了。婆婆把热气腾腾的面条端上来,我摇了好几下,才把她摇醒。待躺到炕上,没过三分钟,她就扯起鼾声。我难为情地解释,说她不只是累。婆婆问,你们这么急着去张北城,该是碰到难事了吧。我简要说了。婆婆叹口气,说本村的孟虎,家景不错,身强力壮的,自去了趟张北城,在烟馆泡了一天,就染了瘾,三天两头去,还把弟弟孟豹也勾了去。孟虎连老婆也抵给了烟馆,现在女人在一家茶室接客。孟虎没钱泡烟馆了,也没能力赎女人,听说在西门外要饭呢。孟豹倒是没将女人抵给烟馆,但举了债,四处躲藏,不敢回家。他的三根指头被剁掉了,再被债主逮住,剁的或许就不是指头了。

我听得心惊肉跳。不知赵进元欠烟馆的钱没有,我和李二妮白跑一趟也就罢了,李二妮要被扣押可就惨了。我暗暗想,就是拼了命也不能让李二妮遭此劫难。虽然我和她多年不和,我毕竟是她的嫂子,如她所言,她只有我这么一个亲人了。聊完烟馆,婆婆提及孙子,说这两天刚交了五角出生税。我再次被惊到,生娃还要交税?没听说呀。婆婆说可不,我活了这么大,也是头一遭听说,保长说是刚设的,上追两年,就是说去年和前年生的娃都要补交,按人头,双胞胎就得交一块。我说,照这么下去,真得勒脖子了。婆婆说,活也难,死也难,听说死人也要交什么占地税,跟死人要不着,死人的家属总跑不掉。牙齿磕碰了几声,我缩了缩膀子。婆婆问,这一朝一朝地换,日本人来了就更不消停,听娃他爹说,叫蒙什么政府?我说,什么政府也由不了咱呀。婆婆说,是呀,兴许换一朝,这税就不收了。我说,但愿吧。婆婆说活了今天,不知明天什么样,她倒没什么,老骨头了,可想到刚出生的孙子,想到拉骆驼的儿子,她的心就盐杀了似的。焦烦起来她就拉风箱,不放水,不点柴,干拉,拉一会儿心就静那么几个时辰。晚上她要念大半夜经,为儿孙祈福。我说,你老早就信佛了吧。她说信是早就信了,只是真正的经不会念,除了阿弥陀佛,就是菩萨保佑。心诚则灵,菩萨该不会怪我的。又说村里的女人和她一样,也只会念这么几句。整天担惊受怕,念念就踏实些。乔师傅,你是观音弟子,你会念很多吧?真想让你教教。我说,我不比你强,心诚就够了。婆婆嗯了一声,说得是呢,呀,不早了,你睡吧。

我还想和她聊聊。我没有睡意,又想她可能要念经,不敢也不忍打扰她。我闭了眼,看到飞翔的白杏,自由自在,无拘无束。

6

石头在讲。

蚂蚁在窜。

7

我到张北城接生过多次了,都是进门忙出门走,没逛过大街。领李桃求医倒是有闲,但没心情,知道薛令玄遭不幸,我万分惊惧,好像那一粒子弹没有落地,穿过薛令玄的胸膛后,又朝我飞过来。我半张着嘴,傻傻地瞪着。李桃拉我一把,我才醒过神儿。几乎没作停留,我和李桃匆匆返回。所以我并不比李二妮熟悉多少。好在我是镇定的,不像李二妮,进城眼睛就不够用了。推车的、挑担的、摆摊卖艺的,比营盘镇不知热闹多少。虽说兵荒马乱,但人要活命,营生还是要做的。甚至原先喊两声,现在得吆喝三声,才能在杂乱中引起注意。难怪缺耳子往张北跑,尽是勾魂的玩意!李二妮收回目光,愤愤地骂,随后问我缺耳子在哪儿。显然她脑袋胀大了,我又不是神仙,怎么知道赵进元在哪儿?我提议找个地方吃点东西。摸黑就赶路了,我早就饿了。李二妮说找见缺耳再吃吧。我冷笑,你以为他挂着招牌等着你呢。我往烧饼铺走,李二妮拽我一下。我瞪她,你不吃拉倒,我可不饿着肚子陪你找。李二妮指指前边的包子铺,略显忸怩,还是吃包子吧,好久没吃了。她终于说了实话,我不忍扫她的兴。于我,填饱肚子,糠菜都行。

我要了一笼包子,两碗粥,夹了一碟咸菜。李二妮咬了一口,皱眉说没缺耳爹手艺好,油放得不够。为了给我验证,她将咬破的包子倒过来。确实没有一滴油渗出。还张北城呢,包子连油都没有,她又咬一口,边嚼边嘟囔。我想呛她,又想她心情不好,终是咽回去。尽管没油,李二妮还是吃得挺快,一笼六个,我吃第二个,她第三个已经吞下去。筷子伸进笼屉,忽然停住,盯住我。我说,你吃吧,我饱了。李二妮没客气,毫不犹豫地夹起。我没带钱,她的目光讨好而不安。我说,不用你掏,放心吧。等把缺耳追回,我请嫂子,咱要两笼,吃个够!李二妮声音高了许多。我没理她。

付了钱,我向伙计打听烟馆在哪条街,伙计说哪条街都有,问我去哪家烟馆,我摇摇头,说是来找人的,若是知道哪家烟馆,就不问他了。伙计说张北的烟馆正式的有三十多家,若加上其他的,那就多了。那去哪儿找呀?李二妮的声音有些绝望。我的吃惊不亚于李二妮,听说张北烟馆生意红火,没想到竟有这么多。我问其他的都是什么,伙计说多半客栈都设有烟铺,那样客人就不用往烟馆跑了,客栈也多了份收入。赌场也有,还有望春楼、西施阁、永顺茶室、三顺茶室、喜顺茶室,都设有烟铺。李二妮抢着问,那是什么地方?伙计笑笑,你俩准是第一次到张北,张北连要饭的都知道那是什么地方。然后压低声音,男人买春的地方,门口一转就知道了。李二妮脱口道,那不就是卖X吗?还买春!伙计有些慌张,说那多不好听,迅速转过脸。我扯了两把才把李二妮拽出来。

到了街上,李二妮犹气呼呼的,骂伙计贼眉鼠眼,有几个钱,必定也往那些破地儿跑。我说人家好心好意告诉你,你怄什么气呢?李二妮的鼻音就重了,嫂子,他说那些我就想到缺耳,他肯定不只抽大烟,在女人身上也糟蹋钱,我气呀,不是冲伙计,是气缺耳子。我责备她不该耍脾气,人生地不熟的,别惹出事。你是来找赵进元,别忘了咱们跑这趟干什么来了。李二妮愁眉苦脸,这么多地儿,我听着脑袋都疼,怎么找啊?我说,还能怎么找?一家一家寻,反正他出不了张北城。李二妮说,让嫂子受累了。她的眉眼不往上挑了,松垮着,带出苦相。我说,废话少说,打起精神,睁大眼睛。

我和李二妮进的第一家烟馆距包子铺不远,前行百十步,在右拐的巷子里,叫上官。没多打听,只问了两个人。烟馆掌柜是个中年男人,我说明来意,他说寻人可以,但只能一个人进去,不能弄出动静。我让李二妮在外面等,我进去找。李二妮问,你不会认不出他吧?我说,他没孙猴子的本事。老板领我到门口,轻推开门,我轻手轻脚进去。虽是白天,屋内并不亮堂。窗户处用木板挡了大半,难怪。共有六铺,四铺空着,另外两铺躺着人,一个在睡觉,另一个正在吸。他侧卧着,躬身蜷腿,身瘦腿细,像一团扭结的树根,而颤抖的手臂则如从树根深处爬出的蛇,似乎冬眠初醒,有些兴奋,爬行得不稳当。他一只眼半闭半合,另一只睁得大了些,翻起些目光,还没看到我,便又缩回去。不是赵进元,赵进元比他粗壮多了。睡觉那个头发花白,起码五六十了。他大约刚刚吸完,不像别的铺,烟枪、烟灯、铜钟、烟针、烟斗,包括枕头和毡子都摆得整整齐齐,随时恭候来客。他枕侧的烟具横一件竖一件,如败逃士兵随意丢弃的铠甲。若不是他嘴巴发出声响,和死人没什么区别。

像在墓穴里走了一遭,我的气不大够用,迈出门,鼻孔不自然地张大许多。缺耳在吗?李二妮猴急地问。我摇头。李二妮问,你不会看错吧?我再看看。掌柜拦住她,说好了只许一个人进去。我问掌柜是否还有别的屋,掌柜说我这是小馆,只有六铺,去别处找找吧。真看清了?李二妮问。那时已经到第二家门口了。我说,你这么信不过我,叫我来干什么?李二妮委屈地,我是怕你没看清嘛,这次我进去找吧。我说,不行,你一惊一乍的,把人吓坏了,咱赔不起。李二妮嘱咐我,你可一定要看仔细了。

就这么一家一家找下来。有好说话的,也有不好说话的,要磨半天嘴皮子才行。有一家的掌柜竟然认识我,他孙子是我接生的。李二妮如愿随我进烟室转了一遭。我也趁机向掌柜多打听了一些。他说民乐街的八仙院和市场街的翠霞府是日本人开的妓院,叫我躲着点儿,千万别问,其他的,就算不让进,也不会有别的麻烦。他原先卖瓜子,糊不住口,所以和亲家合开了这家烟馆。还说张北城最好的买卖就是烟馆了。

下午,我和李二妮来到神仙庄。神仙庄既是烟馆又是旅店,一处大院,前后两排房。前排是大屋,有独铺,也有对头铺。不像小烟馆那么安静,咂嘴声、说话声、哼叫声还有唱曲声,与缭绕的烟雾混杂在一起,有些乱。但那些人都是享受的,似乎他们不只是冲雾气来的,也为声音迷醉。气味带了声音,声音糅了气味,整个屋子有说不清的奇特魔力,似乎进来就成为其中的一部分,不由得要躺到毡子上。难怪叫神仙庄,即便不吸,也有飘飘然的感觉。有十多个人,但看不到赵进元。这次李二妮随我一道进来的,溜了个遍,她仍不死心。我抓住她的手腕将她拽出来。

后院是独间,客人尊贵,伙计说什么也不让进。我灵机一动,说是来找钱老板的,有口信捎给他。伙计迟疑一下,问是不是宋庄的。听说钱拜月在神仙庄包了房,还真不假。我连连点头,没错,就是他。伙计正要领我进去,掌柜回来了。他询问我一番,说宋庄来的也不行,他这会儿正睡觉呢。我想说实话又怕惹恼掌柜,和李二妮商量了一下,便在大堂候着。

天快暗了,钱拜月才从后院出来,身边有个女的,身材高挑,想必就是什么一枝梅了。宋庄最大的败家子看见我和李二妮,很是意外。像我和李二妮从地缝儿钻出来的,他目光垂到地上,四处划拉,似乎那缝儿还没合上,他要瞅个清楚。我叫了他一声,他才仰起头。自打钱广万去世,我还是第一次见他。钱广万的葬礼上,他指挥这个吆喝那个,说一不二,冷着个脸,挺像那么回事。钱拜星喊他吃饭,他嫌烦,没见正忙着吗?吃饭有多当紧?钱拜星劝他睡一会儿,他可是一夜没睡了,他挥挥手让钱拜星离开。那个时刻,他的头发乱了些,但看不出疲态。此时钱拜月睡了快一个下午,但脸色青白,和我说话间捂了两次嘴巴。他怕是全靠大烟提神儿了,我想。钱拜月倒没摆架子,弄清我找的赵进元就是赵胖子的儿子后,说见过几次,让我去市场街北端的野鹤庄碰一碰,或许在,他也不敢确定。一枝梅挎了他的胳膊,偎靠着他,款款离去,不知是吃饭还是到别的地方逍遥。

我和李二妮寻到野鹤庄,夜色已经浓得看不清彼此的脸。没了行人,也没了买卖的吆喝,街上冷冷清清。这倒也好,不用担心撞了谁。从店铺渗出的光昏暗、漠然,还没有爬到脸上,便被黑暗吞噬掉了。被朦胧的几近于无的光诱惑过,再重新撞进黑暗,什么都看不清了。李二妮走在后面,可能是害怕,猛追。其实,她距我一两步远,结果踩了我的脚不说,差点把我撞倒。确认眼前半掩着门的院子就是野鹤庄,我大大松了口气。李二妮欢愉地说,总算到了。好像回到了家,而不是赵进元吸食的烟馆。

一老者在堂屋的椅子上打盹,如桌上的灯火一样摇晃着身子。听见动静,他眼开眼,迅速站起。显然,他在等客。上下打量我和李二妮一番后,满是期待,想尝尝吗?我这儿清静,没人知道。我摇摇头,说是来找人的。别来我这儿寻!今儿背透了,到现在除了你俩,还没见到人呢。老者重又坐下,再次合上眼睛。眼袋大,几乎垂到鼻沟。我提起赵进元,他答得极干脆,不知道!李二妮插话,你把他藏到哪里了?老者不答。我说,你再想想,他缺了半拉耳朵。老者突然睁开眼,问我们是他什么人。李二妮往前移移,我是他明媒正娶的女人李二妮。老者的目光越发亮了,营盘镇的?李二妮说,没错,把他交出来吧。哎呀,真是的,老者因慢待了我们带出些自责,他站起来,让我和李二妮坐。总算不虚此行,我大大舒了口气。

　　李二妮坐下去,她的脚不知肿成什么样了。我没有。老者往外走,我想瞅瞅他干什么。老者先关了院门,回来将屋门也反插了。我猛然感觉不对劲,叫,你这是干什么?李二妮没反应过来,瞅瞅我,瞅瞅老者。老者的笑容渐渐消失,他不看我,盯着李二妮说,你来得正好,这回他跑不脱了。李二妮也意识到不对,问他什么意思。老者怒冲冲的,那王八蛋欠我钱了!李二妮叫,他欠你钱,你找他要去。老者哼了一声,要能找见他,就不朝你说了!李二妮嚷,都是你们祸害的,还想要钱?她跳起来扑向老者。老者闪开,奔向角落,待转过身,手上多了一把刀。我抓住李二妮,不让她动。来呀,你来呀!老者大叫。他浑身都在发抖,我揣度他并非恶人。但冲动之下,谁能料到他会做出什么事呢?我冲他笑笑,你老别生气,我俩是来找人的,不是打架,你说赵进元欠了你的钱,究竟怎么回事?你总得说清楚呀。老者绷紧的脸肌松弛了些,我不是土匪,我是讲理的。我笑道,你这架势可不像呀。老者举刀的胳膊垂下去,但仍紧紧握着。

近半年来,赵进元在他这儿吃住和吸食。赵进元说嫌麻烦,和老者约定一月一结。他说家里做生意的,绝对不会欠下。老者刚开一年,没有经验。不但相信了赵进元,还庆幸遇上了财神。月底让赵进元结,赵进元说下月吧。老者想他也跑不了,就应了。就这样拖了大半年。更悲摧的是,老者还借给他,因为赵进元说会付高利息。待老者醒悟,已经晚了。别人开烟馆挣钱,他开烟馆把老底搭进去了。

李二妮说赵进元前几天从家里偷了钱,老者闻言,脸都黑了,我不知道他还欠了赌场的钱,听说他还没到城门口就被赌场的人搜光了,我连味儿也没闻到呀!李二妮突然号啕起来,边号边拍大腿。老者觑我,我说,赵进元坑的可不止你一个呢,他父亲气得半死,两三天水米不进了。

我不知说什么好,轻轻扶着李二妮的肩。好半天,李二妮的哭声低下去。老者已经将刀放下,却没放松警惕,不知什么时候又站到了门口。我问他知不知道赵进元在什么地方,老者摇头,恨恨地说,知道我就把他逮回来了,拴也得把他拴住,不过……目光飞快地掠过李二妮,女人在我这儿,他跑不了的。我苦笑,他连爹娘的死活都不顾了,还在乎女人呀?我俩找他,是想把钱追回一些,你这么说,绝了她的念头,让她掉枯井了。你被骗得

729

惨,她更惨。老者依然恨恨的,我不管,他没影儿,我就扣住他女人。我说,扣下她,你还得管吃管喝,若是她想不开,就是你的大麻烦。现在你只是搭进了钱,若再搭上命,你觉得划算吗?老者被我说动,脸没那么硬了,更显伤悲和绝望,我怎么办?我怎么办啊?我说,你告官,你派人寻他,寻见他,哪怕剥了他的皮吃了他的肉呢,你拦着不让我俩走就说不过去了,你刚才还说自己是讲理的,不是土匪呢。实话说,土匪我常打交道,他们见了我,也要给个面子呢。我是宋庄的接生婆乔大梅,常到张北城接生,县长的门我也进过,旅长的门我也进过,都没有拦着不让出呢。我扯虎皮做大旗,实在是不知老者深浅,担心真被扣住。老者啊了一声,你就是那个……我听说过。他窥我的手,我伸出让他端详、验证。许久,他才说,是有些特别呢。我笑笑,你儿女生娃,信得过我,随时都可以找我。老者脸又悲了,重重地叹了口气。老者的不幸不止这一桩,那是难言的痛。人生在世,谁又只有一桩呢。

老者到底放我和李二妮离开了。李二妮先是骂缺耳,后又骂老东西。我说,你别怪他,让赵进元坑成这样,能不气吗?李二妮哼了哼,赵进元坑了他,那谁坑了赵进元,敢说他没责任?我噎住。李二妮的话确也在理。李二妮没再追问,又骂起缺耳。我劝她消消气,骂有什么用呢?李二妮后悔来晚了,埋怨我昨晚不该在孟庄借住,早一天兴许能追住赵进元。她心情糟糕,我不想和她计较。她埋怨了一会儿,见我沉默,终于闭嘴。

在黑漆漆的大街走了一段,她问我去哪里,我说先找个旅店住吧,总不能在大街上过夜。李二妮问,还找不找了？我说,随你,你说找就找,你说不找咱就回。李二妮说,我饿得肠子都快断了。她这是拿不定主意了,我知道。我说既然来了,多待一天也好,赵进元不会钻地缝儿里。寻见赵进元,揪也把他揪回去。李二妮悲叹,他花光了钱,揪回去有什么用呢？我说,若还留在城里,说不定哪天黑了心,把你给卖了呢。话说出口,我突然后悔。竟然一语成谶。许多年,我为自己的"过错"而内疚。在那个黑乎乎的夜晚,李二妮并未计较我的乌鸦嘴,负气地说,他要敢,我连他的骨头渣子吞了。

第二日下午,我和李二妮去西门外碰运气,听说一些人快不行的时候就到西门外等死。死在西门外不用上税,尸体由官府统一处理,三日清一次。死者破烂的衣服亦成为抢手货,都被剥光了。更有一些人以尸体做诱饵,专门套野猫野狗。午夜之后,猫嘶狗吠,闻者寒栗。昔日的张北城不只是花花世界,亦是人间地狱。

结果还真寻见了赵进元。在萧索的秋风中,赵进元缩着膀子,与另外几个蓬头垢面的人围在一起,正吃着什么。那时,我和李二妮距他有二三十步远,他侧脸坐着,没看见我和李二妮。我正要叮嘱李二妮,李二妮已经骂出声。赵进元偏过头,突然弹起,朝前奔去。歇了一夜,李二妮的脚也没消肿,刚才还叫着疼死了,而此时她却不顾疼痛,大步追赶赵进元。可惜没追几步,

731

就被半裸的尸体绊倒。摔倒的同时,发出重重的响声。我去扶她,她猛推一下,追啊!我不能丢下她不管,让她与尸体、垃圾躺在一起。待我好容易把李二妮扶起,赵进元早没了影儿。

8

乔石头将图纸折起,抓住我的手,让我摸。那是一个长方形的硬皮笔记本。不知他身上藏了多少宝贝,想必这个夜晚都要掏出来,向我论证修建祖奶宫多么重要,而他的准备工作又多么细致。他可能以为,躺卧在床的我会惊喜,会陶醉,会为他祷告,为他祈福。

这是你接生那些人的名单,我自己抄了一份。有中国人,还有日本人,都不全,特别是日本人,只有六个。祖奶,你接生的不止这些对不对?我没那么多线索,能联系上并证实的只有这六个人。祖奶,你还记得吗?

我当然记得,怎么会忘记呢?石头还真是厉害,居然连那些我叫不上名字的日本人都找到了。

蚂蚁在窜。

9

回来七八天之后,我再赴张北城。与赵进元无关,是去接生。不用左脚咬右脚地走了,身骨没那么累,心却重了许多。请我的人来头不小,我是冲接我的大屁股车和人数判断的。除了司机,还有两个高粱主队,都挎着枪,一左一右夹着我。高粱主队是宋庄及周边百姓对伪蒙疆军的称呼。另一个没穿制服,戴了顶鸭舌帽,已是深秋,竟然还拿了把扇子。不过没扇,在手里一掂一掂的,像戏里的谋士那样。鸭舌帽是主事的,能瞧出来。后来我才知道他是翻译。司机木着脸,高粱主队犯困,只有鸭舌帽鸡下蛋一样脖子半伸,反复玩着扇子,偶尔回头问我话。比如是否真的给察哈尔副都统老婆接生过,我是否会法术等。他说看来请我是请对了,但又强调,必须施展十二分的本领,如有闪失,不要说我活不成,他的脑袋也保不住,因为我将要接生的产妇比察哈尔副都统老婆重要多了。一只野兔穿越路面,向草野深处奔去,速度飞快,转眼就没了影儿。鸭舌帽拽回目光,让我保证,不能出任何差错。我不知那个比副都统女人还重要的产妇是什么来头,但来头再大也是产妇。分娩都要经历阵痛,自然也少不了意外。还没见到人,怎么保证?鸭舌帽没等到我的回答,扭过头,怎么,有问题吗?我不卑不亢地,生孩子的都一样,我是干这行的,不用你说我也会尽我所能。鸭舌帽倒没生气,还挤出一丝浅笑,传说中跟神仙一样的接生婆,我以为满脸皱纹,没想到你这么年轻,还伶牙俐齿的,不过……以往怎么耍嘴皮子我不管,今天不行,你必须保证!我问,你要我怎样保证?掉脑袋的话你都撂出来了,还担心我藏奸耍滑?鸭舌帽说,你不保证,我不踏实,我这命,我的前程都押在你身上,输了就什么都没了。我想起赵进元,还有西门外的裸尸,想这世上的赌法千千万万,我引领婴孩到世上竟也成了赌局,不知该悲叹还是难过、愤怒。乔师傅,这点儿把握你还是有的对不对?鸭舌帽语气里带出恳求。在那一刻,我忽然想起没有音讯的李春,也不知他怎么样了,我担心他太拧而吃亏,可是若像鸭舌帽这样随便在什么人身上都押注,那更让人揪心。我有些可怜鸭舌帽,说好吧,我保证。鸭舌帽随即道,赏钱你不用担心,我也向你保证,如果一切顺利的话。他不再是下蛋的架势,脖子缩回去,用扇子轻轻拍打着手掌心。我并不紧张,但心里压抑着,有些喘不过气。

鸭舌帽不说话了,我合上眼睛。白杏又在天空飞了,忽上忽下,偶尔回过头,冲我笑笑。突然一声巨响,白杏受了惊,没影儿了。我睁开眼,大屁股车扭来颠去的,鸭舌帽也有些慌,先喝令司机快开,后又叫司机停车。两个高粱主队慌慌张张地跳下车,一通乱射。鸭舌帽脑袋猫藏下去。我手心直冒汗,也不知怎么躲,左顾右盼。那时,我已经知道和高粱主队干仗的是什么人。听说过,但没见过,没想到在这儿碰上了。不足半个时辰,枪声渐稀。一个高粱主队被打伤了腿,被另一个背上车。

到张北城已是傍晚,大屁股车在一处院外停住,我抓着包袱跟在鸭舌帽身后。快至门口了,鸭舌帽猛然停住,回过头,又是一番叮嘱。我点点头。鸭舌帽往前凑凑,几乎碰着我的脸,我退了一步。我已经听到呻吟。在我,那是召唤。我猛地拨开他,大步往里走。

堂屋站了一个男人,平头,圆脸。他说了什么,也可能没说,只是张了张嘴。脸盆在哪里？烧两壶水！我吩咐他，有些急切。从产妇怪怪的呻吟判断，羊水已经破了。有时我靠听判断，有时完全凭感觉，说不清，但也很准，我不认为那是我的超常能力，而是上苍的指引。男人没动，像没听见。鸭舌帽追进来，半躬了腰，冲男人一阵呜里哇啦，又指指我。难怪，他是日本人。明白过来，我有些傻。张北城的大街上到处是日本人，但从未想过日本的女人也要生孩子。那呻吟虽说有些怪，但与别的女人并无本质区别。鸭舌帽警告、吓唬、恳求，却始终没说产妇的真正身份。或许是怕我不随他走。确实，在那一个时刻，我是犹豫的。这要传回宋庄，传到别人耳里，不定有多少唾沫星子等着我呢。并非我有多大觉悟，而是耳里灌了许多骇人的传闻。本能的直觉、对名声的爱惜在那一刻牵住我的手脚。所以，当鸭舌帽转身，向我转述男人的话时，我迟疑着未动。鸭舌帽脸如死灰，目光直着，如同僵尸。他灵魂出窍了吧，不然可能会扑上来撕我。

产妇的叫声突然提高，如长虹贯过脑袋。于我，这世上，没有什么比那种声音更有魔力，更牵动心扉。

我指挥鸭舌帽，他翻译给男人。男人按照我的吩咐忙碌。我不再迟疑，也没有惊惧。我是来接生的，管他什么人呢。

我推测得没错，产妇的羊水已经破了。她也是圆脸，和男人像双胞胎，嘴巴也很像。她听不懂我的话，但能明白我的手势。毫无疑问，她是头胎，骨盆还没有撑开。好在她挺配合，让她屈腿就屈腿，让她用劲就用劲。她的脸湿漉漉的，被汗渍着，左眼睁不开,右眼睁得也有些吃力。她生怕错过我的手势,咬住嘴,只为努力地看着我的手,好像生孩子倒变得次要了。突然有一丝痛惜,我为刚才的迟疑而羞愧。作为接生婆,对所有的产妇都应一视同仁,拜师那天黄师傅就告诫我了,接生婆要忘掉所有的恩怨。怎么忘了呢?于是,我冲她笑了笑,抓起她旁边的手绢,替她擦拭。她眼睛睁大了,回我一个微笑。她是个好看的女人。

也就是一顿饭工夫,婴孩坠地,是个男婴,但无声无息。产妇坐起来,惊恐地瞪着我,欲往前扑的架势。我用眼神制止她。婴孩嘴里有秽物,我吸出来,吐掉,然后抓住他的双脚,倒拎起来,在粉嫩的屁股上拍了两掌。响亮的哭声在屋里撞击,女人双手合十,冲我连连致谢。

我包裹,圆脸男人没忍住,跑进来。女人冲他呜里哇啦,肯定与我有关,因为圆脸男人再看我时,双眼闪亮如镜,并向我深深鞠了一躬。他凑过来,我斜他一眼,他立即领会,咧了咧嘴,往后退去。我想起鸭舌帽的话,若是失手,就出不了这屋了。但圆脸男人并不凶,当然,有些人翻脸也极容易,我遇到过多次。我包裹好,想抱给产妇,圆脸男人伸出胳膊,我就给了他。

我在圆脸男人家住了两日,虽说是商量,但别无选择。鸭舌帽说这是铃木少佐的意思,少佐夫人也很喜欢我。鸭舌帽怕我违拗,说少佐高兴,对我多么有好处,等等。他对我态度大转,我保住了他的脑袋,少佐还会赏赐他吧。

女人和铃木少佐待我不错,我得说实话,特别是女人。她从首饰盒里拿出金戒指送我，我摇头谢绝。她准认为我救活了她的孩子，当时鸭舌帽不在，若在，我会告诉他，那是接生婆必备的技能和应有的德行，不足挂齿。并非单对她如此，当然也没对她藏奸，虽然我确实迟疑过。女人没有强求，我摇头，她就把戒指放回去了。

离开时还是弄出些不快。鸭舌帽将铃木少佐的奖赏展示给我，砖茶、砂糖、丝绸、一块猪肉，另有十元钱。我说太多了，一块肉就够了。鸭舌帽说少佐的心意，我必须领受。我说既然是心意，我就心领了。旁边的少佐看出来，询问鸭舌帽，鸭舌帽说少佐问我是不是嫌少。我说不是嫌少，你告诉他，我绝不是冲钱来的。鸭舌帽为难道，乔师傅，这话说不得，你赶快拿上，他若以为你嫌弃，那就麻烦了。我说，我不要他的东西，他有什么不痛快的？鸭舌帽几乎要哭了，你不要，我的脑袋保不住呀。我差点笑出来，你的脑袋也太不牢靠了。他拎起来塞给我，说我老婆也要生了，就当提前给了你吧，别不要呀。

在那之后，我多次给张北城的日本人接生。只要请，我就去。那时张北城住有三四百日本侨民，多半是做生意的，盐、硝、糖、茶、大烟、粮食、货运等。他们住在城中城南一带，有一些日本人张北话还说得挺溜。有那么两口子，男的在仓库当保管，女的先前在俱乐部，怀孕后便留在家里，两人都是用张北话和我交流，男的口头语也是张北味，会说"寡气"之类的。有的有钱，有的日子也不怎么样，从饮食穿着能瞧出来。所以，并不是每次去张北城都坐大屁股车,有时骑马,有时步行。像到别的村庄一样,哪怕走着去,我也不抱怨。数年后,这些都成为我的罪状。

转眼一个多月了,白礼成和白花还没回来。我心急如焚,不知父女俩被婆婆留住了还是遇到了什么麻烦。我打算去一趟蔚县,但每每要动身,请我接生的就上门了。那一阵生孩子的接二连三,我的脚一绊再绊。结果就拖到了冬日。

那个夜晚,我梦见了白杏,她的翅膀像被剪断了,怎么也飞不起来,她不停地扑腾,墙角、地面被她撞出一片又一片红。我突然惊醒,心跳如擂。然后便听到簌簌声。昨晚天上还有星光,这么快就下雪了?虽然耳朵没骗过我,我还是爬起来。拉开门,寒气袭来,我猛一哆嗦。果然在落雪,夜色昏暗,我仍能瞧见雪花的形状,不是瓣状的,而是像布条子一样拉拉扯扯地往地上垂。

我再也睡不着了,总觉得白礼成和白花会在这个大雪飘洒的夜晚回来。我得等,必须等。我不想让他们顶着一身白,哆嗦着手指敲门。我要在他们进院前恭迎在门口。这么想着,忽然就听到咯吱声,我迅速翻起。但没看到白礼成,也没看到白花,我不相信,伸出头左右瞧瞧,似乎父女俩在跟我捉迷藏。确信没有人,我怏怏返回。躺了一会儿,我听见了白花的咳嗽,心里咯噔一声。白花这是冻病了,我边下地边责怪白礼成,非得在这么个夜晚回来,他这父亲太不称职了。又扑了空。我的耳朵从不骗我的,但那个夜晚竟屡屡和我开玩笑。

清早,我脑袋昏沉,不住地打喷嚏。雪还在下,后响才渐渐停歇。初冬的雪就这么疯狂,快没小腿了。大雪封途,他父女俩音讯全无,我烦闷透了。李夏倒显得兴奋,说这天逮黄羊最好。我的心猛然一阵剧痛,大叫,不行!不准你去!我还没冲李夏叫嚷过,更不用说带着怒气。李夏当下就傻了,怔怔地望着我。我意识到失态,放缓语气,告诫他不要往雪野里跑,日子勉强过得去。大旺就是这么离开我的,阴霾还未散去,我怎么会允许他的儿子再去冒险。李夏反而笑着安慰我,娘胆子也太小了,还吓成这样,我就是说说,不去就是。李夏乖顺,极少违拗我。违拗并非不好,如果他执意去,后来那场灾难或许就可以避免。

10

一个个名字从石头嘴里往外跳,依然带着滚烫的温度。间或,他们悬在半空,如秋千一样摇晃,那是石头在简述其出众之处,强调其非凡本领或本来默默无闻却由于机缘巧合绽放出短暂而耀眼的光芒,还有一些因为贪欲或一念之差而走上不归路。从生到死的痕迹各不相同。那些跳落而没有停顿和声响的名字确如石头所说,在茫茫尘世行走得无声无息,连后代都未必记得住他们。可是,即便如此,他们也是留下痕迹的,比如乞讨的花姓夫妻,到他们的儿子花满仓,再到他们的孙子花丰收,脸的轮廓,略扁的鼻子,甚至耳背的痣都那么相像,难道这不是留存于世的印迹?

我想辩驳,但没有可能,只能被动地听着。你歇歇不好吗?明天再说也行啊。

蚂蚁在窜。

11

那场大雪的第二日,许多人结伴到荒野打黄羊、追兔子、逮沙鸡,既有父子又有兄弟。那得跑出老远,人迹罕至才能碰上好运气,当然也可能命归黄泉。他们有的三更即起,有的黎明上路,炊烟升空,我耳边还有咯吱声。若白礼成在,他不会错过这个机会,当然他不会走远,只在他们经过的地方捡漏。李夏留在了家中,但那一夜他睡得并不踏实。要把诱惑撕拽得干干净净,确实没那么容易。

那一日,包货郎同样踏上冒险的旅程,与那些觅食的人不同,他是来给我送盐的。自从给他弟媳接生,他每年秋冬季节都送我一包新熬制的咸盐。我几次劝他别跑了,他不听。他说自家产的,尝个鲜,顺脚就捎过来了。他眨巴着眼,说他的脚都摸透他的心思了,若给我送盐,一路碎步,都不带歇气的。后来伪蒙疆政府下了禁盐令,包家弟兄熬制的咸盐都由官府收购,个人不能买卖,查住是要治罪的。但就是这样,包货郎仍偷偷带给我。盘查日紧,许多路口都设了关卡。那么大的雪,包货郎以为来了机会,官府不会在这样的天气设卡,他不顾家人劝阻,将早就准备好的盐放在货挑子最底端。快到宋庄时,与两个高粱主队迎头遇上。包货郎想跑,刚转过身,高粱主队就开了枪。他中弹倒下,不知流了多少血,周遭数米全被洇红。

李夏那日没去荒野,却抵不了诱惑,爬到树杈上凝望。什么都看不到,皑皑白雪晃得睁眼都困难,他想在树杈上多待一会儿,似乎这样也能过瘾。刺骨的寒风中,他竟然犯困了。突兀的枪声惊醒他,他起身就跑,忘了自己在树杈上。虽说地面有积雪,还是摔折了右腿。兴许躲过那块石头就会没事,可是假设毫无意义。

李夏卧床,我去蔚县的计划不得不搁浅。

那个冬日遭遇不测的并非只有包货郎和李夏。就在包货郎被射杀二十天后,宋辇条被吊在村口的母柳下。他从沽源逃到宋庄,投奔宋老条,宋老条被儿子接到天津,他留下来耕种宋老条的地。当然多半都种了大烟,按官府烟征股的规定,大烟须交到烟土组合,这是任务,叫交烟官。但烟土组合收购价定得太低,每两只有三元钱,而市面上一两大烟二十多元。于是就有人铤而走险,偷偷贩运。宋辇条开过油坊,脑瓜活络。那些年税种多,什么田赋税、营业税、所得税、救国税、户口税、出生税、死亡税、婚丧嫁娶税、农具税、烟税、屠宰税、鸡狗税……千奇百怪,闻所未闻,只有百姓想不到,没有官府做不到。即便像宋辇条,耕田虽多,也吃不消。谁不想手里多攥两个子儿呢?只不过没那个胆。查大烟的就更多了,清查署、警察、保安队、日本兵,油水大,都抢着查。宋辇条是被清查署查到的,押回宋庄,杀鸡儆猴。

不抽不打，只灌辣椒水，两大桶灌进去，宋辇条面如褐土，肚子像倒扣的锅。驴马也饮不下两桶水，可宋辇条竟然"喝"进去了，连灌的人也吃惊，怀疑宋辇条长了漏肚子。还不到一刻钟，血红的辣椒水从宋辇条的嘴巴、鼻孔喷射出来，接着从耳孔、袖口、裤口滴淌，血水先是蜿蜒，很快汇成溪流。好像宋辇条"喝"进的不是两桶，而是上百桶，围观的人一退再退。清查署离去，几个男人踩着血水将奄奄一息的宋辇条放下来，他浑身还在冒水。没等抬回家，他就咽气了。黄昏时分，第二场大雪再次飘落。不同的是，那雪是粉红色的。黑雨令人不安，红雪更令人恐惧。那个夜晚，呓语、嚎哭、呢喃、祈祷、呻吟、争论、惊叫与红雪的簌簌声混杂在一起，如洪流般在街道上流淌、撞击。许多年后，宋庄人说起来依然毛骨悚然。

　　年关临近，官府征兵，其实是强抓，李夏由于骨折而幸免。不然，他就成高粱主队了。福祸相倚，谁能想到呢？但我清楚，躲过一时躲不了一世，他不能永远躺在炕上。李夏也明白，自那日，忧虑就在他眼里扎了根儿。避开这一劫，只有离家了。但总得有糊口营生，一味地逃，就是他肯，我又怎么放心？若李贵叔回来，倒可以带李夏走，只是李贵叔行踪不定。征得李夏同意，腊月二十九我去了趟孟庄，孟姓男人正好在家，他满口应承。初五的夜晚，我将尚未好利索的李夏送到男人家，次日孟姓男人便带李夏上路了。拉骆驼极为艰辛且不说，难免遇上土匪、官府、野狼，这些我当然知道，但我更知道，吃哪行饭都没那么容易。

相比被抓去当高粱主队,拉骆驼实在是上上选。

初七,我迫不及待地奔向蔚县。

12

蚂蚁在窜。

蚂蚁在咬。

13

你确定他八月十五前就走了?我问。从坟地回来,我又寻见老人。老人叹口气,我说几遍了,你就是不相信,我骗你干什么?他不过六十出头,皱纹已如叠加的渔网,只要说话,便露出暗粉光秃的牙床。我苦涩地笑笑,不是不相信,就是怕你记错。老人说,别看我牙快掉光了,脑子还好使,村里没几个人了,连猫猫狗狗加起来也就二三十号,谁哪天打了几个喷嚏,我都能说上来。我怕老人生气,可还是追问,他带着女儿上路的?老人抹抹清鼻涕,在翻卷的破鞋帮处擦擦,吸了吸鼻子,说女娃叫白花对不对?她招人喜欢呢,我摸她的耳垂,她直冲我噘嘴,嘿嘿,几年没见到孩娃,真是稀罕呢。然后,老人举起右手,拇指和食指勾了勾,就用这两根老骨摸的。就像他还捏着白花的耳垂,白花疼得直叫唤,我忙说,行了行了,你松开吧。老人的手垂下去,这回你该相信了吧。我问,擀毡的工具也带着?老人点头,那可是吃饭的家什。我问,干粮呢?谁给他准备的?老人又叹口气,更重了些,你像从另一个世界来的,你要再问我坐没坐轿,我只好胡说八道了。我连连作揖,求你了,我实在是担心。老人说,粮食都炸成灰了,上路前塞满肚子就算不错了,哪有多余的……干粮?不过,那么大个人,又有手艺,饿不死。我惆怅道,难说呢,这么多天,他能走几个来回呢。老人说,也许在哪儿揽了活,一时半会儿脱不开身。你放心吧,礼成从小就鬼,走哪儿也吃不了亏。我说,可是,他还带着女儿呢。我反复纠缠,虽不蛮横,却显得无礼。好像白礼成与白花至今未归是老人的错,他必须给我一个交代,似乎我纠缠下去就能摸清白礼成与女儿的踪迹。

从宋庄到白礼成老家,那个窝在山洼里的村庄,我用了八天半时间,中间搭了三次车,余下的路全是步行。我虽然自小就走惯了,可这急行还是第一次,脚上的水泡白天起,夜里挑。每天上路,脚都疼得刀割一样,一程下来便木了,就像钉了铁掌,除了响声,什么都感觉不到。我太想见到白礼成和白花了。原以为到了白礼成老家就可以看到他们,可扑进村庄,就像跌入废墟,我彻底傻了。到处是倒塌的房屋、残断的树木石块、裹着柴草的土皮,破碎的砖瓦从房基一直丢散到大街上。直到老人从夹在两块山石间的草屋钻出来,我才醒过神儿。就在白礼成回来的前一个月,几枚炮弹落到村庄。正是傍晚,多半人都被炸死了,只有少数在田里干活的躲过了灾难。那些天,除了哀嚎就是铁锹、镢头掘挖墓坑的声音,叮叮当当,从清早响到黄昏,从夜晚响到黎明。死人多,活人少,从石块瓦砾中翻找尸体,再将尸体埋葬是巨大的工程，更大的困难在于，尸体残缺不全，有的没了头，有的没了腿，有的缺胳膊，有的炸烂了肚皮。即便凑全了，但未必是原来的，男的安到女人身上，女的安到男人身上，本来是老人的身骨，却安了娃娃的头。到后来，没有哭声了，因为没了力气。每天醒来就不停地挖、找、翻。白礼成的母亲和弟弟也被炸死了，一并埋在了后坡。在老人的指引下，我去后坡祭拜。一个土包挨着一个土包，没有碑石或木牌，因为没法写，他们原来有性别有名字，现在已经分不清谁是谁。

白礼成和白花三天后便离开了，至少中秋节后就该到家的。在家那些纠结、惦念的日子，我还抱着希望，现在那稀薄的希望突然破灭，我坠入了寒冷恐怖的深渊。我想探听到更多关于白礼成父女的讯息。除了老人，别人都是一问三不知，白礼成与白花所住的草棚与老人挨着。我明知无礼，却再顾不得那么多，期待老人嘴里还能漏出些消息。一根草，一缕烟，我沉陷深渊，随便抓住什么都行。

老人从蹲坐处拽了几根枯黄的衰草，折了几下，放到嘴里，慢慢嚼着，准确地说，是噆。他两腮塌陷，吮吸起来脸上的坑更大了。声音很响，似乎那是绝世的美味。去坟地前，老人给我煮了一碗玉米渣粥，我忽然想，老人肯定饿了。我吃了他的粮，他只好吃草。我绝望中又添加了不安，歉意地说，我不该吃你的东西。老人愣了愣，你可别这么说。我从携带的包袱里拿出五角钱，说就当饭钱吧。老人沉下脸，你这是打我脸呢，别说你是礼成媳妇,就是外人来,我也分他半碗粥,谁还没个难呢,装起来,快装起来!我说,看你都饿成这样了。老人指指嘴巴,你说这个呀,香着呢。他又抽出几根塞进嘴里。实话对你说,我从九岁就开始吃草了,我娘活着的时候还打过我,我没改过来。我前世一定是驴,要不就是牛马,驴的可能更大些,因为我学驴叫比真驴都像。以前养过一头驴,我叫驴就叫,后来还能听懂驴语。可惜村里没驴了,我给你学几声吧。然后老人叫了几声。确实,像极了。

我被他逗笑了。

老人说他每天都要在村庄学几声驴叫,不是自己过瘾,只想让村庄有点活气。不然,一天到晚,死气沉沉的,像个乱坟滩。那些活着的人听见驴叫,就不那么孤寂了。有个女人,虽然侥幸活命,但活得没滋没味,想寻短见,听见叫声,把绳套里的脑袋拽了出来。老人混沌的目光略显得意,你说,我这头驴还值几个钱吧?

老人或许是为了驱散我的阴霾,总说开心事。我问草真有那么香甜?老人诡谲地笑笑,我有个秘密,村里人不知道,爹娘都不知道,现在告诉你吧。老人不是因为饥饿才吃草,而是因为别的。烦闷、苦恼、哀伤、绝望,若想摆脱,只有吃草。有时高兴了也吃,娶老婆那天,他偷偷躲到角落,吃了一大把,嘴唇都变色了。他牙掉得早,可能与吃草有关系。所以,草香甜与否对他并不重要。药是苦的,还治病呢!

我想起孟庄的婆婆,她拉风箱与老人吃草本质上没什么区别,那就是祷告。我又想起白礼成,不该一再追问的。我有苦,谁没苦呢?

我向老人告别。那时,日已西斜。老人留我歇两天,至少吃了饭再走。为了证明没有弹尽粮绝,他从角落翻出一个布袋,抓了玉米粒让我看。他越这样,我越不忍。我吃一粒玉米,他就得多吃些草。老人那些话,或许是哄我开心。

走出数百米,突然听见驴叫,在荒陌的路上,那声音如同音乐,我胸间的郁烦瞬间化掉。继而,叫声变成合奏,不是三头五头,十头八头,至少有数十头。声音高亢雄壮,不像在身后,而是在路的两旁,躲在看不见的地方陪伴着我。我不再孤寂,放慢了脚步。

到了镇上,天已黑透。直到我在小旅馆住下,直到我昏睡过去,那隐隐的声音似乎依然追随。

次日醒来,身子发软,脑袋发沉,我以为是连日行走疲劳所致。就如脚上的水泡,初走疼,走一阵反而没事了。我不想久留,必须尽快赶回宋庄。可脚就像踩在棉花上,怎么也站不稳,双眼阵阵发黑,就像走进无边的黑暗,怎么也找不到尽头。想来是病了。我扶着墙,想和客栈掌柜招呼一声,还没迈开步,便被无边的黑暗淹没。

我不知自己怎么长上翅膀的,不知自己如何飞到了高空。一切来得太快,不容我多想。风从耳边掠过,沙粒碰撞脸颊。云朵遮挡住视线,很快,我从云朵中钻出。我俯瞰着大地,俯瞰着尘土飞扬的路,在车与行人之间辨识。我看见白礼成了,他背着擀毡工具,怀抱白花,夹在马车与牛车之间,有些踉跄。我呼叫、嘶喊,白礼成和白花都不理我。我俯冲下去,想将父女俩驮起来。就要落到地上了,一切突然消失,车马不见了,行人不见了,白礼成与白花无影无踪,似乎化作了弥漫的尘土。我仓皇四顾,再次飞到空中。

我看到宋庄,看到院子,看到了炕上熟睡的我,左边是白杏,右边是白花。白杏的手腕上系着绳子,另一端绑在我的手腕上。我看到白杏解开绳子,轻手轻脚地下了地。我喊沉睡的我,可我睡得太死,怎么也叫不醒。我想阻拦白杏,可上天似乎用绳子将我吊住,我悬在半空,冲不下去。白杏张着双臂,出了院子,朝蝴蝶河走去。哑巴钱拜日迎面走过,他想拦住白杏,白杏从他头顶飞过去。她落到地上,冲他伸伸舌头。白杏出了村庄,走进河滩。粉蝶、红蝶、黑蝶、黄蝶、白蝶网一样罩过来,围着她飞。蝴蝶是想邀请她一起飞的,可白杏没飞,而是舞着双臂奔跑。她似乎忘记怎么飞了,奔跑速度越来越快,已经到了河边,还在跑。我惊呼,她没听见。一只脚陷没河中,她身子一歪,整个人掉进去。我大声呼叫,白杏没有回头。河水已经将她淹没。我挣扎着,想将吊我的绳子扯断,一次次努力,终是徒劳。突然,那群彩色的蝴蝶鱼一样钻进河里,不到一秒,就拥着白杏飞出水面。白杏显然是蝶王,她的两个翅膀像两把大扇子。她的两个小辫变成了触角,依然那么黑那么亮。我松了口气,明白了她为什么要往河滩跑,她的伙伴在这里,她的领地在这里。

声音钻进耳朵,我睁开眼。蝴蝶河不见了,白杏不见了,我仍然躺在小旅店里。喊叫在继续,是从隔壁传来的。那再熟悉不过,用不了半个时辰就该生了。虽然身子软,脑袋却清爽了许多。我爬起来,抓起桌上的水杯灌下去。喉咙要着火了。

我正要拽门,门却开了。我看到店掌柜,他身后站了两个人,竟然抬着门板。掌柜显然被我惊着,双目龇裂,如大白天撞见鬼魂,连着退后几步,只是啊呜,却说不出话。后来我才知道,我已经昏睡了两天两夜,掌柜以为我不行了,想将我抬出去扔给郎中。我猜他说谎了,或许,我晚醒半个时辰,就被掌柜丢到了荒野。掌柜说去年有六个人死在店里,他实在是吓怕了。那日孕妇又叫得惨烈,他实在是心烦,就喊了人来。

隔壁住的两口子是去亲戚家避难的,原以为能走到地方,没想到半路女人就坚持不住了。丈夫说他们夫妻前世积了德,所以才有幸遇上我。感激的话说了有二十箩筐。若说我救了他的妻子和孩子,那么他们也救了我。我没说,因为实在太过曲折。他说我是贵人,一定要让我给他的女儿取个名字。我脱口道,蝴蝶!

749

第十七章　北风

1

四月是最残忍的一个月

荒地上长着丁香

把回忆和欲望掺合在一起

又让春雨催促那些迟钝的根芽

——[英]斯特恩斯·艾略特《荒原》

谈的时间很短,乔石头送上的虽不是大餐,毕竟是美味,况且,未来有可能他会促成某些谈判的达成,因为他已经表示将把后半生的时间和精力奉献给宋庄,回哺他曾生活过的土地。县长、主管副县长均表示欢迎和支持,对乔石头这样热爱家乡的企业家大开方便之门。作为镇长,杨一凡的态度并不重要,但还是作了表示。那不仅是向乔石头承诺,更是向县长保证。县长仅仅是一句话,接下来的诸多具体事项,都要靠杨一凡去落实。

杨一凡对宋庄这位传奇人物并无好感，且内心里总有隐隐的抵触情绪，说不清为什么。乔石头并不傲慢，谦逊得有些不可思议，又其貌不扬，若非眼底偶尔闪射的直抵肺腑的光，和农民没有多少区别。关于乔石头的传奇故事，杨一凡自是听过许多，半真半假，半信半疑，牛长角，鸟生翅，那不是特异功能，而是上天和时势造就，如果时空穿越至战国时期，很可能还是雄霸一方的诸侯。杨一凡不会因传说而对他有成见或敬慕。或许，是彼此的气息难以融合。总之说不清楚。

虽然没有好感，杨一凡还是乐于和乔石头来往，毕竟他是祖奶的孙子，而祖奶是杨一凡敬仰的人，她的"出息"说如同神谕，指引着他的人生之路；毕竟乔石头是企业家，在这样一个时代，拥有更多能力和话语权，造福大众那是胡扯，但惠及一方是有可能的，比如刚才，他承诺全镇的乡村公路均由他出资重新翻修，通往宋庄的公路要拓宽，达到国家级标准。若靠写诗，一百年也不能完成。

县长在场，杨一凡更是不敢怠慢这位回乡投资的财神。杨一凡没让县长的秘书倒水，而是始终由自己把持着水壶，仿佛那是他的特权。他的脸上洋溢着极有分寸的喜悦，无论是作为镇长还是个人，都是得体的。

疑惑是突然间划过的，不是因为乔石头开发垴包山这个项目，而是乔石头无意间的一句话：他将把后半生交给宋庄。交给宋庄？这句话没有逻辑错误，但杨一凡还是嗅出一丝可疑。乔石头会把自己交给宋庄？整个后半生？他不是心血来潮作为场面上的粉饰，因为不需要。这句话的背后或许藏着什么？

那时，杨一凡正给乔石头续水，手腕突然抖了一下，似乎被乔石头惊着了，水溢出来。杨一凡正要致歉，县长开玩笑，瞧瞧我们的镇长比入洞房还兴奋，几个人哈哈大笑，包括乔石头。县长巧妙地替杨一凡解了围。杨一凡那句话没说出口，只是向乔石头微微笑了笑。乔石头笑得很寻常，也很不寻常，笑容里似乎夹了东西。杨一凡看不透，但他看到了，亘在心头，再也没有散去。

然后是晚宴。不是鲍鱼龙虾之类，很土，但都是有特点的。罗家豆腐、柴鸡蛋、蝴蝶河鲫鱼、野菜，诸如此类。虽然土，或者说，正因为土，乔石头才喜欢。县长提议喝点儿红酒，乔石头摆手，说戒好久了，县长自然不勉强。话题广泛，但都很正统，没有任何私密性。

杨一凡当然插不上话，这样的场合竖起耳朵，并在适当的时候奉上笑意就是。这样的好处是以倾听的姿态放肆地观察，进而研究。那个疑团在杨一凡心上滚来滚去，乔石头究竟藏了什么？他的回哺是否暗藏着玄机呢？

杨一凡几次与乔石头的目光碰在一起，泛泛的，碰碰便分开。这说明乔石头没有觉察出什么。杨一凡事后回想，那是对他的麻痹。不经意间，乔石头会转过来，目光如电光石火，杨一凡猝不及防，被射穿。乔石头看出杨一凡在琢磨、研究他，而且，似乎猜到杨一凡在探究什么。杨一凡蓦然明白了乔石头的厉害,明白那偶尔闪射的直抵肺腑的光何以让人惊惧。他能看到,而乔石头却能看透。

杨一凡举杯敬乔石头,已经敬过,这是掩饰。乔石头不会不明白,尽管面带微笑,说着客套话。

如果说那是较量,杨一凡甘拜下风。他曾在某本书上读过窥心术,任何人都有这样的能力,显然,乔石头是超常的。杨一凡与乔石头不是第一次见面,但这个晚上,"交流"格外深刻。

忽然就想起令他不安、焦躁的神秘短信,此时不自觉地与乔石头联系起来。蜂王归来,无疑是对他的警示。对方暗示的蜂王或许就是乔石头。为什么要暗示他?对方和乔石头有什么关系?抑或,那个发短信的人就是乔石头指使的?可又为什么发给他呢?

这样的场合本不该胡思乱想,杨一凡还是走了神儿。县长问话,他竟然没听见,亏得主管副县长提醒。县长说,想家了吧?县长没挂脸,但这温和的批评也令杨一凡难堪。他欲解释,县长的电话响了。他冲主管副县长婴儿式地吐吐舌头,又歉意地冲乔石头笑笑。

晚宴的时间不长,杨一凡回到家,贺慧还没批改完作业。她常常把学生的作业带回家,这对她似乎是享受。这么早?贺慧站起来,稍有些惊讶。杨一凡走过去,轻轻抱住她。贺慧捶他,别捣乱,还有半小时就改完了。贺慧从来不问他的去留,杨一凡感动而又心酸。杨一凡松开,冲了个澡,打开电视,尽量让自己放松,不去想那些乱七八糟的东西。在贺慧面前,他伪装得还好,决不能把焦灼传染给她。她的压力不比他小,但她的精神状态很好,就如她的身材一样完美如初。这实在难得,他嫉妒而又庆幸。如果她和他都被焦虑围困,这个家就残破了。

那一晚是美妙的,至少前半部分如此。他身体有久违的超常发挥,贺慧自然也感觉到了,吁喘得情不自禁。说了会儿话,她酣然入梦。他被她诱惑着,眼皮没怎么费劲儿便粘到一起。

飞舞的蜜蜂袭击了他,他突然就醒了。然后便听到咔嗒声。他顿时浑身冰冷,还以为偃旗息鼓了呢,没料还是没放过他,这么快就披挂上阵了。

贺慧睡得香甜,轻微的鼾声有着音乐的韵律和节奏。然她压不住那恼人的咔嗒,那声音更响了,带着挑衅的意味。杨一凡本不想理会,想用轻蔑制胜,但做不到。他生怕它溜进卧室,跳到床头,若如折磨他一样折磨贺慧,那就是世界末日。还有那些学生,学校的升学率,都要跟着遭殃。必须找见来源,并不惜一切代价消灭掉!

杨一凡正想溜下床,贺慧翻了个身,一条腿伸过来,压住他的脚。杨一凡吓了一跳,以为她察觉了他的图谋。但听了听,判断她仍在酣睡,她的腿绝非故意。他那会儿还抚摩那白皙的长腿来着,他熟悉并迷恋,久久不愿移开。此时却如同镣铐,他急于摆脱。非摆脱不可。这很困难,他怕弄醒她。如果她蛇一样缠住他,那就更惨了。他屏住呼吸,稍抽了一点点。她的腿动了动,忽然没了鼾声。他吓坏了,以为弄醒了她。他假装入睡,让她知道,他的抽扯是不自觉的。她并没有醒,稍顷,鼾声再起。他松了口气,再次屏气,慢慢抽离。终于,他从她的腿底移出脚。又躺了片刻,才往床边挪了挪,抓起枕侧的手机,溜下床。本想穿拖鞋,又怕鞋与地面的摩擦惊醒她。她听不见咔嗒声,未必就听不见脚步声。杨一凡没有站立,而是手脚并用,如爬行动物般。贺慧看到他这个样儿,不知要惊骇成什么样呢。那些人,县长、阎有道、秘书小刘、林月莲,任何一个人窥见,都会大吃一惊。他不是贼,此时却比贼还要鬼祟,他不是变态,只是不想惊醒贺慧,不想让她与他一样被咔嗒声袭扰。

终于,杨一凡爬出卧室。他站起来,小心翼翼地合上门。咔嗒声是从沙发一角发出来的。他蹑手蹑脚地移过去,拇指摁着手机的键,随时照射,让它显出原形。他要看看,究竟是个什么怪物,搬家都甩不掉。它察觉了他的企图,突然哑了。他立着,与黑暗中的怪物对峙。它应该是有眼睛的,三角状或四边形,他努力地辨识。过了一会儿,咔嗒声再次溅起。怪物神不知鬼不觉溜到了卫生间,就在他眼皮底下。杨一凡追过去,它又钻进书房。杨一凡追进书房,它又跑到客厅,和他捉着迷藏。有那么一刻,干脆跳到杨一凡耳朵上。杨一凡动作飞快,还是没捂住。杨一凡不气馁,无论如何,要把它逮住。焚尸灭迹,让它永远不能生还。那不是幻听,它真实地存在着!

手机有震动,是信息提示。扫过那几个字,杨一凡后背一阵冷麻。又是那个号码,仍然是四个字:蜂王飞翔。他回拨,仍然是关机状态。

怔了半晌,杨一凡钻进书房。晚宴上,他突发奇想,乔石头的归来与神秘短信有某种联系,现在,他觉得多半是妄猜。乔石头无所畏惧,不会在意一个镇长。如果要"较量",也是明着来,就如目光的对接,不会偷偷摸摸。再说,有什么可较量的?疑团也仅仅是疑团。这几则神秘短信还是与养蜂女有关,无涉乔石头。想来发短信的人知道他的秘密,可何以知道?难道养蜂女会告诉第三个人?她不会那么傻的。那么,是有人偷窥、跟踪杨一凡?抑或正好路过,无意中看见了?那时他昏沉痴癫,连自己做了什么都搞不清楚,自然没有发现有人在暗处。发短信很可能是前奏,真正目的是要勒索敲诈。

杨一凡在焦躁中猜想,猜想令他更加焦虑。后半夜了,屋里凉了许多,直到鼻孔发酸发痒。他及时捂住,喷嚏没有打出。这才意识到只穿着睡衣,想起他爬出卧室,是追踪那该死的咔嗒声来着。此刻,它不知藏匿何处,或许明白杨一凡无暇与它捉迷藏。它在养精蓄锐,以待再与他车轮大战。

再耗下去,这个夜晚就彻底废掉了。更不能让贺慧发现他不在,若她追出来,他不知怎样应对。他知道就是躺到床上也睡不着,焦虑已经渗入他的血液,驱逐不掉。即便这样,也必须回到床上,陪伴贺慧躺到天亮。

仍然是爬行,极慢极慢,被满脑子杂念压着,异常吃力。终于躺在贺慧身边,他暗暗吁一口气,强迫自己合上眼睛。

2

那是几天后了,杨一凡与小刘去垴包山走了一遭。蝴蝶河的神奇不在于水域丰盈,也不在于水清如镜,而是那些翩翩飞舞的蝴蝶。杨一凡去过香格里拉,蝴蝶河的蝴蝶无论品种还是数量,不比香格里拉少。杨一凡带贺慧来过,那是他唯一一次带她到乡村旅游,贺慧惊得都说不出话了。作为塞外第一大村,宋庄没什么古迹,唯有大自然的礼物。那时,乔石头正在修从镇上到宋庄的路,杨一凡担心蝴蝶会因游客的涌入而减少甚至灭迹。这样的例子太多了。他的担心是多余的,游客并不多,蝴蝶仍拥有自己的世界。

现在,乔石头要开发垴包山,情形就不同了。游客到垴包山,必到蝴蝶河。杨一凡的疑惑也正在这里,乔石头为什么无视蝴蝶河,偏偏钟情于一座普通的山?是和他一样对河滩的蝴蝶心存疼惜,还是垴包山藏着不为人知的秘密?杨一凡欲探知究竟,但转了一圈,并未看出什么特别。

有钱就是好,想往哪砸往哪砸,小刘感慨,要是我,就去买块地皮开发楼盘。杨一凡笑笑,等你拥有他那样的财富,或许就不这么想了。小刘问,他到底有多少钱?杨一凡摇摇头。小刘说,乔石头自己怕也不是特别清楚。这是可能的,杨一凡说,而且也没必要计算。小刘自嘲,像我这样数学不好的,就更糊涂了,两块钱三个大萝卜,两个大萝卜三块钱,我盘算好一阵才能搞清楚哪个更划算,所以我媳妇从来不让我买菜。杨一凡笑出声,迷糊有迷糊的好,坐享其成。小刘说,可不,与数字沾边我就头昏。杨一凡揶揄,工资卡里少两个数,你肯定能发现。小刘说,工资卡在我媳妇手里呢,她脑子比我好使,她管着我也踏实,不用操心。杨一凡说,你是有福的人呢。小刘眼睛发亮,就是不知道福气有多大。

就在这时,一群乌鸦飞临堉包山,几乎遮住半个天空,杨一凡和小刘顿时被巨大的阴影包围。如同电影里末日来临的场景,杨一凡突然有难以掩饰的惶恐。小刘也是,拾起石子朝天空抛去,并大喊着,试图驱离。阴影没有散去,反更重更大了,杨一凡明白,那是乌鸦飞得更低了。杨一凡制止,小刘握着石子,没有再投出去。任何一种鸟,哪怕是麻雀,都有报复能力。何况是乌鸦,一旦发疯,他和小刘将满脸孔洞。

片刻乌鸦远去,天空又亮了。

小刘惊魂未定,好家伙,没见过这么凶的乌鸦,要吃人呢。杨一凡说,那是它们感觉到威胁了。小刘说,宋庄尽出奇人,听阎所长讲,有个女人认为自己死去的丈夫变成了乌鸦,她每天喂食,说疯子吧,不像,说不疯吧,奇奇怪怪的。杨一凡大致知道一些,说,每个人从不同的标准衡量,都可能是疯子。小刘恭维,杨镇长这话太有哲理了。杨一凡说,别管他人怎么说,有些事还需要自己验证判断。小刘说,我得记在本上。杨一凡推他一把,扯什么呢,又不是格言,下山吧。小刘立即掏出手机,给宋品打电话。

乔石头回来的次日,杨一凡就把宋品喊到镇里,更具体的事宜,是要宋品去做的。短短数日,宋品未必有什么进展,杨一凡不是来督促检查。可既然到了垴包山,不到村里走走也说不过去。下村是工作的一部分,杨一凡不只是为乔石头。

从宋庄出来,天已经暗了。杨一凡没留下吃饭,小刘自是不解,当然没敢问,请示杨一凡,是否让食堂的崔师傅等一会儿。杨一凡摇头,没必要,跟着我,还愁没饭吃?小刘立即不吱声了。崔师傅自然会等,但杨一凡不想摆谱。没留在宋庄吃饭,杨一凡也有自己的考虑。若是留下,宋品势必会喊乔石头,或者,乔石头自己会过来。杨一凡不想见他,当然不是怕他,而是他偶尔闪露的目光让他不适。被蜇是免不了的,但绝不主动送上门。另外他和阎有道有约,必须把短信的麻烦解决掉,这件事已经搅得他寝食难安。照这样下去,他终会毁掉。阎有道是唯一可信的人,至少一定程度上是。

晚饭是在罗家豆庄吃的,若是一个人,杨一凡一碗泡面就解决了,并非故意委屈自己,更不是标榜什么,他喜欢简单、安静,仅此而已。有小刘就没法随意了,某些样子还是要做的,就像他讨厌饭局却常常喝醉,是不得已而为之。

回到办公室,杨一凡立即给阎有道打电话。没等他解释,阎有道先说抱歉,忙得头都炸了,稍后打给他。结果等了一个小时。阎有道问杨一凡过去还是他过来,杨一凡说我过去吧。

没进屋就闻到酒气,桌上甚是丰盛,猪肝、牛肉、花生米,几条洗过的黄瓜。杨一凡作惊奇状,你这是要准备开餐馆呢?阎有道褐黑的脸上洋溢着喜气,他们带给我的,今儿得好好庆祝一下。杨一凡说,我可吃过饭了。阎有道将酒杯往杨一凡面前一推,让你喝酒,又没让你吃饭,今儿这酒,你喝也得喝,不喝也得喝。杨一凡知道什么能让阎有道兴奋,问,又破案了吗?阎有道猛灌一杯,叫,老子立功了!

那是十年前的抢劫案,司机被抢劫犯勒死。三人作案,其中两人案发两天后就被抓捕,另外一人在逃,十年没有音讯。那个人是营盘镇某村的,家有父母,阎有道认为他早晚会回来。果不其然,一天前村里的眼线向他报信儿,他黄昏入村,将逃亡十年的抢劫犯捕获。刑警队刚刚把疑犯押走。

杨一凡说,的确值得庆贺。阎有道咧着大嘴,那当然,人生四大喜是什么来着?杨一凡说,久旱逢甘露,他乡遇故知,洞房花烛夜,金榜题名时。阎有道晃晃脑袋,那不准,对我,破了案比入洞房高兴多了。杨一凡笑了,那是现在,入洞房那会儿你肯定不这么想。阎有道说,洞房早晚是你的,今儿不入明儿入,案子就不一样了,就今天这个疑犯,错过今天,很可能再没机会,你说是不是?杨一凡说,你这是逼我承认,完全是刑讯逼供。阎有道往嘴里抛一粒花生米,嚼出很响的声音,你是镇长,我借个脑袋也不敢逼你。杨一凡说,拉倒吧,你这个阎王爷!阎有道嘿嘿笑,他妈的,背这么个绰号。杨一凡说,六亲不认,断案如神,那是夸你呢。阎有道说,把我说得跟包公似的。杨一凡问,最近有什么奇事?阎有道说,刚才说洞房,倒真有一桩,不过不是发生在营盘地界。

一青年结婚,喝得大醉。叔伯兄弟送他回房,百般挑逗新娘,竟真的发生了关系。

阎有道感慨,这行干久了,你就知道什么都不奇怪。杨一凡忽然一动,说,或许吧。停了停,改口,也不尽然。解释通的自然不奇怪,总有解释不了的,比如两年前被烧死的养蜂人,家人怎么不来寻她呢?阎有道说,家人不知道呗,或者根本没有家人,比如原本是孤儿,又没娶过老婆,哪里有家人?

杨一凡盯住阎有道,吃惊地,你说被烧死的养蜂人没娶过老婆?阎有道说,仅仅是推测。杨一凡追问,是男性?阎有道说,是呀,怎么了?杨一凡觉得喉咙被勒住了,有些喘不上气,你确定?阎有道笃定地,当然,我比刑警队到得都早,尸体烧焦了,性别还是能看出来。杨一凡惊喘着,我以为是女性,一直以为是女性。阎有道愕然,你为什么有这种印象?你认识她?阎有道的目光突然变得锋利,一下就刺到杨一凡心里,窥见了他的不安和惊悸。在这方面,阎有道和乔石头有相像处,总是出其不意。

你一定认识,对不对?阎有道已经下了结论。杨一凡老实说,我认识,那个养蜂人,住在那个帐篷里的,就是个女的,怎么烧死的是个男的？阎有道说，你这么讲，就变得复杂了，或许不再是单纯的失火案。杨一凡心如擂鼓。如果死者是男性，可能就是……她纵火后逃离！她还活着，那么，那几条短信该是她发的。至于她和被烧死的男人有什么故事或过节，那该与他无关，但也说不定呢。

你怎么认识她的？阎有道问。脸上已经没有笑容，遍布好奇。杨一凡知道阎有道已经扒开缝隙，况且原本打算向他求助的，于是讲述了怎么与养蜂女相遇，她怎么用蜂针治疗他的失眠症。那个混乱痴癫的黄昏略去了，他也说不清楚究竟发生了什么。

就这些？阎有道问。杨一凡虚虚一笑，黑天半夜的，送上门让你审一顿，不过瘾？还想知道什么？阎有道也笑了，但只是一瞬间，然后便皱了眉头，明天得去趟公安局，又有些抱怨地，本来想放松一下，让你上了紧箍咒。杨一凡和他碰碰杯，说，或许你又能立功呢。阎有道说，真如此，我再请你。已经扑朔迷离，甚至可能引火烧身，杨一凡不敢再提及短信。

3

> 每个人都孤独地站在
> 地球的中心
> ——［意大利］萨瓦尔多·夸西莫多《瞬息间夜晚降临》

回到自己房间，已近午夜。杨一凡倒了杯热水，坐在椅上愣愣地瞅着，仿佛不认识白瓷杯上那几个黑色的字，仿佛杯上先前没有字，和阎有道聊天的工夫，这些字神不知鬼不觉地印刻到杯上，成为杯的一个部分，自然也成为他的一部分。事实上他根本没看到字，甚至没看到杯，目光是虚的、空的，或者说根本不存在。刚刚死去的动物眼睛都是睁着的，就是这种没有亮度没有意义的柔软的光。当然，目光虽然散乱，大脑却在高速运转。他有些晕，必须理出头绪。任何一项工作，不理出思路，他都不会躺到床上，何况今天的信息太突然太意外。他已经嗅到危险和威胁，撸去镇长倒不在乎，他害怕的是名誉受损，累及贺慧。

毋需阎有道推测，杨一凡自己也可以，若死者是男性，那多半是养蜂女纵火。神秘的短信就有了源头。杨一凡的困惑在于，她为什么骚扰他？讹诈？报复？虽然接触不多，但感觉她还算质朴，并不是居心叵测的人。本地没有失踪男性，那么死者应该是外地人。她的丈夫？男友？或是偶尔路过想图谋不轨，被她反制？

当着阎有道，杨一凡克制、收敛，现在念头疯狂滋长，如蜜蜂翻飞。一些可以勾勒出轮廓，另一些仍是重重幕幛。太多不确定性，自己很可能被拖入巨大的泥潭。

杨一凡始终是凝固的姿势，上身半佝，脑袋倾斜。一个小时，也许两个小时，胳膊突然划了一下，他并不知道胳膊为什么会划，或许是绷得太久，超过了身体的极限，手臂不再受他的掌控,要反抗他的暴虐。水杯掉到地上,在寂静的夜晚,如同惊雷。杨一凡直跳起来,看到残碎的瓷片和流溢的水,才明白发生了什么。本欲拾捡,瞬间传遍全身的酸麻使他遭受电击般,重重地跌坐下去。

必须躺到床上去,无论多么焦虑。可他又明白,即便躺到床上也睡不着。这个夜晚注定被煎熬。把地面收拾干净,他服下两粒安定,然后推开稿纸。得写点什么,以凝神、助眠。他热爱诗歌,却又践踏诗歌。但没有办法,必须这样,不然他会疯掉。

风来了,吹起厚厚的尘埃。想了想,又改成:风来了,触摸到尘埃的形状。雨滴在暗夜中蒸发,鸟羽的路标突然倾斜。思路阻塞,突然就没了感觉。硬着头皮写了两行,划掉了。又写两行,再次划掉,然后将整张纸撕碎,扔进废纸篓。诗歌也不是万能的,常常使他受伤。

杨一凡恐惧看表,尤其夜晚失眠,仿佛那长长短短的指针会念咒语,哪怕轻轻瞥过,也会被魔法控制。除非必须。比如现在,他想给远在美国的方鸿儒老先生写信。电子邮件不是电话,不会影响到方鸿儒休息,但杨一凡还是万分谨慎,算了算时差。方鸿儒老先生的儿女皆在美国定居,他每年秋冬去美国度假,春夏回到东方,候鸟样的生活已经持续数年。杨一凡明知方鸿儒老先生会回来,可总担心他因事阻隔,这也令杨一凡焦虑,总要在他回来前去函确认回程日期,好去北京接他。邮件发出,杨一凡强迫自己上床,睡不着,也得装个样子。

杨一凡常常判断不清是否睡着。说是睡着,但又能听到风掠过树木的声音,听到雨雪抚摸大地的细响;说没睡着吧,却做着一个接一个的梦。总是处于半睡半醒的状态。那个夜晚他竟然睡着了,且不论长短。直到喜鹊的鸣叫落入耳膜,他才睁开眼睛。他确定自己睡着了,因为头脑很清爽,而不是昏沉沉的。或许是太困了,但不管怎样,这是个好兆头。

拉开门,一个人跌进屋。杨一凡吓了一跳。林月莲连滚带爬地站起,慌慌地叫声杨镇长。林月莲数日没来,杨一凡以为她消停了。她竟然带着垫子,就差背行李了。她靠门睡着了,脸与门挤压的印痕十分清晰。你什么时候来的?杨一凡问,为了验证自己的判断。林月莲惴惴地,天没亮就来了。你要干什么?杨一凡口气冷硬。林月莲说,我……我公公……她揣测着杨一凡的神色,担心杨一凡将她逐出。被杨一凡狠斥了一顿,她的怨气消失了。杨一凡暗暗叹口气,说坐那儿吧。林月莲感激涕零,我站着就行。

杨一凡剃须、刷牙、洗脸,林月莲开始罗列公公的罪状,自然又加了一条:偷看她洗澡。杨一凡见过各种各样的上访,宅基地纠纷,村里账目不清……因自家矛盾上访,林月莲是第一人。杨一凡本可不理,或者像上次那样呵斥一番,她就会落荒而逃。他有点儿可怜她。她和他一样,是孤独的病人。就让她胡扯吧,对他没什么影响。

罗列完毕,林月莲的底气似乎足了,让杨一凡替她作主。杨一凡说我记住了，你先回去。林月莲说如果杨一凡不管，她还会来的。杨一凡说你别妨碍我办公。她终于离去，带门的动作很轻，就如她的走路。

上午开会，下午杨一凡去营盘中学。中学计划新建学生食堂，开工在即，一些情况必须了解。校长汇报完，问杨一凡晚上可否一起吃个便饭，杨一凡说最近忙得要命，等食堂竣工再说。校长说吃饭是次要的，主要有些想法向他汇报。杨一凡说，现在也没堵你嘴，为什么非得晚上，非得吃饭？校长问，听说乔石头要开发垴包山？杨一凡点点头，你消息还真灵通，这和你有什么关系？校长说，图书馆和实验室还是九年前建的。杨一凡明白了，说你倒精，打上了乔石头的主意。校长说，我打是白打，得杨镇长出面呢。杨一凡说，你以为乔石头是块骨头，谁都可以啃？校长说乔石头与中学是有渊源的。杨一凡一怔，什么渊源？校长说，他曾就读于营盘中学。杨一凡哦了一声，当真？校长说，是真的，不过只读了半学期，就因为打架被开除了。杨一凡不由笑了，你还打算拉关系？校长说，他是大人物了，想必不会计较过去的事。杨一凡说，大人物也有小心思，说起被开除，脸上挂不住呢。校长说，行不行，试试才好。杨一凡摆手，不用吃饭了，我考虑考虑。校长眼睛放光，只要你提出来，他不会驳你这个面子吧，对他不过是九牛一毛。杨一凡说，你早就谋划了吧。校长不安地，我可不敢算计镇长，是突然想起来的，我人微言轻，你说才有意义。杨一凡心想，你以为我是什么人？在乔石头那里，什么都不是。校长惋惜地,当时的校长肯定想不到乔石头能成事,不然也不会开除他。杨一凡轻声说,别忘了你的身份,传出去多掉价。校长嘿嘿笑,跟你才敢说。杨一凡说,那改天吧。校长说,如果能约上乔石头,那就更好了。杨一凡顿了顿,答应试试。校长满脸红光,说到时候喊两个漂亮的女老师。杨一凡瞪他,校长解释,就是陪着吃饭。杨一凡不悦,那你还想干什么?校长赔着笑,一切听杨镇长的。

如果是平时,校长挽留,杨一凡会留下来。毕竟某些关系还须维系,私下的交往是必须的。但那天杨一凡揣着心事,想早些回去,等待阎有道的消息。

那一整天,杨一凡心神不定,无论是开会还是听校长汇报,就像身底的椅子随时有散架的可能,他紧张地防备着,难以专注,耳朵在倾听的同时,努力识辨意外的杂音。但毕竟众目睽睽,而且他要发表意见,一旦进入状态,他便将杂念抛诸脑后,说话得体,分寸掌握得恰到好处。回到房间,独自坐下,焦虑便如大网,将他彻底罩住。

阎有道若上午去公安局,中午前就该回来了,若下午去,傍晚也该回来了。也许他没去,但可能性不大,除非被重要的事绊住。对阎有道来说,有什么能比嗅见案子的可疑更重要呢?

杨一凡本可给阎有道打电话,或像以往那样去他办公室喝酒,吹大牛。念头不是没有,但他没动。他已经心虚,招认了某些能说清的事实,不想再被阎有道窥挖。那铙钩样的目光盯住谁,都会体无完肤。阎有道会找他的,沉住气。这不易。杨一凡在火焰山上,每一分每一秒都是煎熬。

终于听见脚步声,杨一凡熟悉那声音。他松了口气,与此同时心悬吊起来,不知落下的是铡刀还是苹果。

他妈的,踩上屎了!阎有道进屋便骂。杨一凡扫扫他的脚,含笑望着他。阎有道说,是真的屎,闻得见吗?真他妈背!杨一凡说,你肯定没去好地方。阎有道说,抓一个偷牛贼,贼没抓住,倒踩了屎。杨一凡说,能从你手底下溜走,本事不小。阎有道痛惜地,我大意了,毛头后生,没太上心。杨一凡说,被你盯住,早一天晚一天的事,急什么?阎有道,鹞鹰让鸡啄了眼,滋味不好受。杨一凡大笑,关羽还走麦城呢,你被啄一下还嚷?阎有道嗅了嗅,你闻得见吗?杨一凡摇头,我鼻子没那么灵,不像你,什么都闻得见。杨一凡话有所指。一个扒窃的孕妇将赃物塞在三角裤,阎有道吓唬说闻见味儿了,孕妇立马交出来。阎有道哈哈大笑,那是老皇历了,现在没那么灵了。杨一凡也笑,都说女人见了你就躲,怕你闻见味儿。阎有道说,把我说得像个瘟神。杨一凡揶揄,你厉害嘛。阎有道说,那不是传言,是真的呢。杨一凡怔了怔,不过是听来的玩笑,阎有道竟然承认了。阎有道说,一个女人是否出轨是否有外遇,只要从我身边经过,我就嗅得出来。杨一凡半信半疑,看眼神?阎有道摇头,身上的气味。杨一凡被惊着,当真?阎有道板了脸,这能胡扯吗?杨一凡凝视着阎有道铁板样的黑脸,这算特异功能喽?阎有道骂,滚!你不知道我多痛苦。杨一凡不解,为什么?这可是神探也未必有的本领啊。阎有道叹息,未必所有的能力都好,同学请我去家里吃饭,他妻子热情招待,我嗅出他妻子有了外遇,你说该怎么办?说出来就可能毁了家庭,不说又感觉对不起同学。杨一凡盯住他,那最后?阎有道说,我不想当罪人。杨一凡没想到铁面无情的阎王也有烦恼,让人难以相信的烦恼。你知道我为什么喝烈酒吗?喝了酒嗅觉会钝化,阎有道说,很有效。杨一凡说,也会影响你破案呀。阎有道说,又不是天天喝,你闻得见酒味儿吗?杨一凡乐了,那你现在不能去有女人的地方,小心被扒了皮。阎有道正色道,独家秘密,不准乱讲哦,不然要被人恨死了。杨一凡说,已有传闻,不然我怎么知道?阎有道说,我从未承认,今天第一次坦白,也只有你,别人我不会说的。杨一凡说,你就这么相信我?阎有道说,人这辈子交几个说心里话的朋友不容易,你把我当朋友,我才把你当知己。杨一凡说,你这么说,我很感动呢。阎有道抱拳,你能把养蜂女的事告诉我,我也感动,谢老兄。

至此,杨一凡才意识到阎有道的坦白或许没那么简单,更像诱饵。这么一想,后背冷汗就出来了。他哎呀一声,说只顾说话,忘给你倒水了。阎有道摆手,不喝酒,喝不进水。杨一凡问,要不来点儿酒?反正还早。阎有道说,算了,清醒一晚,没准还有事。杨一凡给他泡了一杯浓酽的茶。

我去过公安局了,烧死的确实是女性,应该就是你说的那个养蜂女,我记错了,阎有道说。杨一凡如释重负,马上又为自己

769

的恶毒和冷酷羞愧。鼻子失灵,脑子也不好使了,阎有道检讨。杨一凡说,大脑负荷重,没什么奇怪的。阎有道说,不应该啊,怎么会记错?杨一凡说,你对自己要求太严了,又不是什么失误。阎有道搔搔头皮,真是不应该呢。杨一凡开玩笑,立功心切吧。阎有道没有否认,或许是吧。

阎有道离开,杨一凡的思绪立时杂乱。如果烧死的是养蜂女,那么发短信的是谁呢?到底要干什么?该不该向阎有道托出?他是把阎有道当朋友,但未必什么都能说。阎有道的特异功能也令杨一凡生疑,究竟是真的还是为了套他的话编的?为什么早不说晚不说,偏偏在这个时候说?难道他察觉到杨一凡另有隐情?

越想脑子越混乱,就像坠入没有航标的河流,杨一凡不知自己会漂向哪里,在焦虑的混沌中胡乱扑腾。

4

四月底的一天,吃过午饭,杨一凡骑着那辆轻便摩托,朝算盘洼驶去。抄的是便路。两年前,治疗失眠症期间,他基本都是抄便路。自养蜂女的帐篷失火,他再没穿越。北风柔软如羽,拂在脸上,如婴儿的手。树木尚未生出绿叶,但已经泛青,不同于冬日的灰白,路两侧的沟畔,草已经冒芽,而蒲公英远远地将别的植物甩在身后,迫不及待地绽放了,只是没有蜂飞蝶舞,甚显孤独。

杨一凡到了地头,将摩托熄火。已经看不出燃烧的痕迹,杨一凡辨不出帐篷的准确位置,只能估摸个大概。应该就在这里,他踢踢松软的土,期待踢到灰烬或烧成黑色的砖。当然是徒劳,土下面仍然是土。生命是多么脆弱,转瞬即逝,甚至名字也未留下。杨一凡本该礼貌地问问,但终是没问出来。他以为那段记忆被时间湮没,现在知道没有。从来没有,只是不敢正视,假装遗忘,而神秘的短信不过是迫使他回望。

白日,他是镇长杨一凡,夜晚,他是诗人北风。那是两个世界,他自由穿梭,但从未混淆。现在他混淆了。不,是夜晚的北风穿行到不属于自己的时空。诗是昨晚写的《致蜂女》,纸张尚带着他的体温。还欠着她的治疗费呢。杨一凡心底突然泛酸,眼睛也潮湿了。

声音有些哽咽,吟诵得磕磕绊绊。并没有轻松,反而觉得疲惫,如同长途跋涉后的倦怠,他微合上眼睛,稍作歇息。

也就几十秒,觉察到身后的异样,杨一凡回头,突然魂飞魄散。竟然是养蜂女,她立在那里,怪怪地瞅着他。杨一凡啊了一声,下意识地后挪,正好被土块绊住,仰面摔倒。

杨镇长,你没事吧?她扑过来要扶他,待触到杨一凡的目光,又定住。

是林月莲。杨一凡站起,拍打几下,前后望望。田野里只有他和林月莲。杨一凡不知她几时来的,是否听见他吟诵。林月莲解释,她正要去镇上,没想到在这里碰到他。为什么走这儿?

杨一凡问。林月莲说,这儿近呀。杨一凡问,一直走这儿?林月莲点点头。杨一凡怔了半响,问,这儿是不是有过养蜂的?林月莲说,是呀,自从失火烧死了人,养蜂的就挪到别处去了。杨一凡问,你认识……她们?林月莲摇头,我怕蜂,不敢靠近,每次总是绕着走。杨一凡盯住她,判断她是否说谎。林月莲紧张地,我真的不认识。她左右乱瞅,似乎旁侧有什么可以证明。杨一凡吁了口气,真是神经过敏。待杨一凡的脸温和了些,林月莲小心翼翼地,村里有人买过蜂蜜,或许认识,你要是打听什么……杨一凡挥手制止,林月莲立刻闭嘴。

你要到镇上去?恢复了镇定,不再有北风的影子。林月莲点点头,惶恐中带着几分坚定。杨一凡说,你没想到会在这儿碰见我吧?林月莲不安地,你知道我要?刚才几乎被她吓破胆,杨一凡带了点点恶意,又是告你的公爹?不用去镇上了!林月莲问,在……这儿?杨一凡问,怎么,你非得跑到我办公室腻歪?林月莲甚显扭捏,似乎突然间有些害羞。杨一凡加重声音,说呀!林月莲脸色发白,惴惴地叫声杨镇长。杨一凡又窥见自己的影子,既厌恶又同情。最终,同情占了上风,他软了口气,说正要去算盘洼,让她回去等着。你要……管了?林月莲脸上闪过一丝兴奋,但更多的是不安。杨一凡反问,这不是你盼望的吗?

杨一凡不只是凭吊养蜂女,确实要去算盘洼,当然不是去处理林月莲的家务事。

从村部出来,杨一凡看看表,两个小时过去了。林月莲就是爬也到家了。杨一凡说要去一趟林月莲家,村支书挥挥手,别理她,那就是个疯子。杨一凡说,那我就会会这个疯子。村支书要陪着,杨一凡没让,笑说只是了解些情况,他在场,没人敢说话了。村支书说杨镇长埋汰我,我又不是山大王。杨一凡仍坚持一个人去,村支书识趣,没再勉强,但还是有些不解,镇长天天那么多事儿,为什么管这些鸡毛蒜皮。杨一凡说皇帝还微服私访呢,我走访个民户有什么奇怪的。村支书说就怕惯出毛病。杨一凡说惯出了再治,反正有你。杨一凡和村支书打着哈哈。他想看看生活中真实的林月莲是什么样子,村支书不会懂的。

那是一座矮旧甚至破败的院子,土坯墙因年代久远爬满了条纹状的碱渍,如模糊的地图。墙头上胡乱插着玻璃碎片,但起不到防护作用,一只黑猫轻轻一跃便跳进院子。院里倒是干净,摆放有序,紧靠西侧放了两把铡刀。刀刃陷在木槽里,大半个刀背露在外面,或许是太宽阔了,阴气森森。林月莲公爹自二十六岁当生产队的铡草员,直到集体解散。老头儿爱刀如命,分财产时用三只羊换了两把无用的铡刀,他老婆以喝药威胁都未能阻止。那两件宝贝可不是摆设,老头儿每天都铡。白天没时间,夜晚也要铡半小时。当然不空铡,总要寻一些柴草,名曰喂刀。光磨不行,铡刀必须吃食。铡刀和牛羊驴马一样有生命,须日日喂养。在这方面,老头儿很固执。星光下,孤独的身影和铡刀的起落声曾让算盘洼人忧心,担心老头儿魔怔,整出疯狂的举动。后来发现他除了铡草,别的都正常,也就习惯了。

七十多的人了,除了苍白的头发,无论是褐紫的脸还是挺直的腰板都有着与年龄不相称的健壮。林月莲丈夫蹲过监狱,出狱后在砖厂推车,家里长年只有林月莲和公爹。她和公爹相处和睦,状告他调戏是从去年开始的。

林月莲左一个杨镇长右一个杨镇长,炫耀般地亲热,她公爹只在杨一凡进门那刻卑微地笑笑,始终没说话。想必他只和铡刀交流。林月莲和杨一凡套着近乎,其实是紧张的,公爹反显得坦然。杨一凡瞧出林月莲的虚,她害怕和公爹对质,那不仅会戳破她的谎言,还将使她失去上访的理由。他窥见了她的焦虑,突然间生出怜惜,放弃了让她对质的打算,让她先出去,他要单独和她公爹说话。林月莲惴惴不安,磨磨蹭蹭地退出去。

你们别逮她,她不折腾就烦,林月莲公爹央求杨一凡。杨一凡早已听小刘说过,仍为林月莲公爹的气度惊讶。杨一凡问,你不怪她?林月莲公爹摇摇头,比吃药省钱,由她吧。杨一凡忽然想,林月莲公爹谅解林月莲,应该与那两把铡刀有关。那不仅是铡刀,也是他的知己和药丸。吃不同的药丸,其实是一路人。杨一凡没有再提林月莲,转而问铡刀。老头立时来了精神,吭哧着说了半天。

杨一凡掏出手机,老头儿立时噤声。杨一凡不是借故打断,确有信息。触见"蜂王厮杀",杨一凡的头突然胀大。就到这儿吧!杨一凡对林月莲公爹摆摆手,推开院门。林月莲慌慌张张地跳开,原来她在偷听。杨一凡侧身过去,没理她。林月莲追出来,说要给他杀鸡。杨一凡摇摇头,怜惜彻底溜走,大声道,留着给你公爹吃吧,如果你还有点良心。

明天就放假了,杨一凡本来打算晚上回县城,这则短信让他改变了主意。怕在贺慧面前露怯。

晚饭后,杨一凡再次翻检短信:蜂王复活、蜂王归来、蜂王飞翔、蜂王厮杀,显然这是"行动式"的,暗示着什么,自然不乏恐吓,只是尚没有明确的要挟。若如绑匪那样提出条件,反而好办。这模糊的暗示只让他提心吊胆,被焦虑啃噬。拨打过去,照例是关机状态。

犹豫了半天,再三思忖,杨一凡还是决定去趟派出所。如果阎有道在,就向他求助;如果阎有道回家,那就再拖几天。看见灯光,杨一凡深吸口气,调整了表情,硬着头皮推开门。

蓝烟弥漫,杨一凡瞅了好半天,才看清跷着腿的阎有道,不由喊出来,你小子,还以为你烤成肉串了。阎有道哈哈大笑,你怎么空手?该带点胡椒粉过来。站起打开窗户。清风涌进,杨一凡走到窗边,立了几分钟,转身坐阎有道对面。

放假不回家,吞烟吐雾的,你这状态不正常啊,就不怕嫂子追过来?杨一凡调侃。阎有道反问,你呢?放着弟妹不管,跑到村里与林月莲幽会,就不怕引火烧身?虽是玩笑,杨一凡还是暗惊,阎有道竟然知道他的行踪。你怎么知道?阎有道嘲讽,紧张了吧?屁大个镇,有什么秘密?杨一凡问,算盘洼也有眼线?阎有道得意地,旮旮旯旯的地方都有,何况那么大个村?没眼线还怎么破案？杨一凡佯怒，敢情你盯我的梢？阎有道说，那叫保驾护航，万一你被林月莲扣住，我好第一时间解救。杨一凡笑骂，看来我还得谢你？做你的白日梦！阎有道也乐了，不用大谢，一包花生一瓶酒就行。

阎有道起身给杨一凡倒水，随口问，还是为林月莲那点破事？杨一凡说，正好去了，了解一下。阎有道纳闷，你好歹也是个镇长，怎么管这些个鸡毛蒜皮？杨一凡说，对当事人可不是蒜皮，可能关系着生死。阎有道说，你这说法太夸张了，照你这么干，还不得累死。杨一凡说，我也不是什么都揽。阎有道说，那——这么说，你对满脸褶子的林月莲还是有好感喽？杨一凡骂，去你的！你才有好感！那种隐秘的同情，阎有道不会懂的，哪怕他眼底生长着一万个钩。

对了，我遇到点儿蹊跷事，杨一凡装出不经意的样子，但他马上明白，阎有道早已心知肚明，于是又补充，早就想和你说了。

杨一凡掏出手机，大略讲了这阵子的困扰，然后盯着阎有道的黑脸，你说，是不是很怪？阎有道皱皱眉头，灌下几口酽茶，没有说话。杨一凡的心缩紧了，不知阎有道的无言是如他一样摸不着头脑，还是嗅出了可疑秘而不宣。时间一分一秒过去，杨一凡终于撑不住，甚至后悔向阎有道求助，骂，你不是阎王嘛，怎么哑了？阎有道摊摊手，你让我说什么？又没威胁你！杨一凡想说我快被折磨疯了，临了改口，只发给我，不会无缘无故。阎有道说，可能是玩笑或恶作剧，可能也不是只发给你，发错了也有可能,没必要在意。杨一凡略略安心,但依然有疑虑。为什么发给我?突然意识到这个问题很低级甚至很愚蠢。发错了,谁都有可能,阎有道漫不经心的,我还收到过约会短信呢,说想死我了,三点老地方会面,他妈的,那是个西安的号,要是本县,我倒真想去会会呢,这送上门的艳遇也只有眼馋的份儿,我飞不过去。

杨一凡笑笑,确实,他收到过类似的,还称呼他二舅。但他没感到紧张,而这几则短信则令他不安和恐惧,想来他惧怕的是"蜂王"。你是不是联想到了那个养蜂女?阎有道问。杨一凡点头,云南曲靖的号码,我记得她说过老家在云南。阎有道问,她有说过是曲靖的吗?杨一凡说,没有。阎有道说,那她未必是曲靖的,这个号码和她也未必有什么联系。杨一凡大松一口气,那就太好了。阎有道一语道破,你怕的不是短信,是养蜂女。杨一凡解释,我欠了她的治疗费,想起来总是不安。阎有道说,没欠别的就好。杨一凡心里一阵抽缩,为掩饰,笑骂,破嘴,你以为我欠她的命呀。阎有道说,真是可怜,连个认领尸体的也没有。一个念头突然间闪出来,杨一凡费了些劲才压住。必须考虑好,才能决定要不要说出来。

那没必要理会这个?杨一凡举举手机。阎有道说,静观其变,看看还会不会再发,发什么。危机暂时缓解,向阎有道求助还是对的,但杨一凡明白,阎有道已经知晓,后续有什么,再不可能绕开他。

5

> 只有把心拆开时
> 才能发现心里想的
> 只有重新定义早晨
> 才会发现
> 早晨是黑暗之后来临
> ——［美］杰克·吉尔伯特《拆》

朱红的大门已经发暗，但每次站在门前，杨一凡都如漂泊太久终于回家的游子，心瞬间安定。儿女在美国都有高薪，方鸿儒老先生在县城买一处楼当然不成问题，但他依然住在老城区的平房里。平房接地气，院子可种植，都是他住平房的理由。当然，另一个原因，方老先生没说，杨一凡心里清楚。老伴儿是在这个房子里过世的，他难以割舍。

方老先生比在邮件里说的提前一周回国，杨一凡明白，方老先生不愿杨一凡在北京机场接他。尽量不给他人添麻烦，方老先生为人一向如此，交往再深也不例外。能为方老先生服务，是很荣幸的，杨一凡一直努力寻找机会，但基本落空了。

方鸿儒毕业于北京大学哲学系，原系某知名杂志主编，被打成"右派"后下放塞外，在县一中当老师。妻子和他划清界限，离了婚。半年后，方鸿儒娶了食堂职工曲志红。曲志红相貌普通，性情刁蛮,没人看好他们的婚姻。结果两人一起走过数十年,曲志红生了一对出息的儿女。两个孩子一个考入清华一个考入北大。方鸿儒有过回城的机会,但他选择留在塞外。曲志红对方鸿儒的饮食起居照料得无微不至。方鸿儒肠胃不好,稍有不适身体就造反,发作起来闹得翻江倒海。曲志红每晚都要熬一小罐小米粥,不管刮风下雨,都会送到方鸿儒的办公室。方鸿儒爱吃豆腐,平时都是曲志红买,有一次曲志红顾不上,打发方鸿儒去。卖豆腐的欺他是外地人,将不成块的豆腐给他。曲志红扯着方鸿儒返到店铺,将豆腐摔胖男人脸上,并且逼胖男人给方鸿儒道歉。

这些都是杨一凡听说的,方鸿儒从来不说这些。杨一凡和方鸿儒走得近,是因为他的学识吸引杨一凡。方鸿儒儒雅的气质更是令杨一凡倾倒,常常自惭形秽。自车祸造成跛足,方鸿儒就调到了文化馆。那时他五十出头,开始研究辽金文化。他记忆力惊人,从三朝的皇帝、年号到每次战役的兵力伤亡,再到货币的制造、发行,服饰的演变,从政权更迭、后宫争斗到百姓婚俗、民间传闻,信手拈来,如数家珍,自然见解更是不凡。和方鸿儒聊天,如沐春风,从内到外舒爽清透。哪怕他讲述某个历史时期的状况会引起杨一凡的焦虑,但他享受那样的焦虑,并且如饥似渴,欲罢不能。所以方先生去美国的半年于他如同炼狱,倍感煎熬。

杨一凡说好了两点半到,他提前了一刻钟。站在门前就踏实了,心不再虚飘。

　　门开了,满头银丝的方鸿儒呀了一声,早来了吧,怎么不敲门?杨一凡抓住方老先生的手摇了摇,说刚刚到的。方老先生说,睡过了,不睡大觉倒不过时差。杨一凡说,真的刚过来,希望没打扰到您。方老先生说,说哪里话,到我这里还客气什么!声音一如既往,沉稳,笃定,令人心安。

　　进屋,杨一凡将拎的食品袋给了方老先生,罗家豆腐,想您馋了。方老先生叫,好东西!美国是吃不到的。那盒茶叶杨一凡放到茶几上,方老先生瞥了瞥,说,我带到美国的红茶还没喝完,又带回来了。杨一凡说,春天了,该喝点绿茶,这是雀舌,我不懂,该还好。方老先生说,那就泡雀舌,你也喝。

　　杨一凡已经不敢喝茶,但和方老先生在一起,是要喝的。他需要敏锐活跃的思维。方老先生生活没多讲究,没有专门的茶具,用的是玻璃茶杯。茶叶根根竖立,犹如丛林。方老先生举杯晃了几下,排兵布阵呀,好茶!

　　几月不见,你瘦了呢,也黑了,这阵儿很忙吧?方老先生问。杨一凡说,是有些忙,不过还好,您老红光满面,越来越精神了呢。方老先生说,还好,精神头儿还不错,这一趟我可没老实待着。杨一凡问,去旅游了?方老先生说,我去探访印第安人了。杨一凡吃惊地,您孩子同意?方老先生笑着摇头,如果什么事都要他们批准,我现在还在美国呢,偷偷去的,请了个向导。杨一凡说,那他们可要急死了。方老先生说,上路后我给他们发了短信,他们是有点儿着急,不过没追。就是追也追不上,哈!杨一凡说,太冒险了!方老先生说,不冒就没机会了,趁还有口气。杨一凡问,怎么样?方老先生说,不虚此行,太值了!

然后讲述过程,更多是说印第安的历史文化。他学识广博,经常从某个细节开始,挖出更深的东西。比如,部落里的医生治病不收费,而是靠打鱼维持基本生活。之所以如此,并不是因为品行,而是信仰所致。

方老先生感慨,如果不是亲历,很难相信的。

杨一凡鲜与方老先生辩论,虽然自认阅读量还可,但与博古通今的方老先生不在一个层次,没有资格,洗耳恭听已经足够幸运。但偶尔,杨一凡也会道出自己的想法。许多国家的医疗都是免费,这是制度问题,杨一凡笑说。

方老先生说,你说得没错,那是需要制度保障的,但在部落,没有规定看病不收费,那些药都是行医人自采自制。那地方毒蛇猛兽防不胜防,一不小心就有生命危险。

杨一凡说,治病收费,不见得就没信仰。

方老先生说,当然喽,这确实不能混为一谈,是两个问题,没有逻辑关系。我只是说,在那个部落,行医的人将救死扶伤作为修心修行的根本,是灵魂需要。

杨一凡说,原始有原始的好,需求简单,烦恼自然少了许多。

方老先生极敏感,瞟瞟杨一凡,我可不是守旧的顽固分子,社会总是不断发展进步的,历史的潮流可能回旋,拐几个弯儿,但向前是肯定的。如果必定二选一,我还是选择生活在当代。你呢?愿意回到原始部落?

杨一凡说,也说不定呢,我得想想。

方老先生笑,可别为这个焦虑得失眠。

杨一凡也笑了,也亏得没有选择。但假设亦让他头大,他知道的。

方老先生说,不过,往回走也有往回走的好处,你若回到唐朝,可能和李白是诗友呢。

杨一凡摆手,可不敢,李白的成就,我连项背也望不到的。

方老先生说,也不用妄自菲薄,李白的古风,其实就是自由诗。你们算是同行呢。

杨一凡抱拳,谢老先生抬爱,在您老这里,我的自信提了一个档呢。

方老先生哈哈一笑,抓起茶杯,招呼杨一凡喝茶,喝茶要趁热,这么好的茶,凉了可惜。

杨一凡旋转着杯,注视着丛林在水波中摇曳,感慨道,发展越来越快了,十年前上班的也没几个人带手机,现在村里的老人基本都用上了。

方老先生点点头,不可逆,这就是,但是……他停顿一下,突然有些严肃。良久,才缓缓道,纵观古今,纵观世界,人类自直立行走以来,从刀耕火种到机器革命,再到互联网时代,确实是突飞猛进,瞬间万变。生存环境、生活方式包括情感方式的变化,都是颠覆性的。但有一样至今没有改变,人类仍被欲望掌控,所谓名缰利锁,难以排遣恐惧、贪婪、悲痛、哀伤、恼怒,自然也有欢愉、爱慕、吸引,但往往也成为恐惧与仇恨的根源。就说你的焦虑症,唐朝没有吗?宋朝没有吗?古埃及那些国王可能比你更焦虑,为什么活着就要修墓室,打造纯金棺椁?那是对死亡的焦虑。当然差别还是有的,比如幸福感,不同文化、不同朝代、不同地域、不同阶层的人感受肯定不同,有的人丰衣足食就很满足,有的人住在皇宫也如同牢笼。人类几千年前就解决了基本生存问题,无论渔耕还是狩猎,但就哀伤或焦虑,与人类形影不离,如同细菌无孔不入。

假设,人类能摆脱欲望,或制服欲望,杨一凡斟酌着,生怕自己的话题过于低级,您说的那些是否就能彻底改变,或至少有一定程度的改变?

方老先生摇摇头,问题和矛盾就在这里,欲望也是历史进步的一个因素,摆脱欲望的控制是好,但没有欲望可能更糟。北雁南归,那就是雁的欲望。鸟类尚且如此,何况人类呢?

杨一凡觉得脑筋有些转不过来,大大灌下一口茶,那……这个矛盾,可有化解的途径?

方老先生微微点头,也许未来可以,现在……只好用调节器,虽不能彻底改变,但一定程度上可以做到,欲望控制适度,困扰自然就少些。

调节器?杨一凡努力跟上方老先生的思路,暗暗恼恨自己的愚钝。

方老先生朗声道,心理或灵魂调节器。

杨一凡恍悟,您说的是信仰吗?

方老先生点点头,信仰,特别是坚定的信仰是可以让灵魂安宁,但我说的调节器涵义更广。你说过,你是无神论者,对不对?我的妻弟信仰马克思,是彻底的唯物论者。没人能动摇他的信仰,他知道自己需要什么,这很好。但民间,我指的不仅是现在,是几千年来的民间,就大众百姓而言,更多的是泛信仰,在儒释道之外,有临时的急救式的实用信仰。病了就拜药神,饿了就拜灶神;砍树要拜树神,采药要拜山神;下海要拜海神,祈雨要拜龙王;盖房要拜土地,结义要拜关公……大大小小的神不计其数,层出不穷,没有也要造一个出来。我认识一个鞋匠,他不拜财神,刻了一个木头的鞋神,每天都要拜,他不只要发财,还要平安,这个鞋神其实是神的总汇。是不是信仰?是,又不完全是。沙粒进了眼,立马信风神,明天,可能几分钟后就信别的了。信没什么不好,只是实用性、功利性太强了。

杨一凡说,确实是呢。现在遇到天旱,村里人还会组织起来拜龙王求雨。

方老先生点头,这就是实用加功利了,其实就是个心理安慰。更多的是用个性化的方式排遣烦恼,承受悲痛,化解哀伤,发泄仇恨与愤怒。比如有的跳舞有的唱歌,有的跑步有的大喊,有的买醉有的猛吃。我曾经的同事喜欢撕纸张,不论悲喜,撕几张纸,心绪就安宁了。所以,我将之定义为调节器。

杨一凡想起自己,想到林月莲,问,是不是有点可悲?

方老先生摇头,不,无论对自己还是对他人,都没坏处,比如一个满怀仇恨的人吹一通大牛或侃一阵大山,可能就把仇恨化解了,如果有过激或极端行为,伤害范围就大了。这是调节器的意义所在,是大事化小小事化了的工具。但终究不能解决根本问题。

方老先生侃侃而谈,推而广之,谈到生死,由人的生死说到文明的衰亡。玛雅人创造的文明对后世影响至深,比如玛雅历法和现代历法非常接近,全年的长度与现代天文学计算的结果误差仅 0.00029 天。玛雅人的都城,既是生活的场域又是对时间的注解,每一块石头每一处台阶对应着不同的时间,可他们最终弃城离开,他们创造的文明也被时间湮灭。西方哲学家、历史学家、考古学家为破解玛雅消亡的谜题,论述林立,甚至多有抵牾。我个人认为玛雅文明败给了时间。玛雅人敬畏、痴迷时间,几乎达到癫狂的程度,却没有随时间生长。没有生长属性,就预示其必然消亡,终会被更强大更有生命力的文明取代吞噬。

不知什么时候,方老先生站起身,杨一凡的目光追逐着他清瘦的身影。渐渐的,他的身影消失,只有声音在回荡。杨一凡忘了自己,忘了时间,自然也忘了焦虑。如果时空凝滞,该多么好!

6

从方老先生家出来,已近黄昏,西边的天空卧着一朵褐紫的云。杨一凡恋恋不舍地回望乌暗的大门,不忍离开。方老先生送了两盒西洋参片,是从美国带回的。每次都这样,方老先生从美国回来,必定带礼物给他。

出了巷口,杨一凡掏出手机,有个未接来电。杨一凡拨过去,宋品沙哑的声音传来,杨镇长,没打扰到你吧?杨一凡问他什么事。宋品说,我估摸你在村里,所以——杨一凡打断,怎么了?宋品似乎听出杨一凡不在状态,说,你先忙,我晚一会儿再打给你。杨一凡不耐烦了,我等着听呢!宋品问,你几时回政府?杨一凡甩甩胳膊,西洋参片差点飞出去,你到底想说什么?有拖拉机的突突声,宋品的哑音被淹没,想来他是在路边。突突声消隐,宋品说有事向他汇报。杨一凡问,当紧不?宋品说,是乔总……杨一凡问,怎么了?宋品说,垴包山……遇到些困难。杨一凡吁了口气,他以为乔石头怎么了呢。我在县城,明天上午有会,杨一凡说,如果不能过夜,那你过来。宋品立刻道,那就明天。杨一凡放缓语气,中午前我就回去了。

十字街口,那位卖酱肉的妇女又出来了。杨一凡大半时间在镇里,回家不多,但每次经过街口,都会看到她,双轮推车,玻璃罩,一年四季穿着深蓝衣服,像车间的女工。生意冷清,至少杨一凡经过时是这样。某天,杨一凡看到她在路边哭泣,推车倒了,玻璃碎片四处散落,显然发生过打斗。杨一凡不知发生了什么,当即报了警。后来不知怎样了,那天他有一个饭局。显然,她新做了玻璃罩,罩的边角贴了黄色的胶带。杨一凡走出大约五米,忽然听到哗啦一声。他停步,回转头,玻璃罩并没有碎裂,妇女仍然面无表情地立着。杨一凡说不出的感伤和焦虑,不知为不变的图景,还是为虚幻的声音。他返回,那张淡漠的脸立刻有了光彩,来一块儿吧,老板,独家秘方,刚出锅的。杨一凡问,你能卖出去吗?妇女脸上的笑落下去许多,笑话,卖不出去我天天站在这儿干什么?杨一凡要了一个肘子。贺慧对外面的熟食一向排斥,杨一凡并非因为突然嘴馋,忘了她的生活习惯。就是想买。以往,与方老先生相处半日,两三天之内他心绪安宁,没想今天片刻的澄净也没有。

贺慧问他从哪儿买的,他说超市。贺慧拎着去了厨房。并不是第一次撒谎,但这个谎让他不安。或许,今天的不安与宋品的电话有关系?乔石头回来,他的心就没安定过。

那一夜失眠是无疑的,次日开会,杨一凡脑袋昏沉。他极力支撑,好容易挨到散会,立刻给宋品打电话。

宋品已经在门口候着,头发乱糟糟的,像刚从柴草堆钻出来,脸上似乎也挂着灰尘。怎么了?不是打架了吧?杨一凡做吃惊状。宋品说路上遇见旋风了。那么大的旋风,我长这么大还是第一次见,肯定谁家的鸡狗被刮飞了,亏得我命大,不然见不到杨镇长了。杨一凡讥讽,我看你是大白天做梦了。宋品叫,我向祖奶发誓,千真万确,可惜刮得睁不开眼,不然顺手逮只鸡,晚上回去炖炖。杨一凡板了脸,少扯吧,说正经的,怎么了?

宋品的声音似乎更哑了。开发遇阻,所涉及的几个村民,比钉子户还钉子户。我可是费老鼻子劲儿了,嘴唇磨掉几层皮,他们就是花岗岩脑袋,不转弯儿。杨镇长,我实在是没辙儿了,你得帮我想想办法。

乔石头回来快一个月了,进展如此缓慢,县长问起来,没法交代。杨一凡神情凝重,而心底,却有一丝窃喜。他担心宋品瞧出来,夸张地皱着眉,你干什么吃的?让我替你做工作?宋品苦着脸,我哪儿敢?只是……我真是一点办法也没有了。杨一凡问,乔石头知道吗?宋品说,他就在村里,当然知道。杨一凡追问,他有什么行动?宋品摇摇头,目前没有。杨一凡暗忖,这不符合乔石头的性格,遇阻……他会因此放弃吗?想到此,杨一凡又有隐隐的担忧。不只是没法向县长交代,那些等着啃乔石头骨头的,都得化为泡影。

矛盾夹击,杨一凡又焦虑起来。那几户是怎么个情况?有什么条件?不能解决吗?乔石头又不缺钱,多补偿些嘛。杨一凡眉头舒展了些,口气却有些冷硬。

宋品的脸像煮烂的面条,松垮地耷拉着。当然,乔总也放话了,可……就说那个如花吧,你知道她提出什么条件吗?把她丈夫的尸体挖出来!好些年前了,她丈夫去挖煤,被埋在矿底。那是私人小煤矿,当时签了协议,赔偿还说得过去,她抱了个空骨灰盒回来的。如果有可能,当时就挖了,煤老板不至于黑心到连尸体都不顾,现在她让乔总挖。这怎么可能?乔总又不能把土行孙招来。

确实是不可能的。杨一凡突然感觉口干舌燥,抓起杯灌下去大半,沉吟半晌,脑里才闪过一道光,就没有能说服她的人?

宋品说,她大伯子倒是说话有分量,可那个女人脑子有毛病,说不进去。她认为她男人变成了乌鸦,也真是赶巧,前不久被村里那个愣货毛根射杀了,她就疯了一样。我跑了几趟派出所,好容易弄消停。我寻思着,反正她精神不正常,不如……他停下,揣测着杨一凡的神色。

杨一凡自然明白宋品的歪主意,厉声道,不行!绝不可!我警告你,依法行事,不可胡来!

宋品愁眉苦脸的,我真是没招了,要不,杨镇长你出面试试?

杨一凡目光凌厉,别踢皮球!

宋品咕哝,官大一级压死人,我算领教了。

杨一凡笑了,你知道就好。若是战场,你攻不下,提头来见。其他人呢?

宋品说,一个比一个难缠。毛根、罗包、喜鹊……就说那个毛根吧,原本说好了,又变了卦。他是什么人,我清楚,弄不好,我这颗脑袋都得搬家。你说提头来见,真有可能啊!像我这样的,也不知能不能评个烈士。

杨一凡瞪他,你小子少胡扯。宋品闭了嘴,脸依然苦着。确实是遇到了困难,不然,宋品不会这副德性。

我不管你想什么办法,良久,杨一凡一字一顿,必须做通这几户的工作,在法律允许的范围内。

宋品说,恐怕你得和阎所长说说,请他出个面,有个镇场子的。

杨一凡提高声音,别玩邪的!

宋品揪着糟乱的头发,明显有抗议的意思。杨一凡说,别在这磨蹭了,回村抓紧落实。宋品懊丧地,我得想想办法啊。杨一凡沉下脸,回村想!杨一凡知道,必须霸道,才可能玩转宋品这样的老油条。但宋品没动,他掐着脑门,我坐坐,杨镇长,头疼得厉害。语气可怜兮兮的。杨一凡给小刘打电话,让他把卫生院长喊来。务必要快,宋书记犯病了。杨一凡一本正经。宋品咧着嘴,杨镇长,哪有这么逐客的,我这就走。杨一凡说,你做通工作,我去罗家豆庄给你摆宴庆功。宋品哭唧唧的,庆功就免了吧,杨镇长别骂我就烧高香了。

宋品走后,杨一凡发现他的记录本落在茶几上,抓过来翻看。那个厚厚的黑皮本上竟然没有一行字,却画了许许多多的图,奇形怪状,有人头,有鸟兽,有勺铲,有碗碟,也有三角和半圆形符号。原来他的记录是胡画,不过装个样子。但看到最后一页那几只尾部伸出长针的蜜蜂,杨一凡意识到,宋品并非胡乱勾画,而是有用意的。他盯着那几根长针,耳边突然嗡嗡乱响,头也隐隐疼起来。

宋品返回,看到杨一凡抓着黑皮本,立马龇咧了嘴,让杨镇长看笑话了。他伸出手,杨一凡却往后撤。宋品立定,嘴咧得更大了。我终于知道什么叫鬼画符了,杨一凡直视着宋品,你这个家伙,这么些年,你就是这么哄人的?宋品说,我识字不多,领导又说得快,写字哪记得过来?反正我自己懂就行。杨一凡的猜测是对的,那鬼画符确有含义。宋品承认了,杨一凡却又怀疑起来,当真?宋品说,你不相信,我读给你嘛。杨一凡交给他,宋品翻到其中一页,读了一段,问,这是你说的吧?杨一凡摇摇头。宋品叫,杨镇长,怎么连你说过的话都忘了?杨一凡说,我说得多了,哪能都记得?宋品说,你可以忘,我不会忘的,一切遵照你的指示办。杨一凡挥挥胳膊,拉倒吧,少给我塞迷糊药。宋品似乎有些费解,杨镇长,你为什么在意这么个破本?亏得我没记什么秘密。杨一凡本欲问那些不同形状的蜜蜂有何含义,听宋品这么说,便打消了。虽是半哑,却擅长胡说八道,问不出什么来。宋品笑嘻嘻的,杨镇长不留我吃饭,我就回去了。

整个下午,杨一凡脑里全是那些怪异的符号,都长着一模一样的长针,来来回回地飞。校长过来坐了一个多小时,他惦记着请乔石头吃饭,哪怕白请了呢。两人说话间,那些符号依然不停地飞舞,嗡声杂响。有一只从他的身体飞出去,落在校长川字形的脑门上。长针肆无忌惮地蜇下去,杨一凡跳起,在校长的脑门轻拍一下。原来是只苍蝇。春天来了,苍蝇也复活了。校长极为感动,连声道,杨镇长,真是谢谢你呢,谢谢谢谢。杨一凡苦

791

笑,他不过是被宋品的鬼画符搞得心神不定,神经过敏而已。

晚饭前碰见阎有道。阎有道告诉他,刑警队和曲靖公安联系过了,曲靖那边将两年前失踪的女性照片和资料全发了过来,他让杨一凡过去辨认。和阎有道说着话,那满脑诡异的符号仍然在嗡嗡,似乎更响了。杨一凡认真地翻检那些照片,没有一个是养蜂女。那就是说,养蜂女未必是曲靖人,那个号码与她恐怕没什么关系。杨一凡的焦虑是紧张导致的,但杨一凡并未因此而踏实,生着长针的符号由飞舞而厮杀。阎有道察觉到杨一凡的异样,问他是不是不舒服。杨一凡摇摇头。阎有道说杨一凡压力太大,劝他不要太累,若有需要,尽可找他。杨一凡想起宋品的建议,若阎有道出面,应该会顺利一些。杨一凡不想让黑脸阎王参与,虽然知道他不会胡来,但那也不好。那个丈夫变成乌鸦的女人,杨一凡倒真想见见,不是为了说服,虽然那也必要,而是好奇一个个夜晚,她是怎么过来的。

夜晚来临,嗡声仍在。这该死的宋品,什么不能养,非弄这么一堆奇形怪状的东西,他不过随便翻翻,它们便杀入他的脑袋,互争地盘。如果是苍蝇,还可以赶走。现在只能任由其制造混乱。若宋品做不通工作,他难以向县长交差,杨一凡想琢磨出个万全的办法,可被那些声音滋扰,无法集中精力。

振动提示,杨一凡有预感。果然又是神秘短信:蜂王折翅。虽然阎有道安慰再三,没有进一步的威胁,不必搭理,杨一凡还是发慌。忍不住,又拨过去,仍是关机。杨一凡真想把这破东西摔碎。但他不能,这是他和世界的联系,必须二十四小时开机。但愿这短信真如阎有道分析的那样,是发错了的,或者只是玩笑或恶作剧。可是,万一真是暗示他什么呢?万一确实与不可测的未来有什么关联呢?

焦虑没有减弱,反趁着暗夜疯长。

杨一凡没有束手就擒,必须冲出包围。事实上,他从未放弃反击,尽管他的武器只是诗行。

杨一凡来回踱着,轻轻吟诵米沃什的《窗》:

> 黎明时我向窗外瞭望
> 几棵年轻的苹果树沐着曙光
> 又一个黎明我望着窗外
> 苹果树已是果实累累
> 过去了许多岁月
> 可能梦里出现过什么
> 我再也记不起……

第十八章　祖奶

1

从蔚县回来的次日,我便被请去接生了。我瘦得脱了形,但体力还不错,或是人轻如羽的缘故,我走得更快了。骑驴牵马的少了,赶车的更是寥寥无几。借不上,就是借得出来,也没人敢冒险。伪蒙疆政府一天一令,五里一卡,若不是必须,比如求医、生孩子,没有谁愿意外出。为了逃避死亡税,一些人家埋葬死尸都是在夜里,悄无声息。但一旦被发现,补交不说,还要加罚。数额按年龄累计,年龄越大罚款越多。接我的多半是步行,他们赶不上我的速度,说我脚不着地,跟飞一样。我倒是想飞,像白杏一样,可惜没长翅膀。这周边的村镇,我都极熟,如自己的皮肤,不会迷路。有时,他们追赶着到家,婴儿已经出生。

人活在世上,要感恩的有很多。一滴水、半碗粥,清醒时的夸赞,抑或糊涂时的两个巴掌。若不是产妇的叫喊,我早已命丧黄泉。她,她们,不但把我从死亡的边缘拽回,还一日日地喂养着我,使活着成为必须,坚不可摧。

但我不能时时刻刻接生,闲下来,特别是漫长的夜晚,我就会被思念淹没。我不知白礼成与白花身在何方,不知父女俩是否遭遇不测。至于白礼成有意抛弃我,更是想都没想。亲人都不在身边,最近的李桃离我也有二十里,除了思念,又能做什么呢?

午夜之前,我基本合不上眼。即便哪天脑袋昏沉,提早进入梦乡,每有急促的脚步传来,我立即清醒。那两日两夜的昏迷,我脑子不但没烧糊涂,听力反而更灵敏了。

我给日本女人接生的消息早已传开,难免有非议。那天村东的刘春在村口截住我,听说你给日本人接生?我纠正他,是女人。刘春冷笑,是日本女人吧。我知他的儿子被抓去当了高粱军,心中有恨,可这和我有什么关系呢?我说,是女人就要生孩子,她们没错。刘春叫,狼崽子也是狼!我说,你不能这么比。二十年后,刘春踢断我一条肋骨。我和刘春平时没交往也没纠葛,刘春那一脚下了死力,必是积攒了二十年的怨气,他真是好记性。总之给日本女人接生压力很大,但是我仍然会去张北城,这是我的天职。

四月中旬,我再次到张北城接生。准备返回,发现被人跟踪了。待我回头,那个人便闪到摊贩后边或巷口,动作敏捷。我朝前走,那个人就又闪出来。我心中纳闷,遇到了劫匪还是有人寻仇?大白天抢劫时常发生,哪怕在张北城,寻仇也有可能,毕竟我常出入日本人的住宅，难免被盯上。我有些紧张，加快脚步。追我可没那么容易。我跑，后边的人也跑。后来喊我的名字，我立刻刹住。

那人跑至近前，上气不接下气，双目深陷，颧骨凸起，脑袋是光的，胡子却有半尺长，以至于连嘴巴都盖住了，就像骷髅长出一圈草来。尽管相貌怪异，我还是认出他。

原来是你呀！我吁了口气，随即好奇地，你怎么成这样了？黄师傅儿子喘息好半天，骷髅上挤出一丝干巴巴的笑，我等你好久了。我想起李春被劫那档事，板起脸，等我做什么？黄师傅儿子笑得更浓烈了些，听说你挣日本人的钱，当真是，你是明白人，我就佩服你这样的，谁的钱不是钱呢，不像我娘死脑子，活到现在她也是穷光蛋。他提到黄师傅，且用这种诬蔑语气，我大为恼火，呵斥他少胡呲。黄师傅儿子极乖巧，忙说自己错了。我盯着他，你不是在马桥当马牙吗？黄师傅儿子说，早不干了。我已经猜到几分，还是象征性地问他，那你现在干什么？黄师傅儿子没有正面回答，逮着什么干什么，只要挣钱。我讥讽道，本事不少嘛，你忙你的吧，我还得赶路呢。黄师傅儿子往前一扑，拦在前面。我吓了一跳，不是他挡了我的道，而是觉得他似乎用线缝接的骨架要散裂开来。我叫，你这是干什么？打劫呀？黄师傅儿子堆出一脸讨好的笑，不……不是，手头有些紧。我冷笑，烟馆不让进门了吧？那骷髅左右瞅瞅，偶尔进一趟，那跟神仙似的，你吸，你也会上瘾。我冷冷地，做你的神仙去吧，我可帮不上你。

黄师傅儿子可怜巴巴的,三块……要不两块,一块也行,你挣日本人的钱,来得快。我暴喝,你给我闭嘴!黄师傅儿子垂了眉,我两天没吃饭了,饿得头晕眼花。我骂,活该。虽然说着狠话,心里还是软了一下。黄师傅儿子再次恳求,看在我娘的份上……没有她,哪有你的今天。我怒斥,不许提黄师傅!他说,好好,不提了,你总不会见死不救吧?也许他真的两天没进食了。我叹口气,随他回返。

到了烧饼铺,他贪婪地吸着鼻子,骷髅都要崩裂了。我给他买了三个烧饼,跟店家要了一碗白水,骷髅蹲在地上,往嘴里猛塞。我忽然想起赵进元,问他认识不。黄师傅儿子点点头,我努力压着狂跳的心,当真?黄师傅儿子顾不上说话,呜噜了一声。直到将三个烧饼全部塞进嘴巴,又灌下那碗水,才抚着喉咙说,你说的可是营盘镇包子铺的赵进元?我说是他。又问怎么找到他。黄师傅儿子说几个月前见过赵进元,后来再没见过,听说赵进元把老婆诓出来抵押了。我大吃一惊,你没胡说吧?黄师傅儿子斜着我,我骗你干什么?这事多了去了。我耳边嗡嗡乱响,那次与李二妮无功而返,我再没见她,没想……我盯着骷髅,想他也没必要骗我。我问他可有找到赵进元的可能,黄师傅儿子说有是有,就是不知什么时候。等于没说。我起身离开,黄师傅儿子扯住我,向我借钱。我没好气,你以为我是开钱庄的?黄师傅儿子说,日本人的钱好挣——我打断他,放开!黄师傅儿子又露出可怜相,你好歹借我几个饭钱。我顿了顿,让店家又包了十个烧饼，这才甩掉他。

我赶到营盘镇，已是次日。赵胖子已经过世，赵凤凰出嫁了，家中只有赵进元的老娘和赵天鹅。我问起李二妮，赵进元老娘说跟赵进元进城了。她神色有些慌，并不坦然。她未必是赵进元的帮凶，但八成是知情的。知子莫若母。我将赵天鹅支出去，直视着她，说赵进元把李二妮卖了，你该知道吧？她一脸惶恐，不会吧？他再坏也不至于。她的目光缩着，似乎要钻到某个阴暗的角落。我拽了又拽，她不再躲闪，和我对视住。我加重语气，赵进元能干出什么，你比我清楚，今天卖了李二妮，明天就会盯住赵天鹅，你年岁大了些，但你敢保证他不打你的主意吗？赵进元老娘一阵哆嗦，脸色也变了。我说，凤凰天鹅还蒙在鼓里吧？若她们知道自己的母亲被奶奶卖了……赵进元老娘猛抬起胳膊，试图捂我的嘴，但却在空中停了数秒，捂住自己的脸，我咋生了这么个货啊。我说，你先别哭，告诉我，卖到哪里了？卖给了谁？赵进元老娘哭出声，我不知道，真不知道，他不会告诉我这些的。这倒是有可能。她看出了赵进元的企图，却没阻拦。她的悲痛也不是为李二妮，多半还是为她的儿子。有些人活一百年也活不明白，比如这个差点做了我婆婆的人。

四月底，我专门去了趟张北城。李二妮被卖到哪里，只能从赵进元嘴里掏。转了三四天，还在西门外与烟鬼、乞丐、赌徒、尸体、野猫野狗做了一夜伴儿，也没见赵进元的影儿。那一夜守候，我差点遭遇不测。两个看不清面目的男人将我夹抱到角落欲行不轨,不知从哪儿飞来半拉砖头,砸中其中一个的头,他不堪一击,昏倒下去,另一个丢下我消失在黑暗中。我至今不知道何人救了我,想来西门外也不完全是藏污纳垢的地方。

又一个月过去,我接生回来的路上,看到路边的猫眼睛开得正艳,弯腰采了一朵。蓝色的花瓣中间有一个黄色的圆环,宋庄人叫猫眼睛。宋庄人给许多花草命了名,比如铃铛花、老牛疙瘩、粘惹惹、鸡冠红、臭烂香、喇叭花、小金豆、美人眉、雪蓬头、牛不吃、狗舌头、血菊花。血菊花颜色纯红,掐一下就会流出血一样的汁液。菇类也是如此,什么马皮泡、狗尿苔,有的可食用,有的可药用,有的剧毒。在塞外,不识花草、不识这些菇菌,就像蒙上眼睛行路,是极其危险的,可能只是嗅嗅就没命了。自然,花草菌菇都有学名,那对宋庄并不重要,能辨识用途就可。

往前数步,一枝猫眼睛被马蹄踩折,花茎倒地,虽没完全断开,两朵花已经残碎,另有几朵虽蒙着厚厚的尘土,仍固执地绽放着。我蹲下去扶了扶。可惜没带水。正这么想着,有风掠过,继而听到呼啸声。抬头望去,只见西北方向几乎通向天空的旋风迅疾翻滚过来。我又惊又喜,突然就想起那个梦,我生了双翅,飞在半空,俯瞰着大地。

龙卷风,飓风,我知道许多名字,但宋庄人统称黑旋风。我和大旺遭遇过,深知厉害。而这次比上次更猛更烈。但我没有害怕,因而也没立即俯卧。也许真能把我刮起来,要不要飞呢?来得太突然,我还不好立刻决断。风势渐强,我站立不稳,那朵

799

猫眼睛早不知飞哪儿去了。还是别冒险吧,我抓紧包袱,正欲卧倒,却突然飞离。

在冲天而起那一刻,我没有害怕,只是太突然了些,我完全没有准备。我感觉自己在旋转,在飞向空中。我试图睁开眼睛,就如在梦中那样,但是睁不开。眼皮被沙石树皮抽打着,极痛。但就是这样,我也没有感觉到害怕。我被狂风裹挟,依然紧紧抱着包袱。耳朵捂不住,只能任由沙粒扑击,还有断断续续的鸡鸣狗吠。不知什么重物撞到我的后背,感觉刺破了皮肉。待寒意袭来,浑身发冷,我才感觉到害怕。不知黑旋风要将我卷到哪里,也许我要魂归天外了。

渐渐的,我脑袋僵滞,但仍能听到杂乱的声音。似乎我不是被风卷起,而是被粗粗细细长长短短的声响举到空中,再后来就失去了意识。等我睁开眼睛,已经躺在大炕上。

黑旋风刮到崇礼太子城才渐渐弱下去,而旋风携带的物品从村北到村南有数公里长。太子城的百姓以为埋葬在此的辽代太子显灵了,风停后纷纷跑出来拾捡。那可真是眼花缭乱。鸡狗猪羊、扁担箩筐、水桶铁锹簸箕、衣服鞋袜帽子,还有一个闭着眼睛赤着双脚却紧握包袱的女人。

多年后,京城名报记者陈小磊将《张家口大事记》和《太子城志》赠送给我,并给我读其中的段落。这两本书对那场黑旋风及所携带的物品均有记载。她老家就是太子城的。她让我描述彼时的感觉。我只两个字:痛快。她大惑不解,我几乎丧命,怎么会痛快？我没再说什么,她不会懂的。虽然她挺厉害的,十七岁就考入北京大学。

我尚有鼻息,太子城的村民将我抬回去。双胞胎兄弟娶了双胞胎姐妹,各生了一对双胞胎。没错,我到太子城接生过。双胞胎中的哥哥认出了我,我就躺在他家炕上。

我在他家歇了两天,每天都有人来看望。有的送鸡蛋,有的送肉,有的只是好奇瞧瞧。刮来的鸡羊猪狗大半死掉了,而我竟然活着,算是奇迹。第三日,我不顾双胞胎兄弟的挽留,离开了太子城。脸侧有一条伤,骨骼酸痛一些,没什么大碍。双胞胎兄弟要送,我也谢绝了。

傍晚,我到了吕庄,借住在乔姓人家。老两口,男的沉默寡言,女的倒是话多。我有些累,但出于礼貌,强睁着眼睛。老太太说到村里一汉子买回个女人,我被刺了一样,突然就来了精神。真会这么巧吗？我压制着,详细询问。根据老太太的描述,我心中有了谱。

次日,我在那间昏暗的屋里见到了李二妮。她躺在炕角,怏怏地瞅着我,好像不认识,直到我喊她,她才坐起。我这才注意到她脚腕上拴着铁链,另一端系在炕角的木橛上。我心底泛酸,她竟如猪狗一样。买她的男人五十上下,木讷而警惕。他看出我和李二妮的关系,没说什么,抓着菜刀蹲在门口。费了好大的劲儿,总算问清楚。他是从本村在张北城做饭的堂兄手上买的,花了六元钱。想来赵进元卖她也就三四元。穷途末路,不知他攥着那几元钱是什么感觉。赎李二妮当然没那么顺利，软硬兼施，男子同意八元钱让我赎回。我身上没那么多钱，数日后再返吕庄，将李二妮带出那间黑屋。李二妮头发散乱，浑身散发着刺鼻的气味。我没送她回营盘，先带她回宋庄。

李二妮问我怎么找到她的，她以为余生都要被拴在黑牢里了。我想起那场黑旋风，或是上苍的指引。我没告诉她，说回来了就好。我原想责备她的，赵进元是什么人，怎么会让他哄得晕头转向？终是不忍。李二妮对我感激涕零，那几天喊的大嫂比以前加起来还多，自然也诅咒缺耳子，发誓削掉他另一只耳朵，让他变成秃葫芦。

某天早上，李二妮说要回营盘镇。她语气冰冷，眼角上斜，我大感意外。我问要送她不，她硬僵僵地，我又不是没长腿。我愣住，一时不知说什么。李二妮竟然气哼哼地，别指望我谢你，你要早帮我，把李夏过继给我，我怎么会活成这个样子？我没指望她谢，但也没想到她会反咬。我说你也是当母亲的，别人把凤凰天鹅要去你乐意呀？李二妮说，你那会儿要是和我换，我也会同意。我说，你怎么连里外都分不清呢？明明是赵进元黑心，你却往我身上推，就算你生不出男孩，他也不该干出这样下作的事。再说，你未必就生不出男孩，胡乱算卦，吓得不敢怀，哪有你这样的？李二妮气咻咻地，我倒是想试试，可缺耳子碰都不碰我，我和谁生？和他爹吗？我说不敢生是为了护脸面，现在也没脸了，还护什么？我说那更是赵进元的错，算账也是找他。李二妮说,他的账自然要算的,你的账也跑不了!

李二妮离去很久,我依然愣怔着,伤感,痛心,还有无法描述的酸楚。她是大旺的妹妹,却和我有太遥远的距离。

2

砖头仍在垂落,没那么烫了,甚至有一些凉。我想石头的激情与疯狂已经过劲儿了,这一通狂轰滥炸,真是吃不消。我想象不出来,我躺在垴包山上的祖奶宫内是什么情景。虽然我骂他癫狂,可我知道他肯定能做出来。我无力也不可能阻止。蚂蚁又窜了,我浑身麻痒。耳边消停一会儿也好,我觉得他该歇歇了,说这么久也累了。孰料他突然转了方向,祖奶,你怨恨过谁吗?

我暗暗心惊,因为我知道乔石头不会无缘无故问这个问题,必有深意。当然有过,父亲暴尸荒野,我孤寒绝望时,恨不得长出毒蛇的牙齿饿狼的利爪;在接生的路上遭遇歹徒,我祷告上苍碎其筋骨残其耳目;守着被子弹射穿的骨肉,我想变成利刃穿透凶手的喉咙;甚至我撅在台上,拳脚唾骂、痛斥如冰雹砸落,我也生出过愤怒与怨恨。但我终是选择了原谅。至于一时脑子犯浑,小打小闹的,我拖着伤腿往回走的路上就忘了。某个妇女骂我没尽心尽力,她生产过程比别的女人长,孩子变成了哑巴。后来又痛哭着忏悔,让我抽她。结果是她掌嘴惩罚自己。另一个老汉,白天踹了我一脚,晚上包两个烤土豆向我赔罪。而踢断我肋骨的刘春,见了我总是躲着走。苦衷、隐痛、迫不得已,诸如此类,我都明白。确实,我有过怨恨,但都丢掉了。石头,就是这样,你可明白?

停顿片刻,乔石头说,你不和我说,从来不说,我还是知道一些。那些人有的已经作古,有的还活得好好的。我猜你不会记恨谁,你是菩萨心肠,所以连蝴蝶都喜欢落你身上。

我心中暗喜,不愧是我的孙子。

但我难受,非常非常地难受。乔石头突然哽噎。停了一会儿,乔石头的声音有些变样,那些人,我专门列了清单,死去的也就罢了,活着的,必须让他们付出代价。祖奶菩萨心肠不计较,但是我心里难受。

不准你乱来!我在心底大喊。有几个钱就可以胡作非为吗?那都是老皇历了,如果睚眦必报,你也会付出代价,甚至包括我。我不惧怕死,但不想被气死。

看来他这趟回来不只要建祖奶宫,还要顺便清算。疯狂的孙子呀,你要我怎么向你黄土掩埋的父亲交代?

蚂蚁在窜,蚂蚁在窜。

3

宋庄人亦给蝴蝶起名字。蓝的叫蓝花蝶,粉的叫海棠蝶,黄翅带有黑斑点的叫葵花蝶,褐翅并有斑纹的叫老虎蝶,翅细长、扑脸有痛感的叫扁担蝶,翅圆如扇飞过耳侧有凉意的叫扇子蝶。

有一种蝴蝶翅灰暗，大半时间落在花草上，飞只是从一枝到另一枝，叫失魂蝶；另一种蝶眉弯得像个圆环，叫羞女蝶。当然不止这些，有的没名，就叫蝴蝶。有一只蝴蝶只有我知道名字，她叫白杏，是我的女儿。在高空，她是鹰隼或大雁，在河滩，她是蝴蝶。

那是另一个世界，我无法进入，只能注视。如果白杏带着我，我是不是也能飞起来？

那一年并没有多么干旱，可河滩的蝴蝶或死或残，几近灭绝。七月，正是罂粟花盛开之际，田野、河滩、山坡被罂粟花特有的香气熏蒸覆盖，就像厚重的铠甲。那天没去接生，我睡了一个午觉。浓郁的香气从窗缝门缝里挤进来，在我鼻孔肺腑间游走，或是这个原因，醒来脑袋涨涨的。我挣扎着坐起，打算到地里转转。

竟然与刘春迎头遇上。他冷冷地瞟瞟我，迅速扭转头。还好，没有唾我。擦肩的瞬间，我的目光扫过他拎着的用茇茇草编织的黄色软筐。老天！多半筐蝴蝶。我整个蒙了，刘春走出老远，我才喊着追上去。刘春捂住筐不让我看，我欲争夺，他换到另一只手上。前面就是他家，他快步进院，将筐口朝下一扣，半筐蝴蝶洒落到地上。都已死去，再也飞不起了。五六只鸡跑过来，争抢啄食。我跪下去，一边撵着鸡，一边把蝴蝶尸体往一堆聚拢。刘春恼了，抓起茇茇扫帚抽我。我没抵挡，我没有多余的手。刘春摔了几下，停住。他八成是看到了那只扇子蝶，它没有死,在我拢聚时,它爬到我手背上,顺着胳膊爬到我肩头。它似乎明白哪里更安全。

那几只鸡被我赶开,站在两米外,随时准备进攻的架势。关你什么事?刘春气呼呼地质问。我问他怎么回事,他说并不是他弄死的,河滩上到处都是,他不过捡回来而已。我不相信,无缘无故蝴蝶怎么会死。我脱下衬衫,将蝴蝶兜起,气鼓鼓地离开。刘春瞪着我,但没有再阻拦。那只扇子蝶仍在肩头,颤颤的。

回到家,我将扇子蝶放到园子里,那里有几棵拳头大的白菜,筷子粗的芹菜。然后,我抓起铁锨,准备把冤死的蝴蝶埋到河滩。到了那里,我惊呆了。遍地蝴蝶的尸体,刘春没哄我。但我不相信蝴蝶是自个儿死掉的。是罂粟花的香气比往年浓,它们被熏死了,还是它们之间为争抢地盘爆发了战乱?我不知道。到现在,我也没弄明白原因。

我呆坐在河滩,直到夜幕降临。刘春不会明白我何以眷怜蝴蝶,就像我不知它们何以突然辞别世界。

那是数日后了,接生归来,已是傍晚。我没进屋,先扑到园子里,扇子蝶已经没有踪影。不知它飞离了,还是长眠在了某个幽暗的角落。或许这就是蝴蝶的命,难逃此劫。

我拌了半碗炒面,就着咸菜吃过,早早躺下。自李夏离开,我的一日三餐就越发简单。如果不是怕凉炕睡坏身子,火都懒得生。半夜,我突然醒来,听到由远而近的声音。不,应该是先听到声音,才睁开眼睛。急促,但不慌乱,而且很轻,仿佛怕惊扰了谁的梦。我估摸产妇的疼痛刚刚开始,但仍然摸索着爬起。来人轻击窗棂,我已经准备妥当。

竟然是李贵叔!虽然夜黑如漆,我还是认出他。

我又惊又喜,手不停地颤抖,几次才点着灯。我以为他又中了刀伤或枪伤,他摆摆手,笑着说我这回好好的。我张罗做饭,李贵叔说没时间了,天亮前他务必离开。我说还早着呢,李贵叔拦住我,我可不是回来吃饭的。他突然就变得严肃了。我停住,盯着他。他说你坐吧,咱说说话。自然,那不是一般的说话,我心跳如擂。他看出我的紧张,故作轻松,说也没什么,就是想知道家里的近况。

他问了二妮和李桃,我简要讲了。说到李夏,他插话,绝不可当高粱军,大梅,你做得对,拉骆驼也是正经营生。我忧心忡忡,不指望他挣多少钱。李贵叔自然明白我担心什么,说,除非世界变了样,不然哪也不安全。这时,我听到咕噜一声。尽管他抱着怀,竭力掩饰,我还是听到了。那是饥饿时肠胃发出的声响。我说有现成的炒面,还是给你泡一碗吧。他没再阻拦。不多了,只刮了半碗。用水拌成糊糊状,他几口就喝完了。他没吃咸菜,我猜他是怕路上口渴。要是做点晚饭就好了,我后悔地想。

然后李贵叔问到李春。自巴图把他带走,我再没见过他。中间,他倒是托人捎回些东西,不过一句口信也没有。若是李夏,就是自己不会写信,也会找人代写。我不知养马是否受累,挣钱多少,只盼他别闯祸就好。几次想去看他,可想他也大了,能照顾自己,加上总有羁绊,一直未能成行。所以,我只知道大概,但愿李夏能带回他的消息。

我知道。李贵叔说,目光突然跳开,像被自己的话惊着了,然后才落到我脸上。我终于反应过来,但还是难以相信,追问,你说的是李春?李贵叔点点头。我急切地,他在哪儿?还养马吗?你是见到他了,还是听人说的?

李贵叔没回应,灯光照着他的脸颊一侧,另一侧隐在黑暗中,这使他的神情捉摸不定。我忽然预感到不祥,想他半夜急匆匆赶回来,绕着弯儿谈李春,喉咙却又卡了骨头。他怎么了?和人打架了?他不开口,我却忍不住抛出疑团。依李春的性子,要么被人打死,要么打死了人。

如果是那样倒也好了,那根骨头终于跟糊糊一样进入肠胃,他深深地叹了口气。比我想象的更糟糕,那是什么?他把马群赶往他乡卖掉了?李春真干得出来。我急道,叔,他到底怎么了?李贵叔又叹息一声,却又安慰我别着急。我的心都快爆裂了,怎么能不急呢?

李贵叔问我知道德王不。这我是知道的。德王是伪蒙疆政府主席,宋庄满坡满野的罂粟就是伪蒙疆政府号令种的。但德王的来历我并不清楚。李贵叔说德王的老家是苏尼特右旗时,我的心突然一缩。那是李春养马的地方。就在德王府邸!他一个养马的下人,怎么会和德王勾挂上？还成了德王的侍卫？我大感不解。李贵叔也搞不清楚,确切的是,李春已经得到德王的信任。

枯草在秋冬的劲风中翻飞,那时,我的脑子便是这样,杂乱,无序,如秋冬的田野,一片空白。李春没打死人,也没被打死,他好好的,只是这好让人更加忧虑。侍卫说起来光鲜,其实不就是有地位的高粱军吗？我心里亮着呢,并不需要李贵叔讲大道理。所谓的道理,不过是变个说法。

李贵叔不仅仅是向我通报消息,我猜得出来。果然,他兜完圈子,让我去张家口的德王府找李春,劝说李春侍机刺杀德王。

我被惊到了,就算德王干了什么,他对李春也该是不错的,让李春刺杀德王,这似乎有些难。而且,刺死德王,李春还能活吗？不被德王的手下剥了皮？我不敢想象。还以为劝李春离开德王呢,这倒可以试试。也只是试试,我知道李春的性子。

我知道这很难,你是当娘的,换作我可能也难,但除了你,没有谁可以接近李春。李贵叔说得很慢,生怕某个字从我耳边遗失,仿佛那是用细线串起的珍珠。我说,他耳根子硬,从小就是,认准的事,九头牛也拽不回来。李贵叔说,那要试试才知道,就算你现在不理解不明白,将来也会懂的。我问,劝他离开不就行了吗？李贵叔极快地,那是下下选。末了补充,若他不肯,最起码也要离开德王,不当德王的鹰犬,最好是上上选。

我揉搓着衣角,停不下来,仿佛那些脏污时刻会侵入我的肌肤。李贵叔不再说话,屋子静默得要凝固了。

我要是不应,那么,我就有罪过了,是不是?我不知自己为什么问这个,因为我惦记忧虑的不是自己。或者,我受不了沉默的煎熬,试图打破。

李贵叔笑笑,那倒不至于,劝或不劝,都是你的自由。我刚松了口气,李贵叔语气一转,但对李春不一样,近朱者赤,近墨者黑,跟着德王,他就是罪人。大梅,你想让他成为罪人吗?叔知道你明理,断不会让自己的儿子……可能我说得重了,实在是着急呀。

仿佛有风,抑或是说话气流的冲击,灯火没有方向地摇曳。李贵叔脸上的阴影变幻着,整个人忽而清晰忽而模糊。疑问盘桓已久,我终是没忍住,问他是干什么的。李贵叔没有正面回答,说我走的是正道。我急切地,那你把李夏带走吧。李贵叔说,这没什么不可,如果你乐意。我说当然愿意。李贵叔摆摆手,咱现在先不说这个。

我又听见了咕噜声,像溺水的人放弃了挣扎吐出的气泡,无奈又无力。那碗糊糊已经消化殆尽。事实上我也饿了,不仅肚子饿,心里也饿,整个人都被掏空了。

不早了,我得走了,李贵叔站起来,你再考虑考虑,如果过于为难,那就——

我反复掂量、权衡,终于作出选择,说可以试试。李贵叔眼睛闪亮,好像黎明提早来临。他嘱咐我见机行事,说过半月二十天,也可能两三个月,他会再回来。我明白这话的意思。在我锢的东西不能令父亲满意,他让我重锢时,也说过类似的话。

但从此,我再未见到李贵叔。

4

乔石头每念一个名字,都要停顿一下,好像那是生硬的黄豆,硌着了他的牙齿,我甚至听到他吸冷气的声音。他并不马上念下一个,而是问我,祖奶,你还记得这个人吧?又一顿,我听说……有时短,只陈述结果;有时长,将过程详尽描述。我不知他从何人嘴巴挖出来的,他定义为"罪状",真是可笑。那许多的事我早已忘记,时间的风将这些过往吹散,彻底化为尘埃。所以我并不确定是否真的发生过。而乔石头言之凿凿,仿佛他就在现场。要说他跟着遭了些罪,但谁来到世上事事顺遂呢?据说他日进斗金,可心胸还没个簸箕大。石头不该这样的,为我难受?听起来像那么回事,不过走偏了。

蚂蚁在窜。

我想打断他,别杜撰什么罪状了,睁大眼睛瞅瞅,该死的蚂蚁要痒死我了。自然,他听不见的。他淹没在自己的声浪中。

蚂蚁在窜,蚂蚁在窜。

5

抵达张家口,半上午了。

我去过几次,皆为接生,来去匆匆,就像去张北城那样。寻找赵进元,倒把张北城转了个遍。所以张家口于我是陌生的。但街两边的店铺、绸缎庄、皮毛店、当铺、钱庄、布庄、饭馆、粮店、银行,以及教堂、医院、学校、毛纺厂并未让我眼花缭乱,目光几乎没作停留。于我那只是不同的形状,不同的牌子,跟我没关系。我急于见到李春,但又害怕见他。我忽而大步,恨不得一脚从街这边跨到街那边;忽而鞋底粘了胶似的,一寸一寸往前挪。

麻花,大——麻——花!我立住。不同于其他店铺,摊贩的吆喝是唱出来的,类似二人台,但又不同于二人台,就像在荒漠里行走,满目黄沙,突然闪出一棵翠柳,枝丫上还有蹦跳的小鸟,纵然时间紧迫,也会被吸引而驻足。而且一路急赶,我也饿透了。宋庄只有年根才炸麻花,当然钱家另当别论,那也是以前了,现在钱家已经彻底败落。在这个夏日,在张家口的街头,我顺着吆喝走进巷子,看到不足半间房的麻花铺。一口锅,一块长板,一个暗红的小笸箩,却未见麻花。一个半裸膀子的汉子坐在门口,褐脸皮,短下巴,唇上翻,哼哼呀呀地唱着,很陶醉的样子。我站了好一会儿,他才睁开眼睛,甚显吃惊,好像秘密被偷窥了去。我笑笑,唱得不错啊。他竟有些羞涩,胡乱哼哼,哦,你干什么?这呆头呆脑的,哪像个生意人?我说买麻花呀。汉子说卖完了。我以为自己听错了,探头瞅瞅,说,你这人好奇怪,卖完了,还吆喝什么?汉子说,你下午过来,那会儿就有了。我说,买你条麻花,还得跑两趟。汉子站起来,略显不安,真是对不住。

我仍然好奇,你怎么守个空笸箩唱?汉子没打算回答,说,我不会魔术,给你变不出来。我没追着问,正事等着我呢。还没出巷口,那唱音又追出来。这人真是怪呢。

德王府在明德北大街,原来是察哈尔公署,后被德王占用,顺大境门南行数里便是。打听德王府比打听店铺容易多了。门口有两个背枪的守着,方瓷大脸,如一个模子刻出来的。看不到院里,只能望见高过墙体的彩色旗帜,中间一条是红色,上下各是白蓝黄。

我还未靠近,便被喝止。其中一人竟然摘下枪冲着我,似乎我往前一步,脑袋就会开花。我立住,大声说来找李春的,烦他们喊他一声。两人面面相觑,显然不知李春为何人。我说他是德王的侍卫。其中一人问清我的身份,两人耳语一阵儿,一人进去了。

那时,已近中午,阳光正毒,后颈、脸颊似乎被火烤着,阵阵地痛。感觉眼睛也被镜子晃着,睁不开。我努力打起精神,李春出来,我好看清他。

许久,方瓷大脸才出来,身后跟着的人,几乎高他一头。没错,那就是我的李春,哪怕他个子蹿得再高,哪怕他的脸不再青涩,哪怕他的目光令人想到棘条,我立刻就认出他。我差点扑上去,把他拥在怀里。但他站住了,像我是陌生人,那棘条挂满了疑惑。我立着,迈不开脚。他不会不认识我的,可他的凝视让我心慌,我便画蛇添足地提醒,春儿,我是你娘啊。李春这才走到

813

我近前,略一皱眉,你怎么来了?是的,他没叫娘,张口便是质问,像我给他带来了多大的麻烦。翻腾的浪瞬间静止,我说,让娘站着和你说话吗?李春回望大门,好像除了方瓷大脸,另外有人躲在门后偷听,然后压低声音,娘,进不去的。他终于显出不安。我说,我是看你的,没打算进去。李春问,你饿了吧,先找个地方吃饭。没待我回应,便往外走。他走得很急,我紧步跟着。我确实饿了,那会儿就想买根麻花吃来着。

  远离了德王府大门,李春慢下来,回头对我说,前面有个馆子。他是往大境门方向走的,两侧有多家饭馆。一妇女从饭馆出来,将半盆水泼到门口。另一家饭馆外拴了两只瘦骨嶙峋的骆驼,似乎对主人把它们撇在门口而自己大吃大喝很是不满,前蹄子胡乱刨着。李春缩回目光,解释,那家的面擀得好,娘肯定爱吃。就这一句话,他的冷淡带给我的不快便彻底消散。我有意慢他一步,这样我既能闻到他身上陌生的气息,尽管那气息令我不适,又能细细地打量他。与李桃、李夏相比,他显得另类,或许与惨痛的记忆有关,某一时刻或某个瞬间,我能从这张脸上窥见让我不安的影子,不自觉地生出近似厌嫌的情绪,但一闪就过去了。我向老天发誓,李春始终是我的心头肉,我叫他让着李桃,只因他是兄长。

  那家饭馆叫一根筋,一碗面只有一根,且绝无断处。李春要了两碗面,一个熘肝尖,一个炸里脊。看样子他常过来,不看不问直接就点了。我目光摇摆,但始终罩着他。他被我瞧得有些不适,嘴角下弯,露出两个浅窝。我心里一阵颤抖,探过胳膊,握住他的手背。他受惊似的一缩,但我抓得紧,他没能缩回。他的关节硬而光滑,像打了蜡。他不大适应,目光左右扫着。没人注意他。那个胖墩墩的老板趴在柜台上算账。

喝点水吧,李春说,他张罗倒水,我松开手。早就想来看你的,我说。愧疚如同瓶盖儿,一旦拨开,就会发现瓶里装得满满当当。而解释则如链条,环环相扣,说明白一个环,还须用更多的话解释前面的。解释成了繁殖,越变越多。我挺好的,李春说。我一时语结。

饭菜上来了,李春埋下头。我忘了饥饿,面对多年未见的儿子,我更愿意说。我还以为你在后草地呢,还嘱咐了李夏去看你。李春依然埋着头,偶尔回应。在那个正午,我喋喋不休,像个碎嘴婆婆。我几乎忘了自己身负重任。

直到吃完饭,从饭馆出来,李春说他得回去了,我才严肃地说有话和他讲。我生怕他立马离开,后悔自己丧失大好时机,迫不及待地说,你别回去了,离开那个德王。那不是说话的场合,太随便了,但大街上说话也有好处,嘈杂可以掩盖声音,而不必顾忌其他。李春没显得意外,至少,我看不出来。我说,被人戳脊梁骨,给多少钱都不能挣,有一口气咱就饿不死。我没让他刺杀德王,天晓得我在路上练了多少遍。那些话全是锋利的刀子,足以让德王满身孔洞。李贵叔,对不住了。李春不言。他没有态度,甚至眉头也没皱一下。但他不说话就是态度,他习惯用沉默对抗,从小如此。我说,哪怕他对你再好,也不能跟他走邪路。我不知李春如何成为侍卫,想来那并非奇迹,而是发生过什么事,足以让德王信任到可以把自家性命交给他。时间不允许,当然就是有足够的时间,李春也不会告诉我。

今天回不去了,先住下吧。李春打断我,神情冷硬。他撇下我,径直走向前面的旅店。我走进去,他已经把房间钥匙拿到手。他把我领到房间,查看了窗户和门的插销。我非德王,那对我不重要。我不想错过大好时机,堵在门口,用更严肃更凝重的语调,你必须离开他,就今天!!李春整整衣领,好像我的命令将衣服弄皱了。他心深如井,你永远猜不到那里面藏了什么。今天就和娘回家,别回德王府了!为了显示决心,我张开双臂紧握着门框,蛮横地堵在门口。李春看着我,定定的。他终于看我了,从饭馆出来,他的目光晾衣竿一样架在我够不着的空中。他说,我晚上再来。声音不重,轻飘飘的。他走至近前,没有推我,而是抱住我。他几乎高出我一头,我感觉到他双臂的力度和胸肌的硬度。稍一旋转,他和我换了位置。我意识到拦不住他。但我没有放弃,在他掉头离开之际,我飞快地说,好好想想娘的话!他耸了耸肩,消失不见。

太阳尚未西沉,我呆呆地坐在床铺上,等待夜晚来临。我琢磨怎么说服他。我又开始演练。让他刺杀更难,不只他难。所以,我必须磨砺那一把把刀子,必须足够锋利。一只苍蝇嗡嗡转着圈儿,搅得我心里更加糟乱。光线一点点变暗,尘埃落定,苍蝇消隐,黑暗终于堵住了门窗。

但李春没来。直到深夜,我仍侧着耳朵。许许多多的声音,但没有我要的。

次日吃过早饭,我打算再去德王府,一个穿着与李春相同制服、比李春略矮的后生堵在门口,介绍自己是李春的朋友。他的脸瘪塌着,被挖掉了似的,没有舌头与牙齿的阻隔,或许就贴到一起了。李春被外派执行任务,他受李春嘱托来看我。执行任务?我刺着他,问几时走的,何时回来。他说昨晚走的,回来的时间说不好,可能半月二十天,也可能三五个月。我明白,李春是不打算见我了。瘪脸将带来的东西放我手上,特意强调,李春孝敬你的。我感觉到那布包的分量。我没当着瘪脸的面打开,他离去,我迅速剥开,竟然是一根金条。黄澄澄的金条。德王对他真是不薄,不然他一个侍卫何来金条?我快速包好,追住瘪脸,将包塞给他。我不需要!我说,你托话给他,我在家里等他!瘪脸有些为难的样子,他孝敬您老的啊。我重重地说,他已经够孝敬了!瘪脸自然听出我的挖苦,替李春解释,他身不由己。我哼了一声,身不由己?骗鬼去吧。

也许我该守在德王府门口,那样总有可能见到李春,总有可能让他的耳根变软,总有可能让他离开。对自己的儿子,总是用沉默对抗的儿子,我该有些耐性。为什么不尝试一下呢?后来,我不止一次地质问自己,即便躺在床上,那个问题仍无数次地拷打我,气昏了头?还是心底偶尔闪现的不适作祟,任他信马由缰？抑或是寄希望于他的自我醒悟？我说不清楚。反正我轻易地放弃了，那时只想着快快离开。

鬼使神差的，我又被大麻花的唱曲勾进巷子。当然也不是纯粹的闲心，我想买两条麻花路上当干粮。仍然是空筐。汉子哎呀着解释，说半小时前才卖光的。我登时就火了，卖光你还唱什么？当自己是黄鹂鸟呀？汉子说昨日等了我一下午。我哼了一声，你就骗人吧！汉子有些急，脖子上青筋暴突，我向老天保证，千真万确。他没计较我的无理取闹，反向我赔着笑，说明天一定给我留着。我的气消了大半，说你该给我跑腿费，要不现在就给我炸。汉子解释，面醒透了才能炸，不然不能吃。我说不嫌。汉子摇头，那也不行，我不能自个儿砸了牌子。他一本正经地，我说这话倒像个生意人。汉子说自懂事就卖麻花了。我问他既然卖光了，不关门闭店，为什么还唱个没完没了的。汉子顿了顿，说心里烦闷，唱一唱才舒服。我说你就不会唱别的？碰上个脾气暴的，你没麻花还乱唱，还不跟你来横的？汉子说，别的倒是会唱，可唱别的不管用啊！然后告我，炸出麻花他从来不喊，卖光了才唱，买他麻花的多半是老顾客，都明白。我说，原来你只欺生呀。汉子又是拱手又是抱拳，保证明天给我留着。我说，算了吧，你卖的又不是金条，我还三登殿呀。

或许我就是想和汉子吵一架，但他没接招。

我慢慢摇出巷子，想是不是该给李桃买块花布，不然这一趟彻底白跑了，碰上个生娃的也好，我夹着包袱呢。目光像被风踩乱的麦秆，东扎一绺西倒一绺，漫无目的。那个熟悉的身影突然被我扎到。我没有犹豫，喊了声白礼成。那个人回了回头，也可能没回，正好一个牵骆驼的经过，挡住了我的视线。我急跑几步，看到的仍是背影。待我追至马路对面，他已经进了巷子。扑进巷子，我像蹦在了鼓面上，一路咚咚响。不知是心跳还是大脚敲击地面的声音。巷子七股八岔，犹如迷宫。自然没追到。我不死心，转来转去，再想回返，已经没有可能。加上日头的烘烤，我晕头转向，几乎要呕吐了。后来亏得一大妈引路，我才从迷宫转出来。

难道看花眼了？那个人不是白礼成？可若不是白礼成，他为何要往巷子里躲？若是，为什么不理我？他在张家口，我的女儿白花又在哪里？

我不急于回宋庄了，决定弄个明白。先是在巷子里转，三个出口我已经摸透，然后像蚕啃桑叶般，扩展着搜寻范围。张家口可不比张北城，转遍每个角落，恐怕得多半年。一个人若铁了心躲藏，那就是大海捞针，五百年也寻不到的。

第六日，我终于踏上归途。我买到了褐红香脆的大麻花，那是赴张家口唯一的收获。

6

蚂蚁在窜。

蚂蚁在窜。

7

回到宋庄,疑团仍在脑里悬挂,犹如巨大的蜂巢。蜜蜂飞出飞进,时不时地蜇我一下。我无法破解,束手无策。也可能我不愿意破解,情愿用自欺欺人的假象迷惑自己。所以,那几个月我极少想李春。他在德王府,白礼成和白花没有下落。石头和疑团。一种痛覆盖着另一种痛。没有接生这镇痛剂,我不知自己的日子会过成什么样子。

腊月二十八的夜晚,李夏归来,冷清的家终于有了喜气。虽然穿着臃肿,我还是看出他黑瘦了许多,但人很精神。他带回了肉干、炒米、奶豆腐、果干,还有一张羊皮。他初一晚上就走,满打满算,他在家也就三天。我恨不得把每一分钟都拽得长长的,但又提心吊胆,生怕抓壮丁的突然袭击。每隔半月,那队人就来一次,好像那些未成年的男子半月就可长成壮小伙。不只当高粱军,还要修什么工事。哑巴钱拜日都被抓走了,其他人就更不能幸免。钱拜月卖地的钱没有半个子到大姨太和三姨太手里,大姨太没钱贿赂,眼睁睁地看着钱拜日啊呜挣扎,被砸了一枪托,钱拜日才老实了。钱家何等风光,但衰落得太快。钱拜日再未归来,数年后听说他被拉到狼窝沟给日本人挖地道,完工后为防止泄密,所有人被押到安固里淖活埋了。某个清明,我碰见了大姨太。她刚给钱拜日烧了冥钱,颤颤巍巍,双目混浊却喜气盈盈。她告诉我,钱拜日会说话了,不再是哑巴。她逢人就讲,恨不得宋庄每个人都知道。她本来病入膏肓,可因为钱拜日会说话了,她突然间长了精神头儿,每天唠唠叨叨的。她在和钱拜日唠嗑。服侍她的钱拜红偶有打断,就遭到她的呵斥。直到临终前那晚,她还说问钱拜日是不是要下雨了。钱拜日说阴得厉害,她嘱咐他穿上雨鞋,少乱跑,然后才安然合上眼睛。

扯远了。

李夏想去看他姐,我拦住了。他不宜抛头。我甚至想把他像秘密一样藏在心底。李夏乖顺,知道我担心,就没坚持。李夏拉骆驼常走的路距苏尼特右旗尚有近百里,他未能去看望李春,说改日专程去。我说亏得你没去,他人在张家口呢。我告诉李夏,李春和德王关系很密切,李夏还说等他去劝说,哥哥或许会听。我知道他想为我分忧,李春怎么可能听他的?脚下的路,都是自个儿选的。他问到白礼成和白花,我没告诉他在张家口看见的那个身影,只说没有消息。我绝不让他与我一同承受。而他也是这样,我问什么,他都说挺好。我说李贵爷留下了话,如果愿意,也可投奔李贵爷。李夏犹豫了一下,问怎么才能见到他。我不知怎么才能见到李贵,他神出鬼没的,但他总会来的。我说如果李贵下次来,我会问清楚。李夏说再说吧。他的犹豫其实就是答案。

我不敢睡,虽然睡梦中我仍如六耳猕猴,但万一睡沉了呢?我不敢冒险。我听着风的吟唱,枯蒿飞过屋顶的嘶喊,雪粒摔打大地的声响,自然还有可疑的脚步,以确保及时推醒李夏,让他逃离。我的耳朵从未骗过我。

除夕夜,我听见了哭泣。不止一个女人,我能分辨出来。每逢节日,都会有人哭泣,就像商量好了的。还有甩鞭子的声音。没有鞭炮,只能用鞭子迎接新年。我的儿,我的李夏则给我唱了《拉骆驼》,我至今记得那伤感的词曲:

　　一出大门扬了一把沙
　　双手手擦泪
　　我上不了马
　　马蹄蹄踢来
　　铜铃铃响
　　我把哥哥的心揪上
　　走三步来退两步
　　我把哥哥的腿抱住
　　……

我眼睛酸涩,李夏察觉,说大过年的这曲不合适。我说蛮好,有情有义。李夏说在路上使劲地吼,其实很痛快。我让他接着唱,他摇摇头,说就会唱这几句。我知道这孩子,是怕我心酸。我说他已经到了成家年龄,该张罗着提亲了。李夏腼腆地笑笑,说怕是没人看得上。我逗他,就怕你挑花了眼呢。

那是个快乐的除夕,犹如蜜饯,几十年来我常常回味,甜蜜又酸涩。

初一早上,赵小铺一老汉喊我给他儿媳接生,总是这么巧。但有什么办法呢?我嘱咐李夏老实待在家,千万不要外出,拎了包袱就走。折腾了一天一夜,孩子平安,产妇却是大出血,当然终是保住了命。我匆匆赶回宋庄,李夏已经穿戴妥当,要上路了。我未能给他准备干粮,每每想起,锋利的刀就会刺穿我的身体。

初二,我剁了馅,包了饺子,等待李桃两口子。初二三拜大年,而我的李夏却逆风向北。没有一个拉骆驼的不愿意守在热炕上,但也没有一个拉骆驼的因热炕而延迟行程。李夏昨晚到孟家坡,这会儿该走出十多里了。我想着李夏,耳朵捕捉着来来去去的脚步声。姑爷的两个哥哥都被征走了,一家不过三,他因此幸免。但真正的原因是使了钱。李桃一直未孕,不受夫家待见。我被奉为观音弟子,四处接生,开方治病,对自己的女儿却没有办法,我能做的就是不断开药。李桃每次来都向我历数婆家如何如何嫌弃她、克扣她,喝粥从来都是最稀的那碗给她,盛菜的勺头从来是斜的,给她永远是半勺。掏灰生火、洗锅刷碗这些活儿多半是她的。她伸出两手让我看,密密麻麻的伤,好像满指头的红蚁,那是沙蓬扎的。整个就是受气包。自然,她也向我抱怨那些药吃得她怎么反胃,因常年吃药,她的舌头都黑了,女婿骂她放个屁都是药味儿。他不怎么靠近她,每次都是她涎着脸讨好,她对他失望到极点,但仍希望能生育。她想当母亲。

李桃的苦水积攒到一定程度,就会回来。我由她倾倒。倒出来就没那么憋了,不然会撑坏。我从未煽风点火,总是息事宁人,劝她忍忍就过去了。只有享不了的福,没有受不了的苦。有稠吃稠有稀喝稀,饿了勒勒裤带。生火洗涮也没什么,年纪轻轻,手脚利落,累不坏的。她说,我劝,直到她的嗝渐渐平息。而她每次都是一路打着嗝进门,仿佛半个世界的气都充她肚里了。宋庄人听到嗝声,就知道李桃回娘家了。

　　我拜访过李桃的婆婆,她确实难相处,但也并不是刁蛮无理的人,若顺着她,好言好语的,就算不孕,也不至于针尖对麦芒。但李桃不肯,当然也不会。她习惯了别人哄她让她,从不肯主动低头。这是我之过,都让我惯坏了。我多次劝李桃让着婆婆,毕竟婆婆是长辈。猜猜李桃说什么:老眉老眼的,我还哄着她呀?噎人倒是李桃的强项,我能想象到她婆婆尝到这滋味的心情。

　　平时她一个人来,拜年与女婿一道,当着他的面,她的嘴巴紧闭着。若她的嗝打得厉害,我就会把女婿打发回去,留她住几日。若嗝得没那么厉害,就说明这一段在婆家还算顺畅,我就让她回去。趁着关系回暖,焐着总归好些,不焐很容易凉。

　　我不知道这回李桃憋没憋气,憋了多大的气。我听一会儿,出门瞅一瞅。快中午了,女婿才冲进来。只他一个人,双手空空,进屋摘掉狗皮帽子,满头的汗,冒着腾腾热气。三角脸则是青紫的,仿佛帽子透风,寒风削割,缩小了许多。双眼被一团一团的惊恐撑着,似乎裂开了,瞳仁鼓着,几乎跑出来。我急问他出了什么事。他还没从惊惧中醒过神儿,嘴唇哆嗦,就是发不出音。我血往上涌,厉声问,李桃呢?说话呀!他蹲在地上,号啕大哭。我顿时天旋地转,下意识地抓住门框才没摔倒。

我一路疯跑,女婿被我甩出十万八千里。

那时,李桃已经躺在门板上。她不是正常离世,不能抬进院子。黑棉裤黑棉鞋,棉袄却极其鲜艳,喇叭花肥嘟嘟地开着。她的脸白得出奇,而脖子上凸起的紫色勒痕如粗大的链子,在西风的吹拂中,似乎来回晃荡,哗啦啦地响。她的手是冰的,脸是冰的,嘴唇是冰的,额头是冰的,眉毛是冰的,耳朵是冰的,整个人都是冰的。我本应该号哭,可我也冻硬了,怎么也张不开嘴,几个冰球悬挂在睫毛处,来回碰撞,但没有声。待冰球垂散到地上,睫毛立刻生出新的冰球。

后来有人过来,李桃的公婆,三张陌生的面孔。他们劝我先进屋,这么冷的天,能把骨头冻酥了。我木然地摇头。李桃的婆婆甚至想拽我,我把她的手拨开。几个人陪我站了一会儿,相继离开。

然后是女婿,他将怀里的白茬皮袍披在我身上。我扯下来盖在李桃身上。李桃体弱,从小就不抗冻。遇有变天就流清鼻涕。女婿将自己的皮袍脱下来,盖住我的肩和后背。他叫了声娘,我没理他。他又呜噜了什么,我没作任何回应。他便垂着头立在一侧。很快,他的牙齿磕碰出声响。我说你回吧,我想单独陪桃儿待一会儿。磕碰声渐渐远去。

825

我不需要他站在这里。李桃也不需要。

我就这么呆坐着,满耳满脑的杂响。风停了,但沙粒不时击到脸上,像自个儿跳起来的。不知什么从头顶掠过,我往四个方向瞅瞅,什么也没看到。

突然听见嗝声。很轻,但我听到了。

那声音再熟悉不过。我叹口气,嘴终于张开了。

桃儿,又受委屈了?人生在世,大灾大难都不能避免,受点儿委屈算什么呢?多拉几下风箱又咋的?多洗几个碗又累不着,怀不上娃的女人有的是。你认为是短,那就是短,你想开,那就没什么。人各有短,只是你不知道别人的。

我像以往那样劝解开导着李桃。别人都有排堵的办法,要么学驴叫,要么拉风箱,可李桃憋了气,只会找我。我不厌烦,可不能总在她身边。积郁太重,就寻不到出口了。

嗝声渐频渐响,如数百条鱼同时在吐水泡。有的飞至高空,有的落在地上,有的砸到我脖颈上。然后,渐弱渐低,直到彻底消失。

我没有回天的法术,不能把李桃从另一个世界拽回,我能做的就是不让她揣着积怨离开。

暮色合拢,公婆、女婿及那些人又围上来。他们不由分说架起我。我说我能走的,让他们放下。他们试了一下,但我的腿伸不展,站不稳当。他们便又架起我。

进屋并非将我放到炕上,仍然架着,两个女人蹲伏下去,由脚开始,渐渐向上拍打,直到双肩。再由双肩向下揉捏。没碰我的耳朵,虽然耳朵并未冻僵。寒冬的塞外常常冻死人,对冻麻木的人,琢磨出不同的解救办法。我终于能站立了,他们搀我来来回回走。经络舒展后,李桃的婆婆端来一碗红糖水让我喝下去。那些人才七手八脚把我扶到炕上。

躺了片刻我就坐起来。我不是来睡觉的。李桃的公婆、女婿立在炕沿,镇定却又不安,颠三倒四地解释。必定在发现李桃那一刻就酝酿准备了,等我兴师问罪。我明白的。可那有什么用呢?李桃还能活过来吗?我没指责过李桃的婆婆,李桃每次诉苦,我还替她婆婆说话,以至于李桃埋怨我偏袒外人。现在我也没打算指责她。临走,虚空的目光扫过那几张模糊的脸,只留下一句话:记得常给她送些钱。

桃儿,别怪你娘。

8

必须给他们点儿颜色瞧瞧,乔石头说。

我不知他说的颜色是什么,但他说话的口气让我害怕,我猛一抽搐,小臂突起。乔石头又惊又喜,祖奶,你会动了?你听到我说话了对不对?我就知道你听得到。乔石头抓住我的手,又抚又摸,祖奶,你要告诉我什么?你放下,这么举着会累的。

手臂又僵又硬,乔石头可能被吓着了。他连喊两声麦香,忘了麦香已被他打发回去。

祖奶,你这是干什么？生气了？乔石头说,我知道你宽宏雅量,菩萨心肠,你这样的人,他们竟然……虽是陈年旧账,也让我气愤,所以……他停顿一下,好吧,你反对,我就饶了他们,你放下吧。听听他这口气,好像可以随意妄为。不管怎样,他放弃了可笑的"复仇",我的小臂没那么硬了,由他慢慢放平。

好吧,我把他们的名字也刻到功德碑上。

蚂蚁在窜。

9

若风能钻进身体,祈愿吹散我的哀伤。

但风可以削割皮肤,能把我卷到高空,却不能在心上游走。只有接生可以让我忘记悲痛,那是我的神药。可并非每个日子都有孩子出生,特别是李守信抓壮丁以来,能怀孕的女人少了大半。幸好许多人远道请我,不然我几乎要失业了。

不接生的日子,特别是夜晚,很难熬,亏得有白杏。我合上眼睛,她便闪出来。有时在高空,有时在屋顶,有时她就站在窗台上。那多半是约我飞翔的。我喜欢飞,但每次都得白杏带着。我稍有犹豫,白杏便会鼓励,别怕,娘,我护着你呢。飞过多次,我仍然没有独自飞翔的勇气。我护着你呢。白杏这样说,犹如施了魔法,我顿时身轻如燕,跟着她飞过河流飞过草地飞越大山。有时她带我飞到张家口上空。我俯视着来来往往的人,搜寻白花的身影。虽然未能如愿,但我从未放弃。我在飞翔中进入梦乡,入梦仍然在飞。从梦到梦,没有距离,难分界限。直到黎明来临,或号角似的脚步声响起,我才会醒来。

但是哀伤依然扎了根,任凭怎么努力都挖不干净。

民国三十三年初冬,我去张北城接生。虽然有压力,但我没有放弃自己的天职。五日后,我回到宋庄,发现窗户被砸了。我没有叫骂,堵塞窗户,生火造饭。

傍黑,钱广万的三姨太登门。某日,我在接生归来的路上遇见挎着空筐的三姨太,她的日子并不比大姨太好过。她愁眉苦脸,说跑了半日,连一根野菜也没挖到。我拿出两个馒头给她,那是我一半的喜赏,她千恩万谢的。当天她送了我一个拨浪鼓,还有她自己缝制的布娃娃。这是她第二次登门。她神色不安,说白天就想过来的,但怕人瞅见。我知道谁砸了窗户,正巧路过,她说着瞄瞄门口,仿佛有人跟踪,并且会将她暴打一顿。我立即打断她,别跟我说这个!三姨太惊愕地望着我,我意识到语气生硬了,努力挤出一丝苦笑,肚里有气,总要撒出来,不管是谁,由他们吧。若知道是谁,我会更难受。三姨太尴尬地,我还以为……我说,不过还是谢谢你。三姨太说,你是积德的人,他们不该的。我说,我不计较。她依然有疑惑,我没作解释。三姨太感叹着,起身欲离去,我给了她一包盐,一张饼。显然她感觉受之有愧,别有意味却又漫不经心地问,你大儿子是不是在张家口?我暗吃一惊,问她怎么知道,三姨太惴惴地,我也是听说的。

三姨太半遮半掩,但我明白,李春在德王府当侍卫的事,已

829

在宋庄传开,砸窗户多半是冲着李春的,够不着李春,只能拿我出气。而我一趟趟去张北城,虽然并不是每趟都给日本女人接生,但他们认定我有罪。代李春受过绝不冤枉。

我与李春的行径岂能相提并论？没法与人理论,只能默默承受。我再次萌生劝李春的念头。我不知李贵叔为什么没有如约回来,他行踪不定,我倒不怎么担心。已经不需要李贵叔阐述道理,我早已懂得。回头是岸,我是李春的母亲,有职责劝他。

我估摸着李夏快回来了,打算和他一起去张家口。母亲和弟弟一起劝说,李春该能听进去些吧,但愿。

黄昏,刮了一天的风终于停歇。我拎着筐,想把北风刮至墙角的沙蓬和八条腿拾捡回屋。塞外风大,俗话说一年一场风,从春刮到冬。当然风大也有好处,比如沙蓬和八条腿,就是老天送给庄户人绝好的烧柴。沙蓬有脸盆大的,有锅盖大的,周身都是刺,须戴着手套拾捡。八条腿是宋庄人命名的,八个枝杈,没有头尾,难分上下,犹如八条腿在奔跑,速度极快。八条腿比沙蓬还易燃,只需一粒火星。宋庄有个男人外号八条腿,跑得快,脾气也大。他与相好幽会,那家男人进屋,他从窗户跳出去,眨眼就没了影儿。那家男人看见背影,追到家里,八条腿坚决不认账,还说被诬陷,把那个男人打伤。便有了歇后语:八条腿偷人,倒打一耙。

我抓抱起混裹在一起的沙蓬和八条腿,突然一呆。数十只黑色蚂蚁争相逃窜,如同末日来临。我被惊着,呆立着,大脑一片空白。沙蓬和八条腿纷纷扬扬地落下去,重新将蚂蚁盖住。我浑身打战,不知如何是好。草木皆枯,怎么会有蚂蚁?是沙蓬和八条腿携带来的,还是蚂蚁原本就在墙角的洞穴里躲着?我不惧兵匪,不惧狂风,但这小小的蚂蚁却让我心惊肉跳。

终于有了意识,我反身抓了五股叉子,如临大敌,瞪着眼睛,肌肉紧绷。如果家里有帮手,我不会一个人应战。

我猛地将沙蓬和八条腿翻开,挥叉狠戳。蚂蚁却不见了。我惊魂未定,瞅遍墙角,不见蚁洞。防止蚂蚁附身于沙蓬和八条腿,我用叉子挠着,翻了五六遍,仍不见蚂蚁的踪影。我不知所以,木桩般呆立了好半天。也许蚂蚁都钻进了墙角的缝隙,趁我抓武器的空当。也许是我的幻觉。已是初冬,怎么会有蚂蚁?也有可能蚂蚁都躲进了沙蓬和八条腿的身体里。我没再拾掇,将八条腿和沙蓬统统抛到院外。

我胡乱吃了一口,早早躺下。虽然是虚惊,却难以平静,总觉得要发生什么。眼皮也跟着捣乱,如刚刚出水的鲜鱼,摁都摁不住。偶尔黏合在一起,我看不见白杏,到处是爬窜的蚂蚁,如同浓墨奔流。我不敢再合眼,直直地瞪着。

午夜时分,我爬起来。虽然没听到声音,我还是拉开门缝儿,探头张望。好像耳朵突然失聪,我需要眼睛的辅助。天幕幽深,明月低垂,房屋、树木、墙头沉寂安详。没有呼噜、没有哭泣、没有呓语、没有枪声,这死寂让我更加不安。我是彻底失聪了还是被世界抛弃了?然后听到牙齿的叩击声。我松了口气,声音

831

还在,听力还在。那么,是世界弃我而去了？如果是白日,我定会挨门求证。黑天半夜,唯有等待。

我合了门,再次躺下。黎明时分,终于捕捉到声响。我担心是幻听,侧耳细辨。没错,那声响沉稳,结实,并且朝着宋庄的方向。我第一个念头是李贵叔。但再细细分辨,那不像马蹄声,平缓,有力,应该是骆驼。是李夏！我一跃而起。兴奋过度,竟将裤子穿反了,又脱下来重穿。

我扒开门,蹄声却消隐了。天色发白,西斜的月亮仍如喇叭花一样盛开。老天,难道耳朵真的出了问题？明明听到了声响,怎么没有呢？我愣怔间,声音又响起来,不是蹄声,而是急促的脚步。那不是李夏的。请我接生？倒是有可能,但说不清为什么,我紧张得心阵阵抽缩。确定是来找我的,因为脚步声在大门外停住。我起身迎出去。

乔师傅！听到孟姓男人喊我,我的心直线提起来。我努力地往他身后瞅去,不见李夏。什么也没有。我双腿酸软,强作镇定,问他从哪儿来。孟姓男人说从库伦返回来的,他的声音摇摇晃晃,让我想起御风旋转的八条腿。我等他的下文,他却停下来。他的迟疑和不安犹如利刃,削断我最后一丝念想。我的心突然坠入黑暗中。李……夏呢？仿佛那不是心底呼唤了千万次的名字,我停顿好久才叫出来。乔师傅,我对不住你啊。孟姓男人靠着栅门,手指门外,却发不出音。我站立不稳,往前扑倒。我抓住他,他扶住我,谁也没有倒下。那是个奇怪的姿势,就如高低不齐的四腿板凳,支撑着从天而降的重物。孟姓男人身上散发着浓重的混杂的味道。我第一次感受到气味的重量。就在那个姿势中,在浓重的气息的重压之下,孟姓男人的声音传入我的耳朵。声音比气味更重,每个音都是锤子。

孟姓男人搀着我向外走,那重击仍在持续。世界并未沉寂,但我宁愿世界静默。永远静默。

骆驼在树上拴着,李夏在驼背上横着。孟姓男人让骆驼跪倒,我扑上去,抱住已经发硬的李夏,想把他搂在怀里。他纹丝不动。孟姓男人拽开我,将捆绑着李夏的绳索解开,我才得以看清楚。儿,我的儿,他双眼紧闭,双唇紧闭,再也不会应我了。

昨日黄昏,离宋庄尚有七八十里,驼队遇到了高粱军。与土匪一样,多数情况下,他们只抢物不伤人,乖乖交出来就是。李夏不过动作慢了些,就遭到高粱军的扫射。孟姓男人立在我身边,不停地向我赔罪致歉。我让他走,可日上三竿,他还竖着。这不怪他,拉骆驼凶险,他早就告知。这是意外,又不是意外,但与他无关。他没必要自责,更不需要道歉。正午时分,孟姓男人终于离去。冬日,万物的影子都会变长,那天我看不到自己的影子,目之所及,只有物,没有影。

李夏躺着,没有身影。我亦没有。我守着,只想一个人守着,直到日暮。

次日,李夏被葬在公爹、大旺的脚底。那是他的归处,没有选择。是乡亲们帮的忙。仇视我的人挺多,但更多的人感念我的好。

整整两日,我水米未进。丝毫没有饿的感觉,反而像吃多了,肠胃以及胸腔满胀着,如紧绷的鼓。我没有瘫软,守在李夏身边时,我以为再也站不起来了。至天黑,想起该为李夏准备衣服,双脚顿时有了力气。那些帮忙的人,我也给准备了饭,他们谁也没吃。我不说话,但手脚没有停下,做该做的,能做的。宋庄人说的话:硬梆。或许就是因为我丧子却可以强力支撑。他们不知道的是,我的心已如枯灰。

第三日,我熬了点粥,喝下去,穿戴整齐。我想到那边去。父母、公爹、大旺、李桃、李夏、白杏、白果都在那边,我想和他们在一起。至于李春,我管不了也劝不应,听天由命吧。那个世界对我更有吸引力。没有刀枪,不用交那么多的税。每个人最终都会到那边去,趁我还清醒。清醒着去最好。

我踩着凳子,将绳子悬在房梁,挽了个活套,将头伸进去。绳子暖暖的,那是去另一个世界的通道。我很平静,没有哀伤,没有悲痛,只有与亲人会面的祈愿。

就是那个时刻,我听到急促的脚步。与孟姓男人的脚步不同,我能辨出来。我在凳子上立定,把绳套从脖子上移开。我若去了,那些婴儿怎么办?那是天命,我不能违抗。我没再犹豫,扯掉绳子跳下地。来人进院,我已经准备妥当。确实,是请我接生的。

一夜忙活,母子平安。那家人致谢,说我是菩萨现身。这样的话听得太多,我从未在意,但在那个早上,却如信念植入我的骨髓。我不能死,必须活下去,好好地活着。死去的亲人虽多,但我要接引更多的婴孩到世上。

10

石头在讲。

蚂蚁在窜。

11

民国三十四年八月,李春随德王逃离张家口的途中,中弹身亡。是曾去旅店代李春看我的瘪脸将消息带给我的,那已经是一年后了。李春虽然依附德王,但毕竟是我的儿子,我独坐了一夜。寻找李春的尸体绝无可能,我能做的就是默念哀思。只是我怎么也想不起他当侍卫的样子,满脑子都是他从小到大的点滴。烤蚂蚱,割马尾,拔萝卜,塞烟囱……他的淘气,他的恶作剧,彻底化为尘烟。我没为他立衣冠冢,如能活在心里,不立也活,如不能活,一堆黄土又有什么用呢?关于李春,我不想说太多。他的离去,让我彻底成了孤家寡人。

瘪脸带来的消息也让我的命运发生了变化。我深知把责任归结到李春身上是不公平的,但确实是催化剂,加速了我和于宝山的关系。

当年深秋,我接生归来,在距宋庄四五里的滩里发现奄奄一息的于宝山。他衣衫褴褛,满脸麻坑,像个要饭的。我猜他或许是遭遇土匪了。日本人被赶跑,但塞外依然到处是土匪,有的土匪连乞丐也不放过。无论哪种可能,都不奇怪。他尚有气息,我解开包袱,拿出水瓶。扶他坐起,发现他后肩处有伤口,已经化脓,必须及时救治。喝下几口水,他没睁眼,但手指动了动。我打算回村喊人抬他,走出几步,又想一来一去天就黑透了。我没有宋达的力气,但他活着,比死尸好弄些。这么想着,我折返,费了些周折,终是将他弄到背上。那时,我不知道背上的男人是谁,后面会发生什么事,只想着尽全力救这个人活命。

　　我撕开他的上衣,用棉花蘸了烧酒,将他的伤口清洗干净,然后将捣过的药敷上。又掰开他干裂的嘴唇,灌了些米汤。我不确定他是否能活过来,虽然有气息,可时断时续。若死在炕上,还得喊人抬他。那个年月,死个人比死个猫狗还要常见。

　　入夜不久,男人醒过来。那张脸丑陋,甚至有些恐惧,和他说话,我的目光总是处于游离状态。他知道我救了他,肯定想说感谢的话,但实在没有力气,只是直定定地看着我。我说你好好躺着,我给你弄些吃的。我给他热了米汤,喝下去半碗,男人安然睡去。

　　次日,男人的麻坑脸有了血色,吃了整整一碗豆腐白菜。他叫于宝山,包头人,给人放羊为生。没料遭兵匪哄抢,他试图阻拦,被砍伤。自知没法交代,他向南逃,半路昏倒。我想起李贵叔,一个赶羊一个放羊,遭遇相同。他的讲述合情合理,我深表同情。本来他醒过来,就该让他离开的,因为和李贵叔相同的遭遇,我多留了他一日。乱世人杂,纵然他的讲述有什么可疑处,也不奇怪。

第三日,我问于宝山能起身不,他便知趣地告辞。大约半个月后,早晨醒来,我发现门口有只猎杀的兔子。我没看见人,但我知道是谁放的。之后,隔半月二十天的,我总能收到些寻常但又珍贵的礼物,半翅、兔子,甚至野鸡。他像个猎手。我很好奇,那些猎物几乎没有伤痕,不知他是怎么弄到手的。宋庄的男人逮只兔子不知要费多大劲儿呢。又一个夜晚,听到脚步临近,我迅速穿衣,将欲离去的于宝山叫进屋。

于宝山戴了顶破棉帽,麻脸青紫。我倒了碗热水给他。喝过,我听到他肚子的响声。李贵叔的肚子也这么响过。他饿着肚子,却将猎物送给我,着实令我感动。我生火做饭,他则将带来的野鸡煺毛开膛。我叫他不要再送了,自己吃吧。他说我救了他的命,怎么报答都不为过。我问了那个好奇的问题,他说从小放羊,野外无事,天天拿石子操练,慢慢练就飞石击物的本事,还说若有机会,给我演示。我问他住在哪里,他迟疑着,说没个固定处,随便一个柴垛就可过夜。我的心一阵抽缩,这个季节在户外过夜,就算冻不死也冻个半死。这个男人无家可归,却整日想着报答我。但即便如此,我也没有招他入赘的念头。我说如果没地方去,可以住在东院。那是给李贵叔留的,我每月都要打扫一次。于宝山有些迟疑,问,这合适吗?我说,总比你住柴草垛强。如白礼成那样,他成了我的邻居。他不像白礼成,不是每晚都回来。他几天回来一次,必定是带了猎物给我。那是很奇怪的关系,我不知用什么样的语言描述。老实说,那些日子他对我异常尊重。他不像白礼成那么饶舌,沉默,阴郁,就如李春。这并不奇怪,一个人长期独处,难免变成半哑。

次年春天,请我接生的多了,我在家的时候少,与于宝山见面不多。天气转暖,他整日甚至整夜在野外。他说喜欢在野地跑,不放羊也喜欢游荡。有一次,我劝他学个营生,不然早晚要饿死,他摇摇头,不以为然,说鸟兽不会死绝的。这种生活倒也简单,但我总觉得不能持久。当然,我没再劝说,那与我无关。东院空着,就先住着。他比那些大烟鬼强多了。张北城的烟馆已经关闭,钱拜月回到了宋庄,家产都卖光了,烟瘾发作起来,又抓又咬,家人躲着他,他就抓自己的脸,弄得面目全非。据说二姨太还存了些私房钱,偶尔偷着买一点给钱拜月,她怕钱拜月将脸撕碎。她未能保住钱拜月的命,两年后钱拜月死在炕上。

在瘸脸带回李春的消息前,于宝山只是邻居,他是一个除了吃喝没有任何喜好没有任何技艺的男人。他的眼神偶尔有所流露,作为女人,我太明白那是什么。我没有任何回应,那火花便熄灭了,长久地沉默着。我并不是在等白礼成,他不会回来了,毫无疑问。我的心没有枯死,但是回春也没多么容易。心里有太多重负。

但在那个漫长的夜晚之后,准确地说,是第一缕阳光投射在窗棂上时,一切都发生了变化。我要生儿育女,那念头飘然而至。我不止要生一个,要生两个三个四个……我尚未衰老,子宫仍然润盈。我没考虑能不能养活,似乎已经丧失理智,只是想生。死神夺走了五个,我要生更多的孩子。自然需要男人帮我,于宝山可能不怎么合适,却是现成的人选。我几乎是迫不及待地跑到东院,拦住正要出门的于宝山,没有廉耻地说我要嫁给他。他一定是被击晕了,半张着嘴,像猎物从天而降,兴奋却又有些惊恐。我盯着他有些扭曲的麻脸,迅速做出另一个决定,如果他说不,我就让他滚蛋。但他极识时务,瞪了几秒之后,频频点头。老天,他竟然什么都没说。但那足够了。他同意了!我不在乎他的疤脸,不在乎他是个放羊的,不在乎他的脾气和毛病,只在乎他壮实的身体。

于宝山就这样成为我的丈夫。东院住着任何一个单身男人,我都会嫁给他。生育的欲望强烈而又疯狂。那更像一场战斗,冲锋的号角已经吹响,我再没有退路。

苍天没负我。

民国三十六年,我生下和他的第一个孩子,是个男婴,取名于秋。次年生下第二个儿子,取名于冬。隔了一年,一九五〇年,我生下女儿于枝。我还想生的,但出了点状况。

就在于枝出生那年,宋庄民兵在野外打靶,屡击不中。如愿当了羊倌的于宝山看得手痒,想试试。带队的民兵点了头,或许想看他出洋相,没料三击三中。民兵警惕性很高,一个放羊的怎

839

么会有这么好的枪法？报告了上级，于宝山的身份暴露。他竟然是一直被政府追捕的土匪头子，曾投靠李守信，麻脸是他用炒热的黄豆烫的。不久，于宝山被枪决。

　　我的震惊程度不亚于白日撞鬼。我不想说太多，无论是疯狂还是没有理智，那一页都翻过去了。至少暂时翻过去了。

　　我将三个孩子改随我姓。

第十九章　喜鹊

1

听到乔石头回来的消息,喜鹊突然间被钢筋刺穿,整个人不会动了,疼痛伴随着惊喜迅速漫过。宋品已经离去,只有她一个人站在街角。夜色渐厚,她与房屋树木墙头融为一体,成为黏稠的黑暗。她忘了自己为什么站在这里,似乎思维也凝固了。

不知站了多久,直到叽喳声响起,她才有了活气。鼻子突然发痒,连打三个喷嚏。然后,转身往祖奶家走。并非听从于宋品的命令,她才不在乎他握着多大的权力。本该从容自在的,可乔石头像颗重磅炸弹,即便凝固那么久,余波的震荡仍使她步态摇摆。

敲门时,喜鹊的手仍然不听使唤,用不上劲。她敲祖奶的门向来不敢用力,哪怕祖奶醒着,也怕惊扰她。但那终究是能击起声音的,而此时竟然无声无息。她不得不借助双脚。踢了几下,终于看到麦香那张苦大仇深的脸,好像全世界都是她的敌人。

喜鹊鄙视没骨头的男人，也瞧不起苦唧唧的女人。

喜鹊呀，我当是谁。麦香的脸迅速变幻，努力挤出些笑。麦香对喜鹊怀着敌意，她的眼神明明白白，好像她的遭遇是喜鹊造成的，但又不敢流露，因而她的神情处于分裂状态。喜鹊才不在乎麦香什么态度，淡淡地说，宋品让我帮忙。他呀——麦香的声调拉得长长的，也许后边有话，也许只为发出哀叹。喜鹊可没工夫听她抱怨悲叹，撇下她大步往里走。双腿恢复如初，步态稳健。

麦香追上来，抢先一步进屋，好像她有什么秘密怕喜鹊窥见。喜鹊明白，麦香不过是想显示她是这儿的主人。事实上，麦香也正是这么做的，能不能见祖奶，得她说了算。喜鹊可不吃这一套，她不会动不动惊扰祖奶，但她想见了，绝不经过麦香批准。麦香让喜鹊稍坐，她马上就忙完了。喜鹊没坐，站着等她。麦香在捣什么东西，应该是制作香料。喜鹊闻到一股淡淡的香。木罐乌紫，捣锤油黑，麦香穿着翠绿长衫，看上去超凡脱俗，很难相信她是怨天尤人逮谁向谁诉苦的女人。喜鹊本来想打断，但麦香的神态让她控制住。在那一瞬间，喜鹊竟然有些欣赏她。但放下捣锤，麦香就变成另外一个人，咄咄逼人，唠唠叨叨。

水已经烧好了，我现在就接，麦香从角落里拎出深黄的木桶，其实我一个人能洗，不该麻烦你的，侍候祖奶这些年，我没出过差错。喜鹊问，要我做什么？麦香说，啥也不用，看着就行。她讨好地笑笑，补充道，真的不用，不是我洗不了，宋品愣说他看见祖奶脸上有蚂蚁,让你来就是为了这个。喜鹊没应。宋品只说给麦香帮个忙,没说具体干什么。蚂蚁?这才四月,怎么会有蚂蚁?麦香接了多半桶水,用手试了试,冲喜鹊说,可以了。

祖奶静静地躺在床上,像睡着了一样。麦香解开祖奶的衣扣,小心翼翼地剥脱。她动作轻柔,仿佛祖奶是瓷器,稍稍用力就会碎掉。喜鹊第一次看麦香给祖奶脱衣服,麦香的专注入神让喜鹊感动。也正因此,麦香说你睁大眼睛就行了,喜鹊便站着没动,麦香脱一件,她接一件。

祖奶的裸身呈现在喜鹊面前。自打记事到现在,见过祖奶无数次,但目睹祖奶的裸身还是第一次。在喜鹊心里,祖奶高大、健壮,哪怕她躺在床上,也只是不会说不会动而已。可面前的祖奶干瘪枯瘦,比喜鹊心目中的形象缩小了一大圈。喜鹊的鼻子突然一酸。仅仅是酸,她没有掉泪。她似乎没有眼泪。麦香蘸湿毛巾,开始擦拭祖奶的额头、脸颊、耳朵、下巴、脖颈、乳房、肚腩、双腿、脚趾……麦香像捣香料一样专注,甚至更入神些。她沉醉而享受。难怪麦香自诩,她还真是侍候祖奶的不二人选。喜鹊本想问她该干点儿什么,终是把话压住了。确如麦香所言,她不需要任何人帮忙。

你看到了吗?擦拭完,麦香抬头问。喜鹊说没看到。麦香哼了一声,我就说不可能,宋品不相信我。喜鹊说,也许他看花了眼。麦香冷笑,看花眼?他是让乔石头吓破了胆!乔石头每次回来,宋品都这个样子,好像乔石头会要他的命。乔石头不是

843

恶魔,宋品至于吗?我说过他的,若是别的事,还能听进去劝,与乔石头有关,他就换了个人。麦香讥讽中夹杂着炫耀。喜鹊刚刚生出的一丁点儿敬意顿时消散。还要我做什么?她问。麦香摇摇头,从喜鹊怀里把衣服接过去,丢到桶里,又从衣柜里拿出洁净的衣服,给祖奶穿上。衣裤上身,祖奶似乎长了一截。喜鹊松了口气,那才是她心目中的祖奶。

你确实没看到吧?麦香问,喜鹊摇头。麦香说,宋品这下该踏实了,他信你。喜鹊听出麦香的醋意,但忍着没说话。他一会儿准要过来,要亲口问你呢。麦香继续泼酸。她这是要让喜鹊离开的,但不敢明说。果然,几分钟后,麦香漫不经心地,如果你忙,可以先走,我告诉他。喜鹊没动,问道,乔石头什么时候回来?麦香说,这我可说不准,宋品也未必说得清楚,可能就这三两天吧。喜鹊明白从麦香嘴里探听不出消息,麦香不比她知道得多。你说他回来干什么?麦香问。她竟然问起喜鹊了。麦香是无心的,甚至还夹带着不安,但在喜鹊听来,有戏谑的成分。好像无意中被麦香窥见了什么,喜鹊甚感恼火,声音有些变调,我又不是他肚里的虫子。麦香没因被噎而显出窘态,附和,是呀,乔石头干什么谁能猜到呢?

喜鹊离开,麦香又假意挽留,让她不妨等等宋品,喜鹊说我没工夫。麦香便欢快地,如释重负地,反正你见证了,我会转告他。

麦香合上门,喜鹊在暗夜中站了一会儿。当然不是在等宋品。难舍的是祖奶,还有即将回来的乔石头。她有被轰炸的恐惧,又有刹那碎裂成齑粉的期待。

2

第一次被乔石头吸引,她九岁,与乔石头年龄相仿。那时白凤娥就喜欢往供销社跑了。马蜂在车倌家的房檐下筑了巢,车倌老早就发现了,但没理会。老婆让他捅掉,他摇头说,请还请不来呢,捅了干什么?你就等着吃蜂蜜吧。车倌老婆嘴馋,多半也是车倌惯出来的。车倌走南闯北,每次回来都给老婆带好吃的。糖、杏干、红枣等等。虽然不多,但在物质匮乏的年代,那可是普通人想都不敢想,甚至见都没见过的奢侈品,书记都未必吃得上。车倌老婆爱显摆,含一块杏干能走遍半个村,她捂着腮帮子,边走边吸溜,有人问她,她就说吃杏干吃得牙酸了。自然,她吃红枣,就牙疼得要命。我们家那口子,说起车倌,她呼出来的气都带着糖味。只有一次,她叫车倌牲口,车倌打了她,她跑到大队部告状,顺便历数车倌的种种劣迹,如偷卖椽檩偷卖畜草,把马料带回家喂鸡等等。凡是车上拉的,车倌都下过手,那些奢侈品皆由此而来。车倌被罢免,只留下一个鞭子。没车赶了,车倌心慌气闷,就甩鞭子,早也甩晚也甩。自然,车倌老婆没机会捂着腮帮子在街上晃荡了。但她吃馋了嘴,没了打牙的,就流哈喇子。车倌想方设法,因地制宜,今儿弄几个鸟蛋,明儿挖几把酸柳。季节不同,车倌给老婆弄回来的零食也不同。

马蜂凶猛,除了车倌,没人敢打主意。车倌老婆听说有蜂蜜吃,就由着马蜂飞出飞进。仲夏的午后,车倌老婆嘴巴寡淡,心情烦乱。她让车倌给她先弄一小块儿尝尝,车倌说等天黑,马蜂都入了窝才行。车倌老婆等不及了,等到天黑,她非馋掉牙不可。若车倌不给她弄,她自己就上手了。车倌对老婆百依百顺,虽不情愿,还是披挂上阵。他手握长铲,只露着双眼,打算连窝铲下来。但只碰了一下,就被马蜂察觉了企图。一只蜇他的左眼,另一只蜇他的右眼,车倌丢掉铲子,从窗台摔落。可马蜂并未放过他,群而攻之。车倌老婆拿个扫帚欲驱赶,自己也遭到了攻击。她嗓子尖,整个村都听到了惊慌的叫喊。

喜鹊闻声赶过去,车倌院外已经聚了二三十号人。车倌不能动弹,挥舞着胳膊大骂,仿佛愤怒也是他的武器。车倌女人倒是窜得快,可她进屋,马蜂跟她进;她爬出来,马蜂又追出来,她哭得声音都变了调,似乎嗓子也被蜂针刺穿。围观的没一个敢进院,只是叫喊着让她往院外跑,并做出随时逃离的架势。怎奈车倌女人已经被蜇得晕头转向,只是屋里屋外乱窜。马蜂没有减少,且不断增多。花花点点,如同雨幕。没人敢靠前,看着都心惊肉跳。

就在众说纷纭、主意乱出的当口,一个瘦小的身影翻墙入院,正是乔石头。他抓着白色布袋,没遮头脸,双臂也裸着。院外突然哑了,个个瞪大眼睛。乔石头捡起车倌的长铲,跃上窗台。猛刺数下,蜂巢坠落。他塞入布袋,转身往外跑。愤怒的马蜂自然不会放过乔石头,迅速包拢住他。

人群四下逃散,喜鹊没有。不是吓傻了,她极度兴奋,似乎浑身的血液都沸腾了,是被乔石头烧开的。她想帮他,但不知怎么帮,朦胧的意识告诉她,她不该逃离。

乔石头拎着布袋奔跑,马蜂紧追不舍。马蜂的队伍很大,一团黑色的浓烟。喜鹊惊醒过来,追上去。

等喜鹊追到蝴蝶河边,乔石头已经没入水中。那个布袋也被他拽至水面下。浓烟在河面刮来刮去,等待着进攻的时机。喜鹊像马蜂的同伙,紧盯着河水,心悬到了极点。猛然,乔石头跃出水面,换口气,再次没入。他没淹死,喜鹊捋了捋胸。

半小时后马蜂才散去。乔石头游至河边,大人们将他拽至岸上。喜鹊想伸手的,但被挤开,只能在外围注视他。乔石头的头胀大了许多,双睛如缝,小臂肿起一个又一个大包。他没哭,甚至还笑了笑,说自己没事。喜鹊突然想抱抱他,哪怕摸摸也行。但乔石头已经被架着离去,她只能跟在后面,望着他的背影。

车倌摔断了腰,车倌老婆的膝盖磨破了,自然两人都被马蜂蜇成了面包。村医说已经是万幸,若非乔石头及时将马蜂引走,两口子很可能都没命了。乔石头救了他们。

喜鹊也被蜇了,在脖子上。白凤娥要用热水敷,喜鹊没让。白凤娥不解,问她不疼吗,喜鹊说不疼。似乎觉得这两个字不足以表达,又强调说一点儿也不疼。事实上,她是疼的,那个地方

847

像被刀割了。她没说疼,因为她没听到乔石头说疼。她甚至庆幸被蜇,她觉得这是在帮乔石头。涟漪悄然泛起,再也没有褪去。她的情愫,白凤娥不会懂得。

秋末,乔石头和一帮孩子在场院玩砸阎王,小更参与了。乔石头投掷准,稳坐阎王位置。小更年龄小,什么都没击中。阎王发出号令,牛头马面各揪着小更的耳朵,来回走一遭。牛头马面用劲大了些,小更眼泪汪汪。待看见来寻他的喜鹊,哇地哭出声。喜鹊就在场院边上,好一阵儿了,见乔石头在,她没上前,直到游戏结束。小更的号啕让她脸红。不过是玩耍,不是故意欺负他。她抓起小更的手就走,边走边训斥。乔石头追上来,解释说闹着玩的。喜鹊说我知道的,没事。乔石头说以后不了。喜鹊闻声停住,说哭又咋的?你别怕他哭!喜鹊盼望乔石头带小更玩,这样,她和他见面的机会就多一些。朦朦胧胧的感觉说不清楚,能说清的,是她想见到他,听到他的声音。乔石头答应还带小更玩,但小更发怵,只愿意和他年龄相近的孩子玩,就这,也常常眼泪吧嗒的。

在宋庄,喜鹊和乔石头是最引人注目的,喜鹊因为刁,因为那些围绕着她的喜鹊,因为小小年纪便成为一家之主;而乔石头则因为壮举和他的恶作剧。就在那不久,乔石头单身制服了受惊的马。村里能像车倌一样赶套车的人寥寥无几,另外两个虽说能赶,但没车倌的本事。无论多么野的马,到车倌手里几日就乖顺了。他与马倌驯马的手法不同,但同样有效。马和牛不同,牛在张三手里驯服,在李四手里也照样。马不同,只认驯服它的人,因此车倌能赶,到别人手里就没那么听话。抽一鞭子,它就尥蹶子造反。车倌被罢免后,宋庄发生几起马车伤人事件,而他摔伤后,那些他调教过的马突然变得狂躁,动不动就横冲直撞,不管拉犁还是拉车。那日,某赶车人卸草,不小心绞捆柴草的木橛砸到了马屁股,枣红马受惊,撒蹄狂奔。正在街边的乔石头直扑上去,没抓住缰绳,但他够到了系在车辕的大绳。马跑得快,乔石头顿时摔倒。被拖拽了数十米,乔石头竟然站起来了,他跳到车上,欲靠近枣红马。结果马车轧到石头,虽没翻车,乔石头却被甩到地上。很神奇的是,那匹马竟然停住了。乔石头磨破了皮肉,躺了好几天。喜鹊没看到那个场面,她听说时乔石头已经摔昏了。喜鹊心底再次翻滚沸腾,在祖奶门前来来回回地走。有人说乔石头逞能,差点送了命,喜鹊不这么认为。乔石头是了不起的。他不顾性命往前冲,几人有这样的勇气?他还是个娃呢。

对乔石头的恶作剧,人们说法不一,有的说他贼,点子多,有的说他就是一祸由子。光棍五奎,白天足不出户,到了夜晚便挨门窜窗户底。据说五奎知道宋庄所有的秘密。因此连队长书记都忌惮他三分,虽不下地,分东西却不敢少给他。宋庄已经认可了五奎的昼夜颠倒,有人玩笑说,把五奎逼出来,除非长了犄角。乔石头和几个孩子打赌,他可以做到。他逮了一只老鼠,在其尾部绑上棉花团,烧油点燃,推门放进去。孰料老鼠没朝屋里跑,转身向外,蹿向柴垛。柴垛燃着,然后是房屋。五奎赤着脚跑出来,不然就烧焦了。长达三个月的时间,五奎住在祖奶家。罗列乔石头的恶作剧,至少有一大筐。但在喜鹊眼里,那筐也是光芒四射的。羊倌敢吗?小更敢吗?如果他们敢做一次,她必定好吃好喝犒赏。

喜鹊没与乔石头作战过。有一次,她就差那么一会儿。那时白凤娥已经蹲监狱了。一条野狗蹿至宋庄,遇人追人见狗咬狗,一时哭喊连天,家家关门闭户,如临大敌。喜鹊也不例外。花志钢被她搂在怀里,仍瑟瑟地抖。喜鹊谛听着街上的动静,判断着野狗蹿跑的方向。后来听到狗的哀嚎,乔石头跃入脑海。如同心灵感应,喜鹊叮嘱花志钢别乱动,锁了门,抓上三股叉跑到街上。那条黄狗已经被吊在树杈,尚未咽气,挣扎着哀嚎。果然是乔石头,他的衣服撕破了,脸上也有血迹。他冲喜鹊一笑,说没事了。

爱慕并非突如其来,那粒种子早在九岁便在心里扎根,日夜生长,喜鹊明白那就是爱时,它们不再是孤零零的植物,遍身都是,蓬勃,强劲,甚至疯狂。成年后,两人见面反不怎么说话了,互相点一下头。嘴巴闭着,眼底却是有内容的。喜鹊相信乔石头懂。虽然夜晚她偶尔会疑惑,也许乔石头没看出来,她该主动些,但到了白日,她便恢复自信。乔石头那么贼,怎么会不懂呢?她终究有些孤傲,太过主动,太过赤裸,那就不是她了。而且,因为羊倌的婚事尚无眉目,她必须压着自己。但若乔石头提出来,或打发人提亲,她定会答应,绝不扭捏。

后来听说祖奶托人给乔石头说亲,喜鹊急了。乔石头是她的,谁也不能把他夺去。也只有乔石头配得上她。喜鹊没寻媒人,自己上门。她要给自己说亲。也是巧了,祖奶和乔石头都不在。喜鹊悻悻离开,打算晚上再去。

那天下午,东坡姓栗的捎话过来,她去了趟东坡。她打算给羊倌买个媳妇,曾留话给姓栗的。姓栗的做这个生意,有两三年了。如果弄成,她就没了后顾之忧。这次姓栗的带回的是个哑巴,个头不高,长相也很一般,倒是比喜鹊想象的年轻。但姓栗的要价太高,他说女方的父母急等钱用,所以才舍得把女儿嫁到塞外。

黄昏时分,喜鹊离开东坡。没谈成,喜鹊并不惋惜。她不是很中意。喜鹊没走大路,直接穿越莜麦地。她惦记着给羊倌和花志钢做饭,饭后她要去祖奶家为自己提亲。不能再等羊倌了,结了婚照样可以给羊倌说媳妇。喜鹊在脑里演练着说词,她打定主意,非乔石头不嫁。乔石头娶她,也并不辱没他,她相信。

或许是过于专注了,她没察觉到任何可疑。虽然她听到了头顶的鹊声,但没嗅出那声音的警示意味。突然被袋子罩住,她也没意识到危险临近。直到倒在莜麦地里,她才明白遭遇了不测。她拼命挣扎,大声呼救。也就叫了一声,脑袋挨了<u>重重一击</u>,她登时昏过去。

851

3

喜鹊推开门,日光已将树梢染红。平时她起得早,昨夜被那个影子纠缠多半夜,凌晨才迷糊着。朦胧中,她听见了喜鹊的叽喳,但就是睁不开眼,仿佛被施了魔法。以往可不这样,睡得再沉,只要喜鹊的叫声有细微的异样,她立时会驱散压在身上的梦魇,利落地坐起来。对于别人,那只是声音,欢快的声音,甚至听不出其中的差别。而在喜鹊,每只喜鹊发出的声音是不一样的。有的粗涩有的细弱,有的急促有的平缓,有的圆润有的嘶哑,有的宛转有的柔韧,有的轻软有的刚硬。和人一样,喜鹊的嗓音千差万别,一万只喜鹊就有一万种嗓音。喜鹊并非像传说中的那么邪,能与鹊鸟对话。她听不懂它们在说什么,但能听明白。这有点矛盾,其实不然。喜鹊不能肯定每声叽喳的确切含义,但知晓大致的意思。比如它们是否饥饿是否寒冷,谁向谁求偶谁与谁吵架,谁受了委屈谁在发脾气,是撒娇还是依恋,她都是明白的。更重要的,那叽叽喳喳于她不只是识别码,不只是情绪的探测器,还是她的呼吸她的血液。人们只知她喂养喜鹊,不知她也依赖它们。没有它们,她可能也会活下去,但绝不会是这个活法。更透彻点儿说,她的精气神儿源于它们。

它们从树杈、木杆、房顶、烟囱飞起,发出欢呼。院子立刻暗了,就像早晨刚刚开始,夜晚便紧追其后。它们等她等得着急了,看到她,它们才去觅食。

喜鹊朝空中挥一挥手,那一团黑云渐渐变淡,露出蓝色的天幕。它们飞往各个方向,有的中午前会赶回来,有的黄昏才入窝。那必是觅食不顺,或遭遇了什么。比如某个顽皮孩子的射击,野狗野猫的撕咬,或吃了拌鼠药的麦粒。有的飞出去再也没有回来,那些中毒的喜鹊即便飞回来,也不一定能活。但凡她能救活的,都不遗余力。某个夜晚,她快睡了,听见细弱的叽喳声,急忙爬起。一只喜鹊倒在门口,抽搐不止。她抱起就往范长水家跑。范长水两口子已经入睡,喜鹊重力擂门,大声呼叫。范长水拉开门,她猛闯进去。范长水没防住,被她撞倒。范长水摔蒙了,半晌没爬起来。喜鹊便跪在地上,把喜鹊捧给她。那只喜鹊的眼睛已经闭上。范长水不是神医,未能回天。喜鹊对他的宣判很是愤怒,奋力摇晃着他的双肩。范长水没来得及戴鸭舌帽,他谢顶了,仅剩的头发舍不得理,足有一尺长。本是盘在头顶的,用卡子别着,被喜鹊摇晃,那几根头发散乱开,有的耷拉在鼻前,有的耷拉在耳侧,别提多狼狈了。他想把喜鹊掰开,但她的手指像嵌进他的肩骨,根本弄不动。还是范长水女人帮忙,才把喜鹊扯开。喜鹊终于冷静下来。她接过已经僵硬的喜鹊,说打扰了。从范长水家出来,才发现自己赤着脚。那可是深秋,地面冰凉。她没感觉到冷,没感觉脚心被划破了。虽然没救活,但她救了,心里会好受些。每年都有死亡的喜鹊,老死或意外,只要死在院里,就是死在野外被她看到,都会将它们好好掩埋。她会难过一阵,不会持续太久。叽叽喳喳的交响是她的药,她迷恋成瘾。

有的喜鹊没有飞离,再次停落在房顶、墙头或她的肩上。各鸟各性,有的自觉,为了填饱肚子不惜飞远,有的懒惰,总想吃现成的。喜鹊不能改变鹊鸟的性子,但她能识别出来。寒冷的冬日,特别是大雪封途,喜鹊是要喂食的。莜麦、小麦、玉米粒,它们不比她和黄板吃得少。但积雪融化,她就不怎么喂了。当然,老弱病残例外,她不喂,它们会饿死。

喜鹊抓了几把粉碎的玉米,撒于外屋的地上,守在敞着的门口。此时,她就像电影院的验票员,只放行老弱病残。而对于企图蒙混过关的懒鸟,她会挥臂驱离。开始她撒在院子里,懒鸟有可乘之机,而且啄食快。后来就改在屋子里喂。她不养懒鸟,即便她有足够的粮食。

看着地上的鸟挤来挤去,偶尔扑扇着翅膀从这一侧飞到另一侧,喜鹊满脸的幸福。它们不是为她活着,只是因为有她,它们活得足够久。数十分钟后,它们鱼贯而出,只有一只在地上来回踱着,似乎在思考什么重大问题。喜鹊明白它在给她演示。去年冬天,它的左腿被夹子弄伤,她敷了药,用纱布包裹住。怕它冻残,她将它留在屋里,半月前才让它离开的。它的腿伤已经痊愈,喜鹊懂它的意思。喜鹊心里涌起热流,蹲下去摸了摸它。它没叽喳,她也没说话。那是多余的,不需要。喜鹊直起腰,它仍闲庭信步,走到门口,顿了数秒,才振翅飞离。

日头已经升高,屋子明亮了许多,水缸、菜罐有了光泽,大梦初醒似的。喂完喜鹊，一天才正式开始。喜鹊扯掉盖在面盆上的棉袄。面发透了，都粘到盆盖上了。喜鹊先揉面，然后烧水，洗脸，切菜，再烙饼炒菜。自小一个人忙活，现在仍是一个人。不同的是那时给羊倌和花志钢做饭，现在给黄板做饭。黄板有时四五日回来一次，有时八九天回来一次。所以，她得给他送饭。

一切在那个黄昏碎裂。醒来时，她先看到深蓝色的天幕及天幕上的那把弯刀，以及射来射去的黑影。叽喳声急切细长，像被弯刀削割了。脑袋钝疼，记忆尚未恢复，她的第一个感觉是喜鹊正在被锋刀屠宰，它们的叫声充满悲伤和恐惧。她猛挥臂膀，像那淡黄色的弯刀就在头顶，她能够得着。手臂碰到正在拔节、如孕妇一样的莜麦，她才发现自己躺在丛林中。她的头脸，她的整个身躯。赤裸的双腿也有了感觉。她明白发生了什么，绝望地发出哀嚎。只一声，便咬住嘴巴。她没有爬起，就那么躺着。喜鹊仍在飞射，像两侧埋伏着的士兵在互相投掷、攻击。锋刃仍在挥舞，天幕上鲜血淋漓。喜鹊能感觉到血珠坠到皮肤上的声响。她的下体并不疼，疼的是心，是骨。她没有费力地琢磨撕碎她的歹人，满脑子都是乔石头。若有他陪伴，她断不至于遇险。他是她的，如果没遭遇这一切，这会儿她正在祖奶面前为自己提亲。她可以为父亲说媒，同样可以为自己提亲。她是喜鹊，眉梢不会悬挂羞涩和扭捏。她相信祖奶会答应，乔石头会接纳。她配得上。但现在不同，她失了身，如同破布一样摊在莜麦地里。

855

那个梦被彻底击碎,那么轻易地就被击碎了,她心如死灰。

伤悲难以平复,但喜鹊没有任其蔓延。嫁不成有嫁不成的活法,她必须想清楚接下来怎么办。脑里不再是纠缠的乱麻,没费什么力便理顺了。她放弃报案,白凤娥与羊倌成了宋庄乃至营盘镇的公众人物,她绝不让自己步他们的后尘。张扬出去的结果,她能想象得到。她自小孤傲,怎会任由那一束束目光没有顾忌地落在脸上?绝不!打掉牙自己吞咽?也不完全是,如果能找到那个人,她会让他得到应有的下场。只能她自己找,她不依赖任何人。

等她爬起来,又是那个干脆利落的喜鹊了。裤子丢在两米外,还有那个面袋。穿戴妥当,她理了理头发。绝不让人看出异样和狼狈,哪怕是羊倌,哪怕是花志钢。他们尤其不能。她抓起面袋,细细闻了闻,是装了莜面的袋子。她团在手里,慢吞吞地往宋庄走。弯刀锈在了天壁,一动不动。那些箭不再射来射去,仿佛也被夜空吸附住了,她甚至感觉不到它们的存在。但她能听到叽喳声,那是她的路标,顺着声音走,闭着眼,她也不会迷失。

深秋,喜鹊告别了宋庄。

4

黄板也许不如乔石头,但就好胜斗勇、胆壮生猛,与乔石头绝对是一路人。喜鹊喜欢这样的男人,而这样的男人才配得上她。收购文物回来,搬离大境门,她与黄板一道住在堡子里。

这样的男人站在身后,腰板都是硬的。打架斗殴,寻衅滋事,那是混混所为。黄板不是混混,如果这样,喜鹊绝不钟情于他。但祸事来了,绝不畏惧退缩。喜鹊相信自己的眼力。不久,黄板再次为她撑了腰长了脸。

那日晚上,喜鹊与黄板还有花志钢一起吃火锅。文物这碗饭花志钢吃不了,不用黄板说,喜鹊心中有数。但她总想让花志钢和黄板多接触,那是她的私心,也是她的苦心。花志钢个子长成了,骨头依然是软的。她没法把他塑造成乔石头或黄板,只愿他有几块硬骨。她动不动喊花志钢过来吃饭,并非担心他吃不上饭,而是给他吃药。这一点,花志钢不明白,或许黄板也未必明白。当然,那不重要,重要的是她一直在暗暗使劲,从未放弃。

花志钢到的晚了些,周围的食客已经夹着热气腾腾的肉片往嘴里送了。椅子距餐桌太近,花志钢往后拉了拉,用力猛了些,肘部碰到另一个人的后脑勺。没等花志钢说对不起,那个人便骂咧着站起来。花志钢似乎被吓傻了,那三个字再未吐出来,嘴张着,好像吃撑了,两臂也微微抖着。喜鹊太熟悉那个表情了,花志钢恐惧到极点就是那样。如果他说了对不起,那个后生的斥骂或许会停止。但花志钢说不出来,只会发抖。

黄板及时站起,说花志钢不是故意的,只是不小心。可能他说话的语气,也可能是他的眼神,让后生不适,后生不依不饶,不小心就有理了?黄板没有正面应答,只是笑了一下,都是吃饭的,生这么大气干什么？对不住了。后生没那么凶了,落座时却又骂出来,妈的！结果激怒了黄板,他提高声音,都给你道歉了,怎么还骂人呢？后生闻言猛又立起,骂你又怎么了？黄板冷声道,你别不识敬！后生挪开椅子,他的两个同伴也站起来。若不是老板及时赶过来劝说,肯定就打起来了。

喜鹊并不想闹大,黄板回到座位,她暗暗松了口气。但她不害怕,绝不！而花志钢就不同,人坐在那儿,魂却在别处。他缩着脖子,小心翼翼,就像利刃在头顶悬着。他的手稳不住,菜总是会掉下去。若不是在饭馆,喜鹊早就夺了他的筷子。那三个后生吃完后离去,花志钢才大口大口吃起来。这出息,和羊倌如出一辙。

从饭馆出来时九点多钟,走出二十几米,再次看到那个后生,他身后不是两个,而是四个。那架势再明白不过。黄板让喜鹊和花志钢先走,他迎了上去。喜鹊没逃,她不能撇下黄板。她推花志钢一把,让他报警。

持续时间并不长,警察赶来,后生连同他的同伴被黄板和喜鹊打倒。黄板的脸和胳膊均被划伤,喜鹊也受了伤,但她很痛快。在派出所做笔录时,她如置身蒸笼,几乎坐立不住。警察以为她尚未从惊吓中恢复过来,还劝导她。他们不知道她是心花怒放,只是不敢表露而已。她对黄板的爱就这样一寸寸变厚加深。

有黄板这个榜样,喜鹊相信花志钢终会改变。谁生来也不是硬骨头,那需要日积月累的淬炼打造。那是她做姐姐的使命。至于羊倌,在她离村那一刻便放弃了他。到了张家口后,基本没他的音讯。但他在那个小城的日子,喜鹊能想象得到。一生窝囊,窝囊一生。他能干出什么惊天动地的事?

听到羊倌的消息时,喜鹊和黄板已经同居了大半年。那是个阴雨天,黄板撩起窗帘看了看,复又躺下。喜鹊正好休息,不用早起。两人听了会儿雨声,喜鹊问黄板早饭吃什么。喜鹊说倒是有一张饼,只够我吃。黄板说你吃饼,我吃你。喜鹊踢了他一脚。黄板就势勾住,喜鹊的腿便软了。他来回揉搓,就像她是一团面。她终是发出呻吟。他如弹簧一样射起,将她紧紧箍住。雨势渐大,如鞭子一样抽打着大地。

他们终于安静下来,躺了躺,竟然又睡着了,直到花志钢的声音响起。那是个大杂院,有四家租户,院门从来不锁。花志钢边敲窗户边喊。那声音透着紧张和焦急,就像此刻他被抛弃至没有人烟的荒野,群狼正在逼近。喜鹊知道有事了,但她没有立即回应。就算天塌下来,也不该慌的,尤其是男人。后来黄板推她一把,她才开始穿衣。黄板比她动作快,已经跳下地开门了。

花志钢披着蓝色的雨衣,湿淋淋地闯进来,同时带来羊倌的消息。喜鹊的第一个反应是不可能。羊倌杀了白凤娥?借他一百个胆子也不敢啊。而且,他哪里舍得?虽然白凤娥给他脖子上套了数道紫箍,她依然是他的宝儿。谁告诉你的?喜鹊盯住花志钢。雨衣仍在淌水,他的眼睛有些红,眉毛、鼻子、下巴湿漉

859

漉的,喜鹊不知是否混合了眼泪。花志钢摇头,雨滴甩了喜鹊一脸。喜鹊来了气,谁告诉你的?你不知道?花志钢说好像他们认识他,但他不认识那几个人。花志钢的讲述着实不靠谱。喜鹊迟疑着,瞟瞟黄板,她并没询问他,但黄板猜到了,说给村里打个电话不就清楚了?喜鹊断开的思维立马接通。她应该想到的,只需一个电话。

确实。

但即便如此,喜鹊仍难以相信。羊倌哪来的胆子?哪来的勇气?鬼神附体还是灵魂出窍?羊倌已经被羁押,铁板钉钉,由不得她不信。五味杂陈,喜鹊不知如何描述自己的心情。虽然巨大的屏障隔在中间,她和白凤娥形同路人,她的脑海中甚至不乏阴暗的闪念,但喜鹊没有咒她遭遇横祸,更没盼望羊倌成为凶手。可羊倌此举,却又令她刮目相看。模模糊糊的东西在身体里弥散。就像看见残腿的喜鹊意外地立在晾衣绳上,那些东西她控制不住。

羊倌为自己划上了句号,虽然不那么圆满,虽然那样的方式令人唏嘘和叹息。花丰收,这个名字雄壮、正式地出现在判决书上、宋庄的喇叭里,当然还有墓碑上。那是喜鹊为花丰收做的最后一件事。

谁生来不是硬骨头!某个夜晚,喜鹊被花丰收的声音惊醒。他立在床头,掷地有声。喜鹊猛然坐起,在黑暗中扭头四望。黄板在梦中呓语,对面的屋子传来厮杀声,那个鞋匠看电视总要到

860

大半夜。喜鹊相信自己的耳朵,那就是花丰收的声音。直到这时,喜鹊的眼泪才漫上来。

黄板提出回他的老家大同,他出生的村庄也发现了煤矿,机会甚多。喜鹊没同意。她没指望黄板大富大贵,她和他在一起,绝不是图他的钱财。况且,黄板有一笔不小的积蓄。两人同居不久,黄板就将存折上的名字换成喜鹊。他对她完全透明,她很感动。更重要的原因是,她放不下花志钢。花志钢需要她的照顾,需要她的铸造。她岂能半途而废?

但花志钢终是令喜鹊失望了。花志钢恋爱了,女孩在花志钢经常摆摊的巷口开了个小卖部。说是小卖部,其实不足一间房。女孩长得还算俊俏,但个头不足一米五,而且是个跛子。女孩的父母是毛纺厂下岗职工,大女儿已经成家,在外地。两人离不开二女儿,二女儿也离不开父母。花志钢背着喜鹊和女孩确定了关系,这倒罢了,他竟然答应入赘。真是太没脑子了。喜鹊问花志钢看中了女孩什么,花志钢说长得好看。喜鹊肺都要气炸了。他只盯着脸,只在意好看不好看,别的什么都不考虑。

喜鹊的反对未能阻止花志钢和女孩来往。他开始躲喜鹊,再不与她和黄板一起吃饭了。她若堵住他,无论劝诱还是威逼,他都耷拉着脑袋,如垂死的公鸡。气到极点,喜鹊猛踹一脚。花志钢没防住,连同椅子倒在地上。他索性躺着不起。喜鹊扶他,他闷闷地坐起来。躺着是一摊泥,坐起来是一尊雕像。他用沉默对抗,所有的语言都在沉默里。他横竖要娶女孩,无可救药。

对他的烂泥性子，喜鹊看得很清楚，如果说那是她的粗暴，那么他渴望她施暴，因为他相信那能化解她的恼怒，换来她的支持。她从小就见识过，从另一个人身上。

花志钢鬼迷心窍，喜鹊无计可施，如果把他带离张家口，或许可让他改变主意。她和黄板商量，黄板说不能绑他，他自己愿意才可以。然后有一天，花志钢与女孩领了结婚证。懦弱的人也有强硬的办法。喜鹊不可能逼两人离婚。喜鹊伤心透了，她并非跋扈并非专横，反正，她从未把这些和她联系在一起。她只想让花家唯一的男人长出硬骨头，有点儿出息。不祈求繁花似锦，起码有个不错的未来。但弟弟和女孩的日子，一眼就望到头了。

事已至此，喜鹊平复心情，给花志钢和女孩搞了个简单的仪式。

黄板再次提出回老家施展身手，喜鹊没再犹豫。

5

爬上昆虫背，喜鹊将暖壶和提篮放下，歇息了一会儿。垴包山的三个峰脉中，昆虫背是最矮的，也是最长的，望不到绵延的尽头。攀爬并不费力，但每次到了顶上，喜鹊都要歇一歇。不是累，而是积蓄更足的力气。她绝不让自己显出一丝疲态，而是如同出征的将士，浑身披挂。她的双目不会有一丝阴云，如果含了什么，这山顶的风会吹拂干净。她要让每一寸目光都变得炽烈火爆，犹如浇了油的干柴。因为，她不只是为洞里的那个人送饭，她要唤回他的神勇。那是她的宏愿，也是她的使命。使命，这个词如影随形，她来到世上仿佛就是为改造男人，先是花丰收，后是花志钢。她从未想到有朝一日要改造黄板。但造化弄人，就这么凑巧地让她遇上，躲都躲不掉。

黄板出生的村庄确实发现了煤矿，但喜鹊和他回去时，煤矿均已在他人名下了。村西的矿被同村乔姓两兄弟承包了，村东煤矿的开采权由姓于的控制，于老板实力雄厚，在邻县还有煤矿。黄板试图分一杯羹，根本没有可能。当然，实惠是有的。煤老板将据说可观的承包费交给村里，村里给每户人家盖了二层小楼，一切全免，包括水电。肥肉塞住了大大小小的嘴巴，没人提出异议，至少公开场合没有。那些打了半辈子光棍的男人都娶上了媳妇。想嫁到这儿的女人都排着队，消失多年的媒婆东家出来西家进去，忙得脚打后脑勺。一个叫八姑的女人靠说媒在县城买了两套楼，她手里有一打女人，从大姑娘到守寡或离婚的中年妇女。只要结婚便能分到一栋楼，一些不到年龄的青年托关系领结婚证。发生过许多匪夷所思的事。某个女人患了绝症，尚艰难呼吸，媒婆便迫不及待地上门给女人的丈夫介绍对象，不同的介绍人同一天相遇，结果在女人的病床前大打出手，一个重伤住院，一个被拘留。冥婚也悄然兴起，埋在黄土下的尸骨从一个地方到另一个地方，活着的家人或许就能享受到某些待遇。

那就像站在火焰中,任何一个被炙烤的人都难以安之若素。也许今天可以,明天也可以调转目光,咬牙坚持,但烤得久了,乱七八糟的念头就来了。黄板就是这样。他本就不是安分的人,不过因喜鹊的劝说才去矿上谋了份不用下井的差事。没两个月他就不干了。

这不公平,他对喜鹊说。村民享有的福利与煤老板相比实在少得可怜。那不是肉,不过是油汤。村里人都为此沾沾自喜,实在可悲。两个月的差事,黄板探知许多秘密,或者说内幕。他多年摆弄古玩,地下的事都比别人精通得多,何况地上?知道太多,想心如止水实在太困难了。

不公平的事多得是,喜鹊懂事起就知晓。问题不在于公平与否,而在于有多大能力改变。蚂蚁被踩在脚底,蚂蚁不可能将人掀翻,只能躲开人爬行。只要日子过得下去就行了,喜鹊没奢望黄板挣座金山回来。但黄板听不进去。都是一颗脑袋,凭什么?

黄板开始了行动,先让村里公开账目,然后游说村民,奔乡上县,写状纸,拦煤车。黄板以为凭一己之力能撬动巨石。喜鹊不赞成他这么做,但她又很欣赏他不低头的决心和勇气。遭遇接二连三,玻璃被砸,电线掐断,半夜三更鞭炮扔到院里,某天还丢进一块死人的头骨。黄板没有被吓倒,喜鹊也没有,这些报复手段反让她成为黄板坚实的后盾。

某天,黄板被三个陌生人拦住。三个人均拿着凶器,显然要将黄板置于死地,但未能如愿,反被黄板捅伤。黄板红了眼,其中一人已经躺倒,他又在其大腿上扎了两刀。

黄板入狱后,喜鹊回到宋庄。像花丰收探望白凤娥一样,喜鹊一趟趟地往返宋庄与监狱。命运开了个大玩笑。但她和花丰收的探监性质完全不同。

喜鹊没有责备过黄板,从来没有。即便是坐监狱,黄板也是刚硬的。喜鹊守着她的那些喜鹊,掐算着黄板出狱的日子,等待她的丈夫、她的爱人归来。

喜鹊等到了,然黄板已经不是原先的黄板。他像霜打了一样皱皱巴巴,浑身散发着衰朽的气息。喜鹊跟他不是为了享受荣华富贵,原先没有,现在更没有,只盼有尊严有底气地活着。可是,黄板令她大失所望。数月后,黄板开始了他的伟大工程。不知从哪儿听说垴包山底埋着辽代某个国王,墓葬丰厚。喜鹊在宋庄出生在宋庄长大,从未听说过这天方夜谭。然而黄板很痴迷。喜鹊问他听谁说的,她猜那或许是玩笑话。黄板不答,好像那个秘密告诉了喜鹊,她就会昭告天下,坏了他的计划。喜鹊以为他一时冲动,折腾一番就退缩了。结果预料错了,连着四年,黄板都在掘洞。冰雪尚未融化他便开始动工,直至寒冬,每年只休息两个月。他完全着了魔。劝说无用,喜鹊也就不再废话。喜鹊喜欢往日的黄板,喜欢他的无所畏惧,喜欢他的杀气腾腾,不喜欢现在的土拨鼠。

一只喜鹊像受了惊,突然飞越喜鹊的头顶,落在另一侧,距她有二三十步,另外两只仍在她的西侧,亲密地互啄。另一个定是想第三者插足,被赶跑了。谁和谁是一对,喜鹊一看就明白。眼神动作与人一样,黏黏糊糊。哪只机灵,哪只淘气,哪只狂野,哪只木讷,她都知道。失恋的,她能听出叫声中的悲沉,相爱的,她能听出叽喳中的甜蜜。对那些有情有义的喜鹊,喜鹊格外敬重,比如一只丧偶的喜鹊,三日不食,立在最高的枝杈里孤独地鸣叫,喜鹊数次招手,它视而不见。为了能让它听到,她特意买了只哨子。那个黄昏它终于落到她肩上。而对无情的喜鹊,喜鹊也并不鄙弃,没有将哪一只驱逐,若受伤残,也能享受到和别的喜鹊一样的待遇,只不过她的目光不会长时间停驻。不管它们性情如何,都是她的忠实护卫,没有背叛过她。就如现在,被赶跑的喜鹊没去他处寻觅新欢,仍在昆虫背上恪尽职守。喜鹊拎起水壶和饭筐往坡下走,三只喜鹊立即飞起,环绕在她周围。它们未必能够保护她,但喜鹊为这份忠心感动。

洞在昆虫背与断魂崖之间,洞口如一口锅,出进须躬腰缩头,头皮与肩骨依然会碰到石壁。黄板凿得没那么光滑,若是触到鼓突的壁石,那也够疼的。入深七八米后洞穴突然变大,足有两盘炕宽,且能站立。那是黄板为自己开凿的休息室,是他吃饭睡觉的地方。他没有昼夜,时间分成两个部分:睡觉与干活。洞上吊了盏马灯,不知他从哪儿搜寻到的。灯火昏暗,喜鹊每次来都感觉自己马上会被黑暗吞噬掉,但直到她离去,灯火依然顽强地摇曳,就那么半死不活的。

靠墙的一侧有一张用木板搭建的床,铺了双层毡子,上面堆放着被褥、皮袄、衣服、鞋袜。床头放了一只塑料水桶。黄板每次回去,除了睡觉,购买必要的物品,总要背水回洞。他可以不吃,却不能不喝。哪怕是大冬天,黄板也喝冷水。喜鹊担心他喝坏身体,就算胃肠是铁打的,也经不住这么糟蹋。所以每次过来,总要提一壶热水。但即便她拎了热水来,他也喜欢喝冷的。而饭食没到昆虫背就凉透了。当然,他不在意这个。也不挑剔。只要填饱肚子,猪食也行。喜鹊每次要备三到四天的饭,于黄板而言,一日送一次与三日送一次没什么区别。如果丢一袋生麦子给他,他依然能够活命。喜鹊就可以两个月不用爬昆虫背。但喜鹊没那么做。要想唤醒他,就得多钻洞穴。

毫无疑问,黄板仍在凿掘。喜鹊能听到深处的声音,能看见隐隐的光亮。就这清晰、空洞的声音和昏暗的光来判断,黄板掘进工程并不顺利。一千多天,他凿了也就数十米。凿到那位国王的灵柩,他须活得足够久,有足够的力气。已经不能用疯魔来形容,黄板陷入自己制造的迷幻与癫狂中。昔日的丈夫正在变成魔王,召唤其魂魄,喜鹊责无旁贷。

喜鹊喊了一声,光团慢慢移出来。然后她听见他喉咙里的呼喘。凿掘时他似乎连气都舍不得喘,只待歇工才一起吐出来。还没到她面前,那光亮便隐没于黑暗中。她明白,他是心疼矿灯的电,尽管他弄回好多顶。喜鹊不止一次想过,在他心里,那些灯远比她重要。这么想的时候,她又嘲笑自己,开始和矿灯争风吃醋了。

　　黄板没说话,默默地摘掉矿灯。矿灯有自己的摆放位置,不像别的东西可以乱丢。然后,他舀了半搪瓷缸冷水。喜鹊说喝热的吧,黄板像没听见一样,咕咚着咽下去,渴了几百年似的。喜鹊拽他,他纹丝不动,直到喝完才直定定地盯住喜鹊。他的头发基本白了,个子原本就不高,一日日地开凿,又短了一些,也瘦了一些,立在那里宛如枯藤生出的白羽。还好,他的眼睛没失去光亮,哪怕在昏暗的洞室内,而且越来越亮,喘息渐渐加重。喜鹊再明白不过。她说先吃饭吧,但黄板等不及了,伸手扯过她,丢在床上。

　　黄板一手解喜鹊的衣扣,一手解自己的。不让喜鹊动,他要亲自来,且同步进行。过去他就喜欢这样。熟悉的动作,熟悉的神情,熟悉的喘息。喜鹊心里暗流涌动,这是好兆头。

　　来吧,快快来吧。喜鹊心底轻声呼唤。

　　一时间电闪雷鸣,地动山摇,翻江倒海,雨骤风狂。喜鹊淹没在混杂的声音中。石与石撞击,树与树缠结。飞鸟折断双翅,猛兽身首分离。噼噼啪啪,叮叮当当,吱吱呀呀,稀里哗啦。千万种声音,不停地搅拌、汇合,再分离、繁殖,生长出新的声响。

　　喜鹊闭着眼睛,突然发出怪异的叫喊。她不是在做爱,而是在救治垂危的病人。嘶喊是她的手术刀。

　　渐渐的,喜鹊感觉自己与垴包山融为一体,而黄板变成了一只巨大的钢钎,他凿击得凶狠、迅猛,仿佛他不只要击穿垴包山,还要击穿整个地球。

　　随着沉闷的喘息,黄板软在她身上。喜鹊摸着黄板瘦骨嶙峋的后背,等着他开一句玩笑,道出他和她之间的密码。她望眼欲穿。然而,她没等到,黄板已经开始穿衣服。他什么都没说,哑了一般。他拿出筐里的食物,狼吞虎咽,喜鹊赤裸着爬起,给他倒了半搪瓷缸热水。他瞄瞄她,淡淡地说,不用。喜鹊兑了些凉水端给他,他总算接了。

　　喜鹊穿穿停停,犹犹豫豫,仿佛忘记了先后顺序,又似乎在等待黄板重燃欲火。浓烟滚滚,但终归熄灭,她不甘心。也只有那一会儿,黄板还是原来的黄板。喜鹊有些丧气地看着他,不明白试验开端良好,为何屡屡失败。只知满头白发的丈夫依然会留在山洞中。

　　发现什么了吗?喜鹊问。她能猜到的,但还是要问。她只想听听他的声音。没有,他回答。有气无力,散发着陈腐的气息,就像腌渍过久已经烂掉的白菜。

　　悲凉漫过,停了停,喜鹊说,别累着。黄板没回答,他似乎要把说话的力气节省下来,那对他确实太重要了。

　　钻出洞口,阳光铺在脸上,喜鹊不由眯了眼。站了一会儿,她扭头,回望那幽幽的洞。风在吹,鹊在叫,日光跳跃,喜鹊深深呼吸了一口山野的空气,整个人便恢复了活力。她不会放弃黄板,不然,这个洞就会成为黄板的墓穴。

6

　　把乔石头从心里抠出去,她对自己说,并且那么做了。虽然那很难,虽然抠得不那么干净,但她努力了。事实上,在祖奶跟前流泪时,她生出那么一丁点儿希望。祖奶什么都明白,她相信。如果祖奶说让石头娶了你吧,那么她就会留在村庄。可祖奶只是摸着她的头。只是。喜鹊的念头彻底断掉。从祖奶家出来,她对自己说了那句话。她本来就是要强惯了的,说抠就抠,绝不拖泥带水。她到张家口不只是为了花志钢,也为了抛却过往。

　　心底鲜血淋漓,如铁骑踏过的沙场。乔石头只偶尔在梦里出现。他曾是她的梦,她的偶像。她不崇拜书里的英雄,只崇拜实实在在的乔石头。偶像进入她的梦没什么奇怪,但就这,也让她恼火。她不怪乔石头,只怪自己。作为惩罚,她会在次日的傍晚饿着肚子。这一招还算有效,饥饿袭击,食物成了梦的主角,烙饼、馒头、莜面窝窝、面条、炸糕、油饼轮番上场,有一个夜晚,她蹲在羊圈里与几只羊抢吃青草。而在白日,乔石头没在脑里停驻过一分钟。

　　和黄板在一起后,乔石头仅仅成了一个名字,和宋庄那些名字一样。涟漪也不会泛一下。就如去银行看见柜台上厚厚的钞票,不属于你,就是花花纸。流口水?那是你活该!黄板不差,他信任她,她也认定他。

黄板入狱,喜鹊没有流露出任何责怨,一心一意等他回来。她不自卑,更无哀伤,拒绝任何同情。那太可笑了。对于黄板坐牢,她大大方方,直言不讳。没什么可丢人的。花志钢每年清明回宋庄一趟,他试图安慰喜鹊,让她想开些什么的。喜鹊截断,让他多余的脑子操心自己就可。就算坐牢,黄板也是钢板。对亲弟弟,喜鹊没说更难听的话,但花志钢从此噤声。

喜鹊回到宋庄三天,就张罗建房。她将房址选在村西南的树林旁,高大的杨树便于喜鹊做窝。她不仅要为她和黄板考虑,也得为那些喜鹊着想。然后又在房屋四周种植了一圈杨树。她没试种别的树种,怕喜鹊不习惯。小树参天,得几十年了,担心喜鹊住不过来,喜鹊特意雇人埋了几十根椽木,每根椽木上都吊着数个敞口箱子。住二三百只喜鹊没有任何问题,如果喜鹊的数量增加,喜鹊打算再埋一些木桩。

喜鹊和乔石头再次见面,就在喜鹊的新家边,墙垛垒了不到一米。乔石头没什么变化,两腮的肉仍没长出来,呈塌陷状,左耳轮廓上类似痣的黑色斑点还和过去一样。他穿着普通,怎么看都不像老板。乔石头的传说喜鹊当然听说了,她以为他走到哪里都有保镖,没想到他孤身一人。她还朝他身后瞅了瞅,也许他刚刚喝退保镖,但什么也没看到。

两人简单地聊着家常,喜鹊淡定、自如,她不羡慕他的财富,纵有金山银矿,和她又有什么关系?自然她也绝不奉承。然后,他问他能帮上什么。他不是临时想出来、随口说说,是有备而来。他是认真的。喜鹊从他的眼神可以判断。喜鹊有些感动,不仅是为他的善意,更为他对她的尊重。喜鹊指着砌砖的人,笑着说,你能砌得比他们好吗?乔石头也笑了,说确实不能。喜鹊说,那就不用你了。乔石头说,你和小时候一样能干。喜鹊回敬,比你差远了。她和他的对话没有任何秘密,那几个干活的听得清清楚楚。乔石头留了手机号,喜鹊从未拨过。

乔石头又一次回到村庄,喜鹊已经搬进新房。他过来转了转,似乎是为了看飞来飞去的喜鹊,就如宋庄的那些孩童,但喜鹊总是感觉,他是特意过来的。叽叽喳喳的喜鹊成为话题的中心。然后,似乎很随意的,他认真而小心地问,我能帮上什么忙吗?喜鹊说,好好的帮什么呢?乔石头停了一下,好像在斟酌,然后依然是小心的,如果需要钱,说话啊。喜鹊说,有点积蓄,够我花了。乔石头神通广大,他或许可以把黄板捞出来,喜鹊脑里闪了一下,终是放弃。她不想求他。坐牢又怎么了?如果可以替换,她去坐都行。

乔石头每次回宋庄都要过来。他没进过屋,虽然她邀请过他。他喜欢站在院外,在叽叽喳喳的伴奏下说话。那句话他小心而不厌其烦地问,就差求喜鹊了。喜鹊一如既往地谢绝,他的善意令她温暖。也仅仅是暖而已。

黄板变成鼹鼠,不分昼夜地在垴包山挖掘后,喜鹊对乔石头的感觉发生了变化。不是她重拾了对乔石头的爱恋,恰恰相反,她对他更加排斥,但奇异的是,他在她心中的分量逐渐加重。他不再是一个名字,而是炸药包。她不愿听到他的消息,但每有他的消息传来,她便波涛汹涌,难以平静。她不能抵御他的魔力。准确地说,是抵御不了他身上腾腾燃烧的火焰。那直冲云霄的火,黄板也曾拥有过。她不曾想到那会熄灭,而乔石头炽烈依旧。喜鹊不想把黄板和乔石头比较,但那就像拒绝呼吸一样不可能。乔石头不回来还好,他每次现身,喜鹊都想把黄板从洞里揪出来,让两个男人来一场殴斗。衰腐的黄板或许不堪一击,但也说不定,乔石头会激起他的斗志,让他的攻击性重新回归。

又一个清早来临,喜鹊在欢快的叽叽喳喳中睁开眼。喜鹊掐算着日子,从听到乔石头回来的消息算起已经过去三天。除了给黄板送饭,喜鹊哪儿也没去。她在等乔石头过来看她的喜鹊。那已是他和她之间的仪式。但三天了,没见乔石头的影子。喜鹊不知何故。

喂过喜鹊,喜鹊拎着布包往钱庄的小卖部去。喜鹊和她的喜鹊距宋庄最近的房子也有上百米,可谓独自成村。确实,那是两个世界。因而消息隔绝,至少,不那么及时。除非有人特意告诉她。喜鹊想给黄板买几把火腿肠,再买几瓶酒。洞穴阴冷潮湿,喝点儿酒对他有好处。自然,喜鹊也为了探听乔石头的消息。他没回来,还是回来了但已经离去?必须弄清楚。那个仪式对她没什么用,但她仍然期盼。

推开门,喜鹊便意识到来的时间不对,除了宋丽华那张挂着假笑的脸,看不到别的面孔。宋丽华一边给她拿东西一边见缝插针地夸她豆青色的褂子好看,问她做的还是买的。喜鹊说做的。宋丽华又问在哪儿做的,喜鹊说镇上。宋丽华说难怪呢,小裁缝的手艺吧。喜鹊说是。宋丽华说也只有他能做出这样的款式,商场见不到呢。

小裁缝并不小,五十出头了,只是个子矮,不足一米三。他做衣服不用尺量,只用目光,肩、胸、臀,来回扫一圈,就记下尺寸。有的顾客犯嘀咕,非要他用尺子再量量,小裁缝也不说别的,只是用皮尺量在他困难些,须借助板凳。尺子量的与目光测的分毫不差,那是小裁缝的名片。小裁缝还有一绝是他的剪功,他从不用画粉,布料没有任何标记,剪刀信马由缰,但从不出错。

对宋庄这位长了一万零一个心眼的女人,喜鹊并不赏识。宋丽华对谁都笑,逮谁都夸,完全被面具罩着。她夸过喜鹊的发型、鞋子、裤子,夸过喜鹊的身材。有实话,比如夸喜鹊拿得起放得下,但多数的夸言过其实。喜鹊简单回应,绝不啰唆,更不飘然。

今天喜鹊想多磨蹭一会儿,就问她找小裁缝做过吧。宋丽华说还是前年做了一件大衣,小裁缝手艺好是好,但只有像喜鹊这般身材才配穿,像她这样的糟蹋了。宋丽华没有喜鹊纤细,但也很匀称。正好宋丽华把东西放到柜台上,喜鹊不再接话。

喜鹊的手伸进兜里,略一停顿,哎呀,这记性,忘拿了。宋丽华说,没事,先记上吧,下次一块算。喜鹊没有记账的习惯,说还是回去取一趟。宋丽华让喜鹊把东西先拿走,喜鹊说那也好。

忽然就想,自己假模假式的,和宋丽华也没什么区别。当然,这假是为乔石头装出来的。

喜鹊放下东西,烧了两壶水,才去还货款。小卖部有六七个人,正张罗着支桌子,准备打牌。喜鹊站了几分钟,便获知了需要的信息。乔石头还未离去,那么她等着就是。他每次都要看她的喜鹊,这次怎么会例外?

又过了两天,乔石头还是没影儿。喜鹊正纳闷,思忖要不要去祖奶家一趟,宋品甩着膀子摇晃到院门外。他该是知道喜鹊在家的,但仍大声地询问,一副光明正大心里没鬼的样子。其实,他声音再大,村里人也听不见。喜鹊应了,走过去拉开大门,宋品才背着手踱进来,左瞅右瞟,仿佛第一次来,看什么都新鲜。

一只喜鹊落下来,立在喜鹊肩膀,冲宋品叽喳几声。宋品咧嘴笑,果然是神鸟,我没说呢,就知道报喜了。宋品不敢糊弄喜鹊,但他的话向来掺着水分,喜鹊并不当真。上面的通知,喇叭广播后,宋品总要亲自上门告知。她住得远,他怕她听不到。也只有喜鹊享有这份待遇。这可是重要通知,宋品每每强调,令喜鹊感到好笑。有一次,他在喜鹊的院墙上张贴悬赏告示,叫她见了告示上的人及时报告,那可是有赏金的。喜鹊对宋品并不反感,宋品确实给过她方便,比如这宅基地,宋品是帮了大忙的。但喜鹊绝不讨好他,分寸和距离,她知道怎么把控。

宋品带来的消息竟然与乔石头有关。这确实重要,隐隐的兴奋从喜鹊的毛孔溢出。若垍包山被乔石头承包,黄板没准会

875

被逼出来。乔石头绝不允许他在山底凿洞。只是,若黄板仍旧如衰朽的枯木,逼出来又有何用?没准从此灰飞烟灭了。逼出他凶狠的性子才是重要的。若真的可以,乔石头恐怕就遇到对手了。那是喜鹊渴望的。

乔石头不会亏待谁,更不会亏待你,我敢保证,宋品说。喜鹊问,他为什么不来?宋品说,我是代表他来的,有什么想法你和我说,我做得了主。喜鹊说,我知道你做得了主,但我想听他说。宋品问,那有什么不一样吗?喜鹊说,当然不一样。宋品说,你还是不相信我。喜鹊没言语,这是个机会,她必须好好利用。成败在此一举。她当然不会和宋品说这个。喜鹊目光灼灼,斩钉截铁,必须让乔石头和我说!

7

范长水离开后,喜鹊发了会儿呆,然后抓起那两只死鹊,拎上铁锹,出了院门。

喜鹊带给喜鹊无尽的欢乐,她喜欢那叽叽喳喳的叫声,没有比这更好听的音乐了。她不喜欢大雁的嘎咕,每一声都透着悲凉;也不喜欢猫头鹰凄厉的令人毛骨悚然的声音。别的鸟白天的鸣叫可能欢愉,夜晚便变得伤感,或吃饱时结实响亮,饿着肚子便只有微弱的声音而没有悠扬的声调。唯有喜鹊,无论昼夜无论冬夏无论生病还是健壮,叫声从无悲伤。这跟喜鹊的生活状态一样,乐也一生悲也一生,为什么非要苦着脸呢?衰朽破败是活,生机勃勃也是活,为什么要低眉顺眼低声下气?喜鹊喂养喜鹊,喜鹊也滋养着她。没有它们,喜鹊也许不是现在这个样子。

至于意外的惊喜,也有很多。喜鹊在野外看到稀罕物,总要给她叼回来,放在窗台上。彩色的丝带、铁钉、钥匙链、发卡、糖果、纽扣,有一次竟叼回一只避孕套。还捡回一条金项链、一只银耳环。喜鹊没有到处询问是谁丢的,喜鹊飞得远,问不过来,她也没打算据为己有。她挂在镜框的铁钉上,如果失主找上来,她会归还。只是她从未等到失主,项链和耳环被花志钢拿走了。姐,你也不稀罕,给我吧。花志钢不等喜鹊放话,就揣进兜里。喜鹊想阻拦的,但触到他乱糟糟的头发,话如生吃肉片一样吞咽下去。

也有难过的时候。它们生病、伤残、死亡。今早一开门,她就看见门口的鹊尸。另一只在树底下发现的。已是五月,它们不会冻亡,应该是生病。喜鹊急急地喊了范长水过来,她知道范长水帮不上忙,就他的医术,如让修鞋的补锅。但喜鹊仍然唤他,她期待奇迹。当然,期待落空。范长水一会儿说中毒,一会儿说染病,反正都有可能,但病亡的可能性更大。然后论证可能性更大的原因。喜鹊认为是因为衰老。喜鹊不是长生鸟,和猪狗牛羊,和花鸟虫鱼,和世上的男男女女一样都有生命周期。周期到了,就会离开尘世。范长水的作用在于,他的难以确定坚定了喜鹊的判断。那么,这就不用太过担心了。不伤感是不可能

877

的,它们犹如她的家人。可以说,比家人更亲。但喜鹊绝不让伤感持续。已经死了,伤感有什么用呢?

以往,喜鹊把死去的喜鹊埋在河滩,那儿的土柔软,她能挖得深一些,不管什么季节埋,来年春天它们的坟上都会长出花草,有蝴蝶相伴。它们的魂灵可以随蝴蝶一起飞舞。另一个原因,埋深一些,猫啊狗啊就刨挖不出了。野猫野狗逮活的,死的也不放过。喜鹊见过猫狗吃掉死鸟的场面,羽毛遍地,残骸狼藉。喜鹊只防猫狗,没防人,自从被毛根挖出一次,喜鹊再也不往河滩埋了。

还是黄板出狱那年,埋掉,喜鹊就离开了。四野空荡,没有一个人。走到村口,喜鹊看见拎着铁锨、袋子和探针的毛根,知道他又要去田野探寻老鼠的粮仓。毛根擅长这个,据说他一次挖出过上百斤胡麻桃。每年秋天是毛根最忙的时候,宋庄周边的庄稼地都走遍了。有人说毛根挖掉了老鼠的粮仓,老鼠必因冻饿而死,毛根除掉祸患,该得到奖赏。也有人反驳,老鼠饿极就会窜进村庄,在柴垛、在柜底挖洞,偷吃的可不只是粮食了,吊着的肉、瓜干,甚至盗食油篓里的油,这损失都该让毛根赔的。就是随意说说,没有谁当真的。那没道理。再者,毛根要养活毛小根,多数人都体谅他。喜鹊不喜欢毛根,因为他射杀飞鸟。公家没收了猎枪,他偷偷制作了箭。喜鹊警告过他,他不敢射喜鹊,但别的鸟,诸如大雁、野鸭、半翅,就没那么幸运了。喜鹊没施舍过毛根,倒不是她吝啬,而是觉得一个男人心甘情愿接受他人的施舍，不管什么原因，那就完蛋了。但若碰见毛小根，恰好手上有吃的，她是很大方的。

两人没说话，只是点了点头。喜鹊的目光掠扫过他的工具，他也瞅瞅喜鹊的铁锹。回到家里，喜鹊有隐隐的不安或者说不适，她不知为何。洗完衣服，躺了一会儿，似乎好了一些。下午，那感觉再度袭来，好像受了惊。喜鹊倒了半壶酒，放在热水碗里烫过，自斟自饮。她平常也爱喝，而且从没醉过，随了白凤娥。就在喝酒的瞬间，毛根的眼神闪出来。她终于明白不安缘于何故。那不可能。她想。但越安慰心越乱。将剩下的酒倒进肚里，直奔河滩。

竟如她担心的那样，埋死鸟的地方被挖过，虽又填上，但乱糟糟的。喜鹊跪下去，双手快速挖掘。她抱着半线希望。挖到底儿，什么也没发现。喜鹊跳起来，疾步往村里走。

还是晚了，那两只喜鹊已经进了毛根和毛小根的肚子。毛根绝没想到喜鹊会寻上门，地上的羽毛还没清理。喜鹊大声斥责毛根，毛根也不作解释，只是垂着头。也就是斥责、警告，她不能把毛根怎么样。虽然毛根做了保证，再不挖死去的喜鹊，但喜鹊不再往河滩埋了，就近埋在树林。这也好，活着立于树梢，死了卧于根侧，生死与树相伴。只是这里比河滩硬，挖一个墓穴至少半小时。

埋掉那两只喜鹊，喜鹊直起腰，四下扫了扫。不会有人偷窥，那完全是下意识的。然后回屋，等待乔石头。除了给黄板送饭,偶尔去趟小卖部,喜鹊不再出院。等待乔石头似乎成了生活中的头等大事。但好几天过去,乔石头依然没有影儿。宋品倒是又来了一趟,喜鹊没给他好脸色。乔石头每次回来都要看她的喜鹊,顺便问能帮上什么忙。他等她说出来,她没有。绝不。现在,他要开发垴包山,需要她在协议上签字,却打发了宋品过来。好像他的嘴是纯金打造的。或是怕她不给面子,他脸上挂不住?还是另有原因?喜鹊猜不到。但乔石头不上门,她绝不签字。宋品不敢强迫她。在宋庄,没有哪个人敢强迫她。就算乔石头,也休想强压。喜鹊没打算为难他,他曾是她的梦想,她爱慕并且敬佩,就是现在,他依然吸引她。不是男女之间的吸引,而是别的。也许有情爱的成分,许多年过去,枯萎的情愫又开始滋长,但更多的是别的,他的不屈服,他的不颓废。他仍如弹簧和烈火。而她的丈夫却一蹶不振,如破了洞的皮囊。那么多次,他问她能帮上什么忙,她不需要。现在,她需要了。或者说,她终于想起,她需要他的帮助。帮她完成她的计划,让她衰朽的丈夫变得生龙活虎。照此下去,黄板就成了黑暗里的虫,直至死亡。现在黄板与死亡也没有多少区别。他呼吸,他挖掘,他吃饭,他喝酒,他与她做爱时仍地动山摇,但他没有魂。没有魂,那就是死,与她刚刚埋掉的喜鹊一样。这世上的活法有千万种,死亡也各式各样。黄板是有呼吸的死亡。她不能放弃他,他本不该这样的,她要把过去的黄板寻回来,为此她用了种种手段,不惜用自己的名声作赌注,但都没有让黄板起死回生。老天保佑，还有乔石头。她要把乔石头作为药引子，作为实施计划的先锋。喜鹊也想过上门找乔石头，原原本本向他道出。但喜鹊终是管控住自己。必须等乔石头上门，等他亲自张开他纯金铸就的嘴巴。当然，她也可能不会说得那么清楚，只要他过来，她就有实施计划的可能。乔石头没那么好哄，但也说不定。这么多年，他没进过她和黄板的家，令她困惑。如他再来，她要把他请进屋。只要他肯进来，她的计划就成了一半。没有阳光的投射，她可以把他看得更清楚些。

喜鹊在等，必须等。

8

乔石头姗姗来迟。距他回宋庄，已一月有余。其实，她瞥见过他的身影，几十米远。自然，她不会打招呼，绝对不会。她相信，他也见过她。虽然她住得远，独自成村，但她没把自己藏起来，一趟趟去垴包山，那非秘密。他如她一样哑着。现在，他来了。

清早，喜鹊们吃完麦粒饼渣，鱼贯而出。一只喜鹊却飞落至门口，就是那只受伤的喜鹊。已然痊愈，喜鹊就不再放它进屋。她只救老弱，不养懒鸟。鸟与人同，懒惰都不会有出息。喜鹊以为它要扮可怜相，期冀她同情它，赏它几粒玉米或麦子。曾有喜鹊那样，喜鹊懂那眼神，当然，喜鹊没可怜它，更不会施舍，哪怕她的麦子堆成山。喜鹊正要轰撵，它振翅啼鸣，透着说不出的欢愉。喜鹊马上明白它不是因为饿着肚子乞求她,而是与她相处日久,生出了依恋。它边跳边旋转,像技艺高超的舞蹈演员。腹如白雪,双肩如棉,头颈和长尾则如墨染,两翅也是黑的,但细细端详,特别是阳光下,泛着隐隐的蓝光。它唤起了喜鹊的柔情,喜鹊抓了半把麦子撒到地上。不是施舍,而是奖赏。它没往里走,跳了数圈,叽喳着飞向空中。喜鹊扑到门口,仰头追着那个黑点。它当然不会离开她,傍晚就会落至院落外的枝丫上,但喜鹊却有久别的不舍,黑点消失,她仍盯着蓝色的天空发呆。

缩回目光,便看见了乔石头。他站在半人高的院墙外,穿了件深蓝的夹克衫。他似乎更瘦了,脸色晦暗,但双眼仍蓄了过量的电能,锋利,明亮。

你瞅喜鹊的样子好特别,感觉你要随它们飞起来呢。乔石头先开金口。声音真是奇怪,没有随他的财富累积而变化。喜鹊心里一动,她确实梦想过双臂化翅,与她的喜鹊一起飞翔。可惜,梦终究不能成真。

一大早喜鹊就叫得特别欢,想来是迎接贵客,喜鹊说,可惜都去觅食了,只剩了树上这几只,不然肯定要赛过锣鼓的。

乔石头啊哈一声,能有这待遇,真是太开心了。喜鹊问,听说你早就回来了?乔石头点头,早该过来的,忙得要命。喜鹊说,大人物都这样。乔石头笑,你可别取笑我,不过挣了几个闲钱,勉强糊口,算什么大人物!喜鹊问,那怎样才算大人物呢?都说你跺一下脚,整个县都跟着颤抖。乔石头皱眉,不知谁这么编派我,喜鹊,那纯属胡说八道,你别信。我只是个生意人,和卖扫帚铁锹的没什么区别。他摆出谦卑的姿态,毫无必要。在喜鹊面前,尤其如此。她欣赏的是他的另一面。喜鹊说,今天不忙了?乔石头点点头,今天有点空,过来看看。喜鹊说,就剩这几只了,随便看。乔石头说,一只就够了。他没仰头,直视着她。喜鹊的心忽然一阵惊悸,仿佛他的目光带有电流。他没有进院的意思,她也没邀请他。她没躲也没缩,下巴略略抬高了些。

乔石头先退缩了,他偏了偏头,仿佛旁侧有什么东西吸引或妨碍了他。喜鹊不是想在气势上压制乔石头,完全是习惯使然。乔石头转了话题,问小更的情况。喜鹊纠正,是花志钢。乔石头抱歉地笑笑,哦哦,花志钢,瞧我这记性。喜鹊简单说了,因为她知道乔石头才不关心花志钢在哪里,在干什么,不过是没话找话。

几天前,花志钢回来了一趟。喜鹊明白他为什么回来。乔石头拎了块肥肉,不知多少人流口水呢,远在张家口的花志钢自然也嗅到了。他已经把户口迁至市里,那是他入赘的一大成就。花志钢不像喜鹊预料的那样糟糕透顶,当然也没出息到哪儿。他糟乱的头发,他浑身的油盐味,他皱巴的衣服,他开裂的皮鞋足以说明。倒是住上楼房了,不是他挣的,是岳丈岳母的老屋拆迁换的。他与外地的大姨姐还起过纠纷。花志钢每次回来,都会带一堆乱七八糟的消息。喜鹊能做的就是适度倾听。而对花志钢绕了半天弯儿终是问出的话,喜鹊也明确告诉他,如果那三间尚未坍塌的老屋能卖掉,所有的钱归他,至于土地,他迁走户口那会儿就被村里收走了,她不可能再把他的土地要回来。花志钢有些失望。但喜鹊能怎么办呢?这一切,能对乔石头说吗?

又说了些别的,乔石头仍没有离去的意思。乔石头可不是吞吞吐吐的人,唯一的解释是金口难开。他只允许别人求他。喜鹊心里冷笑,除非他亲口讲,若还是打发宋品,给座金山她也不会签字。

墉包山有你的地是吧?乔石头问。那时,日头已经变得苍白。

怎么?喜鹊的目光微微颤抖。他到底还是说出来。

我打算开发墉包山,所以——

喜鹊打断他,如果要谈这个,不能站在这里谈,那太随意了,你不敢进屋?我没养狼也没养狗。

乔石头不自然地笑笑,那倒不是,一会儿我还要——

喜鹊说,我也有事。晚上,午夜时分你过来,我备上酒菜,夜里清静没人打扰,想怎么谈就怎么谈。你别紧张,我吃不了你,这世上敢吃你的人还没生出来吧。怎么,怕了?

乔石头说,你还是这么厉害。

喜鹊说,那就说定了。

乔石头犹豫里闪过疑惑,但还是点了头。她知道他没怕过什么,他本该应得更痛快。她不在意这些,他来就好。

乔石头走后,喜鹊给黄板送了趟饭。没变化没惊喜,他先将她丢在床上,在她的身体上掘进,然后开始吃喝。做爱已经唤不回原来的他,喜鹊算是明白了,无论那火舌蹿得多么高,终究还是会熄灭。离去时,喜鹊叫他明早必须回去一趟。他没吭声也没点头。喜鹊说,有重要的事,你得回去。黄板仍没反应。喜鹊说,如果你不回去,或许就见不到我了。黄板这才耸耸肩,仅此而已。看样子,她的死活他都不顾了。喜鹊发狠道,明早,我若活着,而你没回去,你可听清了,我要将这个洞炸平。我说到做到。我知道你在哪里藏了雷管。黄板虚弱的目光这才爬到她脸上。喜鹊不再看他,她知道她的话起了作用。她钻出洞口,如以往那样,但心比以往硬了许多。

夜幕降临,喜鹊开始准备饭菜。熏肉、羊杂是从小卖部买的,她削了三颗土豆、两根萝卜,打算炒土豆萝卜丝。酒早早摆在桌上,两瓶。她不知乔石头有多大酒量,两瓶该是够了。也许他喝惯了好酒,不屑喝她的酒,但她有办法让他喝,只要他进门。她相信他会来,他从来就不退缩。她想自己是疯癫了。疯就疯吧,她别无选择,成功与失败,就在今夜。

饭菜准备妥当,她坐在椅子上,边等边在脑里预演。每个步骤,每个细节,每句话,都必须考虑周全,让一切朝着她设想的方向发展。如果他不来呢?她突然自问。她有些担心。很快又摇摇头。乔石头既然应了,就不会临阵脱逃。乔石头怕过谁呀?

时间一分一秒过去,午夜时分,喜鹊的叽喳突然溅起,惊恐,狂躁。喜鹊明白乔石头来了,她在叽喳声中辨析出脚步声。他惊着了她的喜鹊,它们也吓了他一跳吧。

喜鹊站起来,拉开门。

885

第二十章　祖奶

1

　　我已是半死之人,但我的耳朵依然好使。我能听见夏虫勾引配偶的啁啾,能听见冬日飞过天空的沙鸡扇动翅膀的鸣响,能听见村庄的呓语,亦能听见暗夜的叹息。是的,如今我这残老的身躯不能说不会动,双目无神,如风撕扯过的枯木,但我仍有感觉,我的耳朵和鼻子没有遗弃我。

　　喂养我的除了食物缭绕的香味,还有这世上的千万种声音。寂静的夜晚或大风的午后,声音列队而来,时而独语时而合奏。再多的声音混杂在一起,我也能分辨彼此的差异,甚至回想、窥望说话者的神情,那一个个画面如树叶翻卷。

　　所以,我并不孤单,因为有他们陪伴。石头仍在妄言,但这并不妨碍我识别纷至沓来的声音。我准确地捕到了乔秋大喇叭般的嗓门,他的声音既有赤红色,又有青褐色,还混合了黑白两色,亢奋、招摇。他喜欢别人听他说话,哪怕只有一个人,他也会尽其所能,努力发挥;若三五个人,或者更多,他便滔滔不绝,似乎肚子里装了汪洋大海,他只需要倾倒就可。并非每句话都真实可信,或者说多半的话都不可信,信口雌黄却天花乱坠。宋庄管这种胡编乱造叫"瞎白话",或许是闲闷无聊,听众明知可信度不高,仍听得津津有味。当然也不乏忠实的听众,因为乔秋的口头禅是:我拿脑袋担保。他只有一颗脑袋,却担保了数千次,谁也不会因他的胡扯拧掉他的脑袋。笤帚疙瘩倒是挨过,后脑勺、前脑门、后颈,至于屁股、大腿,就更多了。那是我的惩罚。我生了九个儿女,下手最狠次数最多的就是乔秋。有一次,我把他的屁股打得又长出一个屁股,坐不能坐走不能走。他可不像李春那么倔,抽打两笤帚疙瘩便告饶。但伤势刚好,或伤势未好,他就忘了,只要有人在场,他的嘴巴就会失控,连阴雨般绵延不绝。

　　不可否认,我一度有纵容的嫌疑。如今想起,追悔莫及。我只为开心,忽视了幼苗易摧,任何事情过了度都可能带来难以预料的后果。在九个儿女中,乔秋说话是最早的,天晓得带给我多大的惊喜。稍稍懂事,他便整出无数个问题,那些问题令我吃惊。有的我能回答,比如刮了一白天的风晚上消停了,他问风藏哪儿了。我说风累了,躲屋里睡觉呢。他问风睡觉的房子有多大,我就很吃力了,糊弄他有一百间房大。他再问那间房夜里关不关门,上不上锁,我也只有胡扯。他的问题多,开了头就是一连串,我招架不住。而他的问题奇奇怪怪,如天大还是地大,为什么驴马打滚牛爱蹭墙,蝌蚪怎么就变成了青蛙。后来,我实在答不上来,就反问他,你说呢?他的眼珠转来转去,硬是从小脑瓜里抠出答案。牛不打滚是因为长了犄角,怕崴断。鸡没有像猫、狗、猪、羊生崽下羔,是因为鸡只有两条腿,怀个崽会压断腿。蜜蜂屁股长针苍蝇没长,是因为苍蝇怕把自个儿蛰伤。无所谓对错,他的答案常常逗得我哈哈大笑。有一次,钱拜兰来跟我借饸饹床。乔秋问她的头发怎么是卷的。钱拜兰守寡后,嫁给了小她九岁的花满仓,她长相老,看起来比花满仓大十五六岁。钱拜兰的头发自来卷,那个年代还不流行烫发,不觉得她的自来卷多时髦,认为二姨太怀她时羊肉吃多了。自来卷令钱拜兰自卑,出进多半包着头。那天可能是疏忽,忘了罩头巾。我怕钱拜兰难堪,呵斥乔秋别胡扯。钱拜兰或许因为乔秋年纪小,没有计较,反想逗逗他,说用炉钩烧的。乔秋先是不语,尔后摇头。钱拜兰笑,不好哄呢,你说是因为什么卷的?乔秋笃定地,虱子多,咬的。钱拜兰的笑突然干枯。如果手边有针,我可能把他的嘴缝住。我忙不迭地给钱拜兰致歉,钱拜兰说他还是个孩子呢。她摸了摸乔秋的头,我看出来,她的胳膊在抖。

那是乔秋第一次因嘴巴闯祸,我并没太当回事。童言无忌。我只是告诫他跟人说话要拣好听的,他点头说记住了。他确实是记住了,但时时脱轨,说话不计后果。

说话跟呼吸一样,睁眼可以说,闭眼也可以说。当然梦话不连贯,颠三倒四,但大致能知道他在说什么。

我不能堵他的嘴巴,哪个当娘的不让儿子说话?而且,他的胡说确实给我带来了欢乐。没有问题，他也有话。我长大了要当羊倌，他忽然宣告。我立时变了脸。姓于的被枪决后，我对羊倌两个字极度敏感。我骂你个没出息的，不准乱说！乔秋马上改口，我长大要当马倌。这倒可以，我为了驱散那块阴影，问他为什么想当马倌。乔秋说天天骑马，想跑多远跑多远。我笑笑，问他跑那么远干什么。乔秋说给娘采一筐蘑菇回来。我点点头，这还差不多。

  闯大祸时，乔秋已经十岁半了。彼时，他已经练就察言观色的本领，不是他能窥知别人的心理，如果那样也就不会发生那些事了，而是他能判断别人是否对他的话感兴趣，且知道怎么吸引别人听他说。

  朝代的寿命有长有短，大清朝很快衰落，由衰而亡。而伪蒙疆政府更是短命。伪蒙疆政府死亡后，宋庄不用再种罂粟，又能看见大片的莜麦、小麦、胡麻、土豆了。没了那黏稠的香气熏蒸，头脑清爽，心也是敞亮的。那些用大烟土换来的伪蒙疆券也随之作废，寿命终结。我手里有一些，不多，随便丢在哪个地方。绝不是像磨秃了的扫帚，打算偶尔派个什么用场。不是的。那是生活习惯使然。我不知乔秋从哪里翻出来的，据他说是从一双几乎磨破底的鞋里。我不确定他说的是否真实，那时，他哄人的本领已经很溜。当然，这不重要，重要的是他翻出来，并且带到街上炫耀。那几张伪钞对孩童是有吸引力的，红色的一角票子上有大小骆驼；褐色的五角则印了一群骆驼；深褐色的五分钞上印有长着大环角的公羊与温驯的母羊；一元的浅绿色票子上印有长城。

先是两个孩子，后来增加到六个，乔秋被围在中心，很是得意。有孩子问骆驼奶好喝还是羊奶好喝。乔秋说当然是骆驼奶好喝。另一个孩子问乔秋怎么知道，乔秋说我天天喝，跟喝水一样。那些孩子里有与他年龄相仿的，有的比他大，说他吹牛，问他骆驼奶从哪儿来的。乔秋说我娘不让我说，说了就不给我喝了。又有孩子问他骆驼奶香不香，乔秋说比天还香，比吃妈妈还香。妈妈，是乡村土语，指母乳。

如果仅仅是一群孩童，乔秋吹嘘也没什么，可他嗓门高，把几个成人也吸引过来。其中就有花满仓。我接生的这个娃如今是宋庄响当当的人物。可不像花姓夫妇那么勤快，他是个懒汉。这与花姓夫妇也有关系。他们大半生靠乞讨活命，对花满仓却娇生惯养。富有富的惯，穷有穷的惯。不是吃香的喝辣的，就算由乞丐变成宋庄的正式成员，也没那条件，花姓夫妇的惯就是尽量不让花满仓干活。花满仓十多岁了都趿拉着鞋，脚后跟在外面露着，懒得提。常常看见夫妇俩中的一个追在他身后给他提鞋或将他敞着的褂子系上纽扣。懒是懒了点儿，但脑瓜转得快，鼻子也灵。

花满仓想看那几张票子，乔秋警惕地抓着一端，花满仓说只是看看，不要他的，乔秋才松手。花满仓来回翻转，又举起对着太阳照了照，好像那里面藏了什么东西，日光可以显形。大大小小的脑袋都随他仰着。

我当是什么宝贝呢,就几张破票子,花满仓说,同时还给乔秋,没等乔秋抓住,那几张花花绿绿的废纸便飘落到地上,一张粘了痰液,乔秋抓起甩了两下没甩掉,蹭着鞋底的边儿抹了抹。花满仓不看乔秋,对那些大小脑袋说,这玩意要足够多才管用。乔秋被无视,马上接话,我家多着呢。花满仓这才盯住他,多着呢?你人不大,牛倒吹得不小。人群爆发笑声。乔秋必定是感觉受了羞辱,继续吹牛,有两麻袋呢。花满仓审视着乔秋,乔秋担心再度被耻笑,补充强调,要有一句假话,我不姓乔。花满仓终于信了,问他那两麻袋钱在哪儿,乔秋摇头,我娘不让说。花满仓引诱,如果乔秋说出来,就给他买糖吃。花满仓的眼神令乔秋不安,就像看见移动的荒草,下面必定躲着活物,一只刺猬或一条蛇。他没有再答,也答不上来。他突然跑开,没让花满仓揪住。

次日,花满仓大敞着怀,领着政府的人上门,一男一女,我见过的,他们给宋庄开过会。这时我才知道乔秋干了什么。他们不相信我的话,认为我有意抵触。既然我不肯配合,只好搜查。掀开柜板,将所有的东西翻出来,一一检视,然后是盐罐、米缸、灶坑、被褥、鞋袜、炕席,花满仓甚至拔起锅瞅了瞅,我接生的包裹自然也被翻个底朝天。花满仓还爬上房,用竹竿捅了捅烟囱。依他的意思,还要揭翻炕板,因为炕灶也是藏东西的绝佳去处,被那一男一女制止了。

891

没搜出乔秋所言的两麻袋,但又搜出几张伪蒙疆币,其中还有一张金圆券。一九四九年金圆券就作废了,有一阵可以兑换,但是不值钱,两麻袋也就换二三斤米,一张金圆券也就买一颗米粒。正因为是废纸,我才无视。若不是他们搜查,我根本不知道一只旧袜子里藏着这样的宝贝。

虽然数额不多,但终究是搜出来了。我的话自相矛盾,令人生疑。我不怪政府,是乔秋胡说八道。上个月抓了一个如于宝山那样隐匿身份的土匪,他散布谣言,弄得人心惶惶,若不是政府及时处置,夜里连个安稳觉都睡不好。

我被请到宋庄的队部,还有乔秋、乔冬、乔枝三个孩子。一男一女轮流讲道理、做工作,我则不停地陈述、辩解。那女的更通情达理些,我至今感谢她。半夜时分,他们让我离开。那时,乔枝已经睡着了,乔冬迷迷瞪瞪,只有乔秋,或是因为闯了祸,长睫毛一眨一眨的。

乔秋三天没下炕,笤帚疙瘩被我抽烂了。我问他还敢不敢胡说了,乔秋哭得像个冻硬又融化的梨,"不敢"说得没那么连续,水唧唧地吐出一个"不",又湿唧唧地吐出一个"敢",更像是笤帚抽打烂梨溅起的汁液。乔枝吓哭了,缩在角落里直呜呜。乔冬试图抱我的胳膊,我凶狠地训斥,小心连你一块儿抽,他便缩回去。他没哭,脸出奇地白。我不是残暴,实在是气坏了。

我以为乔秋吃过苦头,就会长记性。但屁股上的伤恢复,他的性子也随着恢复。乔秋挨打,全村都知晓,有小孩问他疼不疼,他不屑地,不疼,跟挠痒痒一样,我不痒,我娘还不挠呢。

一年后,乔秋的嘴巴再次闯出大祸。宋庄原先吸大烟的,除了钱拜月,还有几个。钱拜月死得早,另外几个在戒烟所住了几月或数年,先后放出来。有的还能干活,有的已经被掏空,整日躬着腰。罂粟虽早就不种了,但大烟土没有彻底绝迹,个别没有戒掉瘾的仍偷偷地抽,不再用烟枪,而是在老烟里混那么一丁点儿。几年前政府号召上缴大烟土,有的缴了,有的没完全缴,偷偷用大烟土治头疼或咳喘。

几个比乔秋年龄大的孩子在墙角扯闲天,不知怎么就说到了大烟土。关于颜色,有说白有说黑,发生争执。乔秋原本爱说,也爱往人多的地方凑。他终于逮住机会,说我见过,你们说得都不对,一半黑一半白。有孩子说他吹牛,他说谁吹谁就是孙子。这绝狠的赌誓起了作用,便问他在哪儿见过。乔秋起先不说,那几个孩子都半信半疑地追问,于是重重强调,我说可以,你们都要保密。在声调长短不一的保证后,乔秋说,我娘在太阳底下晒来着,有这么大一块。他比划着,挨个扫过那些孩子惊愕的脸,得意地警告,谁说出去谁烂舌头。

乔秋的警告没起作用,没出半天花满仓就知道了。在搜查烟土方面,花满仓是立了功的。二姨太在风箱与灶墙的洞里私藏了些,被花满仓挖出来。二姨太如今与花满仓和钱拜兰一起生活。花满仓警惕性高,自然不会放过立功机会。上次未能搜出两麻袋骆驼票,他就耿耿于怀。这次总算有借口杀回马枪。

893

花满仓没草草向上级报告,领了本村的几个男人将我家的风箱拆开。连板上的鸡毛都揪掉了,但一无所获。然后挪开柜,挖下足有一尺深,嗅嗅戳戳。最后是挖院,旮旮旯旯翻了个遍。我不能阻止,也不敢阻止,挖挖也好,能证明我的清白。风箱不能用了,我就舀了凉水给那几个人喝。花满仓呵斥我想用一碗白水蒙蔽政府的双眼,但他最后也喝了。他挖得最卖力,满脑门都是汗,不喝水嗓子就要冒烟了。最终什么也没挖出来,花满仓悻悻离去。而我家的院落、屋子除了坑就是洞。有两个男人没有立即离开,一个填坑埋洞,另一个给我重绑风箱。生不了火,没法做饭。饿了一天,我没有力气。第二日才抽乔秋。挨打就告饶,出门就胡扯。

乔秋不傻,就脑瓜的运转速度,同龄的、大他几岁的,没有哪个比得上,大人也难免被他带到沟里。宋庄人说乔秋鬼点子多,把阎王爷哄得团团转。可是,既然知道乔秋言语不实,为什么还要相信他并以此大做文章呢?那些人或许是中了魔咒,只要乔秋说话,就不由自主地围拢上去。

用坏一大堆扫帚,但未能纠正乔秋说大话的毛病。十五六岁的时候,他的个子与我一样高了,我不再抽打,改为劝说。虽知起不到多大作用,但是必须劝。乔秋的态度总是极好,又是发誓又是赌咒。他的发誓成了另一种大话、空话、假话。

有很长一段时日,乔秋的吹嘘以吃为主。宋庄人见面,习惯问吃了吗。那是最朴实的礼节。吃了或没吃,没有后文。但到乔秋这儿，就复杂了。他问过，接着就说，我刚吃了，炸油饼。貌似寻常，但在饥饿年代，许多人野菜都塞不满肚子，哪能吃上炸油饼？乔秋的话无异重磅炸弹，那一束束带着刺的目光从不同的方向包围住他。我娘炸的，我吃了三张，一咬一口油。他巡视一圈，如将军面对列队的士兵。他确实吃了，菜叶汤切了几片胡萝卜，他灌了三大碗。如果稍微晃荡一下，他的肚子准会发出响声。有人质疑炸油饼怎么会流油，乔秋说火大了呗，火大好吃，上次吃的火小了，咬起来没声音，火大的油饼脆生生的。他模仿嚼油饼的声音，咔嚓咔嚓。那圈人口水就止不住了，有的捂着嘴，有的任由口水溢出嘴角。虽然吃不到，但想象的感觉也很享受。其实乔秋的胃与他们一样，觅不到几个油星儿。另一天，乔秋不吃油饼，而是吃了白面烙饼。你瞧瞧我的嘴唇，现在还沾着油呢。日光下，他的嘴唇泛着白光，他舔一下，再舔一下，就有人舌头随他伸缩了。

与骆驼票、大烟土一样，乔秋吹嘘的吃也给我带来许多麻烦。

2

铃声突然响起，在寂静的夜晚，如钢锯条划割双耳，我吓了一跳。乔石头的诉说被切断，窜行的蚂蚁也受了惊，骤然停止。乔石头拉着腔调通话时，蚂蚁才重启舞步。

快半夜了吧，敢在这个钟点烦扰石头的人，我能猜出个大

895

概。小曼？小薇？抑或是我没见过没听过的。乔石头不怎么耐烦,我能想象到他皱眉的样子。

我说不好什么时候回去……不要过来！……我说得不够清楚吗？

可以确定,那端在央求他。

祖奶已经睡了,你不要再说了。电话挂断,没了声儿。多半是他关掉了。他曾要给我弄一个,我没要。我觉得那玩意会让声音失真。

乔石头没有马上说话。他在地上来回踱着,脚步透着焦躁。走了有十个来回,他立在床头,复又坐下,抓住我的手,祖奶,吓着你了吧？

那是够刺耳的,但也没什么。

我接着讲。他停了停,问我,自然也是问他自己,讲到哪儿了呢？

我暗暗乐了。就这堆狂言,忘了也好。

想起来了,乔石头像拾捡到宝贝似的,声音透着夸张的惊喜。今年动工,争取明年让你住进去。你了解得差不多了,我不再啰唆。总之,你会满意的。现在,我跟你说点别的。他的语气突然变得低沉。这些天我一直犹豫,不知该不该和你说,现在,我决定向你老坦白,祖奶,你要撑住啊。

难道还有比建祖奶宫更石破天惊的吗？

蚂蚁在窜。

3

  七月的一个下午,风轻云淡,我和记者陈小磊面对面坐在院子里。她圆脸,短发,白色衬衫,卡其色裤子,白运动鞋帮上是黑色的菱形图案,很干练的样子。她曾步行一百多里到山区采访。此番找我是为了写一本关于察哈尔的书,有一个章节是写李贵叔的。多年后,我才知道李贵叔的真实身份,他是个了不起的人。而他先前不过是个赶羊的,若是羊没被哄抢,他或许一辈子都是赶羊人。他更多的事我不了解,是从陈小磊嘴里知道的。百灵庙刺杀德王,他就是主谋之一。我给陈小磊讲我知道的李贵叔,那个夜晚他怎么剥掉血衣,怎么处理伤口。讲他肚子里咕咕的叫声。可能是我模仿得逼真,陈小磊哈哈大笑。

  说了老半天,陈小磊问我累不累,要不要歇一歇。我说你不累,我就不累。这时,一只黄色的扇子蝶落在我手背上,然后沿手臂爬行,在肩膀停了停,飞到我头上。另一只粉色的少女蝶径直落到我耳朵上,像和我说悄悄话。扇子蝶跟鸳鸯一样总是成双结对的,果然几分钟后,另一只扇子蝶飞过来,一起围着我起起落落,好像我夹着零星白发的脑袋是盛开的花朵。

  陈小磊显然被惊着了,捂着嘴巴,眼珠一动不动。宋庄人见惯了,不觉得这有什么稀奇。顶多会说,噢,蝴蝶又来找祖奶了。

  正好歇一歇。我闭了眼,沉醉其中。空气中飘着莜麦、青草和花朵的香气,自然也有尘土的腥气。有阵子没下雨了,灰尘不大安分。

　　陈小磊问蝴蝶为什么这么喜欢我,是不是我可以和蝴蝶交流。我睁开眼,笑了笑,蝴蝶知道我不会伤害它们。陈小磊疑道,我也没有伤害它们的意思呀,为什么还是?我说,可能它们认识我吧。我自个儿是清楚的,但难以说明白。陈小磊想让蝴蝶落在她手臂上,她靠近我,伸展了胳膊。我拂了拂,一只扇子蝶朝陈小磊飞去,在她头顶盘了两圈,又飞回我这边。陈小磊很是失望,我说,蝴蝶都胆子小。

　　陈小磊的神情使我想起下乡青年钟玉兰。钟玉兰第一次看到蝴蝶围着我飞舞,像陈小磊一样吃惊。陈小磊捂了嘴巴,钟玉兰则不停地叫,天啦,天啦。

　　陈小磊的声音像苹果脆生生的,钟玉兰的声音则似香蕉,细腻、柔弱,因而她的惊呼有余音绕梁的效果。她是上海人,纤细如竹。她没学过医,下乡时带了本《临床诊断》,那是为自己准备的,万一有个头疼脑热,自己可以诊疗。她带的书被队长看见了,选人去公社卫生院培训就推荐了她。她第一次看女人生产是在培训期间。那个妇女送到卫生院,羊水已经破了,她是花地生,出来的是一手一脚。妇女个头较高,骨盆也适中,只是围观的人多,七嘴八舌,加剧了她的紧张,叫喊声都变了调。接生的是卫生院的医生,没有太多经验,出的汗比产妇还多,整个人像淹在水里。产妇昏迷,医生急了,拽住婴孩的腿猛地一拉。婴孩的身子倒是拽出来了,但脑袋留在了子宫。鲜血喷射,一屋人都慌了。

情况危急,卫生院派人喊我。是喊,而不是请。那时,我接生没那么自由了,多半都是偷偷的。大白天喊我,还是在卫生院,更是破天荒。我不在乎走路还是坐车,只要让我接生,怎么都行。我到了那儿,产妇的呼吸已经微弱,一堆人正手忙脚乱地止血。

也许没我的帮助,血也能止住,但肯定没那么快,那么及时。婴孩的头还在妇女肚子里,没人敢动手。我没用别的工具,我的柳叶手就是最好的工具。我将拳头大小、半红半白的胎儿头颅放在手术盘里时,一个女孩发出尖叫,另一个跑到门口,又咳又吐。

我离开那阵儿,那女娃仍在门口蹲着,她不吐了,但似乎站不起来,如果不是抓着门框,或许就瘫倒了。我停住,说如果还难受,就去睡一觉。她却站起身,问能不能拜我为师。轮到我惊讶了,我以为她这辈子再也不敢看,更别说学习接生了。她似乎猜到我在想什么,说本来只是完成培训任务,因为培训就不用干活了,但现在她非学不可。话音软软的,脾性倒是硬。我问她知不知道我是谁,她摇摇头。我说,你还是先打听清楚再决定吧。

几天后,她竟然来宋庄找我了。她就是钟玉兰。她不在乎我的身份,只想跟我学习接生。而她学接生的理由很简单也很朴实,让产妇少受点罪。

我自是点了头。从此,她常往宋庄跑,不久之后,她调换至宋庄。

卫生院急救算是一个契机，我的技艺再次被验证，当然也包括态度。我不用再偷偷地接生了。可能与钟玉兰也有些关系。她声音软，但说话起作用。

钟玉兰的双手虽不如我的细长，但也还好。一个人一旦认准目标，肯下功夫，没有学不会的。我给她讲踩地生、撒地生、坐地生、花地生、横地生、闷地生的区别和处理方法，讲产后出血的判断与应对，讲如何推拿、按摩、倒垂、接气，讲如何把死胎清理出来。我毫无保留。宣讲仅是一个方面，重要的是实践。在跟我的那几年，遇到过花地生，也遇到过横地生，在我的指导下，她顺利地将婴孩引出来。只有一次，她没能完成。那是个死胎，胎儿体形大，她拉了几次也没弄出来。我让她用刀片切割，她下不去手。我只好亲自动手，不能太久，不然产妇就有危险了。那天钟玉兰又呕吐了，边吐边哭。并不是她的过，但她把责任归咎于自己，一次次向产妇家人说对不起。她没有退却，越挫越勇。有一种人是水性，表面柔弱，内心却强大。有的人一生可能有一万个念头，但没一个活过三天，弱性人只一个念头，却可以坚持一生。钟玉兰就是这样。

一九八二年，钟玉兰回宋庄看望我；我双八之年，她又回来。她已经是知名妇产科专家，声音依然是软的，像水泡过，但我能听出她性格里的硬核。第一次她给我带了高桥松饼、鲜肉月饼、蝴蝶酥、梨膏糖、状元糕、五香豆，我笑说她快把上海搬来了，见到她比什么都高兴。第二次她带的更多,除了吃的,还有一本画册一本相册。她邀请我去上海,我没去,她这是变着法让我游览呢。知我仍在接生,她并不意外,只说别累着。

我和钟玉兰也是坐在院里聊天,如果天气好的话。如有蝴蝶落在我头上,她只是微笑,不再惊叫。

4

有关白花姑姑,我对你撒谎了。我根本没去找,那一段我忙得要命,不,主要是我没太当回事,没放在心上。她的一切消息都是我胡编的,她人在哪里,是否活着,我并不知道,反正她不可能站到你面前,也没办法验证,祖奶,对不起。乔石头的喉咙像卡了石子,石子彼此碰撞摩擦,使他的声音断断续续的。

我牵挂白花,一直在打听她的消息。白礼成决绝离开,我不怪他,但他不该把白花带走。我想知道她在哪里,过得好不好。那次寻找未果之后,我又两次到蔚县,但始终没打听到白花的下落。每找一趟,我都对自己说,认命吧,老天注定你见不到她。确实,我的思念没那么强烈了,但过几年就忍不住了。即使扑空,也要去。扑一次空,心能安稳一阵子。我对乔石头讲了,他不让我再跑,那时我已九十高龄,说由他去找,后来告诉我,白花一九六二年就去世了。原来是糊弄我,我竟然当了真。

蚂蚁在窜。

你这个臭小子啊,我真想像抽你大爷那样让你的屁股长满青印,我在心底呼喊。我发不出声,浑身的肌肉突然绷紧,瘦干的皮越来越薄,几乎裂开。

我回宋庄前派人找了,有消息他们会立马告知我。也许晚了,我会尽力补救。祖奶,我不奢望你宽恕,只求你别生气,你要平平安安地住进孙儿为你建造的宫殿。

我在心底叹息,唉,说来说去,又绕到祖奶宫。

祖奶,我保证,从此我绝不再撒谎,绝不再向你撒谎。还有……他顿了一下,声调低沉,本不想对你说,可我怕不说以后就没机会了。

这可不像乔石头,我有些愣怔,继而心缩紧了,出了什么事?难道他又闯了什么大祸?以他现在的身份,若闯了祸,绝对是难以想象的。

我建祖奶宫,也有这方面的考虑。我不能让你躺在床上,没人搭理。住进宫殿,就有万千的人膜拜你,你给他们施福,他们的后代就会向你祈祷,世世代代。这样,我活着还是死去就没那么重要了。

我不再为他的谵言妄语发怒,心阵阵紧缩。我已经确信他出了问题,那决定着他的生死。

祖奶不要太担心,在宫殿落成前,我不会离开。他故作轻松,但我能嗅到他的伤感,还有隐隐约约的药味。我倏然惊心,难道是他的身体出了状况?孙儿呀,告诉祖奶,到底怎么了?

祖奶,我都跟你说了,你要撑住啊!

我急得骨头都要碎裂了,你是说了,可你没说清楚,不许这么搪塞我!

我现在说另一件。祖奶,你累了吧,可我窝心底许多年了,非说不可,就今夜,就现在!乔石头的声音又恢复冷静。

原以为他喝了酒兴奋过度,所以向我敞开心扉,此时思量没那么简单。他像在安排身后的事。石头的反常,喜鹊的叽喳,汹涌而来的声音,这个夜晚真是诡异。

蚂蚁在窜蚂蚁在窜。

5

乔冬的声音薄,因而显得轻飘,就如一缕烟,若有似无,非得集中注意力去听,不然就从耳边荡散了。可能与他的性情或执念有关,他处处替他人考虑,生怕惊扰了别人。但他绝不是懦弱的人,他惊人地要强,罕见地固执。与乔秋不同,乔秋无中生有,胡说八道,乔冬从不胡说,他的心思和话语都在行动上。

乔冬的要强最早是从捡麦穗体现出来的,当时他十一二岁。麦收时节,总有社员抓得不牢,金黄的麦穗遗失在田野,队长为此骂过,也特别开会强调过,但总有社员不长记性,多半时候根本分不清是谁丢的。队长善于动脑,让各家的娃跟在后面拾捡。半个小时那些娃的新鲜劲就过去了,加之秋日太阳毒晒,蚊子又多,稍不注意,脚踝就被已经枯硬的沙蓬扎伤,因此个个叫苦,弯一下腰都龇牙咧嘴的。唯有乔冬,一声不吭,专心拾捡。到地头,别的娃捡五六个七八个麦穗,乔冬捡一大把。后来别的娃溜走了,只剩乔冬一个人。他本可以走的,没人责怪他,但他硬是坚持到最后。他的手扎了有二十多根刺,至于脑门和脸上被蚊子叮起的包,更是多得数不清。我就着煤油灯,挑了半个多小时,才将那些刺弄出来,问他疼不疼,他轻飘飘地说,不疼。第二日放学,没等指派,他主动到地里拾捡,直到秋收结束。麦穗不能带回家,都要上交队里。社员割地挣工分,捡麦穗却是义务的。我不能阻止他,叮嘱他别累坏了。但没有任何作用,他不在乎累,不在乎沙蓬和蚊子,那时他的心中或许就有了更高的目标。

  拾捡粪肥也是队里提议的,准确地说,是队长花满仓的主意。那时他的头脑灵活,人也风光。牛、马、驴、骡、羊的粪便主要用于烧炕,在寒冷的塞外,没有这些很难过冬。好多人根本没见过煤块。一个叫赵绺子的赶车人揣回土豆大一块,像展览品一样装在罐子里,谁想看,须和赵绺子说半筐好话,甚至卷一支烟给他,他才小心翼翼地揭起罐上的木板,却仍用双手护着,只露半指宽的缝隙,似乎煤块长着翅膀,说飞就飞了。往往没等看清楚,他就把木板盖上了。所以,关于煤的颜色,有说黑的,跟包公一模一样,有说红的,长了张关公脸,还有说白的,与曹操有些像。赵绺子只防外人,没防家人,他的半大小子偷偷地啃,等他发觉,煤块还没核桃大。

  粪肥主要是猪、狗、鸡等家畜家禽的粪便,拉在圈里是自家的,拉在大街、滩里就是无主的,谁拾算谁的。宋庄从来不缺捡粪的人,那多半是老年或中年男人,花满仓开会公开倡议,捡粪的人增加了一倍。乔冬是其中年龄最小的,却没有一个人比得过他。天不亮他就爬起来。怕自己睡过头,让我叫他,我心疼他,故意晚了一点,他很不痛快,再也不用我叫了。乔冬让我给他买了个闹钟,那是他唯一央求我买的。先是定到五点,然后四点、三点。他把闹钟搂在被窝,一响便立刻坐起,像精密的仪器。等别人起床,乔冬已经把每一条街每一个旮旯转遍了。除了在宋庄,他还到别的村庄拾捡。捡粪不只要勤快,眼力也要好,甚至需要感觉,比如没有月光的夜晚,粪便与大地一个颜色,只靠眼睛不行。

当然,不是每一次拾捡都那么顺利,因捡粪而遇险时常发生。某个秋日,乔冬在滩里看到一头吃菜的猪。不是白菜、芹菜什么的,是野菜,如蒲公英、苦菜、灰灰菜。这三样菜人都可以吃,凉拌、包饺子。野菜变老,人就咬不动了,仍然是猪的美味。猪吃有一会儿了,乔冬觉得该排便了,他耐心等待。终于,猪叉开后腿,乔冬立即把粪铲伸过去。他想让猪拉在铲上,可他动作猛了些,猪受到惊吓,停住了。乔冬不死心,猪往回走的时候,他紧紧跟在后面。那头猪是东坡的,乔冬注意力高度集中,不知自己被带到了东坡。他夜晚到东坡拾捡过,白日从来没有。那头猪到了自家院门口,实在憋不住了。乔冬大喜过望。恰好主人从屋里出来,见乔冬捡粪追到门口,大为恼火。他要夺乔冬的铲,乔冬努力后撤。那是他的武器,是他的宝贝。乔冬摔倒两次,硬是没松手。乔冬的脸蹭破了皮,回到家,半个脸都是血痂。

乔冬被狗咬过,被猪撕过。母猪凶起来可不得了。他过于专注,以至于看上去有些魔怔。那是第二年的初冬,乔冬搭牛车到公社。车上坐了七八个人,乔冬在车的后端。他不是走到哪儿都带着粪铲,三月不捡,也稳坐状元交椅。可他已然痴迷,或者说,对状元的看重使他时时处在战斗状态。他的耳朵拾捡着那些人的话,目光却扫着牛屁股。若是有一副观察镜,他一定会观察牛的肠胃是如何工作的。快到公社时,那头牛的速度明显慢了,这是要排便了。赶车人不明就里,照牛脊抽了一鞭,牛加快脚步,同时粪便掉出来。乔冬眼疾手快,越过人头的同时,也麻利地脱下裤子。他猛扑过去,做了个海底捞月的动作,牛粪是接住了,但他也从牛与车的缝隙处栽落。牛受了惊,撒蹄狂奔。亏得赶车人及时勒住,结果,他脑顶还是被磨掉一大片皮。

就如拿乔秋的胡说八道束手无策一样,我也无力阻止乔冬。我就没阻止过。捡粪不是坏事,争第一也无可非议。但什么事都要适度,过了就不可取了。我这样劝他,他根本不听。

那时,他还在家里住着,待我杂七杂八的事再次被抖出来,他为和我划清界限,就搬到了队里的饲养房。我连劝说的机会都没有了。花满仓倒是经常鼓励乔冬,乔冬那份口粮也直接分给了他。村里一个光棍在饲养房下夜,乔冬与他同吃同住,当然不是同劳动,光棍的劳动是公开的,乔冬公开的劳动仅是一小部分,他大半的劳动是暗中进行。他是不知疲倦的夜行人,享受披星戴月,享受独自锄地,享受独自挥镰。

一个人心里有光,那光就会时刻指引他,不分昼夜,无论春秋。冬日,乔冬已不满足于拾捡粪便,开始掏厕所,当然是半夜进行。宋庄没有公厕,各家都是简易厕所。一人高,甚至半人高,有的女人边蹲坑边和街上的人说话。乔冬跳进跳出并不困难,他只带两样工具,铁锹和镐头,半夜下来,他能掏两至三家。

又一个夜晚,乔秋一手抓镐一手拎锹走出饲养房。乔冬的心里揣着地图,哪家的掏了,哪家的没掏,哪家的还需要再掏,都清清楚楚。那天他去的是铁匠家。乔冬脚步极轻,如他的说话。星光暗淡,但他准确无误地来到铁匠家的厕所外。他先将铁锹和镐头立在墙外,然后越墙而入。一个黑影尖叫着冲出厕所。乔冬也吓了一跳,愣了足有一刻,才慌张逃离。

尖叫的是铁匠女人。她正闹肚子,那个夜晚刚在厕所蹲下,乔冬就跳进来,差点砸她身上。

大清早,乔冬就被带走了。当然没难为他,只是讯问得很细。村里很多人给乔冬作证,花满仓也出了大力。乔冬没有图谋不轨,他确实是在做好事。当天乔冬就回到村庄,毫发无伤。铁匠女人惊吓过度,从此落下心慌的毛病,白日也不敢上厕所了。铁匠把厕所的墙加高,还盖了顶。即便这样,院里也得有站岗的才行。

掏厕行动被叫停,但是乔冬闲不住,改为刨肥堆。队里有肥坑,各户也有肥坑,灰烬、动物的粪便需要沤,沤熟才成为肥料。经过整整一年的填积,坑便成了堆,要用镢头一块块刨开。肥坑在院外,吓不着任何人。

一个夜晚,乔冬刨偏了,刨折了左脚的拇指。起先他并没当回事,忍痛坚持,后来实在忍不住了,才挪回饲养房。

乔冬被送到卫生院。半个月后,我把拄着拐杖的乔冬接回家。那个光棍绝对不会侍候他。但他也不怎么跟我说话,每次我在他碗底藏个鸡蛋,他都会翻出来留给乔枝。就这一点,他远比乔秋强。乔秋不只在外面炫耀,连乔枝也哄。我刚吃了块糖,娘给的,差点儿把牙甜掉;或者,闻见我嘴里的香味吗?娘悄悄给我一把大豆。不是故意挑拨,他就是忍不住,痴迷在自己的大话中。乔枝几次和我闹别扭,都是因为乔秋。若那个鸡蛋放进乔秋碗里,他不会让乔枝闻味儿,确定无疑。乔冬的好超出我,也超出宋庄人的想象。后来就想,善念善举没什么不好,这与我接生同一个理。至于他和我划清界限,也没什么不对。我从没有责怪他的意思。数月后,他搬回饲养房,我并不难过。被褥都拆洗了,衣服也都缝补好,我只做能做的。

乔冬的善举还有很多,比如村头站岗,比如填坟。坟墓被大风削磨,隔几年就得往坟包填土,不然就吹平了。填坟多半在清明,各姓填各姓的。乔冬代劳并未让他们感激,因为担心乔冬坏了风水。乔冬填了二十余座坟就被叫停。

这个停下,还有别的。乔冬就像火种,活着就是为了燃烧。

之前的那些只能算小火苗，更旺的在后面。这就要说到另一个人：乔运气。

乔运气是宋庄头号大镰手。割庄稼是短镰，打草则须长镰，镰把长四米左右，刀柄是短镰的三倍多。秋后，野外的草要用大镰削割，俗称打草。打草比割庄稼难度大，会的人不多。乔运气胜在他总是盲打和夜打。夜打其实也是盲打。如果茬低，大镰会插进土壤，而茬高，出草量就会减少，搞不好还会被扣工分。乔运气虽是盲打，草茬却是最低的，他打过的地方就像剃刀削过一样，光滑平整。打草季也就一个月，打完，别的人卸下刀头，插在房梁，次年秋天再取下来。乔运气不，他的瘾经过一个漫长的冬季才潮水样退去，每隔几日就拎着大镰去野外打一两个小时。白天要干活，所以过瘾多半是夜晚。自老婆得病去世，乔运气几乎每个夜晚都要打。有人劝他，他说不打麻烦得不行，担心自个儿会疯掉。某个下雪的傍晚，乔运气拎着大镰走进草野，再没出来。下雪倒没什么，就怕刮白毛风，无论飞鸟还是走兽，都辨不清方向。

乔运气去世，扁女没了任何依靠，但村里挺照顾她。她刚满十六岁，患有先天性心脏病，不能干重活，村里就安排她记工分，挣的工分按全劳力算。

几年后的一个冬夜，一场大火将扁女彻底毁容。宋庄有温炕的说法，即将羊粪球、牛马粪碎屑放进灶膛点燃。不拉风箱，任其自燃，尽量延长燃烧时间。扁女不是第一次温炕，宋庄的男

909

女没有不会的,只是她不该填太多,带着火星的羊粪球从灶口脱落,引燃了灶坑的柴火。乡邻们送她的劈柴、牛粪,她都在外屋堆放着,打算最冷的时候用,结果都着了火。扁女睡在里屋,被惊醒那刻,火势已经蔓延到屋顶。她没有马上逃跑,而是扑到柜子上找记工册,然后就昏倒了。第一个发现火情的是村头站岗的乔冬,也是他将扁女从大火中抢出来。

乔冬成了救人英雄。接着,他做出另一个决定,娶扁女为妻。不久就举行了婚礼,乔冬搬出饲养房,和扁女暂住到供销社旁边的闲房。那是公家的房,不是谁都有资格住。那是对乔冬嘉奖的一部分。

我没反对乔冬的婚事,当然也没能力反对,乔冬没和我商量,若不是乔枝说,我还蒙在鼓里。我怔了好半天,轻轻叹口气,准备我能准备的。只要他喜欢扁女就好,哪怕一丝丝一点点,而不只是头脑发热。那样扁女就不至于受罪了。

婚后,乔冬仍与我保持着距离,而且距离更大了。他越来越风光,有赶超花满仓的势头,而我虽然因为带了钟玉兰这个徒弟,不用再偷偷接生,但依然身份复杂,经历不怎么光彩。他是我儿子,别人揪我斗我,他没有上前,而是躲在角落里哭泣。就这一点讲,他是敦厚的。如果能洗刷他的耻辱,我愿意做任何事。

乔冬开始抗拒我。或许,他是想彻底与我决裂。我几次去他家,他都没让我进。我不缺,什么都不缺,你拿回去吧,他不看我，要么低头，要么看着远处。几次碰壁，我就消停了。只要他过得好，我就安心。

扁女好长一段时间不敢出屋，偶尔出去一趟，都围得严严实实的，只露两只眼睛，就如后来的宋品女人。她摘掉蒙面的头巾，是在乔冬的鼓励之下。乔冬抓着她的胳膊，可能是防止她逃跑。确实，当目睹她的孩童吓得大哭，有些妇女变了脸色并下意识捂住嘴巴，她是想逃回家的，但乔冬抓得紧，她逃不掉。起先是一天一趟，后来一天两趟，乔冬带着她专往人多的地方走。开始人们见到乔冬和扁女便散开，有时乔冬还会追着某个人说话。渐渐的，没有谁再躲了，见了乔冬和扁女，会主动打招呼。

一天中午，乔冬把扁女带到我面前。我没一惊一乍，扁女也是我接生的，如任何一个我接生的人一样，有着家人般的亲近感，不会因她毁容而改变。我的目光在她脸上停了停，滑落到她已经显怀的肚子上。我既喜又忧，说让我摸摸吧。扁女欲往前靠，乔冬猛地扯住她。他没说话，拽着她离开。我突然明白，乔冬带扁女回来，就如带她上街一样，是示威的。

6

祖奶，别人说我生就的天胆，敢在太岁头上动土，老虎嘴里拔牙，初到城里，我就干了一桩大事，不细讲了，怕吓着你。不是杀人放火，你放心。倒是我有可能送命。只靠胆子肯定成不了事，重要的是脑子，但胆略确实起着决定作用。

我从来没对人讲过,祖奶,别人不知道,我自己知道,我其实也怕,怕得要命。

石头突然停住,仿佛难以启齿,抑或,哪怕如魔掌扼住了他的喉咙。

我紧张又好奇,能让石头惧怕,那会是什么？是迫近的危险,还是疯狂的闪念？

蚂蚁在窜。

7

乔枝的改变是从声音开始的。

乔枝体形随我,骨架大,个头猛,双脚也长,走路生风。只是她的手不随我,宽而短。她说话也直,从不拐弯抹角。若粗声大气,那就与男孩无异了。还好,她嗓音清脆、圆润,就如咬刚刚摘下的苹果,带着清甜。这使她整个人都透着灵秀,是人见人爱的女孩。

自带了钟玉兰这个徒弟,我接生不用再偷偷的,而她对乔枝的影响远大于我。钟玉兰像一颗明珠,璀璨夺目,乔枝被她牢牢吸引,处处模仿她,竭力把自己打造成宋庄版的钟玉兰。

乔枝说话不再直来直去,比如盛饭,先前她要一碗就是要一碗,半碗就是半碗,明明白白,自认识了钟玉兰,她扭扭捏捏,好像不知怎么表达,不说一碗或半碗,而是一点点儿。我盛一勺,她说多了,我盛半勺,她又嫌少。我有些急,说枝儿啊,你把舌头伸展，到底要多少。她仍是那般，就一点点好啦。于是我就舀了一勺，倒出一些，扣到她碗里。她双手捧着，仿佛怕烫着，又仿佛那是宝贝，需要小心呵护。所以，和她说话很头疼。一句话她要掰成两瓣、四瓣，简单的话她也必定拐几个弯儿，和猜谜差不多。其实，钟玉兰也不是这样，有时怕我听不明白，就换个说法。确实，我和她的交流有些障碍，但有时一个眼神一个手势就明白了。钟玉兰是把复杂往简单说，乔枝则是相反。

乔枝的声音不再清脆悦耳，她为了学钟玉兰细弱的嗓音，需要把脖子抻长，有时还故意扭着头，好让气流改变方向，但即使是这样，声音也难以变细，还需要舌头、牙齿紧密合作，稍不注意，某几个音某一句话就现出原形。虽然还算动听，但乔枝却显得慌张，仿佛突然的泄密会毁掉她。有人说，听乔枝说话比割两遭麦子还累。乔枝不觉，沉醉其中。

开始只是说话形态和声音的模仿，还是宋庄话，二十余天后，乔枝改说钟玉兰的侉子话。俗语撇侉子，等于彻底改了。侉子话挺好听的，早先的工作队，现在的钟玉兰，跟广播里的差不多。但乔枝突然改腔，怎么听都觉得别扭。

初听，乔枝和钟玉兰说得没有太多区别，细辨，差别还是挺大的。尤其是宋庄特有的词汇，只能用宋庄语调说，用侉子腔难以说明白。比如皱巴，宋庄用语是"个出"，一个人脸上的皱纹多或活得窝囊、没出息，都可以用"个出"形容。比如一般、寻常，宋庄用语是"寡气"。如果说收成寡气，就是比颗粒无收略好一些；

说人干活寡气,就是力气不大或干得不好。如果比寡气程度更深,那就是蹶屎蛋。你问一个人本事大小,若说蹶屎蛋,那就是告诉你没有任何本事。而乔枝音调改了,词汇仍是宋庄的,动不动就闹出笑话。

宋庄除了分粮食和土豆过秤外,分柴火、白菜、萝卜、大葱之类一向以堆论,然后抓阄。将编号写在纸上,揉成团,放在某个人的帽兜里,挨个抓。那次分萝卜是乔枝去的,她捏出一个纸团,正要展开,被挤来挤去的人碰了一下,纸团掉了。那是十多斤萝卜呢。乔枝低头寻找,地上是丢散的萝卜缨、黄蒿秆,而那些人还在移动,大大小小的脚踏过去。乔枝喊起来,当然是侉子调,我的个蛋蛋丢了!她不再细声细气,嗓门很高,个蛋蛋当然是宋庄话,指圆形的小物件。一个闲汉取笑她,把她的话作了篡改,你的蛋丢了?长什么样儿?哄笑突起,乔枝面红耳赤。她低了头往后退,边退边骂,你个烂嘴货。她慌急出乱,不自觉地改回原来的腔调。结果引起声浪更高的哄笑。退到人群外,乔枝这才记起是来分萝卜,手上的袋子软软地耷拉着。她大步返回,直奔其中一堆萝卜,撇着侉子腔说,这是我的,谁也别碰!周围的人当然不干,于是吵嚷起来。后来会计说,侉子都是讲理的,别吵。乔枝才挪开。萝卜还是分到了,最后一堆。会计如是说,绝对没有错。

甚至呻吟与叫喊,乔枝也要带出侉子味。她十四岁就来了月经,每次小肚子都抽着痛。我煎过药,倒是有效,但下个月依然会痛。哎哟声换成侉子调比说话更难把握，稍不留神就变了味儿。所以，乔枝呻吟时总要停顿一下，然后才发出声。

乔枝的头发又黑又亮，梳成辫子，几乎耷拉到大腿处。她有时候梳单辫，有时候梳双辫，每次遇到不开心的事，她就将辫子解开，那时的她就如被发丝覆盖的魔女，能听见她叹息，却看不清她的面容。她用头发为自己建造起一个笼子，她躲在里面，禁止他人进入。过半小时，也可能一小时，她开始梳理，反复梳反复梳。待她立起，粗辫悬于背后或垂于胸前，她不再郁郁寡欢，仿佛所有的不开心如灰尘吸附在发丝上，被她梳掉了。

乔枝钟爱自己的长辫，睡觉也是一圈圈盘起，枕着头发才可入睡。可是，某天中午，她将辫子剪掉了。只因钟玉兰是短发。

至于衣着打扮，乔枝更是向钟玉兰靠拢。钟玉兰穿一件白色的确良衬衫，乔枝就要做一件。钟玉兰穿劳动布裤子，乔枝也要穿劳动布裤子。钟玉兰穿白球鞋，乔枝就得买一双。钟玉兰的裤子不知怎么破了个洞，乔枝也烫个洞。

钟玉兰的家人给她寄来一对发卡，一个粉色的，一个绿色的。她要送乔枝一个，让乔枝自己挑。乔枝看看这个又看看那个，问钟玉兰喜欢哪个颜色的。钟玉兰说哪个颜色都喜欢，乔枝就挑了粉色的。戴了几天，钟玉兰再次来的时候，乔枝又觉得绿发卡好看。她和钟玉兰商量，能不能换着戴，钟玉兰很痛快地摘下来。戴了些日子，乔枝还是觉得粉色好，便又和钟玉兰换回来。钟玉兰性情好，若是别人，早就烦了。

那是中秋次日的傍晚,我用糨糊把旧布条粘在一起,打算做副鞋垫,乔枝忽然发出一声叹息。我瞄瞄她,她两手托腮,望着窗外黑漆漆的夜,不知在想什么。儿女大了,各有各的心事,没什么大惊小怪。我埋下头,继续忙自己的。过了一会儿,乔枝又叹息一声。我抬头,问她怎么了。她说话不直接,但只要她说,我就能猜出大概。她未必听我的,就如乔秋乔冬那样,但有时候劝慰还是有效的。乔枝没理我,直定定地盯着窗外。我说不早了,睡吧。她没了辫子,不能再梳辫子驱除烦恼,但睡觉也可以忘记忧愁。我拉开被子,推了她一把。她这才转向我,说,这么圆的月亮,睡觉可惜了。虽然我习惯了乔枝模仿钟玉兰,但深更半夜她突然说出这样的话,我还是惊了一跳。我盯住她,怔怔的,而乔枝仍凝望着窗外。昨晚乔枝是和钟玉兰在一起的,钟玉兰大概这么说过。我思量了一会儿,也就释然。

　　三个孩子没一个按我的意愿生活。我想,这与我的身份有关。也许,他们就想用这样的方式让自己变得和我不一样。

　　那个时节,钟玉兰努力地把自己变成乡下人,而乔枝则一门心思将自己打造成宋庄版的上海人。乔枝当赤脚医生的愿望自然也因为钟玉兰。赤脚医生可不是谁想当就能当的。乔枝不管那一套,她拜钟玉兰为师,尽可能地与钟玉兰在一起。她帮钟玉兰背药箱,听钟玉兰讲解,碰到好脾气的病人,她在钟玉兰的指点下还能打一针。如果有生小孩的,她与钟玉兰一起追在我身后。她不在乎我怎么接生,只在意钟玉兰。钟玉兰说了,她才认可。

钟玉兰调回县城,对乔枝打击很大。就像干旱又过度暴晒的庄稼,突然就蔫了。当然,她仍然保持着钟玉兰的习惯,仍然侉子腔。不合群是难免的,同龄的青年男女毫不掩饰对她的反感,而她也瞧不上他们。他们太土了,和她根本不在一个档次。乔枝独来独往,若说陪伴,倒也不缺,月亮、星辰、花朵、树叶、雨滴、西风,她可以和它们随意交流。

我帮不上她,能做的就是一日两餐,不让她饿着肚子伤感悲叹。钟玉兰调离,我接生又需要花满仓批准才行,若他不批,产妇的家人就得另请他人或把产妇送到公社卫生院。钟玉兰不会明白,她拜师的同时,还起着监督的作用。

因为找不上合适的赤脚医生,乔枝去卫生院培训了半个月,正式上岗。虽然如愿以偿,但依然形单影只。除了看病,她基本待在卫生室。那是钟玉兰待过的地方,就在大队部旁边。看病的时候不多,也就头疼脑热的小毛病。

秋末的一天,上面派了六个人组成的机井队为宋庄打机井。宋庄的生活水井也就三四米,浇地的机井要三十到四十米,据说一口井可用一百年。机井队住在大队部东侧,与供销社、卫生室在一排,村里专门安排了歪脖为他们做饭。歪脖曾在张家口最有名的饭店当过大厨,会做三百六十多种菜,当然那得有材料,在宋庄只能做简单的几样。这已经是最高礼遇了。

那个叫钟青的机井队员水土不服,到宋庄的次日就开始拉肚子。他去卫生室买药,原本苦着脸的,听到乔枝的侉子腔,惊呼,你说话和别人不一样呢!这个"不一样",连同他的语气如同神箭,立时射穿了乔枝。乔枝突然不会动了。钟青被她惊着,问她怎么了。乔枝反应过来,从瓶里倒药,手依然抖着。她包好,放到桌上,嘱咐他服用次数和剂量。钟青抓起药包,没有马上离开,两人聊了一会儿。听到他的名字,乔枝身上又过了电。走了个钟玉兰,来了个钟青。钟玉兰是上海人,钟青是从省城来的,两人没有丝毫关系,但因为同样的姓,因为同样的侉子腔,乔枝把两人联系起来,对钟青的好感又深了一层。其实远非好感可以形容,整整一天,整整一夜,钟青的面容都在脑里晃荡,同时摇摆的还有钟青的声音,你和别人不一样呢。

钟青服药两天就好了,但他只要休息就往卫生室跑。他不找借口,头疼啊手破了之类,他说"找你说会儿话"。大大方方,坦坦荡荡。乔枝明白他不只为了说,也是想听她说。她和别人不一样。她何尝不是呢?自钟玉兰调走,她就被孤立起来,现在终于有了伴儿。钟青和钟玉兰不同。钟玉兰像明珠一样闪闪发亮,钟青则如燃烧的火把,不但能照亮她,还让她浑身发热。

白天钟青多半在野外,乔枝便延迟回家时间,不是如先前一样天黑就锁门。卫生室有一盏煤油灯,是乔枝从家里拿去的。钟青似乎因为耗费乔枝的煤油而不好意思,拿了机井队的蜡烛给她。蜡烛是白色的,供销社有售,但基本没人买,那比煤油贵多了。蜡烛让说话的时间变长,不知不觉的。有一次,两人突然哑口,好像忘记了说什么,便同时盯住蜡烛,不约而同地说,要是红蜡烛就好了。钟青大笑,咱们想到一起了。乔枝再度燃烧起来。这实在是太神奇了。

两人一起离开卫生室,有些晚了,钟青说我送送你吧。乔枝渴望他送,嘴上却说,没事,你早点儿休息。她早已不是快言快语的乔枝。钟青说,月光下走走,也蛮好的。这话,宋庄的后生借几个脑袋也说不出来。岂止蛮好,那是相当好。乔枝压制着兴奋,回应道,确实,这么圆的月亮,一个月也就这么几天,早早睡觉可惜了。如果是别人,必定当乔枝是疯子,但钟青懂。

转过两条街,听见大叫和爆笑,前方有数个人影。钟青诧异,他们在干什么?乔枝脸热了,好像丑陋的伤痕被钟青窥见。那是宋庄十五六、十七八的青年男女的游戏,叫砸摞摞。白日彼此不说话,更不会有身体接触,夜晚就不同了,可以放肆,可以碰撞。女队抓一个女孩摁倒在地上,男队会选一个男的,摁倒,像抬猪一样抬着,将他砸到被摁倒的女孩身上。然后再换角色,每个人都有机会与异性身体接触。若是男女彼此有好感,他们摞在一起的时间就久一些,若是没有感觉,马上就分开了。

乔枝没向钟青解释,说不清,也羞于说。她当然也参与过,此时觉得那样的游戏粗俗不堪,继而认为他们横在街上,也为了提醒她,她和他们其实是一路人,就算她是侉子腔。

咱们绕着走,她说。钟青没有再问,随她右拐,那样远一些,但月光皎洁,朦胧的街道如诗如梦,绕路反更合两人心意。一只鸟从树杈上飞起,没入夜空。乔枝没受惊,但身体偏了一下,钟青扶住她的胳膊。她站直,他慢慢松开。

若钟青与她走一整夜,乔枝也会的。但他送到门口就返回了。明天还要打井,他是技术指导,她非常理解。她没有睡意,心是烫的,身体是烫的,她很担心被褥、房屋被她点燃。她来回踱着,等待那熊熊烈火冷却、熄灭。还藏着许多话,它们在腹中横冲直撞,像雨季的植物野蛮生长。终于,她想起要做什么了。她翻出纸和笔,给钟青写信。

那是开始。此后,每夜一封。

8

祖奶,我怕喜鹊。乔石头的声音空空的,就像他的喉咙突然间被挖掉了大半。

我突然被狂风袭卷,沙石、鸟羽、枯枝败叶劈头盖脸地砸过来,让我迷乱,让我辨不清方向。石头畏惧喜鹊?这怎么可能?

祖奶,我知道你会吃惊。我没开玩笑,真的。你不会明白的,事实上,我也不明白,我怎么会怕她。不是从现在开始的,而是从小时候,记事起就怕。其实也算不上真正的怕,就是有点紧张。我不知道怎么回事,每次见她都这样。她和我说话,我的手心就会冒汗。我没和你说过,我怕羞。我尽量避免和她说话,可完全躲开她是不可能的,走着走着就碰见了,而且看不到她的时候,我又渴望,又不甘心。我说不清那是什么感觉。我以为长大会好些,可直到唇边长了毛,我还是不能克服紧张。喜鹊是刁,可是我更疯,怎么见了她就紧张?我找不到答案。她是横在我心上的一道坎,我不服,不服就想砍掉这个坎。我是乔石头,鬼神都不怕的,为什么要怕她?我想,如果迈不过这道坎,这辈子见她都得缩着头。我又没短握她手里,我绝不允许自己这个样子。我和自己打赌,必须战胜自己的恐惧。我要真正成为天不怕地不怕的石头。我一面躲着她,一面跟踪她。有些鬼祟,这使我更加羞恼。我有一个计划,一直没有实施,因为拿不准,二来没有合适的时机。后来我下了决心。终于机会来了,那天傍晚,她从东坡回村,抄的近路……

我的心被沙石猛击了一下,天啦!那个夜晚,喜鹊哭得那样悲痛。歹人竟然是石头,我的石头!天啦,这世界真是疯了!

蚂蚁的大军杀出来,在我的头上、脸上、后背、前胸,在我的手臂和大腿上奔走。

让蚂蚁吞噬我吧!

9

我头脑混乱,那些声音便如沸腾的粥,上下翻滚,左右冲撞,又似乎千军万马东奔西突,厮杀得不可开交。但即便如此,我也能捕捉到它们的身形,闻辨出其中的气味,回忆过往,回想那一个个或欢愉或伤悲的场面。花草的清香固然诱人,但我从不抗拒腐烂的气息,从生到死,从死至生,世界循环往复,那就是世界原本的样子。我虽然懂得,但时常感到困惑,声音没有消亡,日夜纠缠着我,那算不算生命的气象?如果算,那它们是活在我的身体里,还是我活在它们中间?我想不明白。

娘,烙顿油饼吧,求你了,我的好娘!那是乔秋的声音。

那是八月底的一个下午,我准备生火做饭。雨刚刚停,柴火潮湿,浪费四根火柴才点燃。火势也不旺,雨是停了,浓云仍然低垂,这样的天最容易倒扑烟,烟不走烟道,而是从灶口往外冒。烟冒出来是白的,升到屋顶就变成蓝色,沿墙壁游走时,则是黑色,如长长的蝌蚪。我被呛得连连咳嗽,没理他。我打算烧开水,做三下鱼。我拿出两颗皱巴的土豆,抓了一把面,灰灰菜叶是我顶雨掐回来的。三下鱼的好处是可以随意加水,每个家庭成员都能灌满肚子。这已经不错了,不用空着肚子睡觉。最困难那几年,这也没有。

娘,烙顿油饼吧,我馋得不行了,你瞧瞧,舌头都短了。乔秋伸出舌头让我瞅。他已经十八了,瘦瘦弱弱的,个子也不高。我没好气地推他一把,他轻得像一缕烟,飘了几飘,又粘在我身后。要不,我又要啃乔冬的脚了,他说。我又气又好笑。那是几年前的事了,乔秋与乔冬头打里外睡,乔秋夜里做梦,啃咬乔冬的脚,若不是乔冬抽得快,脚趾头就被乔秋咬掉了。即便这样,还是被乔秋咬出了血印,几天都一瘸一拐的。娘,求你了!乔秋没因我的冷脸而放弃,仿佛他恳切哀求,我就会烙一顿油饼。

我没应。袋里倒是还有十多斤白面,胡麻油却不足半瓶,再有一个月就是中秋了,我想留到中秋吃。另外也有借机惩罚他的意思,他逮谁跟谁吹,不是炸油饼就是炸油糕,惹出那么多祸事,屡教不改,也该让他长些记性了。虽然知道徒劳,所有的事实证明,他就没有记性。

娘,行行好,你就烙一顿吧,乔秋锲而不舍。门敞着,烟雾大半散去,他这缕烟却牢牢缠着我。已经是大后生了,却依然这样没筋没骨,没皮没脸。我突然就来了火,大声训斥,你能不能有点出息?!不吃油饼,活不过去还是咋的?天晓得我后悔了几辈子。但是当时,我只想塞住他的嘴巴,把他从身边轰走。娘呀,乔秋低低地唤,没再乞求。我无意中回了下头,触见他眼里隐隐的泪光。能想到吗?他居然委屈至流泪!乔冬乔枝也不至于。多年后,我僵卧在床,才真正地触摸到乔秋的痛。那不是委屈,而是绝望。那不仅仅是饥饿,那是什么,我又不能准确描述。

吃过三下鱼,乔秋出去了。乔秋非常注重仪表,衣服虽然也有补丁,但一向洗得干干净净,沾个泥点子也要过一下水。四口人,乔秋最费水。鞋更是如此,无论黄球鞋还是黑布鞋,反复刷几遍,还要脱下来细瞅,生怕污渍躲过刷子的横扫。穿戴整齐后,他要对着家中仅有的一面衣镜照了又照,用梳子蘸水将头发理顺。最后一道程序,也是最重要的仪式,是抹油嘴。

家里有一块荤油,每次熬菜,我用铲子削薄薄的一片。碗大的油托,要用一整年,当然得节省着。可有一天,我发现荤油缺了一角。我把三个孩子挨个儿审问,谁也不承认偷吃。后来发现是乔秋,他把窃走的荤油用塑料纸包了,藏在堆放杂物的闲房,每次出门用荤油抹抹嘴。那是他炫耀的资本,是他吃了美味的佐证。我当然不能由着他无中生有、大肆吹嘘。我没收了。可是乔秋有办法,那年冬天他用自制的弹弓和别的孩子换了一只猪尿泡(膀胱),将气吹净,吊在闲房。尿泡干透后如树根又黑又硬,但若是反复舔,嘴唇仍能变得油亮。我又给扔掉了,因为这个,乔秋差点把脚跺烂。但我没能制止乔秋,他总能寻见有油脂的东西,哪怕是一块干骨头。实在没有舔的,他就舔推窝窝砖。莜面做法多,推窝窝是最难的,一个窝窝两三秒完工,要揪、背、顿、滑、推、揭、抖、卷、抹九个动作,但再怎么巧的手,也得在窝窝砖上抹油才行。有两三年没吃过莜面窝窝了,一是推窝窝要纯面,太浪费,二来舍不得抹油。窝窝砖闲置已久,被灰尘覆盖,然而被乔秋经年累月舔舐后,竟然油光闪亮。

八月底那一天,乔秋没找见窝窝砖,因为我藏起来了。我只希望他不再胡编乱造。我没想把他推向险境,他再怎么不争气,也是我的儿子啊。

乔秋很快就截住一个人,吃了吗?他问。回应说吃了。乔秋说我刚吃过,我娘烙的油饼,吃了八张,撑着了,出来遛遛。他同时拍拍肚皮。灌了四碗三下鱼,肚子鼓着,确实撑着了。那人或许有事,匆匆走开。乔秋也不追赶,他知道人们习惯在哪条街上闲聊。

果然,转过一条街,他就看到炒房外站了两个人。宋庄有磨房、碾房、炒房。炒房用来炒莜麦。和小麦不同,莜麦必须炒熟后才能磨成面粉。炒房不是天天用,但炒房外的人却是天天有,不同时间段有不同年龄的人,傍晚多半是孩子和十五六、十七八的青年男女。

早就吃了?乔秋问。不等有人答,便自顾自说,我才吃,我娘烙的油饼,吃了八张。两个后生不约而同地看着他。看看我这油乎乎的嘴,乔秋指了指,虽然天暗了,但因为唇上没有油星,他靠得没那么近。那两个一个喝的是粥,一个也吃的三下鱼。只不过都没有乔秋肚子鼓。一个说我好几年没吃过烙油饼了,另一个说秋天分了油,怎么也要让娘炸顿糕。乔秋说,其实烙油饼也没那么好吃,最好吃的还是油炸,吃一顿,从头到脚都有油味。

一旦信口开河,乔秋就刹不住了。人陆续多了,有离开的,有刚来的。偶有人插话,但乔秋声音高,气势足,总能及时抢过话题,成为中心。那些人听过无数遍,不是谁都相信他天天吃好的,没有质疑或戳穿,是因为乔秋能把他们带入想象的世界,在想象中,他们可以如乔秋那样大吃大喝,忘乎所以。反正也没损失,在虚幻中过过瘾没什么不好。

那个晚上乔秋不怎么顺利。他的肚子发出叽咕的声响,出卖了他。也可能那天唇上没油,他底气不足,声音不如往常。不知谁喊出来,你净鸡巴吹,天天吃这个喝那个,怎么比小鸡子还瘦?乔秋故意叹口气,光吃不长膘,没办法。另一个说,你要是吃了八张油饼,肚子就不会这么叫了。乔秋的声音变得犹豫,那是因为,我又喝了三缸子水。最先揭穿的那个说,来,让咱摸摸,里面到底装的什么。成心出乔秋的丑,也有游戏的成分。乔秋没能力挽狂澜,那人伸出双手,乔秋往后退了一步。结果越发激起众人的兴致,先是抗拒、拉扯,后来就变成对乔秋的围殴。乔秋让他们在想象中吃各种美味,在神往中吞咽口水,过瘾的同时也积聚了愤怒。本是玩笑和游戏,最后演变成对乔秋的讨伐和惩罚。

乔秋爬起,人已散尽。炒房张着黑乎乎的大嘴,要把他吞掉的样子。浑身疼痛,胳膊和腿似乎错了位。鼻孔在流血,他抹了抹,又在炒房的墙上蹭了蹭。一番滔滔不绝,又一顿暴打,那四碗三下鱼已经消耗殆尽。他的肚子空空荡荡,但心比肠胃更空。那是另一种饥饿,是摧毁意志的饥饿。

快到家门口了,乔秋拐了方向。他出了村,没于浓重的夜色中。没有月亮没有星光,但不用担心迷路。气味在指引他,那是一条长长的铁链,径直将他拽到土豆田。地面湿软,踩一下就陷进去,整个人随之趴卧。九月底土豆才成熟,现在也就鸡蛋大小。但足够了。乔秋边摸边吃,边吃边爬。他知道偷挖土豆的后果,那是以往,现在,他再顾不得想这些,只想饱饱地吃一顿。土地越来越软,最后变成了水塘。乔秋浮游其间,水面上漂着一张张泛着泡沫的油饼,他抓一张,吞一张。

天亮我才寻见乔秋。他倒在地里,肚胀如锅,嘴里仍咬着半个土豆。那一夜,他几乎吃掉两亩地的土豆。

不用了!用不着!

这是乔冬的声音。又轻又薄,却长着锋利的牙齿,只要被咬住,疼痛便经久不去。寂静的长夜,绵延缭绕的声音幻化成硕大的耳环叮当作响。

彼时,乔冬和扁女已经搬回扁女原来的房子。重修后,墙体加高了,门窗都换了新的,乔冬没刷油漆,在陈旧泥墙的映衬下,杨木的白茬格外刺目。我想给扁女摸摸胎位,乔冬如是答复。他仍然不让我进门,就像我是巫婆,我的脚跨进去就会给他和扁女带来噩梦。我很担心,就扁女的身体状况,稍有不慎就会铸成大错。我不敢和他说这个,生怕他往别处想,只是强调说摸摸没坏处。但乔冬再次回绝。声音虽然轻飘,神色却透着坚定和刚毅。他的双眼凝视着屋顶,好像屋顶插着什么旗帜。

扁女就在院里站着,肚子已经高高隆起。我瞧出扁女是想让我摸的。我给她眼色,让她求他。扁女极为吃力地挪过来,不是因为行动不便,而是紧张。乔冬的目光这才从光秃秃的屋顶拽回来,轻飘中夹带威严,回去!扁女被震慑住,半张的嘴唇合在一起。她甚至没再瞟我,便朝白茬门移过去。

别让她受凉,平时多走走,我叮嘱。乔冬可能会听,也可能根本就不听。但我必须说。

两日后,我再次过去。我做了几件婴儿衣服,拆了几条没法再穿的裤子,裁作尿布。晚上去的,我寻思乔冬这个点儿应该在村口站岗,扁女一个人在家。乔冬像是有第六感觉,我还未到他家门口,他从对面跑过来。虽然看不清,但能听出他的脚步。他抢先横在院门口,因奔跑而呼哧大喘,气浪冲到我脸上,就如烧沸水的锅,突然被揭开盖儿,雾气蒸腾。

干什么?他警惕地问,好像我偷偷溜过来,有什么阴谋。我说做了几件小衣服。他说,不用!用不着!语调没有任何变化。我说,你不让我摸,我听听也好。他仍然那样答。我略略提高声音,你这么固执,会害了她的。乔冬没吭声。夜色中,他的脸只有模糊的轮廓,但我仍能感觉棱棱角角的坚硬。再说什么都没有意义,我转身离去。

几天后的一个下午,扁女突然来找我。我吃了一惊,下意识地往门口瞅。扁女说乔冬去镇上了。她的眼睛透着慌乱和紧张,腿怎么也跨不到炕沿上,我扶着她,将她弄到炕上。我检查时,她的心跳如擂鼓,搞得我也很紧张。我刚说挺好的,她便翻身爬起,匆匆离开。我把婴儿衣服和尿布塞给她,长长地吐了口气。

某个黄昏,我和乔枝正在吃饭,乔冬隔着墙院喊乔枝,我马上明白扁女要临产了。乔枝跑出去再跑进来,我已经把接生的包袱抱在怀里。乔枝说扁女叫唤疼了,触见我的包袱,匆匆补充,用不着,要去公社卫生院。

乔冬和乔枝用门板抬着扁女出村,我已经村外等候。我知乔冬不会让我接生，绝对没有商量的余地，我没主动请缨。就扁女的身体，去卫生院也好。只要母子平安，怎么都行。但我不会袖手旁观，哪怕乔冬呵斥我。还好，他只是瞟瞟我，然后问乔枝行不行。乔枝说行。我有预感，这孩子多半要生在路上了。

走出不到二里，扁女发出一声尖厉的叫喊。我叫他俩停住。也许是被扁女的叫喊吓着了，乔冬没再违拗。

婴孩的脚丫已经出来了。我跪在门板旁，一边抓扁女的腿，一边指挥乔冬和乔枝协助。乔冬乱了方寸，让他抓腿他抓脚，让他抱肩他抱头，还不如乔枝镇定。

悲喜交加。那个黄昏，我唯一的孙儿乔石头平安落地，扁女未来得及瞅瞅她的孩子，便去了另一个世界。

我去看看！仍然轻薄，但有不容忽视的力量。旁边的人劝他再等等，乔冬已经闪出去。

自那个黄昏开始，他又叫我娘了。但乔冬仍然是乔冬，坚定，刚毅，激情澎湃。公社修水库，他第一个报名，而且挑选了最辛苦的炸石工。哪里需要，哪里必定有他的身影。炸山石按规程操作是没有危险的，他只需要等等。哪怕三分钟，一分钟也行。但乔冬等不及了。他闪出去，走出不到五米，雷管炸响。

娘呀！那是他最后的呼喊。

这么圆的月亮，睡觉可惜了。乔枝的侉音传到耳边，我眼前便升腾起紫的、蓝的、红的、白的、黄的雾。不知那是从天空飘落的,还是乔枝的侉音幻化,抑或,乔枝飞到了月亮上,那是她在呼吸? 嫦娥能飞,乔枝为什么不能呢?

自从钟青护送,乔枝回得越来越晚。有时,已经到了院门口,但她恋恋不舍。我们再走走吧,她说。于是她和他又踏着月光往卫生室走。有时是钟青提议,他和她一样享受迷人的月色。并非圆月,只要有月光,哪怕残如镰刀,她和他也同样珍惜。而轮盘挂天,两人恨不得走个通宵。有一次,他们试图这样做,但后半夜太冷了,她还好,他不住地打战。到底是省城人,没有她皮实。再一次到门口,她和他道别。他明日要打井,她也须准时去卫生室。

两人话题广泛,起先不过各自讲些有趣的事,但有趣的事没那么多,继而开始讲伤感的,令人心情沉重的事。钟青讲父母的婚姻,乔枝叙述乔秋的死。乔枝没靠近覆盖着被单的乔秋,一方面是恐惧,另一方面她觉得乔秋太丢人了。嘴上倒是没说,但她心里就是这么想的。少了一个吹牛的哥哥,仅此而已。但那个夜晚,她在讲述时,莫名的伤悲袭击了她,她鼻腔堵塞,眼睛潮湿,老天作证,她不是装的。钟青揽揽她的肩,以示安慰。

不是每个夜晚的交流都那么愉快,想法有分歧,也会争执。哪怕说不过他,她也不示弱。除非某些意外的打击。有一天谈到门户,钟青嗤之以鼻并愤怒讨伐,他父母的婚姻最终毁于门户的偏见。乔枝当然是认同的,她暗生惊喜,她在附和他的时候,也表达了自己的见解,门户可以不理,但两人彼此吸引一定是有原因的。乔枝没有钟青文化高,但有自己的强项,她引用宋庄俗语"金砖配银砖,个溜椽子配犁弯"。宋庄类似的俗语还有"人寻人,鬼撞鬼,王八专找八条腿"。钟青不是很明白,问个溜是什么意思,乔枝的脸突然烤了一样发烫。

个溜在宋庄的词汇里是弯曲的意思,比如椽木或铁丝不直,自"个蛋蛋"事件后,乔枝在说话时极为用心,不再使用方言词汇,但是从小说惯了,难免出现口误。钟青听不懂,在情理之中,但于乔枝,那就是出大丑。还好月色朦胧,不然钟青会发现她脸如红布。乔枝草草解释过,转了话题。

许多时候,两人不说话,就那么来来回回地走。月光像个魔术师,有时在大地上撒满盐,有时铺一面厚重的镜子,有时如溪水一样流动,有时如大团的棉花横在街道上。有时只有她和他的脚步、呼吸,有时,夜鸟从一棵树飞向另一棵,翅膀的振动在黑暗中声音很响。青年男女仍在玩粗俗的游戏,嬉闹声极为刺耳,乔枝总有办法引导钟青躲开。有时,听不到脚步声,仿佛被月光吸纳了,她和他像两个影子,从这条街飘到那条街。

那种时候,乔枝就感觉自己在发热。说着话还不觉得,一旦沉默,身体便开始燃烧。不同于脸红的烫,那种烫是可以退下去的,而来自血管、骨骼、肌肉的烫很难消退,而且还互相点燃。哪怕再冷的天,也能烈火焚身。乔枝为自己的身体感到羞耻甚至紧张,她竭力控制。她未能让那火熄灭,只能让火势小一些,尽量不让钟青察觉。那跟满口侉腔是不配的,她认为,就如"个蛋蛋""个溜"一样。

机井队撤离宋庄的前一晚,钟青送乔枝回家。数九天,打井变得困难,两个打井队员的手脚都冻伤了,其中一个就是钟青。那一晚没有月光,也没有星光,街道黑漆漆的。钟青就要走了,虽然他说明年开春就会回来,但乔枝仍感到失落,心整个被掏空了。忧伤一整天都在啃噬她,她坐卧不宁。与他并肩走着,她的身体再次燃烧起来。起先只是某个部位,很快蔓延开来。她希望说点什么,生怕不等到家她就被烧毁了。可能因为分别在即,她竟然想不出合适的话,就那么沉默着。而钟青也哑着。到院门外,她说行了。钟青说好吧。他抱了抱她,就像揽她的肩一样,动作极轻。可那轻轻的拥抱却如煤油,让她跌入无边无际的火海。她站立不稳,蚊鸣似的说,再走走吧。他揽着她往回走,她的身体因燃烧而阵阵战栗。

到卫生室门口,她怎么也打不开锁,钟青帮她开的。那时,她几乎要散架了。他拥她进去,反插了门。

后来,乔枝无数次回忆那个夜晚,可除了噼噼啪啪的燃烧,除了身体的爆裂,她什么都不记得了。钟青送她回来,咬着她的耳边说,我会给你写信。

钟青离去的日子,乔枝像过去那样独来独往,但她不孤单,不寂寞,每天都要写一封信。加上之前写的,有一大摞了。钟青还不知道她在写信。若收到他的信,她将把那些信一并寄给他。

但钟青的信迟迟未到。

来年春天,机井队返回宋庄,钟青没来。过了两个月,乔枝终于收到钟青的信。她把自己关在屋里,整整一天。傍晚,她去了卫生室,带着那上百封未寄出的信。她把信一字排开,捡起,放下;放下,捡起。然后她开始撕,越撕越快,直到全部变成碎屑。就像参加了长跑,她大喘着,后又蹲下去,呕吐了好半天。然后她抓起一把纸屑,轻轻一吹,纸屑飞起又落下,纷纷扬扬。她接着抓,接着吹,屋子里大雪飘飘。她盯着雪花,目光迷离、忧伤、绝望。

再后来,她拉开药柜。她不是个好的赤脚医生,打针好久才过关。她从未给自己注射,那个夜晚,她将针头扎进自己的身体。

这个女人的罪孽,我能讲三天三夜。李二妮满脸皱纹,声音却不皱巴,锋利如刀。不同于别人,她的每一声都直刺入骨。

李二妮的声音传到耳边,我脑里便浮现一张张熟悉得不能再熟悉的脸,还有高高举起的火把。李二妮的腿落下了残疾,往台上爬不那么利索,花满仓专门派了人帮她。但李二妮不用,她哼一声,将帮她的人甩开,愤怒可以给人注射力量,我深信。多半时候我看不清她的脸,但能听到她的声音、她的控诉。没有谁比她更知道我的底细,所以,她的控诉最为有力。我听着,无从辩驳。

嫂子,我对不起你。那也是李二妮的声音,摇摇晃晃,颤颤巍巍，像风中的煤油灯，随时要熄灭的样子。弥留之际，透着幻灭般的哀伤。

赵凤凰亲自上门，说她娘不行了，想见见我。赵凤凰肯定担心我不会去，从她的眼神就瞧出来。李二妮狠毒了些，竟然将自己被抵押也算我身上。她是可恨，但我不会和她计较。我随赵凤凰刚刚进屋，李二妮就这样说。

10

乔石头突然抓住我的手，紧紧的，似乎稍一松动，我就会给他几巴掌。我确实想揍他，可惜再没有可能。你这个狂妄的孩子啊，我在心里骂，难怪你躲得远远的，轻易不回宋庄，原来是逃了。

蚂蚁在窜蚂蚁在窜。

祖奶，你很吃惊是吧，孙儿让你失望了。后来我明白了，我其实是喜欢她。可那时年轻气盛，只想除掉自己的不安，不知道不安的原因是喜欢她。在有了那些女人之后我才明白的，可惜太晚了。你曾问我为什么不结婚，我现在告诉你，她们不能取代喜鹊在我心中的位置，虽然她们都很优秀，既有背景，又有学历，更有情趣。可是，我总是拿她们和喜鹊比，一比，她们就没了色彩。我和喜鹊已经没有可能，我知道，比来比去，毁的不只是我，还有她们，但把喜鹊从心上驱离，我做不到。她已经嵌到我的肉里，成为心脏的一部分。而且，随着年岁渐长，我的愧疚越来越深。我不知道怎么办,每次回来我都去看她。我想坦白,向她赔罪,可是见到她,我的勇气就丧失了。我不敢承认,只问她要不要帮忙。哪怕为她做一点点,我也会心安些。可是她从来不需要,她比过去还傲气。每见一次面,我都会矮一截,照这样下去,我就会变成蚂蚁。

不,你绝对不能成为蚂蚁,我声嘶力竭。蚂蚁在窜蚂蚁在窜。

就这么拖着,一直拖到现在。再不坦白,我自己就被压垮了。我的两个愿望,一个是为你建造祖奶宫,一个是向喜鹊坦白,求她宽恕。祖奶宫的事只需要按计划推进,现在,不,就今夜,我将完成另一桩心愿。喜鹊约我午夜去,她选择这个时间有些奇怪,但我没异议,她说几点就几点。祖奶,我不会再退缩了。依她的性子,或许不会原谅我。随她怎么惩罚,我都接受,只求她宽限时日,等我把祖奶宫建好。

我的心抽缩成一团,整个人陷入深深的恐惧中。向喜鹊忏悔,求她原谅,这是男人该做的,只是喜鹊未必原谅他,我太了解喜鹊了。我不知该阻止乔石头还是鼓励他。当然,我什么都做不了。我耳朵聪敏,却发不出一声嘶喊。蚂蚁在窜蚂蚁在窜。

祖奶,该说的都说了,我也该走了。乔石头松开我的手,站起来,又俯身将我鼻翼的几根发丝理到耳侧。你累了,歇着吧。

我听着乔石头开门、关门,听着他的脚步渐行渐远。叽叽、喳喳,狂躁的鹊鸣传来,难道它们预感到了什么?老天啊,我乞求道,乔石头是我唯一的亲人,饶恕他的罪过吧。

窗外哧的一声,我知道那是窃笑。他又来了,或许他早来了。我甚为恼火,别以为我不知道你,你出来啊,别鬼鬼祟祟的。

一团影子破窗而入。我看不到他,不知他青面獠牙还是如乌鸦通体乌黑,但我知道他的存在。死神？魔鬼？鬼魂？任何一个名字都适合。就叫他死神吧。

你是死神吧,我说。

死神的声音竟如丝绸一般光滑,真不简单,你怎么知道？

我哼了一声,世间的声音成千上万,你是最鬼祟的那个,你时常躲在暗处,我虽然看不清你,但清楚那就是你。别以为你躲着藏着,我就不知道。

死神说,你果然厉害。我不招人待见,躲在暗处没什么不好。

我说,你还算明白,可是,你为什么不滚远一点儿？永远离开人间？

死神哈了一声,那不可能,职责在身,我不能消失。

我冷笑道,冠冕堂皇,全是鬼话。

死神在床前立定,声音透着严肃,你是接生婆,该清楚的,有生,必然有死,不可更改,帝王也做不到。我须把他们引到该去的地方,就像你把婴孩引到世间,分工不同。你受人尊敬,被人颂扬,而我只能躲在阴暗的角落。

我说,没想到你还有理了。

死神说,怎么？难道你认为我说得不对吗？

我问,既是这样,为什么有的人能活上百岁,有人的出生就夭折?

死神说,我不知道,我只行使我的职责。

我追问,人的生死不由你决定吗?

死神沉默几秒,似乎难以回答。那不由我决定,而且我只决定死,不决定生。死神沉吟片刻,其实,生还是死,都由自己决定。

我说,胡说八道。

死神说,信不信由你,事实如此。

我说,你刚才说你引向死亡,这么快就不认账了?

死神说,你把逻辑搞混了。不是我引向死亡,而是人死了,由我引领。

我问,那你怎么知道?……你长着狗鼻子吗?

死神笑了,没错,我能嗅见死亡的气息,比狗鼻子还灵。

我满腔疑虑,为什么生死由自己决定?

死神说,不是所有的死亡都这样,但许多时候是由自己决定的。比如你,好几次想要寻死,你站在死亡的边缘,我嗅见气息,匆匆赶来,但都落空了。

一个个伤悲的画面掠过,或许是吧,我想。看来你还是不死心,怎么,现在要引我离开吗?

死神说,别把我想得那么坏。我不是冲你来的,你的身上没有死亡气息,而且我也没资格领你。

我说,少假惺惺的,这些天你一直躲在窗外,别以为我聋了。

你来干什么？看我笑话吗？

死神说，我绝不是看你的笑话，说实话，我同样没资格。

我嘲讽，那你来干什么？不敢说吗？

死神说，无可奉告。

夜空传来喜鹊的叽喳声，我突然打了个激灵，结巴着，你是来？……不，这不可能！

死神叹息了一声。

我枯瘦的身子如水一样流溢，往床的四周漫去。我哀求，别带走他，好吗？要带就带我，我已经活够了，快点带我走吧。

死神说，决定权不在我。

我说，我现在就想死。我真是活够了。

死神说，你已经越过生死的界限了。

我叫，你什么意思？我永远这么不死不活吗？

死神说，我已经和你说得够多，我得走了。不要乱猜，一切都不可预测。

我骂，胆小鬼，你给我站住！

那团影子飘出窗外，消失在夜幕后面。屋子再次变得空荡，我感觉自个儿不是躺在床上，而是置身于没有边际的旷野。

乔石头这阵儿已经到喜鹊家了吧。我一面暗暗祈祷，一面努力竖直双耳，捕捉着村庄细微的声响。我从来没有如此安静过，也从来没有如此急躁过。我的心被劈开，四分五裂。

蚂蚁在窜。